谎言之诚

HONEST LIES

honest lies

楚寒
衣青 著

中国言实出版社

图书在版编目(CIP)数据

谎言之诚 / 楚寒衣青著. -- 北京：中国言实出版社，2023.1

ISBN 978-7-5171-4347-5

Ⅰ.①谎… Ⅱ.①楚… Ⅲ.①长篇小说-中国-当代 Ⅳ.① I247.5

中国版本图书馆 CIP 数据核字（2023）第 005116 号

谎言之诚

责任编辑：张馨睿
责任校对：张国旗

出版发行：	中国言实出版社
地　　址：	北京市朝阳区北苑路180号加利大厦5号楼105室
邮　　编：	100101
编辑部：	北京市海淀区花园路6号院B座6层
邮　　编：	100088
电　　话：	010-64924853（总编室）　010-64924716（发行部）
网　　址：	www.zgyscbs.cn　电子邮箱：zgyscbs@263.net

经　　销：	新华书店
印　　刷：	河北照利印刷有限公司
版　　次：	2023年3月第1版　2023年3月第1次印刷
规　　格：	710毫米×1000毫米　1/16　25印张
字　　数：	390千字
定　　价：	65.00元
书　　号：	ISBN 978-7-5171-4347-5

他走向黑暗,撕开黑暗。他是为真相而来的。

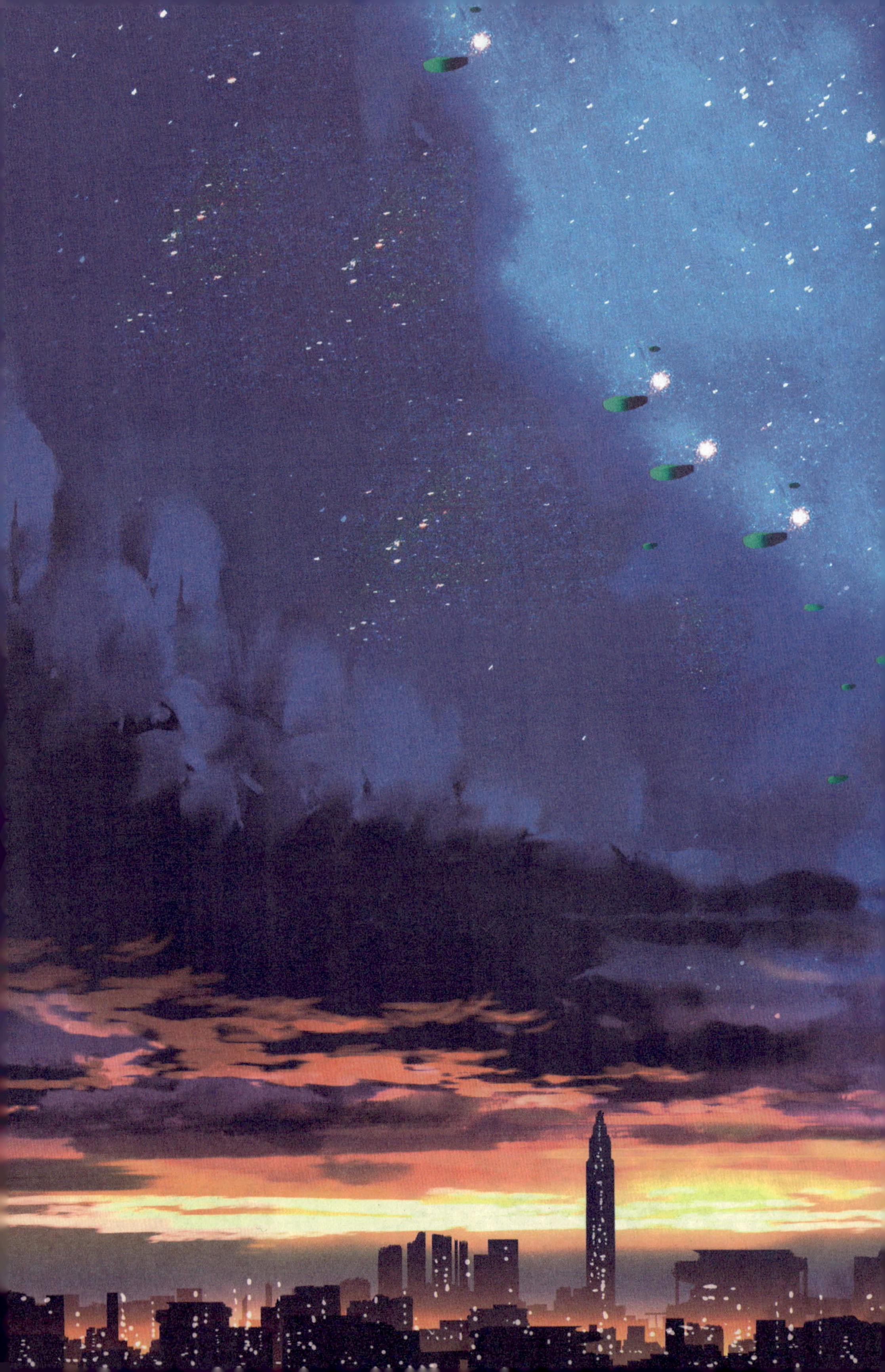

有的人看见美，

有的人看见丑，

只要他心中还有一点善意，

他就总能感觉到美的一部分。

我做这份工作，是因为好人比坏人多亿万倍。

人很脆弱，但更坚强。

只要一生中感觉过一次希望，

希望就会在他心中落下种子，

再如同火炬一样向前传递。

在沙漠里待久了，

一滴水都弥足珍贵；

在黑暗里困顿久了，

一点微光都叫人顶礼膜拜。

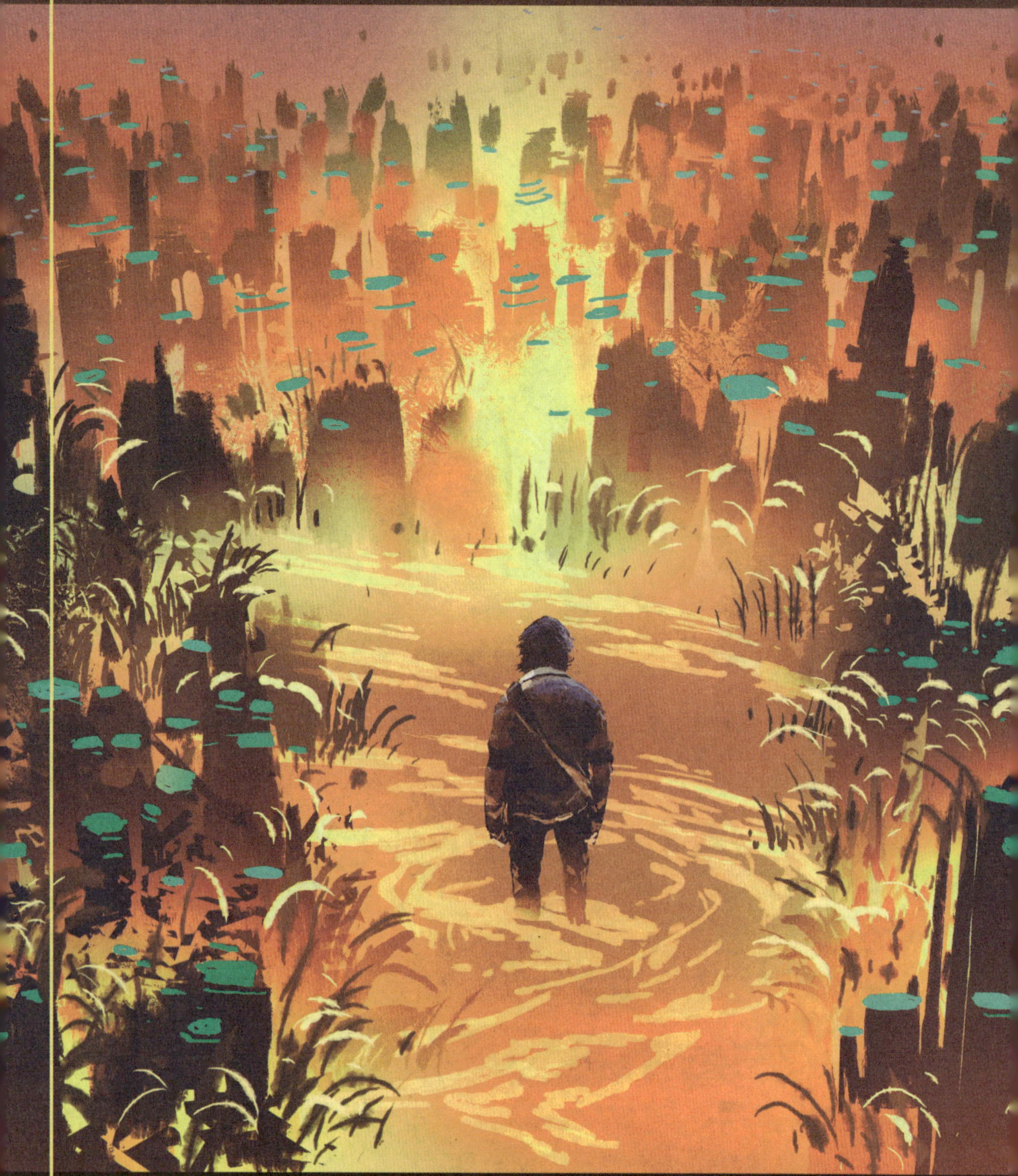

目 录

contents

第一卷　笼中的预言鸟　　001

第二卷　必然的随机数　　193

番　外　大学　　　　　　379

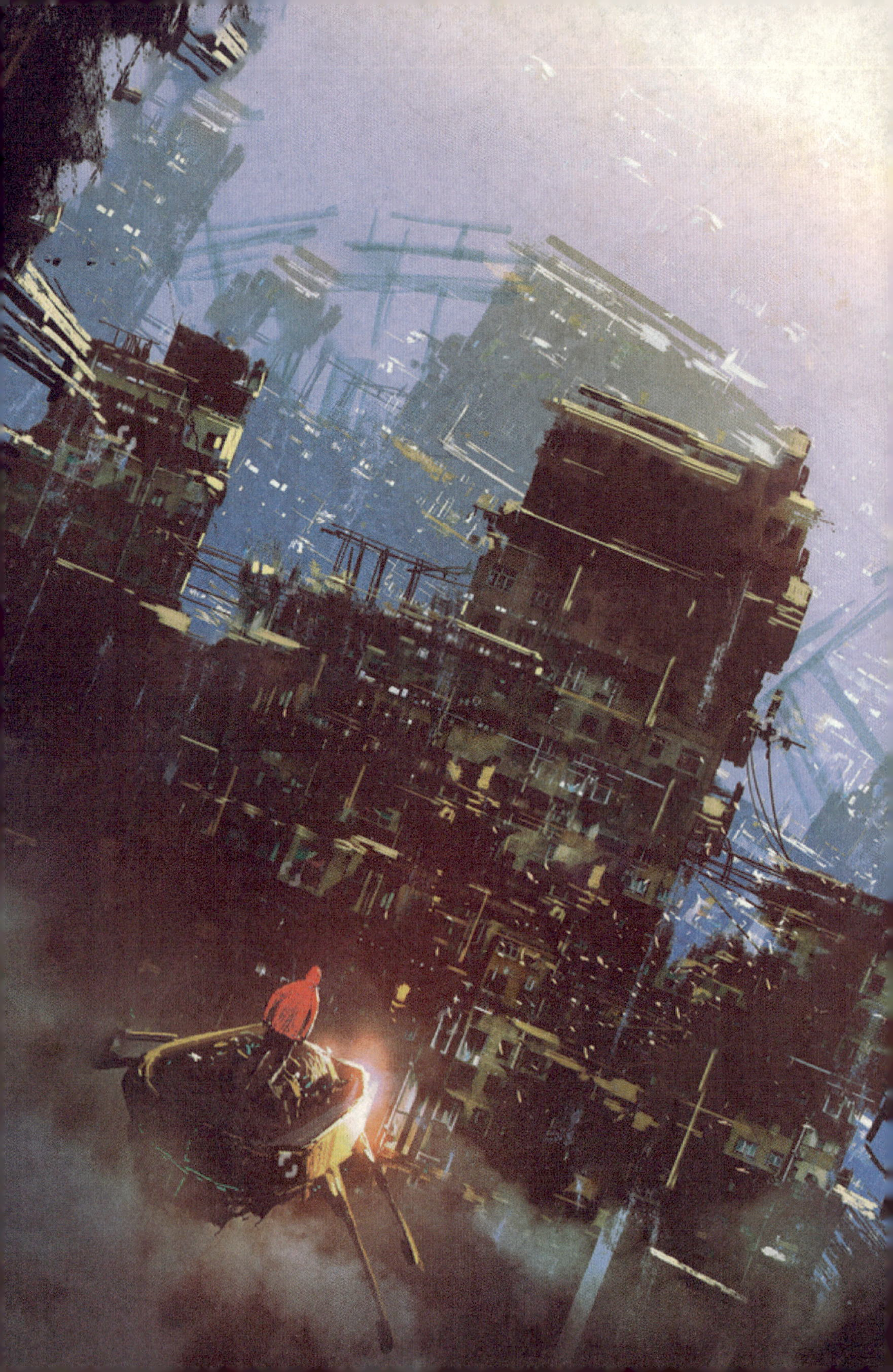

第一卷
笼中的预言鸟

01

夜幕降临，灯火次第，昏惑的夜色下涌动起欲望的迷雾，迷雾的中心，是宁市一整条的酒吧街。这条酒吧街的尽头有一家叫"浣熊"的酒吧，酒吧近期来了个吊儿郎当的鼓手，架子大得很，来不来店，打不打鼓，毫无规律，全凭心情。

但现在社会的人们追求"个性"，所以他反而成了酒吧近期被追捧的对象。

他叫纪询。

一场酣畅淋漓的鼓声引动全场欢呼，酒吧的客人拥挤，想要冲上前来，但酒吧的保安早有防备，手拉手围成一个人墙，挡在了舞台前边。

场下的混乱没有波及场上的纪询，哪怕这混乱正是因他而生。

纪询向后一靠，汗水像细雨一样从他额头滑落，他整个人陷入灵魂脱离身躯四处游荡的晕眩之中。但这种感觉——说实话——并不糟糕。

灵魂脱离了沉重的身躯，好像也脱离了凡尘的烦恼，于飘摇之中得到一种离奇的恣意。

可惜这种恣意只持续短短一瞬。

很快，身体从过度的劳累中回味过来，于是燥热、酸疼、疲乏从四面八方而来，贯穿身体，钉住灵魂。

纪询慢慢地吐了口气，他张开手掌让鼓槌自掌心脱落，抬手扯下耳机，再拉拉被汗浸湿的字母短袖，将自己的脖子从被衣服和头发束缚的窒息中解脱出来。

而后他眯起眼，后颈靠着椅背，挂在那里晃悠。

他年龄不算大，但也不小了，二十八九岁的样子；身材十分颀长，两腿一伸，仿佛和你隔个太平洋；眉目分明，棱角有度，眼睛半张不合，十分慵懒；头发很长，长到脖子处，乱糟糟地堆着，但因为长得好看，这种发型也带上了点玩音乐的人独特的放纵味道。

他坐在那晃荡了两下，台下的叫喊声越来越高昂，保安渐渐也控制不住人群，守着店的酒吧老板瞪着他的视线都快要冒出火了。他总算起来了，一摇三摆地往后台走去，临到后台门，又突然转头，抬手飞吻。

"谢谢大家，爱你们。"

"哗——"

隔音门打开再关上，挡住了刚刚爆发的热潮。

纪询在更衣室里洗个了澡，换身衣服，穿着风衣从后门重新进入酒吧。

也就十五分钟的时间，喧闹已经消失了。这是个每时每刻都有新消息吸引人们注意的时代，纪询对人们来说微不足道，人们对纪询来说也微不足道。

"大明星，回来了？"一个穿着侍应服的小个子男人迎上来。他叫杰尼，是这里的酒保，因为年轻开朗，像个邻家弟弟，颇受来酒吧的女客们的喜欢，"今天来了个超正点的美人！"

美女本就让人兴奋，美女对纪询有意思，还找自己牵线搭桥，就更让人兴奋了。

杰尼将手中的托盘递到纪询面前，那是个漆面托盘，上边散落着不少纸条，纸条对半折起，但又折得不严实，半遮半掩地露着里头的电话号码和红唇印。

纪询的手指在托盘上拨了拨，他看见自己的脸模模糊糊地映在托盘中，眼下的黑眼圈如同自带烟熏妆，真可怕。

他还看到杰尼的脸，杰尼使眼色都要使得抽筋了，看起来恨不得拿红绳将两人捆在一起。

真是皇帝不急，急死太监。

纪询漫无边际地想，总算顺着杰尼的目光施舍地看了眼人。

那是个穿紫色亮片裙子、长发烫卷的女人。

确实很美，而且时尚，像是从杂志上走下来的封面女郎，一颦一笑，一个动作，哪怕是蓬起的一缕头发丝，都带着诱惑。

男人或许不一定了解自己的喜好，但她一定了解男人的心思。

但纪询依然兴味索然地收回了目光。他没有说话，举动却不亚于说了声"就这"。

杰尼大感不解道："这样的美女你还看不上？你想要的是月宫里的嫦娥吗？"

"你觉得两性关系是什么？"纪询问。

"互补、阴阳，缺一不可？"这是杰尼的朴素逻辑，男人天然喜爱美女，女人当然追逐帅哥，如果有谁不打算这么做，那肯定有什么地方不对劲了。

"也许吧。"纪询漫不经心，"还有，征服。"

"征服？"

"女人征服男人，或者男人征服女人。"纪询说，"有时候你以为你征服了一个女人，实际上，'哈——猎物终于上钩了'，女人这样微笑地说。"

杰尼瞪着他。年轻的酒保对这样的论调不以为然，他只弄明白了一件事，说道："所以你对她不感兴趣？我觉得你会后悔的。"他嘟嘟囔囔，低落了一瞬间又振作起来，"还有一个！"

"哦？"

"还有一个，也超级——"

"我来猜猜。"纪询不让杰尼卖关子，"是男人？"

杰尼瞪他瞪得眼珠子都要掉出来了："你怎么知道？"

"你托盘上的纸条有古龙香水的味道。"

"女人也能用古龙香水！"

"还有中华烟的味道，女人总不会抽这种香烟吧？"

杰尼摇摆了下，他托着盘子的手臂往上抬了抬，鼻翼也跟着抽一抽，仔细辨认盘子里的味道，没过一会儿，他的神色变得信服，在他开口之前，纪询悠悠地笑了。

"真信了？骗你的哦。"

杰尼无语。

"你有福尔摩斯的鼻子啊，还能在酒吧的空气里闻出什么味道依附在上面？一个很简单的推理，你已经向我推荐了今天最漂亮的美女，那么还能让你激动的，就不是女人了，不是女人还能是什么？"

杰尼跑到一旁郁闷去了。

纪询从后面敲敲他的肩膀，杰尼挪开不理他，纪询索性拍了下他说："别郁闷了，有情况。"

"什么情况？"杰尼回头。

情况立时发生了，当酒吧里一位混迹在卡座之中的尖嘴猴腮的男人将手伸入怀中又伸出来的那一刻，几个隐身于酒吧中的大汉喝了一声"警察办案"，朝着男子一拥而上，顷刻就挟制住男子，扭送着往外走去。

灯红酒绿的酒吧之中，音乐还在继续，人群却哑然无声。

接着，他们仿佛终于从梦中惊醒似的，也不知是追逐着难得一见的警方办案现场，还是赶着从事发现场离开，齐齐朝着门外拥挤而去。

"这是……这是发生了什么？"杰尼目瞪口呆。

"警方来抓毒贩吧。"纪询倚着吧台没有动，淡淡地说。

"你怎么知道？"杰尼立刻问。

"就是猜一猜啦。"纪询说，"很简单的，刚才那男人手里拿着一杯蓝色的酒，蓝色的酒……"

"海洋之心？"杰尼第一反应是鸡尾酒，他是酒保，熟悉各种颜色的鸡尾酒。

"是氟硝西泮。"纪询的第一反应就和杰尼不同了，"一种能让液体变蓝的药，但我更喜欢叫它另外一个朗朗上口的名字，'约会药'。"

杰尼听了半天，问道："可是这只是违禁药物，不是毒品啊。"

"所以说。"纪询冲杰尼微微一笑，"我就是猜猜啦。"

杰尼算是明白了，这人在耍自己呢！

他气哼哼地转头，这回真的不理纪询了，转而去收拾酒吧的杯盘狼藉。

其他人都走了，纪询也准备走了。但在走的时候，路过刚才被抓男子流连的卡座，他才发现卡座里居然还靠坐着一个人。

一个很年轻、很好看的男人。

他抬起手，撑着额，绯红的脸颊透着醉态，左眼角下有一颗小小的泪痣，模糊了他的性别与年龄。

他看着着实年轻，虽然面容清纯又无辜，但他身上穿着件漆光的皮衣，皮衣自带几分野性和疏离感，倒是很好地中和了他过于柔软的气质。

出于好心，纪询停下，问了句："别人都走了，你不走吗？差不多该回家了吧？"

年轻男人说："走？"

纪询问道："喝多了？这是几？"他在他眼前用手指比了个七。

年轻男人定睛看了看他，不是看他的手指，是看他的脸，继而微微一笑："回家啊……可是我在这座城市没有家，怎么办？"

那能怎么办呢？纪询也没有办法给他变出一个家来。

他往前走了几步，背后传来轻轻一声"咚"。

他回头一看，坐着的年轻男人歪倒在了沙发上。

他又往回走了两步，说："你这样是很危险的……"

年轻男人没有回答，只是自下而上看着他。

纪询只好说："那要不然，我收留你一晚？"

片刻后，年轻男人说话了，笑音染了酒精，有点低："好啊。"

纪询的家距离酒吧并不远，当他带着年轻男人进入楼道间的时候，时间已经很晚了，零零散散的灯好似几只窥探着夜的眼一般，藏在暗处，无声酝酿。

电梯门"叮"的一声滑开,呼亮了楼道间的灯。

纪询搀扶着年轻男人,初看时觉得这应该是个纤瘦的人,真正上了手才发现,对方身高并不矮,几乎和自己齐平;也并不瘦,压在胳膊的重量显示这人绝对是个穿衣显瘦、脱衣有肉的身材。

两人到了门口,纪询放开一只手去摸口袋里的钥匙。他的钥匙很好摸,上面绑着个钥匙扣,是个女孩的金属头像,并有一条系在下头的褪了色的平安结。

这时年轻男人身体突然一歪,猛然生出的力量将纪询拽了个趔趄。

纪询听见一声模糊的轻笑:"连我的名字都不知道,就敢把我带回家?"

"那……你叫什么?"纪询正努力拿钥匙,随口问道。

"霍——"

门开了,光明驱散黑暗,也把刚才简洁的音节吞没。

纪询一个人住,房子不大,两室一厅,除了一间不小的卧房和一个普普通通的客厅之外,就是间堆满了书和乐器的书房。

纪询将人带进浴室就转身离开,他在室内听了有两首歌的工夫,里头传来一声闷响。

不会在浴室里滑倒了吧?

纪询有点担心,先敲敲门,等了会儿,没有人回应,他开门进去,就见他带回来的人正浸没在浴缸里,一眼看去,几乎以为发生了溺水事件。

他赶紧上前,想把人捞出来。

"没事吧——"

他的手猛然被人控制,一阵天旋地转之后,纪询倒在地上。年轻男人先控制住他的手腕,再按住他的肩颈,将他钉在地上。

这些动作快如闪电,等纪询落在了地上,年轻男人也似回过神来,收起这一瞬间的敌意,又恢复了先前的姿态。他站起来,慢条斯理地抽下浴巾,围在身上。

"怎么随便闯入浴室?"

"首先,浴室是我的。其次,我敲了门你没回应。"纪询揉着肩膀说道,"再次,工作挺忙的吧,大晚上了还要去酒吧尽职尽责?"

年轻男人转头看他一眼,褪去醉意的他眸光冰凉,如刀锋照过脸颊。

他又挑了挑嘴角。

如果刀锋会微笑,大抵就是这番模样。

"是挺忙。"

年轻男人没再多言,走出了浴室。过了一会儿,纪询揉着自己的胳膊和腿,也从浴室里出来，回到自己的房间，瘫在床上。

好好的夜晚被搞得一团糟，他分不清自己现在到底是精神还是身体疲乏。他双手枕在脑后望着寡淡的天花板，过了一会儿，他抽出只手拉开床头的柜子，露出塞在里头的瓶瓶罐罐。

对于这些瓶瓶罐罐，纪询早已谙熟于心，都不用看就从中抽出了安眠药的罐子。

但这时候，外头发出阳台门的碰撞声。

他想起，家里还有陌生人。

纪询停顿几秒钟，将罐子重新丢回去，"啪"地关上抽屉。

当年轻男人从阳台回到客厅，他最后那点醉意已被冷空气冲得干干净净。

他单手插在发中，甩干发尾最后的水迹，他的脸上如同冰雪一样冷漠。路过主卧时，他从没有关严的房门处瞥见靠窗坐着的屋子主人。

对方懒散地倚靠着窗台，戴着耳机，哼着个断断续续、沉郁难听的调子。

这个人和调子，都与黑暗亲密交融，不分彼此。

纪询。

他无声地，嘲讽地念出这个名字。

02

急促的敲门声惊醒了床上的纪询。

他不像是从睡梦中醒来，而像是从一场并没有持续多久的冥思中醒神。他的背脊还靠在床头的枕头上，交叠的两腿上压着台电脑，没有支撑的脖子像是根蚀满裂纹的棍子，纪询直起身的时候听到"咔咔"的响动。

电脑的屏幕在他行动的过程中被碰亮，显示出里头没写两行字的文档。

纪询，二十九岁，前刑警，现推理小说作者——著有知名《毒果》系列小说。生活还过得去，要说有什么比较值得烦恼的事情，大概就是颇为严重的失眠问题。

不过人体这具精密的机器，到了某个时间点，多少要出点纰漏。由此考量，他的问题也就是一些小问题。

纪询扶着脑袋坐正了，外头的敲门声锲而不舍，他看了眼时间，上午7点，谁会这么早？

他推开卧室的门，外头的沙发上睡着昨夜跟他回来的年轻男人，对方早已被吵醒，已然坐起来，正不悦地抚平自己翘起的发梢。他的发质很好，软硬适中，既有丝缎般的顺滑，又能够凹出造型。

但一触及对方的眼睛，纪询就想到昨夜的尴尬。

他装作没看见转过头，年轻男人也装作没看见他。

年轻男人去洗手间换衣服，他来到门口，略带不耐烦地打开门："谁啊——"

挺着肚子的女人悍然出现在他视线中。

这是个纪询绝没有预料到的熟人。他脱口而出："夏幼晴？"

"是我。"女人说，她抚着肚子，有点用力，让人怀疑她是否想把隆起的肚子压下去，"你看起来有点意外，真难得。"

"你怎么来了？"纪询低语，"这半年你去了哪里？你的肚子……"

"纪询。"夏幼晴回避了后两个问题，只说，"我有事拜托你。"

纪询看着面前的女人。

这个熟人于他而言其实说不上有多熟，甚至不是能够彼此拜托的关系。他们只是同时认识另外一个人，且都与那个人关系亲密。

那个人是袁越。

夏幼晴是袁越的女朋友，关系一度亲密到谈婚论嫁。

至于他和袁越，袁越比他大四岁，也比他早四年进入警察局，他进入警察局的时候，是袁越手把手带着的，后来还和袁越搭档了一段时间。

他们关系极好，直到现在，虽然他已经离开了警队，袁越还时不时打电话找他。

"找袁越吧。"纪询说。

"我还没说拜托你什么事。"夏幼晴轻声道。

"这不难猜，你失踪半年再度出现，总不会是为了找我借钱。除了钱，我还会的就是那些，追踪、刑侦。"纪询说，"但你也知道，我早在三年前就离开警队了。相反，袁越成为了队长——"

这句话刚说出口，他就意识到自己不该这么说，但他坚持说完了。

"你去找他，他会尽其所能地帮助你。"

面前的夏幼晴脸色铁青，半晌她弯弯嘴角，扯出个没有温度的笑容。

"纪询，你觉得分了手的男女朋友还能当朋友？"

"我觉得……"

"纪询，不要说谎。"夏幼晴轻声提醒。

"我觉得，得到和付出是个循环，你想要得到，总得付出。"

纪询巧妙地避过了夏幼晴的质问，分了手的男女朋友还能不能当朋友？有可能能当，也有可能不能当。但夏幼晴的情况，显然不能。

纪询记忆中的夏幼晴知性且美丽，总和他的好友一起出现，那时候她的笑容总是掺着甜蜜的气息，好像将整整一罐子的糖，藏在了她微翘的嘴角里。

但是现在，腹中的孩子吸收了她过多的营养，她明明怀着孕却更瘦了，长到腰侧的头发如同沉重的帘子一样拉着她的头向后仰，抵着门的手腕更是细如柴草，不用用力都能拗断。

幸福褪了色，如同钻石失去光环，暴露出它泛滥廉价的本质。

这是一个好女人，也为袁越付出良多，袁越确实辜负了她。导致连纪询在面对她的时候，也不得不感到惭愧。

"我明白了。"夏幼晴淡淡道，"一切皆有价值，得到必付代价。那么纪询，我这里有一样东西，你想不想付出些什么拿回它？"

"是什么？"纪询问。

"纪询，你说……"女人眨了眨眼，声音既轻柔，又冷酷，"袁越知道你的秘密吗？"

纪询冷不丁听见这一句，大脑都停摆了几秒钟。他看着夏幼晴，女人这时候又收敛了脸上的表情，请求他："我有个朋友，现在联络不上，我希望你能和我去看看。我担心她出事……"

纪询开口说话之前，洗手间的门打开，年轻男人自里头走出来。

他穿着昨天那件漆皮外套，发型倒是重新整理过了，全部梳向后边，用发胶固定，露出他光洁饱满的额头，气质也跟着发生了巨大的变化，光是站在纪询身后，就让纪询感觉到了压迫似的锋芒。

唯一的问题是纪询家里没有发胶这种东西。

这家伙居然还随身携带发胶。

"这要求听着很简单。"年轻男人简洁地对夏幼晴说，"他答应了吗？如果没有答应，我同你去。"

这人是谁？

夏幼晴面露迷惑，她没回答，只望着纪询。她来这里并非病急乱投医。她之所以不找袁越，是因为她恨袁越，但更因为，她信任纪询。

她在等待纪询的回答。

纪询看了看夏幼晴，又看了看年轻男人。

这两个人都看着他。

"好，走吧。我们三个一起。"

纪询突然拍板，他不给夏幼晴和年轻男人反驳的机会，径自穿上衣服，去卫生间飞快擦了把脸漱了个口，带着两人出门下楼。

在前往夏幼晴朋友住所的路上，纪询简单地了解了一下情况。

夏幼晴的好朋友叫奚蕾，今年二十八岁，租住清安小区，之前在医院当护士，后来辞职做了月嫂。虽然不是住家月嫂，但她有专业知识，为人又乐观开朗、勤奋肯干，因此在月嫂中心颇受欢迎，收入不菲。

自从三个月前，她在医院门口遇到精神状态不佳又没有家人陪伴的夏幼晴，就对夏幼晴多加照顾，还约了夏幼晴每天早上一起散步，这是三个月以来对方第一次不告而别。

"她有男朋友吗？"

"有，但我不太熟。"夏幼晴歉然道，"她的男朋友叫曾鹏，好像在修车行工作，但前段时间辞职了。那段时间里，奚蕾一直有点忧心忡忡，我还安慰了几句。后来就没什么了吧，我没听说更多的。"

"你最后和她联络是什么时候？"

"前天晚上9点10分。"夏幼晴记得很清楚，"那时候我在洗澡，出来看见有未接电话，回拨之后无人接听；第二天再拨，电话关机。"

车子到了奚蕾租住的小区，夏幼晴下车时紧张地说道："我没有奚蕾房子的钥匙。"

"没关系。"纪询说着，扫了眼周围，往一个方向走去，"等我五分钟。"

不用五分钟，两分钟后他就出来了，手里拿着手机，已经拨通了房东的电话："阿姨你好，我是奚蕾的哥哥，她回老家匆忙，忘记把钥匙留下来了，我和我怀孕的妹妹在楼下等她……你马上过来？好的，非常感谢。"

这是怎么办到的？

夏幼晴满脸愕然，站在旁边的年轻男人读出她内心般，解释道："这个中介公司距离小区最近，从趋近原则讲，房东将房屋在这里登记出租的概率最高。"

"你是……"夏幼晴好奇这人的身份。

年轻男人没有回答，从头到尾，他的视线都没有真正落在夏幼晴身上，他始终在看纪询。

纪询挂了电话。

怀孕确实是个很有杀伤力的说法，蒋阿姨来得很快，到了也没对他们产生什么疑问，直接领他们上了楼，拿钥匙开门："今天冷，你们赶紧进去，怀孕的小姑娘千万别冻着了。"

门打开，纪询拦住夏幼晴，自己最先进入。

这是个典型的单身公寓，进门先是厨房，然后才是客厅与卧室。房子里头收拾得很干净，连抽油烟机都不见多少油污。

厨房的角落有个筐，很普通的竹篾编的箩筐，但箩筐的筐口缠了一圈干花，于是就连放在里头的几把朴素的黑伞，都变得有趣起来。

再看挂在墙壁上的布艺，花色很杂，看得出全由碎布头拼凑，饶是如此，也遮盖了老式建筑墙壁上不可避免的裂缝。

一个干净整洁、极具生活情趣的女人。这样的女人，不该犯这个错误。

纪询的目光从玄关处没收拾的泥土上挪开。这一点点散碎的泥土，让人想到被蚯蚓反复钻磨后的样子。想到蚯蚓，软体的动物似乎就钻进衣服里，攀到皮肤上，沿着他的背脊悄悄往上爬。

他虚虚握起拳头。

今天真的有点冷。

屋内的装饰明媚阳光，空气却像寒窑一样冷，没有一点儿人气。

主人只是离开两三天而已，至于这样死气沉沉吗？也许至于吧。房子总是要有人住的，没有人的房子，只是灰尘和蜘蛛网的壳子，以及虫蛇鼠蚁的天堂。

他路过厨房，进入卧室，拘束的视线散开，先看见的是一束放在电视柜上的花束，花束插在一个透明玻璃瓶内，玻璃瓶内没有水，鲜妍的花朵早在干涸中萎蔫，垂着头，软趴趴地搭在玻璃瓶边沿。

玻璃瓶的底下，还有星星点点的紫红，是紫色花瓣揉碎后的痕迹。

风呜呜地咆哮，窗帘如蝙蝠翅膀一样抖动扬起，光线骤暗又骤明，他终于看见沙发上的小个子女人和小个子女人身前的无数人偶。

女人横躺在沙发上，衣冠整齐，一只手虚垂落，其貌不扬的脸上神色宁静，像是睡着了，做了个平凡的梦；她的另一只手虚虚握着，掌心里有一只木雕人偶。

人偶是个女孩，扎着两个小辫子，脸蛋圆润、衣裙鲜亮、头发漆黑，各个地方都被涂饰出上好的颜色，唯独那双眼睛没有被点亮，是空洞洞的白色瞳仁，望着握住它的女人。

它的左眼下，也就是女人拇指按着的地方，残留一抹紫红痕迹。

那是紫色花瓣留下的痕迹，但更像人偶的血液正自木头中缓缓渗出。

除此以外，还有更多的人偶。

这些人偶有些站立，有些躺倒，有些在茶几上，有些在沙发上，还有一些掉落到了地板上，它们的姿态各不相同，造型也彼此相异，唯独全部都是女孩，全部都没有点亮瞳仁，一模一样白森森的瞳孔，望着沙发上死去的女人，望着室内每个角落，也望着进入房间的纪询。

"啾——"

宛如少女娇啼的声音在室内响起，纪询轻轻一震，随后反应过来，那是角落笼子里文鸟的叫声，通体洁白的鸟在笼子里扑腾着，叫声如针般扎过纪询的皮肤，扎到纪询的心底，它扭了扭，如同刚才爬在身上的蚯蚓也寻隙进入……

他后撤一步，撞到年轻男人的肩膀，对方平静无波的声音随之响起："发现女尸，报警吧。"

纪询朝后看去，年轻男人也向他看来，对方的瞳色如同干涸的古井，黑暗得足以掩盖任何丑恶的东西。

纪询从楼道间出来的时候，警车、警戒线都出现了，小区里的其他人正在周围探头探脑，蒋阿姨失魂落魄地坐在楼道间的小马扎上，由一位女警陪伴着，她嘴里反复念叨"怎么会这样""有人死了，我的房子还怎么租"。

人群杂乱却秩序，如同一群群分工明确的蚂蚁。

纪询在楼下找到了面色惨白的夏幼晴，还没来得及说话，旁边就传来一道热烈的视线。

纪询循着视线看过去。

那是个一手拿着包子一手拿着豆浆，光着脑袋望着他的方向，神色震惊到苍白的年轻男人。

说实话，光冲这添上戒疤就能当和尚的光头，一般没人会联想到这是位人民警察。

但他还就是个货真价实的刑警。

谭鸣九，刑侦第二支队成员，纪询的老相识。

这个光头还是有原因的，全因过去的一次危机。原本的谭鸣九是个头发颇长的文艺年轻男人，虽然被局里狠抓了两次精神面貌，但还是舍不得自己那头柔顺的秀发。

有次谭鸣九追踪一个穷凶极恶的杀人犯，杀人犯手里有枪又极度狡猾，他们在一栋烂尾楼里和杀人犯展开最后的追击。

谭鸣九追人追得满头是汗，头发都掉下来扎进眼睛里了，他也不知从哪里摸出根橡皮筋，把遮住眼睛的这撮头发给扎起来了。

也是巧了，他当时俯身向下，躲在半截水泥墙后，那撮头发就正好冒出水泥墙一点点，对面的杀人犯看见他的头发，神经紧绷之下抬手就是一枪。

这一枪直接把谭鸣九脑袋上的头发轰没了，杀人犯也因此暴露位置，被狙击手击毙。

事后回忆，谭鸣九都感觉到头皮上被电动剃头刀犁过的火热，只差一公分，没的就不是他的头发而是他的脑袋。

局里复盘，谭鸣九遭遇的危险并没有得到人道主义的关怀，大家知道事情始末后都在嘲笑谭鸣九，局长还把精神面貌问题再次提出来，责令谭鸣九进行深刻检讨。

危险就算了，还被领导责骂、同事嘲笑，不吝二次伤害，三次打击。

谭鸣九痛定思痛，一狠心，直接把自己的三千烦恼丝剃个干净，从此过上了用脑袋跟灯泡抢生意的日子。

纪询看见谭鸣九就想走，谭鸣九没给纪询这个机会。

从震惊中缓过来的谭鸣九三两步跨过中间距离，来到纪询跟前："你？夏幼晴？夏幼晴？你？"

而后他的声音猛地低了八度，用近乎耳语的声音说："夏幼晴的肚子？"

"你别多想。"

"我没多想。"谭鸣九立刻说，但他只憋了一秒，一秒之后，他和纪询咬耳朵，"就……孩子到底是你的，还是袁越的？我要喝的是你的喜酒，还是袁越的喜酒？"

"你可滚吧。"

纪询头都大了一圈，他就庆幸夏幼晴在看见谭鸣九时已经转身离开，现在不在他身旁。

他推推这个一看见热闹就浑身每个细胞都精神起来的前同事，再次强调："别多想，夏幼晴这次会出现是因为楼上的死者——尸体在楼上，你去看看吧。"

说到正事，谭鸣九正经了些："我当然会去看，但你打算去哪里？"

"去吃饭，饿晕了。"

谭鸣九把塑料袋里被压扁的包子递给纪询，大方道："早饭，我的口粮给你了。"

"国家已经脱贫致富好多年了，你倒也不用这样艰苦朴素。要不你先办案，改天我请你吃早餐，豆浆、包子、油条、稀饭，管够。"纪询提议。

"你现在和我上楼一趟，查完了现场，也不用改天，我直接请你，豆浆、包子、油条、稀饭，同样管够。"谭鸣九也缓缓说。

"何必？"

"还何必。"谭鸣九对天翻了个白眼，"赶得早不如赶得巧，你好歹也是我们局里的顾问,都撞在现场了也不上去看看?"

"编外顾问而已,局里这么多顾问,少我一个不少。"

"重点是顾问多少吗?重点是你在现场。"谭鸣九冷酷无情地把纪询拖回去。

两个大男人光天化日之下拉拉扯扯,实在过于难看。他拍开谭鸣九的手,掏出纸巾捂着鼻子,主动进入楼梯。

被压成饼状的包子又到了谭鸣九手中,谭鸣九也不嫌弃,"嗷呜"一口吃掉半个,然后他看见纪询的动作,愣了下,囫囵吞下包子,疑惑地抽抽鼻子,像狗一样嗅来嗅去。

"你干吗?"

"你干吗?"谭鸣九反问。

"有点味道。"纪询说。

"冬天哪有味道?"谭鸣九翻个白眼,"三年不见,业务不知道丢下没有,矫情劲头倒是全上来了。"

纪询嘴角抽了下,好在最后一节楼梯已经攀上,案发现场吸引了谭鸣九的注意。

谭鸣九倒抽一口冷气,说道:"他怎么在这里?"

"谁?"

纪询问,他顺着谭鸣九直勾勾的视线望了一眼,知道对方指谁了。

那位神秘的年轻男人。他站在室内,戴着塑胶手套的手拿着一个人偶。

人偶的数量有点多,站在纪询身旁的谭鸣九已经迷惑地数起数来:"一、二、三……总共十九个,这人偶是怎么回事?犯罪嫌疑人落下来的?杀人献祭现场?"

"不像。"纪询回答,"是死者自己的。"

"从哪看出来的?"谭鸣九问。

"垃圾桶内有不少纸巾,沙发底下刚刚找出一块抹布,正对着沙发的墙面柜上,有一个大柜子是空置的,从上边的灰尘分布情况看,能看出原本放置了不少圆形物体,恰好人偶底盘都是圆的……"纪询慢吞吞地说完,"综上考虑,死者死前正在清洁这些属于自己的人偶。"

谭鸣九明白了:"我琢磨着还有点不对劲。"

"哪里不对劲?"

"你说就算死者是女性,喜欢人偶,所以一连买了十九个回来,但为什么这些人偶都没有点上眼睛?这瘆人的……总不能用一句癖好独特概括吧?"

他们说话的同时,里头也在同步勘查现场。

一位戴眼镜的小刑警站在年轻男人身旁,边查验边记录说道:"窗户开启,窗台有脚印,现场凌乱,电脑、手机不见,怀疑是入室抢劫杀人案。"

年轻男人的目光移到桌面底下,那里有一个颇为醒目的银色套头耳机:"这个怎么说?"

眼镜刑警一愣,不明所以地望了望耳机。

痕检人员扭头看了眼,说:"名牌耳机,市价两三千,不便宜。抢劫的话落下这个,有些奇怪。"

眼镜刑警提出一个可能:"耳机在桌子底下,犯罪嫌疑人匆匆离去时没有看见。"

年轻男人不置可否。他再走两步,来到阳台位置,这里摆放着好几盆花,他指向其中一盆:"这盆花的土被松过,翻开看看。"

痕检人员立刻上前,做完检验后,将土拨开,从里头找出一个扎紧口袋的塑料袋。

打开塑料袋一看,里头还装着个花色大钱包,但钱包空空如也,里头什么也没有。

"能看出这盆土什么时候被翻过吗?"年轻男人问。

"痕迹很新,是三天内发生的事情。"

"现场法医鉴定出来了吗?"年轻男人又问。

"出来了。"法医回答,"死者生前被缚,体表未见明显伤,口鼻处的点状皮下出血痕迹与沙发枕套布料吻合,口腔内侧黏膜破裂出血,典型的捂死伤,死亡时间推定超过二十四小时,不足四十八小时。"

一路观察到现在,情况已呼之欲出。

"熟人作案,伪造入室抢劫现场,排查死者人际关系和感情生活,重点调查死者男朋友。"

室内的声音隐隐传出来,但不明显。纪询也没认真听,他的目光落在室内空荡荡的桌子上的一条数据线上。那条黑色的数据线,像只小小的盘曲的蛇,额外惹人注目。

谭鸣九放过关于人偶的话题,正凑到他耳旁,想跟他说年轻男人的底细。

"你今天是和他一起来的?你怎么不提早和我打个招呼,他——"

"你有什么要补充的?"

谭鸣九一句话没说完,就被人打断。不知什么时候,年轻男人已经站在房子的门口,对他们说话。谭鸣九停滞了下,刚要回答,却发现对方没看自己,他看的是纪询。

纪询没骨头似的斜靠着墙，也不怎么和年轻男人对视，只将目光停在门框上，还换了一张捂鼻子的纸巾，说道："问我？我没有什么好补充的。也许像警督说的，一个挺无聊的案子。"

"无聊？"

"男友为钱为情杀了女友，还不够无聊吗？当然，里头也许还有点曲折，毕竟再三流的作者也知道在谋杀发生前，先制造一点虚虚实实的矛盾和冲突。"

年轻男人眉头皱了下，似乎不满意纪询轻佻的口吻，但他没有纠缠于此，而是换了话题："昨天浴室里，你说我去酒吧是工作，那时候就怀疑我的身份了？"

"擒拿术这么溜，又正好碰上便衣酒吧办案，顺势想想你的身份很正常吧，倒是现在才知道警衔。"

年轻男人脱下乳胶手套，伸手向前，苍白的指尖对准纪询，撤去灯红酒绿下的醉态，秾丽的眉眼现在只剩锋利。他站在那里，渊渟岳峙，与昨夜判若两人。

"霍染因，刑侦二支队长。"

纪询同他握手。

对方的手和声音一样冰凉。

03

现场调查取证初步结束，尸体要先运回警察局，一些物证也逐步从房子里搬运出来。

其中有样物证是只鸟，活的，待在笼子里，是一只通体纯白、只有鸟喙上有一点红的文鸟。

之前纪询看见尸体时听见的娇啼，就是这只文鸟发出的。在被警察带出房子的过程中，纪询注意到鸟笼里装了过量的食物和水，随着警察的搬运一路洒下。

这显然不是屋内那位爱干净的精细死者的风格。

这只鸟笼被凶手动过。

凶手杀了人，放过鸟，还给它加了足量的食物，保证它能够生存下去。

残忍和慈悲再度形成了鲜明的对比，只是这次对比额外讽刺。

他下楼去找夏幼晴。

楼下的人都在讨论奚蕾的事情,窸窸窣窣的声音里,除了惊诧,就是惋惜。他们似乎对死亡的女人知之甚详,每个人都在谈论她的礼貌好心,乐于助人。

一个非常温柔的女人被人害死了。

众人已经开始诅咒起犯罪嫌疑人。

纪询看见夏幼晴了,她没有走,正和小区里的其他人一起看着尸体被抬上车子。

天很亮,太阳很大,也很冷。她捧着肚子,僵直木然地站着,上午初见时还有的些许精神消失了,她的身体像是开了个看不见的口子,维系着身躯活力的东西,便从这道口子里头,如沙粒一般逐渐流逝。

纪询神色微变,他挤入人群,朝夏幼晴方向快步走去。

周围传来接二连三的抱怨,纪询连连道歉,却没放慢前进的脚步,当他终于来到夏幼晴身旁时,她失去了最后的力量,缓缓倒下。

此后一阵混乱。

叫救护车,安排检查,办理入住。

中途夏幼晴醒来过一次,纪询试着叫了她两声,但女人显得迟钝麻木,只是愣愣地望着前方一会儿后,又缓缓合上眼睛。

旁边陪同的女医生很不高兴地说道:"孕妇的精神状态怎么这么不好?别以为孕期保持营养就可以,孕妇长时间的低落是会影响胎儿发育的,严重情况下可能会损害胎儿的健康和智力!有什么问题不能好好解决,要在孕期闹矛盾?"

接着她换了口气,以很不情愿的口吻说:"我们这里有个优惠政策,妻子产检丈夫也能做免费体检,不收钱的,免费!如果你需要就自己去导医台咨询。"

纪询觉得自己在别人眼中已经从"渣男"变成了"绝世大渣男",摸出手机想要给袁越打个电话,最后还是放弃了。

他坐在医院的陪床椅上,拉起挂在脖子上的耳机,开始听歌打游戏,等待夏幼晴再次醒来。

天渐渐擦了黑,当室内的光线从明亮变得昏惑时,躺在病床上的夏幼晴茫然地睁开眼睛。纪询收了手机,避免屏幕的冷白光刺激到夏幼晴的眼睛。

"你醒了?你在小区晕倒了,我把你送到阳光医院——我在你随身携带的包里看见了印有这家医院标志的面巾纸,猜测这是你惯常来的医院。"

"蕾……"夏幼晴嘴唇动了动，声音缥缈得像是一缕风，"奚蕾……"

"霍染因在查。今天你在我家见到的人叫霍染因，他是刑侦二支的新队长，这两天才上任，现在负责这个案子。他不是一个好搞的人。"纪询说到这里，稍微停顿，接着道，"对于刑警这行而言，一般越不好搞的人，业务能力越强，你暂时不需要太担心，也许你还没出院，案子就水落石出了。"

夏幼晴涣散的瞳孔在纪询脸上对焦。

"纪询……"

"喝杯水。"纪询说着帮助夏幼晴坐起来，又给她递了一杯水。

夏幼晴接过水，她喝了一口，干涸的唇出现些血色。

"抱歉。"

这声道歉让纪询意外。

夏幼晴脸上还残留着茫然的疲惫。

"白天我有些太着急了，我知道你和袁越只是单纯关系好，我说的那些……只是想激一激你。我不知道现在还能找谁。也许直接报警会更好点，但蕾蕾是我最后的朋友。我想……纪询，我觉得你更值得信任。"

原本纪询想提袁越的，但这时候他反而说不出口。

袁越和夏幼晴的事情，别人不清楚，他却知道。

差不多去年四月，袁越在出任务的时候被一位艾滋病嫌犯咬下脖颈处的一块肉，又在争斗中跌下高台，跌断一条腿。那时袁越和夏幼晴感情好，正因为感情好，这些事情反而不敢让夏幼晴知道，于是袁越打电话给他，他去照顾袁越，顺便帮袁越瞒着家里和夏幼晴。

后来夏幼晴还是发现了，就变成他和夏幼晴一起照顾袁越。

这次事情显然让夏幼晴饱受惊吓，在照顾袁越的时候，夏幼晴一直希望袁越能够从一线下来，退到二线，做份安稳点的工作。

夏幼晴之所以会提出这个要求，还是因为局里的领导。

袁越养伤的时候，局里领导来看望，关怀袁越腿伤的同时，也提了模糊的话。

他了解袁越，只要还有一口气在，袁越就不会想从一线退下来，这人天然有副侠肝义胆的心肠，每天不巡视案子、翻阅卷宗，摸索破案的蛛丝马迹，他就浑身不舒服。

那段时间里，袁越一度非常痛苦，有来自夏幼晴的原因，有来自局内考量的原因，还有来自自身的原因。

他不知道自己是否也感染了艾滋病。

谁都不知道。

他没有办法在这时候拒绝对自己不离不弃的女朋友。他答应了夏幼晴退居二线。

之后检查结果下来，很幸运，袁越没有感染艾滋病，同时他摔断的腿也恢复良好，没落下什么病根。

接到两样检查结果后，夏幼晴额外高兴。袁越也高兴，可高兴中总带着点郁郁寡欢。

没几天，袁越拉着纪询喝了一晚上的闷酒。

再后来，局内的消息也下来了，袁越依然留在一线，同时记功。

纸包不住火，夏幼晴很快知道了袁越主动打报告强烈要求留在一线的事情。她砸光了袁越屋子里的东西，摔门而出，就此消失。

作为袁越的兄弟，纪询了解袁越的心，无法指责袁越什么，这对他来讲是自然而然的事情——哪怕袁越中间犹豫心软，可最终他只会做出一种选择。

但对夏幼晴而言，袁越确实不折不扣地骗了她。在她四岁的时候，她的父母就离异，双方都承诺会爱她会照顾她，但仅仅一年，两人各自组成新家庭，有了各自的孩子，谁都不再要她。

她憎恨所有骗她的人。

"幼晴，如果你不想再和袁越在一起，为什么……"纪询斟酌着问，"不把孩子打掉？"

"怀相不好，打了可能一辈子都没孩子。"夏幼晴回答得言简意赅。

纪询无话可说。

夏幼晴再度看向他，那双本该明亮的眼睛已布满血丝，里头一片彷徨。

黑发在床上蜿蜒，遮去她的身躯，她如同纸张一样轻薄。

"纪询，你会帮我的，对吗？"她轻声呢喃，"我想来想去，我一直在思考还能向谁求助，也许直接报警会比较好……纪询，我终于想到了你。真奇怪，我想到了你。我们都没有说过多少话。我真不应该来麻烦你。可是我好像……再也找不到别人了。"

窗外有一轮月亮，圆圆的，外罩一层彩晕。

也许是月晕的关系，他的眼也花了，夏幼晴的面容模糊了，成为了另一张他更熟悉、更稚嫩的年轻面庞。那张娇妍的面庞像鲜花一样对着他。

那张熟悉的脸正彷徨无助地看着他。

她孤零零地站着，什么也没有了，满面哀伤，冲他哭求。

一阵风从窗外吹入。

花凋零了，如沙般飞逝。

夏幼晴苍白的脸重新出现。

纪询心中的迟疑变成颤抖，深吸一口气，按按额角："跟我说说你的朋友。"

夏幼晴眼睛亮起，精神一下注入她的躯壳。

"奚蕾——"她开口说了两个字。她们认识得不久，才两三个月，可有很多想要说的，最想说的，是她和奚蕾刚刚相遇的时候。

她舔舔干裂的嘴唇，说："纪询，你知道我为什么会选择这家医院吗？因为我是在这里碰到奚蕾的……"

当日她置身医院的妇产科，坐在她对面的医生面目模糊，她已经忘记了对方的长相，但对方张嘴说出的每一句话，却异常清晰。

"超过十四周了，只能做人流，怎么不早点来？都三十岁了，是成家的年龄了，和男朋友讨论讨论，保下来吧。"

她浑浑噩噩地从医院出来，站到马路边上。

来来往往的车辆汇聚成斑驳的洪流。她站在洪流之外，渐渐感觉到麻木涌上心头。父母早已断绝了往来，她因为袁越的事情从公司离职，和袁越也闹翻了。

现在连想打掉一个胎儿，都力不从心。

我还能做什么呢？

她问着自己，朝着洪流的方向轻轻走了一步，抬起的脚还没有落地，一股大力撞上她的胳膊，将她往后一带。

她趔趄回头，迷雾拨散，一个比她还矮还瘦的女人抓住她的手臂。

对方长得这么娇小，力量却异常大，她的手臂仿佛被拴在铁环里，动也不能动。

那个女人有着很长的头发，在脑后扎成个精神的高马尾。她的皮肤黑黄，嘴唇厚，眼睛却小。她并不漂亮，但给人的感觉却很好，也许是她脸上的红晕，也许是她小眼睛里的闪亮，都给人一种昂扬向上的感觉。

她迷惑地望进那双闪亮的明眸。

"小心些。"那人说，"你看起来有点累。你叫什么？我叫奚蕾。"

奚蕾！

纪询听完了，他再问："奚蕾平常发朋友圈吗？上面有她男朋友的信息吗？"

夏幼晴迷惑地望着他："你怀疑曾鹏？"

纪询不置可否："现场情况像是熟人作案，他嫌疑不小。"

"她发得不多，主要是工作上的事情。"夏幼晴打开手机，交给纪询。

纪询接过,情况一如夏幼晴所说,奚蕾多是发工作上的那些事,发得也很有规律:孕妇顺利生产会发一条庆祝消息,孩子满月了也会发一条,这条带着照片,有时是妈妈抱着孩子,有时是孩子单独的照片。

这些孩子的数量总共算下来有十七八个,但是有男有女,和奚蕾家里全是女孩的人偶并不相符,两者应该无关。

他这样想着,继续翻阅,找到了夹杂在这些信息中的奚蕾和她的男朋友的消息,以及一份转发的关于海豚酒吧的招聘信息,时间是半个月前。

海豚酒吧离他打鼓的浣熊酒吧直线距离不足两百米。

"还有一个问题。"离去前,纪询又问,"奚蕾家里的人偶是怎么回事?"

"这个我不太清楚。"夏幼晴迟疑摇头,"我一开始看到的时候也被吓到了,后来问了蕾蕾,她只是笑笑,平常也没做什么奇怪的事情,就是挺宝贝它们,时不时将它们拿下来擦擦……"

"没点眼睛的人偶应该是特殊定制,你知道她是在哪里买的这些人偶吗?"

"她和我提过一嘴,我想想。"夏幼晴绞尽脑汁,"好像是一个叫鲁大师的木匠。"

宁市的酒吧一条街,总是城市最后熄灭灯火的地方。

这里火树银花,人群熙攘,哪怕是隆冬肃杀,它也呈现出春暖酒浓。

纪询走到海豚酒吧时,正好看见两位穿制服的警察在同酒吧经理说话。

纪询没有上去凑热闹。他绕了一个小圈,来到酒吧的后门。他经常出入这里,知道这一带的所有地形,也清楚海豚酒吧的后门在哪里。

酒吧的后门有条倾倒垃圾的小巷,前门有多灯光璀璨,这里就有多晦暗不明。不知哪里来的野猫野狗,盘踞在垃圾桶上,用发黄发绿的眼睛盯着他,与其说它们是生物,不如说是生物形监视器,不动声色地监控着一切。

纪询路过这些,在心中默数一二三。

前门有警察,如果曾鹏正在海豚酒吧,如果他心虚,那么……

"哐当"一声响,海豚酒吧的后门打开了,一个戴着棒球帽、身材微胖、身高不矮、视觉上颇有分量的男人走了出来。

这男人明明颇为高大,却弯腰驼背,低头缩肩,走路还有点趔趄,活像一个被残酷的社会压弯了腰的可悲分子,他和纪询打了个照面。

小巷幽深,只有远处遥遥的灯光和天上残缺的月影。

阴暗是很好的保护色,它在人和人之间隔出安全的距离。

就在两人擦肩而过的时候,说巧不巧,一辆路过的车射来两盏远灯,同时将他们照亮。

纪询看着低头的男人，冷不丁说一声："曾鹏？"

男人身体颤了一下，没有回头，他两手提着一个大大的黑色塑料袋，往前边的垃圾桶走。

纪询又说："奚蕾。"

车灯离去，黑暗再度合拢。当光与暗完成交替之际，棒球帽男人放下手中垃圾袋，弯腰之间，衣服提起，露出腰侧。黑暗里，冷光一闪，是刀尖！

冰冷的刀尖带起灼烫的热度，热度不来自体外，而来自体内。

攀升的温度点燃了纪询的血液，沸腾的血液在蒸煮他的骨头，刹那间，他感觉到自己的呼吸，连呼吸都充斥着铁锈的滋味。

04

"杀人了！"

尖利的女声像一柄小刀，扯破了由灯光和醇酒织成的温情脉脉的夜幕。周围的人群滞了滞，接着像是被同一个遥控器控制那样，集体扭转脖子，朝向声音传来的方向。

刚刚询问完酒吧经理的两位警察反应最快，他们冲到了女声响起的位置，看见一位女侍应战战兢兢地贴墙站立，她嘴巴张着，脸上一片空白，眼睛直直地盯着前方小巷，可能自己都不知道自己在叫什么。

她的前边，小巷的深处，一道蜿蜒的暗红液体缓缓流出，液体的尽头有两道黑影，一道面朝下倒在地上，另外一道俯压在其上。

"住手！"

"放下武器！"

两位警察厉声喝止，拔出武器指向前方，同时打亮强光电筒。光线驱散黑暗，现场情况这才分明，只见现场两人体表并无明显伤口，周围有武器，是一把水果刀，丢在距离两人五步开外的地方，刀身光亮，也并无血迹。

地面上的暗红色液体来自地上的一个破损便利袋，看着像是……火龙果汁。

纪询松开曾鹏，举起双手，慢慢站起来，面向警察说："你们来得正好，我要报警，这么漆黑的巷子，这人掏出刀子，真是太可怕了。"

警方并没有放松，他们飞快扫了眼现场，厉声问："你是从背后把他扑倒在地的？"

纪询顿了下。那一瞬间发生的事情很简单，他看到刀光，先下手为强，将人扑倒控制；严格认定责任的话，是他先打架斗殴。

"误会。"

这时候，面朝地面的曾鹏突然开口。他撑起身子，一只手臂垂着，动作迟缓地拍拍衣服，看着像是受了伤。但尽管如此，他依然诺诺连声道："都是误会，我没注意把厨房刀带出来了……不麻烦警察，我们私了，私了。"

两位警察互相使个眼色，曾鹏低着头，但没有用，在他爬起来的时候，明亮的手电筒，已经清晰明白地照出他的脸。

正是他们要找的犯罪嫌疑人。

"都回局里一趟。"

最终，两个人都被带回了警察局。纪询被安置在刑侦第二支队里，但太晚了，没人搭理他，只有个白天在案发现场看见的眼镜刑警，对着电脑飞速敲键盘。

纪询摸出手机，给夏幼晴发了条消息说明情况，又打开游戏，有一搭没一搭地玩着。

倏地，一阵椅子拖拉声传到耳旁。纪询的手臂被人扯起，带着清凉药膏的手指直接抹上他腕侧的伤口。

这点伤口他自己都没发现，有这双锐眼还这样不见外的，除了一个人，他想不到还有谁。

"嘶。"纪询手臂一抬，避开了，"轻点。"

"帮你涂药还这么多话。"涂药的人松了手，双肘压在桌面，上身微倾，敏锐的双目看过来的时候，自然柔和了视线，"小巷里缴个普通人的械都擦破皮，太弱了吧。"

纪询目光自上向下看去，掠过坐在身前的人。

对方身着冲锋衣、马丁靴，做着随时能冲上第一线的便装打扮。他剑眉星目，薄唇微抿，剃着个精神的寸头，因而耳下颈侧一处缺了块肉的狰狞伤口便完全暴露出来，破坏了他颇为俊秀的轮廓，导致他不说话时，整个人都显得阳刚肃穆、不近人情。

但熟悉他的人都知道，他身上产生的所有坚硬，都是为了保护他人而生的盾牌。

纪询对上袁越的眼睛。

那双眼里的关切，轻而易举便刺破两人分开后的些许时间，揉碎了不同工作生出的隔膜。

纪询想，真像是自己只去休了个长假，回来还和袁越搭档啊。

霍染因站在询问室的单向透视玻璃后。谭鸣九和搭档待在里头，紧急询问刚刚被带回来的曾鹏，但里头的进展不太顺利。一开始曾鹏似乎都不知道自己为什么被带过来，从开始就一副坐立不安、息事宁人的态度，到最后甚至不要赔偿了。

"我能不能早点回去？没请假就离开，店里会扣我工资，一旦扣钱，月底就没有三百块奖金了。"

"知道奚蕾吗？"谭鸣九问。

这个名字让曾鹏抬了一下头，就一下。他很快重新低头，脑袋勾着肩膀，像是脊柱完全没法支撑他好好坐直似的。

"嗯，知道。别提她，我们早吵架分手了，我的事情和她没关系。"

"她死了也和你没关系吗？"谭鸣九大喝一声。

曾鹏一下子呆住了，他脸上的怯弱幻化成一片茫然，茫然又蜕变成不信，他刚刚张开的嘴巴又重新闭合，像蚌壳一样紧紧闭合，这时候他的脸上反而露出了三分抗拒的倔强。

他觉得警察在诓他。

直到谭鸣九拿出奚蕾死亡现场的照片。

这张照片击溃了曾鹏，刚刚还三棍子打不出一个屁的曾鹏居然在椅子上陷入了足足一分钟无意义的狂吼和挣扎，然后力量消失了，他像一堆迅速燃烧之后的灰烬一般，跌落在椅子上。

询问得以正常进行。

"1月11日晚，你去过奚蕾家里吗？"

"去过。"

"去干什么？"

"拿钱……"

询问室里的声音一路传入霍染因耳朵，更多的线索开始出现。

法医推定，奚蕾死亡时间为11日晚9点到11点。

11日晚，奚蕾于7点52分出现在小区监控，回到小区。

11日晚，清安小区大门摄像头显示，犯罪嫌疑人在7点03分到达小区，7点21分离开小区，自诉他拿走放在她家中的银行卡，尔后回到出租屋，于8

点下楼吃面，8点30分后在住所附近的自动取款机取钱，换了四家银行，总共取出三万元。

霍染因目光微垂，进入犯罪嫌疑人的视角。

月光冷冷地照在人烟稀少的小巷子，他已做好准备，再度回到小区的后门，奚蕾的住所就在后门内的第一栋，围墙不过两米五，随意就能翻越，他翻过围墙，或者闪身进入监控坏掉很久的后门……

他敲开了女友的门……他进去……他撕开假面，露出狰狞的原型……他将人推倒在沙发上……他狠狠拿枕头捂住女友面孔……捂住，压死，掐着……直到抽搐的身体不再动弹……她软下去，软软地躺着……

不对。

霍染因眉峰微拧，从犯罪嫌疑人视角中切换回来。

绳子呢？为何一定要用绳子将人绑住，再捂其口鼻致死？因为害怕死者挣扎吗？不。

曾鹏身高超过一米八，身材结实，在面对娇小的奚蕾的时候，根本用不着绳子。

询问室内，谭鸣九咄咄逼人："拿钱干什么？这钱是奚蕾的存款吧？你朝她要钱她不肯给你，还骂你嘲讽你，说你没用，没错吧？"

"还差一笔税。"

"什么税？"

"契税。"垂着眼望地面的曾鹏慢慢抬起眼，"我给她买了一套房。只准备了房款，没准备税。我想给她一个惊喜……"

但一切都没有意义了。

十分钟后，谭鸣九走出询问室，手里拿着张折得皱巴巴的单子，这是曾鹏自口袋里拿出来的，奚蕾三个月前在阳光医院打胎的单子。

"曾鹏说孩子不是他的。"谭鸣九牙疼得直抽气，"孩子不是他的他还买房想和死者和好？再老实人好脾气，也不至于绿云罩顶喜当爹了，还这样唯唯诺诺满心付出吧？"

和谭鸣九搭档的记录员说："我看曾鹏倒是真心的，至少房子的名字，切切实实写的是奚蕾。"

霍染因没有参与他们的对话，他在翻今天晚上的记录，当目光扫到一处时，停住了，问道："纪询出现在摸排现场，和曾鹏发生冲突？"

"哈。"谭鸣九探过头来，"怎么这案子哪哪都能见到他？冬眠三年终于睡够了？"

"没什么好担心的,过去年终体能测验,我可是蝉联冠军。别说一个没受训的普通人,就算三五个,打不过总也跑得掉。"

二支队的办公室里,纪询三言两语回应了袁越的关心。

袁越不是善于闲聊的人,最初的关切过后直接切入主题道:"死者是你的朋友?"

"算是。"

"今天你带回来的人是凶手吗?"

"我怎么知道?我又不是神探,看一眼就知道谁是真凶。"纪询先是失笑,继而以探讨水果甜还是不甜的语气随意发挥,"应该不是吧。是的话不就太无聊了吗?"

"那,要我和二支那边商量一下,将案子接过来吗?"

纪询见到袁越稍稍压下的眉眼。这人身上有种不动声色的温柔。这种温柔在平时或许因为他的拙于言辞而不显露在外,可只要到达关键时刻,就一下变成汪洋大海,无边无际。

有时候纪询觉得袁越像一件老式冬衣——基础,显土,但永远缺它不可。

夏幼晴真该来找袁越。纪询想,袁越绝对不会让她失望。袁越不会让任何人失望。

"怎么,半年没见,你也学会走后门了?"纪询用玩笑敷衍过了对方的关心,这玩笑引得袁越微微发窘,连嘴角都抿得深了一点,露出颊边一个隐隐约约的酒窝。

袁越的长相其实很阳光,他性格方正,但并不死板,之所以显得有些严肃,主要因为脖子上的伤口。但他一笑起来就露出天生的酒窝,怎么看怎么显得年轻。

一个刑警队长长成这副模样,实在不够成熟稳重,无论是在抓捕罪犯还是带领手下警员上,似乎都有点落入下风,所以袁越越来越不爱笑了。

纪询觉得有点可惜。当年他入警队的时候,袁越做事认真归认真,说说笑笑的时候也不少。

不过可能从今开始,这种委屈就不用袁越一个人承受了。二支队的霍染因,也是个光凭样貌并不足以服众的男人……

"想什么呢?"纪询的肩膀被拍了下,他回过神来,听袁越说,"我没有和你开玩笑,刑侦两个支队,彼此调一调手头的案子,也没什么奇怪的。"

"得了,别人不知道,我还不知道?上面一句话,下边跑断腿,现在还有谁敢不铆足力气破案?"纪询失笑。

近几年来，宁市在这方面抓得越发严了，早早打出"命案不破，现场不撤"的口号，虽然因此让刑侦支队的警力捉襟见肘，几乎每个刑警都熬油点灯地加班，但确实有成效，除去早年的案件外，重大刑事破案率维持在百分之九十二以上。

这个数据让纪询屡次怀疑，袁越不知什么时候就得猝死在工作岗位上。他劝他两句："你有时间早点回家休息，免得在办公室里就英年早逝，回头连个烈士都评不上，多亏？"

"这么担心我不如回来和我搭档吧。"

"不要。"纪询拒绝得干脆。

"纪询——"

"三年前我就说过，我不再适合干这行了。"

"不，你适合。"袁越反驳，"你是我见过最适合干这行的人。"

纪询默不作声。

他不愿回答，气氛就陷入僵持，袁越跟着沉默了一会儿，将手伸进口袋里，摸出颗糖果，塞到纪询手中。

纪询怔了下，捏捏糖果，想起他刚刚入职时的事情。

毕竟没有多少人天生就对死亡和尸体完全免疫，刚加入刑警队的时候，他有个很娇气的小习惯，会在看尸体之前吃颗糖压一压。后来有一次出现场的时候忘带了，那天也背，大夏天的，尸体又过了两个月才被发现，现场的气味和尸体的模样一言难尽，他的状态也一言难尽。

那次以后，袁越就发现了他的小习惯。再接着，袁越的口袋里就总装着两三颗糖果，去现场之前给他递一颗，看他心情不好了也给他递一颗，两人观点不同争执了，事后也给他递一颗……跟灵丹妙药一样，这也算"袁越式"贴心吧。

纪询把玩着糖果，没有吃。

袁越索性再拿出一颗，这回直接剥了糖果纸，把糖果塞进纪询嘴里，他说："算了，你不想谈这个我们就不说。但当时可是你说的要和我一起当一辈子警察的。"

纪询含着糖，舔舔唇，甜的，甜到发苦。

是我说的。他在心中应道。那时年少轻狂，不知道没有谁能和谁一辈子。

"你应该明白。"他微微恍惚，心中的话泻出嘴唇，"我迈不过那个坎……"

袁越还想说什么，目光忽而一转，停在纪询身后："霍队？"

纪询转身，这才发现霍染因站在办公室大门口，不知看了多久，听到了什么。

05

　　袁越站起来："我来和朋友聊聊天。"
　　"何不顺便把朋友的笔录做了？"霍染因说，嘴角带上似有若无的微笑，"节省大家的时间。"
　　袁越眉宇间掠过一丝疑惑，他开口前，纪询先打了个哈欠，不太客气地说道："我在这里都等半小时了，还要等多久呀？赶紧录完了让我回家行吗？"
　　袁越走了，霍染因在袁越刚才的位置坐下，他打量着纪询。
　　又来了，那种如芒在背的感觉。
　　纪询不觉皱了下眉，他现在开始觉得，昨天霍染因和自己的见面过于巧合，就好像他是霍染因想要钓起来的那条鱼，这条鱼还傻傻咬了钩。
　　"女人的直觉真可怕。"霍染因终于开口，"早上我以为她在乱说，没想到她虽然没拿到什么证据，却心里有谱。"
　　"她心里有谱，你心里可能没谱。"
　　"哦？"
　　"好奇成这样，冒昧问句，您今年贵庚啊？"纪询嘲讽地一笑。
　　霍染因的手指在桌上敲了两下，他翻过这个篇章，拿起晚上的现场记录，记录很简单，只是如实描写，一共三五行字。
　　"反应过激了，居然把非专业人士的手臂拽脱臼，你有刀具恐惧症？我去你家的时候，没看到厨房刀具，房间里的橱柜桌椅都做了圆角打磨，找了找柜子，连裁纸刀都是圆壳的……"
　　霍染因一翻手，一把不足掌心大的蜗牛壳形状迷你美工刀出现在桌面上。
　　他手指一推，刀刃弹出，很短的一截，不注意都看不到上边的尖角。
　　纪询目光全然本能地挪开了，他的喉结滚了滚，一条看不见的绳索悄然绕上他的颈项。随后，他听见弹簧松开的响动与霍染因了然的声音。
　　"尖锐恐惧症。"
　　"霍警督，你是警察，跟我说，这算不算入室盗窃？"
　　"入室盗窃的法条解释和普通盗窃的立案标准，想必不用我赘叙。"
　　"人民公仆不拿群众一根针线的守则呢？"
　　"我说话习惯有证据，这是证物。"霍染因说，随后，他将美工刀推向纪询，为这轮针锋相对画上句号,"现在证据证明完毕,物归原主,不拿群众一根针线。"

纪询垂眸望了一会儿美工刀,突然笑了。

他挑起的眼角充满了不屑,可那浅浅的一弯勾本身就是一种美丽;他含在嘴角的笑容充斥着讽刺,讽刺中又有一丝彬彬有礼的味道;他脸上写满了切实的厌倦,可是那张脸,这个人,在与黑暗结合的时候,也染上了黑暗的魅力。

一种深邃暗沉,叫人哪怕明知结果就像飞蛾扑火,也想靠近。

"警督,你真在意我。鉴于我们之前确实没有见过,而我也没有失忆这种小说桥段,只能推定……过去我们可能在一个超过十人的公开场合见过面,在那里,我给你留下了很深刻的印象或阴影,乃至于你横看竖看都看我不顺眼,对我念念不忘直到现在,终于冤家路窄。"

"不过听我句劝。谁的人生没点伤心事?习惯就好。"纪询漫不经心,又开玩笑,"对了,我说话不讲究证据,万一猜错——那就猜错。我建议,不管对错,你都不用继续,我们默契点保持'我知道你知道我想说什么'就好了。"

记录本子原本拿在霍染因手中,现在被他丢到桌子上。

自他出现在警队后就保持的不动如山被破坏了,此刻正满脸不悦地盯着纪询。

纪询意外地在这时的霍染因身上,看出了些昨天晚上的烟火气。

纪询走了,霍染因还得在办公室里加班,命案发生后的第一时间总是额外忙碌,侦破的黄金时间就是发生命案后的七十二小时,能多干点就多干点。

不多时,谭鸣九打着哈欠走进来:"联络到死者家属来认尸了,死者家属在周边农村地区,说会尽快赶过来,家里就父母和一个弟弟,看家境不怎么样,我打电话过去通知的时候,接电话的父亲像天塌地陷了一样……纪询呢?走了?"

"嗯。"

"我看这件案子他参与了这么多,还以为他决定回来了。都三年了,袁队也不劝劝他,人总得往前……"谭鸣九小声嘟囔,肉眼可见地低落下去。夜晚总是让人低落。

"袁队和纪询感情很好?"霍染因仿佛不经意间问道。

"很好,是手把手、背靠背的交情。"谭鸣九乐于和新上司分享些无伤大雅的事情,"纪询刚来警队的时候,是袁队带的他。他天生是吃这行饭的人,上手超快,除了现有的工作外,还爱翻陈年旧案。那些案子过了十几二十年,证据要么已经找到,要么早就湮灭,但他硬是能翻出点不一样的东西。"

"这么厉害为什么离开?要是好好干,现在都做到队长了吧?"霍染因抛出新问题。

"反正，多少有点他自己的考量吧。"谭鸣九的言辞一下含糊了，"他现在也挺好的，是个很出名的作者，人闲事少来钱快，我梦想中的生活。"

"唔。"霍染因说，"你觉得他更喜欢过去的日子，还是现在的日子？"

谭鸣九扒了扒自己锃亮的脑袋，迟疑道："这我哪知道。但可能是……过去吧，那时候的他很精神。"

"霍队。"眼镜刑警匆匆跑进来，"案子有新的发现！"

办公室内的闲聊就此中断，霍染因查看新的线索。去手机营业厅拉单子的刑警回来了，带来了奚蕾手机中短信和电话的清单。单子很厚，远超正常聊天的厚度。而且那些电话往往两三秒钟就挂断。

霍染因略略皱眉。

"骚扰短信？"

"肯定是。"眼镜刑警补充，"这一般被用于放贷软件催收上。"

但这明显不符合他们对案发现场的推断，也和奚蕾现有经济情况不相吻合。奚蕾名下有一笔四十万左右的定期存款，不在曾鹏拿走的那张卡上，是一张独立的农行卡，流水显示自她开始工作就连续不断地往里面存钱，称得上财务状况良好。

"持续时间呢？"

"持续的时间倒是不长。"眼镜刑警看了眼单子，"一共才三天，时间是1月5日、6日、7日。"

正好此时，监控室查监控的刑警也有新的发现，在基本相应的时间节点里，一连三天，在奚蕾出小区门上班的时间里，小区大门的摄像头都拍摄下了一辆停在角落的豪华轿车。

豪华轿车静静地停在角落，在奚蕾出现之前出现，在奚蕾离开之后离开。

而除了这几天外，无论往前还是往后，都没再见到这辆车的踪迹。

车子的外壳将开车的人遮得严严实实，但摄像头已清晰地拍下车子的车牌号。

不怎么安稳的一夜过去了，纪询醒来的时候，时间才7点，他的脑袋隐隐作痛，也不知道是安眠药带来的副作用，还是睡着时接二连三的噩梦导致的。

昨天晚上他联系家装公司寻找"鲁大师"木匠。这种一般和装修家居这块联系紧密。但他来回问了一圈，没有人认识一个姓"鲁"的木匠。

他打了个疲倦的哈欠，在一种似醒非醒的状态中洗漱出门。到了阳光医院，他见着夏幼晴的时候，她还有些郁郁寡欢，但已经从病床上起来，坐在花园椅上。

她的左手抱着一束花，花束中插了两个小玩偶。从纪询看到不过两秒钟，整束开得正艳的花朵就被丢弃进垃圾桶。

一路走来，他在花园里的不同人怀中看见了几乎相同的花束，显然花束来自阳光医院，私人医院在这方面的服务总是推陈出新，也颇得住院患者的喜爱，不过这回踢到了铁板。

夏幼晴面色漠然，丢完了花甚至拿起纸巾，擦一擦自己的手指。

这还得怪袁越。袁越在刚谈恋爱的时候，用了些心思，甚至犯规地场外求助一个刚巧被逮捕归案、同时骗了十八个女人感情和金钱的诈骗犯，最后给夏幼晴送了两支香薰蜡烛，里头藏着捧着爱心的陶瓷小人。

当时有多惊喜最后就有多愤怒，直到现在，她也没能从小玩偶的阴影中走出来。

过去的事情自纪询心中悄悄溜过，他走到夏幼晴面前。

"曾鹏刚走？"他扫一眼夏幼晴放在膝上的盒子，"给你带来了奚蕾的遗物。"

"纪询，和你在一起有时候挺让人没有安全感的。"夏幼晴无奈说，"好像根本没有什么事情能瞒得过你的眼睛。不过这也是你让人信赖的地方。"

"这是很基础的推理，如果你想——"

"别，不用，我不想。"夏幼晴直接拒绝，"我知道你厉害就行，不想知道你为什么厉害。"

"奚蕾给了你什么？"纪询从善如流地转移话题。

夏幼晴摩挲下腿上的盒子，将其打开，里头是一幅十字绣，绣布上有两个手拉手的卡通小女孩，从面相上看，正是奚蕾与夏幼晴。

一滴水落在绣布上。

纪询礼貌地假装自己没有看见，他的目光向旁边偏了偏，这一偏，正好看见前方走来的一行四人。

四个人分成了两拨，霍染因和另一位警察走在前头，另外两位衣着得体、保养良好的男女走在后边。其中走在最后的女性是饶芳洁，阳光医院副院长。

纪询脑海中闪过自己在阳光医院墙壁上看见的照片。

饶芳洁是位中年女性，四五十岁的年龄，两手都有东西，左手是个名牌小包，抓着包的无名指上有圈深深的戒指痕；右手则提着个轻飘飘的中号红色塑料袋。

纪询朝塑料袋看了一眼，里头透出轻薄重叠的阴影，是很多大小不同的薄片叠在一起的模样，这些薄片的边全呈直角，像是……收拾在一起的纸张。

他视线一滑，滑到饶芳洁身前西装革履、步伐轻松的男人身上，看见男人戴戒指的手指。戒指和饶芳洁手上的痕迹吻合，两人是夫妻关系。

"纪询。"夏幼晴叫了他。她的视线方向和他一致，目光从霍染因身前转过，落在饶芳洁与男人身上时，带着深深的疑虑，"霍染因出现了。他们和蕾蕾的案子有关系？"

"饶芳洁的丈夫是奚蕾的情夫。"纪询轻声告诉夏幼晴。

夏幼晴一惊，词不达意道："情夫？蕾蕾怎么会有情夫！等等，你怎么知道她的情夫是谁？"

这种显而易见的问题纪询一向不回答。霍染因的出现证明这对男女和奚蕾的案子有关。饶芳洁又于近期摘下戒指，明显完全将"我丈夫出轨了，出轨对象就是奚蕾"这一消息写成条子贴在脸上。

"看见饶芳洁手中的红色塑料袋了吗？"纪询说的是夏幼晴完全没有注意的东西，"那里装着纸张，能猜出是什么纸张吗？"

"啊？"

"啊……我知道了，大约是发票、购物小票。"纪询自言自语，"男人脚步轻快，神色放松，证明在奚蕾这件事情上，他已经摆脱了嫌疑，他拿出了坚实的证据证明自己不在现场。什么样的发票和购物小票能够作为证明且大量收集也不会惹人怀疑——出差报销单据。"

他得出了结论，转头看向夏幼晴，夏幼晴满脸木然。

夏幼晴木然了一会儿，振作精神，试图总结道："所以他们没有嫌疑？"

"不好说。"

夏幼晴充满求知欲地看着他。

纪询的手在口袋里摸索了下，思考的时候他不觉得疲惫，那是解开九连环、旋转魔方、拼好拼图的阶段，人在游戏的时候很难疲惫，但等游戏做完，需要将游戏的内容按部就班地复述出来的时候，魔力就消散了，一切都变得枯燥又倦怠，需要吃点东西来提神。

但是口袋里空空如也，他好久没有复述这些了，自然也没有准备提神的零食。

这时旁边伸来一只手，夏幼晴给纪询递了颗梅子："孕期不能吃太甜，我没带糖和巧克力，这个可以吗？"

纪询接过吃了。

他的小习惯袁越懂，夏幼晴也懂。这是当时他们一起照顾袁越时被夏幼晴发现的，包括他家里的地址。人和人的距离一旦过近，秘密便很难被保有。但人又是一种群居动物，因而秘密便可以被理解为总会被知道的事情。

他含了含梅子，酸得他一个激灵，迟钝的脑细胞跟着蹦跳两下，开始说道："从直觉来讲，犯罪嫌疑人刚好有个看似不能推翻的不在场证明，十分可疑；

从常理分析，注重打扮的饶芳洁提了个什么也不能装的小手包，导致报销单据这种重要证物只能放在塑料袋里，这说明什么？"

"说明饶芳洁之前对此没有准备。"夏幼晴总算跟上了思路。

"东西是情夫准备的，准备得很及时，很充分。"纪询说。

"他有问题。"夏幼晴脱口而出。

"好。"纪询煞有介事地点点头，"他有问题。反正以小说而言，开头出现的完美不在场证明，总是为了在后期被颠覆推翻。一个俗套的开头，但勉强值得记一记。唔……他们停下来了，在说话。"

几人都停下了，饶芳洁好像先走了，只剩下唐景龙正和霍染因说话。

纪询曾学过一段时间的唇语，他遥遥望着，分辨并复述着唐景龙说的话。

"我和蕾蕾关系很好……蕾蕾虽然文化不高，也不够漂亮，但是个很朴实过日子的女人……我到了这个年纪，不看重什么漂亮不漂亮，每个男人不都想要个让人安心的家吗？我每个月给蕾蕾一笔钱，就想让她安安心心待在家里，不要那么苦……如果蕾蕾不接触乱七八糟的人，可能也不会……"

旁边传来一声讥诮愤怒的冷笑。显然是夏幼晴的，纪询并不理会，他依然望着前方，并掏出手机，抓拍已经走远的男人手上的东西，他觉得那东西有点眼熟。

被他抓拍的男人浑然不觉，霍染因却突然回头，目如鹰隼般望了过来。

06

纪询让夏幼晴先回病房，昨天刚刚晕倒的孕妇不宜在外头站立太久。夏幼晴回去没两分钟，霍染因过来了，毫不意外。

纪询冲他打了个招呼："嗨。"

"又见面了。"霍染因不咸不淡，"这次也是闲逛到调查现场？"

"其实我是来探望朋友的。"纪询用舌头卷了卷口中的梅子，"不过依照常识推断，最多今天明天，你或者你组里的人，就会来阳光医院看看。所以要说我特意来踩你们点，也没什么问题。"

"踩到了什么？"

"微不足道的一点小东西。"

纪询晃晃手机，打开蓝牙，将照片传给霍染因，同时问："现场有几个人的DNA？"

"除死者外，两个，一个曾鹏，一个唐景龙。"

霍染因的手机接收到了照片，他望一眼，那是张镜头对准唐景龙手中保温杯的照片——唐景龙手上的保温杯，印有一个小小的云朵标志，旁边还有个咖啡杯简笔画，看着像是哪家咖啡店的赠品。

"你怀疑唐景龙？"霍染因说，"死者的死亡时间里，他和妻子在外地旅游。"

"哦，看来这是一起双胞胎杀人案。"

霍染因没说话，听他继续说。

"当然，和他老婆外出的是他的双胞胎兄弟，杀人的是他自己。众所周知，同卵双胞胎DNA一致，但异卵双胞胎DNA不一样；从这点考虑，又能出现唐景龙是否经历了换妻这一分支剧情——"

"纪询。"霍染因出声打断，眉宇间的不耐烦呼之欲出，"唐景龙在户口簿上是独子。"

"也许有个流落在外的兄弟。最近这种流落在外的兄弟姐妹小说不是正流行吗？艺术源于生活，生活往往比艺术更加荒诞。"

"胡说八道很有趣？"

"哈。"纪询失笑，"好，现在除死者外，两个DNA，霍队长认为是曾鹏杀人还是唐景龙杀人？他们两个都有不在场证据。从曾鹏身上看，动机可能也不足，对吧？"

"不排除第三个人动手。"

"那一定是个谨小慎微、全副武装，小心避免自己掉落哪怕一根头发的人。不是奇装异服就是扫地高手。曾鹏、唐景龙、辛劳的第三者。又到了经典三选一的环节。"纪询轻佻一笑，冷不丁问，"霍队以为是谁？"

霍染因眉头稍稍一拧，没来得及开口，纪询已经自顾自得出结论："看来我们观点一致，第三者不够有悬疑感，杀人者是唐景龙。否则霍队长实在没有必要在已经询问完唐景龙和饶芳洁之后，再度回来一趟看我手中的东西，那么……"

他看着霍染因，嘴角牵出一丝玩味的弧度："唐景龙当日究竟是怎么飞跃过几千公里，杀害死者的？"

口中的梅子吃完了，他想直接投进垃圾桶，但在虎视眈眈的年老环卫工人眼皮底下，纪询礼貌地把果核吐在掌心，轻手轻脚地放入湿垃圾箱。

他做完后拍拍手，离去之前像是想起什么，再回头笑一声："对了，小说家的话，别当真。双胞胎什么的，无聊又俗套，现实不会这么不精彩。"

草坪上的两个人先后走了，苍老的环卫工人还在这块地方勤勤恳恳地打扫，但在她垂头弯腰捡东西的时候，一双肮脏的球鞋停在她面前。

那鞋真脏，黏在上边的半截菜叶都没有弄掉，明明只要主人一弯腰就能够解决了。

真是个邋遢鬼，就没人说说他吗？

环卫工人腹诽。

梦又降临了。

梦境真是个不速之客，明明没人给它开门，它也要千方百计溜到你的脑海中。

夏幼晴熟悉这种麻木，自从奚蕾死亡以后，她总是陷入一种对方仿佛还活着的虚幻中，她知道这是假的，是她内心不愿意奚蕾离开所产生的幻觉。

可是这种幻觉已经一连持续了好几天，将那些她妥当收拾在记忆箱中的，和奚蕾相处时候的点点滴滴都翻出来。

她率先听见的是自己的哭声，周围一片狼藉，碎玻璃、卫生纸、枕头、被褥、烧水瓶，她疯了似的砸光了所有东西，最后只能蜷缩在角落，崩溃地饮泣着。

她也不知道自己在哭什么，因为整夜整夜的失眠，因为三五分钟就会呕吐一次的孕早期绝望？可是每一个女人都会怀孕，都能生孩子，为什么她们都没事，唯独她承受不了？

奚蕾默不作声地搂着她，轻拍她的肩背。

对方明明比她还要小两岁，这时候却像是她的姐姐一样安慰她——那是因为她根本不懂她的痛苦，没有人懂她的痛苦！

剧毒的蛇咬着她的心，她几乎想要推开奚蕾，当着她的面，打开窗户跳下去，这是奚蕾欠她的，如果不是奚蕾拉住走向马路的她，也许她早就解脱了！

可当她抬起头来时，奚蕾眼中闪烁出的不是安慰和同情，而是洞悉与了然。她什么也没有说，只是轻轻靠近她，用平凡但温暖的脸颊贴着她。

她的哭声渐渐停了，奚蕾望着她，可眼神像是看透了她，看透了这间房子，看透了生和死的界限。接着奚蕾露出悲悯的微笑，她将一样东西塞入她的手中，张了嘴……

来自肚子的抽痛将夏幼晴自梦中拽出。

每夜都一样，无论睡得怎么样，来自腹中的疼痛都会定时定点地将她拽醒，那像是一个肿瘤，挂在她身上吸收养分的肿瘤。

她睁开眼，看见熟悉的房子。几个月前，她将这里砸了个精光，而后记忆就模糊了，直到现在，她终于记起来，奚蕾当时将人偶塞入她手中。

她握着一个长头发的人偶，那人偶胖胖的，圆嘟嘟的，穿着一身蓝底粉红花的连衣裙。

但它没有眼睛。

空洞的白色瞳仁注视着她。

她毛骨悚然，但奚蕾悄然温柔的声音将她安抚："别怕。她会保佑你的。她们都会保佑你的。而我，晴晴，我会好好照顾你，一定会。"

夜晚的房间内传来鼠噬木头的声音，那不是藏在阴影角落的老鼠，是夏幼晴的骨头，她在颤抖，骨头互相敲击，咯咯咯咯，像老鼠噬咬木头。

它们驱使着她做点什么，一定要做点什么。

纪询在一家医药公司楼下的咖啡厅里捉到夏幼晴。进这家咖啡馆的时候，他还特意抬头看了看招牌——零点咖啡。招牌上没有云，和唐景龙拿在手里的保温杯上的标志并不相同。

当他看见夏幼晴的时候，夏幼晴也在看他，相较于无所事事，对着个平板电脑写写画画喝咖啡的他，夏幼晴的表情一如在光天化日之下见了鬼。

他将平板电脑反扣桌上，冲夏幼晴招招手，让她坐到自己的对面，打招呼前没忍住，又打了个哈欠，只得再灌一口黑咖啡。

"见到我这么意外？"

"你怎么——"

"怎么会出现在这里？怎么会知道唐景龙在这栋楼中上班？怎么知道你会自己偷偷跑来调查？"纪询语气随意，"我不知道，不出现才奇怪吧？相较于这种理所当然的事情，我更好奇的是，你……"这回纪询面露迟疑，揉揉眉心，"一个怀孕六个月的孕妇，到底是怎么想的，居然敢自己来做这种危险的事情？你觉得这是在写《孕妇妙探》《带球追凶》？"

"孕妇确实是个很深刻的记忆点。"纪询坦诚分析，"但是刑侦题材难免会有动作戏，作为读者恐怕不会愿意看一个孕妇和任何动作戏扯上关系。他们会觉得这很弱智，我也这样觉得。"

"为什么不说话？"纪询又问。

"聊不下去。"夏幼晴绷着脸。

"走吧。"纪询喝完了咖啡，从位置上站起来。

夏幼晴没动，她坐着，语调微微急促道："纪询，我没想做什么奇怪的事情。我想见见唐景龙，我在衣服的第二颗扣子里放了微型摄像头，唐景龙也许不会对一个孕妇那么警惕，如果在交谈中有什么破绽，到时候你就能一眼发现。我绝对没有不相信你。"

"我也没觉得你不相信我……"纪询随口说。

死者亲友家属在侦办案件的过程中因为过度伤心、悲愤而主动做出些什么事情干扰办案,这种情况并不罕见,纪询也不为夏幼晴的举动生气。只是站在他的角度,需要提醒夏幼晴以防万一,万一夏幼晴干扰到破案,万一夏幼晴在这次事件中受到伤害。

"我只是……只是一定要为奚蕾做点什么……为一直照顾我的人做点什么。我不能将所有事情都推到你身上然后等待结果——我不能那样对不起她。"

纪询的视线落到夏幼晴身上。

她快喘不过气了。奚蕾是她唯一亲近的朋友,她的死亡像是蜘蛛网一样将她紧紧束缚,她在其中极力挣扎着。

"我给你说说我调查的思路吧。"纪询突然说。

夏幼晴的挣扎中断了,她的视线迫不及待地黏上来。

"按照正常办案流程,首先观察案发现场,接着排查死者人际关系,再次了解死者死前动向。这三步下来,一般案子都能破。这种警方肯定在做的事情,我们没有必要重复劳动,我们只要知道他们调查下来所得出的结果就行了。"

"案子保密是规矩,你怎么知道?"夏幼晴下意识问。

"哦,跟踪他们,看看他们最后往哪个方向用力就知道了。就像我们在阳光医院做的一样。"纪询若无其事地说,"这不重要。还记得凶案现场吗?"

夏幼晴刚张了嘴。纪询像是知道她要说什么一样,摆摆手:"不知道没关系,我直接说。"

夏幼晴乖乖闭上嘴巴。

"现场有一束花,花插在没有水的玻璃瓶中,这是犯罪嫌疑人带来的——因为如果是奚蕾自己买的或别人送给她的,她显然不会忘记给花瓶加水;而犯罪嫌疑人也没有任何理由把花瓶中的水倒掉。"

"犯罪嫌疑人带花来见奚蕾。"纪询慢慢说,"杀了人之后,没有选择把花带走,但撕了包花的包装纸,那上面也许会有店铺标记,并随手将花束插在一个瓶子里,匆匆离开。"

"唐景龙!"夏幼晴脱口而出。

"唐景龙确实嫌疑很大,但这里不能排除另一个可能——如果犯罪嫌疑人冒充花店送货员,说有人订了花给奚蕾,奚蕾也会开门——这束花是个关键。"

纪询掀开扣在桌上的平板电脑。屏幕上是当日案发现场花束的素描画。

"回头你帮我搜搜同城花店,看哪家花店卖这种模样的花束。"

夏幼晴再次乖乖点头。

"至于现在……"

"抱歉，我会回去。"夏幼晴低头。

"我没说让你回去。"纪询打断她。

夏幼晴茫然抬头，看见纪询望来的眼神。对方的眼睛沉沉的，如同夜一样黑，黑夜的深处，带着一种不可思议的包容与温和。

"我带你上去，见一见唐景龙。另外，你已经做了不少了，你来找我，带领警方发现尸体，为侦破案件追踪犯罪嫌疑人提供了宝贵的时间优势。"

"不够的。"

短暂的恍惚后，脆弱从她脸上消失，坚强如同盔甲再次覆盖。她的左手微微合拢，姿势很怪，好像有另外一个人正和她两手交握。

"我只做了一点微不足道的事，但蕾蕾救了我。"

每日的早晚上下班是办公楼人流最稠密的时间，纪询和夏幼晴上电梯的时候，一部不小的电梯挤得满满当当，一些赶时间的人索性不等电梯了，直接走电梯旁边的楼梯。

电梯向上攀升，里头有个快递员，他手里捧着个大大的透明盒子，盒子里有一束花，纪询一眼望去，望见了铺在盒子底部密密匝匝的花瓣，还有贴在上面的送货单。

收件人是唐景龙。

楼层到了，电梯里头的人鱼贯走出，纪询特意拉着夏幼晴落后一步，等他们出了电梯，唐景龙已经来到前台，正看着手里的花，脸上有一丝迷惑。但迷惑不耽误他的动作，他打开盒子，将花束取出。

而后出人意料的事情发生了。

只听"嗡"的一声，数只蜜蜂从花上飞了起来，向唐景龙飞去。

纪询的瞳孔映出了蜜蜂的影子，也映出了唐景龙震惊扭曲的面孔，对方大叫一声，迅速收回手臂捂住面孔，原本抓在手中的花束连同装花束的盒子一起被他甩出去，他自己也在激动的踉跄之中跌倒在地。

花束撞到墙上，落在地面，更多的蜜蜂从中爬了出来。塑料盒摔得更远，摔到纪询的脚前。铺在里头的花瓣从敞开的口子中溅落出来，像一层红绒地毯，点缀蜜蜂的尸体。

纪询的目光从花束转到盒子上。

奚蕾的尸体前，也有一束花。

他拿衣服包了手,拨拨地上的花瓣和昆虫尸体,在这些杂乱东西的深处,看见一个多功能播放器。

"真复古啊。"纪询自言自语,沉思片刻,对夏幼晴说,"报警吧。"

夏幼晴行动之前,多功能播放器先一步亮起,像是里头装了自动启动装置。

预先设置好的视频跳出来,这是一段监控录像,其监控画面正是纪询在阳光医院的草坪上,但有机械音配合着画面,将纪询和夏幼晴在草坪上针对唐景龙的分析一句句重复出来。

录像最末,监控内容结束,黑屏出现,声音居然还在继续。

"纪询,我相信你,你说他是坏人,他就是坏人。坏人需要受到惩罚。"

视频结束了。

小小的屏幕不足以让所有人看见图像,但其中的声音已传遍楼道,医药公司的其他人都注视着唐景龙,坐在地上的唐景龙也惊慌无措地望着周围。

诡异的气氛就如此刻唐景龙脸上的惊惧,一点一滴在办公楼这个大型的盒子中汇聚。

哇哦,真够刺激的,有这个想象力,怎么不去写小说?纪询没好气地想。

半晌,有人去扶唐景龙:"没事吧?"

"报警吧。"纪询再次对夏幼晴说,对于面前的多功能播放器,他连动一动的兴致都没有,他从地上站起来,"让警察来解决这个老套的恶作剧。"

"别报警!"

夏幼晴刚刚掏出手机,唐景龙的声音紧接着传过来。他都还没从地上站起来,脸上却已经粉饰出一层摇摇欲坠的虚假的镇定。

"就是一场恶作剧,没有必要惊动警察,帮我把那东西拿过来,不知道是我哪个竞争对手跟我开的玩笑。"

扶着唐景龙的人松开唐景龙的手,上前两步,准备去拿多功能播放器。

现场的气氛越发古怪了,纪询冷眼旁观,打破寂静的是一道突兀的脚步声,那道脚步声来自身后,但并非电梯,电梯独特的开门声并没有响起。

来人一直躲在楼梯间后!

纪询警觉地回头。

又一个拿着外卖箱、穿着外卖服的外卖员出现。

他走出来的第一步是丢开帽子和外卖箱,第二步,他从衣服里抽出木棍。

是曾鹏!

上回纪询见到他的时候,他还是个唯唯诺诺、脚步迟缓、头也不怎么抬的男人。

但这次，他抬头挺胸，大步前进，面容阴鸷。

电光石火间，纪询明白自己从见到曾鹏起就一直感觉到的古怪是什么了——这个人本身就是一只豺狼，只是为了安稳生活，为了他的女朋友，而给自己披上了一张羊皮。

但狼永远是狼。

现在奚蕾死了，他身上的羊皮也被扯烂了。

看见曾鹏的瞬间，纪询就知道他想要干什么，曾鹏认定唐景龙是犯罪嫌疑人，想要来给奚蕾报仇！他的理智指挥他的身体冲上去，他确实跨出了一步。但是——

"纪询！"

夏幼晴紧张地叫了一声，她的声音突然被扭曲，扭曲成一种异样的音色——留在他记忆里的音色。

理智和本能分割了，他做了也许能够理解但全然没有意义的事情，他下意识地保护身后的夏幼晴。

这确实没有任何意义。曾鹏一眼也不朝这里看，他大步跨过最后的距离，来到唐景龙面前。

他高高地抬起木棍。

豺狼挥出利爪，他狠狠地砸下。

豺狼撕碎猎物。

"砰——"

07

千钧一发，唐景龙抬起手臂挡住当头棍棒。

只听咔嚓一声，他抬起的手臂软软垂下去，明显折了。剧痛引发他惨烈的大叫，惨叫途中，唐景龙在地上慌乱地一抓，将散落的花瓣掷向曾鹏。

这些东西阻碍了曾鹏的视线，让他第二棍子落了空。

周围的人也惊醒过来，七手八脚地冲上去，抱手环身，八爪鱼般将曾鹏牢牢抓住。

再接着，巡逻警察也来了，唐景龙被送去医院治疗，曾鹏被带回警察局，纪询作为目击证人兼半个涉案人员，也跟着到了警察局——依然是老地方，刑侦第二支队。

进大门口的时候，纪询碰见了霍染因和谭鸣九。

霍染因的目光从曾鹏脸上挪到他的脸上时，嘴角极细微地抽了一下。

两人对视一眼，通过目光完成了交流——又是你。

是的，不好意思，又是我。

"出了什么事？"霍染因问。

带他们来的警察把情况简单说了，霍染因脸上没有特别的表情，上班时间他一贯这副虚假模样。他朝谭鸣九指了下，自己把曾鹏带入询问室。

谭鸣九走上来，背着双手，绕着纪询左看右看，前看后看："啧啧啧，啧啧啧啧啧……"

"舌头跳踢踏舞呢？有话说话。"纪询推开谭鸣九。

"上回见你，你还看个现场都扭扭捏捏，现在好了，转脸自己跑去跟线索，与歹徒搏斗了，还以为是当年体测第一、凡动手必冲锋的你啊？提醒一句，你没事，局里不会给你开奖金；你有事，局里也不会给你抚恤金。"

"警民鱼水情，要什么奖金、抚恤金，这是钱的事情吗？"

"那是冲冠一怒为红颜的事情？"谭鸣九晃晃手里的证物袋，透明塑料袋里，他和夏幼晴的对话正在播放。

"什么冲冠一怒为红颜？"旁边插来声音，袁越从后头过来了。

谭鸣九迅速将双手背在身后，暂停播放，立正站直。

纪询倒是老神在在，回头和袁越说话："没，和老谭插科打诨。"

大冬天的，袁越满身是汗，右手还提溜着个人，先看看纪询，又疑惑地扫了眼谭鸣九，显然觉得谭鸣九有点紧张。

谭鸣九更紧张了。

纪询不得不把袁越的注意力拉过来，说道："这人谁啊？正好碰见了，晚上一起吃个饭？"

袁越道："回来的路上碰着个抢劫的，顺便抓了。待会还要出去一趟。"

刑警这行，不是正在加班就是走在加班的路上。

纪询随意挥挥手道："去吧，等你有时间了再约。"

两人目送袁越走远，谭鸣九对纪询道："三年不见，你的心理素质还是这么强！"

纪询冲谭鸣九龇牙一笑。

谭鸣九又抬手在嘴巴前比画出拉拉链的姿势："你放心，我也是有原则的。不该说的我一个字都不会说。"

"我可谢谢您了。"

两人有一句没一句地进了办公室,谭鸣九又掏出多功能播放器,这回他不开玩笑了。

"这画面是怎么回事?你和谁结了仇,还是唐景龙和谁结了仇?"

"这我哪知道。"纪询没什么精神,慵懒地靠在椅子上,"也未必是结仇,是我的粉丝也说不定。"

"这粉丝行动力还真强,没多久就拿到阳光医院的监控录像不说,还调查到了唐景龙对蜂毒过敏。"

"与其说行动力强,不如说是力量不小。"

"你意有所指啊。"谭鸣九说。

"短短时间内,既能拿到监控又知道唐景龙的秘密,除了饶芳洁这位阳光医院副院长兼唐景龙老婆外,最有可能的就是警方内部人员了吧?你想想,最近有没有什么新来的喜欢刑侦文学的法医或心理医生,一般在刑侦剧里,这两者脑门上都贴了张字条'我有问题'。"

纪询说完了,谭鸣九还没有表示,门口投来两道视线。

一道是霍染因的,一道是一位女性的,他不认识。

女性冲霍染因点点头,走了。谭鸣九凑到纪询身旁,小声说:"你这是大乌鸦嘴?一周前我们这法医室刚好调来个新人。和尚庙里难得出个美女,别说她了,我都感觉被你冒犯到了。"

"纪询。"霍染因叫他,"进我办公室。"

"霍队,我这边问到一半。"谭鸣九赶紧插了一句。

霍染因头也不回道:"正好问出我们局里有内鬼?"

纪询站起身,拍了拍无比尴尬的谭鸣九,跟霍染因进入办公室。

支队队长的办公室并没有多威风,一切摆设都很朴素,台面上除了必需的办公电子设备和上头下发的纸质文件,纪询连一支用来写字的笔都没有看见。

没有任何风格正是最强烈的风格。

一个分外谨慎且不愿被分析的人。

纪询不过脑地想了想,听见霍染因又叫了他一声:"纪询。"

他的目光这才姗姗转到霍染因脸上,站在办公桌后的男人脸上聚出一片浓重的阴云。

哈,这人的表情,可比他更沉不住气。纪询想。

"好奇曾鹏供出什么了吗?"霍染因问。

"供出什么了?"纪询意思意思,问一句。

霍染因望了纪询一会儿，而后一个轻微的冷笑像池塘里的涟漪，在他脸上轻轻荡开。

"曾鹏说他通过夏幼晴知道了你，并远远看见了我们在交谈，于是从清洁工嘴里买我们的交谈内容，清洁工记不住那么多，就记得最惊悚的一句话。"

霍染因一字一顿道："'他们说，杀人的好像是那个叫唐景龙的。'然后，他尾随你和夏幼晴来到唐景龙工作的地方，当众行凶。"

霍染因没招呼，纪询自己找了个位置坐下来。

既然不在询问室里，他就随意转了转椅子，抬起双肘，架在扶手上，十指指尖相对。

"霍队是想说，唐景龙被袭击的责任在我，我不杀伯仁，伯仁却因我而死？"他笑了笑，吊儿郎当地说，"不过唐景龙运气比较好，没死，就是看着手臂折了，伤筋动骨一百天，得养两三个月。"

严谨的警督显然看不惯他这样的做派。

对方压在桌面的双手微微用力。修长的指节抵着木头表面，像一把将弹出未弹出的弹簧刀。

这把弹簧刀最后没有弹出，它还藏锋于鞘，犹在蓄力。

一如轻蔑扯动嘴角的霍染因。

"不，这不过是微不足道的前提，怎么能算你的错？曾鹏知道我们的对话算意外，曾鹏跟踪你们也算意外，但曾鹏在你面前行凶……"他问，"你为什么不制止？如果唐景龙运气不够好，曾鹏敲下去的那一下，他就死了。"

纪询向后靠着椅背。

"没来得及啊。"他说。

"是吗？你之前的同事总对你津津乐道，说你脑子灵活、身手好，说你最骄人的战绩，是一人空手对上三个手持砍刀的凶匪不落下风，还将他们挨个制服。"

"当警察，得拼命。"纪询话锋一转，"但我现在不当警察了，拼什么？霍队，当警察的你老指望作为普通老百姓的我拼命，怎么不见你把工资分我一点，让我花花？"

办公室的门没有闭合多久，纪询很快离开，而后，霍染因见了谭鸣九。

"霍队，你找我？"

"你见过曾鹏。"霍染因开门见山，"你觉得曾鹏行凶，纪询反应不过来的可能性有多高？"

谭鸣九面露迟疑，道："纪询毕竟辞职三年了，如果一直没训练的话是有可能的……"

"那么。"霍染因眼底转出一丝冷光,"你觉得纪询诱导曾鹏去找唐景龙的可能性,有多高?"

纪询经过警察局大厅,要出门的时候碰见了风尘仆仆的一家子,父亲和儿子满脸悲戚,母亲一脸麻木,由一位梳着高马尾、个子矮小的女警带着进来。

擦肩而过的时候,他听见从这堆人里传来的只言片语。

"蕾蕾……"

是奚蕾的家属。

他没有停步,出了大厅,很快在警察局不远处找到了夏幼晴。

夏幼晴手里捧着个鸟笼。那只曾在现场见过的文鸟正在里头歇息,它还好,只是羽毛失了光泽,离了主人的鸟,这样无声无息地虚弱下去,也不奇怪。

她坐在路边的长椅上,脸色有点苍白,对纪询说:"鸟笼是里头的警察给我的,说是检验完了,本来要交给曾鹏,但是曾鹏又被扣押了,他说交给我……"

"没交给奚蕾的父母吗?"

"我问过,警察说提了,蕾蕾的父亲拒绝了。他不愿看见这只鸟,说凶手愿意放过一只鸟,却不愿意放过他的女儿。他还告诉我,这次把尸体领回去后,就会举办葬礼……"

今天上午发生的事情太多了,坐在公园椅上的夏幼晴显然有点恍惚了。

但就算这样,她也给纪询带来了足够多的消息。

她在纪询和曾鹏先后被警察带走后,跟着唐景龙到了医院,记下了唐景龙所在的医院以及他的病房号,她还趁此时间,将纪询刚刚给她的花束图片搜出了结果。

缘分花艺店。

位于宁市花鸟市场,是一家排列在平台软件中下位置的,销售数量并不高的花艺店。

犯罪嫌疑人在杀人前还在网购平台上特意挑选一家买花的概率不高,而缘分花艺店又离奚蕾的住所不近——换而言之,犯罪嫌疑人很有可能是在自家附近的花艺店买花。

纪询颇感满意,说道:"我去花艺店看看,你先回家休息吧。"

"唐景龙那边……"夏幼晴说。

"出了这事,曾鹏的嫌疑度大大降低,唐景龙的嫌疑度升高,警方现在应该恨不得把出现在唐景龙身旁的每一只蚊子都分清公母——还是那句话,没必要重复劳动，幼晴，你应该相信警察。"纪询在导航里搜索花艺店，头也不抬地说道。

夏幼晴已经被纪询说服，她温驯地点头："我知道了，我先带着这只鸟回去，接下去的行动你小心些。"

"放心，出不了什么事。"

08

宁市的花鸟市场在老城区，一块足球场地大小的地皮上建了三层楼，一层卖花鸟虫鱼，二层卖猫狗兔子，三层则是一些玻璃、树脂、木头等小工艺品的聚集地。

别看这里没什么装修档次，但人流量着实不小，店铺又多，纪询找到缘分花艺店的时候，发现这是一家位于市场中央的花店。

有点奇怪。

哪怕凶手住在这附近，不过买一束花而已，为什么不在前边那些靠近入口处的花店买，而要在这家在正中央的花店买？

他将疑问藏在心里，来到缘分花艺店前。

店铺的桌子上摆放着一排凶案现场的同款花束，花店不忙，店员迎上前来："先生您好，您想要什么？"

纪询拿出手机，调出唐景龙的照片，问店员："对这个人有印象吗？"

店员嘴巴微微张开，眉毛与眼角一同提起，这是个惊讶的表情。接着她目光偏斜，伸手一指他身后："这个人……是你身后那个人吗？"

纪询回头。

吊着胳膊的唐景龙就站在花店斜对面的一家卖鸟店铺中！

这一刻纪询心中的惊讶难以用笔墨来形容。

不是吧？来时他都没对这条线索抱有多大希望，只是勉强查缺补漏——瞎猜看看。

纪询姑且看着。

他和唐景龙的中间隔着走道，走道里人流如织，唐景龙并没有意识到对面的一家花店中正有人盯着他。他抱着受伤的胳膊，在卖鸟店铺门口心不在焉地走来走去，偶尔俯身假装看看鸟，一个个人路过唐景龙的身前，唐景龙不时拿起手机看一眼……忽然，他不焦躁了，也不再站在原地，而是收起手机向花鸟市场的出口走去。

纪询没有跟上。

他望着唐景龙轻松的背影，心中略有所感，对方在胳膊被打断的第一时间来这里的目的已经达到。

那么唐景龙来这里的目的是什么？

曾鹏与唐景龙的冲突不能直接断定唐景龙就是犯罪嫌疑人，但至少反映了一点，在受到伤害的第一时间，唐景龙不敢报警。

这证明有些事情让他心虚。

纪询来到唐景龙之前待着的卖鸟店铺。刚刚进门，挂在屋檐下的彩色鹦鹉咕咕两声，开始推销："左笼子文鸟一只三十元，右笼子画眉一只五十元，三十你买不了吃亏，五十你买不了上当，文鸟俏，画眉妙，一俏一妙凑个发！"

纪询伸手逗逗鹦鹉，鹦鹉压根不怕人，对着他的手指啄两下，力道很轻，反正不会让人觉得疼痛。

"想买什么样的鸟？"店铺的主人走了过来，是个老头，肩膀上站着一只鸟，看不出什么品种，但看得出和老头很亲近，不时用翅膀拍拍老头的脸颊。

老头看他两眼，再推荐："是新人吧？新人养点便宜好养的鸟，文鸟就不错。"

纪询本来想向老头问问关于唐景龙的事情，但"文鸟"一词让他心头一动。

"我有一个朋友，她在你这里买了鸟，现在鸟出了点问题……"

他说着鸟的问题，却将奚蕾的面貌仔细形容。

老头一开始还有些疑惑，片刻后恍然大悟。

"是小蕾啊。前段时间她路过我这里的时候鸟还好好的，她还问了我不少养鸟心得，怎么没多久鸟就出毛病了？"老头琢磨道，"听着像是那只鸟抑郁了，但也有可能是营养不足，导致鸟的精神萎靡。"

老头认识奚蕾，奚蕾在这里买鸟，是这里的常客。

除此以外，纪询没有在老头身上得到更多的信息，这也代表还有更多的谜团没有解开。

唐景龙为什么非要在刚受伤的时候来到这里？

唐景龙在这里得到了什么，导致他离开的时候步履轻松？

纪询正思考着，老人已经从柜子里拿出了两包鸟食："这包给你，拿回去喂喂鸟，这段时间再观察观察，如果还有问题，就把鸟带过来给我看看。"

纪询接过鸟食，问道："多少钱？"

"一包十块钱，两包二十，知道喂法吧？"

纪询还真不知道，问道："怎么喂？"

老头从桌上拿了一包鸟食倒点在掌心，接着打开鸟笼的门，冲里头的文鸟吹声口哨。

让纪询惊奇的一幕出现了，只见原本分散的文鸟扑腾着翅膀排列整齐，像阅兵似的在笼子里飞舞整整一圈后，才一只接着一只落到老头的掌心，低脑袋吃东西，吃完了还要扑腾翅膀和老头亲密互动一会儿，才飞回笼子。

老头不无得意，强调道："我这里的鸟都驯得不错，特别亲人，所以平常喂鸟的时候，你也要多和鸟亲近亲近，关照小鸟身体和心灵的双重健康！"

从卖鸟店出来以后，纪询没有立刻离开，他又返回了花店。

刚才的卖鸟店让他意识到这附近可能是奚蕾的活动区域，于是这次他换了个问题，他将奚蕾的照片调出来，问店员："认识这个女人吗？"

店员看了纪询的手机两眼，恍然道："是小蕾吧。"

"她经常来这里？"

"经常来，之前总和小西一起，是我们这里的熟客。"

"小西？"纪询思考着这个全新的名字。

"她和小蕾是好姐妹，怀孕的时候小蕾一直在照顾她。她们每周都会过来买花，不过她是真年轻，连着生了两个孩子还恢复得特别好。最后一次见她，她烫了头发，穿了新衣服，容光焕发，精神得不得了。她跟我挥手道别，说要搬去新家了。"店员是个小女孩，说起这件事的时候，印象特别深刻，羡慕之情溢于言表。

从花鸟市场出来以后，纪询上了车子，他没急着回家，而是到了夏幼晴家中。

他来看放在夏幼晴家中的鸟笼和笼中的文鸟。

这是个两层高的笼子，笼子里悬挂了不少东西，有鸟窝，有云梯，有秋千，就连笼子的内壁上都挂着一排彩虹色叶片似的布艺装饰，整体看上去，宛如一个鸟类小别墅。

这个笼子和装饰都很新。因为这笼子是1月9日夏幼晴和奚蕾一起散步时买回来的。

纪询撕开鸟食倒在手上。

"众所周知，一个笼子里出来的鸟，多少会带着些过去的习性。向养鸟人买鸟的顾客，依循养鸟人的技巧去养鸟的可能性也不小。"

夏幼晴疑惑的视线递过来。

纪询没有解释，他冲文鸟吹声口哨。

正将脑袋埋在翅膀下的文鸟将头抽出来。它歪着头，黑豆似的眼睛仿佛疑惑地看着纪询。

就在纪询以为它不会有所反应的时候，它忽然一振翅，飞到笼子的上端，摘下一片悬挂在上方的叶片，再俯冲至纪询手掌，将叶片放在纪询掌心，啄食他掌心上的食物后又飞起来亲昵地啾扑纪询脸颊。

一系列动作都完成后，小鸟再衔着那片叶片，回到笼中。

良久，纪询叹服道："奚蕾养鸟确实很精细。警方检查了鸟窝、秋千、鸟笼开关，包括这只鸟，但我想，只要没有人拉开鸟笼喂食，就一定不会注意挂在笼子上的一片小小的装饰叶片吧？"

霍染因推开二支队办公室门的时候，还以为自己进错了地方。

放置在办公室角落的折叠椅大大咧咧地展开，有人拿本书盖着脸，躺在上边。

谭鸣九巴巴地扒着椅子，对椅子上的人说："我刚才的提议怎么样？把我写进你的书里，侦探不是需要捧哏的吗？我可以当站在刑一善身旁的白痴警察，全书里说得最聪明的话，就是'我相信侦探'，余下时间只会在侦探破案的时候鼓掌，这种不用出力就能解决案子的日子真是太美滋滋了。"

他又往前走了一步，这下盖脸的书向下滑了滑，纪询露出半张脸，一对黑眼圈都能去当国宝混吃混喝了，他同时也看见了那本书的封面。

《毒果1：爱欲蛇》。

作者：纪询。

还有书的腰封上边用红色大字写的醒目的广告词——一篇爱欲纠缠的故事，一个精彩绝伦的杀人游戏，一个凄美刻骨的作案动机。翻开书本的第一页，你，已踏入这精心编织的陷阱中！

他为这夸大其词的广告语噫了一声，同时在想，纪询来这里干什么？

"不嫌不帅？"纪询和谭鸣九说话。

"帅有什么用，奖金才是实惠，反正我就没看过一个侦探小说里的侦探会拿警察局奖金的，他们总是这么孤高，这奖金最后不都落到了我这个白痴警察手里？"谭鸣九满怀憧憬道。

"你是在暗示我吧。"纪询没好气地说。

"那没，这怎么能叫暗示呢？"谭鸣九直说了，"大家都知道你还没到达那种孤高的境界。"

纪询不想和谭鸣九聊下去了，他推开谭鸣九的大脑袋，转向霍染因，仿佛读出他内心一般说:"两条线索,一条是花店,一条是这个。"

纪询抬起手,指尖夹着透明塑封袋,塑封袋里是一串彩色叶片。

"算是唐景龙那件事的赔礼道歉吧。"

霍染因同纪询对上视线,只一瞬,对方就移开目光。

他在这个人的脸上看见了同样的轻忽,同样的倦怠,同样的对警察和警察局的有所规避。

唯独这份赔礼道歉,令人意外。

09

"谢了。"霍染因收起脸上的意外,看着纪询递来的东西,"说说这两条线索?"

纪询扬扬手机,依然有气无力,一句多余的话都懒得说。

"内容都写在文档里了,你开个蓝牙,我传你。"

霍染因开了蓝牙,很快收到一份文档。

在他看文档的时间里,纪询一扔书本,从长躺椅上坐起来:"我走了。"

"等等。"纪询看向霍染因。

"就这些,没有其他的了?"霍染因说。

纪询抽下嘴角,人都气精神了:"两条线索嫌少,二十条够吗?指望我当个线索制造机呢?怎么不干脆一步到位,让我直接破案再把案卷报告给写明白了?"

"别生气,我就是随便问问。"霍染因难得舒眉一笑,精致的五官绽开时将他冰冷的气质中和,仿佛冻土复苏,春回人间,"我上次态度也不好,既然你拿来了新的线索,这样吧,我请你吃顿饭,也算赔礼道歉。"

"别了,恐怕食不下咽。"纪询敷衍一笑,这回脚步不停,一路出了办公室。

等他消失在视线里,霍染因脸上的笑容如同画纸般揭了下来。

办公室里人不少,他冷着脸,对所有人说:"纪询肯定藏起了一部分线索,来个和他关系好的,追上去套套话。"

其余人都看着谭鸣九。

谭鸣九左右看看,摸摸锃亮的光头:"你们都看着我干什么,虽然我和纪询关系还成,但这不地道吧,对自己人搞这套干什么,既然纪询说没——"

放在桌上的本子拍到了谭鸣九的胸口。那是谭鸣九平日办案的小本子。

霍染因言简意赅:"拿着你平常办案记录案件信息的本子追上去,创造个机会，看看他搜的是哪方面消息。"

"不信就算了。"谭鸣九小声嘀咕，无奈胳膊拧不过大腿，他只能带着自己的本子追了出去。

纪询没走多远。他来时没有彻底清醒，也没吃饭，现在出了警察局，找到个早餐馆子，刚刚坐下，门外塑料帘一掀，谭鸣九进来了。

谭鸣九看见他，立时愣住："真巧啊。"

纪询道："翘班呢？"

谭鸣九坐到纪询对面："是出门办案。不能饿着肚子上阵吧？我先过来吃口热的。这里的咸豆花真不错，来一碗，我请你？"

"别了，我点的已经上了。"

纪询点的早餐是豆浆、油条和包子。上了桌的豆浆没加糖，纪询拿起糖罐，撒了一大勺进去，拿着调羹慢吞吞搅动。

他没说什么，目光也虚虚的，一副似醒非醒的模样。

但一想到这人过去的丰功伟绩，谭鸣九那颗心就变成了刚刚倒进去的糖，被调羹与热汁反复煎熬着。

伸头是一刀，缩头也是一刀，谭鸣九快刀斩乱麻："我好像有点闹肚子，我先去趟厕所。"

"嗯。"

他伸手朝背后一摸，掏出记录本丢在桌上："这东西你先帮我看着，别让其他人碰，里头可有奚蕾案的重要机密。"

"嗯。"

谭鸣九捂着肚子左顾右盼，神秘兮兮道："本来这东西不该放在这里的，但我上次上厕所带着本子，一不小心把本子掉进了……"

调羹敲击碗壁，清脆一声响。

纪询抬头："吃饭的时候能别说厕所里那点事吗？"

"不说不说。"谭鸣九嘿嘿一笑，"我去了，待会儿见。"

说完，他捧着肚子起身，以一个怪别扭的姿势蹿进了洗手间，真像是跑肚子憋不住了。纪询的目光从谭鸣九背上收回，转到丢在桌上的本子。

他轻轻一哂。

十分钟后，谭鸣九总算从厕所里出来，浑身轻松地坐回纪询对面："呦，你都吃完了？"

纪询喝完最后一口豆浆："本子在那，没人动，我走了。"

谭鸣九挥手："谢了，慢走，下回见！"

等纪询掀了帘子离开店铺，他快速收回手，望向桌面上的本子。本子的位置与倾斜角度和他离去时没有两样，谭鸣九抬手要拿，想了想又停手，问过来收拾桌子的店员："刚才坐在对面的那个人有碰我的本子吗？"

店员头也不抬道："店里这么忙，我哪知道，这么大个人了，自己的东西不会自己收好？"

谭鸣九手再往口袋里一伸，把警官证拍在桌上："我要调监控。"

可惜监控里什么也没有，十分钟的时间，别说纪询的手和视线了，就连路过的苍蝇都不屑在他本子上停留。

谭鸣九确认了情况，回局里后和霍染因实话实说。

办公室内，霍染因拧起眉心："你在个有监控的店里试探纪询，你觉得纪询的脑子被灌水了，看不到墙壁上那大大的监控？"

谭鸣九好冤屈："那店是纪询选的，又不是我选的，再说了，找个没监控的地方，我说他看了，他说他没看，这也说不清楚不是吗？"

"没办好事还振振有词？"

"霍队，我绝对不是跟您较劲，只是您想想，您是不是有点先入为主了。就我来看，纪询要隐瞒线索，他就没有必要给线索；纪询既然给了线索，那就没有必要隐瞒线索。他又给线索又隐瞒，这不是左右互搏两头不靠吗？"谭鸣九努力解释道。

然而坐在办公桌后的霍染因脸上依然只带着微微的冷笑："说完了？"

"没说完，我还有一个建议！"

"说。"

"纪询和袁队是兄弟，纪询可能骗我，但绝对没有理由骗袁队，不如我们请袁队出马，那肯定手到擒来，马到功成！"

"二支的案子，你让我去找一支场外救援？"霍染因无语问道。

"都是办案，都是兄弟单位，哪分什么一支二支，您这是门户之见……"

谭鸣九直接被霍染因拍了个本子，赶出办公室。

他手忙脚乱接着自己的本子，出门后悄悄一喊："还嫌我没办好事，你行你上啊！你要是自己上，纪询连饭都不愿意和你吃，第一关就折戟沉沙！"

他抱怨一句，自觉舒服了，背起双手迈着王八步，继续工作去。

纪询吃完早餐后，没急着继续探索线索。在将部分线索移交给警方以后，这对他而言算是有了个基本的思路。

他对自己的思维做了个整理。

从现有证据上看，奚蕾的死亡应归于熟人作案。而熟人作案的缘由，很可能是因为……

纪询的脑海闪过现场消失的电脑和手机，以及孤零零出现在桌子上的硬盘数据线。

据他所知，警方事后并没有在出租屋中发现硬盘，也就是说，这块硬盘也消失了。

这个熟人在查找奚蕾电脑和手机里的一项记录。这项未知记录，很可能就是奚蕾的死亡原因。

一个秘密。

一个凶手不想被他人知道的秘密。

但是奚蕾能知道什么秘密呢？她日常接触的是一个个的孕妇……她知道了这些孕妇家里的破事？知道了孕妇和别人偷情，知道了孕妇的老公和别人偷情？

纪询天马行空地想着这些破事，他隐隐觉得自己忽略了什么。那是一个小小的点，一个非常非常小的点。

但它是一件白衣服上的墨点，一个让他在意的点……

这几天发生的事情一帧帧地回放在他脑海，他翻阅着这些记忆，直到他看见其中一帧——唐景龙手上的保温杯。

同样的云朵，同样的简笔画，他记得自己在哪里看过，那是在——奚蕾的朋友圈！

但是奚蕾的朋友圈除了曾鹏外，只发和工作相关的事情。也就是说，她工作的其中一户人家，和唐景龙出没于相同的店铺！

今天的阳光有点烈，驱散了连日以来的阴霾，是个适合工作的日子。

纪询驱车来到奚蕾工作的家政公司，对守在前台的员工说："奚蕾被害的消息你们应该知道了……"

他来这里的目的很简单，找到有同样保温杯的那户人家。

"家里这两天就要举办葬礼，送蕾蕾最后一程。之前蕾蕾和一家雇主关系处得很好，工作结束以后，私下也经常联络，但她手机被抢了，现在联络不到那个朋友。我想看看这里有没有联络方式的存档——对了，我不知道对方的名字，但我知道蕾蕾服务这家人的时间。"

这事前台不能做主，上报给了主管，主管来了也没卡着，因为之前警察已经来问过一回了，公司内部都清楚这件事。她很关切，立刻帮纪询搜了档案，马上得出结果。

"是吕丹樱啊！看得出奚蕾和她关系好，她连着找了奚蕾两次，第二次还是在生前一个月就让奚蕾帮忙照顾了。"

纪询突然想起昨天花店店员的话。

很年轻，连生了两个孩子都恢复得特别好。两人是好姐妹，小蕾照顾着小西。

他问："蕾蕾一共照顾过几个生二胎的孕妇？"

主管都被逗笑了，说："奚蕾在这里总共才工作三年，你以为生孩子是出门一趟买水果，想要就要？她照顾了十多个孕妇，拢共就这一个连着生两胎的。"

吕丹樱是小西。

吕丹樱家中有和唐景龙一样的咖啡店赠送的保温杯。

线索又串回来了。

他要了吕丹樱的电话号码，通过电话号码添加对方微信，在添加对方微信的时候，他用了和去公司调资料相近的理由——奚蕾被害去世，希望对方能够来参加葬礼。

验证申请发出去，一时石沉大海。

纪询也不着急，找了夏幼晴，让对方在朋友圈中对着时间寻找吕丹樱两个孩子的照片。

没一会儿，照片发来。

第一张是个黑发黑眼、典型亚洲人长相的孩子；第二张则是卷发蓝眼、明显混血长相的孩子。再看两条朋友圈发出的时间，中间仅间隔十一个月。

不论从两个孩子的长相，还是生孩子的时间来看，都有些怪异之处。

这个时候，验证忽然被通过。

纪询切回微信，看见聊天页面中，系统通知他和吕丹樱成为好朋友。

下一秒，聊天框弹出消息。

吕丹樱：去不了。

吕丹樱：吕丹樱死了。

10

18日一大早，霍染因接到来自实验室的报告，自昨天纪询送来的叶片上，他们加急提取到了全新的东西——新的DNA以及尼龙纤维。

尼龙纤维上沾了一些白色油漆，痕检的技术人员推测凶手可能是戴着一双常见的尼龙防静电手套来防止自己的指纹留在现场，油漆与案发现场的装修用材也不相符，想来是凶手在别处蹭到的。

至于DNA，来自唐景龙的妻子饶芳洁。

饶芳洁再度被传唤到警察局。

四十岁出头的饶芳洁和当时在阳光医院门口一样，妆容精致，打扮得体，用碎钻发网盘着脑后的发髻，耳下缀着宝石耳环，这些闪闪发亮的珠宝，全使她散发成熟且成功的女人魅力。

这回由霍染因亲自询问她。

"警方掌握了全新的证据。"霍染因说，"如实交代吧。"

"我不明白我需要交代什么。"饶芳洁坐得端正笔挺，神色从容，不像是置身询问室，更像是参加一个行业内的沟通交流会，而她正发表演讲，"该说的上回都已经说了，我确实冲动地给她发了骚扰信息，也开车跟踪过她，但是我从头到尾都没有正面接触她，也没有做更过激的行为——我想在原配面对老公的出轨对象这方面，我已经做得够好了。"

刚刚发现奚蕾尸体当夜，警方就通过通话记录和小区监控，发现了奚蕾在5、6、7日这三天被"呼死你"与可疑车辆骚扰。

他通过查询车牌号，定位到饶芳洁，再由此发现了奚蕾与唐景龙的地下情关系。

当时询问到这对夫妻的不在场证明的时候，两人拿出了去外地旅游的各种凭证，因此对他们的询问便暂时中止，警方收集更多的资料——直到此时。

"在上回包括这次，你在供述中都称，你从未与奚蕾有过正面接触。"

"对。"

"唐景龙在得知你发现他出轨后，于7日向你道歉，8日你们就外出旅游，打算通过这趟旅游，修补夫妻关系？"

"没错。"

"那么请你解释一下。"霍染因冷冷地说，"你的DNA，为什么会出现在奚蕾家中？"

一记重锤锤蒙了女人，饶芳洁脱口而出："这不可能！"

"不可能，什么不可能，不可能查出你的DNA？"谭鸣九立时接上，他的语速突然变快，快得让人根本反应不过来，"饶女士，听过一句话没有？人会说谎，证据可不会说谎！"

"她死的时候我在外地！"

"现在交通这么发达，几百公里的距离，开车四五个小时而已，在外地可不是免死金牌，起意杀人于是特意安排一场旅游以制造不在场证明，也完全说得通吧？"谭鸣九说。

"我没有杀人，我根本没和奚蕾有直接的接触，我的DNA在奚蕾家中，只有一个可能，那就是洛卡尔物质交换定律——"饶芳洁狠狈又大声。

"呦呵。"谭鸣九笑道，"知识分子，还知道洛卡尔物质交换定律。也就是说这个DNA，你认为是你老公携带到奚蕾家中的是吧？那么问题大了！"

"沾染DNA的介质，是奚蕾在你们夫妻一同旅游之后购买的，你的DNA是怎么以唐景龙为中介，跨越数个城市之后，飞到奚蕾家中的？"霍染因十指交握，身体前压，"在这场旅游之中，你和你丈夫，每时每刻寸步不离吗？要知道唐景龙的不在场证明除了那几张只有个别节点的发票，大部分可都是由你作保的！"

一种茫然定格在饶芳洁脸上。

询问者的内心防御已被击穿。

霍染因加上最后一块石头："包庇罪在刑法上最高判几年？"

"十年。"谭鸣九和霍染因一唱一和，"人生苦来短，能有几十年。饶女士，我们的同事已经到达舟市，正和当地警方合作调查你们的行踪，两个小时就能把你们沿途的监控查个一清二楚。你有身份有地位还有个孩子，模样美丽、风华正茂，到底怎么做，可要想清楚了。"

"我美丽吗？"饶芳洁忽然说。

她抬手撩了撩鬓角。

她当然美丽。她的面庞如同桃心，乌发如云，肤白如雪，她恰在果实褪去青涩彻底成熟的年纪，饶是果皮遮挡得再严实，也遮不去由里透出的芬芳甜蜜。

她冲霍染因妩媚一笑："警官，你也见过奚蕾了。你想和奚蕾上床，还是和我上床？"

谭鸣九一口茶水呛在喉咙里。

他都不敢窥探霍染因的神色，用力拍着桌子呵斥道："这是你瞎说鬼话的地方吗？再乱来先拘留你三天让你清醒清醒！"

"别急。"饶芳洁脸上的笑容变得冷淡，"要交代总得从头开始吧，我没有说谎，唐景龙向我道歉，和我出去旅游。但这趟旅游并没有那么甜蜜，我们中途又吵架了。"

"旅游的地点是你挑的？"霍染因问。

"不，是唐景龙挑的。"

"吵架是在几日？"

"11日早上。"

"还有呢？接着说。"

"吵架之后我和唐景龙分开。我去酒吧买醉，和不认识的男人在酒店里胡搞了一天一夜。唐景龙喜欢奚蕾是他没有眼光，而我，我美丽啊，多得是人想和我春风一度。那人的电话号码我留着，如果需要，你们可以找他求证。至于唐景龙，我不知道。"饶芳洁一口气说完，突然问，"口供保密吗？"

但不等霍染因和谭鸣九开口，她又讽刺地一笑，如勾月的眉梢轻轻挑起。

"算了，不保密也无所谓。这些破事最终会传遍邻居朋友的耳朵，他们会在背后极尽所能地议论你。而你，大概也不会离婚，假装不知道，日子总得过下去。"

这趟询问问出了全新的内容，最关键的奚蕾死亡的 11 日，唐景龙和饶芳洁根本不在一起！霍染因几乎肯定了唐景龙的嫌疑。

然而两个小时之后，前往舟市的文漾漾传回消息，11 日晚 6 点 23 分，舟市一个电梯监控拍到了唐景龙进出的画面。法医推定，奚蕾死亡时间在 11 日晚 9 点至 11 点。舟市距离宁市乘飞机要一个半小时，高铁五个小时，私家车八个小时，当天没有唐景龙乘坐高铁、飞机的记录，而选择私家车的话，唐景龙赶不上奚蕾的被害时间。

奚蕾死亡之际，唐景龙确实身处外地，没有作案时间。

唐景龙不是犯罪嫌疑人。

霍染因非常失望。

失望的也不止霍染因一个人，碰头开会的时候，各个线索一汇总，二支队里趴下了八成的人。一半是失望，一半是累的。

刑侦界有个成例，按照时间将案子分成三种。第一种，热案，刚发生七十二小时的案子，这也是一个案子最容易侦破的时间；第二种，温案，三天到一个月内的案子；第三种，冷案，超过了一个月，案子再想破，难度就直线攀升了。

今天是奚蕾死亡后的第七天，距离尸体被发现也有五天了。

要知道，除了叶片上有一点饶芳洁的 DNA，捂死奚蕾的枕巾和现场做过的复原所推测的犯罪嫌疑人可能碰触的物品上，都只有大量的唐景龙的痕迹。如今，集中力量调查的犯罪嫌疑人最后被证明清白，不吝一场马拉松马上要跑到终点，却发现跑岔了道，又绕回到中间。现在他们要面对的是一个在第一案发现场无比心细，没有留下任何生物物证的犯罪嫌疑人，势必消耗大量人力物力，重新走访摸排，查找犯罪嫌疑人。

"调整方向。"短短几分钟后，霍染因重新开口布置任务，"奚蕾的房子中出现饶芳洁的DNA，不排除饶芳洁杀人，以防万一让身在舟市的文漾漾继续调查饶芳洁的行动轨迹；着重盘查这对夫妻的人际关系、资金流动、消费记录，考虑买凶杀人的可能……再对比花店的线索看是否有交集。无论犯罪嫌疑人是谁，既然现场出现了饶芳洁的DNA，这个人至少曾出现在饶芳洁身旁。"

警方那头的调查碰了壁，转了头。

纪询这里倒还算顺利，吕丹樱死了，就要办葬礼，葬礼的时间也巧，这个月21日。

再过两天则是奚蕾的葬礼。

一连几天时间，纪询先去了吕丹樱的葬礼，又去了奚蕾的葬礼。

奚蕾的葬礼设在乡下，一个距离宁市不远的乡村，如果不是亲自来到了这里，很难相信也就四个小时左右的车程，就已经来到一个没有学校、没有医院、连使用生活用水都有困难的地方。

灵堂被安置在家中。到处都闹哄哄的，村子里的人估计都来了，三三两两挤在小院中央，闲聊着生活琐事，工作烦恼，还有棺材里头的人。

人死了反而热闹。

纪询没有凑热闹，他送夏幼晴进去以后，就待在外头院子的角落。

这个角落能看见院子的前门和后门，还正对着三层小楼的墙外楼梯，无论谁要进出行动，他都能看得一清二楚。

"咚咚咚"的声响传来。自楼上跑下来一群年轻男孩子。

打头的面相与奚蕾有三分相似，是奚蕾的弟弟。他个头比奚蕾高很多，一米七五左右，一身普通便宜的运动服，脚上穿着的却是一双时下流行、发售价一千两百元却被黄牛炒到了一万两千元的名牌鞋。

他的手上拿着手机。是去年九月上市的某进口名牌新品，发售价六千八百八十八元。

这两样都是全新的，估计就是这两天买的吧。

纪询短暂评估后，收回目光。外头传来车子熄火的声音，不一会儿，敞开的院门搬进一块刻好了字的石碑，那是奚蕾的墓碑。

墓碑不小，除了镌刻名字的主体外，周围还有围栏围护。预估起码三万块钱，不便宜。和灵堂周围的简陋格格不入，纪询觉得，这不像是同一个人的手笔。

来自旁边的议论再次验证了他的想法。

"老奚墓碑买得这么好，怎么连烟都不舍得发一根？"

"有三毛钱霉鸡蛋买，绝不要五毛钱好鸡蛋的吝啬鬼，哪舍得出这个钱。"

墓碑是程老师搞来的。"

"嗐，无亲无故，为个女娃娃出这份大钱？"

"怎么无亲无故了？她可是程老师的第一个学生。古代不还讲究老师和学生也是父女关系吗？"

葬礼上什么都能听见。纪询想到了吕丹樱的葬礼。

奚蕾的葬礼别出心裁一些，说闲话的都是男人，吕丹樱的葬礼窃窃私语的角色则由中年女性来扮演。

"年纪轻轻的怎么死的啊？"

"我跟你说你不要告诉别人，说是怀着宝宝，在浴室里跌了一跤，大人小孩都没了。"

"哎呀，那她老公该多伤心，怎么没看见她老公？"

"还老公，连男朋友都没有！不过好歹留下了一套房，也不知道是怎么赚来的，不自爱，报应就来了吧。"

"纪询？"

前方的声音唤回纪询飞远的思绪，他朝前一看，是夏幼晴。

相较进去之前面色苍白，有些摇摇欲坠的模样，现在的夏幼晴似乎放下了一块巨石，不止脚步变得轻松，连脸上都多了一层血色。

"我们走吧。"夏幼晴说。

"现在就走？"纪询问，"葬礼还没正式开始。"

"嗯，现在就走。"夏幼晴轻轻颔首，"不用再留了，该做的事情已经做完了。"

纪询依照夏幼晴所说的，带她离开。

小院的出入口守着奚蕾的母亲，那是个高大的、长得挺像男人的女人，和矮小的奚蕾不尽相同——奚蕾像爸爸，这个高大女人的丈夫是个矮小男子，并且身体单薄。

她对着每一个进来的人鞠躬："你好，谢谢你来送奚蕾一程。"

当纪询和夏幼晴要出去时，她依然鞠躬："你好，辛苦你大老远过来一趟。"

一下一下，佝着背，勾着头。

像是装着电池的机器人，不知疲倦地重复着同样的动作。

他们出了院子。

纪询在启动车子的时候突然看见一个戴眼镜的男人。他躲在树的后边。

冬日里，树木的叶子都落光了，光秃秃横斜的枝杈如同一条条向天空伸去的胳膊，其下树干上的一个个瘤子，像一只只自里朝外窥探的眼。

穿灰衣服的男人靠在这些"瘤子"上，他的背几乎和这些瘤子长到一处。

他手里抓着一叠东西。那是一堆奖状、一个大红花、一张黑白照片。

他鼻梁上的眼镜还起了雾，那张脸就藏在雾的后面。

"纪询，你知道吗？"夏幼晴幽幽的声音自后传来，"蕾蕾为我办过葬礼。"

纪询手一滑，打火打过头，正启动的车子熄了火。他自后视镜看去，夏幼晴手肘撑着窗，指尖抵着额，眼神有些疏离，正在回想一桩过去的事。

这桩事不难回想，它给了她很深的烙印。

所以她很快开口："那时我认识蕾蕾没有多久，情绪依然很不稳定。有天晚上，蕾蕾突然给我发消息，问我要不要试试办场葬礼。我答应了。"

"我们买了棺材，布置了灵堂，还邀请了人。对，像闹剧一样邀请了人。别人都拿这当玩笑，没有一个过来。最后的宾客只有蕾蕾和我的宝宝。

"现在想想，那场荒唐的葬礼居然很温馨，因为面对了已经死去的自己，所以突然可以肆无忌惮地议论要怎么活，平常不敢说的，不想面对的，都在这里畅所欲言了。于是你正视了你自己，你接受了你自己，你变得轻松了。

"你不完美，甚至丑陋。但你还想再坚持一下，再努力一下，再改变一下，一点点就很棒。"

夏幼晴说到这里，停顿了很久。

"可能是因为举办过这样的葬礼，所以我知道蕾蕾想要什么。她想留在宁市，不想回来，我们甚至一起选好了比邻的墓地。她也不想像现在这样，有一群无关的人议论无关的事……真抱歉我到最后还是不能实现她的想法。"

"足够了。"纪询说。

后视镜里的女人不知什么时候流出泪，惶然看着他。

他在短暂沉默之后，又说一遍："足够了。蕾蕾知道你所想，她会高兴的。"

她会高兴的。

这世上有多少个举办葬礼的人，以最亲近的关系活成最疏远的陌生人，直至死亡来临之际，才发现他们其实对即将下葬的亲人一无所知。

其后一路无人说话，车厢内唯一的动静，就是挂在钥匙上的金属吊坠，随着车子的前进，如同钟摆一样来回摇晃，晃着它已被磨秃褪色的红色挂绳。

又是几个小时的车程，在将夏幼晴送回家后，纪询接到了个意料之外的电话，电话是袁越妈妈打来的，老人家现在正在宁市，她是来扫墓的。

葬礼、遗体、扫墓。

今天怎么就和死亡绕不开了？

纪询强打精神去见了老人一趟，他知道自己的状态不好，但袁越妈妈是老派小姐，早年还留洋过，见过大世面，一切都讲究个和风细雨、不动声色，全程言笑晏晏关怀亲切，没问任何让纪询无法回答的问题。

等两人分开，纪询手里拿了个保温桶，保温桶里是新鲜出炉的鸡汤，袁越妈妈说是给他带的——用膝盖想也知道不可能，这八成是给袁越的，只是看他今天气色不好，临时转赠他了。

但他当然不能拿属于袁越的爱心食物，于是晃荡着又到了局里。

不凑巧。他到的时候，别说袁越了，整个一支队都没人，大门紧闭直接上锁。

他左右看看，揪住路过的谭鸣九问："一支的人呢？"

谭鸣九现在对纪询的神出鬼没也见怪不怪了："都出任务去了，梧山出了个分尸案，袁队带着整个一支队出去，估计现场情况复杂吧。"

"这个……"

纪询本来要让谭鸣九先将鸡汤保管，但保温桶都还没递出去，对方眼睛一亮，鼻子已经抽着嗅了起来。他心生警惕，手肘一拐缩回来。

"给我开个询问室，我睡会儿觉，袁越回来了叫我。"

"干吗浪费时间，保温桶给我来保管。"谭鸣九连连挽留，"还担心我把这么大桶东西弄丢了？"

"谁担心你弄丢了，我是担心你保管进肚子里了。"

纪询哼笑一声，踢着谭鸣九让他赶紧开门。

谭鸣九委屈地给办了。

询问室的门打开又合上。谭鸣九贴心地帮纪询把摄像头给关了，纪询干脆没开灯，在黑暗里单手一撑上了桌，把桌子当成床，直接躺下。

黑暗像水一样压迫下来。

他在黑暗中闭目，思绪漫无边际地延展出去，几具尸体和安置着尸体的灵堂来来回回在他脑海中盘旋，盘旋着，盘旋着，变了番模样……

灵堂还是灵堂，停放的棺材变成了三具。他由旁观者变成主持者。

周围依然是熙攘的人群，人群说着同样的闲言碎语。

"怎么有三具尸体，出车祸了？"

"不是车祸，是灭门惨案。"

"啊，太惨了，做警察被报复了吧，杀人的真够丧心病狂的。"

"你不知道……不敢说丧心病狂……是撞客……"

了解是件很珍贵的事情，夏幼晴不会知道她对奚蕾的了解有多让人羡慕。

061

纪询曾经以为自己什么都知道，但是到头来，站在灵堂里，他才意识到自己什么都不知道。

沉重的石块绑上他的心，他的胃带着他一路向下。

他在记忆的潮水中屏息。

沉着，沉着，一路沉到漆黑的水底……直到一只冰凉的手扎破水面，探近他的鼻端。

回忆猛然紊乱，纪询从过去返回现实，猛地绷直身体，抬手抓住无声靠近自己的手掌，用力一拉！

"唔——"

悄无声息来到纪询身旁的人被扯下来，发出一声错愕的轻哼。纪询的另一只手已经准备锁上对方的脖颈，但这时候，他意识到来人是谁。

堪堪抓着对方脖颈的手顺势一滑，纪询按着对方的后脑勺，将人压在自己耳侧。

"是霍队啊。"

纪询懒洋洋地开口。

他说话时候的呼吸就喷洒在霍染因的耳际，霍染因的心脏开始紧绷，他不由自主地像纪询之前那样屏息着，不敢喘气。

"霍队属猫的吗？走路、开门一点声音也没有。知道的，说你训练有素，不露踪迹；不知道的，还以为你这样蹑手蹑脚，悄无声息，是憋着什么坏呢……"

"现在是我在憋坏吗？"霍染因意有所指。

"不憋坏至于连呼吸都不敢吗？"纪询轻巧地点出。

霍染因意识到自己还在屏息。

说也是错，做也是错，连呼吸都是错。

"是这个道理吧，霍队。"纪询悠闲地寻求霍染因的认同，声音里还能听见些笑意。

"霍队，我有个问题，希望你不吝指教。现在是23日，距离我提交新的线索已经又过了六天，警方还是没有动静。是我提交的线索不顶用，还是唐景龙的嫌疑已经被彻底排除换方向了？"

霍染因深深吸了一口气："够了吗？再按着算你袭警。"

纪询听话地挪开手："不敢不敢，霍队息怒，我保护我们的人民警察还来不及，哪敢袭警。"

霍染因站直了，整整衣服，弄平发丝："叶片上检查出饶芳洁的DNA。唐景龙在奚蕾死亡当夜确实远在舟市，来不及赶回杀人。"

"所以警方现在的思路是？"纪询问。他感觉霍染因朝自己看了一眼，像是在评估他能不能听更多的东西。

他通过评估了。

霍染因说："饶芳洁雇凶杀人，或犯罪嫌疑人为饶芳洁。"

"那就奇怪了。"

"哪里奇怪？"

"死亡现场中，奚蕾头发纹丝不乱。她是被捂致死，死前肯定会挣扎，挣扎必然会弄乱头发，显而易见，她头发整齐只有一个解释，犯罪嫌疑人在杀人之后又帮被害者整理了头发。没点感情，犯罪嫌疑人可能做这种费力不讨好的事情吗？"纪询说。

"你刚才按着我后脑勺碰我头发就为了说这个？"霍染因问。

"不然呢？"

"我以为你对破案没什么兴趣。"

"哈，霍队别搞错了，这不是破案，这就是个顺势想到了就解开的猜谜游戏——"纪询笑了一声，他觉得时间差不多了，胳膊一撑桌子，从桌上跳下来，往询问室外走去。

"你确定杀死她的人爱着她？"

"只是推测。"纪询耸耸肩，"那什么神神道道的犯罪心理侧写。不过我个人的意见是，这个推测，八九不离十。"

"你在暗示凶手依然是唐景龙，唐景龙用某个我们还没想到的方式赶到现场来杀了人？"霍染因直接问。

这个直球打得纪询有点意外。但他漫无边际，继续瞎扯："不，我没有。现在本格推理可不流行了，我没脑补过手法，我已经被迫转型社会派了，这后面的爱恨情仇倒是随时随地都能扯一大堆。"

询问室内很安静，霍染因很沉默，沉默得像是暴风雨前的宁静。

纪询怀疑对方下一刻就要冲上来打爆他的头。

怀疑没有成为现实，霍染因忍住了，说道："你挖到了什么新的爱恨情仇？奚蕾和第三个男人保持暧昧关系？"

"唐景龙、曾鹏，再加上新出现的人，死者就是将自己分成两半也应付不了这么多人吧。"纪询失笑。

"我们在死者手机里发现了她死亡当晚的多条验证短信，结合现场遗失的电子设备，推断奚蕾掌握了一些对犯罪嫌疑人来讲很重要的数据记录。"霍染因又说。

"这也不怎么稀奇，考虑到犯罪嫌疑人对死者还有感情——既然有感情为什么要杀害死者？肯定是死者有必须被灭口的理由，她看到了什么，知道了什么……"

"这不稀奇，那不稀奇，什么稀奇？"霍染因冷声问道。

对方咄咄逼人得让纪询觉得自己要是不把线索说出来，恐怕出不了这间询问室的门。

他审时度势，恹恹地开口："既然犯罪嫌疑人这条路暂时走不通，那就换个思路吧。我知道了一个关于死者的小秘密——奚蕾很可能知晓或参与到一起代孕事件中。"

吕丹樱三年连生三个孩子，身旁始终没有男性出没，且生下孩子后孩子消失了，她倒是在此期间购置房产，除了代孕赚钱，他想不到别的原因。

而接连照顾她两胎、与她成为朋友又耐心细致的奚蕾，可能一点蛛丝马迹都不曾发现吗？

11

纪询的身影消失在门口。

霍染因的思绪有点乱，他低头沉思，却看见地上掉了样东西——一个金属女孩头像的钥匙扣。是纪询的。

他曾在对方身上看见过一次——去纪询家里的那一次。

霍染因弯腰捡起钥匙扣，追出去准备还给对方，但就在他出门没有多久，他听到了后院传来的两道声音，是纪询和袁越。

"给，你的鸡汤，阿姨带来的。"最初说话的是纪询。

"把东西放到保卫处就好了，怎么还特意在这里等我？"袁越说，"你也知道，撞着了分尸案，整理现场的时间是没有定数的。"

"这不是怕阿姨的一片心意被一些不长眼的家伙给偷偷祸祸了吗？"

"纪询。"袁越话里带着无奈，"别贫。"

对于自己的这位好兄弟，袁越好像总是没有多少办法。霍染因略带玩味地想。

"这是贫吗？这是很可能发生的事情。"纪询说。

"你刚从霍队在的询问室里出来。"袁越又说，这回声线平静，霍染因意外发现自己出场了，"不管你以什么样的理由来到这里，你的最终目的都是他，你想和他交流案件信息。否则你早招呼三五好友，把鸡汤喝了——这种事情你过去可没少做。"

霍染因的脚步停下了。

他忽然发现，袁越也并不总是对自己的兄弟没有办法，袁越也有很多办法——只是这人生性沉稳，轻易不爱揭人短处。

纪询没有声音了。

真难得，没有声音的居然是纪询。他还以为不管置身在什么劣势里，他总能侃侃而谈……可能这种侃侃而谈也是分人的吧，对于袁越，纪询就开始不舍得起来了。

他知道自己应该走出去，出个声，打断两人之间明显比较私密的对话。

但霍染因的双脚像是生了根一样，牢牢地站在原地。

每个人都有秘密，霍染因当然也有。

为了自己的秘密，他很想知道纪询的内心，如果袁越能用感情打破纪询的躯壳让他暴露自己的内心，他一定给他们充足的空间。

外头依然没有说话声，但有道沉闷的响声。

难道……像刚才纪询对他一样，纪询激动之下，将袁越按在墙上了？

霍染因在心里猜了几轮，没有忍住，再往前一步，透过窗户，向后院看了一眼。

现场和霍染因的猜测截然不同。

两人根本没有什么肢体上的接触，甚至站得还有点远，中间空荡荡的，再塞进两三个人也不成问题，发出响声的是摆放在院子里的一项锻炼器材。

纪询穷极无聊，拿脚蹭它。

霍染因大失所望，他觉得今天晚上，自己可能达不到目的了。

然而情形也没有那么悲观，院子外头，纪询说话了。

他拖着声音，一副怠懒的模样说道："又被你发现了，我也没办法啊，一道谜题解了一半，不上不下，不跟鱼刺卡喉一样噎得慌吗？"

"这里有最多的谜题。"袁越说，"只要你愿意，你完全可以回来。"

"哈，不可能。你知道……"

"不要'我知道'。"袁越严肃地打断他，"过去的事不是你的错，不要把什么都背在自己身上，他们也只希望你越过越好。纪询，如果你确实不想回来，我不会再勉强你，但你心里是想要回来的。"

"好吧，我不说'你知道'，我说'你不知道'。"他有气无力的，懒得跟袁越争辩，"你根本不知道我不回来的理由……"

"袁队！"

一支队的人跑过来，打断纪询和袁越的对话。夜色下，他神色极其严肃。

"DNA 比对结果出来了，梧山分尸案死者身份，是唐景龙！"

实话实说，这个死者的身份让纪询着实吃了一惊。

鉴于死者的特殊身份，袁越找到霍染因碰了个头——也巧，对方正在走廊里，他从后院进局子没两步就碰见了。

他们在二支队的办公室内留下，其余两人都好好坐在椅子上，肩是肩背是背，一坐一个军姿，都半夜十一点了，依然精神抖擞。

纪询就不去凑这个热闹了，他勾头垮背，双脚像是沾了水泥一样沉重，自觉把自己放到办公室角落的行军床上躺平，叹气道："犯罪不打烊。从我当警察的第一天开始，我就期待犯罪分子能够深造进化一下，至少不要白天不搞事，晚上小搞事，周末搞大事，长假上新闻。"

一向正经的袁越难得接了个玩笑话，接着他将话题拉回正轨："梧山不是第一案发现场，唐景龙被切割的尸体也没有完全找到，我白天带人在梧山上做了地毯式搜索，除了最早发现的编织袋里的尸块之外，缺少唐景龙的头颅、两只手掌、两只脚掌以及小部分身体组织碎块。初步判定梧山只是其中的一个抛尸地点。另外值得注意的是，在解开外罩的编织袋时，我们发现犯罪嫌疑人对残肢做出了一定的……"

"我来猜猜。"纪询随口说，"不会是被摆成了什么造型吧？"

"犯罪嫌疑人把它们摆成了向日葵花的造型。"袁越说，并将现场照片递给纪询。

纪询立刻闭上眼睛拒绝观看，还顺便抽了本书盖住脸——正好是他的那本《爱欲蛇》。

"血淋淋的照片有什么好看的，你用简笔画把照片内容画下来我看看。"

自进来就在翻资料的霍染因抬起头。袁越、纪询这对前搭档自有默契，他无意介入，直到此时，才挑剔地望了纪询一眼。

过于矫情。这点倒是从见面开始就没变过。

但袁越真的开始翻找纸笔，要对着照片画图。

霍染因不可思议地扫了眼袁越，开口打断："法医处给出了死者具体死亡时间了吗？"

袁越笔下描画速度变缓，说道："法医处目前得出的结论是，尸检发现脏器充血，实验过后，分析为急性硼酸中毒，死者系中毒死亡后再被分尸。死亡时间在三天以上。"

"尸体是怎么被发现的？"霍染因站起身，拿起投影仪的遥控器。

"被环卫工人发现的，在梧山的垃圾场。每周六，堆放在这里的垃圾都会被集体运转出去，存放尸块的垃圾袋，就是在运转出去前的垃圾分类中被发现的。"

"周六的垃圾运输不是什么秘密，我们能知道，犯罪嫌疑人也能知道。"霍染因说。

"你的意思是……"

"不妨考虑我们发现尸体的时间，也是犯罪嫌疑人计划的一环。"

投影仪打开了，霍染因看见袁越一瞥，但没说话，眼观鼻鼻观心地继续画画——很好，袁越也觉得纪询需要治治。

他转向拿书遮脸的纪询。

谜题确实能够吸引纪询的注意，那本安然躺着的书动了动，微微沉闷的声音从底下传来。

"这个可能性有，但不合逻辑。只要有可能，所有犯罪嫌疑人都恨不得把尸体往火葬场一塞，挫骨扬灰后再倒海里毁尸灭迹。为什么这个犯罪嫌疑人会把尸体往一个必然被发现的地方放？哪怕它被发现的时间迟了点。"

这是个疑点，但现在也讨论不出结果。

纪询接着说话，有气无力，不过脑："唐景龙在这个节骨眼上被杀，尸体又被分尸再被摆造型，造型的花样还和奚蕾名字中的'蕾'有所关联，怎么看都是一起报复式凶杀案。不过我有一点好奇。在警方依然着重办理奚蕾案子的情况下，对方为什么这么急着杀人，且肯定唐景龙就是真凶？"

凶案现场的照片顺利通过投影仪出现在墙壁上。霍染因做这些时不动声色，做完了正要开口，袁越却先出声了。

"不要局限在奚蕾身上。"袁越把所有都看在眼里，却仿佛什么都没有发现，继续一本正经地同好友对话，"唐景龙作为医药代表，社会关系复杂，人脉也广，再加上之前曾被曾鹏袭击，涉入凶案人尽皆知，不能排除犯罪嫌疑人原本就与唐景龙有恩怨，故意挑了这个时机下手，干扰警方的侦查方向。"

"说得是。"

纪询附和一声。顶着书说了这么多的话，他也颇感憋闷，干脆抬手，拉下盖在自己脸上的书……继而就在猝不及防间看到了被投影仪投到墙壁上的现场尸块照！

那是个巨大的垃圾袋拼凑而成的向日葵。向日葵中心的花盘是黑色塑料袋，塑料袋被麻绳捆出一个个四四方方的格子；边沿是黄色塑料袋，一条条扎成长条形的袋子组成向日葵的花瓣；余下有绿色的袋子，组成向日葵的根茎和两片叶子。

这些塑料袋已经被野猫野狗咬破了，露出其中装有的东西。

纪询突然从座位上直起身，冲着还拿着遥控器的霍染因，粗话险些出口："你故意的吧！"

"什么故意？在办公室里讨论案件的时候拿投影仪放现场照多正常。"霍染因淡淡地说，恶劣的笑意在嘴角一闪而逝。

"袁越？"

"我……嗯……"袁越望着天花板，"我在办公室里讨论案件也用投影仪放现场照。"

这声粗话还是在他心中骂了出来，纪询瞪着袁越站起身。

"两位队长继续讨论案情吧，我这个闲杂人等就先回家了，万一有事，也千万别打我电话，不回！"

纪询的离去让办公室短暂安静了一下，霍染因收起了那点只因纪询而生的揶揄。

"考虑到案件的特殊性，我提议唐景龙案先和奚蕾案并案处理。"

"好，我会把资料全部移交给二支。"袁越点点头，将简笔画揉成纸团丢进垃圾桶。

"都画完了，不拍给纪询吗？"霍染因多说一句。

"不用。那家伙脑袋很棒，有图像记忆，只要看过一眼，所有细节都不会忘。"

袁越一开始脸上还带着些微笑，说到后来，也不知道因为这句话想起了什么，居然没做好表情管理，让心里的低落浮上面孔。

霍染因不去深究，等到袁越走了，他独自在办公室里整理资料，在准备锁门回家时，才突然摸到一样放在口袋里的东西。

那个串着条平安结的钥匙扣，忘记还给纪询了。

12

睡前看分尸图片实在不利睡眠。

睡梦中的纪询听见了自脑海里传出来的"叩——叩——叩——"的声音，那声音如同有人用手指敲击他的脑壳，并在他的脑海中引发回声，导致他颅内出血，于梦中死亡。

真是恐怖。

纪询漫无边际地想,他一动不动,感觉着半睡半醒间的麻木,无声地数着数,等到心中的数字跳到三百的时候,麻痹的小手指一个不慎,抖了一下。

原来身体麻痹,是睡麻了。

脑袋里的"叩——叩——叩——"显然也不是什么幻听,而是真的有人在敲他的门。

纪询总算睁开了眼睛,看一眼时间,上午7点。

分不清楚是做噩梦更恐怖点,还是这个时间被人吵醒更恐怖。

他差不多猜到在门口的是谁,挣扎着从床上爬起来,去浴室飞快洗把脸漱个口后,将门打开。

门外站着夏幼晴,对方脚旁有两个大袋子,她显然敲门有一段时间了,正一边低头看手机,一边进行机械的敲门动作,一下敲空,手指差点磕到纪询身上。

"你今天这么早过来,我猜……"

"唐景龙真的死了吗?"夏幼晴单刀直入,"被分尸了,尸体抛到梧山上?"

纪询"唔"了一声,弯腰提起夏幼晴脚边的两个袋子走进房间,也让夏幼晴进来:"你们记者的消息渠道真是广,警方昨天半夜才比对出DNA确认身份,你现在就知道了——对了,你带什么过来了?"

"早餐,水果。"

"太客气了。"

"麻烦了你这么久,应该的。"夏幼晴说,"记者那边得到的消息没这么详细,再说我也早离职了。我是看朋友圈有人在梧山上拍的警车和警戒线的照片,又有人语焉不详地提到死者姓唐,才大胆猜一猜。是谁杀了唐景龙,曾鹏吗?"

"曾鹏昨天刚从拘留所里出来,只要他没有分身术,也不能让时间倒流,他就杀不了人。"

"是其他人?唐景龙真的是杀死蕾蕾的犯罪嫌疑人吗?那个人杀了他,是为蕾蕾报仇吗?"夏幼晴又犹豫地问。

"不好说,警方刚刚着手调查。至于唐景龙是不是杀害奚蕾的犯罪嫌疑人,我的直觉告诉我是,但证据告诉我不是。姑且相信证据吧。"

纪询打个哈欠,看袋子里有杯咖啡,拿出来喝一口提神,又伸手去拿早餐面包。但在他的手指碰到面包之前,夏幼晴先递了个酒精消毒凝胶给他:"消个毒。"

纪询道:"我洗过手了。"

夏幼晴说:"但塑料袋上还是有细菌的。"

纪询接过凝胶，搓了搓手："你什么时候多了洁癖的毛病？"

"不是我，是蕾蕾。"夏幼晴笑了笑，"蕾蕾很注意保持自身的清洁，一天恨不得洗八十遍手，还拉着我一起洗。她在的时候，我三天打鱼两天晒网，常常忘记；她走了，我倒是突然就能记住了。"

纪询搓手的动作缓下来："奚蕾有洁癖？很严重？"

"蛮严重的。"夏幼晴说，"蕾蕾皮肤也不好，碰到脏东西容易起红疹。"

好像有颗黑星星落入纪询眼中，他昂头回忆片刻，慢吞吞说："不对。如果她的皮肤问题这么严重，为什么在奚蕾的住所中没有见到专门治疗这些的药物？"

"因为……蕾蕾日常很注意清洁卫生，而且她认为自己的皮肤问题是免疫力的问题，一般使用食疗多过药品。"夏幼晴又想了想，逐一回应。她不知道纪询为什么问得这么细。

"那么消毒液呢？"纪询打破砂锅问到底，"如果她有洁癖，为什么甚至没有在她的房间里看见地板和衣物的消毒液？"

"正好用完了吧。半个月前我和她一起逛超市，买了这些东西，我可以找单子给你看。而且房子小，蕾蕾也不喜欢囤货，总爱买新的……怎么，这个很重要吗？"夏幼晴忐忑地问。

逻辑理顺了。

"生活中总是充斥巧合，但不是所有巧合都有利于破案……"纪询自言自语，"奚蕾有洁癖，碰到脏东西容易起红疹；奚蕾所住小区的人对唐景龙毫不知情，她在那里的口碑异常地好。你知道这两点加起来意味着什么吗？"

纪询嘴角勾起："意味着唐景龙几乎不怎么来这个小区，意味着奚蕾不能在酒店和唐景龙幽会；那很有可能，他们长久的幽会地点，是唐景龙租下的一套房子。"

夏幼晴久久不语。

她的关注点罕见地从奚蕾身上转移了，她看着眼前的人，依稀穿透时间，望见了自己最早认识的纪询。

那个目光永远明亮，眉目永远飞扬，永远不相信有自己解决不了的难题的男人。

可惜，没有谁能在时间中全身而退。

宁市有一个知名的小区，名叫荔竹小区，这个小区地段良好，环境清幽，安保额外严格，三班保安带六条狗，二十四小时全区巡逻，凭卡刷脸进门，杜绝一切外来闲散人员混入小区小偷小摸。有此良好基础设施，荔竹小区确实在楼市中小有名气，但对于一些消息较灵通的人士而言，以上所有全不重要，最重要的是，这是宁市鼎鼎大名的金屋藏娇的小区，是全市有些名气的老板置办外宅的首选。

纪询在这个小区外站了大约三分钟，这点时间已经足够他将小区打探清楚。车库外有一个保安站岗；大门出入口两个保安执勤；围墙上拉有电网；每段墙体的转角处都有摄像头；刚才听到了几声狗叫，想必网上流传的保安带狗也确有其事。

但这不重要。

没有任何一个小区能够完全杜绝外来人士的进出。

纪询漫不经心地转过眼，他沿着小区周围的街道踱步，不快不慢，在他转过街角时，他发现了新的线索——一家咖啡店。

咖啡店的店名——Across Time，店铺的标志和唐景龙蓝白色保温杯上的相同。

踏破铁鞋无觅处，得来全不费工夫。

纪询站在外头朝玻璃窗内扫了一眼，没什么人，他径自进入，在咖啡店中坐下。

服务员迎上来："先生，要喝什么？"

"我朋友是你们这里的常客，唐景龙，他一般喝什么？"纪询一副随意的模样，实则窥探服务员的表情，等捕捉到对方脸上的恍然时，他心中一定。

"唐先生一般喝澳白。"

"两杯澳白。"纪询随意翻着菜单，再掏出电话，拨出标注"唐景龙"的电话号码，几秒后，他对手机那头说，"老唐，我到你说的咖啡店了。让我先上楼？嗯，没错，钥匙在我手里。但你还没有告诉我你家门牌号——喂？喂喂？"

电话挂断了。

纪询当着店员的面再打过去，忙音。

"这家伙，丢三落四的。"纪询嘟囔一声，合上菜单，"就两杯澳白。"

咖啡师在吧台后做咖啡，纪询继续摆弄手机，掐着服务员将东西送来的时间，再度打电话，这回还公放了，当然，依旧是忙音。

"又打不通，比市长还忙。"他不耐烦地挂了电话，喝两口咖啡，突然对服务员说，"老唐是你们这的 VIP 客户吧？你们知道他住哪吗？"

"这，规定……"服务员一愣。

纪询晃晃钥匙，说："别规定了，钥匙都在我这里，要不是小区太大，保安估计不认得老唐，他电话又打不通，我也不至于问你们。帮个忙，回头我让他多来这里买两杯咖啡。"

服务员没觉出什么不对，口风一松，说："唐先生的房间是荔竹小区D座1808。"

"哈。"纪询惊讶，"都不用看客户记录本？"

"不用。"服务员不好意思地笑笑，"其实唐先生帮过我。他先前和别人在这喝咖啡的时候，我因为老妈生病住院没病房着急上火，端咖啡时不小心洒到了唐先生身上，唐先生不仅没怪我，还拜托他身旁的人帮我妈妈解决了住院问题。我一直很想谢谢唐先生，但唐先生最近都没过来……这位先生，您待会儿看见唐先生的时候，可以替我转达下谢意吗？"

"当然可以。"纪询仿佛不经意问，"对了，你妈妈在哪个医院住院？"

"第三医院。"

第三医院距离纪询家就只有两条街，能解决医院住院问题的，优先考虑是该院医生。

唐景龙上回很可能和第三医院的医生在此喝咖啡。

纪询暗暗将这点记下来，也许以后会用到。

1月份的冷风刮起来，飞沙走石，一旦在户外迎风工作两个小时以上，出门时擦了再厚的护肤霜都没用，保准面色发红，皮肤皲裂。

霍染因刚刚从一家名为"卓越洗衣"的洗衣店里走出来。

昨天晚上确认死者身份，今天照例上门通知家属并对死者住所进行初步调查。唐景龙、饶芳洁的住所在宁市一个高档别墅小区，门前还有两头石雕大象，女主人坐在这栋富丽堂皇的屋子里，看着警察进进出出，显现出一种无所适从的木然。

这次的询问延续了警方之前了解到的情况，饶芳洁对唐景龙的动向一无所知，只提供了自己最后见到唐景龙的时间，1月19日晚上6点左右，当时唐景龙出门吃饭。

至于去哪里吃饭，后续有什么安排，何时回家，她一概没问。

霍染因在房子里转了一圈，在落地窗下看见了一个还没完工的花架。花架安装到一半，上了蓝白色的漆，角落还雕刻有生动活泼的花草图案，这可能是这栋空旷华丽的房子里最富有生机的一样东西了。

"这个架子是找木匠打的吗？怎么没装好？"霍染因问。

"这两天对方有事，没来家里。"饶芳洁抱胸坐在沙发上，翘着腿，沉浸于某种恍惚之中，她看上去并不太悲伤，回复得也有条理。

"这人你熟吗？"

"还行吧。唐景龙和他很熟，我们家里的木工一直都交给他做。"饶芳洁说，"好像几年前他生病，唐景龙帮过他。他就一直便宜替我们家做家具摆件，反正木工的事他都能干，人老实，手艺也还不错，我也懒得换。"

"他叫什么？"

"全名没问。我一直叫他老陆，陆地的陆。"

等警察们进入唐景龙的书房、卧室，有趣的东西出现了。唐景龙的书房安有摄像头，电脑的浏览器是无痕模式，硬盘每半个月格式化一次，里头干净得不可思议。

据饶芳洁所说，这全是唐景龙的习惯。

被清理干净的电脑姑且不说，书房内的摄像头有点值得玩味——大概十五平方米的房间里安装着两个摄像头，一个摄像头正对着电脑屏幕，另外一个摄像头对着书架。

但这两个摄像头的监控区域大块重叠了，换句话说，只需要安装一个对着电脑屏幕的摄像头，就能将书房的绝大多数区域进行监控。

那么对着书架的摄像头就显得很多余，针对这点多余，霍染因着重布置搜查，而后发现一个藏在书架中的保险柜。

对于这个保险柜饶芳洁全不知情。

警方费了老大劲把保险柜打开之后，发现上下两层的保险柜里，上层放着一盒一盒的名片，看样子唐景龙将他所有的人脉都记录在这里；下层是一艘工艺木船，木船制作得惟妙惟肖，在甲板上边，他们发现一串红绳穿着的铜钱币，这些铜钱币并非古代钱币，而是私人锻造，一面镌刻"舟航顺济"，一面镌刻"风定波平"。

撇开明显很重要，但暂时让人摸不清头绪的木船和船上的铜钱串，这次查访还有一个收获。

霍染因在唐景龙的一件挂在衣柜里的西装中找到一张洗衣店的小票——正是他现在走出来的这家洗衣店。

贵重衣服拿去干洗并不奇怪，奇怪的是这家洗衣店既不在唐景龙工作的福汾医药附近，也不在饶芳洁工作的阳光医院附近，更不在他们别墅附近。

这家洗衣店，完全位于一个和唐景龙、饶芳洁工作与生活八竿子打不着的地段。

唐景龙为什么要在一个如此不方便的洗衣店干洗衣服？

这正是霍染因出现在这里的原因。

"唐景龙来的次数不少。近半年间，每隔十天半个月，店里员工总会见到他一次，初步确定这块区域是唐景龙的另一处生活圈……你在看什么？"霍染因问谭鸣九。自来了这里之后，谭鸣九就左顾右盼，不能安分工作。

"看纪询。"谭鸣九说，说完才发现霍染因神色莫测。

"纪询要来？"霍染因问。

"他没说，他很可能不来，但我怀疑他会来。"谭鸣九双眼放空，"过去就是这样。纪询每每做完自己手头的工作后，就喜欢悄无声息地杀到其他人负责的地方，开始捣……帮忙，然后我们就被捣……帮忙。最后还要说这是——"

"常识？"

"是！这就是他会说的话！"谭鸣九一拍大腿，"常识，常识，难道局里除了他有常识，其他人都没有常识？大家每次看他若无其事地说出这个词，那郁闷，别提了！"

霍染因似笑非笑。

"其实什么常识，全是瞎猜！是猜中了结果再回头反推过程的！"谭鸣九义愤填膺，"我都偷听到他和袁队的对话了。他只对袁队说大实话！"

这倒不见得，纪询不也对他承认了是猜谜吗？

"每回瞎猜开始，他都和袁队打赌，猜对了袁队给他写报告，猜错了他给袁队写报告，他狗屎运好，十次里头九回中，袁队就天天勤勤恳恳写他那份报告！"

这话充满了没人替写报告的警员对可以优哉游哉上班的前同事深深的羡慕。

"所以你现在怀疑……"

"我怀疑他又要来瞎猜了，最近老见到他那张神出鬼没的脸……"

"又一个小区。"霍染因停下脚步，他的前方"荔竹小区"四个大字笔走龙蛇。他直接拿唐景龙的照片，上前询问保安，"认识这个人吗？"

荔竹小区不愧是高档小区，一梯一户，同一楼层中只有两户人家。

纪询在走廊里轻巧地踱步，伸手叩叩门，确认了1808中并没有人声回应后，拿出自己的工具。

和咖啡馆服务员聊天时他是骗人的，他当然不可能有这里的钥匙，但门锁又不是只有钥匙能打开。

三两下，门被他撬开，他推门进入，薄薄的一层地板灰先进入他的眼中。

有灰尘，但不多。房间空置了一段不长不短的时间。

纪询进入室内，轻轻关上大门，继续观察。

门窗关闭。桌上有零碎物品。卧室有床品，但衣柜——是空的。这给他一个猜想，他回身按下灯具开关。

"啪嗒"一声，灯没亮。

猜想变成肯定。他正要继续，又一声"啪嗒"，声音来自外头，房屋的大门被人打开，人声跟着响起："两位警官，这就是唐景龙之前租的房间……"

13

被堵在室内的纪询一时失语。

前十几分钟才觉得自己运气好，一切来得都是这么顺利，果然人不能得意，出事了。

他的目光在室内快速扫过。天花板没有吊顶，浴室和主卧打通，只隔着一层透明玻璃，一览无遗。就算没有透明玻璃，只要有人推门进去，也什么都看见了，不能躲藏。

真正能够稍微藏人的可能就只有——

纪询的目光落在窗户外的空调机上，他凝神一秒，收回视线。

算了，不至于。

十八楼呢，真的会摔死的。

门外的声音就没有停，在物业过于殷勤的招呼下，纪询听见了谭鸣九敷衍的"嗯嗯"声，还有一道不疾不徐、半秒迈出一次的脚步声。

那是霍染因。不用多考虑，纪询立刻确认。

只有霍染因，连走路都像肉食动物在狩猎。

仓促之下，他只得闪身躲进卧室空荡荡的衣柜里。

他刚刚关妥柜门，卧室的门就被推开，透过柜子留出的一道缝隙，他看见出现在卧室门口的霍染因。

霍染因先蹲下身，对着地板看了一眼。

他在看鞋印。

落满灰尘的地板进了人，当然会留下脚印，但他进门的时候先习惯性地观察室内布局，在屋子里来回走了一圈，有进来和出去的脚印，霍染因并没有办法因此判断出什么——除了判断有人进来过，男性，身高一米八七，体重六十四公斤，穿运动鞋，无扁平足等足部特征。

没一会儿，霍染因站起来，还侧了下头，在看墙壁的开关。

霍染因注意到墙壁上按下的开关了，他接下去会去看床头的灯，然后他会意识到……

纪询微微磨牙，他短暂思索后，掏出手机，运指如飞，给谭鸣九发消息。

纪询：跟你说个重要的事情，和案子有关——

开了一条缝的柜门松动，光线猛然射入，纪询手一抖，字打不下去了。

"地上有金子吗？"霍染因凉凉的声音响起来。

"没。"纪询说。

"那你干吗不抬头？"霍染因笑着问，带点辛辣，掺着讽刺，居然还有慵懒的后鼻音，"在玩你不看我我就看不见你的游戏？"

说完，他伸出手，去拿纪询的手机。

短短沉默后，纪询若无其事地抬起头，还顺势抬起胳膊，躲开霍染因的动作，笑道："霍队干什么，看这架势，难道想要把我堵在这柜子里私自审问吗？"

霍染因伸出的手停在半空。

纪询还在过嘴瘾："光天化日，朗朗乾坤，关键谭鸣九还在外头，万一他突然进来见到我们在这小柜子中龙争虎斗，那就不好了，你说是吧——"

他把纪询堵在这小柜子中。

"废话真多。"霍染因说，"纪询，非法入室盗窃是什么罪名，不用我来告诉你吧？"

"非法入室……和非法入室盗窃……罪名是不同的。"霍染因扣得用力，但纪询还是坚强地用气音说话，"我最多算非法入室……批评教育一下……"

霍染因望了纪询一会儿，又往前一点。他单手控制着纪询的脖颈，纪询不受控制地转了半边脑袋，听见轻轻的一声笑，出现在自己耳后。

霍染因看了眼纪询，松开手，转叩柜门，语调也变正常了："说说你怎么来的，摸到了什么线索？"

纪询伸手进口袋一摸，竟然是自己找了好久没找到的钥匙扣，他沉默几秒钟："谢了。"

他从衣柜里走出来，对霍染因说："有个推断，霍队一定想知道。"

"继续。"霍染因扬扬眉，神色漫不经心。

"唐景龙在奚蕾死前就退租了。他为什么退租？他知道奚蕾再也用不上这个地方了。"

纪询一口气说完，那种漫不经心的敷衍从霍染因脸上褪去。

他的神色变得深沉："霍队，重要线索，物业——"

外头忽然响起谭鸣九的声音，谭鸣九步履匆匆地进入主卧，立时看见站在衣柜里的纪询，蓦地呆住，瞳孔放大。

纪询抢先说："嗨。"

这声唤回了谭鸣九的魂。他捂着胸深深吸了口气，从齿缝里挤出一句："嗨你个鬼，你居然在这里！你怎么进来的？"

霍染因打断谭鸣九的话，问："什么重要线索？"

谭鸣九立刻说："是房东回的电话。物业刚刚联络上房主，房主说租客在这个月的4日就退租了！除此以外，唐景龙在签租房合同的时候，使用的不是自己的名字，每月打款的时候，用的也不是他的银行卡！"

霍染因眸光略微波动。

谭鸣九看看不意外的霍染因，再看看更不意外的纪询，明白了。

"这事纪询已经知道了？"

"没，银行卡的事情不知道呢。"纪询不太认真地说。

"那就是知道了房子是唐景龙的？"谭鸣九不依不饶，"你是怎么知道的，你潜入了物业？不对，物业也不知道这个房子的具体情况。你认识房主？所以房主给你钥匙，你拿钥匙开了门？那房主不会是你的读者吧？"

"想象力还挺丰富。如果我是柯南·道尔和阿加莎，倒有这个可能。可惜我就是一个平平无奇的小作者。"纪询无语，"这是常识——"

"又是这两个字！"谭鸣九哀叹一声，"你侦探的孤高情操没学会，口头禅倒不少。"

霍染因闭目片刻，跟上了纪询的思路，他代替纪询说："进来的时候地板上有层灰，开了开关但灯没亮，可见房子有段时间没进人且电源总闸也被拉上。正常居住情况下，谁会关电源总闸？"

"就这么简单？"谭鸣九问。

"你还要怎么复杂？看了这栋房子，事情明白得就像秃头上的虱子。"纪询嘲笑一句。

闲话说完，纪询继续往下说："关系破裂或被捉奸，才会放弃藏娇的金屋。饶芳洁1月7日还持续在奚蕾家门口骚扰，说明他们关系多半没断，这里也没被发现。那唐景龙是如何未卜先知这房子用不上了呢？"

"唐景龙确实有重大嫌疑。"

这一直观的证据比之前纪询说的更得霍染因的心。

霍染因这回正面承认："通过这点，可以推断唐景龙知道奚蕾会死，他买凶杀人。现场发现的饶芳洁的DNA，很有可能是犯罪嫌疑人和唐景龙接触时因某种原因无意沾染的。至于唐景龙雇佣的到底是谁……"

"这是警方要去找的事情。"纪询闲闲地接话，"对我而言，幕后真凶出来了。那么以一本小说论，叙事的重心就从犯罪嫌疑人是谁，变成了作案动机——唐景龙到底为什么要杀死奚蕾？奚蕾知道了什么？真巧，碰上死无对证了。"

14

"还有吗？"霍染因思索片刻，问。

"没了。"纪询说。

"真的？"霍染因不太相信。

"真的，没有了。"纪询就差翻白眼了。

霍染因的神色变得危险。纪询摆出一副死猪不怕开水烫的模样——反正谭鸣九就在旁边，大不了他躲到谭鸣九身后去。

他看向谭鸣九，评估着要如何利用对方并不伟岸的身躯遮挡自己。

霍染因也跟着看过去。

经受两人四道目光洗礼的谭鸣九没扛住，内心发毛："你们干什么这样看着我？"

霍染因感觉无聊，率先收回目光，说："既然没有更多的东西，那就在旁边等等，谭鸣九，你去搜搜房间。"

谭鸣九无语，心想支使我支使得这么理所当然吗……算了你是队长你都对。

谭鸣九任劳任怨地开始工作。

纪询往后退了两步，靠墙站着，他看着谭鸣九一路从抽屉搜到衣柜，中途嘴唇动了动，但还没来得及发出声音，就见霍染因的视线扫过来，纪询立刻闭紧双唇。

这时候搜索室内的谭鸣九"哈"了一声。

"怎么了？"霍染因问。

"我摸到东西了。"谭鸣九说，将伸入床下的手抽出来，掌心处是一枚金灿灿的纽扣。

纪询的手指摸上手机，还没来得及做什么，就又和霍染因意味深长的视线对上了。

他冲对方露出一个礼貌而迷人的微笑，将手机揣进兜里："家里还有事，我先走了，不用送，两位警官回头见！"

"喂——"

谭鸣九只来得及叫上一声，纪询已经不见了。他莫名其妙道："没事跑这么快干什么？搞得有人追他一样。"

"谁知道。"霍染因漫不经心，走上前接过纽扣看了看。

圆圆的纽扣比一枚硬币大一些，外层镀金，放到阳光下能看见明显的蓝色孔雀翎羽花纹，两面都雕刻有图案，一面是酒杯，一面是人头。

"看着像是唐景龙落下的，认得这东西吗？"

谭鸣九想了半天，说道："好像有点印象，得回局里查查。"

纪询从荔竹小区回到家中，直接打开手机，群发一条消息。

纪询：谁知道蓝孔雀现在搬到哪里去了？

搞刑侦的，谁都有自己的两把刷子，纪询的刷子除了瞎猜外，就是他的记忆力勉强值得一吹，看过的东西很难忘记。在看见谭鸣九从床底下摸出那枚纽扣之际，他立刻认出了这是什么，是一家叫作"蓝孔雀"的地下赌场的面值为一万块钱的筹码。

过了一会儿，陆陆续续有人回应。

朋友1：不知道。

朋友2：没听过。

朋友3：条子哥不是早不当条子了吗？还管这些啊，管也没用，蓝孔雀当时被你们连扫三次，元气大伤，早不干了。

这些朋友多是纪询过去当警察时候结交下来的"点子"，没有这些人，他的工作肯定没那么好展开。不过这都是很多年前的事情了，现在被敷衍也是理所当然。

纪询挑了叫自己"条子"的那个人语音聊天。

这是麻脸。向来只有取错的名字，没有叫错的代号，听代号就知道，这是个满脸麻子的家伙。也因为这一脸招摇的麻子，但凡他在的场子被纪询带队突击到了，纪询总是能在四散奔逃的人群中抓住他。

抓得多了，他也怕了，闷声做了纪询的线人，成为打入敌人内部的一颗钉子。

"说说蓝孔雀的近况。"纪询直接问。

"都说了蓝孔雀早被你们扫掉了……"麻脸打着哈哈。

纪询直接发了个红包过去。

红包很快被收了。

麻脸口风一百八十度转弯："纪哥您也是知道我的，场面上混，人头熟，蓝孔雀它壳子能换，养好了的人总不能换个一干二净吧？所以您啊，找我找对了——"

纪询又发个红包过去，不耐烦地说："说点干货。"

有钱是老板，钱到位了，麻脸废话不说，干货满满："就我所知，市里抓得严，蓝孔雀现在是真不太敢干地下赌场生意，但他们开了家KTV，叫亮晶晶KTV。"

亮晶晶KTV是一家近两年开在老城区的KTV，隔壁就是陈塘巷。

陈塘巷是老城区中的老巷子，纵深长，出口多，不熟悉的人来这里跟走迷宫似的，久而久之，就成了一些非法勾当的聚集地。

当然一般也是小打小闹，否则早被警察一锅端了——纪询当警察的头两年，就曾在这里一举扫掉十五个窝点，带了七八十个人回去。

纪询来到附近的时候天已经黑了，时隔多年，旧地重游，他信步走在巷子里。

巷子里没什么灯，一个人走在里头，能听见窸窸窣窣的声音。

但有点奇怪。这回窸窸窣窣的声音不像是隔壁，更像是从背后传来的。他回头望一眼，巷子还是老样子，长长的，空荡荡，月亮都照不亮。

又经过一个拐角的时候，纪询停下脚步，单手插兜，指尖在兜里轻点大腿。

一，二，三！

一只老鼠从阴影中蹿出来，小跑到纪询脚边停下，它的两只前爪捧着蔬菜根茎似的食物，两只巨大的门牙啃咬的时候发出窸窸窣窣的声音。

神经过敏了。纪询想，出门散个步而已，还会被谁跟踪不成？

纪询停下敲打的指尖，他将手抽出来，大步往前走去。

亮晶晶KTV并不难找，纪询在纵横交错的巷道中走了大约二十分钟，从东面数第三个出口出去后，左手边就是一栋三层商业楼，这个商业楼面朝大路，背靠巷子，人流量不小，一楼是个有营业牌照的棋牌室，名字叫作"老三棋牌"，二楼和三楼都是亮晶晶KTV的地盘。

但此刻二楼和三楼都没有亮灯。

今天没营业吗？

纪询沉吟着，又望上几眼，从窗帘的缝隙中看见灯光。

楼上有人，依稀还有唱歌的声音。不是没有营业，是没有对外营业。

纪询暗自想着，进了商业楼，迎面是老三棋牌的前台兼小卖部，左手电梯处才是亮晶晶KTV的直通通道。

他不急着上楼，先拐进老三棋牌室里，这家棋牌室场子不小，总共放了十好几张桌子，玩麻将玩牌的都有，但此刻人不多，只坐了一半。

纪询随意挑了个靠窗户的位置坐下，正琢磨着上楼的办法，还有最关键的——去了楼上，找点什么。唐景龙手中有筹码只能证明他曾是蓝孔雀的客人，至于对方现在和亮晶晶KTV有没有关系，亮晶晶KTV中又有没有与唐景龙相关的线索，那就只有天知道了。

没办法，条件有限，只能拾点边角料查查。

纪询心不在焉地想着，办法没有想出来，倒是听见"叮咚"一声，又有人进来了。

纪询抬眼，漫不经心地扫一扫，扫到一半，视线停滞。

进来的人穿着件呢子大衣，纯黑的，衬得他皮肤更加雪白。

他工作时总用发胶向后固定的头发也松散了，碎发落下遮着前额，压了眉梢与眼睛，立时将那看谁都像看犯人的凌厉气质中和大半，倒让纤秀眉眼自带的清纯气息显露出来。

他先往柜面走，拿了两瓶啤酒，一副扑克，而后来到纪询所在的桌子，坐在纪询对面。

他放下啤酒，洗了扑克，指尖一划，扑克牌在他双手间拉出一道拱桥。

坐着的人挑起眼角，笑了笑："玩两把？"

"霍队，在谈正事前我先问个问题。"

"说。"

"你不是双胞胎吧，也没有双重人格吧？"

"呵。"

"这就让人费解了。"纪询接着说，"你看，你前后造型变化有点大，前后态度变化也有点大。就在几天前，你还怀疑我在曾鹏袭击唐景龙的事件中插了不该插的手，也一度对我私下了解这个案子表示出不悦。乃至今天白天，都是一副凛然不可侵犯的模样，怎么到了今天晚上，就专程来偶遇……"

"偶遇？"霍染因纠正，"我是主动跟踪你来到此地。"

"倒不至于。"

"还不知道我找你的目的，就说不至于？"霍染因说。

"目的也不是很难猜，霍队找我无外乎唐景龙的事情，但我觉得吧，我找不到的东西警方能找到，我找得到的东西警方更能找到，所以霍队跟着我，无异于缘木求鱼，没什么意义的……"

"过谦了。我看过你在警队时候的资料。"

"哦——"纪询拖长的声音里稍露不悦。

"三年前，宁市的命案平均侦破天数为三点二四天，你经手的命案平均侦破天数为一点四六天；同样三年前，宁市命案的破案率是百分之九十三点一，你经手命案的破案率是……百分之百。很精彩的数据。"

"好汉不提当年勇。"纪询兴致缺缺，"套用老谭的说法，都是猜的。"

"逢猜必中？"

"猜不中重猜。"纪询随便说。

"我对你的办案思路有兴趣，也认为你的办案方法能够极大地节省破案时间，同时也确定至少在这个案子上你是认真的。"霍染因直接挑明，"我们不妨合作。"

"霍队这是看上我了？听你说的，都像是要和我展开全方位多角度高深度的接触了。"纪询笑道。

"以我个人举例，人不会只有一面。我依然不喜欢你对案子的轻慢态度，但这不妨碍我们之间的合作。另外——"

霍染因收了手中扑克，没见他做什么动作，那枚在唐景龙租住房屋中找到的筹码已出现在他的指尖。

"你来这里是为了找蓝孔雀。蓝孔雀已无，现在换成了亮晶晶KTV。这是一家会员制KTV，哪怕上去了，你知道要找什么吗？逮着个服务员问，认不认识唐景龙？但在警方这里，很轻易就能查到你必须费尽心思才能搞定的东西。比如唐景龙用的是谁的身份证和银行卡，这张银行卡和什么账户有金钱往来？以及警方在唐景龙家中发现了什么？"

如果霍染因不是警察，纪询就被霍染因说动了。

但霍染因不是警察，他就拿不出这种合作条件。

可见甘蔗没有两头甜，人生就是为难和为难。

纪询寻思着拒绝的理由，从脱下警服开始，他就不想再和警察有太多的接触。正好此时窗外头发生了点小骚动，商业楼的后门楼梯口，一位穿保安制服的人拦着一个社会青年，争执声都隐约传进来了。

"他们可以上去，我为什么不行？他们可以，我就不行？"

从争执到动手也就是一瞬间的事情。

一瞬间后，社会青年被保安推倒在地。

这一推似乎不轻，社会青年好半天才爬起来，爬起来后也跟跟跄跄的，像是喝醉了的人——也许他本来就喝醉了，才在这里和个保安争执谁能上去，谁不能上去。

纪询思绪发散着，突然发现坐在前边的霍染因动了。

"出去一下，马上回来。"

霍染因简单说完，出去绕了一圈，拢共只花了两分钟。

窗户有视野优势，纪询清楚地看见，出了门的霍染因径直来到社会青年身前，和他撞了一下——仅仅这一下。

之后霍染因没做其余任何事情，他又回到了棋牌室，坐在纪询跟前。

两人同时坐在窗户旁，看见了同样的一幕。

他没有发现社会青年有什么问题，霍染因发现了？

纪询内心残存的一点点不服输死灰复燃。他直接问："这人有鬼？"

15

"他手臂上有针眼。"霍染因重新摸上扑克，慢悠悠洗牌，扑克牌在他双手中如同精灵翻飞。

"你隔着窗看一眼，就发现他是个瘾君子？"

"看面相。"霍染因不动，"运气好。"

"呵。"纪询笑一声，一般是他给别人惊喜，这回轮到别人给他惊喜了。局面都掌握在别人手里了，纪询琢磨着自己该走了，但这时霍染因停下洗牌动作，将扑克呈扇形铺开。他修长的手指在扇形的纸牌上逐一滑过，像是钢琴家在试探琴键。

"说张牌。"

"说什么你抽什么？"

"嗯。"

纪询望了望扑克："这是不是还要加上个彩头？"

"当然。我抽中了，你陪我上楼探一探。我没有抽中，条件随你开。"

"口气真大。"

"因为……"霍染因开了啤酒，不止开了自己的，也开了纪询的。而后他拿起自己那瓶，轻轻碰下还放在桌上的另一瓶，"这才刺激。"

他伸手去拿扑克牌，但纪询同时伸手，按住霍染因拿起的扑克。

一张牌上两只手。

"我们要做的是正事，不妨以后再玩，我的建议是，我和你上去探探，你把赌场的线索告诉我。如何？"纪询伸手缓缓说。

霍染因看了纪询一会儿，忽然笑了。

"这么没有意思？这局你输了，也不过陪我上楼走一趟；万一赢了，你就能让我做除工作以外的任何事情——什么都可以。"

纪询慢吞吞说："我更青睐等价交换。"

"看来你是真不想玩了？"霍染因有些遗憾，"也行，就用赌场线索交换。"

"听这口风，霍队还有其他很多线索。"

"除非合作，否则无可奉告。"霍染因说。

纪询轻轻一撇嘴，他依然松松垮垮地靠在椅背上，目光也没从霍染因的脸上挪开："亮晶晶KTV是会员制，电梯需要刷卡，楼道有人看守，考虑到你刚才碰见的社会青年是瘾君子，做最坏的打算，赌场换皮成了聚众吸毒场所，正处于半封闭状态。捉贼拿赃物，吸毒抓现场，此时不宜打草惊蛇，最好找个理由混上去探探底再说。"

"但是这里有个坎。三万块钱的入会费，以及KTV歇业的幌子。哪怕交了入会费，也不一定能上去。可能是之前禁毒支队打草惊蛇，让他们有所警觉了。"

霍染因点点头，认可纪询的说法。

"所以我提供一个更简单的办法。"纪询没有停下，"吧台旁电梯处，现在站着一位二十四五岁、穿学生制服、背名牌包的女人，她的鞋袜与她的制服不太搭，包也是，她手里还有去亮晶晶KTV的电梯卡。"

出台，冰妹。

霍染因心中掠过猜测，眉头一扬："有更多证据吗？"

"霍队真是凡事严谨，下班了也不例外。"纪询哂笑。

二十四五岁，学生制服和名牌包没有什么，出现在别的地方都正常，但她盘桓此处，穿着又搭配得不伦不类，这与其说是自己搭配出来的，不如说是别人的要求。

从这点考虑，无论是出台还是冰妹，都很有可能。

"她手里拿着电梯卡，但迟迟没有上楼。正在电梯前发语音。"纪询继续说，距离太远了，角度也不对，他只看得到她在对手机讲话，看不到她具体的口型，"十分生气的样子。"

霍染因说："她有一个楼上的约会，但现在发生了意外？"

"我也这样想。"纪询点点头，"考虑到她为这次出行已经下了不少功夫，甚至穿一身不合适的装束招摇了小半个晚上，我想她很不甘心这样两手空空地离开……"

霍染因明白了："你想让她带我们上去。"

"对此我做了个计划，成功率有百分之七十。"

霍染因兴致不低："你说。"

"霍队用美男计勾引她，让她把你当大款带上楼去炫耀，我就做你们的跟班。"纪询说。

霍染因无语。

"我是认真的。"纪询诚恳表示，"成功率真的不低。你手上有块名表，值二十万，穷玩车富玩表，霍队一脚踏入资产阶级的队伍了。"

"我也有个计划。"霍染因说。

"计划倒不用太多……"

"脸，不止我有；表，可以借你。"霍染因凉凉地把话说完。

"没得谈了？"

"嗯。"

"这样不利于合作，不如我们各退一步……"

"一起去勾引，双重美男计？"霍染因讽刺道，末了还觉出点趣味来，"一起倒是可以。"

"我们石头剪刀布吧。"纪询缓缓提议。

运气不太好，这一局石头剪刀布纪询输了。愿赌服输，他也没要霍染因的手表，拿了手机，自己走上前。

霍染因坐在原位，他看见纪询慢吞吞走到前台，状似在前台买东西。

前台将一个打火机和一包烟递给纪询，也不见纪询动作，那打火机就像是机油全渗出壳子，毫无摩擦力地从台面滑下，一路掉到电梯女脚前。

电梯女转了头，看见纪询。

得了，事情成了。

霍染因兴致缺缺地收回目光。

无论过去还是现在，纪询都一贯地拥有魅力。过去他那种意气风发的样子引人崇拜，现在意气风发确实没了，添了颓废荒唐不正经的痞气——更要命的是，他还有才华。

于是所有拥有冒险精神和母爱精神的女性，都对他飞蛾扑火。

霍染因喝了两口酒，直到纪询招呼他。

"霍少，这里。"

霍染因差点被这奇怪的称呼闪了下，接着他瞟了眼时间。

从对方站起来到现在，不到十分钟。

真有他的。

他站起来，拿着两瓶酒到了纪询身旁，此时的纪询已经和电梯女站在了一起，他递给纪询酒瓶的时候适时展露了腕上的手表。

电梯女脸上的笑容更迷人了。

纪询接过酒瓶，没喝，拿在手里晃一晃，笑容暧昧，道："丝丝美女邀请我们上去唱歌，怎么样，走吗？"

霍染因故意露出不怎么感兴趣的表情："现在吗？楼上的KTV不是要办会员才能进去？"

"就现在喽，现在才8点，这么早回去也没意思嘛，不如大家一起玩玩。玩玩嘛，没那么多讲究，会员什么的以后再说吧。"丝丝眨眨眼，她一身学生制服却化了过于浓重的妆，过短的裙摆下能隐约看见文在腿上的刺青，故作清纯的打扮掩盖不了一身脂粉气，"霍少担心的话，回头我送你回家呀？"

纪询适时进入电梯，和丝丝站在一起："行了，进来吧，唱个歌还会少块肉？"

三人一同乘电梯上楼，电梯门开，有个守在门口的穿制服的服务生看见他们，愣了下，抬手虚拦："你们……"

"是我带来的朋友。"丝丝抢先说，还挽起两人的胳膊。

"丝丝姐，他们不是会员。"服务生有些为难，"再说现在也不营业。"

"怎么，我不是会员吗？我这个会员还不能带两个人进来了？再说不营业，不营业小陈哥今天怎么打电话给我让我过来？不营业里头的声音是怎么回事，幽灵在唱歌？"丝丝面露反感。

纪询和霍染因不动声色地碰了下眼神。

防守这么严密，确实有些古怪。

"别废话，开包厢。"丝丝又说，"今天你要不让我进去，日后就别求我再踏进这块地。"

那人给自己的同事使了个眼色，估计是去找能做主的人。接着他扬起一张笑脸，带着纪询三人走向包厢。

服务生给他们挑的包厢靠近电梯口，纪询在对方握上门把手时说："找个里面的。"

几人向他看来。

纪询挑挑眉："安静点，好办事。"

丝丝拿拳头捶纪询肩膀，娇嗔道："你好坏，办什么事啊？"

纪询笑而不语，捏住这只小手，暗暗抖了两下肩膀，才抖完，就撞上霍染因幸灾乐祸的眼睛。他瞪了对方一眼，用眼神传达——看什么看，再看位置让给你。"

纪询给出的理由在情理之中，那人带着几人继续往前走。

KTV中并没有太多人，沿着红地毯，纪询和霍染因一共路过了二三十个包厢，有人的不过十分之一，这些包厢关得也十分严密，几乎听不到多少声音自里头传出来。

直到几人来到走廊尾端，才有明显的声响和灯光。

他朝声源的位置瞟了一眼。

那是走廊的尽头，有两扇紧紧闭合的沉重红木门。木门的把手镀金雕龙，缝隙里透出光与歌声和更多嘈杂的欢笑声。

毫无疑问，这个包厢比其余包厢更高档，也比其余包厢更多人。

"这个吧。"纪询叫了停，指向一个和走廊尽头还隔了三个位置的包厢。

服务生开了灯和设备，又送上菜单，很快退出，将空间留给三人。

三人都坐在沙发上，丝丝先靠向纪询："小纪哥要喝酒吗？还是先唱歌？"

"唱歌吧。"纪询说，他将右手的啤酒换到左手，挡住靠过来的女人，祸水东引，"问问霍少要唱什么。"

两个男人一左一右，确实不能黏着一个冷落另一个。

丝丝又贴向霍染因："霍少喜欢什么歌？我们男女对唱，唱首情歌怎么样？"

霍染因给纪询一个警告的眼神，这时包厢的门被敲响，刚才离开的服务生拿了果盘和饮料进来。他顺势挡住丝丝，说："小纪哥在楼下就叫着要吃水果了，拿点水果给他吃。"

丝丝拿牙签插了个小西红柿，用手虚虚托着，再转身喂给纪询："小纪哥，来。"

纪询直接后仰躲过。

丝丝无语了。

纪询拍拍她的肩膀，起身，换位，从丝丝旁边坐到霍染因旁边。这还不止，他直接抬手勾住霍染因的肩膀，一路把他从丝丝身旁拖到沙发角落，和他咬耳朵："总要有人留下来应付她。"

霍染因侧头含笑说："我看你就很合适。"

"你叫我上来就是让我做这个的？"

"人尽其才罢了。"霍染因说，"而且从上楼到现在，她不是一直贴着你吗？可见更喜欢你一点，我们也要尊重当事人的意见。"

"狭隘。"纪询回道。

就一个沙发，两个男人，一个女人，坐出了牛郎织女隔星河的架势。

前几分钟，丝丝充满迷惑的目光还落在纪询和霍染因身上，后几分钟，她不看了，跷起腿，擦响打火机，点燃香烟，深深吸入，深深吐出。短裙滑下，露出文在腿根的玫瑰，她装腔作势的清纯，就在火焰与烟雾之中，如蜡融化。

纪询与霍染因出现在亮晶晶KTV的同一时间，之前那位被保安推倒在地的社会青年也边走边骂，来到了离KTV两条街外的小卖部前。

小卖部很老了，破屋檐遮着半个木板摊子，上面还有一台老式座机。

看着小卖部的是个老太太，七八十岁，耳背得很，架子上的小电视机声音都开到了最大，震得人耳朵轰隆响。

本来就生气的社会青年更加烦躁，他的眼睛盯着那台座机，邪念一生，拿起电话拨了报警电话："我要报案，有人吸——"

但当警察的声音真的从电话中传来之后，他又怂了。

那句"吸毒"在嘴里转了两圈，还是咽了回去。

他暗暗想，我刚和他们发生了冲突就举报吸毒，他们肯定知道是我。再说真把场子端了，我也没处去了。他这样安慰自己，改口说："我要报案，有人叫坐台小姐，搞黄色交易，地址就在老三棋牌上头的亮晶晶KTV！"

16

"例行检查，都停下，不准动！"

包厢的门被猛地踹开，穿制服的警察出现在门口的时候，还勾着霍染因肩膀的纪询愣住了，他望着警察和警察身前的执法记录仪："检查什么？"

警察板着脸："还检查什么，你自己来干什么你不知道吗？扫黄，两个男人一个女人？都把身份证拿出来看看！"

同样因为警察突然闯入而呆滞的丝丝慌乱了片刻。

但她很快变得理直气壮，她依然抽烟，跷着腿不动："警察同志，我要举报。"

"还抽烟呢。"警察看她，"举报什么？"

"也没有法律规定女人不能抽烟吧？"丝丝说，接着看向纪询和霍染因。

警察跟着向纪询和霍染因看过去。

对着这些眼睛，两人都罕见地产生了种背后发凉的感觉，纪询撤回勾在霍染因肩膀上的手，霍染因也松开抓在手中的纪询的胳膊。

两人甚至不动声色地左右挪了挪，拉开点距离，佯装和对方不熟。

"我举报他们俩关系不正当，进来就黏在一起。"丝丝不屑，"怪到我贴都贴不上去，浪费我一晚上时间。"

旋转灯粉红粉橘来回变换，警察神色微妙。

"举报就举报，不要用这么多成语，也不要自暴自弃。你一个大姑娘，好好的没事贴人家干什么？"他说，"都站起来，到走廊上去排好队。到底是个什么情况，都和我们回警察局慢慢说。"

纪询慢吞吞从沙发上站起来，遮遮掩掩地和霍染因沟通："霍队，是时候把你的警官证拿出来，和兄弟单位联合执法一回了。"

"没带。"霍染因说。

"认真的？"纪询说。

"认真的。出来见你带什么警官证？"霍染因神色平静中带着一丝木然，"是时候发挥你过去的人脉，找找认识的前同事，刷脸过关了。"

"直接和他们说，大家都是兄弟单位的？"纪询提出第二个想法。

"运用你卓越的常识判断判断，一年扫黄打非一百次，有多少犯罪分子'灵机一动'，试图和警察攀关系？"霍染因反问。

两人磨磨蹭蹭，嘀嘀咕咕，还是到了门口。

门口的走廊已经站了一排人，个个垂头含胸，像群脱了毛要上砧板的鹌鹑，抖如秋风中的落叶。

他们挤在走廊小小一块地，几乎将过道占满，但硬是没有一个人发出点声音，气氛凝滞得让人害怕。

纪询的声音也越发小，变成了气音："知道乌龟为什么有龟壳吗？"

霍染因投去疑惑的眼神。

"因为缩头虽然可耻，但有用。"纪询说完，一抬手，遮住脸颊。

走廊上的人已经不少了，但现场的行动还没有停止。这里的最后一扇红木大门，依然像把守关口的大将军，纹丝不动。

用力拍门的警察话语已经变得极其严厉："开门，立刻开门！再不开门按妨碍执法算，全部带回局里拘留——钥匙还没拿来？别找钥匙了，找不到，拿消防斧过来，直接劈了！"

另一位警察才转头，红色斧子递到了跟前。递斧头的人单手遮眼捂脸，两只眼睛全在手掌下，让人不免疑惑他是怎么在看不见的情况下精准地把东西送到位的。

警察接过斧头，称赞一句："谢了，够及时的。"

纪询谦逊回应："扫黄打非分秒必争，帮助警察群众天职。"

其余被扫黄打非的众人无语，他们自觉远离纪询。

警察也乐了："觉悟够高啊，觉悟这么高怎么还在这里？"

因为一切都是场误会啊！

但纪询相信十个被抓的人中有十个是这样喊的，所以他也就省了这回口水，将遮着眼的指缝张开一点点，透过缝隙观察现场。

现场警察很少，总共三个。一个在后头守着人，两个正拿斧头劈门，应该是临时接到举报过来查看情况的。经理迟迟没有露面，现场只有几个什么主都做不了的服务生，既不会拿钥匙过来，也不会阻止警察劈门。

还有这扇门后。里头的人很多，很慌乱，现在还能隐约听见他们吵闹的声音。

普通情况下，犯法人员碰到警察就算一时情绪激动，这时候也该冷静下来了。

"聚众吸毒？"纪询依然用气音和霍染因沟通。

"嗯。"

"我是疑问句，你是肯定句。"纪询颇感有趣，"你不觉得还有别的可能性吗？"

"吸毒的就像蟑螂，见着了一只，就知道附近藏着一窝。"霍染因随口类比。

话音才落，"砰"的一声重响，厚重的红木大门被消防斧头劈开了，门口两位警察当先进入，剩下一位警察留守外头。

这间KTV的走廊不宽，三个彪形大汉一站就能堵个死死的。

纪询没来得及跟上，只听见冲进去的警察厉声喝道："里头有毒，联络支队！"

透过前方人的肩膀，纪询看见室内。

十来个男女神志不清，歪歪扭扭地推挤吵嚷。窗户大开着，进去的两个警察有一个守在了窗户前，窗帘飞出了窗户。

有人拉着窗帘爬下去了。

爬下去的人是比剩余其他人都重要的人物，甚至可能携带大量毒品，留下来的人未必会供出对方。

旁边是错综复杂的巷道，没有摄像头，无从追踪。

一串念头在纪询脑海中一闪而过，没有一丝多余的考量，他反身往之前的包厢冲去！

他的动作极快，此时守在走廊的第三位警察刚刚用对讲机联络支队，就看见纪询的动作，他大喝一声："不准跑，停下！"

这一声的威慑力不够，反而提醒了其余一脸蒙的男女。只见站在最外头的一个膀大腰圆的花臂男人踢飞脚上的两只一次性拖鞋，光着脚丫大步朝安全通道跑去！

他只跑了两步，就被人狠狠掀翻。霍染因从后追上，将他弹压在地。

跑进包厢的纪询用眼角的余光看见了这些，还听见霍染因森冷的声音："跑什么跑，身份证都登记了，还想往哪里跑……"

来自走廊的些许骚动又平息下去，没有警察追进来，想必霍染因和那位守着走廊的警察沟通了。纪询抓着手机，朝后晃了一下，给霍染因一个手机联络的暗示。也不管霍染因看见没看见，纪询又将手机放回兜里，一脚蹬上窗台。

从敞开的窗台向外看去，现场情况就清晰了。

隔壁红木门大包厢内的窗帘被拆下一半，系成长索，一个黄头发的年轻男人正好从长索滑到一楼，朝巷子中跑去。

纪询看看自己这里。

窗台底下是间便利店，便利店没有雨棚，但窗户旁边约半米处铺设有外墙水管道。

纪询脱下外套，套上管道，双手扯着外套当作滑索，整个人如秋千一荡，沿管道滑至一楼！上窗下楼，整个过程不到五秒钟。

但这依然迟了些，黄发青年已经彻底跑入巷道中去！

纪询追着进去，但只追了两步就停下。巷子分叉太多了，他面前就有三个分叉口，每一个分叉口都黑黢黢的，光凭肉眼，很难分辨黄发年轻男人往哪里跑了。

他站在这里，侧耳细听。

巷道纵深长，分叉多，没有摄像头，弯弯曲曲如同迷宫，而且墙体薄，墙高矮，能漏声。

走在一条巷子里，往往能听见隔壁巷子传来的声响。

他耐心地听着，慢慢听见了球鞋摩擦地面的声响，以及夹杂在风里的奔跑的喘息声。

他闭了闭眼，熟悉的巷道逐渐在他脑海成型，渐渐构成一幅虚拟地图，浮现眼前，在巷道中奔跑的男子被标注了红点，他清晰可见这个红点在这幅地图中的运动轨迹。

几秒钟后，纪询睁开眼睛。

他找准方向，向前奔跑，轻快敏捷如一只找着晚餐的猎豹。

天上的月光是巷子中最亮的光明，两侧往日如同鬼打墙一样烦人的墙壁在这时候倒是给人以极大的安全感，就连在月色中投落下来的阴影，都像是保护的盔甲，对黄发青年如影随形。

后边始终没有传来追嚷声。

很可能根本没人追上来，也可能早在这地方追丢了。

黄发青年绷紧的心松开来，他空白的大脑开始注意周围，他听见自己急促的呼吸声，"扑通扑通"鼓噪着的心跳声，还有干到要烧起来的喉咙。

这辈子都没这么跑过！

他狠狠地在心里唾骂。

回家拿白兰地好好漱回口洗个澡，去去晦气！

他向前看去。他也不熟悉这里，不知道自己跑到哪里去了，但巷子外头的大路有路灯，往灯光最亮的地方去总没有错。

他还开了定位，反正待会儿就会遇到来这里接他的……

一道人影从巷道的交叉处出来了。

黄发青年发现的第一时间甚至没有警觉。他自后边过来，追兵也在后面，前方迎面走来的人——不知道是谁，也许是路人吧。

直到他的胳膊被前边的"路人"扭在背后，他的脸狠狠贴上粗糙的墙壁，这个念头的尾巴还残留在他的脑海中。

"你怎么——"

"我怎么跑到你前边去的？"纪询接上话，"你跑得太慢了，改造出来后多练练。"

"我是——"

"我不想知道你是谁，也不想知道你爸是谁，也不想知道你七大姑八大姨三哥六舅九太爷是谁，话留着，省点口水，和警察在局子里说道去，那里有的是说头。"纪询哄道。

"我……放过……我……有钱……"黄发青年喘着粗气，声音开始颤抖，"我给你钱……"

"哦，多少？"

纪询一手控制着嫌疑人，一手去摸手机，人抓到了，该给霍染因传个消息了。

他低头了这么一瞬间，所以没看到黄发青年慌乱摇摆的眼珠在捕捉到斜前方一处时，突然定住，接着惊慌从他泛红起血丝的眼球中消退。

黄发青年继续说话："给，给……"

"到底给多少？"

纪询拇指挪向短信发送键，都要发了，突然意识到自己没有霍染因的电话号码。他啧一声，转调谭鸣九的，但腰突地一痛，冰凉的武器自后顶住他的腰眼。

沙哑的中年男声说："放开手机，放开人。"

纪询的手指凝固在屏幕上方，前方，还被按在墙上的黄发青年拼命转动眼珠，眼珠一路挪到眼角位置。

越来越多的血丝在眼球中聚集，一只正逐渐变红的眼睛牢牢盯着他，黄发青年的嘴唇还在抖，牵动下巴处的痦子，抖出半张怪诞的笑脸。

"我给你妈。"黄发青年一字一句道。

17

是刀。

纪询的神经在这瞬间紧绷起来。

刮在巷道中的风变得和缓，时间开始悠长而迟缓。背后的刀用力往前一顶，持刀人声音更加严厉："放下手机！"

纪询手一松，手机直直落到地面。

黄发青年从他手掌下挣脱了，抬手揉揉脸颊，但只将面目揉得更加狰狞。

他朝纪询走了一步，蓦地抬脚，用力朝纪询踹去："追追追，追着去给你家上坟吗？看我不好好教训你！"

鞋子碰到纪询的衣服，纪询身体轻微调整，顺势后倒。

刀没有刺入。

持刀的人甚至微微调整了下方向，让刀尖朝向外侧。

就是这个时候！

纪询抓住黄发青年的腿，用力一扯，黄发青年立刻失去重心，被他抡动如同人体摆锤一样撞向持刀人。持刀人在这突发情况中措手不及，被黄发青年撞得踉踉跄跄，纪询同时肘击在对方手臂麻筋处，视线刻意不往匕首处去，等到匕首郎当落地，他再一脚踩住，用力将匕首踢入黑暗！

警戒解除，纪询紧绷的精神松开了，他上前给了持刀人最后一击，把人干脆利落敲晕之后，脚转半圈，转向瘫坐在地上的黄发青年。

一步，两步。

他越接近，黄发青年越后退，坐在地上，手脚并用地后退。但很快黄发青年的脑袋撞到墙壁，后边没路了。

纪询将要跨过最后一点距离的时候，一串刺啦声，之前被他踢到黑暗中的刀子重新滑回来，银亮的光芒晃入他的双眼。

他立时闭上眼睛。

刀子不会自己滑行。

有人来了。就在他身后！

纪询肘击向后，被人接住，他旋身飞踢，同样有胳膊与他的腿相撞，极快的时间里两人交换了多次攻击，肉体沉闷的撞击声在黑暗中接连响起。

黄发青年看傻了。

天上的月亮施舍下微薄的光，给现场打斗的两个人照出模糊的轮廓，黄发青年已经看不清楚谁是谁了，只见面前的两人斗了一会儿，其中一个被狠狠甩上墙壁，黄发青年听到他沉闷的咳嗽声，声线熟悉，是刚才追他的人！

另一个也被揍了，他的下巴挨了一拳，整个脑袋后仰，有条藏在衣服中的项链飞出来了，下边串着个很奇怪的长坠子。

那是……

黄发青年辨别了半天，才认出那是个金属男孩头像，下边还串了条陈旧的平安结。

这与其说是吊坠，不如说是个什么挂件吧？

黄发青年的目光被截断。男人抬手握住还飞在半空中的挂坠，重新塞回衣服里，他的脖子顺势转了半圈，看向黄发青年："还不走，等我请你？"

黄发青年如梦初醒，慌忙从地上爬起来，朝巷子外头跌跌撞撞地跑去。

纪询捂着胸口站直，他刚刚朝黄发青年逃跑的方向踏出一步，前方"唰"的一声响，男人不知从哪里摸出把瑞士军刀，抽出了其中的大刀，还打开手机照明灯，将灯对准刀身照亮。

"嘶。"

纪询从牙齿中挤出一点声音。晃了他眼的刀光在收割他的力量，他的汗水自体内涌出来，一层叠着一层，冷热交替。

僵木开始出现，他开始感觉不到手指的存在。

这时候男人笑了一声。

他关掉灯，垂下手。

"好久不见，纪询。"

"滚开，孟负山。"

他们认识，不止认识，更是认识过很久的朋友——也分开过很久。

孟负山站着没有动，他穿着件带帽兜的深灰色长款薄风衣，名字一如长相，五官英朗，棱角分明，身材高大，还有个刺猬头。但这份英朗与袁越不同，袁越的坚毅沉默—如山石稳重，让谁都能放心依靠。

孟负山不是。他的一只脚踏入黑暗，没有眼睛能看穿黑暗，也就没有人知道，藏在黑暗中的，是血肉之躯，还是钢筋利刃。

黑暗里传来火柴划动的声音。

火焰一闪而灭，接着烟草的味道随着隐约的白雾在巷道中散开来。

这支烟被孟负山咬在齿间，烟头的红光明明灭灭，孟负山抽着烟，却字正腔圆，丝毫不被嘴中香烟影响："一个吸毒的废物，你都不当警察了，还追他干吗？"

"一个吸毒的废物，你拦着我追他干吗？"纪询冷冷反问。

"他对我还有点作用。"孟负山说。

"牛了，厉害啊，三年不见你一脚蹿上了天，都开始跟瘾君子拉关系扯交情了。"纪询不耐烦，"让不让？"

孟负山不让。

刚才被他收起来的瑞士军刀又出现了，黑暗里，他一下一下玩着刀，银亮的冷光如同一点寒星，闪闪烁烁。

"纪询，天下吸毒的人千万万，你管不过来也没有必要再去管，就当没看见，这不太难吧？更难的事情三年前你就做了。"孟负山说。

巷道中最后一点活人的热气被这句话搅没了。

"你什么意思？"纪询听见自己的声音，十分冷漠。

现场是安静的，黑暗中的孟负山正在观察他的表情。片刻，对方说："我没有指责你的意思。但小语死了是事实，这三年来你醉生梦死也是事实。这也没什么不好的。只是既然你选择了这条道路，现在又为什么这么拼命呢？"

纪询的呼吸开始断断续续，前方的刀光隔空压迫着他的心脏。

孟负山的声音没有停止，白色的烟灰夹杂火星落下，缭绕的烟雾遮住孟负山，他的声音低沉平静。

"这会让我觉得，小语还比不上你路上碰见的一个不认识的普通吸毒鬼……纪语，你的亲妹妹，死在2013年2月9日，这天除夕。还差11天，才到她20岁的生日。"

刀芒如箭，刺穿纪询的心脏。但没有疼痛，只有一片从伤口炸裂开来的麻木。

黑暗翻涌起来。

他的思维竭力想要站在现在，站在此处，忘记三年前看见的那一幕。

但越想忘记的越忘不了，越想忽略的越被提醒。

不用闭上眼睛，熟悉的一切已经在黑暗中显现。

他看见自己家的门，暖黄色的光照亮防盗门旁刚刚换上的大红春联，上联是"梅竹平安春意满"，下联是"椿萱并茂寿源长"，横批四个字"出入平安"。

自从他当上警察，家中年年春节都贴平安春联，恐怕得等到妹妹也出来工作，父母才会在门联上展现出新的愿望。

他踏上门前脚垫，脚垫是妹妹买的，上面印着很可爱的几条鱼，和老一辈的审美不太相符，她买来时候还和妈妈犟了两句嘴。妈妈嫌弃妹妹快二十岁的大姑娘了，审美还和小学生一样；妹妹不高兴，圆圆的小鹿眼极力睁大，嘴噘得都能挂油瓶了，说自己是属鱼的，就是爱鱼。

这又是妈妈和妹妹的分歧了，妹妹说的鱼是双鱼座，妈妈不懂这些，只认十二生肖。

看报纸的爸爸照例当和事佬，毫无意外地先站在妈妈这边，训了妹妹一通，问她怎么没大没小和妈妈争执，接着又站在妹妹这里，安抚老婆："没大事，一脚垫，买都买了，不用浪费。"

妈妈气得点了点妹妹的脑袋："鱼鱼鱼，成天就知道鱼，我看是给你取错了名字，应该把你名字中的'语'换成'鱼'，早晚是个被人下锅的命。"

而后鱼儿脚垫就上了门口，当妈的哪可能拗过女儿。

纪询在这里停了许久许久。所有温暖的回忆至此为止。

面前的这扇门，是潘多拉的盒盖子，无论打不打开，罪恶已在此。

门拉开。

时隔三年，记忆毫无褪色。

他一遍一遍主动回忆着，也一遍一遍被动回忆着。

他知道进门木地板上的一道裂缝，看见散放在玄关的一瓶跌打药。他知道这道裂缝是爸爸搬运妹妹的新衣柜时弄的，那盒跌打药也是因为搬运时扭了腰，才买来的。这药还是他帮爸爸涂的。

他涂的时候还问爸爸体力活儿怎么不叫他做，都这把岁数了，还要自己上。

爸爸趴在床上，气哼哼地捶床："不就是一个衣柜吗？你老子我还没老呢！"

他还看见了妹妹。

妹妹背对着他，长到腰际的头发几乎遮住她整个上半身，她纤瘦得像一根竹竿挂了薄薄的帆，撑在原地。

他当日瞥见时的惊异到了今日已经消失，被火燎干净了，剩薄薄的灰，积在心底。

但血腥气却穿透了时间与空间，让三年后的纪询依然被呛到。

他耳边响起三年前的自己与妹妹的对话。

"纪语,你最近怎么瘦成这样,是不是又不好好吃饭靠饿减肥?跟你讲了减肥没问题,不要瞎减,饿坏了胃看妈不念叨死你。对了,家里在杀鸡吗?血腥味怎么这么大?"

"哥。"

纪语叫他。

背对着他的妹妹总算转过身来,像一片布那样轻飘飘翻个面。

他看见妹妹的脸,圆润的脸失去了光泽,尖尖的下颌凸出来,灵动的鹿眼也不再有神采,只剩下直愣愣的茫然。和光泽一起失去的还有血色。

她的面庞苍白如僵冷的面具,有两道清晰的泪痕残存在她脸颊,冲散她颊上的血点。

那种如坠冰窟的寒凉,也同血腥味一样,穿透时间与空间,重新出现在纪询身上。

他循着她的脸往下看,看见更多的血液,喷溅的血液。

妹妹白色裙子的正面几乎染红了,她双手有着更多的血液和一把刀,厨房里的菜刀,日常拿在妈妈手上做菜用的刀。

"哥哥……"

纪语向他一步步走来。

纪询终于看清了妹妹身后的情景,鲜血在饭厅地板上肆意涂抹,两具年老的尸体横躺在上边,一个仰面躺着,一个俯身向下。

他们的身体已经残破,面孔上还残留着惊惧与迷惑。那是他年迈的父母。

记忆被一键替换了,所有幸福的画面被撕碎扯烂,只剩下眼前支离破碎的一切。

纪询的心在颤抖,晕眩袭上他的脑海,纪语走到他面前,张开沾满鲜血的双臂想要拥抱他,他仓促后退。

纪语停下来了,黑洞洞的眼睛注视着他,干涸焦枯的眼眶颤了颤,再度淌下泪水。

"哥哥,我好痛……"她哭道。

她抬起手。

刀光晃入纪询的眼。

"我好痛啊……"

鲜血飞溅出来。

回忆在这里戛然而止。

三年前的幻影消失了,漆黑的巷道重新出现,孟负山依旧站在他面前,他背靠着墙，墙撑住他的身体。

"是啊。"纪询说，"我的亲妹妹，杀了我的父母。"

"别这样说。"孟负山冷冷道，"不然我不保证手中的刀会不会失手飞出去。"

两人交谈着，角落里一个伏在地面的身影悄然动了动，身体触到地面的匕首。

纪询意兴阑珊地扯扯嘴角。

他们太熟悉了，早在纪语还在的时候就是朋友，知道彼此太多太多东西。

但知道得太多也不是什么好事，在随意伤人的同时，也会被人随意击伤。

"五分钟了。"纪询说，"你还没拖够时间吗？"

孟负山拖够了。五分钟的时间，早够黄发青年跑到外头街道上，乘车逃出生天了。

他开始说另一件事："这次见面纯属意外，不过确实有一件事，我需要你帮我查查。别忙着拒绝，这件事已经在你的计划之中了——唐景龙。"孟负山吐出这个名字。

"你不妨往他的工作方向查查。注意，他没有你现在想得这么简单……好了，起来。"

最后一句不是对纪询说的。

不知什么时候，孟负山来到趴在地上的那个人身旁，拿脚踹踹地上的人。

"别装死了，把匕首给我。"

被刀疤中年人压在身体下的匕首到了孟负山手中，而被孟负山反复抛着玩的瑞士军刀则到了刀疤中年人的手中。孟负山拍拍刀疤中年的肩膀："我帮你救了你要救的人，现在轮到你帮我挡挡了。等价交换，你说对不对？"

说罢，他一用力，将中年人提起推向纪询，自己抽身投入反方向的黑暗中。

"别过来。"被强硬提起来的刀疤中年人踉跄两步后勉强站稳，他手持军刀，刀尖对准纪询，但瑞士军刀说实话只比美工刀大一点点，实在不是捕人利器，他威胁的声音中透着一股色厉内荏的劲，"你小子小心点，老子长眼，刀子可不长眼！"

纪询双手插在兜里。

背后的墙还是他最坚实的后盾，他还有点舍不得离开这个地方，毕竟游离在空气中的力气大概玩得欢快，一个个忘了归巢。

纪询活动活动手脚，好消息是，多少有点习惯了，那种感觉不到肢体的僵木消退不少，坏消息是，现在他的状态像是喝了瓶白酒再高烧到四十度，每走一步都跟踩在棉花上似的轻飘飘的。

他向刀疤中年人走去。

他前进一步，刀疤中年人退后一步，他们拉锯的时候，刀疤中年人又说了些什么，纪询不耐烦逐一去分辨，只注视着他越来越狰狞的脸色。

当恶意积攒到临界，狰狞化作扭曲，握在刀疤中年人手中的军刀被高高举起，刀尖如同一道流矢，朝纪询飞驰而来！

刀光晃得纪询恶心欲呕，他眯着眼睛，偏斜视线，完全凭直觉抬手去抓身前人，这一抓抓到了人，纪询重重将他抵在墙上，但堆砌在墙根下、没被注意的杂物绊住他们的腿，两人失去平衡，先后倒在地上。

刀疤中年人手里的瑞士军刀在这次撞击中掉落在地，但他的手掌再抬起来的时候，又牢牢抓住了这把军刀。

纪询死死摁住对方的手，没有用，那只手依然越来越靠近，军刀的刀尖也在不断前进中调整位置，最后准准对上纪询的眼睛。

他用力扎下——

千钧一发之际，一只手臂自后横来，挡在纪询眼睛和这把刀之间。

军刀把裹着手臂的呢子外套划了道口，这也是刀疤中年人最后的反抗，下一刻，他持刀的手腕被背后的人叼住一抖，军刀落地；再接着，一声沉闷的撞击声，刀疤中年人软软倒下。

纪询身上一轻，再望过去，望见霍染因。

霍染因收了地上的军刀。对方那双总藏在雾与夜之后的眼睛，第一次收起那些深深浅浅的猜疑和警戒，只剩下全然的关切："没事吧？"

关键时刻还是人民警察让人安心。

纪询提在胸膛的一口气泄了，身上哪哪都疼，尤其是脑袋，疼得像是有一百个锥子同时在钉。他有气无力，软软伸手："警察弟弟，帮个忙，扶一把。"

18

现场一阵安静。

霍染因沉吟许久，道："叫哥。"

纪询疑惑："嗯？"

霍染因说："叫声哥，我把你扛起来送到车上。"

纪询懒懒说道："凭什么叫，凭你年龄比我小？"

霍染因道："你怎么知道我年龄比你小？我今年三十岁。"

纪询不客气，嗤笑道："三十？二十六吧。我的大队长，你的年龄问题已经在队里传一圈了，猜你这么年轻就当上支队长的原因都猜出了好几个版本。想知道其中流传最广的一个版本吗？"

"不想。"

"局长是你爹。"

霍染因指出："我和局长不同姓。"

"私生子。"纪询说，"八点档狗血剧老爱演这个情节了，是不是？"

霍染因凉凉道："我觉得你还死不了。"

说完，他拍拍干净的膝盖，站直了，拖起旁边失去反抗力量的刀疤中年人，走了。

纪询没理霍染因，他继续躺着，闭目休息，还没休息两分钟，又听见熟悉的脚步声自远处走近，没等他张开眼睛，他被人从地上扛起来了，霍染因的头发扫在他的脸颊上，有点痒。

他侧侧头，朝贴着脸的头发吐口气。

那点细碎的发尾与霍染因截然不同，有很深的顺从精神，随着他的气息扬起落下。

霍染因感觉到了，看他一眼："痒？"接着抽出手，将头发别到耳后。

纪询想，也许不能说截然不同，对方内心深处也有那么点顺从的精神。毕竟被叫了警察弟弟，但还是跑来搭手了。

他被人塞入了副驾驶座，后车厢躺着刀疤中年人，霍染因自己转到驾驶座，发动车子的时候，他说："你的心理问题有点严重，没去看医生吗？"

"一周见三次，吃药比吃饭还多一顿。"纪询倦怠道，"够了吗？"

霍染因没再说话，一踩油门，车子平稳驶出。

倚着车窗休息一会儿后，纪询开口说："有纸笔吗？"

霍染因目视前方，拿下巴点点杂物箱。

纪询打开箱子，里头放着些常备用品，一样样整整齐齐，霍染因收拾东西都带着强迫症似的精细。他拿出纸笔，开始画素描："后车厢的不是从KTV逃跑的人。逃跑的是个黄发青年，一身名牌，我追着黄发青年到了刚才的位置，这个人突然蹿出来，持刀威胁我，我和他搏斗，黄发青年就趁着这个机会逃跑了。"

"就他一个？"

"嗯。"

"现场的烟灰怎么解释？后车厢的人身上没有带烟。"

纪询一顿："什么烟灰？"

"距离你们斗殴之地左侧，东南方，三步外，落在地面的烟灰。"霍染因吐字清楚，"烟灰量不多，应该烧了三分之二根烟，有人站在那里抽了将近一支烟。烟的牌子是银双狮。"

"福尔摩斯·霍，失敬失敬，久仰久仰。"纪询就差抱拳行礼了。

"你觉得我在和你开玩笑？"霍染因轻轻笑道，"还是你觉得，世界上只有你一个聪明人，其他的人不是聋子就是瞎子，或者又聋又瞎？"

他不等纪询说话，继续说："银双狮是沿海一带流行的烟牌，因为口感醇厚，点燃时有坚果的味道，所以这种牌子的烟非常容易辨认。我到达现场的时候，巷道中还有很明显的坚果味道，在空气对流顺畅的室外保持有这种程度的味道，足以证明，对方刚刚离开现场不足一分钟。"

霍染因声音转冷。

"纪询，你隐瞒了一个出现在现场又离开的人。"

"哦，霍队这么分析也很有道理。"纪询说，"那霍队是不是要把我带回局子里一起审一审，正好一趟车拉回两个嫌疑人，省油了。"

"不解释吗？"霍染因说。

"这有什么好解释的，逻辑严丝合缝，来点掌声。"纪询漫不经心地拍两下本子，当作鼓励，"不过纠正一点，我从不觉得自己厉害，霍队最好也别觉得我厉害，不然早晚会大失所望喽。好了。"

纪询停下手中绘制动作。

充斥着车厢的，笔尖摩擦纸面的沙沙声总算停止了，本子被递回到杂物箱，霍染因在本子合上前看了一眼，是幅嫌疑人全身像。

画得很仔细，身材、面貌、衣着特征、染发颜色，全部都画出来了，旁边还有纪询对这一嫌疑犯的简短分析，完全可以按图索骥。

霍染因将车停在路边，开了车门往下走。

纪询瘫在副驾驶座上懒得动弹，也无所谓霍染因到底去干了什么。

直到几分钟后，对方拿着两杯饮料回来，一杯递给他："给。"

纪询瞧瞧，眉毛皱一下又弹开："这算什么，打个棒子给颗枣？"

"算是歉意。"霍染因将这杯热饮放在车内水杯座中，"现场确实有疑点，我坚持我的观点，你在这件事中说了部分的谎。但同样的，你也贡献了极大的线索——你不是嫌疑人。"

"可多谢霍队长火眼金睛明察秋毫了。"

"不客气，基本操作。"霍染因重新启动车子，"不冤枉一个好人，不放过一个坏人。"

"好坏掺杂怎么办？"

"那要先看看他有多坏。"霍染因望一眼纪询，"再狡猾的罪犯，哪怕一时能圆谎，也会在长时间中原形毕露。"

"时间确实能决定很多东西。"纪询随口附和。

"决定的不是时间，是在时间中孜孜不倦挖掘真相的人。"霍染因却语调冷淡。

"上边这些话意有所指。"纪询饶有兴趣地说，"霍队，从你第一次见到我开始，就对我有先入为主的印象，我没说错吧？"

"没错。"霍染因坦然承认。

"那我不妨再开诚布公地问一问，从开始到现在我们接触得不少，你大约始终都没觉得我是个好人——那为什么你对我的态度反而越来越好？"

"因为我聪明。"

纪询还以为自己听错了，他当然没有听错，霍染因依然用四平八稳的口气说："第一，你坏也不影响你会查案子；第二，正因为你坏，所以我才要接近你了解你，抓住你的把柄，然后……"

霍染因故意停了一下。

纪询接上话："然后把我绳之以法？"

"不。"霍染因的回答出人意料。

前方正好红灯，他停车，拉手刹，控制好车辆后，才双手搭在方向盘上，转头冲纪询微微一笑。路旁霓虹灯的光打在他脸上，他眼下的泪痣在光中闪烁。

"先威胁你，利用你，榨干你的剩余价值，再将你绳之以法。"

纪询低笑出声。

他端起霍染因买来的饮料，喝一口，是热牛奶，醇厚甘甜的味道在他味蕾上游曳开来，一如今天晚上的对话。

直到此时此刻，他终于对霍染因提起一点兴趣。

他靠了会儿窗，在车辆行驶的轻震中捕捉着一丝睡意，那丝睡意总像个调皮的小孩子，每一天都在和他玩捉迷藏。他说道："说说唐景龙的事情。"

"唐景龙在荔竹小区租房时用的身份证与银行卡均属于唐中德。据户籍办传来的消息，唐中德今年六十三岁，是唐景龙的同乡，一辈子都在乡下没有出来。唐景龙估计是用一些钱向唐中德买来了他的身份证和银行卡。"

霍染因慢条斯理地开始叙述。

"这张银行卡里，除了荔竹小区的房租费用外，还有一笔流水你会感兴趣。2014年和2015年期间，他朝吕丹樱的账户打出两笔款项，每笔十五万元，合计三十万元。结合你上回说的情况，唐景龙是吕丹樱代孕赚钱的直接经手人。"

"唔。"纪询漫不经心，想着唐景龙和吕丹樱共同拥有的蓝白保温杯，"我差不多猜到的事情就不用说了。还有其他什么吗？唐景龙家里总不可能一点发现也没有吧。"

"唐景龙家中有个隐藏的保险箱。"霍染因说。

"嗯……我猜保险箱里头不会有什么直接的决定性罪证，否则霍队也不会大晚上不辞辛苦跑来找我了。"

"名片。"

"什么？"

"保险箱里装着的是名片。"

"一张？"

"好几盒，一盒盒放置得整整齐齐。"

"哈。"纪询想了想，"有点出人意料，但也不算太出人意料。唐景龙是销售代表，对他而言，值钱的是人脉，所以将名片好好收纳也不奇怪。还有吗？"

"还有一个独特的东西。"霍染因说，"但我们的交换结束了。"

"别急嘛，多说点，说说又不会少块肉。"纪询劝道。

"不说，除非你改主意。"

"好吧，我改主意了。"纪询爽快回答。

霍染因讶然地看他一眼："真改，为什么？"

"理由有很多，比如人民警察最可靠；懒得花精力进行大量排查工作；咱们合则两利分则两弊——这些都可以成为合作的理由。但最真实的理由嘛……"纪询抿口牛奶，"和你相处，不紧绷。过去我是警察，确实必须遵纪守法、依循道德、提高素养，但我现在早不当警察了……总被朋友认为还是个正直正义的好人，我也很苦恼。"

谈话到这里，两人算是达成了基本的统一，所以霍染因将"独特的东西"说了："一个做工精细的木雕工艺船，船上有一串用红绳串起来的定制铜钱，一面刻着'舟航顺济'，一面刻着'风定波平'。"

纪询思索片刻，玩味道："挂胆钱。"

"什么意思？"霍染因拧拧眉。

"一看就知道霍队是坚定的唯物主义者。"纪询笑道，"挂胆是从古代流传下来的祈福的习俗，现在在一些南方沿海地区还延续这种风俗。用以保佑健康平安，利市大发。又是舟又是船，还祈求平安发财，指向性还是蛮明显的。"

"事涉邪教？"

"暂时没这指向性。"纪询耸耸肩，"南方沿海挂胆钱挺流行的。只能说唐景龙一个搞医药的弄个'舟航顺济，风定波平'有点奇怪，感觉拜得不对路了。"

本该趁热打铁把唐景龙的线索再说说，但剩余路程不足，警察局已遥遥在望。

纪询没了声音，等到车子在警察局门口停下时说："就在这里分手吧，我打个车回家。"

霍染因回道："等我几分钟，待会儿我送你。"

纪询戏谑道："霍队，睁大你的眼睛看看，站在你面前的人是个跟你一样高的二十九岁成年男子，不是九岁，不怕黑不怕鬼，不需要拉着爸爸的胳膊走夜路。"

"你晚上跟的是毒犯，我不想现在挥手再见，明天封锁现场。"霍染因说，"谁在我面前我都会送他回去。"

纪询思索片刻，一耸肩："随你。"

霍染因带着人进去了，纪询没跟着，直接在警察局的大厅里找个位置坐下，摸出手机打游戏，没打两分钟，走廊尽头转出个熟人——谭鸣九。

纪询才和这家伙对眼，这家伙就像是向日葵看见了太阳一样，当时就灿烂起来。

他一脸灿烂地来到纪询身前，不用招呼，自己坐下，神神秘秘地说："队长和治安大队的滕队在说话。"

纪询"哦"了一声。

谭鸣九道："你不好奇他们说什么吗？"

纪询顺着他的意思，问道："他们说什么？"

谭鸣九声音立时低了八度："和今天晚上一个执法记录仪录下来的视频有关系。"

纪询心头咯噔一下，知道谭鸣九想说什么了。

他斜了眼对方，没接话。

谭鸣九不用纪询接话，很欢乐地自己接上去："今晚去亮晶晶KTV执勤的队伍里有我哥们儿的哥们儿，大家都是老铁，那小视频大家都瞅了一眼。"他嘿嘿一笑，满脸佩服，竖起拇指，对纪询摇一摇，"高，真高，真的高。"

"有这么高吗？"纪询看着谭鸣九的身后。

"有！左拥右抱，这都不够高，什么够高？"谭鸣九说。

纪询拍拍谭鸣九的肩膀，向后一指。

谭鸣九稀里糊涂转头："干吗？"

霍染因在他背后静静看着他。

19

对谭鸣九而言，背后说上司坏话却被上司听见的直接后果，就是本该收拾东西回家睡觉的他又得留下来加班，与治安大队合作提审刚刚被带回来的亮晶晶KTV众人，并从他们嘴中挖出点关于唐景龙的消息。

谭鸣九当场哀号，声泪俱下："霍队，五天，整整五天，我已经接连五天没有在晚上10点前回到家中了，今天好不容易有这个机会，霍队您真的不再考虑一下？看看我这黑眼圈，都快能和纪询媲美了！"

"别碰瓷。"纪询眼都不抬，"我是货真价实的国宝，你是早上洗脸没洗干净。"

"废话少说，赶紧干活。"霍染因一锤定音。

离了警察局，纪询重新坐上霍染因的车子，两人没什么好说的，继续聊起唐景龙的事情。

依然是霍染因开腔。

"据饶芳洁交代，她最后见到唐景龙的时间是1月19日晚上6点。警方调查了唐景龙当日的随后行踪，唐景龙前往杏林路博物园，参加一场医疗交流会。"

宁市博物园是宁市城郊一片新开发区域，用作各类商务聚会展览。还没彻底开发完成，有不少正在施工的工地，目前而言，除了展览聚会的时间之外，那里地偏人少。

交流会19日晚7点开始，唐景龙准时到达。

因为吊着个胳膊参加交流会，与会人员都对唐景龙印象深刻，为了方便此后一个月都不太好行动的唐景龙，在递名片给唐景龙时，都顺便打了唐景龙的电话，将手机号码直接留存进唐景龙手机里。

因此当天晚上7点到8点，在交流会举办的两个小时内，唐景龙的号码打入了近百通电话，再往前推，他每日平均接通电话少则三四十通，多则六七十通，调查可疑号码有一定难度。

"不过我们在走访中发现，当天晚上，唐景龙和人争执过。"

"和谁？"

"争执发生在厕所，没有摄像头，路过听到的人并没有在意，只模模糊糊听见一句'你说好给我钱，钱在哪'。"

"怎么，被敲诈勒索了吗？"纪询吹声口哨，"考虑到唐景龙身上各种各样的小秘密，他遭到敲诈勒索倒是件很正常的事情。"

"不排除这个可能。"霍染因不置可否。

"在交流会快要散场的时候，主办方曾提议直接送唐景龙回家，但唐景龙婉拒了。此后唐景龙提前离开。"

当时是晚上8点55分，到8点58分，交流会左侧一个自动取款机的摄像头拍下唐景龙取款的画面，银行核对账单，唐景龙取出一笔一万块的钱款。

晚上9点02分，自动取款机所在路口的摄像头拍到唐景龙最后的身影。

"唐景龙的手机在交流会附近的垃圾桶中找到，犯罪嫌疑人直接丢弃了唐景龙的手机。从交流会驱车到梧山的最短时间是三个小时。唐景龙胳膊折断，无论是将活着的唐景龙带到梧山，还是将死了的唐景龙带到梧山，都需要交通工具。"

"换言之，不算犯罪嫌疑人杀人分尸的时间，光计算他驾驶车辆的时长，犯罪嫌疑人最早出现在梧山监控中的时间是20日深夜12点02分。"

"博物园附近地形如何？"纪询问。

"博物园位于杏林路十字路口处，它的正对面是一栋烂尾楼，在博物园有展会的时候，许多人会选择把车停在那里，避免收费，这块地方监控有死角，烂尾楼的周围也有不少在建或暂停的工地。"霍染因说。

"我记得梧山那头虽然比较偏，但路上都有监控，对吧？"纪询想了想又问。

"没错，所有通往梧山的道路都安装了监控，这里不存在监控盲区，无论犯罪嫌疑人以什么方式将唐景龙运上梧山，都一定会出现在监控中。现在局里已经对20日深夜12点02分后的梧山道路监控画面进行逐一排查，寻访可疑人员与车辆。只是这边工作量不小，需要一定时间才能出结果。"

前方又是红灯。

霍染因将车停好，拉起手刹，继续说："尸体已经进了法医室，在装裹尸块的编织袋及塑料袋中，法医发现了一些零碎的小东西。"

"哦？什么东西？"

纪询随口问着，闭目养神，等待这段回家的路的尽头，同时听霍染因说："尸块切口处有木屑，其中一块沾染了一些蓝色油漆，塑料袋内有花色马赛克瓷砖碎片，袋子上沾染了红金色粉末。"

"还有呢？"纪询闲闲地问，他放松全身，整个人都贴合在座椅中。

霍染因借着后视镜瞥他一眼,将座椅椅背放下来,方便纪询平躺。

"谢了。"纪询含糊地说。

"犯罪嫌疑人专挑人体关节处下手,手法干脆利落,应当掌握了相应的人体知识,熟悉人体构造;同时根据伤口痕迹,犯罪嫌疑人分尸时采用了电锯这类工具,这也是一个侦察方向。"霍染因将最后一点线索说完,问纪询,"你怎么看?"

"我?我啊……"

夜深了,纪询今天上午7点就起床,从赶赴荔竹小区被霍染因抓包,到排查蓝孔雀又和霍染因撞见,再来一段追击动作戏,又被迫见了个故交,回忆起不想回忆的东西,真的经历了很多很多。

纪询的脑子已经转不动了。

他甚至感觉到一丝丝的困意自四面八方传过来,织成网,网住他的大脑。

这可真难得。他快有三年没有这种正常的躺下就能好好休息的感觉了。

他决定珍惜来之不易的机会,直接不动脑,开始胡言乱语:"我觉得……嗯……犯罪嫌疑人是个建筑工人吧,要不然就是分尸现场在建筑工地,又是油漆木屑,又是电锯。指向性太明显了吧。"

"那么金粉和花色马赛克瓷砖怎么说?这两样东西哪一样会出现在建筑工地?"霍染因反问,他略略沉吟,说,"花色马赛克瓷砖带有强烈的时代风格,考虑老建筑如何?"

"很有道理。"纪询毫无立场,如根墙头草,摇摆向霍染因,"所以是在老建筑中,用建筑工人的电锯,把尸体分尸了。"

霍染因说:"你在认真聊吗?"

"我哪里不认真了?"纪询不高兴了,"我不是在很认真地瞎猜吗?"

霍染因无语。

"你看,我大胆猜测,你小心求证,我们取长补短,狼狈为奸。"

一阵安静之后,纪询听见一声哼笑。

霍染因说:"到了。"

"还挺快的。"纪询睁眼,施施然打开车门,"那就再见了……"

他说到半途,声音戛然。

出现在视野中的,不是熟悉的小区的风景,他置身一个全然陌生的老旧五层大楼前,大楼的一层有个小小门脸,门脸上写着"好家宾馆",仅仅五步之外,一位大冬天也穿着紧身短裙,露出半个胸脯和白花花大腿的流莺冲他抛了个媚眼。

"霍队。"纪询说,"开错地了吧?"

"没开错。这是曾鹏短租的出租屋,时间还早,送你回去之前,我们先见曾鹏一面。"霍染因理所当然地说道。

"曾鹏和奚蕾与唐景龙的案子无关吧?"纪询问。

"目前来看,无关。"

"那你来这里……"

"和滕队的交换。"霍染因说,"他删执法记录仪视频,我给他一条线索。"

"可是谭鸣九都知道了,明天全警队的人都会知道,删不删的没意义了,霍队,你亏了。"纪询说。

霍染因没接话。

"所以还给什么线索?早点回家,早点睡觉——"纪询才转身,霍染因冰凉的手从后边伸来,贴上他腕部扣合五指,纪询感觉自己被手铐铐住了。

"霍队,做人不要太有赌性。"纪询无奈说,"既然亏了,就赶紧弃牌,及时止损。"

"亏了是亏了,答应就得做。"霍染因淡淡道。

"那您忙,我不打扰了?"纪询想了想说。

"你和我一起做。"

"你不觉得这样做我也很亏?所以发挥一下你人民警察的高风亮节吧。"纪询说,"众亏亏不如独亏亏。"

"相较这一句,我更喜欢另外一句——有难同当。"霍染因简单直接,"你现在有两个选择,和我一起走上去,我扛着你走上去。"

纪询看了看天,望了望地,再环顾冷冷清清凄凄惨惨的周围,接受了现实,终于拖着脚步和霍染因一起上楼。

大楼老旧,没有电梯,楼道间的灯泡时亮时不亮,纪询实在没什么动力,走路发飘,好几次踢到台阶上,还赖走在前头的霍染因不扶一把。

可惜他都表现出这副残障人士的模样了,两手插兜,信步走在前头的霍染因依然铁石心肠,还是没说出让他先回家休息的话。

无可奈何,纪询没话找话:"曾鹏身上有什么线索?"

霍染因只回了一个字:"毒。"

"啊……"

"怎么,之前没有发现,所以觉得惊讶?"

"确实惊讶。"纪询说,"他看上去不像是吸毒人员。"

"他不吸,但贩。"

"从哪里看出来的?"纪询刚问完,脑子里闪过那天和曾鹏见面时对方拿的黑色袋子,为自己的眼瞎悄悄吐了吐舌头。

"第一,我在浣熊酒吧见你的时候,正碰上缉毒组在酒吧内盯梢,证明那一带存在毒品交易。海豚酒吧和浣熊酒吧直线距离两百米,正好在他们的交易范围内。

"第二,曾鹏辍学,农村人士,父母早亡,没有学历技能获得高薪工作,没有家庭做后盾支撑,他是怎么在短时间拿出一大笔钱买房的?

"第三,上回询问,曾鹏对自己在案发当日潜入奚蕾住所偷钱一事供认不讳,他对警方的解释是,买房之后存款用尽,拿证还需要一笔税,所以偷偷拿钱办税——根本不合逻辑。遮遮掩掩不惜偷窃,是因为他知道自己做的事情不合理,不合法,不能告诉女朋友。"

霍染因说完这串分析之后,曾鹏的住所已在眼前。

霍染因抬手敲门。

敲了两下,里头的人将门打开,曾鹏出现。

一日不见,自拘留所里出来时还好端端的曾鹏不知遇见了什么,已经鼻青脸肿,步伐趔趄,还弯着一只手捂肚子,好像被一群人狠狠教训了一顿似的。

他开门看见霍染因和纪询,瞬间用力想要将门重新关上。

但霍染因比曾鹏更快,同时发力,将门彻底推开。

曾鹏被这力量推得一个踉跄,返身朝窗户跑去,拉开窗抬脚跨了上去,而后立即被霍染因狠狠拽住,掣肘扣在地面。

一切发生在兔起鹘落之间。

纪询两手插兜,一动不动地站在门口,自曾鹏开门时就打了的哈欠到现在还没打完,依然含个尾巴在口中。

半响,他抬手,按下因发困而生理性沁出泪水的眼睛,有气无力地说霍染因:"拦什么拦,三楼呢,就该让他跳下去,摔断一只胳膊半条腿,以后三个月都待在床上,随见随在,随问随答。你现在按了他,好了,对方赶明儿去局里大门口一趟,把脸上身上不知从哪里蹭来的伤痕一露,先告你个暴力执法,再两腿一撒欢,跑个没影,你往哪里逮人去?"

一阵诡异的静默。

余下两人全看向纪询,内心于同一时间轻轻滑过一行字——是个狠人。

20

　　纪询说完了，看两人一动不动，面露困惑："怎么，你们打算就保持着这样的姿势聊天谈心，不累吗？"
　　霍染因站起身，顺便把地上的曾鹏拽起来。
　　曾鹏低着头，乱糟糟的头发遮住他的眼睛，也让他脸上的伤痕更加突出，他左脸颊不知被谁狠狠揍了，肿得老高，像含了个鹌鹑蛋在嘴巴里。
　　"我昨天没犯事吧，两位警察来我这个狗窝干什么？"
　　"没犯事你跑这么快干什么？还激动得想跳楼，日子太无聊了，跳着玩吗？"纪询踏入房间，随手关门，"再纠正一点，我可不是警察，不过是一个不辞辛苦、见义勇为配合警方的模范市民。"
　　他说完了，感觉霍染因的视线轻飘飘落在自己脸上。
　　要不是今天晚上真的太累，他能给霍染因做个鬼脸，接着他就听见霍染因单刀直入问曾鹏："毒藏在哪里？"
　　曾鹏猛地抬头！
　　他阴沉的眼自乱糟糟的头发下看向霍染因："警官，我不知道你在说什么……"
　　不止曾鹏，纪询都在心中吹了声口哨。
　　哇哦。
　　二支队新队长这份雷厉风行真不是吹的。
　　而且这么不怕打草惊蛇，是因为他已经胸有成竹了？
　　曾鹏说什么做什么都不影响霍染因的判断。他拿出手铐，将曾鹏两手铐住，目光一寸寸环视这个简陋的一居室，说道："毒就在你的屋子里。它藏在……"
　　这时，门突然被敲响了。
　　"叩——叩——叩——"
　　迟缓、凝滞、孤独的敲门声。
　　敲门声让室内几人的活动都停下来，他们望着门，门外是未知的人。
　　须臾，霍染因对纪询微微一抬下巴。
　　纪询看出霍染因的意思，他和霍染因交换了位置，他看着曾鹏，霍染因来到了门后，他的手握上门把手，腕部微微用力，门把下压……
　　"啪"的一声，门打开。

谁也没想到的人出现在门口,那是个穿着朴素、戴方框眼镜、佝偻着背的老人。

纪询曾见过他一次,在奚蕾的葬礼上,他姓程,程老师。

门口处,面对面的霍染因和程老师都显得意外。

程老师开口道:"你们是……"

纪询突然闪身向前,挡住曾鹏被铐上的手腕。他笑眯眯说:"程老师好,我们是曾鹏和奚蕾的朋友。"

"你认识我?"程老师意外道。

"我在奚蕾的葬礼上见过您,我听大家说,奚蕾的墓碑是您买的。"纪询说。

霍染因心头一动。

他从门口退回曾鹏身旁,借着纪询的遮挡,拿钥匙开了曾鹏的手铐,将手铐从曾鹏手上拿掉。做这事的全程,曾鹏一语不发,非常配合,显然是不想让奚蕾的亲属见到自己狼狈的模样。

这很好。证明他还存有自尊廉耻。

纪询上前两步,在一眼扫过程老师后,看见程老师手里提着的药店袋子,里头是跌打药水、纱布这样的外用药品。

东西是给曾鹏的。

药店是这条街上的药店。

桌子上还有两个一次性水杯。

曾鹏刚才之所以毫无防备地开门,是因为他以为外头敲门的是程老师——他们来到之前,两人在一起。

"蕾蕾,唉……"老人叹了一口气,脸上的皱纹更明显了。

"对了,还不知道程老师的名字?"纪询说,"程老师坐,药是给曾鹏带的吧,您怎么上曾鹏这来了?之前没听曾鹏提过认识您。"

"我单名一个正。孩子你过来,我帮你上上药。"程正没有推辞,在沙发上坐下,先招呼了曾鹏,又对纪询说,"这事说来话长,既然你们是他的朋友,那就和我一起劝劝他。人死事消,入土为安,怎么还能去掘坟盗墓呢?"

"蕾蕾跟我说过,她想葬在宁市。"曾鹏闷头说了一句,"我还在葬礼前就自拘留所里写信给她父母说了,这是蕾蕾的想法,让他们等我出来再办葬礼,我会负责一切。"

纪询听明白了。原来这兄弟之所以脸上挂彩行动不便,全是因为想在宁市给奚蕾办葬礼的目的没达成,于是刚出拘留所,就赶往奚蕾老家,准备给奚蕾迁坟,实现奚蕾生前的愿望。

还是个痴情种子。

程正面露无奈。他看上去像是个暮气沉沉的老人，温吞平和："我们都知道你对蕾蕾的心。蕾蕾有你这样的男朋友，我们都为她高兴。你打算实现蕾蕾的愿望挺好，但也要体谅蕾蕾家人的想法，她的家人也想自己能在就近的地方看见她，陪伴她。再说了，年轻人的想法不定性，蕾蕾过去是这个想法，但到了现在，你能说她一点都不想回到小乡村……"

为白发人送黑发人的父母尽孝。

这些论调太熟悉，纪询已经在心里替程正补全了后边的话。

但程正说了出乎纪询意料的话。

"看看她从小长大的村子，看看她熟悉的风景？"

曾鹏没有回答。

没人能回答。

能回答的人已长眠地底。

"都这样了，接受吧。人各有命。蕾蕾是个好孩子，但这是她的命。"程正叹了一口悠长的气，温和的眼睛透过方框眼镜看向曾鹏，他抚着曾鹏的肩，"倒是你买的那套写有蕾蕾名字的房子，要收回来。那是笔大钱，是你在这个城市安身立命的资本。你过好以后的日子，蕾蕾会高兴的，她就是这样替别人着想的性子。"

该说的话说完了，程正将药自袋子中拿出来，替曾鹏包扎。

曾鹏的伤势比外表看上去的要重一些，毕竟掘坟盗墓这件事，别说封闭的村子了，放到任何人身上，都接受不了。

纪询看见霍染因望着程正的手，对方包扎手法挺专业的，给曾鹏涂药油的时候，撩起了一截袖子，露出青筋遒劲的结实手腕。

这身材倒是不像外表那般年迈体弱。

纪询又往程正脸上看了一眼，程正依然暮气深沉，那不是年龄的因素，也不是身体的因素。只是一个接受了现实，再没有心气的认命的人显现出来的颓然疲倦。

包扎的时候，程正又问："接下去你有什么打算？"

"我打算走了。"原本自程正进来以后，就再没有看纪询与霍染因的曾鹏在说这句话的时候，忍不住偷偷瞟了两人一眼，眼中有一丝哀求，"解决完蕾蕾的事情后，我就会离开这个城市。我回老家去，老家还有亲戚朋友。"

纪询保持沉默，霍染因也保持沉默。

既然一开始没有让手铐展露在程正眼前，那么这份曾鹏对上奚蕾亲属的体面，他们就会替他保留到底。

只有程正在说话:"既然你要离开宁市，就更不该执着地将蕾蕾迁坟，你走了，迁来宁市的蕾蕾怎么办？每年清明，谁来看她？你什么时候走？"

曾鹏低头，他也不知道。

霍染因一反之前的寡言态度，接上话:"可能年后吧，毕竟快过年了，年前杂事多，总要整理清楚再说。"

"如果你今年没有人团圆，可以去村里过年，正好我们也把年货办齐了。"程正道。

"程老师是什么时候办的年货？"霍染因又说话了，"我听曾鹏说，奚蕾的葬礼是23日，你们是在23日之前买的年货？"

"是啊，18日的事情。那天正好把村里的罗汉松拉来宁市，卖给公司，换点过年的钱。"程正说。

"18日就回去了吗？宁市到奚蕾老家距离不短，当天来回很累吧？"

"一趟四个小时的车程，又要卖罗汉松，又要置办年货，哪可能当天来回？"程正笑着说，"村子里一年到头，也没什么来宁市的机会，大家就在宁市住了一天，19日晚上吃过晚饭再回去的。杏春路那里有一家饭店，便宜量大，我们一大批人都在那里吃，吃了也就七百多块钱。"

"唔。"霍染因应了声。

纪询能够感觉到霍染因怀疑程正，他也觉得程正有嫌疑，这人是奚蕾的老师，为奚蕾买了墓碑，显然对奚蕾有深刻的感情，存在充足的作案动机。除此之外，最值得玩味的是，在霍染因未曾亮明警察身份的情况下，霍染因咄咄逼人的询问态度居然没有引发程正的排斥，可能当老师的脾气好，耐心足？

"小曾，你考虑得怎么样，今年过年就去村子里吧？"程正又说。

"我不知道。"曾鹏嘴唇翕动，"让我再想想吧。"

程正离开了这里，霍染因站在楼上的窗户向外看，看见程正上了一辆灰色小轿车，车牌号是NS4455SN。

纪询对曾鹏说:"人也走了，你想好了吗？坦白从宽，抗拒从严。我们两个都来这里了，哪怕把你这间房子给拆了，也会把你藏着的毒品找出来，否则对得起我因睡眠不足而死去的脑细胞吗？"

曾鹏不语，好像程正离开的同时也带走了他的舌头，他坐在沙发上，如雕像般静默冷然。

正当纪询琢磨着要怎么撬开这个蚌壳的时候，霍染因说了话。

他的视线从窗台外转进来，人没有动，还倚着窗:"赌徒分两种，一种从不觉得自己会输，输到临头，就狂性大发；一种知道自己会输，也做好了输的准备。曾鹏，你是第二种，你预见自己会被抓，你以为自己输得起。可惜这场赌博，除了拿走你的预见，更拿走了你绝不想输的东西。"

讥讽的笑意浮现在他的嘴角，他轻哂："你偷钱离去的三十一分钟后，奚蕾回家，随后犯罪嫌疑人到达。你距离挽救你女朋友的生命，只差区区几个小时；你孤注一掷去杀唐景龙，又错过女友葬礼，错失她最后一面。你每做出一个选择，你的人生就向深渊再滑两步。你真可笑，还可怜。"

静默的雕像龟裂了，霍染因的话轻易刺破了曾鹏的外壳，他发出一声孤狼咆哮似的呜咽。

他受到了报应，报应如影随形，比他做过最可怕的噩梦还恐怖。

"你懂什么，我只要一套房子，一套写着蕾蕾名字、能让我们留在宁市的家！我没有文化，没有技能，除了贩毒，我还能干什么！我干什么才能在这个，这个漂亮的，没有一点人情味，一点点都不在意我们这些外来人员的城市里买房子！"

曾鹏牙齿咯咯作响一会儿，泄了气，双手抱头，在沙发上重新蜷缩。

"这个愿望我实现了，我拼命实现了。我明明实现了，为什么还是到了这个地步？"

四年多的时间，几千个日子，和奚蕾相识相处的种种，一帧帧在他脑海播放，一如走马灯光彩绚烂的转轮。

他在酒吧当侍应的时候遇见奚蕾，当时奚蕾正被醉酒的客人骚扰。

奚蕾惊慌失措，逃离时撞到了他。

可能是刚刚吸完，毒性上脑，也可能每个男人都有个英雄梦，一场梦后，工作丢了，但有人敲响他简陋的合租房门。他将门打开，被救的公主站在外头，腼腆地对他挥手："你好，我叫奚蕾，昨天谢谢你，我是护士，我来看看你的伤。"

她站着，笑着，目光明亮而温暖，好像向日葵向阳而生。

美梦做过，没有消散，反而留在了他的身边。现实纷至沓来，光怪陆离的大城市还是那样光怪陆离，但他周遭的一小块地方突然变得夯实，他看清楚自己未来的狭窄小道——工作、存钱、买房、落户、结婚、生子。

他从酒吧离职，在蕾蕾的监督下戒毒，戒毒时每个频繁打寒战做噩梦的夜晚，他都能感觉蕾蕾抱着他，一下下拍着他的背，安慰他，从深夜到天明，每每如此。

他发誓戒毒，后来真的戒断了。

他重新找了工作，一家洗车行的洗车工，洗车工是他能找到的正经职业中工资比较高的。每回来车，他都是洗得最认真的一个，有时候老板高兴，额外打赏他一两百块钱；有时候老板要求比较多，让他连鞋一起擦。

他没敢和任何人起冲突。

他努力赚钱，以前的花钱爱好全部抛弃，也不怎么和同事出去聚餐，聚餐就要花钱，他知道家里有人会给他做好饭菜——就算家里没有饭菜，他做好了，也会有人赶着回来吃。

后来一次意外，蕾蕾怀了孩子。

那是三四年前的事情，他戒毒不久，工作不久，蕾蕾也还在阳光医院当护士，两人都没有太多存款。

一切都是那么实际，他们没钱，没房子，没时间，他甚至没有父母，他父母早已过世。如果生下了孩子，只有两种选择，让孩子和他们一起颠沛流离，或者把孩子送回蕾蕾父母家。

他们相对无言几天后，蕾蕾去医院打胎。

白色的床单，刺鼻的消毒药水，蕾蕾躺在病床上，一贯如阳光般温暖的笑容中第一次出现恍惚悲伤，他至今还记得他掌心中蕾蕾手指的冰凉。

"我好不容易从山村里走出来，无论如何，我都不会再回去，也不会让我的孩子回去……我们在这里买个房子吧。我想留在宁市，我想成为这里的人。"

他说"好"。

他越发地努力工作，蕾蕾也一样，蕾蕾只休息了不到半个月，就继续上班。但这些似乎没有什么用，他们努力，宁市的房价也努力，他们每一天都在攒钱，都在尽可能过得像样一些，然而面对房价，面对房子，一切依然那么遥远。

后来他发现了那张单子，阳光医院打胎的单子。

孩子不是他的。

他和蕾蕾爆发了冲突，他单方面地咆哮、暴怒、砸东西，最后倒在房子的墙脚。那只笼中的白文鸟疑惑地看着他，他忽然希望自己也是一只鸟，这样就自然有个笼子——有个房子，能把自己的一生都装进去。

最后，他感觉蕾蕾过来，蕾蕾将手放在他的背上，像很早很早以前，他戒毒时那样。

他回头，看见蕾蕾悲伤木然的脸。

"是那个人强迫你的吗？"他问。

蕾蕾点点头，又摇摇头。良久，他听见蕾蕾说："后来我拿钱了，再过一段时间，我们就有钱买房了。"

他从两人的出租房里走出来，他在这个从没有接纳过他们的城市里游荡，他游荡到过去的酒吧，看见过去的朋友。过去的朋友上来关心他，拉他去喝酒，最后给了他一沓钱。

这是有代价的。

这世上什么没有代价？

他就要一个房子，一个写着奚蕾名字的房子，他能和奚蕾一起住在里头，结婚生子，再把孩子拉扯长大，一辈子就这样简简单单，平平淡淡。

到底是怎么变成这样子的？

他知道自己会进去，会被判刑，可蕾蕾是无辜的。

为什么要杀她？

为什么他好不容易买了房子，达成愿望，却连她最后一面都见不到？

打破房中僵持的是纪询的话。纪询自兜里摸出个从KTV果盘上顺手拿来的梅子丢嘴里，嚼着梅肉说："找个好律师吧。"

曾鹏像婴儿一样蜷起来，轻飘飘地说："没意义了，我不需要，你们爱怎么样怎么样吧。"

"奚蕾迁坟需要。"

这句话唤回曾鹏的魂。

"什么？"

"脑子是个好东西，不要一副它早已离家出走的模样。"纪询评价，"你买了房子，是实际出资人，这个房子实际属于你，也实际属于国家——因为这是你贩毒所得，它会被追缴进入国库。但考虑到你现有的情况，只要你在审判中没有被判死缓或者死刑，你的财产就不会被全部收缴，如果这个房子中有部分是你的合法财产，法院会对你做出一定返还。这笔返还的钱，对你没什么意义，对奚蕾父母呢？他们除了女儿还有儿子，这还是奚蕾生前的愿望，你说他们会不会考虑，会不会愿意？而这一切，需要你找个好律师，才能提前和奚蕾父母协商妥当，及时将奚蕾迁坟。"

曾鹏僵木的脑袋转过来，他怦然心动，那张灰白铁青的面容都泛出一层希望的光："但我不认识好律师……"

"我认识。我可以帮你。"纪询轻巧说，"但你要付出代价。"

代价，一切皆有代价。

"曾鹏，供出一切。"纪询说，"我来解决这件事。"

良久寂静。

"东西在房间床后的踢脚线里，还有屋子外头壁挂空调的空调外壳中。我能把我所接触到的上线全部告诉警方，但你要做到你说的，你要让我亲眼看见你做到了这一切。"

21

　　曾鹏的口子算是撬开了，但行百里者半九十，他的上线，他们的拿货地点，依然是千头万绪一堆事。不过这些事情就不归霍染因与纪询处理了。

　　霍染因答应治安队长滕天海的事已经彻底办完，他给他打了个电话，三言两语交代了情况，在这里等了一会儿，等到那边来人接收曾鹏，就带着纪询重新坐进车子。

　　这么一折腾，时间都将近深夜12点了。

　　纪询两眼放空，望着灰色的车顶棚，已然一副疲乏至极、灵魂出窍的模样。

　　"现在送你回家。"霍染因说，"真困了？"

　　"你说呢？"

　　"平时多流汗。"霍染因点到为止。

　　"战时少流血？"纪询嗤笑，"我现在到不了战时，流不了血。"

　　"才二十九岁，不能不行。"霍染因换个说辞。

　　"行不行的，你说了算啊。"纪询回道。

　　可霍染因没朝他这里瞥一眼，人家两手放在方向盘上，目光直视道路前方，不抢红灯不超车，安分守己地在自己的道路上徐徐前进。

　　想斗嘴却没人接，好比一拳打了个棉花糖，总叫人寂寞。

　　纪询遗憾道："霍队今年六十二岁了吧？"

　　霍染因回道："怎么说？"

　　纪询答："没点年龄，开不出这四平八稳、老牛拉犁的车。"

　　他才说完，霍染因的手机响了。

　　霍染因直接打个转向灯，靠边停车，接起手机："喂？"

　　霍染因静静听了一会儿，挂掉手机，对纪询说："刚才我让人查了程正的出行时间。"

　　"霍队可以啊，为破案分秒必争，查真相毫无遗漏。"纪询赞道。

　　"现在结果反馈过来了。程正说的大体没有问题。"霍染因接着说，"19日晚8点43分，程正和其余乡人，包括奚蕾的父母、弟弟，来到杏春路的老乡饭店吃饭。"

　　"杏林路和杏春路距离多远？"纪询突然问。同是19日，又在同一个时间段，唐景龙出现在杏林路博物园，程正出现在杏春路老乡饭店，根据街道命名规则，这两条路应该不会相距太远。

"就在隔壁。"霍染因说，"博物园跨过一条街，再走三百米就是老乡饭店。"

"哇哦，好近的距离，好大的嫌疑。"纪询弹弹舌，"不过我猜没有用。"

"又是直觉？"

"这还需要用到直觉。"纪询嗤笑，"刚才程正将自己的行程描述得那么细，摆明车马让你查。这种态度可以说有恃无恐，也可以说坦坦荡荡。无论哪一种，既然说明白了，还能让你查出问题来？"

"你觉得他是犯罪嫌疑人吗？"霍染因问。

"我没什么感觉。"纪询伸手往兜里一摸，摸出个一元硬币，放在指尖弹动，"要不问硬币？"

霍染因差点把纪询丢下车。

他板着脸，继续说："从现有证据上看，他确实不是。当日晚9点48分后，他们结账离开老乡饭店，随后驱车回到小乡村，这里有四个小时的车程，20日凌晨1点34分，他们离开高速，这条高速与去梧山的不是同一条，城中没有作案时间。这天以后，高速公路收费站再没有这些车辆进城的记录。当然，梧山19日以后进出的所有车牌号里也没有这些车辆。"

这段话才说完，霍染因的手机又响了。

这回是谭鸣九打来的，这家伙一激动就容易放大嗓门。

纪询朝车窗外看看，发现车子也到了自己家附近，前头就是宁市第三医院，第三医院距离他家也就两条街的路程。

第三医院，早上才出现在咖啡店员的口中。

唐景龙让同行的人帮店员生病的妈妈安排床位，第三医院的床位。

他心头萌生不祥的预感，决定自力更生，自己回家。

他解开安全带，一手按着驾驶座，另一只手屈指敲敲霍染因扶着方向盘的长臂。

霍染因瞟了他一眼，抬起手。

纪询探身过去，够车门锁，结果空间估算错误，他的背脊撞到了霍染因抬起的胳膊，对方的手肘落下来，手指搭在他的脖颈处。冰凉的手指如同一滴自空中降落的水滴，纪询打了个寒战。

这根手指没在他脖颈处停留太久，它微微抬起，向前一伸，替他开了车门锁。

就在这时，霍染因突然说："亮晶晶KTV众人供述唐景龙每次出现在亮晶晶中,身旁总有一个人,这人是第三医院泌尿外科医生许信燃,好赌,赌得很大。他也是19日晚上在交流会和唐景龙争吵的人。但你们赶到时晚了一步,没堵到他,现在他开车从医院跑了。"

第三医院,前方两百米。许信燃开车跑路。

这八成就是和唐景龙同喝咖啡,解决了咖啡店员妈妈住院病房问题的人!

纪询迅速抓出重点。他心中不祥的预感应验了,蓦地直起身,语速飞快地把自己的想法给说了:"这里距离我家就两步路工夫,你有事你去忙吧,我自己走路回家。"

迟了。

霍染因长臂一伸,将纪询推回座位,也不知道他的速度怎么这么快,在为纪询拉安全带的时候,另一只手已经拨上车门锁,同时一踩油门,油门狂轰,车子离弦急奔!

向前的惯性将纪询死死压在座位上,眼看回家的小目标仅一步之遥时,渐行渐远渐无踪,他从喉咙里骂出一句脏话。

他骂得太早了。

霍染因与谭鸣九还在通话,霍染因复述:"对方车型蓝色光鹿,车牌号NS8873SN。嗯,我看见他了。"

不止霍染因看见了,纪询也看见了。

这个牌号的蓝色光鹿车子正从前方向他们驶来,两辆车分别在两个方向相反的车道。双方的速度都很快,只是两次呼吸,两辆车已经隔着黄色道路线相遇。

就在这时,霍染因如同秋名山车神般来了个灵魂摆渡,一阵天旋地转后,纪询发现他乘坐的车子变了车道也变了方向,直接横拦在蓝色光鹿的前进路上。

光鹿车灯射出的两束光,如同两道刺穿车玻璃的刀,透过刺眼的刀光,纪询完全看见许信燃扭曲失措的表情,甚至连他惊慌地大喊似乎都能听见。

"不——"

千钧一发之际,慌不择路的许信燃大打方向盘,车头急速调转,擦过霍染因的车子,狠狠撞在了路旁栏杆上。他来时的路也响起一阵警笛,一辆辆警车刺穿黑暗追赶上来,将蓝色光鹿团团围住,把许信燃直接控制住。

霍染因停好了车,悠悠然侧头看向纪询:"如何,现在不老牛拉犁了吧?"

纪询口中一阵发干,喉结上下滚动:"霍染因,我招你惹你了,你这么恨我。"

霍染因笑了一下:"我哪恨你了?"

纪询道:"要是他刚才没有踩刹车打方向盘,我的副驾驶座已经被击穿了吧,这不够恨,什么才算恨?"

"我心里有数，不会让你出事的。"

"半点没看出来。"

"我出事也不会让你出事的。"霍染因再说，"你担心的话，下回我拿我的驾驶座去挡。"

霍染因说得似乎很诚恳。

可惜纪询没有一丝丝的感动，他嘴角抽搐："还有下次？"

眼看旁边的人一副马上要夺路而逃的模样，霍染因明智地转移话题："现在真的没事了，我继续送你回去吧，这么点路，你打车不划算，走着又累。"

"送我去浣熊酒吧。"纪询面无表情，"睡不着了，嗨起来。"

纪询没有说笑，霍染因调转车头，将纪询送到浣熊酒吧。

晚上12点对于作息健康的人来说已是入梦时间，但在酒吧，人来客往，气氛正燃，纪询通过员工通道走向放置架子鼓的舞台，戴上耳返摸到鼓槌的刹那，将心中所有的郁气，狠狠敲下！

"哐——"

舞池中光怪陆离，人头攒动，人们酒酣耳热，笑着，闹着，洋溢热情，洋溢快乐，他们的背后是敲鼓的人，鼓点像雨，像雷，像一场由纪询奉献的洗礼耳膜的盛宴。

霍染因在酒吧中聆听了一会儿，转对吧台问："能送花吗？"

等纪询敲完了鼓，从舞台上下来的时候，酒吧的中央已经支起大桌子，上面叠着座香槟塔，粉红玫瑰色的香槟自塔上徐徐倒下，注满晶莹剔透的玻璃杯。

酒吧里的客人围拢在大桌子周围，等待着香槟塔的主人——纪询，拿起最顶端的酒杯，开启香槟宴会。

杰尼在旁对他咋舌："大帅哥，刚才有人给你送了个香槟塔，十来天不见，你越发魅力无边，人家悄无声息地给你献上这份礼，都没敢留下来要你的电话号码。"

"除了香槟塔还有什么？"

"还有一束花。"杰尼变戏法般自背后掏出束鲜花来，"里头有他留下的卡片，我可没偷看——是给你留了联络方式吗？"

纪询接过花，取出卡片，上边是霍染因手写的三行短句，字体如人，银钩铁画，锋芒影绰。

警民鱼水情。

捧场。

不谢。

纪询屈指弹弹卡片,哼笑一声,转身拿起香槟塔上的酒杯,潇洒举起,对众人说:"有人请客,不要客气,干杯!"

"干杯!"

送走了纪询,霍染因并没有闲着,他驱车回到警察局,去见犯罪嫌疑人。

他到的时候,询问刚刚开始,预审组的同事正在里头审问许信燃,显而易见,进展并不顺利,除了最开始,许信燃说了句"我要见律师"外,无论预审组的同事说什么,许信燃都跟哑巴一样,咬死了不出声。

时间一分一秒地往前走,抓到犯罪嫌疑人后多巴胺分泌出的兴奋在消退,黑夜的魔力重新张狂,人体的生理时钟坚决拒绝光线的刺激,他们都开始摇摇欲坠,昏昏欲睡。

一杯杯浓茶摆上台面。

霍染因坐在角落,翻看许信燃的资料。

许信燃,男,四十二岁,硕士学历,第三医院泌尿外科主治医师,离异,有一个八岁的儿子,儿子归前妻抚养。

1月23日梧山分尸案手段极其残忍,社会影响极其恶劣,市局已经抽调骨干成立了专案组,现在在里头询问的,就是预审组中的骨干精英,但是显然,今天晚上抓到的犯罪嫌疑人是极为难啃的一块骨头。

两方陷入了僵持。

现在不同以往,如果犯罪嫌疑人打定主意不开口,警方是无法强迫对方开口的,只能通过各种方法击溃对方的心防,或者用切实完备的证据链说服法院,在犯罪嫌疑人不发一语的情况下完成有罪审判。

但是现在,证据链远不足以让犯罪嫌疑人伏法,只能由预审专家继续努力了。

里头迟迟没有进展,专案组成员明天还要上班,还要跑其他线索,不能全在这里干等着。众人很快商量出个结果:除了预审组外,需要休息的都去休息,想等的还可以再等等。

霍染因选择留下来,但也没有白等着,自唐景龙保险柜搜出来的名片数量可观,调查起来非常耗时间,他把这些资料拿过来一页页翻看,中途听见有同事喊他去休息,都敷衍两声,依然如故。

直到有人拍他的肩膀。

霍染因肩膀向下一沉,让过对方的手,抬起眼看见来人,才没有更进一步的动作。

"霍队。去睡一会儿吧，都快 5 点了。"袁越说，"里头的预审都打起呼噜了。"

其实预审还等着攻克犯罪嫌疑人呢，在没有更多证据支撑的情况下，预审对于许信燃的询问最长持续二十四个小时，就这么点紧巴巴的时间，哪舍得真睡了，里头打游戏也好打呼噜也好，都是攻破对方心理防线的技巧。

"这时候去睡不上不下。"霍染因漫不经心，扬扬手中资料，"我把工作做完，中午补个觉就好了。"

"还是年轻好，一点不会困。像我现在，就得先去睡几个小时才有精神。"

袁越没强求，伸了个懒腰在霍染因身旁坐下。他是梧山案的案发现场第一处理人，现在自然也是专案组中的一员。

"袁队还年轻着呢。"霍染因客气一句。

"我比纪询大五岁。"袁越笑道，"三十四了，哪里年轻？"

霍染因心头一动，说道："我听说纪询加入警队的时候就跟着袁队？是袁队带的纪询？"

"别听他们瞎说。"袁越说，"纪询刚入警队确实和我一组，但说不上带不带，那家伙学习能力特别强，天生就是吃这碗饭的。他在警校上大学的时候，就破过警校内部的一起杀人案，警方到达现场的时候，凶手、凶器、作案时间、作案手段、作案理由，全部齐全。牛吧？"

霍染因扯下嘴角，露个笑影："是挺牛。"

两人间奏似的聊天之后，霍染因继续看资料。

时间再度向前，一直到上午 8 点，当预审人员对着许信燃吧唧吧唧地吃比平常丰盛了十倍的早餐时，许信燃舔舔干裂的嘴唇，突然开口："我能喝杯水吗？"

万事开头难。开了这个头，紧闭的大坝就泄了口。

预审们龙精虎猛，满足许信燃要求后，开始紧急突击，询问进入正轨。

"和唐景龙什么关系？"

"普通朋友关系。"

"普通朋友关系，普通朋友关系在五年内给你销了八十万元的赌账？你普通朋友的规格还蛮高的。"预审笑笑。

"比较投缘。"许信燃补充，"唐景龙也有钱。"

"1 月 19 日晚 8 点 43 分，杏林路博物园医疗器械交流会，你为什么和唐景龙说'说好给我的钱，钱在哪'？"预审又抛出问题。

"那是唐景龙欠我的，我以为他赖账，就急了……不过我们后面把这个误会说开了，唐景龙还现取了一万块钱给我。"

"前一句才说唐景龙有钱，后一句又推翻口供了？"预审说，"唐景龙因为什么事向你借钱，有借条吗？银行转账记录呢？"

对方没说话，预审继续。

"你常去亮晶晶KTV吧？那里的人供认了，还在私下办赌场，就是办得更隐蔽，金额也更大。去年12月8日在那里一夜豪赌输光十五万的滋味怎么样？对亮晶晶的人说唐景龙会来付账，结果唐景龙没到，慌了吧？"

"我——"

"想好了再说。"预审凉凉道，"待会儿要签保证书，保证如实供述，要是说假话被揭穿，那叫妨碍司法公正，找一百个律师来都不好使。"

一串问题，连消带打，许信燃一时沉默。

就在这时，预审一反先前的不紧不慢，猛地拍起桌子提高嗓门，问题如同急风暴雨般扑面而来："我告诉你19日晚上究竟发生了什么！你好赌成性，一夜输光十五万元，以为唐景龙会像之前一样替你补上这个窟窿，但唐景龙没有，只拿一万块钱打发你，于是你对他怀恨在心，就在19日晚上，杀害了他，将他分尸！"

"我没有！当天晚上我在家里睡觉！"

许信燃双目睁大，激动得弹身而起，又被椅子上的拘束环束缚，他脸涨得通红，额上青筋跳跃。

"唐景龙确实欠了我的钱，当天晚上他保证第二天就把钱给我，那一万块是定金！"

这刹那间的反应很真实，不像在撒谎。霍染因想。

周围同时传来简短的议论，旁观询问的骨干们也基本认同这个观点，但警方办案终究讲证据，凶手到底是不是许信燃，还有待更多的考证。

堂而皇之将直觉、瞎猜挂在嘴边的，只有纪询。

正好这时，拿着搜查令去许信燃家中的警察回来，带来了搜查结果。并未在许信燃家中发现凶器，许信燃家中地板未见花色马赛克瓷砖，走访许信燃的邻居，也说近日未发现可疑动静。

这是一个不利的消息。

众人沉着脸，继续等待预审对许信燃的突破。

里头又交锋几轮，许信燃被逼到墙脚，突然张口："我说了我没有杀人，那钱确实是唐景龙欠我的，唐景龙让我开刀帮他动了一个手术，十五万就是手术费！"

"给谁动手术，在哪里动手术，手术是失败还是成功？"预审连珠炮地发问。

"手术很成功。"也不知道这句话戳中了许信燃心中的哪块疮疤，他面露怒容，"你们看我是个主治医生，就以为我是那种做手术会失败的人？我告诉你，如果第三医院真按技术论资排辈，今天泌尿外科主任医师这个职位就该我来当！"

询问室外，老于刑侦的骨干们对视一眼，对许信燃的性格做出初步结论：有些学问，有点技术，但心理素质弱，承压能力低，总觉得自己怀才不遇，是个撬开了口子就遮不住话的犯罪嫌疑人。

果然，在预审的追问下，许信燃如数说了："12月20日，我在宁市保健医院动的手术，手术对象是一个八岁小孩，患有尿毒症，需要换肾治疗。他和我儿子一样大，我很仔细地替他进行了手术，手术很成功，没有发生任何意外。术后我还送了他一只小黄鸭，他很高兴，说谢谢叔叔。"

"一场手术给你十五万，你没觉得有什么问题吗？"

许信燃沉默片刻，不情不愿地说："可能供肾来源有点问题吧，谁知道呢。反正我做好我自己的事。我开刀，我拿钱，我管那么多干什么。"

预审怒不可遏："你管那么多干什么！你是不是觉得这和你一点关系也没有？肾它会自己从地上、树枝上长出来吗？肾它是长在人体体内的，肾源来源不明意味着什么？意味着它现在可能从别人身上失去，将来也可能从我的、你的、你那个八岁小儿子的身上失去！"

许信燃垂了头。

整个询问过程中，他第一次垂下自己高扬的头颅。

一连串座椅拖动的声音响起来，去许信燃家中搜查回来的警察所带来的消息，只能证明许信燃家并非分尸地点，说自己事发当夜在家睡觉的供词，并无人证，不足采信，他依然嫌疑十足。

但许信燃说出的事情，给了警方全新的调查方向——唐景龙涉嫌器官交易。

这时候外头有人进来，说许信燃的律师来了，要求警方放人。

专案组内部讨论片刻，再参考了预审组的意见，决定这次询问到此为止，让许信燃跟着律师走，他们部署警力，调查许信燃说出的线索。

霍染因跟着众人一起离开，走时看了眼时间，早上8点30分。

扣掉前方胶着的一整夜，从真正开始到现在，半个小时就搞定。

摧枯拉朽，突破得真快。

询问室内，许信燃保持着低垂头颅的姿势许久，在监控拍不到、警察看不见的角度中，他勾起嘴角。

狡黠庆幸的笑容一闪而逝。

22

从梦中一觉醒来,天边金光橘灿,房间跟着成了红色,像团火焰,正在灼灼燃烧。

纪询躺在床上思考人生。昨天和霍染因分开之后,他流连酒吧许久,等到家时差不多早上6点,再在床上辗转反侧了两个小时,终于在上午8点的时候迷迷糊糊睡着。

接着一觉睡到了现在,也没睡多久,就两三个小时吧,正好上午10点半。

房间里的"火光"进入他的身体,尤其是胃部,正火烧火燎地反馈出饥饿的情绪。

他想起床,没起来,身体还懒洋洋的,整副骨架都蜷缩着,好像在冬眠中。

他胡乱挥挥手,摸到自己的手机,懒得起床吃饭,倒是有精力玩手机,纪询没什么目的性地将各种应用软件翻看一遍,最后拿摄像头对准窗外的天空拍了张照片,发朋友圈:"一觉睡到现在,饿晕了,来个厨师上门服务吧。"还发了张小猫图片。

发完朋友圈,他将手机一丢,继续闭目养神,没看见有两个人在短短五分钟内先后回复。

夏幼晴:什么情况,需要我过去吗?

袁越:正好今天有空,我买点菜,上你家做饭去。

半小时之后,在床上躺着的纪询被敲门声吵醒了。

敲敲敲,催命呀,早晚有一天要把大门修在床头上,闭着眼睛就把门给你开了!

他恼火地起床,脚步虚浮地前往大门,拉开门前还在想着是不是夏幼晴又来了,没想到,见着了袁越。

袁越穿了件薄薄的针织衫,袖子撸到手臂处,手提两个大袋子,青翠欲滴的大葱从中探出来,妖娆地舒展身躯,钩住纪询的裤腿。

"案子破了?"纪询张口就问。

"没,不过算有突破了。"

"区区突破而已,你就跑到我这里来,局里这么闲了吗?"纪询迷惑地看看窗外,研究今天太阳是不是从西边升起。

"不闲，但人手还算充足，再加上有进度，领导高兴，让我们分批休息。上回局里见面，你不是说想一起吃晚饭吗？正好今天我有六个小时的调休，就过来了。"

袁越提着东西走进厨房，不一会儿，厨房里响起了节奏明快的做饭声。袁越在里头说："今天菜市场虾好，羊肉也不错，我们做个白灼虾，再来个葱烧羊肉吧，你家里有什么肉要做吗？"

"家里没肉。"纪询从床换到沙发上，继续神魂离体，"有麦片。"

"我知道了，我还买了鸡，那就再来个白切鸡。"

别看袁越一双手平日里摸枪、格斗、翻案卷，糙得不行，与烟火生活相去甚远，真到了厨房，他还是个厨艺小天才，肉菜做得尤其好，蒸的嫩，炸的酥，卤的入味，烧的香，只要时间足够，还能雕花、摆盘。

可惜袁越的问题是，总没有充足的时间。

纪询坐在沙发上走神，飘飘乎不知时间长短，中途只感觉袁越进出了几趟，接着就听到："纪询，你家里有菜刀吗？"

"没。"纪询懒洋洋地回答。

"忘了你家这个情况。"袁越停顿几秒，又问，"那有刀片吗？"

"美工刀，玄关储物柜里。"纪询说，他从"宇宙"中回过神来，鼻端也复苏一般嗅到了香气，循着香再一看，好家伙，热腾腾的饭菜都上桌了，袁越正围着一条不知从哪里找出来的粉红小围裙，左手捏一瓶酱油，湿漉漉的右手往围裙上擦，直接变成居家好男人。

纪询被袁越的造型惊到了："这条围裙哪来的？"

"刚才买菜送的。"袁越问，"怎么了？"

"有碍观瞻，赶紧脱了，反正你也做好饭了。"纪询说完后，后知后觉补了句，"这就好了？还挺快。"

"不快了，半个多小时了。"袁越调侃道，"刚才叫了你几声你都没反应，直到我问了菜刀，还是这个能让你清醒。"

纪询敷衍地哼哼："我在脑内设了关键词，聊天提醒。就这要什么没有什么的厨房，你过来点个外卖就好了，自己做也不嫌麻烦？"

"平常还没吃够外卖？"袁越说，"可是你自己先在朋友圈喊厨师上门服务的，上了门又嫌这嫌那，公主都没你难伺候。再说做饭也没什么麻烦的，我们正好一边吃一边讨论案子。"

"重点是后半句吧。"纪询说，这才想起自己之前还发了条朋友圈。

他摸回手机，解锁屏幕，漫不经心地扫上两眼，终于看见位于袁越上方，夏幼晴要过来的留言。

纪询心跳倏然漏了一拍。

大门同时被敲响，响声如同法官的小锤子，咚咚地敲在纪询心口上，正站在门口找美工刀的袁越顺手开门："谁？"

纪询心脏狂跳，瞬间飙到一百八，他一声大喝："等等，袁越，听我——"门开了，顾长的身影出现，门口站着霍染因。

"解释。"

袁越被纪询吓了一跳，回头看看纪询，又看看站在门口的霍染因，困惑地笑道："解释什么？你在说你们昨天晚上一起被'扫黄打非'的事情吗？"

纪询和霍染因两人面色开始古怪。

"嗨。"袁越看气氛有点尴尬，直接笑道，"谁还会把这件事当真，都知道你们是去认真办案的。你们是不是听到了局里一些女同志对你们的调侃了？别在意了，人家女同志就是说着玩的，跟追星一样，我们要尊重她们的喜好。大家都是铁骨铮铮的汉子，被说两句还能掉块肉吗？"

两人面色越发古怪。

袁越也察觉到了，他越想缓解尴尬的气氛，尴尬的气氛反而越浓重。

他满脸疑惑，继续打破尴尬的气氛，要说坚持，当刑警的可是个中翘楚："霍队，家里刚好做了饭，中午还没吃吧？一起来吃吧。"

霍染因瞟了眼袁越。

他觉得自己跨进这个门，就破坏了屋内这和谐的氛围，他将拿在手上的东西往背后掖掖，用身体遮住："不用了，你们吃。难得有一点放松休息时间，我不打扰你们了。"

袁越眼尖："巧克力是给纪询带的？"

被发现的霍染因正不知道该说什么，袁越继续道："他肯定喜欢，他上午有点低血糖，就需要这点甜食来提神醒脑。"

"上回来的时候看房子里巧克力快没了，就买了点。"霍染因道。

"霍队已经来过了？"袁越惊奇道，"你们什么时候走得这么近了？"

纪询都替站在门口的霍染因尴尬。他从沙发上爬起来，正琢磨着怎么把袁越扯回来，把霍染因打发走，叮咚一声，电梯门再度打开，外卖员走过来："1303纪询先生的外卖。"

他没点，是夏幼晴点的!

纪询先是心口一提，接着又松了口气。送外卖没什么，人不要亲自过来和袁越撞个面对面就好。

"你还买了外卖？"袁越接过外卖，看了眼，"那中午的菜太多了，我做了四个菜，这里还有三个菜。两个人真的吃不完，霍队别客气，留下来一起解决吧，不然浪费。"

"就不——"

两人同时拒绝，但袁越紧接着说："正好吃完我打算和纪询聊聊案子，三个人一起分析，集思广益。"

"就麻烦你了。"霍染因瞬间妥协。

纪询无语。心想，倒也不必！

霍染因还是进了门，将手里的巧克力放在餐桌上。

纪询看了眼，瑞士的酒心巧克力，好牌子，有点想吃。

袁越端着菜从厨房中出来，四个他做的菜加三个外卖的菜都装碟子上了桌，只剩下一份饭，还放在塑料盒中。他问纪询："你家里还有碗吗？"

"没了，都在这里了。"纪询没精打采。单身汉囤那么多餐具干什么？

"那这份我来。"袁越将装饭的塑料盒子放在自己的座位上。

原本已经坐下的霍染因看看自己和纪询的同款碗筷，深觉不妥，将面前的碗和袁越的对调："我最后来的，我用塑料盒子就行。"

"不用不用，我来。"袁越拦着。他觉得不行，霍染因是客人。

"不是客气，给我。"霍染因坚持。他觉得不行，自己是外人。

纪询翻个白眼，趁两人你推我让的时候，一招乾坤大挪移，把塑料盒子挪到自己面前，拿筷子挖一口饭，嚼了："你们用碗，我用盒子，都别瞎推，吃饭。"

三人总算落座用餐。

袁越闲聊："霍队也是看了纪询的朋友圈过来的吧？"

纪询咬着鸡腿，含糊说："不可能，我和他压根没加微信。"

正要回答的霍染因闭了嘴。

"你们没加好友？"袁越讶异，"讨论案子不会不方便吗？"

"不是有蓝牙吗？还有短信。"纪询说。

"蓝牙要面对面，短信一条一毛钱。"袁越觉得纪询很奇怪，他直接掏出手机，"还是加个吧，霍队，我把纪询的名片推你了。"

纪询看着霍染因，希望霍染因拒绝。

霍染因掏出手机，加了纪询："袁队说得有道理，我加了。"

球传到纪询脚下。

纪询露出一个假笑，没有感情地附和："你说得有道理，我通过了。"

"大家长"袁越非常高兴，又去厨房里盛了碗饭。

趁着这个空隙，纪询晃晃手机，对霍染因说："没必要吧，你直接拒绝袁越又怎么样？"

霍染因嗤笑："让我拒绝同事？你怎么不拒绝你的好哥们儿？"

纪询喝口汤："没见过你有这么瞻前顾后的时候，莫非真的想要我的微信号？其实不用这样，说一声我就给你了。"

霍染因摆弄手机，头也不抬说道："我想不想要你的微信号另说，你是真想吃我带来的巧克力吧，从这盒巧克力放桌上开始，你都看五回了。想吃就吃，何必如此？"

"谁说我不敢吃？"纪询一探身，拿了个朗姆酒口味的巧克力，还在霍染因面前晃晃，丢进嘴里，"这不就吃了吗？我是怕吃人嘴短，吃了你的，又得和你赛车惊魂，那可亏大了。"

"呵。"霍染因是不会认输的，在手机上操作两下，随后将删除好友的屏幕转向纪询，"教你一招，阳奉阴违。"

"你们在聊什么？"盛了饭的袁越重新回到餐桌旁。

"没什么。"两人同时说，一起放下手机，老老实实吃饭。

23

风卷残云，酒足饭饱，几人把碗筷收拾进水池后，袁越自觉留下，卷起衣袖："我来洗碗吧，霍队你先和纪询讨论讨论案子，等我收拾完了加入你们。"

霍染因望望袁越，再望望纪询。

纪询觉得这道视线含义深远。他打个寒噤，勾着霍染因的肩膀，把人直接从厨房拖出来："实话实说。"

霍染因问："说什么？"

"你今天来我家到底想干什么？"纪询质疑，"要沟通线索的话，发条短信不就好了？"

"说得像是我有你的手机号码似的。"霍染因轻嗤。

其实霍染因也不想来。偏偏昨天他和纪询一起被扫黄的事情，果不其然在局里广为流传，一个个女同志嘻嘻哈哈地过来调侃。调侃也就算了，还明里暗里地暗示他看看纪询的朋友圈。

他倒也想看，可是没有。

最后，罪魁祸首谭鸣九还敢过来搭腔，他直接抢了谭鸣九的手机看一眼，总算看到了纪询哀号没饭吃的朋友圈。

霍染因当然不可能因为一条朋友圈就跑过来给纪询送饭，他是下午正好要去第三医院调查一些东西，而纪询家又在第三医院附近，开展工作之前，他顺手买了盒巧克力送上来，本来是决定放下东西就走的，结果……

他也没想到袁越在，更没想到自己居然还留下来吃了饭。

"没手机号码就没手机号码，反正也不耽误我们见面交流。"纪询愣了几秒，淡定回答，"提高效率，见面的时候把正事说了，现在案子的线索和疑惑都有哪些？"

"有一点我一直没有想通，关于唐景龙尸体的：凶手在分尸后，到底为什么要将唐景龙的头颅带走？"

"哇哦，心有灵犀一点通。"纪询吹声口哨捧捧场，"现实的人民警察就是那么有别于小说中的侦探，如此敏锐机智——这个疑问我也有。一具没有头颅的尸体，要放在本格推理小说里，百分百就是李代桃僵，移花接木。但在这次案件中不成立，唐景龙涉嫌奕蕾案，DNA在警察局中备份，凶手带走头颅掩盖身份的行为变得毫无意义，多此一举。"

纪询说："再加上尸体的造型、装裹尸体的塑料袋颜色，毫无疑问，凶手在以完成一场秀的心态完成了这个杀人分尸过程。秀就是要秀给大家看，这样分析，更没有分散抛尸的必要了。总不能凶手还是个变态杀人狂，收集死者残肢吧？"

"小说里的情节。"霍染因哂笑。

"我可不这样写。"纪询更正霍染因的观点，"毕竟逻辑决定……"

"'逻辑决定一切，当然也决定真相'？"

"霍队也看过我的小说？"纪询意外。

霍染因先是不语，接着哼道："没看过，不想看。你小说的这句名侦探宣言，直接印在封面上了。"

霍染因又说起许信燃。他简略地把询问许信燃时发生的各种状况，以及许信燃的种种证言描述完。

纪询哈上一声："你们被耍了哦。"

"什么意思？"

"一个很狡猾的家伙。"纪询玩味道，"看似什么都交代了，实则什么都没有交代。"

"他交代了很重要的线索。"霍染因沉声说,"唐景龙涉嫌器官交易。"

"没错,唐景龙涉嫌器官交易。而他呢,只是一个有点赌瘾的,做了个手术的,普普通通平平无奇,只是踩了条线,但悬崖勒马,并没有真正犯法的小医生。千错万错,所有罪恶,都在唐景龙身上,对不对?"

纪询逐一梳理时间点:"看看他在询问过程中交代问题的时间点。你们在半夜11点抓到他,12点开始询问,从凌晨到上午的整整八个小时里,无论预审如何软硬兼施,犯罪嫌疑人始终一语不发,其心理素质和意志力,都颇为可观吧?拥有这样心理素质的人,在早上8点突然开口,一开口就竹筒倒豆子,噼里啪啦把所有东西都说了,不觉得有点奇怪吗?"

"人心里有根承压线,超过了界限,就如同袋子破了口,自然把所有东西都倒出来。"霍染因说。

"你说得也有道理,但不妨再来盘个时间点。"纪询接着说,"按照规定,对于犯罪嫌疑人的询问,最长为二十四个小时,你们才用了八个半小时,剩下时间还很充裕,为什么直接把人放了?"

"因为他的律师来了。"纪询道,"在他将唐景龙涉嫌器官交易的消息爆出来的时候,专案组震惊了,他的律师恰好到达,提出让警方释放犯罪嫌疑人。警方内部讨论,觉得已从犯罪嫌疑人口中撬出至关重要的线索,目的已经达到,没必要再和律师硬杠,扯起法律来又是一番波折,于是将人给放了,对吧?"

纪询拍拍霍染因的肩膀:"泌尿外科医生,十级熬夜专家。这场从熬夜开始的心理博弈,是你们输了。套用游戏里的术语,就是明明全程水货,还沾沾自喜地以为自己这局是全场最佳。有点侦探小说里白痴警探的味道喽。"

纪询说得有道理,切中霍染因看完整场询问后心中那点疑窦,他无法反驳,只能不悦道:"怎么,你的警察生涯中没有白痴过吗?"

"有啊。"纪询承认得很坦然。

没什么不好承认的,犯错是件正常的事,大家都是人,不止犯罪嫌疑人有压力,警方也是有压力的,除了压力以外,警方还有很多顾虑。

"但白痴警探是过去的事了。"纪询侧头,对上霍染因的眼,并起双指,潇洒点头,"现在的我,可是聪明侦探……的作者。"

纪询又恢复萎靡状态,他继续倚着窗,缩着肩,垮着身体:"还有个线索,你那起出来了没有?"

"非法代孕的事情?"

"嗯。"纪询打个哈欠,吃完午饭,他又开始困了,"我猜不止吕丹樱一个人吧?"

"没错，确实不止。"霍染因说，"我们排查了唐景龙放在保险柜里的名片，发现名片存在一些独特的家庭。有好几对经济宽裕的夫妻出国旅游一趟，回来时直接多了个孩子，他们都宣称是在国外将孩子生下来的。通过这几对夫妻，我们发现了更多的代孕的女性，结果出人意料……"

"可能也不太出人意料。"纪询补了一句。

"你又知道了。"

"因为这些都是可以预见的。"纪询说，"但可以预见不代表可以改变，一旦不能改变，那份预见便结成悲剧——啊，不用太在意我说的，这是三流小说家开始无病呻吟了。"

这不是无病呻吟。

霍染因想起自己和那些女性的见面，这些见面出乎霍染因的意料，显然也出乎文漾漾的意料——文漾漾，刑侦二支唯一的女警员。之前去舟市查唐景龙的行踪，现在终于回来了，又马不停蹄地开始参与调查代孕事件。代孕是事涉女性的犯罪案件，有个女警会方便很多。

他们以为自己见到的是一群被强迫、被威胁、被欺骗的妇女，但实际上，他们见到的是一群光鲜亮丽的都市女性，大多开着车，少部分有了房，几乎全部都衣品不俗，首饰环绕，香气扑鼻。

他试着问了问，没有一个女人开口。后来文漾漾凭借自己十八岁美少女一样鲜嫩幼稚的娃娃脸，装痴卖傻私下聊天式地一个个找过去，等聊完了再回办公室，已经一脸恍惚，像被黑色幽默荼毒了三天三夜。

她说："没有一个被强迫，都是自愿的。唐景龙不沾具体事务，只负责居中牵线，他认识的有钱人多，有这个需求的也多，他左右一搭，一个想买，一个想卖，两方一拍即合。唐景龙又有点契约精神，货到付款，概不拖欠，她们还觉得唐景龙是个手眼通天的大善人，别说站出来指认唐景龙，知道唐景龙死了，还有几个哭了，说'好人不长命'。我说了吕丹樱，也没人在意，都觉得吕丹樱抠门，赚了这么多钱，也不知道拿点出来请个月嫂照顾自己……哦，还嫌我们多管闲事，对我们敌意很深。真搞笑了。"

文漾漾发完牢骚，又提起一个线索："对了，我还问了她们奚蕾的事情，她们认识奚蕾，说奚蕾曾经找过她们一次，也问了点关于她们非法代孕的事情。但就那一次，接下去她们就没再见过奚蕾。"

霍染因将这些事情复述给纪询。

他说得平平淡淡，纪询也听得平平淡淡，对于已经预见的东西，没什么惊奇的意义。他只说了句："那就有点奇怪了。"

"奇怪在哪里？"

"唐景龙死了，对唐景龙个人的调查也算颇有进度。但我还是没有明白，奚蕾究竟死于哪个秘密。关于器官交易的事情，许信燃说得不尽不实，在进一步侦查结果出现前，大可不必太当真；关于非法代孕的事情，表面上看，奚蕾也并没有深究的意向。奚蕾究竟掌握了什么，让唐景龙觉得受到了深深的威胁，非杀她不可？"

霍染因沉默半晌，不无嘲讽："纪专家是过去办过了太多骇人听闻的案子，所以觉得非法代孕和器官买卖都是平平无奇的小事情了？"

"说不上平平无奇，但确实没有一锤定音地让我觉得'啊，所有逻辑都解释通了，答案就是这个了'。别的不说，至少在奚蕾案的案发现场，还有个令人在意的东西不见任何答案——那十九个没有眼睛的人偶。"

纪询说到这里，脑海突然模模糊糊掠出些灵光。但这丝光芒太过黯淡又太过迅疾，如同流星一样在他脑海中转瞬即逝，只留下余韵十足的虚影，让他抓心挠肺地想去捕捉。

他思考一深入，就忽视了对身体的控制，倚着玻璃的肩膀开始下滑，整个人都一副要从玻璃滑到地上的模样。

霍染因忍了好一会儿，还是没有忍住，上前一步，伸手扶上纪询，准备把人提起来。

纪询从冥思中醒来。

袁越这时正好洗完碗，自厨房里出来，还说："你们聊到哪里了？来说说线索吧，碰出什么新的东西了吗？"

纪询一听这个，秒变哑巴。

"霍队说。"他直接将事情推给霍染因，自己眼一闭，腿一伸，继续和宇宙亲密去了。

"其实也没有什么……"霍染因接了话，将刚才自己和纪询谈论的一切复述一遍。复述的过程中，纪询一言不发，全程装睡，惹得霍染因多看了他两眼。

看来昨晚在车上，纪询在不想和警察合作这事上，确实说了真话。哪怕袁越，也不例外。

等事情说完，三人陷入沉默，气氛变得有点尴尬且无聊。

霍染因站起来，说："我差不多该走了，待会儿还要去第三医院看看。"

袁越跟着起身："一起吧。"

不谈案子，一切皆可。

"我送你们。"纪询瞬息从宇宙中飞回来，积极主动地拉开房子的大门，替袁越和霍染因按下电梯键。

很快，电梯停在楼层口，门打开，邻居阿姨提着大袋东西自里头出来，她经过纪询身旁的时候冲纪询点头笑笑，纪询回以礼貌的笑容，低头的时候看见探出袋子的各种年货。

纪询的脑海再次掠过灵光。

霍染因和袁越已经走入了电梯。袁越对纪询说了声"回见"，抬手按下关门键。

电梯门缓缓闭合，电梯外的世界越来越窄。

彻底关闭的前一刹那，一只手突然伸入，在袁越愕然的表情中，纪询将站在电梯里的霍染因直接扯了出来！

电梯门合拢最后的缝隙。

纪询低头，对猝不及防倒在自己肩头的霍染因说："警察弟弟，明天我要带律师去奚蕾老家商量迁坟，一起来不？说不定会很有趣，信我。"

"别闹。"霍染因从牙齿缝中挤出一句话，"有本事等我下班。"

"哈。"纪询还要继续，又"叮"一声，刚刚闭合的电梯门再度打开，袁越显然发挥了骨干刑警的手速，关键时刻按住开门键。

纪询和霍染因小声道："等什么下班，你扯我的时候也没见你下班，这叫公平对等，有来有往。"

门打开，袁越调侃道："说什么话要赶最后一秒，不能被我听见的悄悄话？"

楼道间里，纪询和霍染因早闪身分开，站得远远的，要多正经有多正经。

"我问霍队明天要不要和我去玩。"纪询说，"偷懒的话不敢被你听见。"

"不去。"霍染因神色淡淡，"无聊。"

"这可是你自己拒绝的。"纪询双手抱胸，倚着电梯门，痞痞地笑，"别后悔，没药吃。"

24

一旦决定要做什么事情，纪询动作飞快。他先和警察局里通了个气，再约好律师，最后带着律师在26日上午10点来到奚蕾的老家，一个偏僻的小山村——奚家村。

纪询熟门熟路地找着那棵长满瘤子的枯树，枯树后边的院子里，奚蕾妈妈正在喂鸡，她叫安心荷。

"阿姨。"纪询扬声说，"我今天过来，是替曾鹏同你们商量点事，他要将赠送给奚蕾的房子收回。"

他特意点出了房子，可安心荷一如木头人，什么反应也没有，只呆呆地望他一眼，转身进屋。而后奚蕾的爸爸奚正平出来了，奚蕾爸爸个子矮，身体胖，像个发育良好的冬瓜，骨碌碌从楼梯上滚过来。

人到了面前，那双红肿的眼便显露出来，在脸上眯成一道缝，三分疑虑，三分警惕的目光，全从这道缝里刺出来。

奚正平警惕道："什么拿回，怎么拿回？那房本上写着的就是蕾蕾的名字，蕾蕾死了，这房子就是我们家的。未来小放还要在那里头娶妻生子，你别欺负我乡下人不懂事，从我手里骗钱！"

奚正平出来之前正在为奚蕾烧纸。

他身上有烟火、檀香的味道，眼睛是哭红肿的，女儿死了，他确实伤心，伤心得到了现在也没完全缓过来——但也不妨碍他将女儿积攒多年、死后留下的存款用在儿子身上，为儿子买一万块钱的球鞋和六七千块钱的手机。

纪询目光一转，看见楼梯上低头打游戏的少年，奚蕾的弟弟叫奚放，奚放比奚蕾小一轮，如今还差两岁才正式成年。他不管律师和奚正平怎么说，奚正平也顾不上他，他推开小院的门，走上楼，和奚放搭话："玩游戏？我也玩，组个队一起。"

"大叔你行不行啊。"奚放搓着手机屏幕，"我钻石了。"

"大侄子，你叔王者了。"纪询嗤笑。没有人知道一个穷极无聊的作者会花多少时间在游戏上。

两人组了队，随意打了两盘，有输有赢，输赢并不重要，纪询问："前几天跟车去了宁市吧，觉得宁市好玩吗？"

"跟什么车，我姐死后我爸天天在那边哭，哪有心情带我出去玩？"

"卖罗汉松那次，村里不是去了很多人吗？怎么，你没在？"

"你说那个。"奚放恍然，但注意力还在游戏上，游戏吸引了他全部的注意力，"那回是村里阿姨们去城市办年货，又不是去玩，拢共就去了两个男人，一个程老师，一个大明哥。"

这个回答令纪询意外，但某种程度上算是好事。

从目前调查到的情况看，唐景龙私下的小动作并没有为他招来什么对手，反而给他博了个"大善人"的美名，犯罪嫌疑人因奚蕾而杀死唐景龙的概率大大升高了，以此考虑，有动机的就那么几个，奚蕾的父母兄弟，还有葬礼上为奚蕾买墓碑的程正。

唐景龙失踪当夜，奚正平与奚放都在小乡村，他们可以排除。剩下两个是奚蕾的母亲安心荷和奚蕾的老师程正。

纪询还想把唐景龙失踪当天发生的事情知道得更清楚一点，他问："大明哥是哪位？"

"村里唯一穿皮鞋的那位。"奚放说，"就在我家隔壁两户。"

不用思考奚正平隔壁两户是什么样，纪询已经在楼下的人群中看见了目标人物。小小的村子什么都慢，消息最快，如今一群人围在奚正平的小院外头看热闹，其中正有位穿皮鞋的年轻男人。

纪询又从楼上往下走，路过小院的时候，他看见律师与奚正平。

律师说道理讲法条，差不多把奚正平说服了，刚才还一脸愤怒的男人此刻已经开始犹犹豫豫，详细询问："总之……你就是想说，房子曾鹏是能拿回去的，但如果我让曾鹏迁坟，曾鹏就愿意给我们一部分补偿款？而且他现在手里头没钱，要过一段才能给？"

"对。"

"要是曾鹏迁坟后又反悔，不给钱呢？"

"我们可以就这笔钱款签个合同，做个公证，再找个担保人，喽，就是旁边的这位，如果曾鹏不给钱，这位会给钱的。"律师指着纪询说。

这是纪询来之前和律师商量妥当的。曾鹏房子的部分钱款是贩毒所得，需要被收缴，但这一点纪询不愿意让奚正平知晓，他还是想在奚蕾家属面前为曾鹏保留最后的体面。商量来商量去，就兜了这么大的圈子。

律师指完纪询，又唾沫横飞继续说服奚正平："您想想我刚才说的，女儿不能跟父母一辈子，就当这笔钱是聘礼，你们把女儿嫁了——你们说是不是？"律师一扭头，朝外头围观的众人喊。

众人发出一阵哄笑："是、是，谁说不是，死了都能换笔嫁妆，方圆百里头一份！城里人有钱，不会骗你，答应吧！"

所有人都同意，奚正平也被说服，他点下头，首肯了："既然曾鹏诚心，那就迁坟吧……"

哐当一声响。

院子里的木板倒了，好重一块板，砸在一直做活的安心荷身上。

纪询的视线扫过安心荷。自从他来了这里，就没见安心荷休息，喂鸡、晾衣服、做饭、收拾院子，这里好像有干不完的活等着她做，她如同一头沉默的老牛，在无边的田埂间耕犁。

"别动了，别动了。"奚正平不耐烦地冲妻子嚷嚷，"现在在聊这么重要的事情，你不能消停一下过来听听，拿个主意吗？一天天的不知道在干什么！"

有趣的是，老牛背后没有农人与鞭子，这里也没人让她干这么多活。

纪询穿过院子，来到大明哥身前。大明哥脚边还跟着个小女孩，一群围着院子看热闹的老少爷们中，小女孩算是这万绿丛中一点红，忒珍贵了。

"兄弟，来根烟。"纪询分了根烟过去，又自己叼根棒棒糖，再给小女孩分一根，"小妹妹，你也有。"

女孩黑瘦，小脸像花猫一样，怯生生望着他，往大明哥的背后躲了躲。

"我女儿怕生，别在意。"大明哥拍拍女孩肩膀，"跟叔叔说谢谢。"

"谢谢叔叔。"小女孩小声应道，接过纪询手中的糖。

纪询手往口袋一伸，变戏法般摸出更多的糖："再拿几个，给姐姐妹妹分一分吧。"

"不用了。"小女孩小声道，"没有姐姐妹妹。"

"你爸爸只有你一个孩子吗？"纪询逗小女孩，"邻居的姐姐也是姐姐。"

"去找你爷爷奶奶玩去。"大明哥突然一拍小女孩的肩膀，把女孩赶走，对纪询笑道，"村里确实没多少女孩，年龄到了，都嫁出去了。别说年轻女孩了，连大人都没多少，手里头有点钱的，外头有点亲戚的，也都搬了。现在村里人越来越少，我家的小姑娘，从小到大玩伴都没两个，太寂寞了。"

"农村人口流失，是社会发展的必然性。"纪询说，"对了，我想问点事情。"

"你说。"

"之前你们去城里卖罗汉松，回来的时候在老乡饭店吃饭，中途是不是有人离席？"

"我想想……"大明哥回忆片刻，"没错，有。"

"程正离席了，离席时间晚上9点前，对吧？"纪询直接说，"安心荷呢，也离席了吗？"

"我们在包厢吃饭，那边也没钟挂着，哪会记时间。"大明哥这回摇头了，"程老师离席我记得，这趟就我和他两个男人；至于阿姨们到底谁出去谁没出去，我就记不住了。你问这个干什么？"

纪询舌头动了动，嘴里棒棒糖从左颊挪到右颊："不干什么，随便问问。再随便问问，我看村里也没有卫生所，你们平常磕磕碰碰怎么办？刚才好大一块板子砸下来，不小心点，骨折了怎么办？"

"不用担心，村子里有懂医的，安姨就是护士。"

"她是护士？"纪询诧异，紧接着问，"村子里就她一个懂医术吗？"

"还有程老师。程老师是老师，什么都懂点。"大明哥理所当然。

该问的都问完了，纪询向大明哥指的程正家的位置走去，没人注意，一道隐蔽的视线穿过人群，悄然随同。

程正的房子在村子的尾端，一间农村常见的土房子，土房子有不一样的花衣裳，那是房子白墙上稚嫩的图画，太阳、花朵，还有手拉手背着书包的小朋友。

但它们如今都褪色了，都在烈阳与风雨中黯然。

纪询到达这里的时候，程正正蹲在院子里翻土，他做得耐心细致，翻土翻出了冬眠的蚯蚓，都先把蚯蚓拨到一边再继续，免得伤害了无辜的小生命。

纪询打量这里。院子的一角靠着化肥袋，从敞开的袋子口，能看见里头装有白色粉末，是硼酸，化肥袋子上就写着"硼酸"两个字，同样的东西他在奚正平的院子、一路走来的其他院子里，都看见过，这是种常见的化学药品，既能用于杀蟑螂，也能用于种田。

唐景龙死于硼酸。

这个结论在纪询脑海中轻轻掠过，就被主人随意放下。

唐景龙怎么死的，他不是太在意；谁杀了唐景龙，他也不是很关心。他来这里，是为了完成他对夏幼晴的承诺，找到奚蕾死亡的原因——即奚蕾藏起来的到底是唐景龙的什么秘密。

杀死奚蕾的唐景龙身上有很多秘密，奚蕾也观察到唐景龙不少秘密。但她是有选择的。她对非法代孕默不作声，因为她接触过并知道这些女人心甘情愿。她继续蛰伏，她发现了全新的秘密，这秘密对于唐景龙很要紧，对于她也很要紧，所以她不顾危险。

十九个没有眼睛的女孩木雕。纪询想，有一个可能，如果真是这样……如果唐景龙真的做了这件事，奚蕾一定会暴怒，一定会死死抓住，这是她出生就带着的痛。

但这还全然是个猜测，猜测不妨天马行空，可要当成真相说给夏幼晴听，多少要有些佐证，做这个佐证的人，不妨选择村中唯一一个外人。

纪询冲程正露出一个灿烂笑容，说："老师，早上好。"

"早上好。"程正意外，赶紧拍拍手上的泥，站起来招呼，"有事吗？先进来喝杯茶吧。"

"老师太客气了。"纪询跟着程正进入房间，他坐下，看着程正忙忙碌碌，等茶端上来，他呷一口，闲聊般说，"杀唐景龙的感觉怎么样？还挺解气的吧。"

程正杀没杀唐景龙？

天知道。

开门惊雷，先乱了他的心再说。

就像纪询那天说的，许信燃耍了他们。他所招供的"器官交易"压根不像他所暗示的那样，暗藏肾脏走私的大案。

手术对象是一个叫陆小恩的八岁男孩，他从2014年开始就在等肾源，他所更换的肾脏来源也有据可查。

唯一的问题是，按照排序，这个肾本不属于陆小恩。

警察走访后得知，唐景龙在当医药代表前曾当过一段时间的器官捐献协调员，他当时要好的同事如今正在该医院负责器官的对接。这背后有多少的金钱利益，已经有专案组的其他人员跟进负责。

霍染因的注意力始终在这个叫陆小恩的孩子身上。

2015年12月17日陆小恩入院，20日动手术，术后十五天，也就是2016年1月5日出院，出院时是爷爷奶奶来接，留的地址是幸福花园1幢202室。

1月5日，距离奚蕾死亡的11日仅有六天，恰好就在唐景龙退租荔竹小区的后一天，其姓氏也与在唐景龙家中做活的木匠相同！

霍染因几乎是立刻就想起那天他看到的未完工的蓝白色花架。

是了，尼龙防静电手套本就是木匠做工时最常戴的工具之一，如果陆小恩的父亲陆平是唐景龙家的木匠，常常出入唐景龙家里，那么手套染上白色油漆和饶芳洁的DNA理所当然。

霍染因没有迟疑，即刻带人前往幸福花园，他敲开202室的门，一个白发苍苍、满脸皱纹的老头出来开门。

"你们是？"老头问。

"我们是老陆的朋友，老陆在吗？"谭鸣九笑嘻嘻接话，他锃亮的光头总是随时随地营造出一副谐星效果。

"出门干活去了，不知道什么时候回来。"一听是儿子的朋友，老头的戒心就没了，"你们找他有事吗？有事告诉我，我等他回来转达他。"

"小恩在家吗？"霍染因说，提起之前准备的水果递过去，"之前听说小恩动了手术，现在恢复得怎么样？"

谭鸣九这才知道霍染因进门时在楼下摊位上买水果的用意，他遮遮掩掩冲对方伸出大拇指。厉害还是队长厉害，想得就是周到！

"太客气了，上门来看望已经很好了，还买什么水果。"老头连连说，让开位置让霍染因等人进去，又扬声冲里头叫，"小恩出来，你爸的朋友来看你了。"

屋子里的一间门打开了道缝，门缝里站着个小男孩，陆小恩。

陆小恩身材矮小，脸色苍白，看着有些虚弱，他的右手抓着个红色蜡笔，先有点怯怯地望了霍染因一眼，接着将门缝拉得更大一些："叔叔，你是我爸爸的朋友吗？"

"是啊小朋友，你知道你爸爸现在在哪里吗？"谭鸣九蹲下身，摸摸陆小恩的脑袋。

"我不知道。"陆小恩摇摇头，"从我出院，爸爸就再没来看我了。叔叔，我好想爸爸，你给爸爸打电话，让爸爸回来吧，小恩很乖，每天都按时吃药复习，还帮爷爷奶奶洗碗擦地板，爸爸说的小恩都做到了，爸爸该回来看小恩了。"

门缝开得更大了。霍染因看见房间的布置，小房间里挨挨挤挤地摆放着一张床和一个书桌，这些都是木制的，款式也与市面上的有所不同，想来正是他父亲自己做的家具。墙壁上贴着小男孩的奖状和他的满分试卷，桌上的区域分成两块，一块塞满了药瓶，另一块放着书本和一个平板电脑，平板电脑正在播放超人的动画，他还看见一张放在桌面的父子的图画，图里的父亲披着个蜡笔画出的红披风，披风的颜色刚填一半。

他收回巡视桌子的目光，再看着屋子里的其他位置。他在窗台上看见好几只姿态各异的小鸟，猛一眼看去，还以为是外头的麻雀飞到了窗户前，再细看，才发现是木雕的摆件。

摆件，他想起奚蕾住所处的人偶，似乎是单独定制的。

"这些摆件还挺精致的。"霍染因随意问道，"有没有拿出去卖过？"

"卖过。"跟着进来的老头笑道，"这门手艺就是拿来吃饭的。有活儿时打打大件的东西，没活儿时做做小件的玩意儿，做了几个，就寄放在别人店里卖。"

"什么店？"谭鸣九赶紧追问。

"什么什么工艺店，记不得了，反正是花鸟市场里头的。"

谭鸣九又惊又喜，险些叫出了声，霍染因知道他在惊喜什么，犯罪嫌疑人买过花的缘分花艺店就在花鸟市场，与陆平的活动范围重合！

如果陆平是犯罪嫌疑人，就能简单解释犯罪嫌疑人为什么会选择一个网上排名并不靠前、位置并不靠出入口的花店，因为他熟悉这里，他选择的是他熟悉的店。

不对，等等。

霍染因恍然意识到，陆平选择的不是自己熟悉的，他选择的是奚蕾喜欢的！

他制作了奚蕾定制的木偶，也许……在将木偶一个个交给奚蕾的时候，他喜欢上了这个其貌不扬，但目光明亮、笑起来阳光温暖的女人。

他本来只是沉默着，站在不远不近的地方，偷偷看着这个女人，他和她的所有直接交集，可能就是那十九个没有眼睛的女孩人偶。

随着时间的推移，这份暗藏于心的感情，可能变成陈酿，也可能烟消云散。

直到这天，唐景龙找上他。

他带着奚蕾喜爱的花，敲开奚蕾的门，用绳子捆住她，想问出唐景龙花了大价钱——一颗捐赠给他孩子的健康的肾——想买的答案。那个奚蕾藏起来的唐景龙不为人知的秘密。

最后，他拿枕头捂死了她。

属于父亲的心消失了，属于男人的心复苏了，他替她喂了鸟，整理了她的头发，甚至将她喜欢的一只人偶塞入她的手中。

他离开了。

从陆小恩家出来以后，霍染因一面和谭鸣九直奔陆平户口簿上的地址，一面将陆平的照片发回局里，让局内重新调出缘分花艺店的监控视频，将陆平的照片与监控视频内的人像进行对比。

陆平并不同父母生活，他有自己的房子，房子所在地是距离幸福花园小区半个小时车程的一个老式小区的一楼。

他们到达的时候，局内也传回消息：奚蕾死亡当夜，陆平的确曾进入缘分花艺店，买了一束花！

证据逐一对应，这回霍染因再不客气，敲门没人答应之后，直接带人踹门进入！

门轰然打开，展现在眼前的却是一个空荡无人也无家具的住所，只有消毒液的味道，在空空如也的房子里肆意游荡，连浴室里的马桶和洗手台都被敲掉了，几乎变成了毛坯房。

只要做过，皆有痕迹。

浴室的花色马赛克瓷砖地板碎了一两块，自碎裂的缝隙，他看见褐色痕迹。

那是血液干涸后留下的痕迹。

"你们是谁，在干什么？"一道声音从门外传来，一位胖胖的阿姨好奇地张望着。

"我们是警察。"谭鸣九迎上前，"您知道这里的主人是什么时候走的吗？"

"有一段时间了。"胖阿姨眼中的好奇更浓了，她絮絮叨叨，"反正一星期还是多久前吧，我看见他在收拾行李，走前最后一天还做木工，嗡嗡嗡的吵死了，那天晚上我出门丢垃圾碰见他，跟他打招呼，他都不理人。之后就是搬家公司来搬东西了。"

谭鸣九将好奇心重的胖阿姨打发走后,再度回来。

"通知检验科同事过来。"霍染因说,"检查这里的血迹是否属于唐景龙。"

"花色马赛克瓷砖,血液痕迹,欲盖弥彰把屋子搬空,这八成就是案发现场了,孙子够狠,七八十岁的爸妈不说,刚动完手术的儿子也舍得一面不见就丢下,还是个人吗!"谭鸣九破口大骂。

"不是舍得。"霍染因冷冷地说,小男孩的屋子浮现在霍染因的脑海,墙壁上的奖状,桌上的红披风图画,"是没脸回去见儿子。通知各部门,发出通缉令,缉捕犯罪嫌疑人陆平!"

25

纪询观察着程正。

开门惊雷的效果不怎么样,坐在对面的程正脸上确实露出了一刹的愕然,只是愕然,并非惊慌,接着他抱歉地笑笑:"我不知道你在说什么,这个指责太荒谬了。我为什么要杀了唐景龙?"

"因为唐景龙杀了奚蕾。"

"这是警方做出的结论吗?"程正说,"杀害蕾蕾的凶手已经找到了?"

"没有。"纪询实话实说,"我猜的。我只是觉得,两个相互关联的案子里,你和唐景龙对于自己的不在场证明都过分成竹在胸。"

程正静默不语,没有阻止纪询,他不是那种会阻止人的人。

"唐景龙没有掩饰他留在奚蕾家里的DNA,你没有掩饰那家过分近的饭馆。你们都是拥有强烈动机的犯罪嫌疑人,又都在第一时间清晰无误地拿出了可信的时间证明。一击必杀,一键洗白。"纪询虚心发问,"你说巧不巧?"

"我有不在场证明,是因为我没有杀人。"程正不生气,只是很无奈,"还是看证据吧,警察办案难道是靠猜?"

"别误会,我不是警察。"纪询说,"我就是个多管闲事、喜欢天马行空的小作者,小说嘛,总是越奇诡越抓人眼球。说这些,就是找点创作灵感。你不如也和我随便聊几句对案件的看法?放心,我不会录音,一个小知识,偷偷录音没有法律效力。"

"我知道。我好歹是个老师,懂点法律。"程正笑笑,"随便聊的话,嗯……

我确实挺想杀了凶手。"

"哦。"纪询不露声色。

"我是从外地来的，来了快三十年。那时蕾蕾刚出生，我替她接生，名字也是我取的。她是我第一个学生，聪明、好学，还不负众望，考了出去。她比我有勇气得多，比这里的大部分人都有勇气得多……但没办法，这就是命。"

程正的眉眼垂着。就纪询来看，程正年龄并不大，可能也就五十岁出头，正是年富力强的年纪，但他身上却无时无刻散发着暮气，黄昏已晚，夕阳将下，他以一种认命的态度迎接黑暗。

"她是死了，她因为一个没来得及说出口的秘密被杀。"纪询说，"你是她的老师，不想听听她的未尽之语吗？"

很长一段沉默。

纪询能够感觉出程正似有触动，他内心依稀在摇摆。

"我想知道一些事情。"纪询放缓声音，他不在意唐景龙案的真相，他要的是奚蕾案的全部，他说出自己最终的目的，"奚蕾手中有十九个女孩人偶，她很珍视它们。我认为她窥探到的秘密也许同这些人偶有关，同她的出生有关。这个村子的女孩很少，她们……"

程正开了口，他轻轻地平静地说："她们都嫁出去了。"

和程正的沟通没有达到纪询预期的效果，倒是律师及时给他发来好消息："奚正平确定同意迁坟了！"

他将消息反馈给警察局，昨天已经商量好了，这里确定以后警察局就会出车，由两位执勤民警看押曾鹏过来，完成曾鹏最后的心愿。

乡村偏僻，路上时间久，闲着没事，纪询在村里溜达溜达。他也没去什么特殊的地方，就是在田间的道路走走，看看乡村后面那个种罗汉松的山的入口。

山村很宁静，冬日里，山下的树枯了，山上的不知什么品种的树还绿着，远望间似一片绿云，罩在云雾中。可云雾是黑的，如一只阴沉的眼，居高临下。

眼不止自山上来，还自纪询周围来。

自从离开程正的屋子之后，那种无时无刻不被人暗中窥视的感觉就笼罩着纪询，纪询不动声色，注意周围。

没有人长久跟踪他，只是他每到一处，都有原先在这处干活的人望他。那眼中也没有好奇地打量，只是阴的，同云雾一样阴，阴沉沉，挂着冷霜。

而且，全是女人。

望着他的，全是女人，没有男人，男人们还聚集在奚正平的院子外看热闹，只有女人，分散在各自家中，各自地里，做着活计，如同安心荷。

山村的气氛似乎在不知不觉中变了，枯枝变得更僵，冻土变得更硬，风都开始凛冽，暗藏着刮人的刀子，谢天谢地，村口的道路上遥遥传来一阵汽车的马达声，一辆破破烂烂的白色面包车出现。

它在村口停稳，车门打开，两位长相一模一样的年轻便衣警察带着曾鹏下来，曾鹏手上没有手铐，当然他也没有任何要异动的样子，他老实地走下来，老实地站稳，只是在看见纪询的时候，如同看见希望，眼里会迸出些许亮光。

"你们好，我是纪询。"纪询上前，正常人看见双胞胎都会多看一眼，他也不例外，先多看一眼，再介绍情况，"律师在奚正平家里，我们先去奚正平家中，他拟好了房子转赠协议，等曾鹏签字，就可以动工迁坟了。"

"明白。"两人回答，接着他们爽朗地一笑，"纪哥，我叫高方，他叫高圆，我们认识你，你的优秀事迹至今还贴在光荣墙上，我们每天去食堂吃饭都会路过。"

"你们提醒我了。"纪询说，"下回去警队我把那些撕掉。"

两人愕然。

然而纪询已经转身朝村子中走去，没得说，余下三人跟了上去。到了奚正平家中，周围来看热闹的男人已经走了，奚正平和律师在院子里喝茶，没见到安心荷，只听见屋子里传来点响动，她可能在里头干活。

"人都到了。"律师招呼，"都商量好了，双方把字签了就行。"

这时虚掩的门一动，一位妇女自其中走了出来，她手里拿着个托盘，托盘上放着堆成宝塔状的橘子，她将橘子拿到纪询四人面前，招呼道："农村没什么好招待的，大家吃点水果。"

纪询随手拿了一个。

但大高、小高一致摆手拒绝，警察哪能拿群众家里的东西。曾鹏更没有心思吃水果，眼睛直勾勾的，全部注意力都飞到了律师拿出来的薄薄的纸上。

"吃吧，吃吧，至少吃一个。"妇女脸上带着僵硬的笑容，一个劲将水果往曾鹏及大高、小高怀中递，力气很大，"村里好不容易来一趟客人，怎么能不吃点东西？"

"不用，不是客气，真的不用。"

推搡间，托盘倾斜，橘子骨碌碌撒了一地。

妇女哎呀一声，大高、小高连忙弯腰帮忙拾拣。一弯腰，原本被宽大衣服遮掩的武器轮廓立刻显示出来。

妇女望着，她脸上的僵硬蔓延到眼里，僵木地望着枪支的轮廓。

144

"谢谢阿姨,您太客气了,我们真的不用水果……"

等大高、小高拾好东西,站起来时,还继续客气,可妇女突然不说话了,冷冷地端着盘子,任由他们将东西放上,转身离去。

这个小小的插曲只局限在院中的一角,坐在院子中央的律师终于将公文包中的文件整理好了,他招呼曾鹏,曾鹏无比爽快,刷刷签下名字;轮到奚正平了,奚正平拿起笔,同样要签下自己的名字,但——

"不许签!"一声厉喝又高又尖,声音来自屋子里,纪询看见安心荷走出来,她身材高大,猛一下自屋子里出来的时候,看着简直像是个当家作主的男人。

"别瞎闹。"奚正平根本不在意,头都没有抬,继续研究签字的位置。

来到桌子旁的安心荷唰地抢过奚正平手中的文件,撕成两半。

奚正平被吓了一大跳,站起来冲安心荷怒吼:"你没事发什么癫,疯了吧?"又连连冲律师道歉,"不好意思,我老婆精神有点问题,情绪不稳定,你看这被撕了……还有其他的复印件吗?"

律师也颇感意外,但他很会说话:"没关系,我这里还有。之前考虑到这里可能没办公用具,我带了个便携打印机过来,打什么都方便。阿姨不签是有什么顾虑,还是有什么不满意?不管是什么我们都能沟通解决。"

"对。"曾鹏紧张极了,赶紧点头。

"我说了不许签!不准迁坟,谁也不准动我女儿的坟,山上的那块地一丁点也不许动!"安心荷一反之前的木然,神情变得很可怕,脸色也完全铁青,她的眼神也比纪询之前看见的每一个妇女都要阴,她明明在面对律师、曾鹏、丈夫,可纪询却觉得她正在看着自己。

自她眼中渗出的阴冷的光,自上而下,淌过他的身体。

"女人懂什么,一边去,这里没你说话的份。"奚正平很不耐烦地推了推安心荷,"反对迁坟刚才怎么不说?现在大家谈好了你来马后炮?滚滚滚,进屋子里做饭去!"

矮小的奚正平没推动安心荷,她旁边是个木架子,木架子上有盆水,她抢过盆子,唰地照律师脚上泼去。

律师大骇,好在平日在健身房运动,手脚还算灵敏,仓促间后跳,好歹躲过半盆。

奚正平啪地给安心荷一耳光:"你疯了!"

大高、小高都为这变化傻了,此时赶紧喝道:"有事说事,不许动手!"

院子里已彻底混乱,屋子里跑出了好几个女人,女人们拉扯着安心荷,也阻拦着奚正平，嚷嚷着"别打人""有话好好说"。

原本离开的男人又出现了，村子就这么小，东头一声喊，西边能听见，大家出门张望，有走过来的，也有遥遥劝说的："都一把年纪了，两口子吵两句嘴就算了，怎么还动了手？"

"不要让外人看笑话喽。"

"老平，把你老婆带回房间，别让她丢人。"

闲言碎语自四面八方传来，面前，安心荷尖利的声音宛如指甲刮擦玻璃板："我没疯，疯的是你，你忘记那块地了吗？你真敢动你女儿的地，真敢动你女儿的坟！"

混乱之间，纪询问律师："不是说已经处理好了吗？"

律师也疑惑不解："确实处理好了，你刚才也看见了，奚正平确定要签字了，不明白他老婆为什么突然冲出来，明明之前我和奚正平谈话的时候，奚正平老婆就在旁边干活，从头到尾都没表现出什么反对的意思……现在这太乱了，你们先去旁边等等，我再做做他们的工作，待会儿叫你们。"

三人连同曾鹏一起站在了路边，律师自己走到前面去，院子里的混乱到底没持续太久，很快，安心荷被其余女人带走了，奚正平留在院子和律师说话，但也只待了一会儿，不多时，一个年长的村民过来，把奚正平也叫走。

"不对劲。"纪询说。

旁边的大高、小高正有点尴尬，赶紧接话："是挺不对劲的，纪哥，这个律师靠谱吗？"

"为什么村子里的妇女要这么突然地反对迁坟？"纪询自言自语，"不准动山上的坟，不准动山上的地……"

如果事情如他所想，妇女属于受害者，为什么要排斥他？

如果事情不符合他的猜想，到底是什么激发了妇女的反抗心？

事情的变化，是自他从程正家中出来开始……

大高努力搭话："村里的阿姨似乎不太欢迎我们，也许人家真的不想迁坟？我们还是要尊重群众的意见，何况这还是群众的家务事。"

"这不是家务事，是蕾蕾的心愿。"曾鹏焦躁地接话，"她是我女朋友，我知道她的想法！"

"死人已经没有表达意见的权利了。"对于曾鹏，大高、小高只剩横眉冷目。

这时奚正平院子里房屋的大门打开了。

原本进去的人都出来，有男有女，律师笑着打了声招呼，但很快发现不对劲，纪询也发现了，出来的男人同样神情僵硬，脸色铁青，他们呼啦啦一帮子人拥上来，不由分说将律师簇拥出院子，推挤到纪询几人身前："走，都走，我们不迁坟了。"

"你们不可以这样！我们都谈好了条件——"曾鹏一下就急了。

不等两位警察有所表示，男人脸上的铁青变成凶色，直接上手推搡："我们村中的姑娘葬在哪里我们说了算，你们立刻出去，村子不欢迎你们！"

区区五个人实在不足以和全村对抗。

纪询被人直接赶到了村外的车子前，律师满脸尴尬，努力想解释，没来得及说，纪询抬手将自己的车钥匙抛给律师："今天辛苦你了，你先开车回去吧。我再和其他人商量商量这事情怎么办。"

说着，他一伸手，将大高、小高连同曾鹏，一起推进了身后的面包车。

车门闭合，光线骤暗，四人面对面坐在狭小的空间里，脚尖对着脚尖，膝盖错着膝盖，纪询直接说："事情很奇怪。"

小高问："哪里奇怪了？"

纪询说："先是村中的妇女全无缘由地反对，接着村中的男人也开始集体反对。态度转变十分离奇。"

大高、小高面面相觑："妇女反对是因为妈妈不想和女儿分隔两地；男人跟着反对是因为妇女们成功说服了他们，老婆就是家中领导，领导发话，能不听吗？"

纪询哂笑："你和领导相处是二话不说就冲领导来一巴掌？"

小高坚持观点："打人肯定是不对的，但那时候现场混乱，大家都处于激动之中，有失控的可能，不能因此说老婆就不能说服丈夫，尤其是这种家务事。"

纪询懒得和他们辩。

是老婆说服了丈夫吗？是，有眼睛的人都能看出来就是女人说服了男人——但绝不是因老婆做主，这个村里的女人压根没有地位。

她们能用以说服男人的，只有一点：迁坟这件事，触犯到男人的利益了。

他倚着窗兀自冥想一会儿，突然说："山上。"

"什么？"

"山上有情况，得往上走一趟。"

大高、小高不面面相觑了，他们赶紧阻止："等等纪哥，我们知道你很想促成这次迁坟，但是在这件事情上，我们一定要尊重群众的意见，不能强买强卖。"

"谁强买强卖了？"纪询眼皮不抬，"他们不迁就不迁，那是他们的权利。

但我现在怀疑山上藏着点秘密，我要上山寻宝，搞不好就寻到了点出人意料的东西呢？到时说不定什么也不要，双手捧着坟白送，哭着喊着送我们走。"

"绕来绕去，不还是坟头那点事。"大高无语了，索性指着曾鹏说，"就他，值得吗？"

曾鹏低下头。

"你们也跟我一起上山。"纪询接着说。

"这不可能，我们的任务是看押曾鹏，把他安全押送过来，再安全押送回去。"小高吓了一跳，"他要在山上突然跑了怎么办？"

"我绝对不会跑的！"曾鹏赶紧保证，"你们可以给我上手铐。"

"这有你说话的份吗？"两位警察一起凶他。

"不和我一起上去？"纪询问。

"没这个理。"小高继续苦口婆心劝纪询，"纪哥，大冬天的，山上光秃秃的，真的什么都没有，你就接受这村里的人就是高风亮节，有钱拿也不愿意迁坟这件事吧……"

"那我自己上去，你们在这里等我。"纪询说。

"我们不等你，我们要走了。"大高、小高态度坚决。

"要不我们再商量一下？"纪询维持礼貌。

"不，没商量，就这样。"大高、小高如同磐石一样坚定。

既然如此，纪询先礼后兵，图穷匕首见，两手一摊说："那我在山上迷路了怎么办？遇到危险了怎么办？我打报警电话求救，也要出警吧，这山村偏僻，你们是现在距离最近的警察没错吧？到时候总指挥台调警力，你们觉得谁会被调来找我？"

"这开出去又开回来，开回来又开出去，山路颠簸，疲劳驾驶，还带个随时有可能逃跑的危险毒贩……"

"我真的不会跑。"曾鹏有气无力，说倦了，"我也不危险。"

"至于吗？"两位警察面露窒息，"区区一座山，成了精，困得住你？"

"就算困不住我，我也回不去。"纪询闲闲地说，"我的车子给律师了，这里又打不到车，到头来还得麻烦警察来接我，你说我这一趟趟地报警，多不好意思。要不，你们还是等等吧？"

大高、小高实在无话可说，纪询单方面宣布胜利，他抽出手机，对两位警察晃一晃："行了，我上山去，到时候电话联系——你们注意村子里的动向，如果人突然少了大半，记得给我打电话。"

两位警察木着脸，倒是曾鹏，很认真地点头回应："放心，我一定盯着他们。"

"提高警惕，随时准备，关键时刻，记得保护我。"

纪询留下最后总结，推开面包车的门，好巧不巧，狂风大作，飞沙走石。

纪询朝天空看去，不知什么时候，天色阴沉下来，风在野外呼呼地刮，吹得枯枝败叶全在风中肆意摇摆，发出"唰——唰——"的怪声，像有人掐着嗓子的笑声。

这个预兆，不太美妙。

纪询真觉得有点危险了，手伸进口袋，想给霍染因发信息，指头刚摸到手机，突然记起来自己没有霍染因的联系方式——本来是有的，但他们杠着杠着又互删了。

联络霍染因，还得通过谭鸣九，或者袁越。

算了，太麻烦了。

他将放入口袋的手抽出来，继续向前，走着走着，又忍不住琢磨。

这个亏，好像在上次小巷追击时已经吃过一次了，难道今天还得吃上第二次？同个坑里栽两回，不至于吧？

26

天惨惨，风萧萧，大高、小高看着纪询的背影消失在山路上。

大高突然说："偶像破灭需要几分钟？"

小高低头看看手机："十分钟。"

双胞胎相望一眼，一同心有戚戚焉。然而毕竟答应了，也无可奈何，干脆歇一会儿等纪询下来。

车子里，曾鹏默不作声，倚着车窗向外看，他向外看也并不是大剌剌地往外看，而是将车窗帘都拉起来，只留下一条缝，他的眼睛就藏在缝的后边，偷偷地往外观察。

大高偶尔瞥他一眼，轻蔑嘲笑道："还正正经经在这边盯梢？盯盯你自己吧，外边的每一个人，都比你遵纪守法。"

曾鹏依然没有回答。

时间嘀嘀嗒嗒地往前走，大约在纪询上山一个小时后，曾鹏突然说："村子里的人少了好多。"

两位休息的警察有点不耐烦道:"哪少了?不是都在外头吗?"

曾鹏坚持道:"外头只有女人,原本还能听见男人的大嗓门,现在都没有了,之前五分钟里,总有一两个男的路过,现在也没有了。"

大高、小高抬起头,往车子外看了眼。片刻,小高说:"我去看看,你在这。"

大高点点头:"别走远。"

小高没有走远,他谨慎地从面包车下来,到村子里逛一圈,总共五分钟不用,等他再上车,面对大高的视线,他点点头,肯定了曾鹏的话:"确实有一部分男人不见了。"

这消息一对,两位警察再一次面面相觑,又望着车子外的村庄。

时间已晚,太阳落了山,漆黑的夜空沉沉压下来,将来时的路遮掩,繁华的城市成了远方的虚影,一下子黯淡模糊,眼前只有被山峦环抱、亮起星星落落几点光的偏僻小村。

村里很静,狗吠声都没有,静得让人心中发毛。

"纪哥电话是多少?"车厢内,突然有人问了一句。

大高、小高没有,他们一同看向曾鹏。

曾鹏蒙了:"你们看我干什么,我怎么会有警察的电话?"

今天的刑侦第二支队也同往常一样忙碌,但是忙碌之中,大家都带着一点轻松。无论如何,奚蕾案、唐景龙案的犯罪嫌疑人确认了,虽然还没有正式落网,但在监控摄像、往来管控这么发达的现代社会,一切都只是时间问题。

谭鸣九忙着拿座机和各级单位联络通缉事项,大嗓门一个下午都没停下来,走过路过的人都听麻木了"陆平"这两个字,直到忽然之间,"纪询"二字蹦了出来。

"纪询?纪询怎么了?他在你们那边?那你赶紧让他接电话,这回我要好好羞辱一下他,嘿嘿嘿,我们这突破了,大突破,希望的曙光就在眼前,这回可算没他的常识发挥的余地了……"谭鸣九兴奋地说着。

旁边路过的文漾漾竖了竖耳朵。

文漾漾今年二十五岁,身量不高,也就一米六出头,白白净净,脸圆圆的,身材还超好,再扎个高马尾,回高中当学生也没问题——也正是因为这种特殊样貌,从小到大,她已经送了三位数的变态进班房冷静,其中至少有三分之二的人出来之后痛改前非,从此对年轻女学生敬而远之。由此她在警察局里,还暗暗有个外号——变态终结者。

纪询离职的时候她还没进警队，但架不住谭鸣九前一天十条、后一天二十条地在朋友圈念叨纪询的事情。

她就是在这种情况下认识的纪询。

"什么，你们要纪询的电话？纪询现在不在你们旁边？"谭鸣九热情骤降，"电话你们要了也没用，那家伙矫情得要死，知道你是警察，不会接你电话的。"

那头又是一通描述。

谭鸣九继续说："纪询一个人在山上，你们联络不上，村子可能有点古怪……要叫增援过去吗？不用？你们带枪了？也是，这种情况如果叫了增援回头又没出事，你们得把报告写到吐。那这样，你们警觉点，和局里保持联络，我把纪询的电话给你们，如果情况紧急，必要时刻你们就反向向他要求增援，我相信他不会见死不救——祝这矫情鬼能接你们的电话。"

谭鸣九挂了电话，文漾漾蹭过去说："听着那头情况有点危险。"

谭鸣九说："两个警察都带了枪，纪询还在那边，还有辆车，现场警察的判断是气氛微妙，但出事的可能性不大，相信他们呗。再说情况不清不楚的，也不好叫增援。"

文漾漾说："走流程当然费事，但下班后私下去看看帮帮忙，谁都管不着了。"

谭鸣九一愣，说："你什么时候和纪询关系这么好了？"

文漾漾声音低了八度："别瞎说。我的意思是，消息要不要跟霍队说说。"

谭鸣九倒抽一口冷气，指指自己："前车之鉴，后事之师，想和我一样，连着加班五天五夜？"

"还五天五夜，不就多干了四小时的活吗。"文漾漾没忍住，翻了个白眼。

"四个小时怎么了，四个小时就不是个事吗？"谭鸣九痛心疾首，"再说了，今天霍队早就走了，你要直接打他电话给他讲纪询的事情吗？"

有事情当面提一嘴还好，打电话特意说就感觉怪怪的。

文漾漾也怂了，但她看着谭鸣九探头探脑地张望模样，还是忍不住说："既然霍队早走了，你还看什么？"

"我看什么你不知道吗？我们霍队那叫一个神出鬼没，他今天和袁队一起来办公室的时候，我就差点被他抓包摸鱼，我这不是担心他突然杀个回马枪，又抓到我和你在谈奇奇怪怪的事情吗？"谭鸣九嘀咕不止，又想起了两个小时前，霍染因过来的画面……

他突然说："说起来，那时候我听了一耳朵，他和袁队聊天的时候还提到了纪询呢。"

时间回到两个小时前。

谭鸣九刚刚摸出手机看个搞笑视频，霍染因的声音冷不丁自他背后传来："你在干什么？"

谭鸣九悚然一惊，差点失手把手机打翻，一秒后，他装模作样，勉强正经道："没，什么都没有，我在和别的单位联络发布追踪陆平的信息。"

霍染因睨了谭鸣九一眼，懒得多说，进办公室拿了文件又出来，对等在外头的袁越说："好了，袁队，走吧。"

他们并肩向局长办公室走去，案子的情况有了关键性的突破，得向局长进行报告，走廊里，袁越问霍染因："案子的进展告诉纪询了没有？"

"还没。"想告诉也没方式告诉，两人互删了。

"那我待会儿和他说说。"

"向他报告这个好消息？"霍染因说。

"对。"袁越笑笑，"另一方面也再和他讨论讨论，让他以旁观者的视角看看，还有什么缺漏之处。"

"确实，虽然陆平家唐景龙的DNA比对成功了。"霍染因若有所思，"人没有抓到，口供没有拿到，证据链没有吻合，总让人不能完全放心。"

说到这里，霍染因脑中闪过一个疑问：虽然纪询不想和袁越交流案件的信息，但如果只是接收案件信息的话，纪询是想得到来自他的消息，还是袁越的？

还是袁越的吧？

两人已经到了局长办公室前，霍染因拿了一杯茶，若有所思喝着的同时，看了袁越好几眼，看得袁越有些莫名其妙。

冬日里，天色暗得早，周围已经暗下来，但又没有彻底昏暗，整个山峦浸没在一种潮湿阴冷的幽魅之中，那些横生的树木，时隐时现的枝杈，就是这幽魅的漆黑守卫。

失策了。

纪询用手机自带的手电筒照射前路，暗暗地想。

早知道会闹出这种情况，怎么也得多带点装备，先拿个手提照明灯，再背上背包，里头放包驱虫药，驱驱蛇虫鼠蚁；再来一瓶矿泉水，渴了可以喝；再来三包压缩饼干，一餐一包；还有……算了，没了，再带点东西都能在山上野营个一两天了。

他瞟一眼手机屏幕上的电量，电量显示百分之二十。

他上山先找奚蕾的墓，奚蕾的墓不难找，刚上山十多分钟他就找到了，剩下将近两个小时，他就是以奚蕾的墓为圆心，一圈一圈地往外转悠。

假使事情如他所想，假使山上真有东西，那么东西一定被埋在土里，该处土壤肯定和别处不一样，上面也不会种植植物……

他一路走，一路看，一路找。

不知道终点的寻找会耗费比正常情况下多出几倍的精力，他又走了一段，手机电量直接掉到了百分之十五，彻底危险起来。就在他觉得今天很可能什么都找不到的时候，他的鞋子踩到一块空地。

这块空地的土壤和别处不太一样。别处更松，这块更实；别处多少有点杂草枯枝，这处一丝杂草都没有。

还有一点非常奇怪。

纪询蹲下来。

他用手机的手电筒照着地面，拿手指一点点按压土壤，再抬起来时，手指浮着一层油渍。

土地上有油渍，还是长年累月的油渍。

还有——

细细的光照到了更多东西。

还有蜡，香烛滴下的蜡。

他的目光沿着油渍和蜡往上，停在更前一点的土地上，接着他找来一块尖锐的石头，开始挖土，只是十几下，薄薄的一层土挖去后，纪询看到东西了。

一只尖尖的，小小的，如同嫩芽一样伸向天空的……婴儿的指骨。

他手中的动作停下，他停顿很久，丢开石头，用手指去拨剩下的土，土层被拨开，更多的东西暴露出来，那是个圆圆的、小小的、不足成人掌心的骸骨头颅。头颅向下，森白的脸骨大半还埋在土里，只有一点点空洞的眼眶暴露出来，似乎正从土层里，悄悄张望外边的世界。

纪询的手指刚刚抚上这颗头颅，一束巨大的光突然从后边打上纪询的背。

他仓促回头，看见村子里的人。

一群男人提着手电，将漆黑的山照得灯火通明，而他们全藏在光线之后，青着脸，像鬼一样，阴阴地望着他。

27

纪询心念急转,他做了个看似莽撞,但或许是现在最有必要的举动。

"嗨。"他毫无惧色地站起来,挥手和几人打招呼,甚至侧侧身,让开位置,让这些人清晰地看见被他拨开的土壤和土壤中的尸骸。

"不太凑巧,我好像发现了你们的一点小秘密。"他举起手中的手机,"而且还一不小心拍了照又拍了视频,将证据留存了下来——所以,就算你们现在再将尸骸处理了也没有用。杀婴是重罪,就算是亲生父亲杀害也一样。听我一句劝,早点自首,争取从宽处理。"

"狗屁!"有人冲他厉喝。

刺目的光线照着纪询的眼,纪询眯着眼睛,看着光线后边的人,他看见他们高矮不同、胖瘦不一,年龄也有很大差异。但他们的面容,又全是一个模子里刻出来的狰狞,狰狞而凶毒。

"你知道个什么东西,以为我们杀女娃?女娃怎么了,女娃就女娃,给一口饭长大了还是笔彩礼,我们干什么要杀她们?"

"跟他说这些干什么,一个外乡人多管闲事,给他点教训!"

"对,抓住他,把他捆起来,把他手机里的东西删了!没有报警人,警方就不会受理案子!"

哇哦,可以的,配合得这么好,话说得这么妙,别是我方潜伏在敌方的卧底吧?纪询盯着说最后一句话的人想。

鼓噪声已自村人的队伍里响起,周围的氛围已经像火药桶一样,只差一条引线,即刻爆炸,就在这时,手机铃声响起。

火星落下,炸弹爆炸,有人举起手,将手中的东西重重朝他掷来。

纪询定睛一看,那居然是锄地的锄头,短柄锄头划破空气,直飞过来,它带起的呼啸声,简直像是山中的鬼魂在尖啸。

啧!

纪询握紧响起的手机,掉头就跑。反正地形不熟悉,他不辨方向,哪里崎岖哪里黑暗,就往哪里跑。好歹他速度够快,冷不丁一个发力,立时就将身后的人甩开一大截。

他边跑边回头,甚至没有按掉一直在响的手机,就是为了看看身后的人有

154

没有全部追上他——这些人来得太快,他只来得及拍张照片,这年头照片顶什么用,如果这些人反应过来,分出一部分人追他,剩余一部分人立刻掘地把尸骸转移,消灭证据,就一切白瞎。

但幸运的是,经过他刚才那一通忽悠,将这伙人全部套入袋子里,纪询数得仔仔细细,一共十八个,现在一个不落,全追着他,在他身后排成了条大尾巴。

他稍稍放心,接起电话。

"是纪哥吗?我是高方,你现在在哪里?村里少了点人……"

他直接挂掉,将刚才拍到的尸骸照片发给对方。

一两分钟后,电话又来,高方语气急促:"纪哥,我看到照片了,你现在在哪里,小高刚才又去村里转了一圈,里头年轻力壮的男性少了很多,一些农用镰刀、锯子也不见了!"

"这些人都在我这里。"纪询说。

"纪哥,你听着,你现在很危险,赶紧找个地方躲起来,给我们发个定位,我们立刻赶去支援你——"

"傻啊。"

电话那头只剩急促的呼吸,被骂蒙了。

身后还有越来越近的喊打喊杀声,纪询险之又险地躲过两根自背后飞来的木棍,也不知道这些人哪找来这么多木棍。他没那么多精神和时间组织语言,只能尽量简短明确:"我给你们发定位,但别来找我——我忽悠了所有上山的人都来追我,不知道他们什么时候能清醒过来跑回去转移尸骸,所以你们要做的是尽快赶到现场固定证据。我这里先带他们兜兜风。"

说罢,纪询挂断电话,发了个定位过去。

也就几句话的工夫,追着他的村民队伍已经发生了变化,他身后的人变少了。

是有人反应过来,回去了?

纪询的心提起来,他一闪神,没防备前方有个坑,直接踩空,从大约半米的高台往下掉——好在底下不是悬崖,好在追击的人和他还有段距离。他跌倒在地,闷哼一声,滚了两圈,又爬起来,重新奔跑。

这时纪询看见自己左手边远些的地方,在怪诞扭曲的树木间,忽然飘出几个影子,那是原本追在他身后的村民。

不是有人醒悟过来回头了。是他们醒悟过来,分了兵,仗着熟悉地形人又多,打算把他包围!

高方看着又挂断的电话，骂了一声。

他抱头两秒钟，赶紧收拾情绪稳定精神，先向总局报告这里的情况，请求局里立刻调派人手进行支援，讲完，他按着腰间的手枪，对高圆说："我去定位的地点固定证据，你在这里看着曾鹏。"

"不行。"高圆冷静道，"这种危险任务必须有搭档，我们一个一个上去，出了什么事没照应，跟添油战术一样，白搭。"

"我们可以一起上去。"旁边的曾鹏也听全了，他急不可耐——这对他而言是个天大的好消息，如果村里的人犯了事要进局子，想来也没有人会再有精力阻止他迁坟了，"必要时刻我也是个战斗力！"

"你闭嘴。"双胞胎一齐怒喝。

"还是得上去，情况紧急，不能在这里干等着。"高方说，"等支援到，黄花菜都凉了。"

"先上去，固定证据，再一起去找纪哥。"高圆点头。

他们做完决定，再次看向曾鹏。

"我……"

曾鹏只来得及说一个字，他的手就被铐住，手铐直接锁在面包车车窗边沿的铁条上。

他扯扯手臂，用金属手铐敲击窗户，哐当哐当的，再尖锐的声音也唤不回两位铐了他直接上山去的警察，他心急如焚又无可奈何。

前方的村子还是静着，原本有的零星灯眼，又灭了两盏，剩余的光已不足点亮这块地，那幽幽的细芒，吞吞吐吐，如阴地里的勾魂灯。

风更冷了，他打一个寒噤，坐在车边发呆。

也不知过了多久，两道明亮的光刺破黑暗，一辆车子从远处驶来，它在他面前停下，车窗降下，霍染因微冷的面容出现。

"怎么只有你一个，其他人呢？"

呼哧——

呼哧呼哧呼哧——

不知道什么时候，风和背后的人声都消失了，充斥在纪询耳朵中的声音，变成了他自己的剧烈喘息声。他的整个器官，变成了一个烧红的罐子，任何气流的通过都会引来一阵火辣辣的干痒。

他艰难地咽着口水。

大概跑了有二十分钟或者半个小时，他松懈已久的身体在高强度的运动下发出明确抗议，他感觉到膝盖上的韧带抽疼，胳膊和肩膀也疼。

纪询的思绪有点漫无边际，苦中作乐地分析。有时候情况越紧张，思维越活跃，反而不能集中精神分析现有的危机。

但其实也不用多分析，现场的情况已经很明显了。背后追他的人分成三拨，从三个方向向他围拢，他们追得紧，但又不是那么紧，让他能够踉踉跄跄吊着最后一口气，往唯一没有被围住的地方跑去。

可那地方是真的没有被围住吗？

围三缺一，非常明显，这些人在把他当成猎物追着，他们是有明确目的性地将他往一个地方驱赶。前边不会是什么悬崖峭壁吧？这倒很符合现在的情况，把他追到无路可逃只能跳崖，谁都不用动手，日后有人来查，也可以辩解说是他自己半夜上山，没看清路，一脚踩空掉下去摔死了。

嘿，别看奚家村村里人一脸憨厚，黝黑黝黑，好像这辈子都面朝黄土背朝天，大字不识一箩筐，实际这追猎战术玩得很娴熟。别是靠山吃山，平常打猎打多了吧。

纪询琢磨开了。

恰在这时，背后一声响，他听见"咻"的破空声——

违法持有管制弓弩，违反治安管理条例，需要判处……啊，谁还管这个！

他的注意力瞬间集中，调用身体剩余的力量，往前一扑。

箭没有射到他身上，它擦着他的身体投向前方漆黑处，最后射中树干，箭身兀自颤动，传来一阵细细的嗡鸣。

纪询安全落到了地上，握在手里的手机突然振动起来。

有人打电话来，是谁？高方还是高圆？他们找到地点，固定证据了？

纪询想，可此刻没有足够的时间让他去看手机屏幕，他奋力爬起，一根棍子重重砸到他的胳膊上，他手一抖，振动的手机跌出去，再被人的鞋子踩中，也不知道坏了没有，与此同时，又有人用力将他一踹，他再度重重倒在地上。

这时，身下的土层开始坍塌。

什么？

一个念头还没自纪询脑海消散，他已经和身下的泥土一同跌落下去。

砰！

纪询重重落地，他在完全没有准备的时候摔下来，摔得七荤八素。好在最后一刻勉强换了个姿势，没让自己摔折胳膊摔断腿。饶是如此，他也感觉自己眼前一黑，半边身体都是麻的，足足缓了一两分钟，眼睛才重新看见东西。

他在一个深坑里。

深坑大概有两米多高，宽和深差不多，可能也就两米左右，刚能容纳他平躺下去。他勉力抬起脖子，向上空看去，看见坑口的位置，有一块吊在半空，向下晃荡着的木板。

那块木板是……

他继续看着，看见一个个人影出现在坑口。稀薄的月光照不亮他们，只能照出一片阴惨的黑影。他们分散站着，冷酷、戏谑，好像一切都是如此简单明确，游刃有余。

纪询的手摸到点东西。

他拿到眼前一看，是个陈旧的发夹。

发夹？

他再抬头，看着上方，看着看着就看明白了。

这个村子的怪异，这里女人的怪异，挖掘出的女婴尸体……

这是个陷阱，陷阱不是为他而设。

是为曾被拐卖到这里、想要逃跑的女人而设。

他们一次次重复着，像追捕猎物一样，追捕女人。

28

通话在漫长的等待后戛然而止，听筒中传来没有感情的电子女音："您好，您拨打的电话已关机，Sorry——"

霍染因五指紧了紧，沉着脸挂掉电话。他没有停下，再度拨号，直接打电话和总局联络，简单交流几句之后，又和先一步上了山的大高、小高联络上。

曾鹏手被铐住，什么也做不了，只能在旁边干听着霍染因讲电话，听到一半，忽然发现霍染因不说话了，他抬头看去，看见面前的警察一只手插在兜里，眼睛望着前方的村子，面容冷冽如同冰雕石刻。

"我明白了。"

霍染因干脆利落地挂断电话，转身朝山上去。

"等等！"曾鹏如梦初醒，赶紧叫道，"带上我，我能帮忙，纪询是因为我的事才过来的，我想帮帮他！"

"后续支援二十分钟赶到，你老老实实待在这里。别想跑，跑不掉。"

"我不想……"这一天曾鹏说这句话说到精神恍惚。

"还有，纪询不是为你来的。"

霍染因再度说，他的身影越来越远，他走向黑暗，撕开黑暗。

"他是为真相来的。"

寥廓的天空被坑口拘成四四方方的一块，坑口宛如井口，而他就像是井下的那只蛙，还是将死的那一只。

"事已至此，我觉得我们不妨商量商量。"纪询开口冲上头的那些人喊。

事已至此，他只能开始胡说八道，看能不能用自己的辩口利舌拖延时间了。

"大家不要紧张，我不是警察，我就是个随处可见街上一抓一大把的小说作者，写小说的嘛，总是有比较多的好奇心和观察力……"

一抔土突然自天落下。

纪询没有防备，被土迷了眼，还不小心吃到了一点，他连声呸掉，而上头一丝声音也没有，显然这些人对他从事什么职业不感兴趣。

他换个说辞："虽然我把照片和视频发出去报警了，警察正在前来逮捕你们的路上，但毕竟还没真正赶到。只要你们赶紧冲回埋尸的地方，把骸骨转移消灭了，警方来找不到实证，也定不了你们的罪——但你们得抓紧，距离我报警已经半个小时了，这里再偏，警察也快要赶到了吧？"

这下倒是说中村人的要害。说得他们一下清醒过来，只见坑口处众人又是恍然又是懊恼，一阵骚动后，有人气不过，冲他叫道："之前不是你说拍了照片和视频，我们搬迁尸骨毁灭证据也没用吗？"

"我也不知道你们这么听话啊……"

纪询轻飘飘说了句讨人嫌的话，报应立刻来了，土块再次从顶上下来，而且一阵紧过一阵，连让人喘息的工夫都没有，可见他彻底惹火村民了。

纪询一开始还拿手挡着，很快有些受不了，在纷纷扬扬的尘土中咳嗽起来："不是吧，你们打算把我活埋？至于吗？"

他说："要不给个体面点的死法，你们把上头的板子盖住，让我在这里叫天天不应叫地地不灵地熬几天？反正你们之前对拐卖来的女人不也是这么教训的？"

他连着说了好几句，没成功，这上边的村民已经恢复沉默，只把力气用在填埋上，一个劲地将土倒下来，打定主意要用土埋法给他个痛快。

他赶在还能自由呼吸的时候，深深吸上一口气，紧接着抬头，冲那些人说："好了我知道你们要我死的决心了。但在生命的最后，你们必须告诉我一件事，让我死个明白——今天晚上，你们看见我发现尸体的时候，有人说了一句话，他说'女娃给口饭吃长大还能换一份彩礼'。"

"既然女娃能换一份彩礼。"他问，"你们为什么还要杀女婴？"

有人在坑口处蹲下，弯了腰，脑袋探进来。那是张黝黑憨厚的脸。

那张脸挂着快活的笑，吐出淬了毒的话："还以为是我们杀婴？我们杀婴干什么？"

那张脸走了，泥土再一次落下，填埋纪询。

空气变得稀少了，原本能看见的月光也不见了，周围变得漆黑，伸手不见五指的漆黑，外头的声音也听不见了，只能通过头上的震动，感觉还有人将土倒下来。

纪询早早脱了外套，举在头顶上，给自己撑出一块呼吸的空间。

但是意义似乎不太大，他已经开始感觉到轻微的晕眩，还有恶心、欲呕以及耳鸣，这都是氧气不足的具体体现。

看来坚持不了多久了，纪询百无聊赖地想。他没有过多的恐慌，自从三年前那一幕后，恐慌这个情绪似乎就从他生命里消失了。

他开始盘点起自己还没做完的事情。

书还没写完……作者都死翘翘了，想来读者也能体谅，搞不好出版社还会为他发个讣告，有始有终。

案子差不多了，只剩最后一块拼图，要不咬破手指把在这里查到的事情写在外衣的内衬里？纪询其实挺想记录下来的，这算是作者的职业病吧，有点灵感就得记记。

但纪询又有点担心，回头要是尸体被挖了出来，众人一看写在外套内衬上的血字，还以为他的道德情操有多高尚，再为他举办追悼会，奖励他个"见义勇为""先进分子"什么的，就实在令人尴尬了。

他有一搭没一搭地想着，而后脑袋更晕，耳鸣更重，机会就像流星，只出现短短一瞬，稍纵即逝。

算了，纪询想。懒得写了，相信人民警察最终能够破案。

这是纪询最后一个清晰的念头，而后，他的意识如坠了海，一路向下落，沉重的黑暗就像海水，无孔不入，层层叠叠压上来。

哥……

哥哥……

哥哥……

他听见了声音，妹妹呼唤他的声音，声音从黑暗的缝隙里渗进来，可丝毫没有缓解纪询此刻的状态，反而让他的心脏缩紧。

纪语，你放过我吧。

他蜷缩起来。

千错万错，都是我的错。你放过我吧。

"纪询，醒醒……纪询，你醒醒！"

当意识再度自黑暗里复苏的时候，纪询听见有人在叫自己，声音还挺熟悉的，他感觉到胸口被一阵阵有节奏地按压，他的嘴巴被人撬开，一团含着冰的空气进入他嘴里……

人工呼吸！

纪询被冰得一个激灵，清醒了，他用软得好像面条一样的手推了推身上的人，没推动，只能用尽全力，喊道："霍……染因……"

然而声音出口，跟个猫叫一样，还是那种刚出生的小奶猫。

谢天谢地，霍染因听见了，对着他口中吹气的人一顿，接着撑起身体，而后，有灯光直照过来，纪询猛地闭上双眼，感觉眼睛被刺激得一直在分泌液体。

"拿开……点……"

灯光挪开了，又变得更暗，纪询适应了些，睁开眼睛，先看见霍染因的脸，对方的脸比平常更冷，冷得好像结了一百层的霜在上头，冰川融化了他也不融化；他又看见霍染因的手，对方的手捂着手电筒，遮住了大半刺眼的光，只剩下些许柔亮的，自他指缝中照出来。

接着纪询注意到霍染因的手指，脏得厉害，上边不止有泥土，好像还有斑驳的血迹。

血迹？

纪询又看了一眼，发现自己没有因为头晕眼花而看错，霍染因的十指确实破皮流血。

这种伤口只可能因为一种情况……这家伙，刚才不会直接用手挖土把他挖出来的吧，这么蠢的吗，都不给手上裹块布？

"不是说不过来吗？怎么又来了？"他喘口气，又问，"有水吗？"

霍染因递了水，讽刺的话也没落下："我要是不过来，下回再见你就是在灵堂上了吧。"

"这倒也不失为一种别样的见面方式。"纪询有气无力，一边说话一边咳嗽，"肯定令人印象深刻，这辈子都忘不了。"

他这话大约激发了霍染因内心的愤怒，对方声音一下紧绷起来，连脸上的寒霜都压不住话里的火气。

"发现危险为什么不打电话给我？"

"贵人多忘事，这就忘记我们没交换过手机号码了？"

"这不是理由，你打谭鸣九的电话，你问袁越，谁都会告诉你。"

"喊，这么麻烦的事情我才不做……"

29

"纪询……"说出这两个字的霍染因已经不是冰山了，火山都要喷发了。

"痛。"纪询闷哼一声。

要喷发的火山霎时哑火。霍染因冷静道："我没有用力。"

"身上痛。"纪询说。

"哪里？"霍染因问。

纪询感觉到对方的手在自己身上摸了一遍，摸得很仔细，显然是在观察他身上有没有骨折之处。

纪询自己的身体自己知道，晚上跑了这么一长串路，再摔摔打打撞撞跌跌，青一块紫一块免不了，腰酸腿疼也免不了，但更多的——就没了。

纪询发现霍染因是懂行的，装虚示弱效果有限，他适可而止，按住霍染因的手说："没事，刚跌下去还没缓过来，缓缓就好，没折胳膊也没折腿。"

霍染因审视他片刻，说："能动？"

纪询道："能动。"

"真的没有感觉哪里有问题？"霍染因的手指在纪询胸腹处停留，轻轻按了按，"痛吗？"

不痛。但弄得纪询有点痒。纪询低笑一声："哈……"

霍染因抽回手，凉凉道："看起来还挺精神，命大，活埋都埋不死你。"

"是的，所以放心。来，扶我一把我就能站起来了。"纪询说，从土里出来也有段时间了，他的头脑开始清醒，四肢也逐渐恢复力气。他试着用手撑撑地面，用力撑起身体。

撑到一半，有人接过他的重量，霍染因拉着他的胳膊绕上肩膀，撑着他站起来了。

纪询跟跄两下，随后靠着霍染因站稳了。他试着向前走两步，同样很稳。

霍染因这根人体拐杖，身高合适，体重合适。

他倚着他走了两步。

山还是那个山，可能心情不一样了，原本怎么看怎么显得阴森的山峦这回倒显得还好，银色月光照亮前路，冷杉的味道隐隐约约，也不知道是来自山中的树木，还是来自身旁的人。

"现在什么情况？"纪询问。

"高方、高圆找到你说的埋尸地，警方与法医随后赶到，从埋尸地里起出多具尸骸。"

"十九具。"纪询猜到了。

"没错，十九具，十九个女婴。"霍染因道，"奚蕾家中十九个没有眼睛的人偶指的是这里刚刚生下来，还没来得及睁开眼看看世界，就失去生命的可怜女孩。"

他说完后，久久没有听见纪询的声音，侧头望去，看见对方神色很沉，望着前方的道路略微出神，像是想到了什么。

然而不等他发问，纪询很快回神，说："还有件事，你没回答我。"

"什么事？"霍染因问，"我都回答了。"

"你没回答——不是说了不来吗，怎么又来了？"

"这没什么好说的。"霍染因言简意赅，"信你，就来了。"

纪询哑住。

从山上到山下，距离并不太远，纪询靠着霍染因，走走停停，在半个小时内到了山脚。

到了山脚的村里，情况就热闹了。

警车在村口排成一排，红蓝双色的警灯闪来闪去，伴着熟悉的警笛声，直接将山村的僻静与昏昧搅碎，村子里的男人女人都出来了，刚刚追捕纪询的那群人，此刻一个不少，全部都被警察铐上手铐，蹲在广场中央。周围稍远些的位置，围着村子里的其他男人女人。这些没有参与今夜行动的男人们，探头探脑，小声私语，好奇里带着点漠不关心的神气。

如果说这些男人，还有点鲜活气息的话，剩下的女人们，则统一安静无声地站立聚拢着，神色淡漠，外人一眼晃去，甚至会怀疑自己是不是见到了一堆栩栩如生的雕像。

纪询看了两眼，漫不经心地收回视线，目标明确地往停在警车旁的救护车走去，那才是他该关注的方向。

没走两步，稻谷场的方向突然响起尖锐的孩子哭泣声，那是个半大不小的男孩，虎头虎脑的，也不知怎么的，突然大哭起来。

孩子尖锐的哭声不比电钻的威力小。

纪询听着头疼，往霍染因身旁挪去。

"难受？"

他听见霍染因的声音在自己耳旁响起，接着一只手掌心虚拢，捂在他的耳朵上。世界清静许多了，只剩下霍染因的声音，不疾不徐，安排周到："待会儿你上了救护车，就跟着救护车直接回城，这里的后续事情我来处理——等明天，你休息好了，再来局里指认山上追你埋你的犯罪嫌疑人。"

一想到再过几个小时，就能回到自己家中，躺在按摩浴缸里喝杯红酒压压惊，再高床软枕地睡个觉，在梦里把深坑泥土这些糟心的东西都擦掉，纪询原本拖泥带水的步伐都轻快不少。

"等下。"霍染因又叫他。

"干吗？"

"关于这里，你没有什么想和我说的吗？"霍染因问。

"我要说什么吗？情况不都已经很清楚了？审审他们杀婴的事情，再审审他们山上埋我的陷阱最早究竟是拿来埋谁的，哪怕年代久远，证据链缺乏，不能及时定罪，至少他们集体追杀我的犯罪事实，人证物证齐全吧？"纪询回答。他转头看霍染因，看见霍染因眼里转过一丝轻微的怀疑。

他在心里啐了一声。

这家伙，真是个彻头彻尾的两面派，救他的时候如同拼命三郎，怀疑他的时候，也是纤毫必查一丝不漏，也不知道他是怎么同时存在这两种心态且切换自如的。

"涉嫌杀婴，涉嫌购买被拐卖妇女，涉嫌控制伤害这些妇女。"霍染因逐一说，只要来到小山村，经历过今天晚上的事情，是个人都能猜到这些，"这些都和奚蕾的背景有关，涉及唐景龙的事情呢？"

"我不知道啊。"纪询耸肩，"霍队忘了吗？我是因为一个老朋友的嘱托，才涉入奚蕾的案子中。我弄清楚奚蕾的案子就好了，至于唐景龙，这种人渣爱死不死，被谁杀，怎么杀，关我什么事？"

霍染因眼中的怀疑没有消失，相反，更多的审视从怀疑底下透出。

"是吗？昨天在电梯口，我看你盯着邻居袋子里的春联，以为你想到了关于唐景龙案的线索。"他条理清晰，"毕竟，我回去想了又想，装裹唐景龙尸块的袋子上的金粉红痕，看上去确实像是自春联上蹭下的痕迹。不过……"

他想起已经找到的第一犯罪现场、失踪的陆平，没有逼迫过多。

"今天你辛苦了，先回去吧。"

说实在话，旁边的医护人员都等累了。

纪询觉得不能让医护人员这么辛苦，他朝着救护车的位置紧走两步，即将上去的时候，又听见稻谷场处传来暴躁的叫喊——

"来个女人，赶紧哄哄孩子，站在那里一动不动，装什么木头桩子，都死了啊？"

孩子已经哭了不少时间。警察们对大人不假辞色，对孩子还是尽可能地耐心，文漾漾和另外一个女警，还有谭鸣九，都围在大哭的孩子旁边轮番安慰，谭鸣九不惜把自己的光头贡献出来，可惜没什么用，孩子还是哭得厉害。

就是在这种情况下，村中男人里直接朝站在旁边的女人发飙。

女人们很安静，她们总是安静的。

这声嚷嚷出来以后，女人群体里有个人走了出来，她个子矮矮的，左腿还有点跛，那哭闹的男孩看起来都比她要高。她一顿一顿地走过来，去接自己的孩子。

她走得已经不慢了，可嚷嚷的男人还是暴怒，他不过想要发泄而已，他猛地站直了，冲女人怒吼："磨蹭什么，快死过来，生出个孩子只会哭，哭哭哭，成天就知道哭，哭个屁，老子还没死呢就开始哭丧！皮痒了欠抽是吧？抽你一顿就知道厉害了！"

跛脚女人僵在原地。

"你还敢在警察面前威胁打人？给我蹲下！"文漾漾突然站直，气红了脸，可她身材娇小，外貌年轻，并没有多少威慑力。

"没打没打，唉，我就是这破嘴皮子，头脑一热什么话都说得出来，这都是夫妻斗嘴，家事，家事。"男人皮笑肉不笑，还继续冲女人说，"你说是吧？跟警察说，我们闹着玩的。"

"是……"陈美琳道。

可就在这时，一只长腿从旁边伸出，蹬在站起来的男人肩膀上，轻轻松松，把他重新蹬回地上。

纪询自人群后闪出来，他收回腿，依然一副没精打采的样子，也没去看那位跛脚的陈美琳，只冲文漾漾说话："当警察没当太久吧？糙成男人样了。她们站着你就让她们站着？寒冬腊月，外头多冷啊，把她们带进屋子里，烧点热水加件衣服，不舒服吗？"

文漾漾如梦初醒。

"警察，警察打人啦！"被蹬倒的男子傻眼许久，嚷破嗓子。

可能夜深露重，霍染因的反应也不灵敏了，直到这时候，才姗姗走出来："他不是警察，就是个被你们追了半个晚上、差点被活埋的普通群众。"说完，他转向纪询，不咸不淡道，"普通群众注意控制情绪。哪怕是受害者，也不能行为过激，不然把你铐回去。"

"没事，铐吧，打架斗殴嘛，了不起拘留个几天。给我开个单间，我正好在里头整理整理思路、好好写点小说赚钱吃饭。"纪询也回得不咸不淡，既像抬杠，又像逗闷子。

他的目光在男人堆里逡巡着。

很快，纪询找到自己想找的人了，他在这些男人中认出了方才填土时最后和自己说话的脸。之前面对面的时候居然没有意识到，这张憨厚又怪诞阴毒的脸，和大明哥容貌相近，他是大明哥的父亲，奚志高。

现在，奚志高跟见了鬼一样望着他。

"嗨。没想到吧。阎王不收我。"

纪询气定神闲，咧嘴一笑。

"那就该收你了。"

30

"我……我们……"奚志高支吾了好一会儿，突然说，"我们确实追你了，但那是因为你掘尸盗墓，谁家的孩子被你掘了不想把你打死？再说我们也没打你，就是追着你，你自己走路不看路，掉进陷阱中，还赖我们没救盗墓贼？"

"对！"

"就是！当看见我们孩子的尸体被掘出来的时候，我们心都要碎了，没打死他算他运气好！"

被奚志高这么一提醒，村里人全反应过来，纷纷作旁证。

奚志高又冲警察高喊："警察同志，你们要相信我们，那些女娃的尸体虽然多了点，但那是多少年前的事情啊，那时候的山沟沟条件差，去最近的一个镇要翻山越岭靠双腿走上两天两夜，女娃们身体弱，生下来就没了气，我们也不想的啊，把她们葬在一起是我们这里的风俗，是为了让她们在地下有个伴，投胎的时候不至于孤单。你说都是我们的种，一口饭就能养活的事，长大了还能帮衬家里，我们为什么要杀死她们？"

"有事回局里说。"旁边的警察绷着脸呵斥。

"行吧，杀婴的事姑且不说，追我填土的事也不说，就当是我走路不看路，不小心掉进坑里，重达一吨，引发地震，引起局部土地塌方……"

是个人都能听出纪询话里的嘲讽。

奚志高倒没听出来，还觉得抓住了纪询的话柄，大喜过望说："警察同志，你看他也说了，一切就是个误会！"

"这个，怎么说？"纪询踩着奚志高的话尾，慢悠悠接上。

他摊开手。一个陈旧的红色蝴蝶结发卡躺在他掌心。

奚志高眼睛直了，瞳孔缩成针尖，眼白泛出血丝，直直地盯着纪询的掌心，刚才他看见纪询时都没露出这种可怕的表情。

"这是我在陷阱中发现的，一个老旧的女人发夹。"

他对着面色恐怖的奚志高揶揄一笑，合拢掌心，以拇指擦去蝴蝶结发卡上的泥土，再把其轻轻放入霍染因手中。

"看来你明白这代表什么了。这代表着，如果现在让警察上山搜山，一定会有些了不起的发现。

"山上不会只有一个陷阱，陷阱中不会只有一个蝴蝶结发卡。毕竟你们这些年来，对许多可怜的女性施展了无数猫捉老鼠式的狠毒伎俩，你们以为群山足够深，陷阱足够多，一切的罪证都会在时间里被填埋……"

他笑容淡去，声音转冷，冷入骨髓。

"罪证无法被填埋。无论再长再久，她们都会在洞窟中盯着你，哪怕身躯褪去血肉，也要以白骨刻下你们的罪恶。"

"没有。"奚志高惊慌失措地叫了起来。他要跳起来，但左右两侧的警察不仅面色如铁，手掌更如钢铁，牢牢将他按在地上，逼他面对真相，面对审判。

不止是他，这个村里的男人都惊慌失措起来。

奚志高是他们的头领，是他们意志的体现，这个偏僻村子的意志达到了空前的统一——可耻卑鄙地统一成集体性地压迫女性、残害女性的团体。

"我没有。"奚志高惊慌片刻，很快冷静下来，他不挣扎了，安分守己，重新蹲好，顶着那张憨厚的脸说话，毒汁就在他脸皮底下横流着，从他的五官丝丝渗出，"警察同志，你可以去问问女人，看那些女人是不是有手机，是不是能自由和外界联络；就在前几天，她们还结伴去了宁市。"他说到后来，甚至得意扬扬，"这难道还不能证明她们是自由自愿的吗？"

全是奚志高在说话。

全是男人在说话。

自纪询提醒过后，文漾漾本来已经要带着女人们进屋了，但是女人们就像木头一样杵在原地，没人搭理文漾漾，也没人进屋。

无可奈何，文漾漾只能站在女人们旁边陪着她们。她感觉到这些女人在颤抖。

她们不说话，她们神色冷漠，仿佛习以为常，但她们的身体还在颤抖，恐惧得直发颤。

她气血上涌，就要说话，眼前一花，纪询挡在她面前。

更准确地说，纪询挡在女人们面前。

"看错方向了吧。我这么大个人杵在你面前，不看我，看女人？"

纪询的声音依然没精打采，慢吞吞的，从他松垮的站姿看，也与伟岸坚毅毫不搭边，但是文漾漾就是突然明白了，为什么直到三年后，谭鸣九说起纪询，还是口口声声："那家伙毛病无穷多，矫情，作精，要啥有啥。可论起靠谱，是真靠谱。"

霍染因也站过来，其余警察也站过来，他们站在她们面前，组成一道人墙，隔绝奚志高等人的视线。

女人们都被挡住了，奚志高只能冲向纪询。

他脸上的怨毒已经遮不住了。

"你说你是写小说的对吧，写小说的就能胡说八道了？你拦着我看我老婆干什么？什么追猎，什么囚禁，什么乱七八糟的东西，听都听不懂！在这里的都是正正经经摆过酒的老夫老妻，孩子都拉扯大不知道几个了。那些孩子们如今都在外头打工，日子过得红火着呢，有些生了孙子孙女的，还会送回来养，喽——我的乖孙女就在那里。"

他指着警戒线外孩子扎堆的地方。

那是纪询曾送过棒棒糖的小女孩，周围没有一个同龄的女孩，小女孩单独站着，没有地方缩着了，她就脚尖互踩，茫然不知所措地低下脑袋。

纪询收回目光。

他微微眯着眼睛，说道："您老真是年纪大了，脑袋不太好使了。有些受害者会沉默，有些受害者可不会。您看看我，我像是天生缺条舌头打落牙齿和血吞的那种人吗？还是亏心事做得太多了，这么快就忘了就在一个小时前，你才犯了重罪，险些让我和泥土相亲相爱一家人？"

"这整个晚上，就数你最能说……既然这么想说，那我们就来闲聊聊吧。"纪询慢条斯理地开始聊，"你们今天晚上对我进行了围殴追打，这是群体恶性事件，分主犯和从犯。我对你印象非常深刻，我记得你指挥其他人对我围追堵截，还记得在你们往坑里填土的时候，你把脸凑进来和我说话——从各方面来看，你是主谋，你的罪比别人再加一等，别人坐个十年牢，你就是死缓；别人死缓，你就是死刑。高兴不高兴，意外不意外？"

一颗微妙的种子落入铁板似的男人中。

利益总能将人分化——恐惧也是。

"这还不止呢，让我再想想啊……死嘛，其实也没那么可怕，死亡就是一瞬间的事情，可怕的是死亡前的准备。你们没进过局子吧？我来聊聊，先说你们马上会接受的审讯。审讯室里没有光没有声音，没有水没有食物，没人理你，孤零零的不知白天黑夜，不知何时结束。为什么呢？因为你们过去就是在那些坑洞里对她们这么做的，这是报应。"

纪询的声音轻缓而冷酷。

"审讯之后，你们会被司法收押，没有律师愿意帮你们这种又没有人性又没有金钱的杂碎，所有的犯人都有资格鄙视你们，目光每天都如影随形，你们的呐喊没人理会，司法审判遥遥无期，所有的这些会慢慢摧毁你们的意志，就像你们摧毁她们一样。这也是报应。"

站在旁边的警察想要阻止纪询，纪询说这些是不符合规定的，警察询问要依循规章制度，监狱里也决不允许霸凌出现。

但他们看着惊慌失措的男人，又看着沉默的女人，最终还是选择了沉默，任由纪询说下去。

纪询字字如刀，刀刀刻骨。

"你看，天道轮回，报应不爽，现在，到了你们下地狱的时候了。"

"我不会下地狱的，下地狱的是你，是你这个掘墓贼！有尸骨又不能证明那些婴儿被杀死，她们不能病死吗？那些都是几十年前的事情了，我也没有伤害你，我不用去局子里，没人能抓我，没有证据——"奚志高惊慌起来，而后壮胆似的叫嚣得更大声，但是咔嚓一声，银亮的手铐锁住他的手腕，霍染因扯着手铐直接将他从地上拉起。

他的脸上眼里都没有温度，他的温度从不留给人渣。

"证据就在山上，你放心，我们会派遣大量警力进山进行地毯式搜索，把你们做的每一个陷阱、陷阱里头的每一样东西都挨个找到，逐一固定——然后，我们会以现有证据，提请检察机关对你们提起公诉。公诉不需要别人来告你，那些罪证永不沉默。"

奚志高终于被击垮，彻底惊慌了，他的同伴也是，那些人的脸上纷纷露出了慌张、害怕，也许只要再加一把劲，这个小群体就从内部瓦解了。可奚志高的惊慌在此刻依然带着野蛮和压迫，他跳起来，被霍染因抓着的时候也不忘将这些施加到旁边的女人身上："你们给我出来，你们当家的都要被人抓走了你们还看什么看！出来向警察解释，跟警察说没什么拐卖，没什么杀婴，我们是正常结婚，那些死去的女婴都是病死的——你们出来啊——"

"把人带走。"纪询严厉说，"不要再造成二次伤害了。"

霍染因与纪询对视。

他眼底掠过一丝疑虑，脚步也缓了下来……纪询迫切的态度让他怀疑纪询藏了些东西。

警察组成的人墙背后，传来脚步声，有女人站了出来，纪询回头一看，是安心荷。

"别——"他立刻扬声阻止，可他的阻止没有起到任何作用。

安心荷木然着脸，开口说话。

霍染因注意到，这瞬间纪询的表情非常奇怪，他神色回避，脸颊偏转，像是不忍听也不想听。可他的目光又带着了然的洞悉，他脸上也并没有太多不忍听的悲悯——这是个，他自己不太想面对但知道最后必然会出现的事情。

纪询的嘴唇动了一下。霍染因没有听见声音，他努力辨别纪询的神色，对方又恢复了那副困倦的，似乎随时都要睡过去的，急迫想回家的模样。

而后，霍染因的耳朵才捕捉到安心荷的声音。

"我们这里的所有女人，都是外来的。一些听话的，就结婚过日子；不听话的，就成为他们的公共财产……"

现场短暂地骚乱了一下，又飞快安静下来，胶黏在一起的空气让每个人都感觉窒息。

"现在站在这里的，都是听话的。女婴确实不是他们杀的，是我杀的。我是护士，接生下女婴的时候，就把她们都杀了。"

她说得这样平静，这样简单。

"别走我们的老路。干干净净地来，干干净净地去吧。"

一声突兀的哽咽响起来，打破了冰封似的空气。

文漾漾终于忍不住哭了，她抹着眼泪说："没事的，你是被迫的，有特殊情况，找个好律师，跟法官好好说，法官会从轻判决的，大家都会谅解你的。"

找好律师，将案子公布，剥开伤疤，陈述痛苦，任由每一个人拿放大镜将她的痛苦研究……纪询已经收回看向安心荷和其余人的视线，他望着前方，这里灯火通明，可前方的山还黑着，不知什么时候能被照亮。

"是吗？"安心荷笑了笑。

她高大、健壮，她站立在这里，阴影从她面上淌过。

"但我还杀了其他人。"

"我杀了唐景龙。"

31

"他的脑袋被我埋在悬崖附近。"安心荷坐在椅子上，双手被拘束，明亮的光照在她脸上，她脸上的阴影不见了，但生活留下的皱纹，操劳之后的风霜，一道道都清晰可见，"具体位置是蕾蕾的墓碑所在地再往上走大约二十分钟，那里有一棵很显眼的歪脖子树，除了树根之外，整个树身都探出悬崖。"

她继续说："19日，我在老乡饭店附近烂尾楼的停车场里用针管给唐景龙注射药物，将唐景龙弄晕，随后把唐景龙装在后备厢中带回村里。"

"你一个女人怎么有力量将唐景龙捆好放入后备厢？"

质问的是预审人员。

"其他人帮了我。"安心荷说，"有好几个女人和我一起出了饭店。"

"等到晚上夜深人静，我从后备厢里把唐景龙拖出来，把他捆在推车上，将他运上山。我带他到了歪脖子树处，撕开他嘴巴的胶带，问他为什么要杀了我女儿。他先是否认，后来又痛哭流涕地承认自己杀人，他向我认错，跪下来求我不要杀他，说能给我很多钱……"

供出这些话时，安心荷已经置身宁市警察局。不止是她，其余妇女包括村中众多男性，也一同被带往警察局中分开询问，以防彼此串供。

忙忙碌碌，居然才到凌晨2点。

天还是黑的，如一个巨大的漆黑的罩子，将山村罩在里边。

宁市的询问需要人负责，奚家村这里也需要人负责，霍染因没有随同事一起回到宁市，而是留在奚家村主持工作。

夜里山路不好走，搜查陷阱的事情就留到天亮再做，但安心荷已经将她弃尸的地址说得分明，因此那一块地方先安排了谭鸣九带人过去看看。至于文漾漾，她则带着另一部分人，在村子里每家每户，挨个搜查。

短短时间里，文漾漾陆陆续续在各家房子的地下室里发现年代久远，已经锈蚀的镣铐、绳索、鞭子一类的简陋刑具。它们被随意堆放在杂物堆里，有些还能看到陈旧的血迹。

她在证物清点完毕后，沉默了好一会儿，提着个血液检测灯冲进奚正平家里，目标明确地照上床头，毫不意外，满是血迹，大片大片溅落的血迹。

有人在这里一次又一次地残忍殴打受害者，使血液几乎溅满了这块床头板的每一处。

这不是孤例，一如每家每户都有地下室与刑具，他们家里的血迹也大同小异，整个村子只有一户例外——程正。

他的房子是唯一没发现这些令人作呕的痕迹的地方。

纪询在此流连。哪怕警察已经确定过这里没有多余的东西，先后离开，他还是兀自停留，观察审视。

"你在找什么？"霍染因等在旁边，看了眼表，"你刚才跟着我，我还以为你是不愿坐警车，想让我送你回家。"

"猜得很对，你得送我。"纪询竖了耳朵，分秒没错过自己的福利。

霍染因一时默然，揉了揉眉心："没事我先走了，我还有工作，我的车待会儿让别的队员开，你跟他们回去。"

"走去搜尸体？搜尸体这种工作倒不必繁忙，牵条狗去搞不好比人更好点。"纪询漫不经心，"至少它们嗅觉灵敏，不至于弄错尸体。"

"你至今没有被人打死，真是个奇迹。"霍染因不无讽刺。

"别误会，我不是在嘲讽警察的能力。"纪询笑道，"我是在说这种简单的工作劳烦不到您，您还是陪我在这里再找找吧。"

"案子到现在还有什么不清晰的地方吗？"霍染因说。

"嗯——多少有点吧。"纪询回答。

"哪里？"

"不知道，等我找到了就知道了。"

"那就来复盘一下。"霍染因淡淡说，"来山村之前，我找到了陆平。我原本确定陆平是犯罪嫌疑人，但是安心荷站了出来，这整个案件——奚蕾案与唐景龙案——确实在此刻发生了翻天覆地的变化。"

"先从奚蕾案开始说起来。这个案子并不复杂，对奚蕾的人际关系进行排查之后，作案动机最充足、行事态度最为诡异的人就是唐景龙，案子中唯一的难点是，唐景龙没有作案时间，意味着哪怕是唐景龙杀人，他也是雇凶杀人——后来我圈定这个被雇者为陆平。

"陆平身上也有充足的证据证明他就是杀害奚蕾的实际动手者：他对奚蕾的暗恋解释了他在杀人后整理头发，他木匠的身份解释了叶片上残留的尼龙纤维，他和唐景龙的关系更解释了他杀人的动机。"

"我认同。"纪询说，"这确实没什么值得疑惑的地方。"

"但警方在这里漏了一个小细节，或者说，在上边这么多证据的情况下，这个小细节已经沦为一件虽然有些奇怪，但不再重要的事情了。"霍染因继续说,"这个细节是……奚蕾死亡的现场,除了曾鹏与奚蕾自己的DNA外,只检测到大量唐景龙的DNA,并未曾发现陆平的DNA。"

他继续说:"再来到唐景龙案,唐景龙19日晚上9点还在活动,而安心荷自19日晚间回奚家村后,再没有离开村子,除了昨天你和律师,村落中也再没有外人来到或车辆离开,那么唐景龙的尸体是怎么凭空从奚家村飞到梧山的?"

"既然尸体凭空飞到梧山是个不可能的事件,而安心荷确确实实杀了人,那就证明——梧山的那包尸块,根本不属于唐景龙!"

"找到了,找到尸体了!"
"小心现场,一点点把尸体运出来!"
伴随着几声呐喊,在后山搜索的谭鸣九和文漾漾先后看见了尸体的真面目。
他们倒抽一口冷气。
自山崖左边搬运出来的,除了唐景龙孤零零的头颅之外,还有一具没有头颅的身躯,两者腐烂程度相当。
这具身躯的左胳膊还缠着绷带,这是……这就是唐景龙的身躯。
唐景龙的头颅与身躯,全在这里!

"两起案子,死了三个人。而警方自始至终忽略了第三个人的存在,始终把这第三个人与唐景龙等同,陷在唐景龙布下的迷障中团团转,反而是安心荷,一早看破所有。确实如你所说,在这件事情上可能牵条狗都比警察做得好。"霍染因语气平静,事情办得不漂亮,不怪人嘲讽,没必要因此生气,"而想要将第三人与唐景龙等同,说难不难,只要办成一件事……"

"让第三人的DNA等于唐景龙的DNA。

"唐景龙为代孕居中牵线,涉嫌暗中调换捐赠器官的顺序,他做了这么多违法乱纪的事情,早已料到自己未必会有个好结果。为此,他未雨绸缪,在好几年前就悄然给自己买了一条命。他利用自己曾经从事过器官捐献的经历,物色了一个和自己配型成功的白血病患者,将骨髓捐献给他。几年之后,他的DNA完全入侵了这位患者,患者变成了'他'。"

之前去唐景龙家中调查时,饶芳洁不经意的一句话,在此时成为了有力的佐证。

饶芳洁说过"好像几年前他生病,唐景龙还帮过他"。

"做完手术以后,唐景龙也没有将这位患者放养。"霍染因继续说,"他一直将患者留在自己的眼皮底下照料，最后甚至帮助患者患有尿毒症的儿子换了肾脏。这世上有多少患尿毒症的人，在医院苦苦排队也等不到肾源，只能在绝望中离世。"

"父子性命相继被救，患者无以为报。"霍染因冷冷道，"只能帮唐景龙杀人——他在奚蕾案中并非没有留下DNA，而是留下了无数'唐景龙'的DNA。而后，他在家中被杀，尸体被肢解，抛弃到梧山伪装成唐景龙的死亡，制造了安心荷的不在场证明——他叫陆平。"

"我在18日的时候，先杀了陆平，他是唐景龙杀死我女儿的帮凶。我之所以知道，是因为蕾蕾从前和我打电话时聊过陆平吃的药。他是接受了骨髓捐献的白血病患者，他的DNA就是捐献者的DNA。唐景龙救过陆平，我女儿知道唐景龙的秘密，唐景龙想杀死我女儿，他到底怎么杀的，想想就明白了……

"我来到陆平的房子前，陆平正在院子里做木工。我敲门，告诉陆平我是唐景龙派来给他送钱的，陆平没有怀疑，我进去后还和他说了两句话，而后我用针筒将硼酸注入陆平体内，再用院子里的电锯将陆平分尸，丢弃在梧山。"

"等到第二天19日，我才去见唐景龙……我很失望。"安心荷平铺直叙，"临死前，唐景龙颠来倒去，能说的只有钱。如果钱能买回他的命，那么钱一定也能买回我女儿的命。"

"安心荷把抛尸地点选在梧山，就是希望利用梧山转运垃圾的时间来误导我们。她知道尸体一定会在23日被发现，18日到23日这5天时间，尸体的腐烂程度在初步的法医检测时无法精确判断到哪一天。

"奚蕾案中留存在警察局的DNA让梧山的尸体第一时间得到了确认，我们疏忽大意，未再用别的方式确认死者的身份。譬如犯罪嫌疑人带走脑袋，带走指纹，却忘了带走陆平没有骨折的左手手臂，这本该是破绽。

"陆平杀了奚蕾以后，原本要远走高飞，这也是为什么邻居很早就看到他收拾行李的原因——这也误导了我们，让我们直到此时还以为陆平犯案潜逃，准备联合各单位下发通缉文书。

"但事实上，陆平早在准备逃走之前，就被安心荷找到。邻居证言里最后看到'陆平'丢垃圾的那天，她看见的不是'陆平'，是杀死陆平后伪装成陆平的安心荷，安心荷手里提着的垃圾袋里装的，才是陆平——已经被电锯分尸后的陆平。

"当19日的唐景龙活着出现在别人面前，他就被动地帮犯罪嫌疑人完成了完美无缺的不在场证明。犯罪嫌疑人利用唐景龙自以为高明的手法，也利用警方的盲目自信，以彼之道还施彼身，完成了自己的杀人诡计。"

霍染因毫不在意地说出连同自我批判在内的反思："事情到了现在，作案手法已经很明晰了。"

"确实明晰。"纪询不否认。

"那就剩下作案动机。"

他停了下来，走到窗边，看向黑沉沉望不到尽头的山。

这些山将这座山村围着，月色下密密麻麻的，像长了刺的栏杆做的牢笼。

从这里到宁市其实并不远，但山太深了，哪怕通了高速也需要四个小时。这条高速是七年前修的，山里的那条漂亮的崭新的柏油路则是两年前因为"村村通公路"的政策落实才终于修好的。

修好了路，这附近几个小村子才做起了诸如卖罗汉松、茶叶之类的小生意，把日子渐渐过红火，逐渐与这个世界联系起来。

可从前都是没有路的。

面对这刺不破的黑暗，霍染因终于敛下眼，说："安心荷杀唐景龙的动机，或者说这个村的女人合谋一起杀唐景龙的动机，则是……"

"我女儿……蕾蕾，是这么多年来，村子里唯一活下来的女孩。我们已经出不去了，只有她成功离开了这个村子。她带着这里所有女人的希望走了。但是唐景龙杀了她。他扼杀了我们的希望。

"他要死。杀死我们希望的，都要死。

"我把他的头颅砍下来，最后把它们都掩埋起来。"

久久的寂静，预审问："你还有什么想说的？"

"没什么了。"安心荷说，"速判吧，不用从宽，也不用律师。"

"她们没有路了。"霍染因平铺直叙，语气似乎没有起伏，"她们的人生在来到这里的时候已经夭折，这个村子对她们而言就是一个长满尖刺的笼子。她们本该千方百计地逃出去，她们也曾经这样做，但一如你晚上经历的，当时想要逃出去的女人被当成猎物，被追赶，被嬉笑，再被推进坑里，不知是死是活。其他的人害怕了，理所当然，多么恐惧。到了后来，她们就只能认命地待在笼子里，待得久了，这该死的恐怖的笼子也变成了她们唯一能栖息的地方。所以哪怕打开笼子的门，她们也已经没有能力也不敢再出去了。"

他想起奚蕾家中的那只鸟，他做出类比："她们是笼中被折断羽翼的鸟。

有些鸟死了，还有一些活了下来，活着和死了其实没有什么区别，甚至比死了还痛苦，因为她们一直在杀死自己的女儿，每杀死一个女婴，她们的痛苦和麻木就加剧一分。"

"区别是奚蕾。奚蕾不止是安心荷一个人的女儿，她从活下来的那一刻起，就成为村中所有女人的女儿。她是她们生命的延续，是她们的生命之灯，现在这盏灯熄灭了，她们无路可走，只好犯罪杀人。"

32

"因此你认为，一定是拥有如此强烈动机的安心荷她们杀了唐景龙。"纪询总结。

"对。"

"你说得很有道理。"纪询评价，"这样也不失为一种令人唏嘘的结尾吧。失去了希望的女人选择与剥夺她们希望的凶手同归于尽，唯有真凶之血才可消解在心头愤恨的毒焰。麻木的灵魂从旧的牢笼踏出，主动步入法律的囹圄。这样看，唐景龙他们也算废物利用。"

"但你不这么想。"霍染因陈述，继而忽道，"纪询，之前面对奚志高的时候，你的态度就很奇怪。你催促我赶紧把奚志高带走，是单纯不想让这些妇女受到二次伤害，还是那时你已经预见了后续的事情，预见她们是受害者的同时，也是犯罪者？"

刑侦队长总是如此敏锐，他有一双看透人心的眼睛，仿佛无论一个人的心藏在胸腔的何处，藏得多深，都逃不过他的剖析。

在坑底看见的奚志高的脸又出现在纪询面前。

那张脸从黑暗里浮出来，笑嘻嘻地说："还以为是我们杀了女婴？我们杀女婴干什么？"

纪询反问霍染因："所以你认为，我想学波洛，在一番正义法理的内心纠葛之后，因同情犯罪者而选择不将真相说出？"

"你的所作所为仿佛如此。"霍染因语气平静，"但你要清楚，小说里的侦探只存在于小说中。"

"哈。"纪询敷衍一笑，"古典本格里的侦探是推理世界里的神，也是缺乏过去、缺乏故事的旁观者和叙述者。而观众是人，人是不会和神共情的，所以作者总要设计些桥段，使侦探看起来像个人。现实世界里，哪有什么神啊。大家都是人，自顾不暇，没那么多泛滥的同情心……"

他心不在焉，目光依然在程正的房子中巡。

他已经在程正的屋子里找了一两个小时，箱子、柜子、床板、地窖都被他翻了个遍，连每个装东西的袋子都拆开看了，但就是没有找到自己想要的东西。

他要找的东西到底放在哪里……那个东西真的存在吗……还是一切都是他想多了……

他坐着，拿拇指关节轻轻揉着抽疼的额角，目光自然落在前方靠墙的大书桌上。

书桌没什么新奇的，一张很普通的办公桌上放着块玻璃板，玻璃底下压着少儿拼音、学前古诗、二十六个英文字母等图画手册，这些手册一本挨着一本，又多又厚，使得最靠外的册子都超出桌面，半掉不掉地挂在桌边上。

他进屋后第一时间翻找的就是书桌，他将书桌的每个柜子都翻开来检查过，里头除了文具纸张就是教材课本，没什么新鲜东西。

但他看着看着，忽然意识到自己漏了个地方没有检查。

他坐直身体，将手按在图画手册与书桌桌面的缝隙中，一点点摸索……半晌，他摸到了。

他站起来，将盖在桌面的大玻璃猛然掀起，再扫掉那些杂七杂八的图画册子，程正一直藏匿的东西，终于暴露！

霍染因诧异道："信？"

是信。

很多很多封信件，一封封平铺在办公桌的桌面上，藏在大玻璃与图画手册底下。这些信件年代久远，信封泛黄，于是那一个个写在封套上的女人的名字，饱经岁月，黯然失色。

纪询想要找的东西终于找到了。

整个案子的最后一块拼图拼凑完毕。

所有的谜团逐一对应，所有的谜底尽数揭开，但纪询意兴索然。这一切到底还是没有出乎意料。他把自己丢到椅子上，椅子发出呻吟，纪询不以为意，甚至恶劣地拿脚蹬地，用力晃着这快要散架的椅子。

他对霍染因说："想听个故事吗？只说给你一个人听的故事。"

夜深人静。寒凉的冬日里，连蚊虫都不见，外界的声音，外界的人，都被隔在门窗外，这间简陋的屋子里，只有他和纪询。

他们现在要分享一个只有他们两个人才知道的秘密。

"快点决定。"纪询催霍染因,"你不想听我就回家睡觉了。要你送我回家——你刚才自己答应的。"

霍染因挑了眉梢,片刻后还是缓缓下压:"听。"

他很好奇,想要知道,纪询在这个案子里,还看出了什么他没有看出的东西。

一切揭露,才是真相。

纪询把信都平铺在桌子上,这里的信分为两类,一类字迹相同,素白的封面上只有个女人的名字;另一类就显得五花八门,字迹也各不相同。

但有个共同点,所有信封套上,都既没有寄送地址,也没有送达地址。

纪询随意拿起一封,但没有拆开,这封写着"陈美琳"的信在他指尖来回旋转。他看着堆在程正屋子里的书堆开始讲述他的故事——那些堆叠着的书籍里头,除了各种教育类书籍外,居然还有专业的医学书籍。

"从前有个男人,他应该是医生吧,因为一些原因,跑到了个偏僻的小山村里头,这里的所有人都有相同的姓氏,所以他们也额外地团结,他们一致热情地接纳了这个医生——医生好啊,专业人才,关键时刻能救命。

"医生在这里住下,他知道村子的秘密:这里的女人不是本地的,白天里热情爽朗的邻居,到晚上就摇身一变成为魔鬼,小山村夜夜都能听见女性的哀号——而环绕着小山村的,如同囚笼一样的山脉,漆黑得像是由干涸了的鲜血凝结而成的。

"这是个野蛮、荒凉、蒙昧、罪恶的法外之地,是穷山恶水出刁民的地方。

"医生并没有选择离开。为什么呢?因为这里村民罪恶归罪恶,反正没有罪恶到他身上。这里是个法外之地没错,他也是个法外之人啊,否则为什么在青春大好的年纪里,放弃工作,放弃城市里便捷的生活,一路跑来这个鸟不拉屎的小地方?"

纪询一路说到这里,喘了口气,他停了一会儿,在组织语言。

不用组织太久,纪询很快重新开始,他咬文嚼字,尽量公平地讲述这一切。

"他是一个沉默的独善其身的旁观者。他绝对没有胆量暴露这里罪恶的行径,拯救那些可怜的女人,但好歹也没有同流合污。但从一开始,就有个意外,村里唯一会接生的女人要生孩子,或许还有些难产,而他是除了村里这个女人以外唯一一个医生,有医学知识。没办法,他只能为这个难产的女人接生。

"一直没有女婴活下来的村子里,终于活下了唯一的一个女孩子,她叫奚蕾。

"其他孩子都死了,只有这个受到他无形庇佑的小姑娘活了下来,战战兢兢但平安健康得像一簇微弱却真实存在的火苗——希望——一样,活了下来。

"于是，他这个唯一的外乡人，也成了那些女人的希望。

"他残存的良知和鲜活的奚蕾让他的身心备受煎熬，终于，他在女人们一遍又一遍私底下悄声的哀求里松了口，答应了帮她们办件事——为她们充当信使，前提是不暴露地址，不能救她们出去。"

那封在纪询手指间转动的信被打开了，纪询从中抽出信纸。

"爸爸妈妈，许久不见。我不是和你们吵架后离家出走，我被人拽上车子……"

纪询念着信，念到这里停了好一会儿，才继续："前年生了个女儿，没了，去年生了个儿子，活了。不跑了，他也不锁着我了……就是腿瘸着，干活累，吃不饱……爸爸妈妈，我想你们，这辈子还能见面吗？"

纪询合上信。

桌上还有很多很多的信，很多很多的血和泪，浓缩在薄薄的一张纸上。

"程正将一封封信件带出去，为了不暴露地址，他都将这些信件亲自带着，投放到女人父母的门口。有一些女人的父母回了信。"

纪询说着，看向那些在封面上写了五花八门的内容的信件。

"其余女人的父母没有。可能是信件没有投递到，可能是投递到了但因为种种原因父母决定不回信。不管如何，虽然这么多年来，从这里逃出去的女人一个也没有，但她们漆黑的世界因此而开了一个小窗户。至少她们中的一部分，可以悄悄和外界联络了，哪怕这种联络的时间只有一两年。"

"这种情况下，奚蕾长大了，她是个很幸运的女孩。"纪询面无表情，"在这个村子里，她既没有被控制，也没有成为公共财产。这里的妇女们以及程正，都费尽心力地保护她，教导她，让她能够长出翅膀飞离这里。"

"奚蕾做到了。飞出去的女孩再也不要回到这里，每个帮她飞出去的人都这样说。于是她头也不回地离开了这个村子，来到宁市，小心翼翼、千方百计地要在宁市留下来……她本可以做到，但她被杀害了。

"奚蕾死了，坍塌的不止是这里妇女的希望，还有程正的天堂——程正那个虚假的脆弱的良知天堂。于是胆小了二三十年的他，在愤怒的驱使下，做了一件事。"

"他杀了陆平与唐景龙。"纪询开始缓缓叙述霍染因已经讲过的那个故事，"18日，他带着花色塑料袋去敲陆平的门，那天是死去的奚蕾的头七，他走进去，自称是唐景龙派来的人来帮陆平料理后事。他或许告诉陆平，他搬家是不够的，一旦警察有所怀疑来到这个家，这里长年累月生活的痕迹所留下的DNA都是铁证，所以他最好叫搬家公司过来把所有的一切都破坏掉，变成毛坯房的样子。

"杀了人本就心虚愧疚的陆平听从了他的建议，用自己的手机和账号预约下单了明后天的搬家和大扫除订单。程正接着又让他，或是杀了他以后用陆平的名义和唐景龙约好19日晚上9点前后在杏林路烂尾楼停车场附近见面的事。

"唐景龙可以错过所有人的邀约，却不会错过陆平的，他被曾鹏打伤手臂的第一时间都想悄悄去花鸟市场见一见陆平，更何况是陆平的主动邀约。唐景龙也知道，他和陆平的联系最好不要进入警方的视野，所以19日他取完钱应付完许信燃以后，是特意避开摄像头偷偷来到赴约地点的。

"一切的一切，都逃不过程正的精心策划，他顺利地杀了人，顺利地绑了唐景龙回家。

"而这些，都被同行的妇女们察觉了。"

纪询顿了顿，像是在反复揣摩那时那刻妇女们的心态，用手在空中比画了一阵，才慎之又慎地继续往下说："最初，大约就是从那被放在车后座的春联上沾走的金粉。18日的晚上下雨了，同行的大明哥是不可能注意到这种小细节的，也不会关心程正去了哪里。但负责采办年货的妇女们心中已有些疑惑，一向细心的程老师怎么会弄湿放得很靠里的春联呢？

"除此之外，还有陆平被分尸后的头颅，谨慎的程正不会丢在梧山，只会带回小乡村。为了防止尸体腐坏散发恶臭，一定会有类似活性炭或制冷的装置保存它，这样的包裹是前一天没有的，它体积不小，也很可能被同行的妇女们注意到。

"19日，被塞在车后厢昏迷的唐景龙块头很大，里面放的东西自然而然地也转移到了车前座，车子坐满了人，车后厢明明空着却不放东西，妇女们此时虽然沉默，但多半隐约有所猜测。

"唐景龙被绑回来了，程正家不像别的村民家有可以关押的地下室，他只能尽快处理这个麻烦，于是尽管他们是凌晨才回的村里，程正还是在当晚就带着唐景龙上了山。

"妇女们，或是安心荷是在这种情况下，跟踪他看到了一切。他把唐景龙的尸体和陆平的头颅掩埋以后离开，而安心荷等程正离开后挖开了那片地，查看了陆平的尸首。陆平死于硼酸，具有一定医疗知识的安心荷在尸体上看出了端倪，她又熟悉程正的家，排除了一些别的致死药物，很快便推断出了死因。她对陆平有一定了解，知道这是一个木匠，猜到木匠的脑袋是被工具割下来的，木匠家里最合适的工具就是电锯。

"安心荷和其他妇女们重新掩埋了这两具尸首，在接下来的日子，她们或许用各种借口出入程正的家里，把程正当天碰过唐景龙的物件和自家的进行了调换。这其中，一定有砍下唐景龙脑袋的凶器。

"程正并没有察觉这些女人早已发现自己的秘密，他对于女人们频繁的往来甚至也许是高兴的，因为他接下来到23日都需要保证自己一直出现在众人面前，以确保自己的不在场证明完美无缺。

"计划按照他所设想的，一路平静地进展到陆平尸首被发现，他毫不怯懦地在曾鹏家中回答你的询问。我想，那天其实他看到了手铐，正因为知道你是警察，他才特意详细地说明自己的时间线。他知道你一定会去查证，而一旦查证，他就会被证明是清白无辜的。"

霍染因皱了皱眉，反驳纪询提出的一点不合逻辑之处："程正一直以来用一种认命的姿态出现在你我面前，他可以是特意说明，也可以是谨小慎微的，这不是什么决定性的不合逻辑之处。"

"嗯。"纪询淡淡地应了，"这当然不是，因为露出不符合逻辑的破绽的不是他，是安心荷，是妇女们，是那个深入你心，也深入所有人人心的妇女们最强的杀人动机。"

霍染因讶然，他立刻回顾自己的思维链，试着重新组合排序，不自主地把食指放在唇边。

这个时候，在叙述的过程中一直张开五指、双手指尖对着指尖地模仿福尔摩斯的纪询抽出一根手指，拨开霍然因的手指，在他眼前晃一晃，说："好了，别想了，为什么继续折腾自己受伤的手指？听我说就好，我不会把你带进沟里的——"

他戏谑地一笑。

"怎么也要好好报答晚上的救命之恩，对吧？"

说着，纪询已经迅速切入正题，不给霍染因留有任何额外反应的时间。

"你没看到，当然是想不到的。

"今天我来这里，本意是调查奚蕾藏着的关于唐景龙的秘密。唐景龙的计划环环相扣，甚至掐着时间安排了陆小恩的手术，足以证明奚蕾掌握证据后并没有立刻威胁唐景龙。在这段长长的时间里，奚蕾没有理由不找人商量这个秘密。程正是奚蕾的老师，是能够自由来往外界又深知世界上阴暗罪恶的人，如果奚蕾要找人商量，他是第一选择。

"所以我用唐景龙的死试探程正。而这一点，被安心荷注意到了。等我从程正家中出来以后，村子里的氛围已经发生了变化，安心荷明显是这里的女人的头目，在她的授意下，村中的每个女人都在监视我，导致我无论走到哪里，都能感觉视线如影随形。而这还是事情发展的第一层。她们此时并没有更为过激的行为，因为我不是警察。一个普通人，只要打发走就好了。"

今天村里发生的种种，在纪询的叙述之中，如同剥洋葱，层层解析。

"当大高、小高来到的时候，情况再度发生了变化。妇女们此时已经草木皆兵，看见他们，她立刻端着盘水果出来试探，大高、小高一弯腰不小心露出了枪的轮廓。由此安心荷确定，后边来的两位是警察。因为曾鹏贩毒被捕的情况始终没有暴露，她根本没有想到这两个警察是押送曾鹏的，只以为我是打前站的，这两个警察是来秘密逮捕程正的。

"安心荷与其他妇女商量，她们决定替程正顶罪。可顶罪不是随便说说的，想让警察相信，就得有警察非信不可的事实。她们得把谎话说得比真话还像真的。"

纪询抬起眼，望向霍染因。

"所以，安心荷撒泼大闹，话里话外强调山上坟地，引起我的怀疑。接着又说服村中男人，让他们相信来迁坟的队伍中混着警察，是来调查过去那些肮脏事情的。男人们随后翻脸不认人，更加加剧我的怀疑。此时，我选择上山调查，正好进入安心荷的瓮中——我挖出了女婴的尸体，就挖出了安心荷她们集体作案的动机。如前所叙，这是个任谁也无法质疑的集体作案动机。

"这强而有力，骇人听闻，不可忽视的动机是她们主动告诉警察的。

"她们不惜挖出很多年前自己的痛，用这个动机掩藏另一个动机。

"她们要为程正顶罪——"

纪询哂笑一下，这个动机也确实引人发笑。

"只因为程正替她们送信。

"在沙漠里待久了，一滴水都弥足珍贵；在黑暗里困顿久了，一点微光都叫人顶礼膜拜。程正足够虚伪，足够怯懦，他什么都不是。他只是给这个四面封闭的笼子扎了个小小的透风的口子，于是这些女人愿意用命偿还这份恩德——她们并非一心向死，而是如同飞蛾，为了保护最后的希望，化身燃料，扑向了火。"

"好了，故事说完了。"纪询说。

这不是个好故事，听完这个故事后，听故事的人可能只能得到茫茫然一片空虚。

"证据呢？"良久，霍染因问。

"没有证据。"纪询直接说，"此时所有线索都在安心荷等人的安排下重合了。这个案子，安心荷等人杀人有可能，程正杀人也有可能。"

"没有证据的猜测都是臆测。"霍染因说。

"是啊。"纪询哈哈一笑,"所以这只是个故事。不过霍队长,作为一个看证据办案的刑警队长,在这个没有证据的故事里,你要怎么选择呢?"

"天平摆出来了。"

纪询在空中画了一个符号,说:"左边是程正,右边是安心荷她们。程正这么多年来,因自身犯了的不知名的案子,对一切冷眼旁观,所作所为,虚假又微不足道;安心荷她们,已经受了这么多年的苦、这么多年的虐待,当一切罪恶真相大白的时候,她们居然要和那些迫害她们的人一起坐牢。她们还有孩子,孩子在没有了畜生一般的父亲之后,也会没有了含辛茹苦将他们养大的母亲。"

"现在,霍队长。"纪询有趣地问,"你选谁?选安心荷她们,妇女们的身体虽然长久置身牢笼,但她们的心是满足且自由的;选程正,程正犯故意杀人罪,妇女们犯伪证罪,之前杀婴的罪恶也不会就此抹消,她们的判决可能从轻,但心是痛苦的,甚至在余生都不能安枕,她们恐怕会觉得,是她们害死了这唯一帮助她们,给她们希望的男人。"

"现在,你说,你想选什么样的结果?你希望唐景龙与陆平,是谁杀的?"

33

聊完了天,时间居然已经到了凌晨4点。

然而再晚也得驱车回城,纪询如愿坐上了霍染因回程的这趟车,车子的副驾驶座上,他将椅背放到最低,呵欠连天:"何必这么辛苦?你今天白天探了陆平的底,下班后又开了四个小时的车来这里,来了这里还上山挖土救我,然后主持工作听我说了半晚上的故事,现在居然还要再开四个小时的车赶回宁市——这一天过不去了吧。"

霍染因专心致志地开车。

"警察弟弟。"纪询嫌无聊,又说话了,语重心长,"办案老这么辛苦,容易猝死,不听老人言,吃亏在眼前……"

"天黑路远,山道崎岖。"霍染因突然道。

"嗯?"

"我体谅你知道我疲劳驾驶,于是拉我说话。"霍染因说,"但我们能说点正经的吗？你就真不怕我在听你说话的过程中，情绪一激动，没控制好方向盘，将车开进山沟里，一起玩完？"

"喊。"纪询撇嘴，"上回玩车神驾驶后还说会保护我，就是这种保护法？"

霍染因叹了一口气。

"只要你老老实实，闭上嘴巴，我保证你到宁市的时候，一根汗毛都掉不了。"

"如果我不呢？"纪询好奇地问。

"现在我们置身荒山野岭，而我在下班时间。"霍染因平静道。

"等等，你分明在加班。"纪询嗅到危险，飞快纠正。

"我能自觉加班，也能自觉休息。周局再周扒皮，也不至于现在打电话让我……"霍染因故意看了一眼时间，"凌晨4点34分工作。"

"啊，都凌晨4点多了吗？我困了。"纪询突然变老实了。

"就这么怕我对你做什么？"霍染因忍不住嗤笑。

"我看不透你啊。"纪询说。

"这不好吗？有足够的神秘感和新鲜感。"霍染因回答。

"这当然不好。因为未知意味着危险。"纪询两手插兜，侧头看人，"霍队长，对我而言，你是个很危险的人，而人类是趋利避害的。"

霍染因不再说话，车子又往前开了一段路程。

"有毯子吗？"纪询突然说。

"没有。"

"好像有点冷。"他望了望车载空调的出风口。山间气温低，车载空调已经开了，坐着还行，但是要睡觉的话，体温降低，应该会不太舒服。

他的话音刚落，车子停了。

霍染因依然懒得说话，直接把外套脱下来丢给他，再继续开车。

"谢了。"纪询抱着霍染因的外套，舒舒服服躺下来，这件外套还带着霍染因身上的体温，他在这样适宜温度的包裹中，慢慢地睡着了……

这次车上的睡眠质量还不错，耳旁始终有淙淙的水流声舒缓他的神经，也不知道是梦还是什么，他似乎看见霍染因在他睡着的时候，替他扯了扯下滑的外套。

如果我睡着了，我是怎么看见这一幕的？

纪询有趣地想，然而这一幕又分外清晰，他甚至看见霍染因伸过来的是右手，他的针织衫撩高了，露出一截手腕，手腕擦破了点皮，红红的。

他的神志又迷糊了，水声远去了，霍染因也远去了，他沉浸在混沌虚无之间，沉重的身躯不见了，他的神志晃荡飘浮着，无拘无束，直到小孩子嬉笑追闹的声音再度将他唤醒。

他睁开眼，眼前是一杯热腾腾的豆浆，纪询木然一会儿，机械地接过喝了起来。

黑夜不见了，小山村也不见了，车子外头天光大亮，宽敞的马路上挤满车辆，小孩子的声音一阵接着一阵，上午8点，家长正送小孩来上学。

"这是哪？"他还有些迷糊。

"距离警察局两条街的幼儿园。"霍染因说，"程正刚才从警察局里出来，一路走到这。"

纪询长长地打了个哈欠。

看来安心荷她们已经取信于警方，警方没有掌握程正的杀人证据，强留程正毫无意义，程正已经被排除嫌疑顺利释放了。

至于霍染因为什么不阻止，大抵是觉得在警察局提审会激起对方逆反，倒不如顺其自然，在外面见面。

幼儿园门口的拥堵一直持续到上课的钟声敲响，堵得水泄不通的马路散了人潮，一个站在幼儿园绿色铁丝网前，迟迟不肯离去的身影凸显出来。

正是程正。

纪询说："你去和他聊吧，我在周围晃晃。"

霍染因说："你不一起去？"

"不想去，不乐意，懒得管。"纪询又打了个困倦的哈欠，"何况你去是正经办案的，我去干什么？普通市民没事干瞎凑热闹吗？"

"如果你这份自觉能够贯彻始终，今天就不用在我车上睡觉了。"霍染因不冷不热地回道。

"你以为你的车子很好睡？下次求我我都不在你车上睡。"纪询哼哼两声，开门走了。

霍染因最后望了眼纪询，见他出了车子后在幼儿园门口的小摊面前徘徊，就没有再管他，径自走到程正身旁。

程正似有所觉，转过脸来道："你是……警官吧？"

霍染因自我介绍："霍染因，刑侦二支队的队长，也是1月13日室内捂死案和1月23日梧山分尸案的负责人。"

程正问："来抓我？"

一晚上不见，这个一向谨小慎微、温吞随和的男人似乎变了。

他的肩背不再佝偻，他不再回避人的视线，身上也再没有那种认命似的顺从。他重新挺直了腰背,脸上的皱纹跟着舒展,他还是个健壮的,犹带三分俊朗的中年人。

"对犯罪嫌疑人的正常问询。"霍染因说,递了一支烟给程正,"抽烟吗?"

"犯罪嫌疑人。"程正复述了一遍,而后笑了,"您客气了,直接说对凶手的问询也可以的。"

他接过烟,没有抽,只是握住。

"法院宣判前,你都只是犯罪嫌疑人。"霍染因纠正,"你的罪,你说了不算,我说了不算,法律说了才算。"

"警官,你的行为和你说的话,不太一致。"程正微微一笑,但他轻轻带过,"不过这无所谓。我们坐下说,你要问的事情应该很多,我想说的也不少,坐在这,一会儿能看到园里孩子做早操,一堆小萝卜头挤在一起,热闹,有人味。"

他带霍染因来到路边的公园椅上坐下,而后开口:"我刚才走出警察局就一直在想,究竟是警察让我走的,还是心荷她们催我走的,或是我自己想走的。我走了一路,想了一路,没想明白,霍警官你说呢?"

"这不重要。重要的是你在这里徘徊。"

程正无声地笑了。

谁推着你走不重要。重要的是,在无数次逃避之后,你依然面对选择,必须由你做出决定的选择。

"重要的是我的选择。"程正说,"人总是要做选择的。"

"那可未必。"一道声音从旁插入。

霍染因转眼看去,先看见三根大大的色彩缤纷的棉花糖。

接着,胖乎乎的棉花糖一动,他才看见藏在棉花糖后的男人——纪询。

"我就不太喜欢做选择,我有选择困难症,可我也活得好好的。"纪询拆霍染因的台,"来吧,你们一人选一根,我吃剩下的那一根。"

这三根棉花糖,一根白色,一根蓝色,还有一根粉红色。

霍染因随手拿了距离自己最近的粉红色。

程正对着剩下的棉花糖婉拒:"谢谢,我就不用了。"

纪询说:"程老师,你拿一根,就帮我解决一次选择困难症,举手之劳,即是日行一善,何乐而不为?当年你救下奚蕾,也不过是日行一善吧。"

那根蓝色的棉花糖进入程正的手中。

纪询拿着剩下白色的,满意地一笑。他"啊呜"一口,将蓬蓬的棉花球咬出个缺口,一点金黄色的糖渍粘在他嘴角,他伸舌头舔掉。

"你们继续,我在隔壁椅子上坐着,不打扰你们聊正经的了。"

"这位作家之前也是警官吧?"程正望着离去的纪询,忽然说。

"从哪里看出来的?"霍染因没有反驳。

"直觉,他看着不太正经,但就给人一种有什么难事你都可以和他说说的感觉。"程正说,"不过他也有点像我,总在逃避些什么。"

"扯远了。"霍染因说。

"确实,扯远了。我们要说什么来着?"程正抱歉地笑笑,问霍染因,"人老了,念头就杂了,很多话要说,又不知道从哪里开始说。"

"奚蕾掌握了一个秘密,这个秘密是什么?"霍染因问。

"这个秘密……"程正如他所说,毫无隐瞒之意,他缓缓开口,娓娓说来,"是一个关于孩子的秘密,且事关唐景龙。"

"蕾蕾很少和我说她与唐景龙的事情,我只能大概猜测,大约被唐景龙强迫,对于蕾蕾而言是一件很羞耻的事情。后来她在这段关系中又拿了钱,于是事情就变得既羞耻,又肮脏。但蕾蕾并不想一直这样下去,被动地等待着唐景龙厌倦,她一直在伺机行动。"

霍染因静静听着。

奚蕾做出这种选择并不稀奇,她的个性从出现在她身旁的那些人身上就足以窥见。

曾鹏吸毒,她让曾鹏戒毒成功;夏幼晴想要自杀,最终也被她劝回来。

她身上有种坚忍不拔的品质,明明脆弱如同杂草,但迎风冒雪,也要将根须扎往更深的土地。

"她确实找到一个机会了。"程正说。

那通半夜来自奚蕾的电话,程正还记得,记得清清楚楚。

那天他在睡梦中接起电话,电话里,奚蕾急剧的喘息声像是一道喷薄而出的雾,雾织成网,将他刚刚清醒的神志笼入。

他听见奚蕾说:"老师、老师,我拍到唐景龙杀婴的证据了——"

然而他当时的反应多么冷静、多么冷漠。他缓缓自床上坐起,拿起放在床头的眼镜,他对奚蕾说:"好,深呼吸,呼——吸,呼——吸。冷静下来了吗?你现在好好回忆,你是怎么拍到这份视频的,你在拍摄途中,是否被人看见?"

"后来蕾蕾告诉我,她之所以能拍到这个,是因为唐景龙在一次和她鬼混的时间里,接了一通电话,唐景龙看到这个号码很烦躁——而一般情况下,唐景龙是个和气生财的生意人,不会对打来的电话这么烦躁。她留了个心眼,说去洗澡,实际只是将浴室里的喷头打开,又偷偷地把浴室门开了条缝,就藏在门缝后头,偷听唐景龙讲电话。

"她听见……"

"万老板,好歹是个孩子,生都生出来了,又不能塞回去,这不是你订个奢侈品,不想拿就不拿的问题。

"万老板,我知道你换了个老婆,所以想把和前妻一起代孕出来的孩子也换掉。但孩子毕竟是无辜的。

"实在不行,送去福利院呢?多少积点阴德。

"这不是钱的问题。

"好,我知道了。"

"此后数天,蕾蕾一直关注唐景龙,甚至悄悄跟踪。后来她终于撞见了那一幕,唐景龙在楼下的咖啡馆里和人见面,那人跟唐景龙说'这回事情也办好了,孩子就在后备厢中,你要看一眼吗'。唐景龙真的去看了一眼,他们打开了后备厢,蕾蕾拍到了……后备厢中,静静躺着个婴儿,他裹在襁褓中,一动不动,嘴唇发乌,身体泛紫……他窒息死亡了。"

"也?"霍染因低语这个字。

"并不令人奇怪,对不对?"程正平静地说,"人生有一条界线,游走在界线边缘的人,不会只跨线一次。"

他继续叙述:"后备厢开了一瞬又合上,接着,唐景龙将钱交给对方……蕾蕾将这些全部都拍了下来,这就是她手中的秘密。"

"拍下这些之后,她为什么不报警?"霍染因问。

"因为我对她说……唐景龙的背后还有其他人。贸然报警,会将她直接卷入危险之中。"程正平静地回答。

"唐景龙背后还有其他人?"霍染因眉梢微扬,如刀尖上挑,"是谁?"

"这我就不知道了。这是我个人的猜测,但我想这并不是被害妄想症也不是凭空捏造。唐景龙有器官捐献机构的工作背景,他能调换器官的使用顺序,能让某个人暗中优先更换器官,这么个珍贵的'人才',你觉得他会独自流落在外吗?"

程正说完一段,又回到奚蕾身上。

"我劝她先离开宁市,避避风头,等到了安全的地方,再将证据交给警察。蕾蕾没有采纳我的建议。她说她答应了一个人,要每天陪她散步。她说唐景龙什么都没有发现,她不会有危险。她说散步不是什么大事,但承诺是件大事。她说她陪伴的人是位孕妇,她有时抱着她,能听见肚子里孩子的胎动声……

"她和我说,她环抱着朋友的时候能听到朋友腹中的胎动声。像种子发芽的声音,也像我们在她很小的时候,给她读睡前故事的声音。"

"我想那时候,蕾蕾真的很高兴。"程正说,"我很担忧蕾蕾的安全,但她真的很高兴。"

他将这句话重复了两遍。

"她救了一位想要自杀的孕妇,这位孕妇甚至还想杀死自己的孩子。我想这让她想起了小山村,山村里的女人,乃至她妈妈。她救下了她,她就仿佛能够改变过去这些她一直无能为力的事情。"

"她留下来了。之后的事情,你们都知道。"

孩子们开始做操了。一群孩子呼啦啦地自幼儿园的教室里跑出来,在操场上你推我挤站好队列。

程正镜片后的眼睛眯起来,两手放在膝盖上,脖颈微微前倾,急切地看着铁丝网后的孩子,好像正从中寻找一丝熟悉的影子。

他没有找到。

贪婪从他眼中褪去,他慢慢恢复成靠着椅背的坐姿。

"蕾蕾其实和她妈妈挺像的。她们都有颗舍己为人的心,都愿意为一些微不足道的小东西付出太多,她们都没有什么好的结果。愚蠢的善良注定燃烧自己,点亮他人。"

程正问霍染因:"警察同志,你办过不少案子吧?命案对你而言就像遇见下雨天一样寻常,天天面对这些穷凶极恶的案子,你觉得是好人多,还是坏人多?"

"城市漂亮吗?"霍染因问。

"很漂亮。"程正说。

"城市在好人与坏人眼中不一样。"霍染因说,"有的人看见美,有的人看见丑,只要他心中还有一点善意,他就总能感觉到美的一部分。我做这份工作,是因为好人比坏人多一万倍。"

程正看着蓝天,看蓝天下的操场,看操场上的孩子和偶然落在孩子面前的一只鸟。

有孩子想要上前抓它,但被周围更多的孩子制止了,它浑然不觉危险差点降临,兀自趾高气扬地蹦跶好几下,一振翅,飞走了。

真自由,真好。

蕾蕾或许无法感受到这份自由了。

但心荷她们还有机会,虽然很难,还有机会。

"警官。"他在椅子上伸懒腰,"聊得也够久了,孩子们都回去上课了。我也该走了，拿着这东西……"程正举起手中的蓝色棉花糖。

"回警察局里说要自首，会被当成去开玩笑的吗？"

那根棉花糖最后并没有被带到警察局里，霍染因看见程正在路上徘徊了一会儿，正巧碰到一个不知因为什么哇哇大哭的小女孩，小女孩的妈妈站在旁边，气急败坏，数落不止，后来又心疼了，抱着小女孩连连安慰。

程正将棉花糖递过去，不知说了什么，小女孩破涕为笑。

他在这里站了很久，一直微微笑着，直到母亲带着小女孩离开，直到吃着棉花糖频频回头的小女孩也过了转角再也看不见。

他还在这里站着。孩子的笑声越来越远。他眼中虚幻的影子却越来越真实。

是蕾蕾。

蕾蕾在前方奔跑，她梳起的马尾辫子迎着太阳快活飞起，每一根发丝都牵着灿金色的光芒，他追着那影子去了。

他连声说："小心些，跑慢些，等等老师——"

他面前，警察局蓝色的徽章同样在阳光下闪闪发亮。

霍染因再回到纪询身边的时候，拿在纪询手中的白色棉花糖只剩下一点点了，如白色毛线球顶在签子上，被他左转右转，像根魔法棒。

"这么放心，不亲自把程正送回警察局？不怕他晃你一个花枪，走过路口就逃跑？"纪询将签子冲向霍染因。

"他如果要跑，一开始就可以跑，没必要说这么多。"霍染因退后一步，面前的"毛线球"虽然还远，但它毛茸茸的样子，像下一秒就要沾上他的身体了。

霍染因后退，纪询得寸进尺，又把签子往前递一段，在霍染因面前招摇着，直到霍染因面上的忍耐隐隐龟裂，他才倏然一转手，将签子朝向自己，一口咬掉"毛线球"。

签子被投入垃圾桶，纪询拍拍手，说："行了，事情完了，我可以回家睡觉了——虽说尘埃落定，但霍队长，你还真相信我的话。你就没有想过……杀人的真是那些母亲，程正才是替罪的那一个。毕竟在这个故事里，人物视角换一下也成立，认为自己比妇女们更像坏人的程正无法忘记妇女们多年来的痛苦，也无法忍受自己的懦弱，他心中有了替罪的念头，但迟迟没有下定决心，只好等在那里，等待一个人来帮帮他。而我昨天说的那些话，真的只是一个感人却虚假的故事，我同情那些女人，于是杜撰了故事来说服你相信我，让你推胆小不敢跨步的程正去顶罪。"

"纪询，真真假假很好玩吗？"

纪询没回答，他直起身，耸耸肩，神气里透出这四个字：确实好玩。

"程正就是凶手。"霍染因说。

"但没有证据啊——"纪询拖长了声音，说实话，霍染因的选择令他意外，一贯强调以证据为本的霍染因居然真的因为他说的一个故事直接来找程正，这中间的缘由令人细思，"做出了选择的霍队此刻只能逼迫自己相信程正就是凶手，你无法接受他不是而你却推他认罪这个答案。说到底，你是有选择性的，带有偏见地认定程正是凶手……你认为，他更适合当坏人。"

"纪询，我做了选择，你却连选择都不敢做。"霍染因语调平静，他反问，"你跟我说这些，不就是希望我做出选择吗？现在我做出了选择，你又开始质疑我立场的正确性。纪询，你不觉得你反复无常，非常可笑吗？你是以什么立场质疑我的？"

他声音忽地变轻，轻而残酷。

"袁越真是最看得透你的人。你想回警察局，却不敢回来。"

纪询感觉到自己牙齿酸了会儿，接着他意识到，是自己咬得太紧的缘故。

"这句话可不太讨喜。"

"真话一贯如此。"

"就你会说话？"纪询目光一垂，落到霍染因被纱布裹住的十指上，"那来说说霍队长的双手吧。人类和动物的一大区别就是人类能够熟练使用各种工具，所以是什么让霍队长放弃随处可见的石块，或者穿在身上的衣服，要直接用血肉之躯和沙土较劲——是我们见面就抬杠的感情吗？"

"当然不太可能。我来猜猜，哦，我知道了。"纪询轻轻巧巧揭开谜底，"窒息。霍队长对窒息这件事，总是格外关注。"

霍染因的面容变得僵硬，僵硬而冰冷。

他踩中霍染因的痛脚了。纪询冷笑着想，多么容易。

这个时候，霍染因上前一步，拉起他的手，按到自己胸口上。

冷笑还没从纪询眼里褪去，错愕已经浮上他的面容。

他能感觉到的，是掌心之下强而有力的心跳，真实的心跳。

霍染因凑过来轻轻说："猜对了。真敏锐。想知道窒息后面的事情吗？来，再猜猜，我的秘密，就藏在这里。"

纪询心中升腾起巨大的违和感。

这不对。

霍染因一样私人物品都没有的办公室闪现在他脑海中。

这就是个在生活中隐藏很深，一点不想被探究的人。他这张正义的外皮底下藏着的究竟是什么？他为什么愿意承认自己的弱点？又为什么会邀请自己探究他？

霍染因放开他的手，退回原来的位置。

那层拒人于千里之外的冷淡又覆上霍染因的身。

对方神色从容，以公事公办的口吻说："这个案子是有证据的吧。"

"啊。"纪询对上霍染因笃定的眼神，一耸肩，承认了，"没错，有。绑走唐景龙的地点姑且不说，那里是监控盲区。但无论是谁要去杀陆平，他都会事先踩点，这是替罪者事后无法弥补的，只要调取陆平家周围的监控，谁出现在监控之中，谁就是真凶。"

"我明白了。"霍染因点头。

第二卷
必然的随机数

34

　　这是个好天气。阳光不强不弱，温度不高不低，风力不大不小，这是一个适合做任何事情的天气。站在大型商场外的电影宣传广告牌下的男人这么想着。

　　他身高腿长，年至不惑，一身皮肤久经阳光洗礼，晒成黝黑，衣服的肘部和膝部都有磨损褪色的痕迹，很明显，这是个干体力活、家境平平、囊中羞涩的男人。

　　这个全身上下都没什么出奇之处的男人，思想与外表一样贫瘠，他拉拉杂杂地想，是先看电影，还是先去办事？

　　这部电影很好看的样子，要是先去办事的话，就来不及看了。

　　要不看电影吧，两个小时就能播完。

　　可是手里的东西太重了，不然还是先去办事吧。

　　他做出了决定，但依然舍不得电影，兀自在广告牌"媲美某国《杀人回忆》，更惊悚，更罪恶，一个杀人者的自白书"的宣传语上看了好一会儿，才恋恋不舍地离开。

　　他提起脚边的帆布袋，往广告牌不远处的高档小区走去。

　　他先看见了站在保安室的保安，保安精神的装扮让他暗生羡慕。

　　他本来想应聘这里的保安的，可惜没选上。只能当个水管工，进来修水管了。

　　他在保安室的本子上记录了自己的姓名与身份证，提着袋子往里头走，小区里电梯管得严，得刷卡才能上，他费了番工夫，算是从消防通道上了目标楼层——三十三楼。

　　他重重喘了一口气，脱下外套，坐在楼道间里，像只累趴下的狗，张着嘴吐着舌散了好几分钟的热，才重新穿好衣服，提起包，敲响3303的房门。

　　"谁啊？"门里传来声音。

"物业。"男子神色自若,他有张温顺老实的脸,"来检修天然气管道。"

门打开,一位五十岁出头的秃顶业主站在门后,鼻翼两边的深深的法令纹让嘴巴突出,神色刻薄:"要检修管道怎么不提前通知?进门要脱鞋,别把你脏兮兮的鞋子踩进来……什么味?你工作证呢?"

"您稍等,我把工作证给您看。"男人低声下气,拉开提包拉链,伸手进去。

再抽出来时,一把闪着寒光的尖刀对准秃头业主的胸前。

秃头业主脸上的刻薄变成苍白,苍白又凝结出大团大团的恐惧,他牙齿不受控制地打战,像风不断吹打百叶窗一样地响动:"你,你……"

"别怕,赵老板。"男人还是那张温顺的脸,"我不是抢劫犯。自我介绍一下,我叫辛永初,怡安县人。您应该还记得怡安县,那是您的福地,您在怡安县做工程项目时,还是个小小的工人,等到怡安县工程结束后,您突然有钱做生意了,成为一家食品厂的老板,开着豪车,住着豪宅……"

"这些……这些钱,是我多年的积蓄。"不知什么时候,赵老板涕泗横流,"不是你想的那样,真的不是……"

"我想的是什么样?"辛永初问。他的刀逼近了,赵老板只能一步一步地后退,门被辛永初用脚踹上,关严了,他将赵老板逼到餐厅的餐椅上,用尼龙绳子捆好了。

而后他将刀子放到一边,再将随身携带的袋子拉开,从里头取出摄像机与三脚架。

他将这些东西在室内安装完毕,又调试了好一会儿,确定摄像机正常工作后,才再度转向赵老板:"现在摄像头能将一切都记录了。赵老板,不要紧张,只要你好好回答我的问题,你一定会没有事的。我想问的是……二十二年前,怡安县中,你是不是用榔头,敲碎了汤志学汤会计的脑袋?除了你,现场还有另外一个人,那是谁?"

时间过去了半个小时。

辛永初换了好几种方法,也没有撬开赵老板的嘴。

赵老板已经瘫在椅子上,他裤管湿淋淋的,脚下一摊黄色液体,他身上也并不干净,他的额头被打破了,血和汗糊了他一脸,他像一只鼻涕虫那样,软塌塌地瘫在椅子上,半死不活。

"不是我,我没有……汤会计的案子早结了,是外来人员流窜作案……"

辛永初有点累了。他走到摄像机面前,动手调整角度,对着摄像头自言自语:"其实我不想这样的,我知道汤会计如果还在,也不会让我这样做。但是……该做的事情还是得做,对吧?"

他退后两步，摄像头照出他握着刀的颤抖的手。

他对着摄像头鞠了一躬，九十度，保持了两分钟。

然后转身，捂着赵老板的嘴，将刀深深捅入他的心脏。辛永初看见赵老板那一瞬间暴突的双眼和涨红的面孔，对方如同离了水的鱼那样，在他手掌下剧烈地挣扎，像是要敲碎椅子、崩断绳子一样的。但这种挣扎不过是回光返照，不到一分钟的时间，宝贵的生命自他体内流逝，他停下，不动了，眼睛也渐渐失去光泽，泛出僵硬的死白色……

他死了。

事情办完了，辛永初开始收拾东西，看眼时间。

"咦？"他念叨，"好像还来得及看电影？"

纪询讲完案件的来龙去脉后，夏幼晴身前的可可牛奶还是一口没喝。

纪询来时，她就是这样了，一个人不知在这里坐了多久，一圈一圈地搅动着没有一丝热气、像是苦药的可可牛奶。

叙述案件的过程中，夏幼晴也始终安静，她的表情一度空白，面容如同白瓷面具，漂亮、精致，空洞且没有生机。直到他说起那句话："蕾蕾很高兴，她觉得自己救了一位孕妇，救了一个还没出生的孩子。"

这句话如同一股生命之泉，注入夏幼晴的体内。

始终不动的女人突然侧脸，定定地看着窗外，纪询跟着看过去，看见一个悬挂在电梯前的母婴店广告灯箱，上边有个穿着小熊套装、展露笑容的可爱小宝宝。

太阳光照在她脸上，将她脸颊点亮，她眼睫毛轻动，一滴泪珠滚了出来，它牵动她脸上的"白瓷面具"一同滑落，落在地上，摔个粉碎。

"结束了。"夏幼晴最后这样评价。

纪询也这样想，这是三年来他参与的第一个案子，太过复杂，哪怕昨天闷头睡了一整天，也跟没睡似的。

他迟钝了三年的思绪在疲惫中活跃得不同寻常，唐景龙的社会关系在他脑海里织成了一张蜘蛛网，网中心孟负山在嘲笑他怎么对路边随便一个吸毒犯都那么在意。

直到夏幼晴这句话说出来，他才好像终于有一种摆脱案件的真实感。

无论如何，都结束了。

也许结果不尽如人意，但这就是真相，弥足珍贵的真相。

随后，纪询陪夏幼晴上楼，去母婴店逛了婴儿用品，这是夏幼晴第一次踏足这里，第一次认真考虑将孩子生下来后会需要什么。

人很脆弱，但更坚强。只要一生中感受过一次希望，希望就会在他心中落下种子，再如同火炬一样向前传递。

一如女人们"传递"奚蕾，一如奚蕾"传递"夏幼晴，一如夏幼晴"传递"自己的孩子。

商场里的母婴店面积挺大，进去逛一圈，半个小时就过去了。

夏幼晴已经满载而归，至于纪询，他正站在店铺门口，对着口味不同的幼儿饼干陷入纠结。这家母婴店正好夹在两家手机店之间，他手机丢了，必须买个新的，面前就有手机店很好，不好的是，多了一家，逼得他不得不在两家店铺中做出选择。

这对有选择困难症的他来讲是个绝大的难题。

他决定通过幼儿饼干来考虑，如果要进左边买手机，就买胡萝卜味饼干；如果要进右边买手机，就买蓝莓味饼干。

他的手指在两包饼干间来回游走，直到——

"纪询？"

袁越的声音自背后传来，他转身一看，袁越刚刚从商场的观光电梯中走出。

他毫不犹豫，掉头就走，没走两步，又自扶手电梯上看见霍染因。

两人前后夹击，纪询进退维谷。

"你们怎么在这里？"纪询先声夺人。

"案子破了，局里发电影票福利，电影院在这里，倒是你怎么来了？"袁越奇怪道。

"嗯……手机丢了，出来买个手机。你来得正好，帮我决定，左右两家店，我要进哪家店买？"纪询同袁越说话，顺势瞅了眼霍染因。

霍染因望了望母婴店，又望了望他，而后好整以暇，一挑眉梢。

这家伙，别是猜到了吧。

纪询蹭到霍染因身旁，低声道："电影要开始了，你手下的人都进门了，霍队在这里磨蹭什么？还不赶紧进去看电影？"

"不着急。"霍染因同样低声说，"外头的戏比里头还精彩。你走钢丝绳走得挺漂亮，运气也很不错。"

霍染因什么都发现了，倒是袁越，什么都没有发现，还一口答应纪询的要求："这个简单，电影马上开始了，你和我们一起进去看个电影，出来再决定吧。"

"不看，有什么好看的。"纪询一口拒绝，"三流剧本拽了个大大的噱头而已，浪费时间，不值一看，都不用进电影院看，我就能把大概情节猜出来——"

这是部热门电影。临近播放时间，越来越多的观众到达这里，等待进场。各种各样的味道交织之间，一丝血腥味突然袭到纪询鼻端。

他的声音缓下，循着味道看去，只在川流的人群中，看见一闪而逝的黑色大提包。

35

电影院里有了让纪询在意的东西，他拒绝的态度就没那么坚决了，随意推拒两句就依着袁越的意思检票入场，只在进门之前把两个口味的幼儿饼干都买了。

进场后，袁越带纪询来到特意给他留的位置——影厅最中间一排的最中央位置，而且左右两个位置都是空的，相当于纪询一个人占了三个位置。

纪询左看右看，最后看向袁越。

"什么意思？"

"你看电影喜欢说话，还喜欢猜后面的情节，还猜得八九不离十。"袁越的神色和话语中都带着极大的包容，"所以这样比较好，你可以自由说话，我们也不会听到你的剧透。"

"呵呵。"

纪询给了袁越一个白眼，把红色袋子里的饼干抛给对方，走了。

他一路走到电影院的最后一排，打算坐这里，但这个影厅的最后一排全是情侣卡座，本来不怎么讨喜的位置硬是被情侣占据，一个个男朋友带着各自的女朋友，分享一份爆米花和一杯饮料，甜甜蜜蜜。

这群人中的唯一异端，大概就是神色无聊，手肘架在扶手上，用手指撑着额头，以一种国王坐姿垂眸看全场人员的霍染因。

纪询的目光在霍染因身旁的空位处停留几秒钟，来到倒数第二排，他站在这里评估了下视线的高度，发现并不能将全场的人员尽收眼底。

于是他的目光再度转向霍染因身旁的空位。

这下他毫不犹豫，坦然入座，和霍染因共享一个双人卡座。

"不嫌挤？"霍染因问。

"是挺挤。"纪询实话实说，坐了才知道，原本其他情侣坐着还挺宽敞的双人卡座,换了他们一起坐,就不是那么回事了。他和霍染因的肩膀并在一起,大腿也差不多,反正只要稍稍动弹,必然引出一串窸窸窣窣的衣料摩擦声,"要不是这里视野好,才不和你一起坐。"

"哦。"霍染因懒洋洋地低着嗓子,拖长声音,"我的荣幸。"

光明并没有持续太久,一会儿,灯光熄灭,广告开始。

这半昏半明的光线其实挺适合聊天的,霍染因也真的开了口:"你到底是想让夏幼晴和袁越复合,还是不想让夏幼晴和袁越复合?"

"你猜?"

"我猜不出来。"霍染因说,带着轻轻的调侃和嘲笑,"你的行为充满了矛盾,也许你的想法也充满了矛盾,你的理智觉得他们应该在一起,但是你的感情又啪地把理智关在了门外……"

"你在写诗吗?"纪询无语问,"还是自以为好的那种。"

霍染因低哼,不悦道:"既然夏幼晴不想把孩子打掉,那么无论怎么样,袁队都应该承担起属于他的责任,照料妻儿。"

"人家是清清白白的前男女朋友关系,你民政局的啊,这么急着给他们扯红本、盖钢印?"纪询嘲笑道。

"孩子需要父亲。"霍染因又说。

"一个刑警队长式的父亲?"纪询揶揄。

从纪询过来到现在,霍染因都没有怎么动弹,似乎打算将国王式的坐姿保持到天长地久,唯一还能感觉他是个活人而不是雕像的,大概是他的眼睛。

纤长的睫毛如同半扇密密的帘子,稍稍下垂,遮了他的眼,但那道森冷、凌厉的目光,依然从睫毛底下射出来,落在他注视的每个人身上。

直到此时,霍染因终于稍稍转了眼珠,看向纪询:"刑警队长怎么了,你对这个职业有偏见?"

影厅大屏幕上还在放广告,这都有五分钟了吧。干聊天实在无聊,周围人都在吃东西,他也拆了手里的饼干,开始吃起来。

"说职业偏见用词太重了,应该说了解。"纪询适时打断,"来,霍队做个选择题:A地,你未来的老婆在产房难产,马上就要一尸两命;B地,我又一次被活埋了。人性的抉择时刻到了,A、B两地你只能选一个地方赶往,你赶往哪里?"

霍染因无语。

"百分之百……错了,袁越是百分之一百赶去救人,你的话,可能百分之九十五吧。"纪询说,"我说错没有?"

没有说错。

霍染因沉默了半天,冷着脸,找到理由:"我是警察,不是医生。赶去产房救不了老婆和孩子,赶去现场至少能救被活埋的家伙。另外这种虚构的选择题考验不到我,未来不可能出现这种情况。"

纪询挑挑眉:"霍队总是很自信。自信是好事,希望未来确实如你所想。不过上边的题目也论证了我的观点,有个刑警队长当老公,看着是活的,其实像死的。女方想嫁就嫁,是牺牲小我造福大家的崇高觉悟,不想嫁,倒也没必要由旁人来催着她嫁。"

"多少有点区别。"霍染因说。

"是否成为烈士遗孀的区别?"

"多张工资卡的区别。"

"这个理由倒是很真实。"纪询失笑,"两张工资卡总比一张好。没想到霍队看似脱离了普通群众阶层,思想却这么朴实,难得。"

两人有一搭没一搭地聊着,霍染因刚才看了纪询一眼,现在又转开了,继续盯着影厅中的人。

霍染因是从他突然决定进来看电影的态度上意识到了不对,于是在影厅中寻找可能存在的异样。

就一个反应——

面对面的袁越没有任何察觉,站在旁边的霍染因倒是一下注意到了。

不但注意到,还"相信"会有所发现。

纪询暗自耸耸肩。

他良心发现,不再打扰努力办正事的霍染因,自顾自地看着大屏幕,灯光忽暗,又臭又长的广告算是播到了尽头,终于隐去,开始播放正片。

但这时纪询为数不多的耐心已经差不多耗尽了,他看电影的坏习惯又不自觉地冒头,恰好身旁有人,他忍不住开始"放飞自我"。

他看了片头的几个画面,就开始说话,但好歹还记得是在电影院,只向霍染因的方向倾斜,同时将声音压得低低的:"我看这个人面带凶手相,多半就是——"

"纪询。"

"嗯?"纪询说,"信我,我看悬疑片猜凶手很准的,袁越就是被我'毒害'不爱和我坐一起看电影。"

霍染因转脸看过来,荧幕的光在他漆黑的眼珠上反射出一层绿意,那种绿意如同浪潮,带着澎湃的生机和敌意,汹涌而来。

"我也猜中一个人。"

几乎在视线相对的第一时间，纪询就读懂了霍染因的意思。

对方说的不是电影，废话，当然不是。

在刚才沉默观察的时间里，霍染因在电影院中找到了不对劲的人。

电影的配乐变成撩动神经的诡异脚步声，大约是到了所有人该屏住呼吸的桥段，影厅里观众的呼吸都不自觉地放轻，除了配乐和角色的喘息什么也听不到。

霍染因也不再说话，他牵过纪询的左手，又朝纪询递去一只手。

这是要将他们发现的人同时写下，看看是否一致。

这个游戏比无聊的电影好玩不止一倍。

纪询决定接受，他侧了身，由面向屏幕变成面向霍染因。

他的右手在霍染因摊开的左手上写字，霍染因的右手则在他摊开的左手上写字。

霍染因微凉的指尖落在他的掌心，接着他意识到对方在他掌心写的是：1202。

12 排 02 号。

而他在霍染因掌心写的是：1202，杀。

12 排 02 号，杀人。

游戏结束，两人选择的目标一致，但霍染因没有确认这个犯罪嫌疑人犯的究竟是什么事。

纪询写字的右手提起收回，当他要将当写字板的左手一起提起收回的时候，被霍染因一把抓住。

"我之所以觉得他奇怪，是因为他一直抱着他的包。"

霍染因牢牢抓住纪询的手腕，像是解释，但更像是一次相互竞争时不服输的挑衅。

他需要纪询肯定他——肯定他说得一点没有错。

"他坐在最旁边，位置不好。因为他是临时决定要来看电影的，所以只剩最旁边位置的票可以买。自从进来看电影之后，他就一直将他随身携带的不小的提包抱在怀里，再贵重的包放着再贵重的东西，一般塞在身后座椅里也足够了。由此得出一个悖论，既然随身携带着这么贵重的、让他看电影也要一直抱着的东西，他为什么要临时决定来看电影？"

"差不多吧。"

纪询肯定了霍染因。电影院里头这么多人，霍染因准确地圈出了提着包的那个男人，观察已足够细致犀利。

"但这些不足以推断他杀人。"霍染因说。

"除了你说的这些,我进门的时候从那个大包上闻到了一丝血腥味,上面还有一些点状喷溅的痕迹。当然这有可能是因为他路过一个杀鸡的摊子,正好沾到了点血。"

"但是我相信,对我们……对你们而言,碰着杀人比碰着杀鸡频繁得多。"纪询笑道,"综上所述,做个大胆推测吧:他抱着这么重要的东西还要来看电影,也许是因为,他知道这回不看,他就再也没有机会看了。"

"当然,这一切都是不负责任的瞎猜和直觉。"纪询忽然又耸耸肩,语气轻松,"也许他就是一个普普通通难得进城一趟的乡下人,刚巧路过了杀鸡摊子,包里还放着村里的公共财产,所以对提包特别在意,但又想赶在出城前看场电影。"

电影画面切换了,从白天变成黑夜,绿意从霍染因眼中褪去,他的眼珠重新变成黑色,比之前更加漆黑。

"纪询,你是天才。"

天才有太多的奇思妙想,太多的大胆猜测——最后,它们都被证明是对的。

霍染因的声音轻飘飘的,如同夜里的幽灵。

"天才总将天分虚掷。"

36

纪询在看两场电影,一场是屏幕里的,一场是屏幕外的。

屏幕里一帧帧的画面将影厅纯粹的黑渲染成不同色泽的悲欢离合,屏幕外与之共情的可疑人士随着故事的起承转合,面容一变再变,似乎这个不怎么精彩的故事让他难以抑制地将自己代入其中。

不,其实是三场电影。

坐在他身旁的霍染因一动不动地盯着看电影中的可疑提包客,甚至拿调暗了光的手机记下了画面的时间节点。

他们不约而同,都没打算去打扰这个提包客。

假使他真的杀了人,显然也不是简单的激情犯罪,否则他不会如此镇定地坐在电影院里。

他或许将是一个难缠的对手,他们——霍染因和袁越那些刑警,将做好准备，这一准备绝不包括拿着警官证，在人来人往的电影院里直接把人带到旁边搜身和询问。

这或许是最简单的办法。

但要是一个不小心，在今天，在这里，真的发现提包客是犯罪嫌疑人，他的大提包中塞着把沾满血迹的刀，或者塞着个面目狰狞的头，或者随便来点什么人体残肢、带血衣物；再一个不小心，在对方反抗的时候引发骚动被围观群众看见。

纪询的目光再度回到大屏幕。

毫无出奇之处，开场五分钟猜到的犯罪嫌疑人果然就是真凶。

他继续思忖，如果真的引起骚动，那么这个老套的、完全无法媲美《杀人回忆》的噱头片，立刻就会爆火网络。这可比《杀人回忆》上映时所提炼的"你可能和杀人犯一起看电影"的观点惊悚一万倍——这是真的和杀人犯坐在一起看电影。

随后，无数记者就会像闻着血腥味的鲨鱼一样蜂拥而至，以分钟为单位炮制出一篇篇比《杀人回忆》更可怕的文章——《那一天，我和杀人犯零点一厘米的距离》、《杀人犯也忍不住想看的悬疑电影》，噱头十足，调动网友情绪，引发一轮轮猎奇议论，篇篇阅读量上百万。

还在休假中的袁越和霍染因，就会再度丧失他们宝贵的、区区一个晚上的休息日，重新投入到紧锣密鼓的破案程序中……嗯，这倒是个自然而然的发展，刑警们估计都习惯了，就算有人现在不习惯，干久了，早晚也会习惯的。

纪询有一搭没一搭地想着，影片结尾的主题曲响起，影厅灯光亮了，屏幕变成黑色，预示故事里的悲欢离合到此终结。

于是盒子开了口，闷在里头的呼吸声、说话声、起立声，全部一涌而出，影厅变得嘈杂起来。

纪询依然抽离着，观察整个影厅里的每一处情况。

他看见在绝大多数人都起身离去的时候，提包客依然坐在自己的位置上，他的双眼依然盯着屏幕，连屏幕上的片尾字幕都看得津津有味，像是完全沉浸在了故事的余韵之中，于是出现在屏幕上的那一个个代表人名的普普通通的方块字，都妙趣横生了起来。

他看见袁越和其他刑警了。

他们坐得很集中，基本在影厅最中央的三排位置落座，他们不忙着和普通群众挤出口，都在座位上说说笑笑，缓和片刻，打算人走得差不多了再出去。

巧妙的巧合。

纪询不动声色地想，他的视线又落到身旁的霍染因身上。果然，霍染因在使用手机，他正在发长段的文字消息，应该是和前边的同僚沟通，以便彼此配合，清空普通群众，将提包客独自留在影厅中。

　　一个无形的计划正在酝酿。

　　没一会儿，几个刑警站起来，中间包含两位女警，一位是文漾漾，另外一位是局里新来的法医——纪询曾经见过她一面，但上回没认真看。现在细看，她下颌微宽，眼睛细长，不符合东方人的典型审美，但她细长的眼睛带着狐狸似的妩媚，这丝妩媚与她冷淡中性的打扮发生了奇妙的化学反应。

　　她是一个十分有魅力且十分了解自己魅力的女人，很少见这样聪明的女人选择天天与罪犯和尸体打交道。

　　纪询欣赏的目光在这位陌生女警身上停留几秒，随后他在一曲已经谱好调子的乐谱中，发现了个错位的音符。

　　一个矮小的男人挤在人群中间。他左挨挨，右蹭蹭，缓慢但明确地朝女性的身旁挤去，并且快速伸出手，摸了长头发、身穿白色连衣裙的女孩子。

　　女孩子几乎像被鞭子抽中般剧烈抖动，并瞬间回头。

　　纪询已经在快步朝着人群赶去，但事情发生就在一瞬间，那位回头的女孩子看了一圈，但没人和她对上视线，每个人都在看着手机。她的眼圈慢慢红了，这时她身旁的女伴和她说话，大概是问她发生了什么。

　　女孩子咬了咬嘴唇，似乎有些犹豫，最后，纪询见她缓缓摇头，拉着女伴，快步离开。

　　前后不到三十秒，女孩子走了，纪询刚刚从最后一排来到出入口处，但好消息是，那位猥亵者得了甜头还想继续，他没有顺着人群离开影厅，而是又绕了几步，继续徘徊在出入口，并将目标转向文漾漾与陌生女警。

　　他向她们的方向靠拢，手臂在人群中像蛇一样摇摆着，悄悄游弋在她们的敏感部位。

　　周围的刑警高度警惕，他们警惕着提包客，就在刚才，提包客突然自座位上站起来，并将抱在怀中的包提到手上，快步来到了出入口！

　　那根悬在影厅也悬在众多刑警脑中的弦霎时绷紧。

　　已经来到入口处的几位刑警瞬间将余下的些许普通群众挤出门口，随后在此站定挡住通道，但这也让文漾漾和陌生女警停下脚步，留在了矮个子猥亵男的接触范围。

　　猥亵男面上闪过一缕隐蔽的喜色，手臂努力向前一探！

　　同时，提包客也猛地向前伸手，伸出没有提着包的那只手！

谭鸣九运气好，站位最靠近提包客，他眼看提包客伸出手，眼里瞬间擦出火花，半转身体，当场就要将人扣住。

千钧一发之际，纪询及时挤过来，抬手勾着谭鸣九的肩膀，用力往前一推。

毫无防备的谭鸣九霎时失去平衡，踉跄挡到了两位女警面前，他正蒙着，突然间屁股一痛，有只手摸上来，还使劲掐进去！

谭鸣九神经嚓一声，断了："谁掐老子屁股！"

刷刷刷！

一群目光堪比探照灯的刑警将视线集中在了事情的焦点——谭鸣九的屁股上。

他们看见一个矮小男人的手掌正贴着谭鸣九的屁股，而这家伙的手腕，则被另一个人捏着，那是个现场所有刑警，包括纪询都没有想到的人。

提包客。

提包客抓住了猥亵男！

这家伙杀了人之后不止看电影，居然还见义勇为抓流氓，这么道德高、思想高、闲情逸致高……别是弄错了吧？

看清事情的瞬间，这个疑问绝不止闪烁在一个刑警的脑海中，紧绷的弦开始松散。

这直接导致了最先反应过来的人，成了被抓住的猥亵男。

只见这矮小的男人还端出副趾高气扬的模样用力挣扎："干什么？给我放手！抓伤了我你赔得起吗！不知道哪来的农民工，闪一边去！"

"我看见你耍流氓了。"温顺老实的提包客看着真不是这家伙的对手，他笨嘴拙舌，也说不出什么来，只能抓着矮小男人，坚持道，"和我去警察局。"

还想去警察局……

刑警们更沉默了，紧绷的弦更加松散。

"还去警察局！"

猥亵男夸张地大笑。他挣扎得厉害，原本一只手抓着猥亵男的提包客为了防止他逃跑，不得已放下提包，两只手控制住猥亵男。

猥亵男没能挣扎出来，气愤不已，恶人先告状："好好好，一起去警察局，你有证据吗？我摸了谁？人挤人的时候一不小心碰了个大男人的屁股叫耍流氓？我看你是想讹诈！待会儿见到警察，我就送你进局子待个十天半个月！"

"警察局是你开的啊，想送谁进去就送谁进去？"纪询终于开了腔。他的脚边就是提包客的提包，距离近了，提包上的血点与血腥味更加明显。

他不动声色，拿脚悄悄踢了踢，不是人类肢体，感觉……像是大型金属器材。

"你又是谁?"猥亵男调转矛头。

这时谭鸣九断了的神经终于艰难接上,屁股有多痛,他就有多生气。

他忍无可忍,掏出手铐,咔嚓一声锁住猥亵男:"证据个屁,老子就是警察,你耍没耍流氓,老子的屁股不知道?老子的屁股不能当证据?"

猥亵男傻眼。

提包客也愣住了。

赶着这时间,纪询弯腰去捡地上的提包,他手一抬,不小心碰开了拉链,将提包里的东西窥探个清清楚楚。

刚才的感觉没有错。

提包里确实放置着大型金属器材——三脚架和摄像机。

除此以外,什么都没有。

是我弄错了吗?纪询想着。有这个可能。猜测没有百分百对的,百分百对的不叫猜测,叫预言。他如果有这能力,不妨去预言一下双色球的开奖号码。

"不好意思,碰开你的包了。"

他将提包递还给提包客,眼神顺势扫过周围,提包里的东西在他刚才拉开拉链的时候,周围的刑警也都看了,现在大家都放松了下来,注意力从提包客转移到猥亵男身上。

这猥亵男也算倒霉,选哪里猥亵不好,选在了个警察局、刑警集体观影的影厅中,百分百要被当成典型,从重从严处理了。

纪询想到这里,突然看见站在人群之外的霍染因。

别的刑警注意力都分散了,但霍染因没有,他单独站立,距离不远,目光自始至终都留在这里,保证了这里无论发生什么意外,都能第一时间支援。

就好像是,在他也觉得自己可能猜错的时候,霍染因还坚定不移地相信着他的猜测,还在等待,还在防备。

纪询一时讶异。

他时常无法理解霍染因对他的信心到底是从哪里来的。

"没关系。"提包客笑了笑,接过纪询手中的包。

他重新将包抱回怀中,而后他面向谭鸣九说:"你是警察?我能看看你的警官证吗?"

谭鸣九愣了下,摸出警官证给提包客看。

提包客看得很认真,中途一度紧了紧怀中的包,随后他抬头,还是那张温顺老实的脸。

他温顺老实地说:"警官好,我要自首。我杀了个人。"

37

"我叫辛永初。"

提包客说出自己的名字。

"我是电影开场前大概十五分钟左右杀的人。地点是安和大厦3303室，他叫赵元良。我用一把刀子捅死了他，没抽出来，因为听说血迹不好打扫，所以就这样了。我走的时候带走了门钥匙，钥匙在这里，你们可以直接开门进去……不过我没有找到电梯门卡，你们还得问问保安，让保安把你们带上去。唉，三十三楼，爬起来太累了。"

辛永初低眉敛目，配合有加，和警察聊起杀人时自然得就像在小区里和邻居闲聊小区的绿化程度，说这里多了一朵花，那里少了一棵草。

"关于杀人的过程，我已经用摄像机录下来了。它可以作证人是我杀的。嗯……我需要跟着去现场吗？不好意思，给你们添麻烦了。"

不知什么时候，影片的片尾曲播完了，留给参演人员滚动名单的黑幕也变成灰幕。

所有的视线全集中在辛永初身上，所有的人气儿也集中在辛永初的叙述中。

他如此体贴周到，站在警方的立场为警察着想，站在保洁的立场为保洁着想，仿佛他只是做了点微不足道但不得不麻烦别人的事。

他很抱歉，他杀了个人。

藏在空气中的无形坚冰由袁越打破。

袁越上前一步，自围着辛永初的警察里走出来。他并没有因为辛永初承认杀人就态度严厉，相反，辛永初态度配合，他也态度友善，聊家常般说："不用。按照流程，你要先和我们回警察局，做个正式的笔录，承认罪行，签字画押。至于你说的那些，我们会派警察到现场核实一番，再作安排。你说你把一切都用摄像机拍下来了？那么摄像机就是证物，能把它交给警方吗？"

"好的好的。"辛永初点头，胳膊却紧了紧，将提包多抱了几秒钟，才恋恋不舍地递给袁越，笑得憨厚，"这个还挺贵，要我半年工资，我第一次买。"

袁越接过提包，又取出手铐。辛永初没有反抗，很顺从地递上双手。

犯罪嫌疑人被控制，周围警察也活泛起来，有条不紊地展开工作，联络总部，检查证物，安排现场工作——一架精密的大机器下，每个零件都在努力工作。

谭鸣九左看右看,现场人多,活儿都被抢完了,他这个最开始最接近犯罪嫌疑人的警察反而沦落到无事可做的地步,唯一还能干的,大概就是……

"把你的手从我的衣摆上拿开,别一副要尿裤子的蠢样。"他一脸嫌弃,摆脱猥亵男。

刚才还嘚瑟的猥亵男连惊带吓的,彻底怂了,死皮赖脸地缩在谭鸣九身后:"警察,警察大哥,这是杀人犯,你让他离我远点,人民警察为人民呐!"

谭鸣九盯着这人,冷笑道:"人民警察当然为人民,走,我带你回局里,这就让你免费享受为期十五天、警备充足、安全无忧的头等拘留室待遇。"

一队二三十人的警察带着两名犯罪嫌疑人,包括纪询,呼啦啦又回到了警察局。

作为最早发现辛永初不对劲的人,纪询得当个证人,做做笔录,也算流程。没什么好说的,做就做呗。

纪询跟着众位警察到了警察局,好了,他被撂在办公室没人管了。

他一手托着下巴,一手敲着桌面,开口呼喊,千回百转:"来——个——人——呐——给——我——笔——录——"

袁越耳朵灵,被唤出来了。

他匆匆路过,哄纪询:"马上就来,稍等下,到安和大厦的人传回消息,确实死了人。案子分到了一支队,我得去询问室问问辛永初为什么要杀赵元良,这看上去像是一起仇杀案件。你如果无聊,就来询问室外一起看看,霍队没事,也在那边听。"

纪询疑惑,为什么要特意对他强调霍染因也在那边,难道他会因为霍染因在那边就特意过去吗?

纪询打定主意不过去。

然而一个人待在办公室,尤其是在没有手机的情况下,实在太无聊了。

他只坚持了五分钟,就对无聊屈服了。他站起来,吊儿郎当地晃到询问室外,霍染因果然在,除了霍染因外还有不少警察挤在这里。

他晃荡到霍染因身旁,霍染因正双手抱胸坐在椅子上,专注听着询问室内的询问。

明明案子划归到一支队,和他已经没什么关系了,但这位刚上任没多久的刑警队长,在太阳底下总是有太多无聊的正经。

"里头问到什么程度了?"纪询没话找话。

"仇杀。"霍染因言简意赅。

同袁越刚才的分析一样。

废话,是个人,有点思维能力,都能猜出这一点。

"我手机没了,你的借我用一下。"

霍染因不理他,站起来,转身出去。

纪询干脆抄起桌面上的耳机,听听里头的事情。

还没听两句话,一个全新的手机盒子递到他面前。

他抬起头,拿盒子的是霍染因。

"这是?"

"送你的。"

纪询抽了一口气:"霍队,这不是警队报销的吧?"

"不是。"

"想也不是。破案了没事发个电影票,有事记个功,顶天了。"纪询说,"这是……你?"

霍染因不语。

纪询欠欠身,凑到霍染因身旁小声说:"霍队,抬手就是大几千,哪怕资本家也夸张了,我压力很大的啊……"

霍染因懒得跟他废话。纪询没动桌上的手机,他把盒子拆了,将里头的手机拿出来,当着纪询的面启动,然后将自己的号码输入存储,再设置为快捷拨号"1",最后丢给纪询。

纪询接过。

这部全新的绿壳手机在他手中转来转去,如同一道碧浪翻腾涌动,他痞痞一笑,抓着羊再薅一把:"但你非要送我,我也却之不恭。对了霍队,再把我之前发出去给线人的微信红包也报销下呗?不多,就四百块钱。"

"加我微信。"霍染因命令。

"稍等,我登录下就加。"纪询从善如流,一秒不拖,加了霍染因。

哪怕再看一次,霍染因的头像也出乎纪询的意料。

按照他对霍染因性格的评估,对方的头像八成会选择纯色,要么全白,要么全黑。但霍染因两样都不选,也不是什么风景图或者自己的照片。

他的头像是个本子。学生时期的作业本。

真奇怪,也许这个本子有什么特殊含义。

纪询习惯成自然地想了一瞬,抛开,做好接收红包的准备:"霍队,来吧。"

霍染因闲闲地看他一眼,面露哂笑,语气轻快道:"我说的是加微信,没说给你报销吧。"

纪询愕然。

他左看右看，发现霍染因是认真的，对方拿根胡萝卜钓头驴，骗驴颠颠跑上去后还把胡萝卜藏了起来！

纪询觉得自己很亏。

但为了四百块钱红包就闹腾，又显得他不宽容不大度。

纪询琢磨片刻，坐回位置上，掏出新手机，悄悄戳屏幕，给霍染因改了个备注名：阴阳怪气的大方小气鬼。

改完了，报复成功，他若无其事地收回手机，和霍染因一起看里头的询问。

霍染因戴着耳机，他不需要，随便看看便能读出单向可视玻璃后辛永初的唇语——询问室内，辛永初正在长段长段地说话。

"警官，我杀人的情况交代完毕了，你们可以重新调查汤会计的这件案子吗？"

辛永初人高马大，背却微微驼着，两腿垂直内缩，规矩得像小学生面对老师。

"汤会计叫汤志学，怡安县人，二十二年前，也就是1994年的9月18日，在家中被人用铁锤锤破后脑勺，当场死亡……"

纪询倏然一怔，看向袁越。

袁越平静的面色随着辛永初的描述发生变化，他眉头微微锁住，下颌线条向后紧绷，他意识到了——是那个案子。

纪询只顾着询问室内，没有注意到旁边的霍染因突然转了头，视线扫过袁越，再扫过他，最后，扯扯嘴角心下明了：这是属于这两个人的案子。

"这个案子我记得。"询问室内，在辛永初反复恳求四五遍后，袁越开了腔，他并非拿乔，只是这个陈年旧案让他心绪混乱，他的眉心拢着，中间一道刀刻似的纹，"9·18碎颅案，悬案。二十二年前侦查技术不成熟，没能锁定抓捕犯罪嫌疑人，但根据同时间的另一位受害者的口供，犯罪嫌疑人是外来人员流窜至怡安县作案，汤志学当时是怡安县一高教学楼在建工程的总会计，出事的时候正值中秋节前两天，汤志学刚刚从银行里取了钱要给工人发工资。当年的侦办人员综合考虑各种情况，猜测是汤志学从银行出来的时候被犯罪嫌疑人盯上，一路尾随至其家中，家被人踩点做了标记，最后遇害身亡。"

"不是外来人员。"辛永初低声说话，口气坚决，"是赵元良和他的同伙，我有证据。"

211

"什么证据？"袁越旁边的刑警质问，"有证据你为什么不交给警察？辛永初，从刚才到现在，我和你说了多少遍，我们在审讯你杀人，不是在接受你信访，你有冤情，我们也有办案流程，你在我们审讯过程中打岔，不停地求我们去调查另一件案子，无济于事。"

"我知道你的说法。"袁越却道。

辛永初望着袁越，眼里突然迸出光来，这光是一座桥，使他的信念飞跃过来，搭在袁越身上："警官，你知道这个，那您一定明白我！"

"当时警察局有另一种猜测，熟人作案。"袁越说，"但最终这个调查方向一无所获，不了了之。"

"就是熟人，就是建筑工人杀的！"一贯顺从的、老实的辛永初突然激动起来，但就算激动，他的声音也不高，也顾虑着会不会吵到他人，"这不是猜测，这是真的。我花了近二十年的时间，走访了全国各地八十多个城市，跟踪过当时和汤会计有关系的几乎所有人。直到一年半以前，一次偶然的机会我听到赵元良酒后说自己有个护身符，里面是一张大团结，是他发迹时候留下的幸运钱——赵元良，他就是当年在怡安县一高教学楼工地干活的一位农民工，也是里头少数几个赚了大钱的大老板。我就对他是怎么发家的起了疑心，我调查发现，他的启动资金和他这些年一直所说的在蓉城做小生意后炒股发财的经历根本对不上。后来我又花了一年的时间，查清了赵元良二十二年前，躲在蓉城八个月的行动轨迹。"

"赵元良当年在蓉城的八个月里，什么都没做，天天就是喝酒打牌，但他的钱好像花不完似的，八个月后还直接拿出了一笔九万块的巨额款项。他家里就一个老母亲，连老婆兄弟都没有，他有钱他来当什么农民工？他有钱当年怎么一直让老母亲住在窝棚？他这笔巨款的唯一的来源，就是他杀汤会计得到的不义之财！"

袁越沉默不语。

辛永初所说乍听有理，细细一想，又根本不能作为依据。

袁越不说话，他旁边的刑警就开口。

这是位国字脸的中年警察，他语气严厉："你嘴上说得言之凿凿，却无法拿出哪怕一份可以呈上法庭的资金流动证明。'二十二年后查到行动轨迹'，上下嘴皮子一碰就是证据了？你靠这些'证据'就擅自定了赵元良的罪，杀了他，剥夺了他宝贵的生命，辛永初，你还没认识到自己的错误吗！"

"那张幸运钱。"辛永初紧张起来，他说的是他多年的心血，二十二年来的心血，他舔了舔干涩的嘴唇，"幸运钱上一定有汤会计的指纹或者DNA，警官，你们验一验吧，验一验就知道我没有乱说了。我知道的，你们警察现在很厉害，汤会计有个习惯，哪怕钱从银行取出来他也不放心，他一定要当场点钞，用口水拿手指点钱，钱上一定有痕迹的，我看过书，教科书上写得很明白。我，我放在摄影包里，没敢用手碰，怕污染了。"

国字脸警察和袁越面面相觑，袁越向询问室外做了个手势，示意鉴证科的前去采样。

国字脸警察大约也是恻隐之心涌起，有些恨铁不成钢地说："你既然看过书，都知道这些了，为什么就犯傻想去杀人呢？你杀了人，哪怕最后真的证明二十二年前那件案子是他做的，法律都没办法替你口中的汤会计讨公道。"

辛永初的头羞愧地垂下来。他的手臂动了动，想要抬手捂脸，但他两只手都被固定在椅子上不能动弹，他只好说："警官，我认罪，我愿意接受法律所有的审判，但是汤会计的案子，这隔了二十二年的悬案，到了该昭雪的时候吧？当时警方对现场勘查得出的结论是，有两人共同行凶，赵元良是一个人，另外一个人我没有找到，还有雇他们的人，我也没有找到……"

"这个警方会有安排。"国字脸警察说，"把口供看看，没有问题就签字。"

厚厚的一叠纸到了辛永初面前，辛永初没有看，他眼巴巴地望着国字脸警察和袁越，在他们中寻找支柱，支撑自己信念的支柱。

他刚刚才杀了一个人，即将面对法律最严厉的审判，现在却以如此期盼的眼神望着警方，期待正义得以伸张。

"警官，重启案子后，能限期破案吗？我怕我看不见破案那天。"

"这不是你该操心的。"国字脸警察严厉起来，"签字！"

"可是警官……"

辛永初的目光终于垂了下来，垂到纸张上，又抬起来，望着袁越与国字脸警察。

"我做了准备。我打算在赵元良食品厂经营的奶糖中随机投放硝酸银。如果警方不重启案件，不让真相大白，不让凶手伏法……这批奶糖就会让食入者中毒死亡。"

辛永初面露悲伤。

"让很多很多人死。"

38

练达章练律师今天正式升任中齐律所的高级合伙人。中齐律所，宁市一流律所，练律师，宁市响当当的大律师。

今年四十二岁的练律师已在宁市司法界深耕十数年，打了几场声名不小的官司，其中包括宁市富商的离婚案，他让富商妻子几乎净身出户。他接手的案子，很少有不让雇主满意的，同样，雇主也必须让他满意。

这是一场双赢。

双赢，就是他的人生哲学。

如今他双赢的人生走到开花结果的日子了，他和妻子在同事们的簇拥下走进酒店自助餐的餐厅，这是宁市的五星级酒店，今天酒店的这个餐厅被包了下来，用以庆祝练律师事业版图上坚实的一个跨步。

自助餐厅内已经香气四溢，厨师们早将美味菜肴准备妥当，就等着食客们的捧场，但食客们在捧场菜肴之前，先得捧练律师的场。

现场热热闹闹，几个围在练律师身旁的律师你一言我一语。

"如今练律实至名归，日后要多多提携我们了。"

"练律那是个多爱提携后辈的律师，什么时候没有照顾我们了？这话需要你来多说吗？"

"对对对，整个律所里就属练律好，业务又精干，待人又热忱，我们能跟着练律学点东西啊，那是积了半辈子的德！"

站在人群中央的男人微微笑着，享受这些谄媚的恭维。

他正年富力强，面容也很儒雅，只是眼尾有几道深深的纹路，那是时常眯眼微笑留下的，只看着这纹路，就能想象他每天是怎么和善可亲地听着代理人的诉求，而后尽心竭力地为他们分忧解难。

他的头发乌黑油亮，两鬓却有了星霜。这点星霜也不知什么时候悄然爬上他的鬓角，但丝毫无损他的魅力，反而给他添了几分欲说还休的故事感。站在他身旁的妻子，也是矜持美丽的。

这是个成熟的，富有智慧又有故事的男人。但围绕在这个男人身边的，不只是这些近处可听的赞美。在远处的角落，还有更多窃窃私语的冷笑。

"看他得意的样子，给有钱人打官司拿点赃钱就觉得自己牛上天了。"

214

"抖吧，看他能抖几天。"

"什么钱都敢赚，打官司看钱不看理，整个宁市司法界就数他最不是东西，我话放在这里了，早晚有一天，他要被人敲闷棍，被敲了他都不知道是谁敲他！"

自助餐厅正中央，练律师妻子的手机忽然响起。

妻子拿出来一看，手机屏幕上闪烁着"房产经纪"四个大字，她往旁边走了两步，接起来，过了一会儿，她像是听到了什么不好的消息，面色忽然变化，刚刚还明亮的脸如同乌云遮了太阳，霎时阴沉下来。

她返回练律师身旁，小声说："老公，我有事要跟你说。"

练律师看了看身旁的其他人，这些人很有眼色。

"说了半天也饿了，我们去吃东西吧。"

"走走走，看看有什么好吃的。"

夫妻俩得以有个私人的空间，于是妻子温柔的声音一下尖锐起来："刚才房产经纪给我打电话，说我们之前看中的那套学区房被别人买走了！"

"被买走了？这么快？不是说让给我们留……"

"紧俏的东西别人怎么会留，房子被买走了，现在盼盼上学的事情怎么办？"

"房子没有，再买就好了，盼盼才初三，也没那么着急，你别说了，有什么事我们回家说。"

"初三不急，什么时候才急？说了让盼盼上私立学校，宁市就能上，你不同意，非要奔省城公立去，又不能把事情办利索……"

妻子还有无穷无尽的抱怨，但是最后她勉强控制住了喉咙，端着张一看就假的笑脸，重新陪着丈夫和人应酬。

大家奉上热情洋溢的表情，背地里全是隐秘了然看热闹的冷笑。

其乐融融的画面持续了十来分钟，忽然之间，餐厅里响起一声巨大的呻吟。

那是练律师！

练律师捂住肚子，发出痛苦的喘息，他侧着身，像慢动作一样，慢慢从椅子上翻倒在地上："嘀——"

于是骚乱就以此处为圆心，振荡一般向四周辐射。妻子先大叫一声，扑在丈夫身上。

"老公你怎么了？"

众人慌乱的脚步响起来。

一群西装革履的男人争先恐后地簇拥上来，七手八脚地扶起倒在地上的练达章。

"练律？练律你还好吗？"

"出事了，快叫救护车！"

"叫什么救护车，街对面就是医院，赶紧把练律送过去——"

他们忙乱地将练律师抬出自助餐厅，一眨眼间，自助餐厅只剩下翻倒的椅子和狼藉的桌面，而练律师倒下的那张桌子上，一张小兔糖牌子的奶糖包装纸，静静地躺着。

发生的一切都极其突然，对辛永初的审讯，不得不因为他突如其来的威胁暂时中止。

袁越紧急召集了一支队的人开了个小会，但会上并没有什么人说话，空气沉默得像坏了的牛奶一样，黏稠结块，散发着令人难以容忍的味道。

半响，有个年纪最小，叫方新觉的警察迟疑地开口："我觉得……他是骗人的吧？"

并不是只有他一个人持这样的观点。在场的绝大多数警察，包括袁越，都想过这种可能。

袁越紧锁着眉，口气难得严厉："不要抱侥幸心态，警察得预防绝不可能出现的万一。"

之前和袁越搭档的国字脸警察，他叫居正国，说："犯罪嫌疑人的性格较为执着偏激，兼之硝酸银获取方式简单，用来下毒的可行性很高，来源也很难追溯，不得不防，得加急询问，想办法从他嘴里撬出更多关于投毒的消息。"

"紧急调取辛永初最近一段时间的行动轨迹、通话记录、消费记录等，观察他是否曾与可疑人士接触或出入超市、便利店、小卖部等公共场所。想要随机投毒，让受害者无知无觉地放进购物篮是第一选择，还有一些习惯在门口放糖果供客人随时取用的店铺，这种可能性也很高。"袁越揉揉眉心，同时补充，"我去局长办公室报告。"

一支队的所有人都又沉默了，他们头皮有些发麻，这个本来很清晰简单的案子如今已经朝着大案要案拔足狂奔，绝不回头。

这还和上一个大案不同，它已经直接威胁到公共安全，社会影响更加恶劣，想必等袁越上报之后，局长就会在办公室里骂足十五分钟，然后等不了几个小时，又会成立专案组。

警察们已经千头万绪，询问室内，辛永初还是进来时那副老实样子，说出的话却一句比一句叫人毛骨悚然。

"警官，我知道你们要问什么，这些奶糖去了哪里，什么时候会发作，其实我自己也不是很清楚,一切都是随机的,但是我确实放了。

"你们要是商量好重启案件,就用宁市公安在线的新媒体号发一则公告,公布汤会计案的进度,然后附上让公众监督的导语,这个我希望由我来写。

"但是发布之后也不是万事大吉,如果不定时发布警察局关于汤会计案的重新调查进度,外头死的人就会越来越多。汤会计是无辜的,这些人也是无辜的,我想警方不会因为几个杀汤会计的罪犯,就无视这么多人的安全吧?"

"你想写东西,总要有人看。说吧,你外头有几个同伙,他们是不是都和汤会计有关!"陪同进来的预审开口,当头一句话,就如一把手术刀般,直插问题的要害。

而这个时候,纪询早已经离开警察局了。

二十二年前的9·18碎颅案,和他关系不大,主要是袁越,这是袁越颇为在意的一个旧案,但是毕竟年代久远,证物有限,一直没能获得足够的进展。

他在和袁越搭档的那段时间接触到这个案子,曾经一度想要前往怡安县看看,也不远,就在宁市周边,但总是忙,后来又发生了很多别的事情,这桩心事就一直搁置了。

谁能想到,它会在二十二年后的今天,以这种方式,重新出现在众人的视线中?

不过现在,这就不归纪询管了,警察局里的刑警早晚会把它一并解决掉。他安安分分地跑到浣熊酒吧,敲自己的鼓,受自己的追捧,喝自己的酒——还没喝。

酒吧的吧台上,杰尼将一杯杯子上装饰了奶糖的鸡尾酒递给他,说:"一杯白日梦,请你的。"

酒吧旋转的射灯将洁白的奶糖晕染出变幻莫测的色彩。

纪询端起杯子转了一圈,放下,捏起奶糖,问:"谁请的?"

"天天有那么多人请你喝酒,喝就好了,何必在意是谁请的?"

"这颗奶糖的牌子不会是小兔糖吧?"纪询又问。

"你又知道——哈我懂了!"杰尼自以为聪明,沾沾自喜,"你肯定是通过酒吧给客人桌上送的糖果的牌子猜的,没错,就是小兔糖,奶味足,还挺好吃的。"

"最近别吃奶糖了,把酒吧里的奶糖收收,过一段再说吧。"

杰尼似乎感觉到了什么,以迷惑又好奇的目光望过来,依稀在说:你知道什么内幕吗?

纪询没管他，也没喝酒，但取下奶糖，在出酒吧时丢进嘴里。

咬下的第一口，他觉得自己在咬一颗深水炸弹。

砰——

才怪。

炸弹没有爆炸。只有浓浓的奶香味在口腔里散开。

嗯，普普通通的奶糖，奶味十足，用料还行。

他耸耸肩，吃完了，回程路上，因为过分无聊，他拿出新手机。

拿着新手机，就想起霍染因，想起霍染因，就想起他给霍染因改的小小"雅称"。

纪询凝视手机微信界面上那位"阴阳怪气的大方小气鬼"片刻，觉得它果然异常醒目，遂发条消息戳戳他："现在情况怎么样了？三天了，你还在熬夜加班？袁越也一样？"

霍染因没有立刻回复。

纪询又走了大概十几步路，才感觉到手机振动一声。

霍染因说："嗯，在第三医院。出现第一例误食硝酸银中毒案，患者在送医之前曾吃过小兔糖奶糖。"

这句话发出来以后，又过了两分钟。

霍染因仿佛画蛇添足般补充说："袁队也在这里，这三天来他基本没好好休息过。"

他回复："哦……"

霍染因又说："刚打完鼓回家？带份宵夜来第三医院，顺便把袁队劝回去休息。"

纪询回道："有什么好劝的。他想工作你就让他工作呗，怎么，担心他太努力了以后成为你的顶头上司，所以让我去医院拖他后腿？"

他自觉自己说话没什么问题了，但霍染因硬是能从里抠出些别人看不见的东西。

霍染因说："别闹情绪。你要体谅袁队工作不容易，身体吃不消。"

纪询无语。

他看着手机屏幕，叹为观止。

霍染因这种口吻到底是怎么回事？

霍染因究竟是以什么样的心态和立场说出这种话的？

纪询感到好笑。他心情好了，觉得去一趟医院无所谓，还真的在路边的摊子上买了馄饨、粥，晃荡到就在前头不远的第三医院。

医院里的白炽灯总带着外头没有的冷，像有无数只眼睛藏在灯后，悄然凝视路过的每一个人。

硝酸银中毒患者待在住院部，这时候已经是拒绝探视的时间，住院部的走廊里没有了来来往往的家属，只剩下流窜的冷空气和偶尔响起的痛苦喘息，安静，又冷寂。

纪询在楼下警察的带领下上了楼，到了楼上，他先看见了霍染因，霍染因正在同袁越说话，这两个人站在窗口的位置，光和影同时在他们身上交错，照出的每一道线条，都沉默且刚毅。

"嗨。"

纪询远远打了声招呼，他走上前，将手头的宵夜分给他们，馄饨给袁越，粥给霍染因。

霍染因接过粥时眼里掠过一丝诧异。

八成是没想到自己也有份吧。

霍染因说了句："谢谢。"

纪询没回答，只晃了晃手中的手机。

霍染因又说："你们聊，我去前面走走。"

他将空间留给纪询与袁越，自己朝前走去，走了一段，来到走廊拐角的时候又停下来，他确实没有刻意去听，但空气是声音传播的途径，他耳朵微微向后，依然听见了纪询和袁越的对话。

"现在是什么情况？"

"一个律师中毒了。"

"哦，麻烦了。"

闲闲的声音自里头传来，这种挑不出太多毛病但又着实令人上火的看热闹语气，除了纪询，也没有多少人能说得恰到好处。

确实麻烦了。

警察局里的人在知道中毒的是一个律师的时候，基本头都大了一圈。

律师社会关系复杂，接触人物广泛，从他身边着手排查，难度很高。

他不想听这些东西，他更想知道这个案子的幕后，纪询和袁越同时在意的东西。他想纪询今天刻意过来，为的也是这个吧。

可能里头的两个人听见了他的心声。

没一会儿，纪询又说了："9·18碎颅案你怎么看？"

袁越说："肯定要重启。不是因为辛永初的威胁，而是现在案子有了新的线索，按照流程，也是必然重启的。"

纪询说："唔。"

袁越忽然说："还记得当初你答应过我什么吗？"

纪询回道："我答应过你的事情很多，哪能一一记住。"

又来了。偷听的霍染因微露冷笑。

谁不知道你记性好？说记不住，骗鬼呢！他基本猜到了纪询当初答应过袁越什么，也相信在这件事情上，袁越不会让纪询打马虎眼。

袁越果然没让。

"你答应我会帮我把这案子破了。"

"啊……"

没悬念了，纪询会答应吧。霍染因想。毕竟是袁越，毕竟是他过去的承诺，也许他不止答应，还答应得心甘情愿。如果有谁能让纪询从对警察局和破案的逃避中走出来，应该非袁越莫属。

只要纪询能顺利走出来——

这倒是个好事。霍染因思忖着。也许可以再推他们一把。

他想得有些远了，甚至没在第一时间听到自电梯口传来的匆匆脚步声。

"霍队——"

他醒了神，看过去。

一路跑来的是文漾漾，年轻女警在大冬天里满头满脸的冷汗，面上惊恐、愤怒来回交替。

"出事了，有媒体把奶糖投毒案件曝光，现在在网上热搜第一！"

39

文漾漾着急忙慌，声音不小，纪询与袁越同时听见了她说的消息。

问题严重了。

公共安全问题极易造成群体性的恐慌，群体性的恐慌又会催生更多原本没有的问题。

这辆名为"随机投毒"的狂奔的马车，警察局众人本已在勉力驾驭，而新来的舆论则如飓风，一下子——最多再多吹几下子，就要让马车脱轨。

纪询想着，打开微博，点开"宁市某奶糖被大规模投毒"这个话题的热搜，在前排媒体账号的带动下，通过评论区的热心网友，短短几分钟内，他就大概了解了前因后果。

晚上8点15分，一个名为东窗有耳的博主发了一条微博，内容为："听到一个小道消息，宁市有人吃了奶糖中毒送去抢救，那一整片都被乌压压的警察封了。"

下面有人评论："食物中毒？人死了没？"

博主回复："人没死，但据说是有人投毒，还是大规模无差别投毒。大家最近小心点，宁可信其有不可信其无吧，暂时别吃奶糖了。"

这条回复惊起千重浪，评论区立时出现两类人，一类信了，当即询问是什么毒和什么牌子的奶糖；一类怀疑，纷纷带着各种问号表情包表示法治社会不会有这种神经病，更不相信这种神经病还成功地大规模投毒了。

这个博主本来就粉丝众多，两类人势均力敌，后来还爆发了小争吵，但纪询没看见全貌，他看见的只是遗迹。

因为这条微博在大约晚上8点40分被删了。

然后博主又发了一条新微博："不是我删的。"

这是舆论的第一次爆发，本来不信的那部分网友因为东窗有耳的微博被删，一下子信了。"奶糖""投毒""随机杀人"等关键词变成热门，无论是否身在宁市，众多网友都通过自己五花八门的渠道，去打听投毒事情的全貌。

这年头，没人知道网友"脑洞"有多强。

也就区区半个小时多一点吧，各种各样的微信截图、朋友圈演绎出各色唬人的故事，其中有些甚至沾了边。当然网络消息鱼龙混杂，在这时候，绝大多数的网民并没有意识到什么是真的，什么是假的，他们乱哄哄地议论着，像永远嘈杂的菜市场，什么声音都有。

直到晚上9点20分，一个微博认证为"《第一刻》周刊记者"的博主孔水起发文，还配了张亮着灯的办公桌图片："加班中，超级大新闻。"

一下子，鲜明的舆论旗帜浮出水面。

原本分散的网友立时聚拢在这位周刊记者的微博下，用各种暗号缩写对答案，翘首以盼等待着。

晚上10点，也就是十分钟以前，《第一刻》的官方账号发了以下微博并全网推送。

"宁市某品牌奶糖被大规模投毒"事件，警方已介入调查。1月31日晚，宁市一市民李先生（化名）下午6时许因食用某品牌奶糖中毒，记者独家连线当地医院，得知李先生系硝酸银中毒，经及时抢救，已无性命危险。

本案宁市警方已介入调查，据了解，投毒原因可能为某不法分子出于私人恩怨报复社会，将硝酸银注入未知批次的某品牌奶糖，警方正在大力排查有问题的奶糖保障市民安全。本刊呼吁宁市市民近期注意饮食安全，提供有效案件线索协助警方破案。

看到这里，纪询差不多掌握情况了。

他收了手机，转眼看向面前两个人，在刚才他上网的时间里，这两人也没浪费时间，一个和局里沟通情况，另一个则进到练达章的病房内开始了直接的询问——这本来就是袁越和霍染因来到这里的目的。

纪询跟着进去了。

病房挺好的，是单人病房，里头除了躺在床上的练达章外，还有练达章的妻子和女儿。他的妻子叫贝佳，正在洗手间里洗水果，女儿叫练盼盼，一个十五岁的初三女孩，扎着双马尾，正坐在沙发上跷着腿玩手机。

纪询进来的时候嗅到一缕香气，是名牌香水的味道。

他随意扫过一眼，看见女孩脸上淡淡的妆容。这是个挺漂亮的女孩子，年轻会打扮的女孩子少有不漂亮的。

袁越正在同练达章说话："练先生，我们需要知道，你食入的奶糖是从哪里来的。"

练达章脸色苍白，仿佛大病初愈，说道："从我口袋里……我有低血糖的毛病，口袋里一直会放着糖以备不时之需，这个小兔糖。"他费力地思考了一会儿，"我也不知道从哪里来的，我家里有这个牌子，公司也有，好像……对了，好像今天吃饭的酒店也有。我一时半会儿也不知道到底是从哪来的，我都是看见糖就随手塞两颗在兜里。"

"一点都想不起来？"袁越皱眉。

"警官，我……我脑袋乱……再加上这个小零食，谁会去在意……要不你们调监控？"练达章说，"如果我是在酒店拿的，那从监控里应该看得出来。"

只能这样了。袁越继续询问。

"公司有特定的采购途径吗？"

"这个我不太清楚，要问公司采购。"

"你家里的奶糖呢，是网购还是超市买的？"

"超市，就门口的大超市，家里补充糖果是最近的事情，就在这周，对，就在这周。"

"那么。"袁越又问，"练先生，请你好好思考一下，在生活中，你是否曾与人结怨？有没有人和你屡次发生过冲突或者使你觉得，他特别不喜欢你？"

"那不是多了去了吗？"

回答的不是练达章，是练盼盼，女孩还在看着手机，也没抬头，只一声清脆的像鸟叫一样的声音响起，和这单调苍白的医院毫不相称。

"那些没有足够的钱被他拒之门外的人，或者因为我爸而输了官司怀恨在心的原告、被告……律所里也有不少人不喜欢我爸。"

"小孩子知道什么？玩你的手机去。"练达章呵斥女儿，呵斥完了又不满，"你怎么从进来就没放下手机，你到底在看什么？"

"看热搜。"练盼盼语气寡淡，"爸你红了，现在微博上大家都在议论你的事情，连我的同学群里都全是说这个的。我在和他们聊天，说点现在的情况。"

练达章一下急了："这事还在调查，你怎么能乱说？"

"有什么好藏着掖着的，《第一刻》不是把所有事情都说得一清二楚？现在这件事热度这么高，爸爸你要是出来认领被害者身份，肯定一下子爆红网络，对你的名气大有裨益，身价也会倍增，这可比你上次案子炒什么热搜，但压根没几个活人关心来得划算，白白花钱……"

站在门口的纪询已经看了半天热闹。

练达章作为刚刚晋升高级合伙人的律师，无疑工作体面，生活稳定，在职场上也应当保持着足够的精英范儿，这从他的衣着外貌上多少能够看出端倪。

但体面的生活哪有这么容易。

谁知道一个人衣冠楚楚的外表下，藏着多少狗屁倒灶的事情？

他的目光再度转移到沙发上的练盼盼身上。

女孩毫不避让地迎上来，挑衅地望他一眼。

"现在情况还不明朗。"袁越严肃强调，"练先生，你要暂时对外保持沉默，配合警方调查，警方一定会给你们一个交代。"

"我知道，警官放心。"

练达章勉强笑一笑，他脸色还是极为苍白，眼睑一直神经性跳动着，偶尔还会突地闭一闭，未知的投毒人给了他太多惶惑不安，这应该不是表演出来的，否则他的演技就太厉害了。

纪询思忖着，听到练达章再继续说。

"贝佳，出来，10点了，你先带盼盼回去休息吧，我今天晚上自己待在医院就行。"

妻子从洗手间里出来，她擦擦手上的水珠，提起女儿放在沙发旁边的书包，低声说："你今天补习班去了没有，作业写了没有？"

"去了，写了。"练盼盼一脸无聊。

"别看手机了，把你手机放回包里。"

练盼盼把手机丢回书包。

纪询眼尖，透过书包敞开的口，看到了几片装在小药盒里的药片。

袁越还在病房里问练达章一些细碎问题，对情况了解得越清晰，越有助于破案，纪询没陪着，他从病房里再晃荡出来，又见着了霍染因。

霍染因坐在走廊的休息椅上，歪着头，用肩膀夹着电话，膝上放着他刚刚带来的粥，粥已经有些冷了，但霍染因似乎并不嫌弃，吃得快速且斯文。

很难想象，在医院走廊里将食物放在膝盖上同时打着电话的情况下，还能表现出一副极有仪态的吃相。

这家伙，豪门贵胄啊。

他在旁边站了一会儿，霍染因总算放下电话。

"确定消息从哪里泄露出去了吗？"纪询和霍染因闲聊。

"无法确定，泄露的可能渠道太多了。"霍染因说，"局里的人有可能，医院的人也有可能，辛永初一开始就准备闹大，主动爆料，利用舆论给警方压力的可能性更不小。刚刚和《第一刻》沟通过，对方打马虎眼，咬死不说线索从哪里来。"

"和媒体打交道嘛，难免的。"

"你的经验之谈？"霍染因说。

冬天的冷风从窗口吹入。

话题又深入了，又聊起过去和警队了。纪询默不作声地想，但他也没什么过激反应，可能是一回生二回熟，三回四回是朋友，抵抗也要精神的，懒得烦了。

"再说练达章也不一定是随机投毒受害者。"霍染因又说。

"确实。"纪询享受小风拂面，"就算只和他接触五分钟，也能看出他家庭不睦，同事相嫉，仇人众多。唉，活着真难。"

"我刚刚查了，他是怡安县人。"霍染因挑明。

"哦。"纪询的声音扬高了点，"霍队长这怀疑一切的精神始终不变呐，你怀疑辛永初的同伙假装随机投毒，实则定点对他投毒？"

"这是接下去要查的东西。"霍染因审慎依旧，除非有足够证据，否则他绝不轻易做出结论，他又说，"刚刚接到消息，9·18碎颅案正式重启，明天袁队就要带人去怡安县协助侦破这起二十二年前的案子，我也打了个申请报告，明天过去看看。你既然不想坐警车，就跟我的车去吧。"

"嗯？"纪询忽觉不对，"我为什么要去？"

霍染因奇怪地看他一眼："袁队在那里。"
所以呢？
这三个字纪询没来得及说出口，袁越自后边的病房里出来了，对方耳朵灵，意外又欣慰地看他一眼，冲霍染因说："明天见。"
"嗯。"
这两个人，雷厉风行，动作那叫一个快，一句话说完，一前一后，又分头去干别的事情了。
纪询来回看看走远的两个人，一时无语："也太能一唱一和了，小瞧了你们的默契。你们才是这世界上最合拍的搭档！"

纪询不可能把这种自己没有答应的事当真。于是他回家睡觉了，睡得不怎么好，感觉刚刚才闭上了眼，就听到手机的振动声，随后一阵熟悉的心悸浮现，他被吵醒了。
摸出手机一看，振动源自"阴阳怪气的大方小气鬼"发来的消息。
"我到了，出来吧。"
"不去。"
纪询冷冷拒绝，继续闭目。
他没睡，已做好霍染因再发消息的准备，然而十分钟都过去了，手机依旧安静，半点声息都没有。
就这样放弃了？
纪询重新睁开眼睛，有点纳闷地瞅了眼手机。
不太像是霍染因的风格啊……
他从床上坐起来，趿拉着拖鞋到客厅的窗户外向下看一眼，没看到霍染因的车。他又琢磨着霍染因刚才发来的那句话。
"出来吧"，不是"下来吧"，难道……
纪询开门，一刹那，看见倚在楼道间墙壁上的男人。他双手抱胸，头颅微垂，一只腿松松屈起，点在墙上。
他闭着双眼，睡着了。
清晨柔亮的阳光不止照亮悬浮在空气中的微尘，也照亮霍染因面孔上轻软的绒毛，甚至照亮霍染因微微扬着的眉梢。
霍染因的盔甲放下了，一些平日看不见的东西，开始从这张面孔上流露。
他还年轻，还有无穷无尽的热烈和力量，那恰如冰面下的川流，湍急，奔涌，生生不息。

警察局又不做人了。居然把从来不叫苦叫累的刑警队长逼到倚在他门口等等就能睡着的地步。纪询摇摇头，上前两步，拿手在霍染因面前一晃。

果然，打盹的人没有放下警戒心，霍染因眼睑一动，睁开双眼。

那双眼睛在睁开的刹那依然锐利清晰，静静和纪询对视。

"醒了？别强撑，警察弟弟，案子可以有别人来接手，命没了，找不回来的。"纪询说。

霍染因没说话，只是看着他，眼神依然锐利，但神色却似乎有一丝混沌，还陷在困倦中转不动思维。

看着人醒了，其实没有真正醒，纪询想。霍染因不太清醒，他就放松了，难得正经地安慰："别惦记了。去睡个饱觉，醒了哥带你去怡安县，让你体验一回什么叫作。"他自信道，"行云流水的高效推理。"

霍染因似乎听懂了，那双眼睛中的锐利自此开始消散，他眨了眨眼，而后……

咚。

轻轻一声，他松了脖颈力道，脑袋靠在纪询的肩膀上，睡了。

霍染因是在床上醒来的，还没睁眼，他就悄无声息地将手放至腰侧——东西在。

而后他才睁眼，注视房间，熟悉的床，熟悉的柜子，熟悉的地毯，甚至熟悉的铆钉腰带，他进来过一次纪询的房间。

他这才拧了拧眉，从记忆里找到新的片段。

他在门口等纪询，不小心睡着了，睡了……两个小时又十分钟。

霍染因下了床，身上的衣服都好好穿在身上，只是脱了件外套，外套就丢在飘窗前的椅子上，他走过去，拿了这件外套，又向外去。

他行动轻灵，脚步悄然，没发出任何声音，于是看见了这一幕：房子的另外一个房间里，纪询不知道从哪里翻出了个小黑板，那上边已写了不少字，他侧身背对门口，藏在半边拉起的窗帘后，但阳光依旧从另外的空缺里射进来，如同一只手抚过那张藏在幕后，脑袋后仰的脸上。

他在工作，在破案。

这是霍染因第一次在纪询脸上见到如此放松明朗的表情。

好像一截烧焦了的木头，在一场春雨，一次阳光之后，又生发嫩芽，长出希望。

也许这人其实没有变。霍染因想。只是有些东西，他曾经见到的那些东西，已被藏在厚厚的灰烬底下。

40

不由自主，霍染因向内走了一步。

当他的脚迈过房间封门的金属条，里头的纪询警觉地转头。

一下子，那张脸上的放松和明朗不见了，乌云降下，晃去流金，那种灼目的魅力消散了，只剩下无趣又无聊的懒散，纪询再度藏入灰烬底下。

"这么快醒了？"

纪询长腿一迈，将面前的小黑板踹向窗帘，一道碧绿色的深沉波浪扬起，黑板也果断藏起来，如同它的主人一样。

霍染因的目光追随而去。

光芒已从纪询身上挪到这块黑板上，它被盖住了，但写在上面的字，似乎吸足了光，能在厚重的窗帘下放出勾人的毫光。

"外头桌上有早餐。"纪询说。

"嗯。"霍染因并不在意早餐吃什么。

"先吃，吃完我载你去怡安县。"纪询又说。

"你载我去？"霍染因视线倏尔挪回来，黑板上的光点似乎又飞回到纪询身上，"到了怡安县后有什么打算？"

"问我？"纪询诧异，"我能有什么打算？我就是做个好人，当个车夫，送你去县里，然后我全程跟随，必要时刻大喊'溜溜溜'，等着你带我破案就可以了，难道不是这样吗？"

光芒又不见了。

何止不见了，还都喂狗了。

霍染因有被气到。

他什么都没说，但他脸上的微表情将什么都说尽了。

看了全程的纪询没有读心术，读不出霍染因的具体内心活动，因此只能猜测……刑警队长睡眠严重不足，正闷闷生着起床气。

他决定好人做到底，送佛送上西，这两个小时的车程都自己开了，让霍染因在后座再补补觉吧，也好把车子从黄泉道上扯回来。

吃完了早餐，两人跟着导航出发，一路顺利，到怡安县的时候，时间正好卡在中午11点左右。

他们的第一站是练达章的母亲家。

练达章的户籍上只有一个母亲，他父亲早在二十四年前就去世了。

那是个老式的五层小楼，附近没什么正经的小区围墙，就是一栋楼，有些横着建，有些竖着来，是七八十年代没什么总体规划，有空地就建的风格。楼前的大空地，有些本来应该是用作绿化带的部分，还被铲平种菜，或被浇上水泥改造成停车位。

练达章的母亲住在二楼，没有门铃，她这一侧的楼道灯泡被取下，想来是为了省电。

屋子很破旧，没什么家具，孤零零几把椅子放着，还有一把瘸了，最显眼的是杂乱堆在角落的纸壳和塑料瓶，屋主人有收破烂的习惯；已经摆上饭的餐桌上只有一盘菜，光秃秃的豆角，没有一丝肉。

纪询扫视完了，刚才来开门的老太太的耐心也用完了。

她抬起头，脸上皱纹横生，眼角下来，一副愁苦的模样，尤其是她的背脊，她驼着背，于是衣服下好像藏着口大锅，将她整个人都压弯了。

"您好，请问是练达章的母亲吗？"

老太太面色一变，连连挥手，那皱纹横生的脸上居然浮现出羞恼："我不认识他，别找我。"

霍染因接着要问的话被堵在口中，他的手伸向口袋，口袋里放着警官证。

但在他将警官证拿出来前，纪询先一抬手，按住那只还没伸出来的手臂，他扬声对老太太说："不好意思，我们可能找错了，阿姨您继续忙。"

说罢，纪询将霍染因拉走。

霍染因跟着纪询走了两步，远离这间房子，才开口道："为什么不让我出示警官证？"

"这有什么好出示的。"纪询漫不经心，左右张望，"儿子有钱老母受穷，多半不睦，与其听她说些添油加醋的抱怨，不如直接问消息灵通的邻居大妈。小县城，有什么矛盾，邻居比当事人知道得更清楚。"

"是吗？"霍染因问，"你看那个阿姨如何？"

他指向前方十步处。那里蹲着个穿着绿衣服，几乎和树丛融为一体的身影，要不是有头刚刚烫好的棕红小卷发，他们都发现不了这位五十岁的阿姨。

五十岁，穿着时髦，饭点也在小区内闲逛。

有时间，有阅历，八成还愿意聊聊天，符合他们的要求。

"上道，眼尖。"纪询比了个拇指。

他们一道向前走，走得近了，这位阿姨新潮染色的卷发就更醒目了，她正拿一根筷子，面色凝重谨慎地拨弄树丛里的一个白色塑料盒里的饭菜，像在查看什么。

纪询打量了一会儿，开口搭话："怎么，有人给流浪猫投毒？"

蹲着的阿姨一愣，回头看这两个陌生人，惊讶道："你怎么知道？"

可能是这一幕太像侦探小说里的路人提问了，霍染因嘴角扬了下，又敛回去："他看到墙上贴的告示了，你们物业没报警吗？"

"你几岁啊，是不是没报过警，警察哪里会管这种事？"阿姨面露嫌弃。

纪询不客气地笑出声，他摆摆手，示意霍染因别添乱，继续和阿姨闲聊："出现的频率高吗，每天都有？"

阿姨满脸晦气道："好多天了，天天有，晚上巡逻的时候还没看见，一到白天又出现。偷偷摸摸的，经常一放就好多个。"

"都是这种加了蛋的白粥配猫粮？"

阿姨大约没注意过这些，想了好一会儿，重重地点头："应该是，都长差不多。"

纪询跟阿姨商量："阿姨，那我帮你抓投毒的，你可以和我们说说住那户的练家的事吗？"

"哟。"阿姨看着纪询，面露精明，"那当然了，你帮阿姨，阿姨帮你。"

"白粥煮白蛋，没有调味料，对猫狗代谢好，这是一个了解猫狗习性的人，多半自己养过；你们半夜没抓到，是因为这个人是早起投毒，这个蛋和粥都很新鲜，投毒人可能是每天早起顺便做的，早起不是一件容易事，这是他本身的习惯；粥里加蛋是一个很奇怪的举动，那么多盒子耗费的鸡蛋不少，白粥加猫粮本身就够了，为什么还要多此一举呢？因为鸡蛋在下毒人眼里是一种和大米一样常见的物资。"

"综上所述，投毒者应该是个养过猫狗，做早餐摊子，天天给人煮白粥和蛋的人。"

一个早餐摊就锁在楼下的栏杆处——上头的广告牌上写着：茶叶蛋、白粥、肉夹馍。

还留有手机号码与一个姓氏。

纪询最后说："对了，凶手可能姓陈。"

这个"陈"字，正大剌剌写在早餐摊子上。

阿姨听到一半已经呆住，半响，用力一拍大腿："神探啊！老陈家半月前好像死了一只猫，是被流浪猫抓伤的，没救回来，他家小孙女哭死哭活，还生了一场病。"

"没事没事，一点微不足道的观察力。"纪询很谦虚地说，又抢着帮阿姨把地上的东西收拾了，而后他开门见山，"那么练达章练律师和他的家庭……"

　　"他？他娘啊，老狠心喽！"阿姨用这个富有情感色彩的话当作长篇大论的开场白。

　　"他家本来还不错的，不过爹患了癌嘛，就不中用了。他娘做事又拎不清的喽，你说患这种大病本来就没救了，非要医，就医到穷啊。小章小时候那是我们远近闻名的好学生，他娘非要他辍学别读了，把学费给他爹医病，他爹就一口气马上要断了还要拿这种钱进去填命，我们当时都劝她，你别这样，别犯神经，她不听。"

　　阿姨又是唏嘘又是感同身受一样地代入其中："太可怜啦，我们乡里乡亲都看不下去的。小孩子学没得上，饭没得吃的，天天围着个死鬼转，脑子不好，就没想过老了怎么办。后来好像说老师还是谁，心肠好，给他交了学费继续读，这要不读啊，不就少了个名牌大学生和律师吗？"

　　"等她儿子出息了，她又抖起来了，天天跟我们炫耀什么大律师，特别厉害，会帮大家伸冤。我们好多人听她吹牛跑去找小章打官司，我跟你讲，连电话号码都不对的！就是骗人的，他儿子理都不理她的。

　　"上学一分钱不肯给，现在遭报应——啧，不过这儿子也是毒，我们乡里乡亲的，跑去跪下求他都被他打发回来，这母子俩啊，有什么妈就有什么娃，毒一块了。"

　　从小区出来以后，纪询皱皱眉，按了按胃。

　　"胃痛？"霍染因注意到了，"要去药店吗？"

　　"不，就是饿了。"纪询看见前面的面馆，"先吃个饭，聊聊天吧。"

　　错开了用餐高峰，面馆人不多，收银员正在收银机后百无聊赖地发着呆。

　　两道声音同时响起。

　　"一碗面条，重辣。"

　　"一碗面条，不辣。"

　　要重辣的是霍染因，要不辣的是纪询。

　　等面上了，霍染因那碗重油重辣，红彤彤的汤底浮着切成一圈圈的青色辣椒；纪询的就朴实多了，只有一份熬煮不少时间的牛肉汤底浸没面条。

　　纪询望着两碗明明相同却像存在于不同次元的面条，不免感慨一声："看来这辈子我们都吃不到一个碗里了。"

　　"嗯。"霍染因说，"你本来也不该和我吃一个碗，你该和袁队吃。正好，袁队也不吃辣。"

纪询一筷子面条没挑起来，失手夹断了。

纪询重重打了个冷战，他挑明了说："霍队长，你真的很好奇我和袁越的事情，我和袁越之间没什么秘密，我们过去是默契的搭档，即便我现在不做警察，我们仍然彼此信任。倒是你，这么关注我和袁越……"

"别乱说，他是一队队长，我是二队队长，如果案子需要，我乐意跟他打配合，但他不是我欣赏的那一类人。"

"那你欣赏哪一类的？"纪询顺嘴问。

问完了，就见霍染因面上掠过一丝犹疑，好像他自己也拿不太准，所以产生了动摇。

他的脑海掠过一幅画面。

画面里，有人站在人群中央，被众星环绕，他是太阳，有无穷无尽的光明、力量、温度，他肆意将其挥洒，将其分享给身旁的人，而这些对他而言不过九牛一毛，他越不吝惜，挥洒得越多，那光芒越明亮，如同磁石一样，将周围的目光全都吸引到自己身上。

但太阳是不会注意群星的。

尤其不会注意一颗被人群淹没的黯淡星星。

"阳光、可靠。"霍染因开始说，"聪明、乐于助人、有本事。"

纪询面色古怪。

"那不就是袁越吗？"

霍染因拍下筷子，这碗面吃不下去了。

41

怡安县小河路花田区 2 号楼 602 室。

袁越正站在这里。

和记忆里的也没什么差别，门还是那道铁门，只是更加锈蚀斑驳，楼道也还是那个楼道，连墙壁上贴的小广告都没什么变化。

怡安县是袁越的故乡之一。

从小学到初中的九年间，他一直和父母住在怡安县，住址就在 602 的对面。

他抬手敲门。

时光是个打扮庄严的女性，轻轻一晃她繁复的裙角，便将人们晃回记忆的过去。

二十二年前，袁越十二岁，上小学六年级。

县里发生了一件大事，但父母不愿意告诉他，还叮嘱孩子不要打听，袁越听话，从不好奇，老老实实地上学放学，有孩子想和他说悄悄话，但凡流露出那件"大事"的影子，他也拒绝。

因为他答应了爸妈，答应的事情，就要做到。

直到有天下午，天气晴朗，橙红的太阳烧红半边天空，云层卷起火海的焰，在蔚蓝中四下游走。袁越正在桌前写作业，忽然听见啪嗒一声。

他窗户外的花台晃了晃，一个巨大的黑球落到他窗外的花台上，又弹进室内。

像是太阳从天空落下来。

像是不明飞行物飞进他家门。

像是他从书本中得知的各种奇幻故事都有了现实的依托。

而后落入室内的黑球舒展，他面带胡碴，身材高壮，抹着冷汗，呼着长气。他不是什么奇幻生物，是隔壁的蔡叔叔。

而他和蔡叔叔的房子，都在六楼。

袁越看着距离地面高高的窗户。

蔡叔叔拍拍袁越脑袋，蒲扇大的巴掌拍得袁越摇来晃去："你是老袁的孩子吧？呦，都这么大了，有点瘦，多吃点，长壮实了才可爱。"

袁越没说话。

"对了小不点，你没装防盗网，窗户就要锁，不然小偷会光顾，知道什么是小偷吧？拿一个钩子钩在楼顶上，自己往底下一跳，蝙蝠飞啊蜘蛛爬啊，刷刷刷，就跑进你屋子里了，然后将你这里值钱的东西一卷而空……"

蔡叔叔骂骂咧咧。

"什么破建筑公司，说好的花园、凉亭、游泳池都没有，没一个跟图纸上一样，违章乱建还想收我们物业费，还说什么为了美观不让我们自己装防盗网，我呸，可给你美的，这么美咋不白日做梦，飞上月球，娶嫦娥当老婆？"

袁越还是没说话。

他听不明白，愣愣地看着蔡叔叔。

"这孩子，老不说话，怎么呆呆的？"

蔡叔叔没再为木愣愣的孩子耽搁时间，做贼一样左右观望片刻后，开了袁越家的防盗门，悄悄溜走了。

袁越站在门口，将要关门的时候，他听见对面的屋子里传来女人的哭声，还有蔡叔叔儿子气愤的声音，蔡叔叔的儿子今年四年级，比他小两岁。但似乎比他聪明很多。

"老袁家的那个孩子，反应总比别的孩子慢半拍，别是傻的吧？"小区里的人都这样背后议论。

他听见对面嚷嚷："你们别哭了，那老家伙是个大白痴，破不了案，不敢见你们，跑了！你们待在我们家里也没用！"

此后数天，日子没有什么变化，中途的唯一插曲就是袁越在事后两天跑去找妈妈，问妈妈要了摄像机，都好几天了，他才意识到自己对突然跳上窗户的"大黑球"念念不忘。

如果"大黑球"再来就好了。

妈妈建议他以后当记者，记者能把有趣的东西记录下来，他觉得这句话很有道理，因为他想把这一幕记录下来，甚至他在作文里也写道："我想有一双美丽的眼睛，能够发现身边有趣的事情；我还想要有一双灵巧的手，能扛着摄像机将这一幕记录下来……"

而后"大黑球"再一次跳上他的窗户。

这回他没能直接跳进来，因为袁越从善如流，每天检查窗户的锁头，除了早晨、晚上开窗通风一小时外，其余时间都严谨地将窗户锁牢。

叩叩叩的响动催促着袁越去开窗户，等袁越开了窗，他赶紧跳进来，心有余悸地看着裂出一条缝的木花台，说："你这孩子，怎么这么轴，我说什么你就听什么，还真把窗户给锁了？那万一我要从你窗户旁掉下去了，可怎么办？"

"爸妈说，有道理的东西都要听。"袁越回答。

"这倒霉孩子。"蔡叔叔气道，"去去去，打开门看一眼，看楼道里有没人堵着。那些人都是跑来给叔叔送礼的，但叔叔是警察，不能犯错误，所以你悄悄看一眼，有人，也不要声张，回来和我说，明白吗？"

袁越乖乖点头，但下一秒，他又说："叔叔骗人，那些人不是来送礼的，她们想让叔叔破案，但叔叔没用，破不了案子。"

那张被太阳晒得黝黑的脸上，都泛出了羞愤的亮光。

"我说，你故意的吧，是不是和我家那小屁孩学的？没大没小！"

这天下午，楼梯口一直堵着人，蔡叔叔始终没能出去。

他只好待在袁越的屋子里，玩着袁越家里的游戏机，吃着袁越家里的零食，还和袁越大放厥词，说了很多关于刑警和破案的故事。

他的故事里，刑警智勇双全、除暴安良，哪怕再微小的一点线索，都是打开真相锁头的关键钥匙,袁越搬着小板凳,坐在一旁,后来还在蔡叔叔的指示下削苹果、剥橘子,这些故事充满了悬疑的魅力,他听得津津有味,浮想联翩。这天一整个下午都很棒。

唯独等天色晚了,外头的人离开,蔡叔叔也回家后他的父母回来,问他下午是不是打了游戏、吃了零食。袁越诚实地摇头,但他也没有供出蔡叔叔,因为蔡叔叔让他保密,谁都不能说。

于是他被狠狠揍了一顿,好几天走路不太利索。

又过了一段时间,没有人再来堵蔡叔叔了,蔡叔叔也不再通过花台跳进他的窗户。

他再次见到蔡叔叔,是在小区的大楼底下。

楼底下的空地上,站着两拨人,一拨以蔡叔叔为首,都是警察,这个小区是警察集资楼,里头的住户大多都是警察,只有他们家是从外头搬进来的;而另外一边是小区的物业,物业就是小区开发公司的下属部门。

袁越听父母议论,这个开发公司的老板原来就是地痞流氓,胆子大承包了房地产,但是流氓习气不改,建房子偷工减料,业主闹还耍横。

这不是蔡叔叔他们和物业的第一次冲突,但这次冲突尤其大。

只听一阵汽车长鸣笛,一辆卡车来了,车门打开,整整齐齐几十个穿迷彩服的壮汉从车上下来,站在物业旁边,和蔡叔叔他们互相对峙。

两方对峙,而后推搡。

袁越趴在窗台上看了许久,觉得这一幕很神奇,他举起摄像机。

后来的事情,袁越又是在饭桌上听见父母闲聊后得知。

那天以蔡叔叔为首的警察和以物业为首的迷彩壮汉在短暂推搡之后,冲突升级,变成了一场双方参战人数超百人的群体斗殴事件。

迷彩壮汉是专业的打手,和警察对上也没落下风,双方都是头破血流进医院,但进了医院后,物业居然反手报警,先告一状,说警察打人。

事态很严重。

"唉,听说这次所有参加打架的警察都要严肃处理,全部开除。"

"怎么处罚得这么重?是物业欺人太甚,业主集体反抗而已,不能因为是警察就不能维护自己身为业主的权利。退一万步说,也该法不责众!"

"还法不责众,外头报纸都刊登了,标题就是'警察队伍里的害群之马',上纲上线的,我看就是房地产公司给媒体塞钱了,下午打架,晚上就出报道,谁信!"

"说来也怪老蔡他们太不谨慎,先动手的肯定没道理……"

袁越一直听到这里，说话了："可是先动手的不是蔡叔叔他们，是对面的。"

爸妈说他："大人说话小孩子不要插嘴。"

袁越说："老师教我们，对不对和年龄大小没有关系，三人行必有我师。不是蔡叔叔他们先动手的，是物业那边的先动手，我用妈妈的摄像机拍下来了。"

当天晚上，袁越随同爸爸来到警察局，把摄像机上交。

胖乎乎的警察局长亲自出来，将摄像机拍下的东西看了又看，而后他满脸红光，大力拍了小朋友的肩膀好几下，说："你这孩子，有出息，小小年纪就知道怎么主持正义了！"

再后来，蔡叔叔他们都没事了，建房子的老总进了监狱，物业也散了。

年仅十二岁的袁越，成功用一个随手拍下的证据，挽救了多位警察的职业生涯，在事后的庆功晚宴上，大家都很开心，喝得醉醺醺的，只有袁越，年龄不到，只可以捧着杯果汁来回走动，和每一位敬他的叔叔干杯，喝得小肚子滚圆。

最后他走到蔡叔叔面前。

蔡叔叔也红光满面，和局长一样用力拍他的肩膀，说："好小子，可以的，有你蔡叔叔十分之一的风采，今天的事情可以让你吹一辈子了！"

"我不想吹一辈子。"

袁越仰头看着蔡叔叔。他不想当记者了，从蔡叔叔在一个红彤彤的傍晚跳进他的窗台，生活就变成激动人心的故事，那天蔚蓝天空上的火烧云，藏进他的心底，将他想象的未来染上奇幻的色彩。

"我想当警察，我想主持正义，我想破更多的案子。"

中午的这碗面吃得实在不怎么痛快，两人吃完之后，都下意识按了按胃部，试图抹去那沉甸甸的古怪感觉。

而后他们继续工作。

对练达章过去的了解是第一步，接下去，他们要去调查关于辛永初的事情，辛永初的档案里，他父亲死亡，母亲改嫁，很早就组建了新的家庭。

他们上门拜访，辛永初的母亲和练达章的母亲差不多，对他们的来到面露不耐，也并不想提关于辛永初的任何事情，只说忘记了，可能也确实早忘记了吧。

两人并无所获，于是去了汤会计家——他们咨询过局里，汤会计的妈妈如今还健在，就住在汤会计死亡的屋子的隔壁。

他们按照警察局给的地址，到了目的地。

目的地有点让人不敢置信，这与其说是住所，不如说是个被人遗忘了的芦苇地，杂乱的芦苇丛都长到了一人高的位置，而汤会计母亲的住所，就在这芦苇丛的深处。

想要进去，还得先披荆斩棘一番。

"这块地一直没人过来开发吗？"纪询打量着前方说。

"因为汤会计母亲不愿意，一定要守着儿子遇害的空房子，说多久都要保留，一定要等到案子水落石出的那天，给她再多钱，再多套房，她都不会搬。一个孤寡老人，要那么多房子，都留给谁呢？"霍染因回答。

纪询没再说话了。

汤会计死的时候是四十多岁，如今二十二年过去了，他的母亲该有八十多岁了。八十多岁的老人，见一天少一天，今天睡下去，不知道明天起不起得来，可能一辈子也就剩这最后一个念想了。

穿行了大约三分钟的芦苇丛，两人总算见到了屋子。

就是农村的土房子，还是年久失修那一种，这边塌一块砖，那边漏一点雨，哪怕只是站在外头看看，也觉得危险。

但房子里还是干净整洁的，生活在里头的老太太发摇齿松，步履蹒跚，但还是努力地打扫着环境，坚持过好每个还能过的日子。

"老太太。"霍染因开口，"我是警察局过来的……"

他只说了这一句话，坐在摇椅上的老人浑浊的眼睛霎时明晰起来，好像朝阳战胜夕暮，她再度拥有蓬勃的生命力。

42

八十多岁的老人颤巍巍从椅子上站起来的第一件事，是给他们烧一壶水。

光线昏暗的室内，唯一一张八仙桌前，两人坐在长凳子上，双手接过老人递来的水杯。老人随后坐下，她嘴唇翕张几下，但没有声音，藏在耷拉着的眼皮下的双眼，带着犹豫的期盼望过来，期盼着从他们这里得到关于儿子案子的好消息。

理所当然的期盼。

但是他们注定让她失望，他们要和她交流的并非她儿子的案件，而是另外一个案子。

搁在手里的杯子开始变得烫手而沉重。

纪询意识到这是因为自己同情老人并且感觉到责任的缘故。

很可笑。

他抽离着评价自己此刻的心态。

他确实曾经和袁越说过要一起调查这个案子，也确实因为生活中的种种事情一推再推，直到从警队辞职。

他已经不是警察了。

他没有必要再管这个案子，没有必要再管任何一个案子。

会有更多的警察替他做这些，地球不会因为谁的消失而停转。

但是压力越来越大，有一座山落到他的肩膀，有一片海淹没他的喉咙。

纪询想起自己在了解这桩案子时看见的卷宗。冷冰冰的卷宗，冷冰冰的文字，冷冰冰的照片，一切都是冷的，因为这都是死去的东西，是冤魂留下的残骸。

里头只有一样活了。

王彩霞，汤志学的母亲。

卷宗上轻描淡写短短一行的记录，不甚重要，他看的时候一目十行，轻巧跳过，但到今天，它变成了坐在他面前的老人。

有血有肉，还在呼吸，以生命来等待破案的老人。

她坐在那里，只安静地等待，但她的身影却像一把无形的利剑插入纪询的心脏，把那些长久面对命案的习以为常的冷静撕得粉碎，只余下温热的血在流动。

那种热量在身体里肆无忌惮地流转，每到一处，都让他感到了灼热的羞愧。

曾是警察的他如此轻易地做出了承诺，却没有完成。

纪询的双手在轻微地颤动，他感觉到自己的嘴微微张开，想说点什么。他其实知道该怎么说，他们不该沉默地让老人坐在那里无意义地猜测。

他应该像个警察那样，表明来意，安抚受害者家属，然后拼尽全力破掉案子，让冤魂安息，让正义昭彰。

这种简单的话，他再说不出来了。

巨石早已将他的喉咙堵塞，经年累月，不曾松动。

这时旁边伸来一只手。

霍染因的手按在杯子与他的双手上，这只沉稳的手掌按住纪询手上的轻颤，随后坚定地将杯子从纪询手中拿出来，放在一旁。

"水太烫了，先放一下。"

霍染因接着转向老人："老人家，是这样的，我们手头上有一个案子，里头有人和您儿子相识，我们想向您了解一下他，不知道是否方便？"

一阵风吹过。

老人眼中期盼的火焰在晃动，像是深夜里冷风吹着如豆的烛火，烛火数度熄灭，但等风过，它依然坚强地重新燃烧。

"当然，当然。"老人答应，"你们想了解谁？"

"辛永初，您认识吗？今年他四十二岁，当年二十岁，他和您儿子的关系应该很好。"

老人眼里闪过一丝疑惑，她沉思许久，慢慢找回了记忆："是那个……很会跑的小孩？"

伴随着这个奇异的形容词，老人站起来，从床铺的角落里翻出一本厚厚的簿子。

这本簿子到了两人面前，纪询将它翻开，意外发现这是本相册，里头贴满了黑白照片，是汤会计和各种不同孩子的合照。

老人说："我儿子、儿媳命不好，他们有个男孩，但调皮捣蛋，在十二岁的时候跑到水库里玩水，没了。可是日子还得过下去，我儿子渐渐地就把感情转移到县里其他的小孩身上。那时候县里穷，大家对读书都不在意，好些穷的就辍学。他想不行，孩子怎能不读书？就把手里的钱拿去接济这些孩子，这些照片里的孩子，大多数被他接济过……你们说的辛永初，应该是这个。"

老人的手指指上一张照片。

纪询看见的第一眼，几乎没能将照片和现实联系上。

当年的辛永初还年轻，有着只剩一层青皮的光头，单手插在兜里，倚着墙，站得松松垮垮的，汤志学将手搭在他的肩膀上他还不乐意，扭着脸，眼睛看向旁边，只给镜头留丝余光，余光里，也全是桀骜不驯。

年轻时候的辛永初令人意外。

但细细一想，过去与现在又有相似之处。过去辛永初的叛逆与尖锐全写在脸上，现在，这些也并没有消失，只是潜入他的骨血中，成为带来毁灭的仇恨。

"辛永初家里头不好。"老人说话有些絮叨，"他是私生子，从小就不知道父亲是谁，后来他十四岁的时候，他妈妈也再婚了。十四岁的半大小子，养不熟了，又要上高中上大学，未来还要讨媳妇，哪个男人有这么多钱去浪费。他就不太受待见了，他脾气也倔，干脆就从学校跑到街上，和那些不三不四的人混着，当小偷。有一次偷到了我儿子头上。"

"我儿子去追他，一路追，他就一路跑，两个人都倔，绕着县城跑了大半圈。"

两人静静听着。

汤志学并没能追上辛永初拿回自己的钱包。

辛永初跑得太快了,十四岁的少年,双腿像是装了个马达一样,能够不知疲倦地向前跑。但这没完,后来有一天,汤志学在回家路上的一条小巷里,又看见了这个少年。

那时候辛永初躺在地上,鼻青脸肿。

据说是他偷到了另外一个混混团伙的老大头上,他所在的团伙就将他抛弃,他被人狠狠揍了一顿,又像只流浪狗一样被抛弃在这里。

汤志学起了恻隐之心,将少年带回家里,给他涂药,和他吃了顿晚饭,他让辛永初在自己家里休养两天,但是第二天一大早,辛永初已经消失。再过个三五天,等他打开门的时候,看见门口放着个果篮。

他左右张望,在巷子的角落看见一片一闪而过的衣角。

他熟悉这片衣角,上头撕破后的补丁,还是他老婆给补的。

辛永初才十四岁,十四岁的孩子还有太高的自尊心和朴素的道德观,他可以和混混一起走街串巷,偷盗抢劫,他觉得他们是兄弟;他也会因为汤志学救了他而对汤志学报恩,他也觉得这理所应当。

这不是一个彻头彻尾的坏孩子。

汤志学去打听了解辛永初的情况后,在街头巷尾又找了几天,找到了辛永初。

这一次,他直接问辛永初:"愿不愿意和我一起生活?"

辛永初来到了汤志学的家中,夫妻丧子,无论是对辛永初还是对汤志学资助的其他孩子,他们都有着对待爱子一样的耐心和关怀。

辛永初和汤志学一起生活,所得到的耐心和关怀也最多。

汤志学给辛永初付了学费,让辛永初回学校上学。辛永初不乐意,他成绩不好,回学校没意思也没前途,混日子不如去打工。

这是客观事实。想让辛永初在随后的中考中取得好成绩,确实也有难度。

汤志学跑了几天学校,问了辛永初的班主任也问了其他好几个老师,最后想出了个办法。

他见识过辛永初跑步的速度,决定让辛永初奔体育生的方向去。

无论如何,都要上学,要一路往上读,读出、学出、跑出一个未来。

从十四岁到十五岁,从十五岁到十八岁。

每天上午其他人还没起床的时候,汤志学就喊辛永初出来练跑步;每天下午其他人放学了,汤志学也喊辛永初出来练跑步。

整整四年时间，汤志学寒暑无阻，始终监督陪伴辛永初跑步训练。

又一张照片进入纪询与霍染因眼中。

还是黑白照片。

照片里，应是夕阳西下的时间，太阳在远处的地平线上没了小半边身体，汤志学嘴叼口哨，单臂高高举起，手握成拳头，他的双眼紧盯辛永初，侧身背对镜头；辛永初则在前边奔跑，他抬起手臂，扬高大腿，汗水在跑步练出来的发达腿肌上滚动。

窗外也到了金乌西沉的时间。

天色变红，红光染上纪询捏着照片的手指，同时染上这张黑白照片，寡淡的黑白色开始畏怯后退，金光像是火一样点燃这张照片，一切都变得生动真实。

在汤志学响亮的哨声和大声的催促中，在夕阳如同火焰般烧灼的日子里，辛永初埋头奔跑。

他身上挥洒出的每一滴汗水，迎上阳光，都闪出一瓣晶亮的彩虹。

彩虹拱他向前。

努力，努力，更加地努力，未来就在你跑道的终点。

"他跑上了一高，又跑上了大学。"老人说，"他上了大学也没忘记这里，常常写信回来，后来我儿子被杀了，这些被他资助过的孩子大多过来了，都很伤心。他也哭得撕心裂肺，但是这天以后……"

老人努力想一想。

"我没有再见过他了，也没听别人说见过他，他好像再没有回到这个县里来，他现在怎么样了？"

辛永初的事情大体这样，在即将结束的时候，纪询额外问了声："老太太，您认识一个叫练达章的人吗？"

"我知道。当时警察局没抓到人，搁置了案子，他的妈妈又天天说儿子厉害，惦记县里，可以帮忙，我们就想死马当活马医，找个律师，看他能不能帮忙什么的……但他根本没见我们。"

老太太低了头。练达章在这里的名气比纪询想的大多了。

"后来我想了想，可能他不太喜欢我们家吧。"老太太说，"小辛当年是个混世魔王，在学校也是游来荡去，据说还打过练律师，可能是因为这个缘故。"

这条相交线让纪询与霍染因意外。

但有了这个过去，定点投毒的可能性更高了。

两人向老太太道别。

老太太起身送他们，一路送到门口，最后用骨肉松弛的手扶着门框，欲言又止。

她想问关于儿子的案子，儿子的案子，就是悬在她心头的重石。

她还在期盼地看着他们，于是那块重石就顺着她的期盼，出现在纪询身上，将他压成薄薄的一张纸。

他无法呼吸，也无法转开眼睛。

期望有时候是个四面闭合、密不透风的牢笼，将人关死在里头，但只要能够开口承诺，他就能从里头打开一盏可供呼吸的窗户。

他一直知道要怎么拯救自己——但他做不到，始终做不到。

因为他不再相信自己。

直到霍染因回身，站在他面前，说出他想要说出但无法再说出的话。

霍染因在这时候低了头。他漆黑的瞳孔带上夜的温柔，带着让人安寝的舒心，他承诺："您放心，您儿子的案子正在查。我们不会让凶手逍遥法外，我们会抓到凶手。您要好好照顾自己，等我们带答案回来。"

老太太笑了。

她脸上的阴霾忧虑一扫而空，她只是想要一个来自警察的承诺，二十二年以来都是如此，承诺就足以让她充满希望地生活下去。

"好嘞，好嘞，你们慢走，那我就在这里等你们回来。"

空气忽然涌入，缓解缩紧的心肺，纪询长长地出了一口气。

进去的时候是芦苇丛，出来了也依然要穿过毛茸茸跟狗尾巴一样摇摆不停的芦苇。

两人回到车上，驾驶座的人换成霍染因。

霍染因目光直视前方，脸色平淡，最后佯作不经意地强调："记住，我刚才说的是我们。"

我们一起承诺，一起破案。

43

门开了，开门的是蔡恒木的儿子蔡言。

他穿着一身奶牛睡衣，头发还乱糟糟的，他是视频网站的签约主播兼小有名气的网络博主，昼伏夜出，虽然现在已经下午了，却像刚刚睡醒。

他认得袁越，却有些奇怪对方为什么这个时间点来。

"你今年那么早过来拜年？还是我记错日子了，已经到春节了？"

袁越莞尔："没，我是有工作上的事来找叔叔。"

蔡言一愣，有些狐疑地回头望了望循声走来的自家老爸："工作？案子？你还能和我爹这种废物聊这个？"

"臭小子，怎么说话的。"

走到儿子后头的蔡恒木脸拉得比驴长。

"我吃过的盐比你们吃过的米还多，我破案的时候你还在吃奶。"

"爸。"蔡言漫不经心打断说，"你这种就当过几个月刑警，当了还破不了案只会跳窗躲受害者家属的警察，也好意思在袁哥面前谈破案？谈你酒囊饭袋的名声又在袁哥不知道的时候更广为流传，几十年来快变成警队嘲笑的日常了吗？"

打人不打脸，骂人不揭短，蔡恒木的脸真的挂不住，作势要打。

蔡言撇撇嘴。

袁越赶紧一跨步，插入父子之间："蔡叔，我有点事要和你聊聊。"

蔡恒木没好气道："去房间说。"

蔡言打个哈欠："去什么房间，在客厅说就好了，我继续回房间睡觉——袁哥难得来，我先给你们泡壶茶再睡。"

"不用麻烦，我一会儿就走。"袁越婉拒。

然而蔡言像没听到一样，闪进厨房，开始准备。

客厅里余下的两人来到厨房沙发上，蔡恒木大大咧咧坐下去，道："到底什么事？"

袁越微微压低声音："是关于汤会计的案子。您是当年侦办主力人员之一，所以我想问问……"

这件案子的一些背景，辛永初已经提及了。

当时怡安县政府拨款，建设怡安第一高中新校区，工程由本地一家名叫景福地产的公司承接，一开始都很顺利，直到9月18日，即将为农民工发半年工资的汤会计死在家中。

汤会计并不是这个案子的唯一受害者，当时还有另一个受害者，是景福地产的时任老总，老总名叫孙景福，于同一日遭受凶犯入室抢劫，他运气较好，被敲得不重，装晕躲了过去，又因为家中没现金，几个歹徒没有所得，很快就离开了。他向警方描述了凶手的样貌，但不是很具体，他吓坏了，当时的笔录做得颠三倒四，只有两点他印象深刻，措辞清晰，他记得两个凶犯里，其中一个头发很长，手臂上有文身，另一个是北方口音，他听不太懂。

死里逃生是孙景福的幸运，但幸运总伴随不幸。

汤会计计划发放的工资被抢，使在建的怡安第一高中新校区资金链直接断裂，孙景福求爷爷告奶奶，多方筹款……也只是杯水车薪。

最后，孙景福的公司破产，第一高中新校区也直接变成了烂尾楼。

直到今天，还烂在那里，没人接手。

回顾整个案件过程，汤会计是晚上9点左右遇害的，他那天家里刚好没人，他妻子如往常一样加夜班。

孙景福则是在晚上9点30分左右被人袭击的，歹徒在他家前后待了十到十五分钟。

作为当时侦办的主力刑警之一，蔡恒木当初的办案思路有一点独特，他认为孙景福的证言不够详尽，比如歹徒是怎么离开的，怎么击打的，怎么搜查的。

他还觉得凶手的特征过于明显，不加掩饰非常奇怪。

他断定凶手一定早就和汤会计认识，否则不可能刚好挑了一个妻子加班、汤会计独自在家的时间下手作案。发型、文身和口音这些醒目特征，则都是故意显露出来的，是熟悉的身边人用来伪装和迷惑孙景福，以此误导警察破案方向的。

否则他们为什么如此轻易地就放弃搜刮孙景福的家里呢？为什么不从孙家带一些贵重物品走呢？

当时是有一条线索的，说有人在第二天的大巴车站看见了和孙景福描述相似的人，两人提着大包小包，戴着帽子，匆匆忙忙买票上车。

另外一个案子的侦办主力人员建议顺着这条线索往下查。

蔡恒木不同意，警察局分给这案子的人手就那么多，查了大巴车方向，就查不了他提供的方向，他在会上声情并茂地发言整整半个小时，把自己的思路说得天花乱坠，还引用了一大堆国外先进的犯罪心理经验，最后说服了警察局上层和同事，案子以他的思路侦办。

蔡恒木是个非常能讲故事的人。他所有的能力，也都在讲故事和吹牛上了。

此后蔡恒木围着汤会计周遭的人际关系查了整整一个月，什么结果都没有；再回头想要追查那条车站线索，也早已泥牛入海，一点不剩。

案子就此成了悬案。

这件事也就成了蔡恒木人生的滑铁卢，他从此一路走低，本来刚考上编制从优秀辅警转正刑警，没过多久就去当了片区民警，又因为脾气等各种问题被投诉，最后成了交警。

当蔡言端着茶盘出来的时候，袁越已经准备走了，他爸也回房间下棋去了。

"局里还有点事，不能喝你的茶了。"袁越歉然道。

"没事。"蔡言左右看看，"我送你吧。"

"不用了。"

"就送你到门口。"说着蔡言已经替袁越打开房门，这时候他仿佛不经意地说，"对了袁哥，我看《第一刻》报道，宁市那边不是昨天刚出了个投毒案吗？你应该还挺忙的吧。"

"已经辟谣了，别多想。"袁越说。

"这样啊，没事最好。"

"安心吧。"袁越回答，又说，"还有小言，蔡叔其实没有你觉得的那么差……"

"袁哥那是你有滤镜。"蔡言轻蔑地笑笑，"你凭良心讲，他哄你的那些警察故事里有多少是真的？你不能因为自己没长歪就觉得我爹是个大教育家吧。我最讨厌他吹牛不打草稿的样子，别的警察不顾家那是对社会有贡献，他一家里的废物在社会上也当废物。还真当跳窗逃跑这件事是笑话吗？汤会计家人每回过来我都被他那张心虚的脸恶心得好几个月吃不下饭。"

"其实……"袁越还要再说，没说出口。

蔡言像打开了话匣子，抢断袁越的话，滔滔不绝。

"还有，他一直吹嘘带着众多小区警察和地痞流氓的物业打架斗殴——你不住这里，不知道，自从开发商老总进了局子后，我们小区就没有物业了。从此一年平均要遭贼三次。"

"不敢相信吧？这可是警察大院，楼上住着警校校长，楼下住着公安局长，警察同志大总部，天天遭贼惦记。他们也开了个内部会议，最后得出的结论是，小偷也有个聊天群，我们小区在群里就是属于好偷的那个小区，所以小偷们前赴后继，络绎不绝，就算第二天抓到小偷也没有用，小偷早把偷窃的赃物转移了。"

"我就至少和小偷面对面两次，一次他摸进我房间，摸到我脚心。一次我和我爸在阳台上吵架，他就趴在外头的窗户上，我爸都抓住他的手了，他还是挣脱，从六楼到一楼，几十秒钟，快得跟特种部队出来的一样。"

袁越既觉得好笑，又觉得应该对此抱有同情。

"所以袁哥。"蔡言最后总结，"听我一句劝，别和这老头搅和在一起，没结果的。"

送走了袁越，蔡言转回房间。

他坐上电脑椅，点开屏幕，屏幕里，一则他昨天半夜十二点发出的科普视频赫然在目。

"硝酸银离我们的生活很远吗？"

半个白天，点击量已经到了五万，堪堪与他过去做的视频的平均阅读量持平了。

而且视频的转发、评论和点赞量都挺多，比他过去的视频都多。

这当然不是因为他的水平在一夜之间突飞猛进，不过一个科普视频，但凡会用搜索引擎的人都能做出来，之所以视频有这么多点击量，只是因为热点聚焦。

因为宁市投毒案广泛的关注和议论，也因为人们在警方不断删帖下更逆反，更要议论这一秘密的心态。

他也不是第一个做视频的，围绕投毒、硝酸银、奶糖等关键词的视频已经占满了某网站排行榜。

有点可惜，他没冲上首页。

他上上下下转着鼠标的滚轮。

他是一个从小就被人夸聪明的小孩，之前做解谜类游戏也以高智商为卖点。

从袁越出现在门口，他就在想对方为什么这个时候来。

宁市刚发生一起特大要案，警方虽然辟谣说《第一刻》的报道为不实消息，可他群里的宁市网友分享了小道消息，在超市看到警察概率变高了，证明多少有情况。

而袁越是宁市刑侦一支队大队长，不参与这种一看就要耗费很多警力的案子，反而跑到他家来叙旧。想也知道，就他那个糟老头子的爹，唯一有点用的就是掌握二十二年前汤会计案的第一手消息。袁越来百分百是为了这桩旧案，可这个案子已经很多年再没启动过了。怎么忽然间又推进了呢？

警方一定是得到了什么很重要的线索！

二十二年的悬案本身就是一个非常唬人的故事。

蔡言有些隐隐的激动，虽然他爸是个废物，可确实也有不少第一手资料，他的这个视频文案绝不是其他靠看纪录片或者故事会的人能比的。网站发案件解说的视频也不少，搞不好蹭热度还能另辟蹊径得到关注？

甚至大胆点想，说不定能推动这个案子破获呢！

霍染因接了一通来自局里的电话。

他听了半响，挂掉手机，和纪询说："一些线索。辛永初硝酸银的购入途径是淘宝，他买了三大瓶硝酸银，购买时间是1月15日；预审那边在对辛永初的继续询问中，得到了一个重要口供。辛永初说，'宁市第一个受害者应该已经出现了'。"

"说漏嘴了。"纪询琢磨。

"没错，说漏嘴了，辛永初置身警察局，一切通信设备都被收缴，无法和同伙联系，这第一起案子一定是曾经计划好的，如果是他宣称的随机投毒，怎么能保证只有一个受害者，而这个受害者又恰好在他进去不久之后中毒？"

霍染因说："此外，通过查证练达章的供词，他家是在1月29日去附近的联华超市购买的奶糖，其公司和酒店聚餐所使用的奶糖，则是29日从旗舰店网购补进的一批，所有可见的监控里，都没发现异常。"

一根头发掉到纪询眼睛前，遮蔽他的视线。

纪询仰头，对那根发丝吹了口气。

"辛永初在说中毒者的时候圈定了宁市这个范围。在工厂或者网络分销的过程里下毒，都无法确保毒只存在宁市之内，所以投毒人只可能是在发货阶段，挑拣前往宁市本地的包裹进行投毒，但我想这个方面警方应该也排除了吧？"

"嗯，对奶糖包装和贴标的是两批人，不存在互通，根据仓库的监控和负责人回忆，后续也没有拆开包裹的情况出现。"

"那么无论练达章是被定点投毒，还是在随机投毒中中招，想要让他中毒，都得在他生活范围附近通过某种手段下毒。换言之，无论是练达章家里、公司，或是酒店里的奶糖，都在凶手目之所及或可以想象的空间和范围里。那么……"

"那么他的妻子、女儿，包括同事都有作案条件。利用他吃糖的习惯，只要在接近他的时候将藏了毒的糖悄悄放入他的口袋，他就有可能中招。"霍染因补充道。

"他口袋里藏毒的糖果有几颗？"纪询问。

霍染因蹙蹙眉："只有一颗，就是他吃下去的那一颗。不仅如此，我们检查了别的所有奶糖，也没找到第二颗下毒的毒奶糖。"

"真奇怪，投毒人为什么那么自信？"纪询若有所思，"我吃糖也算频繁，但经常把口袋里的糖换来换去，或者放很多颗，有时忘记了就把口袋里装有糖果的衣服直接丢进洗衣机，家里还照样有大把过期的糖果。糖果是一个很容易被遗忘被耗损的零食。他到底使用了什么我们没想到的手法，确保这一切必定会在一个时间范围内发生——这是他和辛永初商量好的，且是威胁警方赶紧破案的关键手笔。否则这一切就像在玩俄罗斯大转盘，靠赌博来赌自己会成功……而这在一个周密的计划中，是绝对不会发生的。"

这时霍染因的手机又响了。

两人中止交流，霍染因接起电话，只是极短的一会儿，他的神色阴沉下来，厚重的乌云一层又一层遮住了天空。

他挂断电话，告诉纪询。

"《第一刻》又发微博了。"

44

《第一刻》又发微博了，撰文记者还是孔水起。

这次孔水起写了个长微博，标题是"为报恩孤狼追凶二十二年，揭开宁市投毒案的悲凉往事"。

看到这个标题的一刹那，纪询没有立刻点进去，他上下抛着手机："看来媒体那边已经掌握到了足够的消息，而且不是警方处理过程中泄露的，而是有人直接和媒体联络爆料……"

霍染因眉头紧锁，在看内容。

"写到了什么程度？"纪询又问。

"基本属实，但刻意煽情，避实就虚。"霍染因嘴角抿成一道直线。

"意料之中，媒体就是个讲故事的，如果故事讲得不动听不讨人喜欢，他们就该砸饭碗了。"

纪询平淡评价，他点进去，长微博的第一段内容是——

2016年1月28日，梁山（化名）敲开吴亮（化名）的房门。他带着摄像机和刀具，独自一人用无比决绝的方式来讨一个迟到半辈子的公道。

二十二年里，梁山当过修理工，做过保安，干过快递，也不止一次地当苦力。

他从没有一个长期稳定的正经工作，没有家庭，更没有孩子，因为他没法停下，他一直在奔跑，他孑然一身跑在黑暗里，像一匹孤狼，奔着没有尽头的路，只为那无法企及的真相。

八千个日子不放弃，可能上天也被他的执着打动，跑遍了全国各地的梁山发现了一条毫不起眼的线索。

梁山本不想杀吴亮的，杀人，不是所有人都能迈过这个坎。

这是人和禽兽的交界线。

但他知道自己别无选择。他也不会后悔这个选择。

他用摄像机录下的是自己的罪证，他带着罪证主动投案自首，寄希望于警方，他知道，仅凭他一人没法找到另外一个凶手，他需要警察。他孤注一掷地献出人生，用惨烈的方式喊醒打盹的警察，不要再无视这尘封二十二年、无人问津的血海深仇！

他用吴亮那沾了人血来发家的奶糖，和警察，玩一个游戏。

网友成功地被感动并煽动了。

辛永初不是一个完美的受害人，他本来不该得到这么多的怜惜同情，但媒体的报道巧妙利用了春秋笔法，将辛永初变成一个豪情壮志的正义加害者。

他知恩图报，因汤志学六年照料，不惜轻掷人生，一饭之恩，千金以酬，将余生都放在为汤志学追凶报仇之上；又有勇有谋，警方尚且找不到的凶手，他单枪匹马，居然抓住，堪称"十年磨一剑，霜刃未曾试，剑锋旦出鞘，见血封喉归"！

他是一个活在现代的豪侠，这是一个善恶有报快意恩仇的故事。

辛永初满足了网友们的想象，于是他变成了正义的符号，他是正义，正义的对面就是不正义，不正义的当然是死去的吴亮——赵元良。

宁市这块地方，说大不大，说小不小，《第一刻》发布的这条长微博，既有案发时间，还有关键词"奶糖"，足以让网友们扒出更多的东西了。

一定是小兔糖，宁市总共就一家出名点的本地奶糖厂，随便问问就知道了。

28日好像安和大厦那边发生了命案，警方拉了警戒线，这么一看对得上啊。

整个案件就这样轻易地被网友扒了出来。

一时之间网络上充斥着这样的话语。

小兔糖完了，感谢媒体爆料，我不会再吃了。

定点投毒小兔糖，那不吃就好了咯。感谢梁山做事还挺有分寸，善恶终有报，苍天饶过谁，小兔糖还是让它凉了吧。

赵元良杀人偿命，赚了那么多钱舒服了那么多年，死了活该啊。

逼上梁山，都是可怜人，主动自首能别判死刑吗？

网友的怒气在评价完凶案双方后并没有因此而平息，关于自首减刑的讨论愈演愈烈后，理所当然的，指责开始转向当年调查案子的警方。

警察是干什么吃的？二十二年了还没有破案，要让死者的亲属自己找人自己破案？

就基层那工作效率，反正旧案堆着，没人催就懒得破是吧，都把老实人逼得杀人了。

梁山也是蠢，干吗亲自杀人，找媒体像现在这样曝光一下，舆论一压，那些警察肯定态度不一样。

赶紧的，快曝光是哪个县的警察，我的12315市长举报热线已经为他们准备好了。

当然，大规模的舆情之中也夹杂着反方，例如"新闻等三天再看看反转"这类话也屡见不鲜。

可正反双方此刻，都有一个极为相似的诉求。

他们希望警察出来说点什么，随便什么。他们灼灼的目光聚集成炙热无比的探照灯，打在那些他们平常看不到的角落，平常不在意的议题，平常想不到的人或事上。

亮得似乎要把故事的幕布点燃。

"好了。"纪询合上手机，"现在可以来讨论一下，究竟是谁把这么详细的内容透露给媒体了。"

"一，内鬼。"霍染因接话，语气也很平淡。

"嗯？"纪询看向霍染因，"为什么你的第一反应是内鬼？"

"二，辛永初同伙。"霍染因说完两个选项，才不紧不慢地补充，"没什么第一反应，就这两个选项，很好判断，将哪个选项放第一又有什么差别？"

"差别大了，这反映了你内心对周遭同事的深深不信任，刑警对万事保持怀疑是个好事，但好歹掌握个度，要不然关键时刻可没有同伴去救你。"纪询调侃道。

霍染因的视线在纪询脸上轻轻一转，收回了。

他换了个话题："上回给你寄MP4的，你有眉目了吗？"

"一丝也没有。"

"我看你倒不紧不慢，毫不在意，怎么，原来不是智珠在握？"

"咦？这难道不该是你们去调查的事情吗？我还以为身为公民的我收到了可疑且危险的MP4，警察会挡在我面前保护我的。"纪询慢悠悠，"就像你刚才一样，坚定地挡在我面前，接过重担，阻住风雪……"

"好好聊天。"霍染因鸡皮疙瘩起了一身。

纪询叹气："唉，你这人啊，就是太装了，偶尔白天的时候，也可以放下身段承认内心的嘛——罢了，说回案子吧。既然有专人向《第一刻》爆料，再看《第一刻》对辛永初如此了解，那你觉得《第一刻》下一步会做什么？"

霍染因看着车窗外的县城，有了想法。

"不管《第一刻》在网络上如何搅风弄雨，它的本质是一家媒体，它会做的，也只是媒体会做的事情。"纪询继续说，"媒体需要关注和热度。现在所有人的视线都聚焦在辛永初身上——顺势再扒到怡安县和汤志学，都不是难点。他们很快就会蜂拥而至，而《第一刻》要保持自己的领先，自己的热度，只会在所有人之前冲到怡安县……"

纪询两手一摊。

"我们不用赶着回宁市了。可以和他们先见见面，再说。"

霍染因眼神闪了闪，说道："和《第一刻》记者见面意义不大，局里已经去他们编辑部三令五申让他们配合调查，赶紧把线索交出来，连周局都亲自打了电话，没用。他们始终采用'拖字诀'，也不是不交，只是想拖过舆论消息热度的黄金七十二小时，再将线索拿出来。"

"你去当然没用，你是警察嘛，要文明执法。"纪询说。

"你去就能够不文明了？"霍染因说。

"警察弟弟，不要揣着明白装糊涂。"纪询竖起一根手指，按在唇上，"你敢说你拉着我一起办案，从没一点这方面的考虑？一些事情，心照不宣，嘘。"

轻轻一声，像含在嘴角的笑。

霍染因望着纪询，说："别作怪。"

和一个白天里死要面子假正经的男人搭档，实在好难。纪询叹气，甩甩手，托着腮说："总而言之，现在是该行动了。为了不让你事后被问责，我们还得找个有监控的地方吵个架，再分头行动，以示你对我做的事情一无所知——哈，你确实一无所知，除了知道我要去找《第一刻》。"

"我们吵什么？"

"随便吵什么，我觉得光吃不吃辣这个话题就能吵到翻脸，你觉得呢？"纪询说。

"大概只有你会这样觉得吧。"

"好了。"纪询打住，拉开车门，下车，"抓紧时间，去找监控。"

霍染因没动，他看着纪询，问："时间，地点。"去找你的时间和地点。

"警察同志，不该知道的事情不要问太多，不然你要怎么向上级打报告——至于什么时候来找我，去什么地方找我，自己判断，我相信你可以的。"

孔水起是个四十岁的男人，模样周正，脸上戴着金丝边眼镜，口袋别根钢笔，全身上下都洋溢着书卷的气息。

他撰稿的长微博，实打实火了！

一路上，孔水起光看着《第一刻》微博粉丝噌噌地涨，手机通信软件里全是同组同事的恭维和领导的赞许，就忍不住微微翘起嘴角。

谁能想到，一个不起眼的信封里装着的居然是这种爆炸性新闻？

应了那句话，薛定谔的猫，盒子打开之前，你永远不知道见着的是活猫、死猫、金猫还是银猫。

这时手机叮了一声，工作邮箱里新邮件出现。

他拿眼睛扫一扫，心脏突地一跳。只见邮件上简短写道："孔记者，你们在微博说的案子是汤会计的案子吧，我看了微博，看出来了，关于这个案子，我有点消息，你们收爆料吗？"

"当然。"孔水起刹那回复，"你有什么消息？"

他发完邮件后，看了眼邮件账号，不是手机号邮箱，是注册邮箱，不能通过手机号判断更多的消息。

"爆料给爆料费吗？"匿名爆料人问。

"给。"

"那我要一万块钱。"

掉钱眼里了。孔水起撇撇嘴。

"钱不是问题，但你要先把你知道的说说，我不能白给你一万块钱，也不知道你这爆料值不值一万块钱，万一你拿了钱就跑了，我找谁去？"

"万一我给你说了事情，你转头就跑了，我又找谁去？"爆料人反问。

还挺轴的。

"我有名有姓，是大杂志社的编辑，跑得了和尚还跑得了庙吗？"孔水起说。

"那也不行，这年头，欠债的是大爷，我一个小县城的人，连你们杂志社的大门都摸不到，更别说讨薪要债了。"爆料人说。

"这不行那不行，怎么样才行？"孔水起有点烦了，怡安县距离宁市不够远，他发出的长微博反响太大，周围的同行肯定已经蠢蠢欲动，干媒体的就是要攻城掠寨，抢占舆论的最前沿阵地，要是耽误了时间，说句糙话，吃屎都赶不上热乎。

"我刚刚看见警察来了，把王彩霞带走了，王彩霞是汤志学的妈妈，这么多年里每年儿子的祭日都会带点鸡蛋，跑警察局一趟，问问儿子的案子究竟怎么样……"

孔水起看到这里，眼睛唰地亮起来。

好新闻！

他盼着爆料人再多说两句，但爆料人话锋一转："网上交易我们都不放心，那我们面对面谈，这样双方都放心。"

"好，时间，地点。"孔水起一口答应。

约定好的见面地方，看着像是一个保安室之类的地方。

跟着导航找到地方的孔水起暗暗想着，这地方倒不难找，面前就是个很显眼的烂尾楼，那保安室从外头看去，也空荡荡的。

对方还没到？或者藏在里头？孔水起掂量着，又在心里不屑轻嗤。

小地方的人，爆点料都像在搞地下工作，真是没见识。

他提着包，大步走进去，这回看见了人影，对方正坐在桌子上，一下下拍着篮球，无聊地晃着腿，但逆着光，他一时没见到对方的面容，只下意识感觉到点古怪的不对劲，但这不对劲没进他的心底，他急迫地问："你就是和我聊天的爆料人吗？"

篮球从他耳旁掠过，砸向保安室虚掩的大门。

轰然一声，大门关闭。

室内光线骤暗，孔水起脑袋一轰。

上当了！

他回身扑向大门，想要开门出去，但大门像是被铁焊在了门框上，怎么也推不开。

他一急，立刻嚷嚷起来："警察打人啦——"

"哎呀。都说了，我不是警察，只是爆料人。孔记者这么想见警察吗？"

一声抱怨，坐在桌子上的人两手手肘撑上大腿，向前倾身。

他自黑暗中浮出。

"自我介绍，我叫纪询。"

45

　　周围是昏暗的,阳光被隔绝在封闭的保安室外,可冷空气没有,丝丝缕缕的冷空气正吹着他的背脊,自门缝里,自窗缝里,自肉眼不可见的角落中。

　　孔水起听见了自己心脏的狂跳声,惊吓让他额上沁出了一层薄薄的汗水,他佯作镇定,去掏上衣口袋里的手帕。

　　"不是警察?那你是……"

　　"我说了,我叫纪询。"纪询说,"别在你上衣口袋的钢笔很好看,好看的钢笔适合用来写字,随意把它改装成窃听器,笔会哭的。"

　　孔水起一哆嗦,夹在口袋上的笔掉到了地上,咕噜噜滚到两人中间。

　　纪询惋惜地叹了一口气:"别紧张,右手也别想着去拿手机,拿手机比拿录音笔还蠢。"

　　他笑起来。

　　孔水起也只好陪着干笑。

　　笑着笑着,保安室内只剩下他一个人的声音,冷风在他的笑声中来回穿梭,他笑得越来越干涩,最后艰难地咽了口唾沫。

　　"为什么?"

　　他竟然问一个疑似要囚禁自己的歹徒为什么用手机比用录音笔还蠢。

　　他想到了自己曾经做过的报道,那些歹徒是怎么折磨殴打受害者的,他妙笔生花如同身临其境……现在他真的身临其境了,过去写的所有内容都开始在他脑海里回放。

　　他恨自己卓越的记忆能力。

　　"因为信号屏蔽仪啊。"纪询懒洋洋的,用一种所有人都该明白的口吻说,"现在学校越发与时俱进了,直接在教室里安一个屏蔽仪屏蔽手机信号防止考试作弊,万事大吉,报警电话都拨不出去,你说是不是?"

　　孔水起猜到了类似的可能,但听到答案还是觉得自己马上就要窒息了。

　　他只是一个小小的记者而已……

　　"你到底想干什么?你这是非法囚禁!"

　　"非法囚禁?怎么会,我们不过是因为门锁坏了,于是被困在这里的无辜可怜人,又好巧不巧,烂尾楼附近信号差。唉,这破地方,真该好好整理整理了。"纪询要笑不笑,"孔先生,知法才能守法,更能游走在法律的边界线上,这一点,你自己干记者这些年难道不够有心得吗?"

孔水起太有心得了,于是他立刻意识到两点。

第一,面前的男人确实在囚禁自己,但自己报警很可能拿不出有力证据让其付出代价。

第二,他目前使用的还是软暴力手段,没有太过激的行为,大家还能冷静理智地聊一聊。

孔水起是个审时度势的人。他很快收敛怒容,换上笑脸,虽然笑脸有点僵:"纪……纪先生是吧,幸会。"

"幸会,孔先生。"纪询同样温和回道。

"你找我,一定是我对你有用。"孔水起字斟句酌,"既然这样,大家不如打开天窗说亮话,纪先生想要从我这得到什么,或者想要我做什么?"

"孔先生真是上道,不愧是能写出牵动万千网友心的报道的人。"

"如果是要我删除报道,那绝对不可能,我没有这个权限,也压根不知道《第一刻》官方的账号密码。"孔水起正色道,"而且大家都是聪明人,现在删或不删,意义不大。"

纪询拍拍手掌,以示赞扬:"孔先生见多识广,经验老到,佩服佩服。好吧,我直说了,我想知道是谁给你们爆的料,我要拿到相关物证。"

孔水起听完纪询的话,之前的紧张竟然暂时压下去,反而冷静下来。

"纪先生,我真的很想帮你。"他摆出一副为纪询着想的模样,油头滑脸,"但这件事,你找我没用啊,我只能给您指条明路,带我的组长,也是杂志社的副总编,是红姐,组里大事小事都由她来拍板,你得让她松口才行。唉,之前你们周局的电话打到总编那里去……"

他长吁短叹:"红姐就奔着再向前一步,但总编那个死老头,死不肯挪位置,他们早就势同水火,你说警察局里头的人拜错了码头,怎么能得到好结果呢……"

"孔记者,我不是警察,不会和你在所谓流程上兜圈子,我也不好奇你们杂志内部有什么不为人知的职场斗争。我只知道,如果你在这里继续陪我耗下去,那这后续一系列报道的第一手资料,恐怕就危险了。我来之前可是看到了好几家媒体的标志……"

"我们做的是深度!"孔水起立刻辩驳,"不是奥运会赛跑,谁先到地点谁算赢。"

纪询明明白白地发出一声嘲笑。

嘲笑像鞭子一样打在孔水起脸上，打得他一阵脸红。

媒体做深度这句话本身没有错，但深度和时效又不冲突，再说大家都是媒体人，谁不会深度，就你有深度？

谎言被揭穿的时刻总是叫人尴尬的。

"好的孔先生，你做的是深度，那你大可不用着急，和我一起在这里慢慢等着救援来到吧？"纪询毫不反驳，从善如流。

这时孔水起反而焦躁起来。

如果他被绑在这里，不能和外界联络，那么杂志社就派不来新的记者进行采访，今天的这个报道就会开天窗——

"有三万吗？"纪询冷不丁出声，"做奶糖报道的奖金。"

他窥准了孔水起满脑子都是杂志报道的时候发出提问，于是他的话，如一柄剑直插入孔水起的大脑。这时孔水起记者全然本能地嘲笑出声："呵……"

纪询明白了："我小看记者了，看来这个报道给你赚了远不止三万的奖金。唉，才到这里，就远不止三万，要是能将这个系列报道做完，恐怕是孔记者事业腾飞的一个踏板吧？当然，要是因为你的问题，导致这个系列出了天窗，可能……"可能就有大纰漏、大麻烦了。

不用纪询说透，孔水起完全明白，他被捏了七寸，身上的油滑全都被彻底刮掉，取而代之的是十层黑糊糊的漆刷上去，刷得他的脸彻底阴下来。

"你到底想干什么？"他再次问，心中的急迫溢于言表，"我都和你说了我不是领导！"

纪询微微一笑："那就找个办法让领导听你的。"

"我没办法——"

"哐当"一声巨响！

一把椅子躺倒在地上，将地上的灰扬起半寸。

与之相对的是纪询依然温和的神色："孔记者，好好想想。"

"我。"孔水起被吓到了，他结结巴巴，"那人，那人不是自己来的，他是用一个信封……信封投递。一开始我也不信，但信封里头有杀人视频……我也不在意是谁投递的，只要我的报道真实可靠，不就好了吗，所以……"

"信封在哪里？"纪询接着问。

"我办公室的抽屉……抽屉里。"

"详细的，抽屉的哪里？"

"第二层抽屉……最底下……夹板里，用一个塑封袋好好装着。"孔水起都说了，说完了，他窥着纪询的脸色，还怯怯补了句，"我害怕上面沾有犯罪嫌疑人的指纹，怕破坏了，所以用塑封袋好好保存……就这些了，我都说了，这回是真的，十足真金……"

纪询同样观察着孔水起。

孔水起还是很紧张，这可以解释为他被刚才椅子突然倒地的声响吓到。

他紧紧抱着手里的提包——刚才聊天时他也抱着提包——不管他用什么样的姿势抱提包，他的一只手掌始终停留在提包包面的正中央。

纪询猜到了，揶揄说："原来东西就在你的提包里，灯下黑，这手玩得好。"

孔水起大惊失色。

"我——你怎么知——"他说漏嘴了，懊悔得直咬舌头，"该死！"

"啊。"纪询说，"不是什么了不起的技巧，就不赘述了。很感谢你的配合，警方也会感谢你的。如果这份情报更早一点——你八成还能有一个表彰。"

他要的线索都拿到了，是时候出去了。

但未免瓜田李下，纪询决定不给霍染因打电话，干脆静待霍染因找过来。

纪询从口袋里摸出手机，开始打游戏。

孔水起还陷入后悔之中，语气不是太好："我什么都说了，怎么，还不能出去吗？"

"我说了我没有囚禁您，孔先生，您完全可以自由行动，想出去的话打个电话给开锁匠让他过来开锁不就好了？"纪询闲闲道。

"没信号怎么打？"

"咦，没信号吗？"纪询一脸诧异，"那我在玩什么？"

孔水起呆住，他再定睛一看，发现纪询玩的是联网游戏。

也就是说——

他立刻掏出兜里的手机。

信号满格！

孔水起险些吐血："你骗我——"

"瞧这话说的。"纪询笑道，"我只是和你科普了下学校信号屏蔽仪的妙用而已，再说了，用信号屏蔽仪可是违法的，我难道是那种会违法乱纪的人吗？"

孔水起憋屈不已，又无可奈何，只能说："难道你就不怕我们聊天的中途有消息进来，让你的谎言不攻自破？"

"孔记者刚刚写完一篇爆款报道，一炮而红。开着手机消息提示，一整天都不用工作了吧？所以我猜，至少这两天，孔记者的手机是静音状态。"纪询说，末了挑挑眉梢，"我猜对了吗？"

这男人该死的全对了！

孔水起咬着牙，扭着脸，坚强地还要说话，但是——

"砰——"

门被重重踹开了，一道人影站在门口，光线进入，一扫室内昏沉，叫他仿佛立在光中央，是光下之影。

"你是……"孔水起猝然回头，一脸惊愕，"霍队长？是你？"

不需要霍染因回答，他已经想通了一切。他一脸生无可恋。

"有群众反映废弃烂尾楼传来争吵声，我正好在附近，过来看看。"霍染因对着孔水起说话，目光却直视纪询。

纪询吹声口哨，从桌上一跃而下："来得真及时。"

他路过孔水起身旁，脚步不停，但一个装在塑封袋里的信封已到他手中。

他迎上霍染因，两人交错，证物递交，两声细语同时响起，如同他们交接信封时不慎相撞的指尖。

"谢了。"

"不用。"

信封是很普通的牛皮纸信封，正面写着"《第一刻》编辑部孔水起收"，字是打印的，和里头的A4纸用的是同一种黑色墨水。

墨水牌子，痕检科的人做化验后能查出来。

A4纸上的内容不长，开门见山地说了投毒人是辛永初，以及他的作案动机和汤志学的事。

里头还附了一个U盘，想来里面就是辛永初杀人的视频，这个视频就是证据，让孔水起相信这一切不是空穴来风。

U盘很新，上面没什么划痕，市面上最常见的那款，大约是辛永初或者同伙临时买来的。

霍染因戴着手套举起信封看了一会儿，微微凑近。

那上残留着一股很淡很淡的女士香水味，闻得出来，是一款小众品牌的玫瑰香调。

纪询注意到他这个举动，脑海中的片段快速翻动，很快找到自己想要的那帧："我鼻子没你那么灵，但练盼盼喷了很高档的香水。"

坐在车后座已经认命准备被询问的孔水起机灵地竖起一只耳朵。

靠后视镜随时观察他动向的纪询忍不住笑："孔记者现在还想着新闻呢，真敬业。想尝试一下妨碍公务，被警方拘留进去再滞留几天吗？出来正好写写深度旧闻。"

孔水起尴尬道："哪有，我这不是准备感谢人民警察顺带捎我一程吗，怎么还会有这种非分之想？我也懂法，一些不能说的线索，不能给的猜测，不会随随便便写上去的。"

纪询说："怎么配合？那不然你和警方配合一下，来一出钓鱼执法，在新闻上写点什么定向假料，骗一骗当初杀汤会计的同谋，争取把犯罪嫌疑人钓出来？"

霍染因瞪了他一眼，只淡淡说了句"别闹"，却没有更多的动作。

这话在孔水起听来，简直是刚才自己经历的事情的翻版。

他不停地擦拭冬日里额头冒出的虚汗，疯狂地斟酌词句想逃过这一看就非常麻烦的事。但在这时，刚刚被他打开的消息提醒跟催命鬼似的连续不断地响起。

他低头翻查消息，不一会儿，脸色大变。

"两位警官，恐怕不行。有人写了汤志学案的案件全解析。"

他把手机屏幕给霍染因和纪询看，上面赫然是一个名为"半颗白菜"的网络博主做的视频，发布时间在十五分钟前。

仅仅十五分钟，这个视频的弹幕已经布满屏幕。

纪询看了一眼视频标题——实地探查二十二年前悬案案发现场，揭秘凶手作案全过程。

46

纪询点开视频以后，一帧也没有跳过，将整整有二十分钟的视频从头看到尾。

"半颗白菜"的视频，是个从头到尾"干货"满满的视频，信息也和纪询之前在档案中看到的差不多，有些甚至更翔实。如果不是手里正捧着手机，眼睛正看着屏幕，纪询会觉得自己正在警察局内部开会。

大芦苇群后的这个平房，就是当时第一案发现场。我们不能进去，从窗户往里拍，汤会计就是死在画白线的位置，离大门大概六米，右手边有窗，窗户打开。

虽然有外来人员从窗户爬进去作案的可能性，但大家可以看到，门锁和窗户很完好，没有被破坏的痕迹，汤会计那么细心的人怎么会在家中藏有巨额工资的情况下不锁上门窗呢？

而若如梁山所言，吴亮与其同伙都认识受害者，在受害者开门将其放入家中后，趁受害者不备袭杀受害者，则非常吻合现场情况。

现如今的刑侦技术如此发达，这个保存如此完好的犯罪现场如果重新进行地毯式搜查也许能找到新的物证。

好了，我们到第二案发现场了，大家看我的计时器，十五分钟。

当年有两位受害者，第二位受害者并未死亡，他靠装死侥幸逃过一劫，根据证言，凶手到达他家的时间是晚上9点30分。

而第一位受害者的死亡时间为晚上9点。

也就是说，两个凶手需要在半个小时之内，从第一位受害者处来到第二位受害者处。

这段路程刚才我骑自行车已经实地跑了一遍，导航也显示了距离。

二十二年间，本地市政重新规划过，较之前更为便捷，按照从前情况，花费时间需要更多，由此可以断定：凶手绝不可能徒步行走，他一定有代步工具！

考虑到当年的经济状况，无论汽车还是摩托车，都显眼且稀少，故凶手骑自行车的可能性最大。

两个凶手骑着两辆自行车，这个自行车上还放着好几个装钱的袋子，一路骑到这里。我想，特征应该是非常明显的，但很可惜，并没有目击者。

最后，关于这位疑似漏网，又在多年后死亡的吴亮，警方当年也是询问过的。吴亮确实拥有一辆自行车，但当天晚上，他有一位工友提供了他的不在场证明，声称他9点30分左右人在工地。

工地与第二个受害者的家里距离很远。

现在，吴亮死了。他是梁山二十二年追凶后认定的凶手。

以我个人浅见，吴亮作为建筑工人，有条件提前得知汤会计家中有巨额现金，他的另一名同伙，极有可能也是一名建筑工人。假设他们去敲汤会计的门，找个借口，诸如中秋要提前回家要取工资或上门寒暄，汤会计都会毫不防备地打开门并热心地招待他们。

法医的验尸报告也说过，凶器是类似铁榔头的工具，这种东西建筑工地最常见不过，少了一把也不会有人在意。

建筑工地那么大，杂乱堆放的建材和房间是他们藏匿凶器和钱的好地方。甚至绝一点，把凶器往水泥里一扔，做成水泥柱子，神仙也找不到。

当然以上都是我的猜测，假设猜测为真，那提供错误证言的工友会不会成为本案的突破口呢？让我们拭目以待。

弹幕在"半颗白菜"说出"水泥柱子"时，刷过了满屏的"厉害厉害"和"博主牛啊"。

下面的评论区第一条就是各位网友对水泥这个作案手法的热烈讨论，不少人列举了水泥藏尸的各个案例，还有人建议怡安县警方带上探测仪去查查是不是真的。

"半颗白菜"结尾的破案现场推理，更让网友沉浸在争当柯南来破案的乐趣里。

看过无数推理小说的网友们的想法稀奇古怪，有些觉得赵元良二十二年间不可能瞒得住妻子儿女，那边肯定有线索；有些觉得孙景福受胁迫误导警方；有些觉得赵元良根本不是凶手，而是幕后真凶推出来的挡箭牌；有些觉得负责破案的警察才是真凶！

什么都有，只要故事里出现的人物都有概率被怀疑，反正只是怀疑，又不会掉根毛。

连视频带弹幕，纪询全部看完了，他对着"警察叔叔快来看看视频学习一下破案思路"的评论，中肯评价道："这个博主分析得不错。汤志学案的原始档案我也看过，视频里不只是对警方资料的照搬，还有自己的东西。尤其是最后一段分析猜测，思路清晰，逻辑明确，值得肯定。网友……嗯，心地善良且热心，我从前小说写不下去的时候，看看热情读者的评论，心情激荡下总能产生新想法。"

霍染因不评价网友的所作所为，只冷冷针对"半颗白菜"："但他将所有情报都泄露了。这个视频播放量如此高，二十二年前的凶犯必然看见，打草惊蛇。而我们无法预判，这条蛇会被视频里的哪句话惊醒，被惊醒后又会做出什么。"

蛇会逃跑，更有可能咬人。

"事已至此，我们只能祈祷老天保佑，袁越尽可能做出正确应对，找出线索，尽快破掉案子。"

"老天保佑不了我们，自己才能。"

"恐怕自己也不能。"纪询哂笑，"快回宁市吧，抓紧时间。我们的一分一秒，也是犯罪嫌疑人的一分一秒。"

芦苇丛外，密密麻麻的车辆，密密麻麻的人。

这块冷寂了二十二年的地方，忽然之间回到了人间，回到了众人的视线，于是一下子成了"旅游景区"，警察来，记者来，县城里的居民来，里三层外三层，围个水泄不通。

县警察拉了警戒线，又留人在警戒线后守着，以防有些胆子过大的偷偷穿行警戒线，再拍个现场照片。

至于最紧要的案发现场，人数反而没有外头那么多，只有两个，一个是袁越，一个是宁市支队新来的女法医，她叫胡芫。

空气里流窜着一股陈腐的味道，地上的灰尘厚到鞋子踩上去能踩出鞋印来，然而除此以外，一切都很完好，足以再次分析。

袁越蹲在痕迹固定线前。

这是汤志学当年倒下时的模样，头颅朝上，面孔朝下，一手举起在脸侧，一手垂落在腰际。

"根据对死者已白骨化的尸体的再次鉴定，死者致命伤在脑后，顶骨后侧有凹陷性粉碎性骨折，硬脑膜外露，系凶手用锐器反复锤击导致。除此处外，死者背部发现轻微压痕，凶手行凶时曾按压死者背部。"

胡芫结合过去的尸检报告与自己的检查和现场情况，娓娓说来："现场并无挣扎痕迹，可以判断死者在第一击后已然丧失抵抗能力，但凶手依然凶狠地按住死者的背脊，进行连续的、反复的敲击。对于这一现场情况，袁队有什么想法吗？"

"这不太像一场抢劫杀人案。"袁越若有所思，"像是一起杀人抢劫案。"

抢劫杀人，抢劫为先。

杀人抢劫，杀人为先。

从现场情况看，凶手下手过于果断，过于狠辣，值得思量。

他继续观察着，突然在桌脚附近看见痕迹固定线旁一块圆形溅射血液残留。它夹在附近一些抛甩状血迹之中，不仔细辨认很难发现。

他招呼胡芫："你来看看，这像是凶器上的血掉落地面留下的痕迹吗？"

胡芫只看一眼，便肯定道："是。血液自一米处滴落，符合凶手站立时的高度。他当时应该是站在桌子边上，这滴血旁边还有一点类似擦痕的转移状痕迹，凶器很可能在此处滑落，并掉到桌子下面过。"

袁越走到胡芫指的位置，慢慢蹲下，做出一个伸手够锤子的动作。

他微抬起头，在触及那个二十二年没有挪动过的桌子的边角前顿住，短促有力地发出指示："检查这个桌角，看看是否有生物物证残留。"

等纪询和霍染因再度驱车回到宁市，天色开始暗淡。

太阳将落，月亮刚升，天色混沌不明，但灯光次第亮起，天还没彻底黑下，城市已经灯火通明。

他们夹在下班的车流中，回到警察局。

刚进屋，就听见一道尖利的女音在走廊内回荡："你们有没有搞错，我丈夫，赵元良，在家里被神经病杀死了！就这样丢下我们孤儿寡母死了！我们明明是受害者，没人安慰就算了，为什么现在网上所有人都在骂我们家？"

"门口垃圾一堆，小孩上学被人指指点点，你们不管，行。那媒体含沙射影，网络自媒体直接指名道姓，这绝对算造谣了吧？赶紧把他们抓起来，听到没有！别说我丈夫不是杀人犯，退一万步说，就算我丈夫是杀人犯，大家都杀了人，凭什么我们挨骂，那个梁山，大家都可怜。所有人都疯了吧！"

两人走进去，看见一堆人挤在办公室中，为首的女人是赵元良的妻子，四十来岁，她烫着头，穿着时髦的衣服，踩着尖尖的高跟鞋，她的话就跟她的鞋跟一样尖利，让在场的警察们都有些招架不住。

警察们不说话，她的声音就更大了，她如同胜利者一样高昂着下巴环视周遭一圈，狠狠一拍孩子的肩膀，将一直老老实实待在身旁的女儿拍得趔趄两步："死孩子你哭啊，你是不是傻啊，你不哭别人怎么知道你有多委屈？"

霍染因目光停留在女人打孩子的手上许久，开了口："警察依法办事，你丈夫的死亡，案件的进展，警方会和你沟通。出现人身骚扰，警方会出警，不存在我们不管的情况。你失去亲人的伤心我们很理解。"他说，"但不要一面拿孩子当出气筒，一面拿孩子当博人同情的枪。"

办公室里陷入短暂安静。

赵元良妻子转头看霍染因许久，发出一声冷笑："呵，你觉得我也是神经病是不是？你们警察当看戏是不是？哦，搞不好还在心里也暗暗同情梁山，瞧不上我老公对不对？你们守护正义嘛……"

她说着说着，情绪控制不住了，原本骄傲的表情还骄傲，但眼眶里渗出透明的泪光来，她的声音提得更高，高到凄厉，凄厉得像是要将胸膛里的一切都喊出来。

一切情绪，一切血液，一切内脏。

"他死了！他死了！赵元良他死了！

"你们要是当时把他抓了，把他判死刑，我还能死前见他一面。哦，现在算什么？啊？算什么啊——我们不闹，还默认我们必须接受这些旁人的辱骂，因为他有罪，所以他死了全世界都不准我们哭，不准我们难过是不是！我死了丈夫还有错！"

赵元良的妻子拼尽胸膛里所有说出了这段话，迅速委顿了。

她站在原地，有些茫然地四处环望，她似乎也不知道自己该做什么了，或者正是因为知道自己什么都不能做，而如此茫然。

在场的所有警察心生悲悯。

杀人者付出了代价，可其亲属只要不知情，都是无辜的。

罪恶之旁的无辜，有时更让人悲哀。

周围的亲朋已经过来劝赵元良的妻子了，这些劝阻像是一阵风，吹燃了灰烬里的火星，女人看见桌上的墨水瓶，她直直地盯着。

霍染因眉头微皱，他猜到赵元良的妻子想干什么，上前准备将人制止。

但纪询按住了霍染因。

纪询叹口气，开始脱外套。

说时迟，那时快，妻子一把抄起桌上墨水瓶，将里头的墨水泼向霍染因。

"都是你们的错！你们警察，才是现在发生的这一切的罪魁祸首——"

事情发生在电光石火间，办公室里的其他人像被按了暂停键，一个个呆滞如泥塑。

只有墨水珠，还在飞速运动。

唯独已经预判到的纪询慢条斯理地一抖外套，将外套适时挡在霍染因面前，把泼过来的墨水大半遮住。

"哗啦"的声音像是解禁的响动。

办公室内骚动起来，亲戚朋友们都吓坏了，七手八脚拉扯着赵元良妻子，叠声安抚阻拦着，其实这不太需要，刚才挥舞墨水瓶的动作耗尽了她身上最后的冲动，她蹲在地上，抱着女儿不住饮泣。

女孩笨拙地抱着妈妈："妈妈，不哭，爸爸不在了我保护你……"

很快，情绪失控的妻子和孩子都被随同前来的亲朋带走了，一切又平息下去，除了衣服上的墨水之外，只剩下依稀还缠绕在耳旁的凄厉叫喊。

纪询坐在霍染因办公室的椅子上，他的外套扔在水池里，用水泡着，而霍染因拿着不知道从哪里找来的湿纸巾，替纪询擦拭脸上溅到的几滴墨水："为什么不让我阻止她？"

纪询淡淡说："情绪激动中想发泄一下，泼点墨水而已，就让她泼吧，反正洗一件衣服的事情，又不是泼硫酸。不过下次真碰到有人想泼硫酸的情况，警察弟弟，你可要有多远跑多远。"

霍染因看看纪询的衣服和手："我家在附近，要去我家洗个澡换身衣服吗？"

"我去洗澡倒没什么问题。你呢？"

"局里还有事，估计现在走不开。"霍染因如实回答，"我把钥匙给你，你随意，想用什么都可以。"

当霍染因站起来准备出去的时候，门被敲响了，透过玻璃窗，能看见谭鸣九紧绷的脸。

"霍队，出事了！出现第二起硝酸银投毒案，但不在宁市，也不是小兔糖中毒，凶手从宁市一跃到全国其他地方投毒的可能性低。初步判断，这是因沸沸扬扬的舆论引发的模仿作案！"

47

这是一起发生在沪市的案子，死者廖某为女性，四十三岁，凶手是她的丈夫王某，两人多年家庭不睦。王某在新闻上看到硝酸银投毒的报道，又看到一些获取硝酸银的科普视频以后，当天就购买硝酸银在廖某饭里下毒。

王某在确认妻子死亡后向警方报警，谎称妻子死于随机投毒，但因作案手法粗糙，购物记录清晰，办案警方当场识破他的谎言将人逮捕归案。

王某在家门口撒谎辩解自己没买硝酸银嚷得很大声，很快这个消息就传得街坊邻居全都知道，当沪市警方将人带回警察局，那些闻到了"血腥味"的记者扛着摄像机纷纷到位。

以上这些，都是沪市警方在与霍染因等人开电话视频会议的时候给到的消息。

打电话过来的沪市警方负责人很遗憾地告诉霍染因："这几年强调公开和办案透明，对于这种高度舆情的案子，马上他们就要用官方账号发布相关的简短消息，等到警方公告出来，那些媒体必然会跟上，宁市办案的大家辛苦了，要警惕雷同案件。"

电话会议结束了，刑警大队里本来就不怎么样的氛围更糟糕了，彼此之间的气氛像有人在空气里刷了一层透明胶水，望向哪里，哪里黏稠压抑。

纪询来到谭鸣九身旁，和人搭话："哀悼你逝去的年终奖？"

谭鸣九垂头丧气："早就不奢望了，我现在就想跑到微博服务器，把这热搜给砸了。"

纪询喷了一声："太暴力了，你不如指望明星们大发慈悲搞点大新闻把大家的注意力吸走。"

谭鸣九半死不活:"您老对极了。"

这时霍染因从周局的办公室里走出来。他说:"谭鸣九,你明早负责再提审辛永初,用模仿案诈一下他们投毒的时间表。"

"明白。"谭鸣九说,"队长你呢?"

"打算和我一起去找练达章和练盼盼?"纪询在旁搭了句腔,"不错,明智的选择。"

"嗯,我们去找练家人,跟跟这条线。"霍染因回了一句,拿起手中刚才复印的寄给《第一刻》的那张 A4 纸,说,"我又确认了一遍,这个匿名信没有提到练达章,也没有提到具体如何在奶糖里下毒的手法。"

"所以好消息是,媒体不清楚这个细节就无法泄露,最差的情况是你们未来也遇上了模仿犯,还能凭借细节区分和辨认。"

"看来这位辛永初的同伙,还没有坏到故意利用极有可能出现的模仿犯搅浑水,隐藏自己。或者,同样自以为执行正义的他根本没想过,会出现模仿犯。"

2月的头一天,在这样的忙忙碌碌中总算结束了。

第二天,纪询和霍染因准备登门拜访练达章,是霍染因开车来接他的。

昨天又是个毫不意外的睡不着觉的晚上,从坐上车子开始,纪询嘴里的哈欠就没停过。

"昨晚没睡好?"

"我天天都没睡好,不稀奇了。"纪询漫不经心地说,为了振作精神,他和人闲聊,"今年过年是几号?局里什么时候放假?"

"7号除夕。7号下午开始放假。"

"再过五天就要吃年夜饭了?"纪询揉了揉脸,"回老家的车票买好了吗?"

"没买。"霍染因说,"过年我留在宁市加班。"

"年轻的时候拿命换钱,年纪大了,拿钱换命。"纪询说,"当然这种话对年轻气盛的弟弟来讲太早了,你还有至少三年可以拼搏,才会像我一样开始感觉力不从心。"

"纪询——"霍染因语气里带着警告。

纪询适可而止,转移话题:"看,我们到了。"

车子前方,一个老小区赫然在目。

练达章家目前租住在小区一楼,101室,这是学区房,旁边就是练盼盼上学的学校,走路五分钟就能到。说是老小区,里头的装修也不错,足有一百二十多平方米，四个房间，对于一家三口而言，活动空间完全够。

他们先见了练达章。

练达章这两天在家里休息，这回投毒着实吓到他了，一贯努力工作的练律师，最近只肯在家里看看案子，打死不愿出门。

"练律师。"霍染因开门见山，"最近网络上关于投毒案的相关舆论，你去了解过吗？"

练达章笑笑："就发生在我身上的事情，我怎么可能不去了解。"

"那想必你也知道，投毒案是辛永初同伙做的这件事情了？"

"嗯……"

"还记得辛永初吗？"霍染因问。

"多少有点印象。"练达章道。

"为什么不联络警方告知这件事？"

"虽然他小时候欺负过我，但这种事情吧……两位了解过2015年全国法院对校园暴力一审审结案件数据吗？总共一千余件。而校园暴力会闹到法院上的，是少之又少。所以从数据就可以看出，校园暴力这件事情，没有大家以为的那么不频繁，在学校里成长的孩子，没有受过丁点暴力的少之又少——暴力不只是殴打。言语侮辱，物品丢弃，不让上厕所这些，都属于暴力的一部分。"

练达章面露为难道："这点小时候的交集，我个人认为，不是什么重要的情报，就没有特意联络警方了。"

"那么当年拒绝同村的汤志学家人的求告，你也觉得不是什么重要的情报吗？"

"霍队长，您看，我是律师，干的是庭上辩护工作。他们的诉求则是让警方继续追凶，追凶是你们的活，找我能有什么用？我还能操控警察工作不成？"

"确实，这不在你的工作范围内。"霍染因说，"所以从头到尾，你大门紧闭，面都不露，对吧？"

"唉。"练达章叹了口气，"帮不了人，就别耽误人家的时间，也别给人家不切实际的期待。我觉得我当初的所作所为没有什么问题。不过，您特意提到这些，难道觉得辛永初会因为过去的这些事情，对我报复？难道我不是因为运气不好才中毒的，而是……"

他不安地挪动屁股，刚才应对中的游刃有余一下消失了，毕竟事不关己，才能高高挂起，现在到了他的切身利益上，他就变得焦躁紧张，甚至口若悬河起来。

"他们针对性地冲我投毒？霍队长，我现在感觉我很危险，我能申请警方保护吗？你们什么时候才会把辛永初判死刑？他杀了人，虽然对杀人情节供认不讳,但这不是自首,而是为了和警方谈条件,这是一个非常恶劣的目无法纪的情况,完全不符合从轻量刑的标准!"

"练律师对法律很了解。"霍染因不咸不淡说,"但怎么量刑是法官的事情,我相信法官会全面考虑各种情况,做出合法合情合理的判决。"

练达章讪讪一笑:"那当然,那当然。"

"还有一个问题。"霍染因又说,"练律师,你认识《第一刻》的孔水起吗?"

来自孔水起的匿名投递信上,有一点细节值得深思。

想要匿名爆料,投递至《第一刻》时,直接写"《第一刻》编辑部收",就够了;但匿名人士所写的是"《第一刻》编辑部孔水起收",足以证明匿名人士与孔水起有一定程度上的交集。

"认识是认识。律师这行,得出了名才有人拿着案子来找我。所以我就找了《第一刻》杂志,想要发布点报道,增加一下知名度。一开始还没有门路,找不到,是我女儿盼盼,从微博上找来了孔编辑的邮箱账号,我给他发过消息,一来二去,就联系上了。"

练达章说这段的时候,练盼盼正好自门口走过。

她闲闲地跟了一句:"是啊,一来二去,爸你就在从网络上找媒体炒作和雇水军上热搜的道路上一去不复返,可惜从来没有用。假的就是假的,真的才是真的。"

霍染因的视线从练达章身上转开,他看了眼练盼盼,又看到练盼盼身后坐在沙发上优哉游哉的纪询。

纪询左手端着杯茶,右手拿着块小饼干,咬一口,眉目舒展,神色惬意,一副正在咖啡店里喝下午茶的闲适模样。

"贝佳姐。"纪询说,"你手艺真好,这是我吃过最好吃的小饼干。"

霍染因无语。这才几分钟,都称呼人家"贝佳姐"了?

贝佳笑意很深:"喜欢就多吃点,我做的这些我丈夫和女儿都不怎么喜欢,难得你爱吃,待会儿走的时候我给你打包一点带上。"

"那就多谢了。"纪询不客气又自然地问,"对了,我们能看一下你女儿的房间吗?"

都走到洗漱间的练盼盼回头,语气挺凶:"不行,我的房间不让进!"

"有什么不让进的,就是一堆书而已。"母亲直接驳回女儿,"随便进,想看什么就看什么。"

"妈!"

"人家是警察,来办你爸被投毒案子的,别这么不懂事,他们不会乱翻你私人物品的。"贝佳训道。

有了妈妈的同意，两人顺利地进了练盼盼的房间。

出人意料，属于少女的房间里，并排摆放着两张一米五的床铺，将原本挺大的房间塞得局促拥挤。

可能是看纪询的视线过多地停留在了这两张床上，贝佳主动解释："我平常都和女儿一起睡，这样才能更好地督促她好好休息。她总说困，但明明11点就让她上床，早上6点才喊她起来，我还比她更早起一小时做早饭，也没感觉困。我们就想，是不是盼盼睡眠有什么问题，就过来跟她一起睡，随时关注，也顺便监督她晚上做作业，马上就中考了，不能再耽搁了。"

"我们？"纪询觉得这个词值得玩味。

"本来我老公也要一起过来睡的。"贝佳说起这个，颇有微词，"但他工作忙，经常晚上12点才到家，怕影响女儿休息，就算了。"

纪询注意到客厅里的练盼盼扭过头，撇撇嘴。

这很正常。要是他十五岁的时候，父母在明明有条件单独居住的情况下，非要和他一个屋看着他睡觉，他也窒息。

贝佳还有事情，她将女儿的房间留给两位警察看，自己出去忙活了。

纪询屈指叩一下放在桌面的打印机，原装墨水，和痕检从匿名投递信上检出来的打印墨痕一致。随意放置在打印机架子上的A4纸上，也确实存在淡淡的香水味。

自进来以后，始终站在窗帘之后，目光投向窗外的霍染因，明明没有看着纪询，却像窥见纪询的内心似的说："不只有那款小众品牌的玫瑰香调，还有别的牌子的香水，都是玫瑰香调的。"

"看来这位美少女，特别喜欢带刺的玫瑰。"

纪询调侃一句，继续看着房子。

如同贝佳所说，这间屋子暴露在视线里的，并没有太多值得关注的东西。

都是书。

塞了满柜子的书。各种教辅，各种文学名著，以及零星几本包了书皮的书。

"你小时候爸妈让不让你看漫画？"纪询和霍染因闲聊。

"不让。"

"没有偷偷看过？"

"没。"

"真看不出来你小时候居然这么乖巧木讷。"纪询感慨，"不过我不得不遗憾地告诉你，霍队长，其实只需要一个小小的技巧，你就能够摆脱家长让人抑郁的过度盯梢。"

他的手指落在包了书皮的书本上。

他将其从书架里抽出来,翻开,一本出版的网络小说。

他吹声口哨:"幸运。"

只见小说的扉页上,居然有作者的签名附言。

To 颂流波:

见到你超超超开心,是个大美人儿!

希望我们年年有今日,岁岁有今朝!

他将书合上,塞回去,对霍染因说:"查查颂流波。应该是练盼盼的微博账号——不被父母知道的那种账号。"

霍染因答应一下。

纪询转头,发现霍染因的眼睛还盯着窗户外头。

他也朝外看了一眼,看见花园外头的婆娑树丛。

"盼盼,别磨蹭了,赶紧换鞋,去补习班都要迟到了。"

外头忽然响起贝佳的声音。

纪询回头。

"妈,今天的午餐钱你还没给我。"

"你妈天天大早上起来给你做盒饭,多少好东西做进去,让你带着去补习班吃,你还嫌不够?"贝佳没好气说。

"喝奶茶不行吗?"

"天天喝奶茶,皮肤都喝坏了,身材都喝胖了!"

母亲低声训着女儿,从口袋里掏出十五块钱递过去。

"今天喝,明天后天都不能喝,明白吗?"

"现在奶茶要二十五块钱一杯。"练盼盼说。

"有这钱你吃点营养的东西不成吗?"

贝佳头疼,又拿出十块钱塞入女儿手里。练盼盼这才走到玄关处,开始换鞋。

"两位警官,我要送女儿去补习班了,就先走了,老练在家。"

"没事,我们也看完了,和你们一起出去。"纪询说,"贝女士,谢谢你的招待。"

"应该是我谢谢你们,能早日找出是谁向我老公投毒就再好不过了。"贝佳说,很快带着女儿往停车场走去。

纪询和霍染因落后一步。

霍染因的手机打开,页面上是颂流波的微博主页,里头是各种各样角色扮演的图片，还有各种鞋包衣服，香水化妆品，全部都价值不菲。

"律师家庭收入不低。但看刚才的情况，练盼盼在用钱上不够自由。"纪询说，"问题来了，她的钱是从哪里来的？"

"这点事后再查查。"霍染因接话，"在此之前……"

他们到了小区外头。贝佳开的是一辆红色轿车，她已经载着女儿自车库里头开出来，路过纪询和霍染因的时候，还冲他们点头致意。

两人在原地又等了一会儿，这时，一个戴着渔夫帽，帽檐压得低低的，几乎遮住了半张脸的男人出来，他背着个包，匆匆来到街旁边的电动车上，掏钥匙要点火。

霍染因按住他的手。

纪询拔了他的钥匙。

"你们干什么！有病吧——"戴渔夫帽的男人刚刚嚷出来，一份警察证件出现在他面前。

"刑警。"霍染因说，"解释一下，为什么蹲点跟踪前边的母女。"

48

"警察同志，你们不要误会，我不是坏人。"

警察局的询问室内，刚刚被带回来的戴渔夫帽的男人神色紧张，他是个中年人，有两撇小胡子，手机的屏保是一家三口的合照，再核对其身份信息、工作单位，是个事业单位的员工，名下有房有车。

家庭稳定，工作顺利，有家产，意味着在社会上，他是一个很稳定的因素。这样的中年人，确实不太像是会做多少违法乱纪事情的人，他们违法乱纪的成本太高了。

纪询有一搭没一搭地想着，跷着腿，继续听询问室里头的对话。

"姓名。"

"徐硕果。"

"为什么跟踪贝佳母女？"

"我要举报！"

这个回答出乎霍染因的意料，霍染因抬抬眼。

"举报？"

"我的儿子是练盼盼的同班同学，练盼盼上了补习班。"徐硕果说。

"然后呢？"

"警察同志，一看你就没有孩子吧？"

谭鸣九不明所以。

徐硕果接着说："你看，别的孩子上了补习班，我的孩子没上补习班，那不就被别的孩子甩下去了吗？一步落后，步步落后，你说，我能不去跟踪，不去举报吗？"

"嘿，你还挺难的。"谭鸣九嘶了声，他又好奇，"但你觉得你孩子跟不上，为什么不送你的孩子去上补习班？"

徐硕果脸拉下来："送补习班不要钱吗？钱就算了，有些补习班门槛还特别高，警官，你听说过某些学校要求父母双硕士学历，且有一方必须在家全职辅导孩子的新闻吧？"

谭鸣九摸摸光头。

徐硕果继续说："我听认识的一个老师说，练盼盼她参加的福兴教育，是请了市重点学校老师参与授课的。但他们授课的地点很隐秘，上两三节课就要换个地方。我就跟踪，拍摄。"

他说完了，又强调："那教育部可是规定，在职老师不得开办或参与校外补习班，我这是自觉主动维护国家的法律法规，就算我有一些不恰当的行为，那也情有可原，也……不犯什么事，不会通知我单位吧？"

霍染因从询问室里出来。

"你怎么看？"

"教育机构、老师之间利用家长互相举报。现在教育套路深，多半是真的。"纪询说，他将手里的手机抛给霍染因，这是徐硕果的手机，"他的朋友圈里转发来转发去，都是教育机构撰写的那些贩卖教育焦虑的文章，再看加入的聊天群，也全是相关内容——呦，又来一条要求转发的了。"

霍染因同样看见了。

就在刚刚，福兴教育群里头，教育机构的老师发给全体成员一条信息。

"各位家长们，近期各类违法犯罪问题闹得沸沸扬扬，希望大家注意安全，也叮嘱孩子们注意安全，孩子们是祖国未来的花朵，在养护的过程中不容有失，如此才能灿烂美丽。请大家多多转发我朋友圈的最新内容，了解相关事件，提高相应警惕。"

家长们对老师，不说奉若神明，也基本是有求必应。

在这位老师说出要求之后，立刻就有家长们纷纷响应，徐硕果的朋友圈中也迅速跳出好几条相同的新消息，可以想象，又一条朋友圈爆款文章快要出炉了。

霍染因关掉徐硕果的手机，和里头的谭鸣九通话："批评教育一下，签字后就让他走。"

他回头问纪询："晚上你有事吗？"

纪询唔了声："想跟一跟练盼盼啊？没事，我和你一起去吧。"

今天去练达章家里，还有一样收获。

他们往外注意跟踪的徐硕果时，看到练盼盼房间的窗户上，有攀爬的痕迹，下方的灌木丛也有踩踏导致的歪歪斜斜。但无论练达章夫妻还是练盼盼，都没有在他们面前表示近期撞见过小偷或财物失窃，所以小偷踩点可以排除。夫妻俩如果要出家门，也不可能选择这种方式。

只剩下练盼盼。

练盼盼踩着窗户，偷偷溜出家门——而这种行为，一般发生在深夜。

当天晚上11点，纪询和霍染因再度来到练达章租住的小区之外。

练盼盼的房间在大约晚上11点05分的时候熄了灯。

霍染因看着窗户，纪询则打个哈欠，放低座椅，脱下外套盖着脑袋。随后，沉闷的声音从衣服底下传来："你看着，我先睡一会儿。练盼盼不会这么早出来的——总要等她妈妈睡熟了再说。灌木丛周围杂草都被踏出印迹说明她跑出来的次数很频繁，就算今天晚上我们没有蹲到，明天晚上，后天晚上，我们也能蹲到。"

"她天天晚上出去干什么？"霍染因更像在自言自语。

"去网吧，玩游戏，除了学习外，做什么都有可能，白天被父母看管得多严实，晚上放飞自我就有多狂野。"纪询的声音里添了困倦，"难怪天天睡眠不足。"

他也天天睡眠不足。想睡，但睡不着。

他们没等多久，大概在深夜12点20分，纪询看见动静了，拿肩膀撞撞霍染因。

霍染因同样看见。

属于练盼盼的那扇窗户，窗帘掀起一个角，穿戴整齐的练盼盼推开窗户，踩着窗台，跳到地上，还回头把窗户重新掩了起来。

接着她一路小跑，来到小区外头，径自往停在路边的一辆白色豪华轿车走去。

她上了车。豪华轿车朝前驶去。

霍染因一踩油门，同样跟上。

这一路不太远，豪华轿车在城市里转了几圈，来到一家酒店前边停下。

接着车厢门打开,一位中年男子从驾驶座里走出来,练盼盼随之出来。

他们进了酒店。

纪询和霍染因不着急立刻跟上,练盼盼上午才见过他们,跟得太紧,有暴露的风险。他们一直在车里等着,直到看见酒店二楼有间房间突然亮了。

"204。"纪询估出了房间号,"左右两间房间都没灯,酒店里墙体都薄,我们开间隔壁房间,耳朵贴着墙壁,应该能够听见里头对话。"

霍染因点点头,进了酒店,来到前台。但没有出示警官证。

目前只是怀疑阶段,尽量避免打草惊蛇。也要考虑万一练盼盼是无辜的,和案子无关,那她深更半夜被刑警尾随询问,对她的名誉多少有些影响。

"开个房间,205有吗?这是我的幸运数字。"纪询随意找了个借口。

"有的。"前台说,"205是大床房,没关系吗?"

"没事。"

两人顺顺利利拿到房卡,上楼刷卡,又将门关上。

他们将耳朵凑到墙体上,果然能听见里头的对话——是练盼盼的声音。

"我爸从医院里出来了。"

"那你晚上……"另外一个人的声音。

这个人纪询没看见正面,只知道是一个中年男人。这个年纪是能和辛永初搭上关系的。

纪询仔细倾听。

"更麻烦了,还等了一轮他开门偷偷查岗。"练盼盼的抱怨还带着孩子的娇蛮和冷酷,"硝酸银怎么没毒死他?"

有时候你确实不知道,一个孩子能做出什么事情。

"他要真死了就出事了,现在这样的结果还行。"

"啪"一声。

练盼盼像是极不甘心,把玻璃类的物品砸地上摔碎了,过了一会儿又说:"我上次说好要的东西你带了吗?"

东西?什么东西?

纪询想,他耐心听着,但是这句话后,隔壁屋子里突然没了说话声,只有一丁点脚步声和"哗啦——"一声。

霍染因轻声提醒:"浴室。"

对,刚刚的声响是浴室的水龙头拧开,水流出来的声音。

隔壁的两个人好像都进了浴室。

纪询直起身,来到浴室。

酒店的浴室不大，分成干湿两个区域，里头有个小小的浴缸，浴缸是坐式的，安插在墙体的交会处，是个三角形。

纪询先来到洗漱池位置，刚才听见的水龙头声音，就是自洗漱池发出的。

但洗漱池上装着柜子，隔着柜子，根本听不见任何声音。

他避开柜子，在浴缸和洗漱池的夹缝中艰难倾听。

练盼盼还在说话，但是他们似乎开了浴室的蓬头，大量的水声传来，掩盖着两人的交谈声。这确实是个保护隐私的好办法。纪询暗自想到。

他们足够谨慎，而这符合投毒案幕后主使者的侧写。

但——听着实在太麻烦了。

墙面被轻轻点了两下，站在旁边的霍染因招呼他。

纪询打眼一看，发现不知什么时候，霍染因站到了浴缸里头，正指着上头的墙壁，轻声说："这里听到的声音最大。"

纪询过去。

三角形的坐式浴缸本来就小，放一个人下去都要坐着才能泡澡，他们两个大男人同时挤进去，空间一下变得逼仄——更令人讨厌的是，为了保温，浴缸前方还装了玻璃门。

而他们两人几乎将这三角形空间塞满。

纪询呼出一口气，抱怨道："已经能够感觉憋气了。"

但做刑警的，在跟犯罪嫌疑人的时候更差的条件也经历过，也得上。

现在只是在浴室里做点偷听工作，没风吹日晒的痛苦，没枪林弹雨的风险，已足以开瓶香槟庆祝了。

"要不是警察盯上我们家了，真想再给他来一份。"练盼盼说。

"别闹，别发神经。"中年男人说。

听着这一对同伴已经有些分裂了。中年男人开始对女孩感觉不耐烦。

确实，如果要对练达章下毒，练盼盼是把最方便的刀，但她是刀子的同时也是个十五岁的女孩子，从两次接触来看，她也没有属于凶手的冷静、缜密和理智。

她是神经质的，不确定的。

投毒案成于她，也可能败于她。

因为刀子的锋锐是不分人的，一不注意，就要被反噬。

纪询微微侧头，和霍染因对视。

他们没有说话，只用几个简短的手势交流。

再听一段，拿到准确证据。

外头有窗台，翻过窗台，可以进房间拿人。

两人的位置实在拥挤，纪询不小心手一抖，胳膊肘撞到蓬头开关。

只听"哗啦"一声。

冷水将缩在底下紧靠着隔壁的两个男人浇了个正着。

他们一同站在水柱底下，看着彼此。

纪询反应过来，迅速关了蓬头开关。他想要离开，犹豫着要不要继续听。

49

隔壁水声停了。

纪询吁出一口气。

两人从浴室里出来，到了卧室里，再听一耳朵，隔壁居然还在对话。

因为没了水声的遮掩，这回聊天的声音清晰了很多。

中年男人在哄练盼盼："很晚了，快睡吧。别多想，也别多事，你还小，好好上学就行了。大人的事不要掺和，等你高中毕业，你就自由了，他们就管不到你了。"

"还有三年，好长。"练盼盼抱怨。

"很快的，只要你高中毕业考上大学，你的学费、生活费，叔叔全部给你，这样你就能彻底摆脱他们了，好不好？"

"真的？"

"叔叔什么时候骗过你？"

"那我要的东西呢？你之前答应的我喜欢的那个牌子秋季新出的包包。"练盼盼又说。

"带了带了。来，看看包包，看完就睡，不然明天又困了——还有，一定要好好学习，知道吗？"

"啊，你开始比我爸妈还啰唆了。成绩的事，我妈不知道，你还不知道吗？我成绩不稳定，忽上忽下，是——骗她的。"

少女的笑如银铃般响起来，每一下清脆的晃动都饱含恶意。

"我就喜欢看她对我的成绩着急、发愁、上火的样子。"

这次之后，一阵窸窸窣窣，大概是拆礼物的声音，然后就没有其他声音了。

霍染因开窗户去阳台看了一眼，隔壁的灯已经关了。

他踏上阳台栏杆，跳了过去。

这人的行动太过干脆，纪询都没来得及看见他是怎么跳过去的。但跳回来，纪询看见了。

残月如钩，挂着缀满星星宝石的夜幕。外头的人在栏杆上一蹬一蹿，已如同月下黑豹，轻灵矫捷，悄无声息，落入阳台。

他脱下外套，踏着月与星的微光走进来。

"隔壁两个人应该会睡几个小时再走。"霍染因来到纪询身前，"冷吗？"

当然冷。

不止冷，还潮湿，很不舒服。纪询看着霍染因的衣袖想。

霍染因从纪询脸上读出了答案，他继续说："正好，盯梢暂时结束了。我们的衣服都湿了，脱下来晾干，再洗个澡，休息一会儿。"

"也就是说。"纪询解读霍染因话里的深意，"工作暂时结束了？"

"是的。"霍染因语调轻松。

两人简单洗漱后，感觉身体中的疲劳被驱走了一部分。

"接下去你怎么想？"霍然因问道。

"哦。"纪询说，"我看接下去我们不妨查查那辆白色豪华轿车的车牌号，看车牌在谁的名下。再调查他和辛永初的交集。"

"嗯。"霍染因认可，"练盼盼的父母丝毫都没有察觉？"

"应该吧。"纪询寡淡地说，"这样的父母也不少。看着将所有的精力投注到孩子上，实则只是为了'好好养孩子'而'好好养孩子'，他们既不关心孩子心里在想什么，也不在意孩子到底在做什么。别看他们给孩子报了那么多辅导班，就以为他们是在操心孩子的未来，他们只不过是想着丢在辅导班，有人替自己看着罢了。"

该说的都说完了。

"睡会儿吧。"霍染因说，"练盼盼不知道什么时候会回家，还要看着。"

"当然。"纪询说，"安排一下守夜顺序吧，你先睡还是我先睡？"

"没几个小时了，我自己就行，你直接睡，有动静了我叫你。"霍染因回答。

"绅士精神。"纪询挑挑眉，"那我就不客气了。"

他躺下去，脑袋枕上松软的枕头，但没有闭眼。

他的目光在天花板上游曳着，巡视过室内的每一样家具，最后落在身旁的霍染因身上。

霍染因侧身靠坐在床头，屈起一只腿，将胳膊搭在膝盖上。

他含着笑，说："不好意思，我精神衰弱，睡眠极差，有人和我在同一张床上，我无法入睡。"

短暂安静。

霍染因下了床，到沙发上，还顺势关了灯。

"谢了。"纪询长出一口气。

黑暗里，他总算闭上了眼睛。身体和精神似乎真的精疲力竭了。

一只无形的手拽着他的灵魂，沉入黑水下的梦，他在一重又一重灰白色的梦境中被动行走，直到抓着他的手消失，他才看清楚自己的周围。

前方是海，一片白浪涛涛的海洋。

海洋旁边跪着一个男人，提着箱子，但是箱子倒在了沙滩上，被黄沙掩埋。

这个男人是纪语的学长，也是纪语的男朋友。

这张脸上最初的扬扬得意消失了，它变得扭曲，涕泗横流，满面哀求："不……不……饶了我……我错了……我真的错了……我不该这么对小语！但你要信我……我爱小语……"

"真的……相信我……询哥……我爱小语……我后悔了……"

纪询看见自己的手。他的手握着刀，刀锋抵在男人的脖颈，锋锐的刀尖已经刺破男人的皮肤，猩红的鲜血涂饰刀刃。

森寒的火焰烧灼着他的精神，他心中只有一片空洞的麻木。

那一幕不分昼夜，反反复复地在他眼前出现。

妹妹穿着白裙子，满身是血，惊愕的父母伏在地上，已然没有气息。

和谐美满的家庭支离破碎。

是谁的错？

小语的？眼前这个人的？

他高高抬起手，手却落不下去，最后只有匕首掉在黄沙中。

一起掉落的，还有他全身的力气与精神。

是我的……我的错。

纪询踉跄两步，跌倒在地上，他爬起来，继续向前，他再也没有回头，只从牙缝中挤出一个字："滚——"

他睁开眼睛，梦如潮水般褪去。

酒店灰蒙蒙的天花板出现在他视线里，他听见自己剧烈的心跳声，自梦中带出来的仇恨使他四肢麻痹，而后，一只杯子递到他的面前。

玻璃杯里装着水，递杯子的人是霍染因。

"做噩梦了？"

"唔。"纪询含混应了声,在霍染因的帮助下撑起身体,喝了口水。

水是温的。

"挺贴心的。"他称赞霍染因,但转头看人时,却发现坐在旁边的霍染因用若有所思的眼神望着他。

霍染因的脸被黑暗轻柔覆盖,但那双明亮的眼刺破黑暗,投射在他身上,穿透他的皮囊,触摸他的灵魂。甚至霍染因的嘴唇,也在微微动着,他说的音节是……

"不要模仿。"纪询立刻警觉,"我没有说梦话的习惯。"

"好像是个'滚'字。"霍染因说,"你在梦里见着了什么骂了滚?"

"梦着了讨人厌的你。"

"警察弟弟,知道你聪明厉害又能干,能放过我吗?差不多就可以了,别回回都那么较真。"他和霍染因悄声商量。

"不能。"霍染因同样说得很轻,"我是人民警察,不会放过你的。"

50

既然纪询与霍染因谁也无法说服谁,那也只好重新分开,一个待在床上,一个坐在沙发上,两两相隔,相安无事。

夜晚彻底安静,连风也不敢发出响动,蹑手蹑脚地来,蹑手蹑脚地走。

等到凌晨4点,隔壁的灯亮了,说话和洗漱的声音传来。

他们同时警觉,进入工作状态。

大约十五分钟后,练盼盼与中年男子退房离开,他们看见练盼盼再度上了白色豪华轿车,白色豪华轿车原路返回,来到练盼盼的小区。

练盼盼随后从豪华轿车中出来,与中年男子挥手作别,继而踩着窗户回到房间。

到了这里还不算完。霍染因多跟了豪华轿车一程,直到确定了豪华轿车的目的地——一个名为盛景天澜的小区之后,才结束今天晚上的工作。

这时候天已经蒙蒙亮了,城市开始苏醒,各种早餐摊子都拉开卷帘门,早起工作的人们坐在摊子的座位上,咬一口油条,喝一口热腾腾的豆浆,再长长地呼出一口白雾,冬天也变得暖和了。

霍染因将纪询送到小区外头。

纪询冲他摆摆手："行了，我上楼去睡觉了。"

"早餐。"霍染因提醒他。

"上楼吃。"纪询说。

但他被人拦住了。

纪询回头："干吗？"

霍染因道："我问过袁队，他说你这几年来上午一般不吃早餐。"

"袁越才不知道我早上不吃饭。"纪询无语，"想诓我也不找个好点的理由？"

"你自曝了。"霍染因说。

"那是我怜惜你拐弯抹角的关心，我太累了。"纪询说道。

霍染因说："吃完再上去吧。正好早餐摊子就在隔壁。"

"谢谢关心，但是不用。"纪询非常感动，然后拒绝，"我不吃早餐。我连吃不吃早餐的自由都没有了吗？霍队长，虽然你很想当我爸，但我实在不想当你的儿子。"

"早餐而已。"

"这不是早餐，这是自由。"纪询说，"无自由，毋宁死！"

无语的人变成了霍染因。

他正要说话，手机响了，是局里打来的，而现在才上午7点。

通话很短。很快霍染因挂断电话，他简短地总结电话内容："刚才宁市天旺养老院发生一起硝酸银奶糖中毒事件，造成两死一伤，受害者均为养老院的老年人。"

说完他一丝没拖延地往车里走，这回换纪询拉住他。

"等等，把早饭带上。"

纪询和霍染因赶到案发现场时，文漾漾等人也已经到了。

案件很清晰，监控拍下了全过程，死亡的李姓老人在早上喝咖啡时往咖啡里加了小兔糖奶糖，他喝了一口，觉得味道有点奇怪，就找在场的别的老人帮他试味道。

李某平日性格有些乖戾，问了一圈最后只有老好人张某某和钱某凑过来喝了。

张某某抿了一小口就摆手不再喝了，他也是唯一的幸存者，而钱某喝了一口后又尝了好几次，最终和李某共同抢救无效死亡。

小兔糖散落在托盘上，死者是随机拿的。咖啡则是由护工叶文慧指定分配。而护工叶文慧也是最早报警送医的人，她看上去吓坏了——当然，这在刑警眼中可能是演的。

老人早餐时的垃圾袋被叶文慧收走扔到门口的大垃圾箱里，运气好，还没被拉走。

几个刑警戴着手套翻找一通，把奶糖的包装纸都翻出来了，其中一张包装纸上有针孔。

"不是辛永初他们干的。"霍染因指着奶糖包装纸轻声和纪询说。

练达章的奶糖针孔位置出现在包装纸上下两处拧在一起的地方，肉眼不注意看根本发现不了，这个奶糖的针孔位置就在包装纸正中央。

纪询说："那就是身边的人投毒。除非是报复社会，这种身边人投毒都有明确的作案动机，不可能采取随机杀人，一定是一个能确定受害者的必然事件。所以，放在盘子里谁都能拿的奶糖是凶手模仿辛永初的作案手法，用来迷惑警方的——尽管很拙劣，但万一成功了呢？现在奶糖投毒闹得沸沸扬扬的，指不定警察局里所有同仁集体智商下降，他就能金蝉脱壳。"

霍染因抬手揉揉眉心："这个案子简单，等鉴证科化验一下上面的指纹残留，再把在场的人还有叶文慧问一遍，调查社会关系网就能得出结论。"

"是啊是啊，谁都知道要这样破案。"

纪询随手摸了颗奶糖，差点就要放进嘴里，霍染因制止了他："现场证物不要乱动。"

他耸耸肩，"喊"一声："听我的，认准叶文慧审。把毒下在有指定对象的咖啡里不比藏奶糖简单得多？别这么死板按流程来，还害怕冤假错案——这种简单的案子，多花一秒钟都是浪费纳税人的钱财。"

但不可以，这些细致的工作是为了让证据链清晰完整，让犯罪者再无侥幸，也是为了防范那个微小的万一。所谓执行正义的成本，就是在这些非常琐碎的小事和大量的人力上。

养老院这里千头万绪，要一条一条地盘。

车管局那边，霍染因也没有忘记打招呼，让他们查豪华轿车车主消息。

纪询就没那么多事了，他跑到一旁坐下，摸出手机，开始翻练盼盼的微博，练盼盼喜欢发微博，除了各种角色扮演的图片外，还有很多转发和一些伤春悲秋的词句，总体来讲，不脱离少女会感兴趣的范畴。

一会儿，霍染因走过来，讲了通电话。

中年男子身份确定。

"陈见影，今年三十八岁，家住盛景天澜8栋2818室，是个摄影师。"

"有水吗？"纪询还翻着微博，双手没空，间隙里抬头问。

霍染因看他一眼，拿了瓶矿泉水回来，拧开，递到纪询面前。

"谢了。"纪询两手没空，干脆低头就着霍染因的手喝了两口水润润喉，然后说，"陈见影的籍贯和过往经历查到了吗？"

"粗略查了。他是宁市本地人，大学读的也是宁市理工学院，表面上看，和辛永初与怡安县并没有交集。但他多有旅拍记录，其在旅行途中是否与辛永初有所交集，还待进一步查证，但查证难度不小。"

"但可以初步判断，交集不太多的样子。"纪询说，他想了一会儿，突然提出个问题，"练盼盼和陈见影是怎么认识的？"

不用霍染因回答，在问出问题的同时，纪询内心已经有猜测。

练盼盼是角色扮演爱好者，陈见影是摄影师。他们很可能是在诸如漫展的地方认识的，此后陈见影作为摄影师，又和练盼盼有亲密关系，多半会帮练盼盼拍摄，如果是这样的话——

他脑海中浮出画面，颂流波发出角色扮演照片的微博文案里提到的所有人员里，摄影师换得不多，其中一个出现得很频繁的摄影师账号是：Under The Sun。

Under The Sun，阳光之下。

阳光之下能见影。

他点进去一看，毫无疑问，陈见影。

不需要花太多的力气，他在对方的置顶微博里看见了陈见影的微信公众号。

他开始搜对方的公众号，关注后发现有个群，又加了群，加了群发现有个付费群，付费群进去了居然还有个铁粉群，这是铁杆支持者的核心群，进入其中更添了道审核程序，审核是让做份试卷。

纪询无语。

霍染因问："怎么了？"

"有点意思。"纪询说，"绕三层了。"

他接了试卷，试卷不难，就是一些常见的关于漫展上的问题，比如"国内最大的漫展是什么"、"你最喜欢的作品"、"最喜欢的角色扮演"等问题。

纪询挨个填完，发回去。

又等了几分钟，这回总算是进了铁粉群。

铁粉群里人数不少，有四百多个人，纪询浏览了下群成员，微微有点奇怪。

都是男性。

哪怕看美女角色扮演的男性多一些，也不会只有男性吧？

这时候群管理员私信他："想要谁的？"

都有谁的？纪询本来想回这一句话，直接提颂流波，他怕打草惊蛇，但再想了想，颂流波都在微博上大刺刺提到陈见影了，他又觉得这两个人应该没有这么警惕。

"有颂流波的吗？"

"有，照片一百，视频三百。"

"呃……有点贵。"

"一口价，不讲价。"

纪询的手指在屏幕上轻点两下，付了款。

"收到。有虚拟专用网络吧？会用吧？不会用也没关系，我这里有傻瓜教程，包教包会。"

"我有，会。"

"那行，你开了虚拟专用网络，再点击我给你的网址。"

一个网址发了过来。

是外网。

纪询点击进入，他只看了一眼，就将手机屏幕按灭。

这一系列操作，霍染因没有全程关注，他还在和现场的其他警员沟通情况，直到现在，他感觉不对劲，奇怪地递来一个眼神。

纪询晃晃手机："好消息是，有足够的理由将陈见影带回局里询问了。坏消息是……你不会想知道的那种坏消息。"

任何正常的稍有同情心的人都不会想要知道。

打开网址，纪询看到的是一个年轻少女的色情照片和色情视频。

51

2月3日，中午11点23分，怡安县。

自案发现场收集的生物物证经胡芫实验检验后，成功提取出DNA。

但这件案子发生于1994年，当年作为一个小县城的怡安县，既没有相应的DNA检验设备，办案人员也没有用DNA破案的认识，所以当年询问走访的犯罪嫌疑人，均没有在警察局内留下DNA证据。

将此DNA联网搜索，也没有得到相匹配的结果。

"虽然找到了线索，但案子好像又陷入了僵持。"

胡芫穿着白大褂，站在窗户边，县里的公安局建筑比较老旧，木制窗框在年复一年的阴雨中腐蚀了，成了一群蚂蚁的家。

蚂蚁们在窗框上排出一行芝麻洒过的路,一粒不知道是由谁不慎落在这里的馒头屑,被它们珍而重之地顶起来,撑在脑袋上,接力般往巢穴搬运。

它们搬得不慢,一下子,馒头屑就到了洞口前,在最后一只蚂蚁即将进洞的时候,一根手指抵住洞口。

晕头转向的蚂蚁爬上她的手。

她正观察着这只黑亮的蚂蚁,突然,袁越的声音在背后响起:"局里确实没有这些DNA存档。但有一个办法,或许能找到。"

"哦?"

胡芫回头,饶有兴趣地问。她轻轻一甩手,指甲上的蚂蚁被她甩在地上。

有了切实的贩卖淫秽色情图片和视频的证据,陈见影立刻被带回警察局,随同他一起来到局里的,还有他家里的电脑主机、摄影机存储卡等电子存储设备。

这是一场毫无征兆的突袭,陈见影在家里看见警察的时候都蒙了,他被带到警察局,坐在询问室里,他脚上还穿着双拖鞋,冷得直蜷缩。

警方问他:"知道自己犯了什么事吗?"

"我不知道,我没犯什么事吧。"陈见影语气还挺强硬。

"没犯什么事?"预审严肃道,"再好好回想一下,你平常都拍什么摄影作品?都上传到哪里去?模特都是谁?"

询问室外头,纪询已经拿到了来自陈见影的全部聊天工具的聊天记录。

他翻到属于练盼盼的那一部分,陷入沉思。

"怎么了?"霍染因问。

"多少有点奇怪。"纪询说,"原本我以为练盼盼认识陈见影是她玩角色扮演之后,但是聊天记录证明不是。"

微博上,练盼盼最早发出类似的对角色扮演有意向的微博,是在2015年2月17日;而陈见影和她的微信聊天记录,最早在2015年2月13日。

也就是说,两人认识在先,练盼盼玩角色扮演在后。

"那么。"纪询自言自语,"他们到底是怎么认识的呢?"

他摸出手机,打给贝佳。

昨天上门的过程中,他不止吃了贝佳做的小饼干,还拿到了贝佳的电话号码,现在正好用上。

"贝佳姐,是我。我突然想起一件事情,是关于盼盼的,想问问你。去年寒假,盼盼是在家里玩还是出门旅游去了……哦,她去了补习班?一整个寒假都在补习班上课是吗?那时候你也是车接车送吗?我知道了,谢谢。"

他挂掉电话。

"车接车送首先排除上下学路上碰见的情况，练盼盼有大块的时间待在补习班，也许他们是在补习班认识的；同时也不能排除练盼盼在中午午休的时候出门买奶茶吃午餐，碰到了陈见影——这个答案我很好奇，待会儿询问结束，告诉我一下他们到底是怎么认识的。"

他最后一句是对霍染因说的，说完了才发现霍染因正在和别人说话。

来找霍染因的是他队里的那位眼镜刑警。

眼镜刑警虽然置身刑侦组，但一手电脑技术着实过硬，就陈见影被抓来的不到半小时的工夫，已经将陈见影的电脑数据翻了个底朝天，正一边推着眼镜一边和霍染因汇报："霍队，我在他的电脑里发现了七八个类似的色情视频。"

"都是练盼盼的？"霍染因微微皱眉。

"不，是不同女孩子的。这些女孩子年纪都很小，看着就和练盼盼差不多大。"眼镜刑警说，"我正在恢复他电脑删除的文件，但目前还不确定能不能恢复出更多内容。"

"这些目前够用了，把证据复制一份过来，再确认视频中女孩子的身份。"霍染因打发了眼镜刑警之后，回头对纪询说，"待会儿把询问记录发给你。"

这是针对刚才纪询要求的答复。虽然正在和别人对话，但霍染因并没有忽略纪询的声音。

"看总体很花时间的。"纪询讨价还价，拿拇指掐出一点点食指，"我只要一点点，你看完了告诉我就好。"

霍染因睨了纪询一眼，没再说话，算是同意了。

纪询美滋滋，继续翻陈见影的微信记录，翻着翻着，他的注意力集中到了对方的朋友圈上。

"还是有点奇怪……"

霍染因百忙之中投来一个询问的眼神，又有人来找他汇报工作。从纪询坐下开始翻看微信记录开始，霍染因的工作就没有停过。太多的事情让他忙了，他并没有充足的时间和空间去像纪询一样思考、翻阅。

"陈见影的朋友圈里有不少人留言。"

作为摄影师，陈见影的朋友圈几乎每隔一两天就会发一套照片。

照片也不固定，有角色扮演照，有风景照，有艺术照，当然也有许多奢侈品包包、首饰、化妆品乃至五星级酒店下午茶等照片，全方位营造一种精致生活的感觉。

每次他发朋友圈，都会有不少人同他互动，有些互动的账号都不用再点进去看更多资料，光从名字上就能辨认出是小女生的账号。

这些都不算出奇。奇怪的是，除了陈见影会回复这些留言以外，练盼盼也经常出现，回复互动。

纪询想，陈见影认识的朋友，练盼盼也认识吗？

询问室的询问一刻不停。

并不是每个人都有那么强的心理素质，能在警方的询问室里侃侃而谈，在预审的步步紧逼之下，陈见影明显地开始慌张和动摇了，有些回答也前言不搭后语，预审窥着时间差不多了，将存储卡重重拍在桌子上！

"还不说，是不是要把你拍的视频一样样放到你面前，你才肯说实话？你到底祸害了多少女孩子，把她们的视频卖了多少钱？到现在还不肯说实话，还没有任何悔改之心，你的量刑只会作为典型，从严从重！"

陈见影全身都抖了一下。

他的眼珠慌乱而不知所措地在眼眶里来回冲撞几秒钟，最后凝在对面的警察身上。

三十八岁的男人，弯下眼角，扯起嘴唇，堆出满脸褶子，讨好又谄媚地冲警察笑。

"警察同志，我说，我说，我没有不配合，我真的，没有用这些牟利，我和练盼盼是男女朋友关系，这些是我们的情趣……今天也是我第一次把视频上传收钱，是我一时糊涂，我愿意缴纳罚款，双倍，三倍，五倍，十倍都可以。我真的诚心实意地道歉忏悔。"

"你和练盼盼是男女朋友关系？"预审冷笑，"和别的女孩子也是男女朋友？一个三四十岁的男人，配十个八个十四五岁的女朋友？"

"别的不是，别的就是普通的顾客关系，真的，顾客关系，平常帮她们修图。那些视频和照片，都是她们主动发给我的。"

"还主动给你的？"预审的声音都提高了八度，"你说这话有人信吗？"

"警察同志，你们别多心，我一般对这些小姑娘拍艺术照收费很低，一来二去她们就觉得我人好。再说她们都是盼盼介绍过来的，是盼盼的同学，我有聊天记录作证。"

陈见影讪讪地笑道："你说，大家都认识，一个个花骨朵一样的小姑娘发图给你，我能不动心吗，能不收藏吗？警察同志，大家都是自愿的。盼盼的视频是我不对，是我踏过了错误的界限，我深刻地认识到了错误，一定自我检讨。"

他说完，再度笑笑。这一次，他笑容狡猾。

"但其他视频，我既没有出钱购买，也没有传播，更没有牟利，这不算犯罪吧？"

2月3日，下午2点38分，嘉通水务公司。
一通电话打到正在工作的贝佳手机上，贝佳接起来，是警察局里打来的，让她现在带着女儿到警察局一趟，并说她的丈夫也会一起过去。
"现在没时间，我在上班，我女儿也在上补习班，能晚点过去吗？"
但电话里的警察并不通融，只交代她赶紧过去，就挂断了电话。
一点礼貌也没有！贝佳抿着嘴唇，不悦地想。怎么不让那个叫纪询的警察来通知？人家讲话嘴多甜，开口就是姐。
但警察局召唤，她也没有别的办法，只能收拾东西去向主任请假。主任四十五岁，家里也是女孩，孩子和盼盼一样大，听到她进来请假，脸色淡淡，只说了一句："又请啊？"
"警察来找，没办法。"
"哦，我还以为是你女儿那边的事情。"
贝佳赔笑几句，拿到假条，转身出门的刹那便挺直脖颈，神色骄傲，如同一只白天鹅。她暗想，阴阳怪气，得意什么，你天天加班倒是顾着工作了，但女儿什么时候生病，考试考了几分，都不知道吧？
她轻轻哼了一声，去地下车库开车。
她是看不上这种只知道工作的"女强人"的，但她也看不上那些一直围着锅碗瓢盆打转的"家庭主妇"，社会对女人的要求确实很高，但这也是没有办法的事情。
不能改变，只能适应。
女人还是得像她一样，既能兼顾家庭，抚养孩子；又在社会上有立足之处，不会被社会抛弃。
坐进驾驶室的时候，她看见后视镜里自己嘴角的法令纹又深了，哪怕用一万块钱的护肤品天天抹也没有用。
她抬手摸了摸，深深叹了口气。
岁月不饶人，天天带着孩子，哪有不变老的，还好盼盼多少也算争气，就是太不稳定了；现在她已经初三，等考上好高中，再抓一把，熬个三年，把她好好送进大学里，贝佳的任务就完成了。
这两天练达章中了毒，待在家里，日子倒是轻松不少，他也会帮着煮煮饭拖个地板了。这毒中得倒还不错，没伤着身体，又能帮着干活，比昨天电视剧里看见的那个男人好上不少。其实钱赚那么多也没意思，这不就差点中毒一命呜呼了吗？

以后还是得让他少接点工作，多去庙里拜拜，一家人现在钱也够用了，等女儿上了好学校，有了好工作，再嫁一个好家庭，这辈子心事也算了了，就不用再为女儿活着了。

她倒车出库，思绪继续漫无目的地飘散。

不知道今天请假会不会耽误课程，回头和老师说一下，让她抽个时间再给盼盼讲讲吧，学习的事，不能耽误……

当贝佳带着练盼盼来到警察局，并和老公练达章会合的时候，女孩子还是一脸困倦、诸事不在乎的样子，她坐在椅子上，一手托着腮，脑袋一点一点地打着盹。

贝佳有点着急，并不希望一个没引发太多后果的中毒耽误太多时间，毕竟日子总是要过下去的，每天都有那么多事情。

"警察同志，我们到了，有什么事情可以快点解决吗？"

"有点事情，是关于你们女儿的，需要家长配合。"

这次是霍染因亲自过来。他让贝佳坐在女儿旁边，而后对练盼盼询问："认识陈见影吗？"

练盼盼沉默了。

当坐在女儿身旁的母亲终于弄清楚发生了什么之后，母亲有序的世界失控了，她发出了堪比火车汽笛的尖利叫声，而她自己并不知道她到底发出了什么声音。

她在一个似乎已经听不到声音的寂静世界里，不停地和自己说话。

她每天都接送女儿；她和女儿一起睡觉；她随时监督女儿的学习、生活。

她关心她，照顾她，女儿头疼脑热的时候她从不缺席。

但说什么好像都是没用的，那些令人作呕的、无比难堪的照片和视频出现在眼前，擦都擦不掉。

太恶心了，实在太恶心了。

男的和女的怎么能做这么恶心的事？

贝佳回身看了一眼自己的女儿，那张漂亮的脸蛋，和自己七分相似的脸蛋，此刻忽然看不出一丝熟悉的模样，唯一可辨认的，就是她和那些恶心的画面里的女孩长得一样。

太恶心了。

贝佳忍不住抬起手，想扇面前这个已经陌生的女孩子一巴掌，把肮脏从她脸上驱走。

这被早有准备的霍染因挡住，霍染因牢牢按着贝佳，语气尽量温和道："请坐下，不要激动。"

可贝佳听不进去，她无法不激动，这个荒诞的世界令她满脸扭曲，声嘶力竭："我缺你吃还是缺你穿，你疯了吗！你到底在想什么！你以后怎么做人啊！你怎么这么贱啊！"

这下练盼盼总算清醒了。

她确实慌乱了那么一瞬间，可是也只是一瞬间。

这一瞬间之后，她已经如同胜利者，如同一只骄傲的天鹅，她站起来，高高扬起脖子与嘴角，不留情面且浑不在意。

"我确实每天半夜都跑出去和男人厮混，我确实拍了那些视频，那又怎么样呢？别说我丢脸了，丢脸的真的是我吗？我觉得我的裸体很漂亮，很美丽，看别人为它痴迷失态我很开心。不开心的是你们吧，觉得丢脸的也只是你们吧。你们一直维持的，也只是你们的脸面吧——却天天可笑地告诉我，这是我的脸面，我的未来。如果我的未来完全符合你们的想象，那到底是你们的未来还是我的未来啊？"

她笑着，撩撩头发。

她并不知道自己此刻的表情与母亲面对上司的时候有多么相似。

"哦，对了，你别再向别人炫耀你为我做了多少了，怪恶心人的。"

练盼盼从书包的口袋里掏出那盒小药片，丢在两人脚下。

粉红色的药盒打开，里头的药片散落一地。

"避孕药，我早和你说过了吧？我说我月经痛，吃布洛芬没效果，得吃避孕药缓解，这样才能不耽误学习，然后那次月考我考了个高分，你很开心，从此再也没有怀疑过我吃避孕药的事。如果这是关心，这种关心未免太不走心了吧？"

散落弹射的药片，像是戳破贝佳怒气的尖锥，贝佳不受控制地哽咽一声，她难堪地浑浑噩噩地坐倒在地，嘴里反反复复说着一句话："你疯了！你不是我的女儿，你疯了！我没你这个女儿，你给我滚！这辈子都别出现在我面前！"

这没有引来女儿的同情。

"妈——"女孩甜腻腻地叫，"您真好骗哦。"

霍染因弯腰将贝佳扶起来，安置在座位上，给她递了一杯水和纸巾，同时招来文漾漾。文漾漾与贝佳同为女性，这时候更能共情，更能安慰。

接着他转向练盼盼。

练盼盼撇撇嘴："警察叔叔也要来说教吗？"

霍染因不说教，直截了当地说："你知道陈见影拍摄你的裸照和视频，那你知道陈见影把这些照片与视频上传外网并牟利吗？很多人都看见了你的私密照片，而你并不知道看见了这些的都有谁，他们又是怎么评价与传播的，传播的范围到底有多广。"

练盼盼一怔。

霍染因接着说："按你所说，他平常给你买了不少东西，购买这些东西的金钱，很可能是源自贩卖你的视频所得。你知道这一点还是不知道？如果你知道，你也涉嫌传播贩卖淫秽色情物品；如果你不知道，你在为他人作嫁衣裳。"

练盼盼脸上的叛逆消失不少，她若有所思，咬了咬嘴唇。

霍染因继续说："陈见影电脑里还有不少其他和你同年龄的少女的照片与视频，他说这些少女是你介绍过来在他这里拍摄——"

"够了。"

旁边突然插来一道声音，是练达章。

纪询站在角落里，看着这一幕。

自从霍染因开始叙述练盼盼的事情后，贝佳不信、暴怒、崩溃，情绪在短短的时间内反复转折与燃烧，最后彻底委顿颓丧。

练达章不是。

练达章一直都站在窗户旁抽烟，抽得很猛，短短的时间，他已经抽掉了自己身上的半包烟，烟头在他脚边掉了一整圈，他整个人都被烟雾包围了，又被烟雾熏红了眼。

最后他一步跨出，站在练盼盼身前。那种谨小慎微的油滑，从他身上消失不见。

他像一个父亲，一座山岳，挡在女儿的面前。

"不要对一个十五岁的女孩诱供，我现在是她的律师，你有什么事可以和我直接沟通。警方目前没有任何证据证明我的当事人涉嫌卖淫和涉嫌组织卖淫，我希望对待一个十五岁的女孩，警方能有些同理心。"

他眼睛通红，异常冷静道："我女儿，她才十五岁，她一时糊涂，这是我们家长的错。"

这个瞬间，很突兀的，当听到父亲承认错误时，泪水一下出现在练盼盼眼中。她收容眼泪的闸口像是突然失控了，液体控制不住地渗出来。她狠狠地抬手擦眼睛，但泪水越擦越多。

她突然发起了火，冲练达章大声嚷嚷："你现在算什么？过去一直不管我，现在突然开始管了？是不是我犯罪了就触动你那根属于工作的神经，让你条件反射了？我告诉你，我不需要，我妈虽然假，虽然好骗，虽然老爱感动自己，但她还是做了事情的，而你，什么都没做！我是讨厌她，但我看不起你！"

练达章转头看向女儿。

这一刻，他是柔和的，是包容的，是充满爱意的。

他爱着自己的女儿，自己生命的延续。

"盼盼，不要怕，爸爸不会让你有事的。是爸爸对不起你。"

52

练盼盼一家情绪都有些不太稳定，考虑到练盼盼年纪小，先给她缓和的时间和空间，警方没有立刻对其问询，只反复叮嘱做家长的，遇事冷静，不要激动。

这边的事情暂停了，别的事情还要推进。

陈见影想要推卸责任，把所有的过错推到小姑娘身上，自己清清白白离开，想得倒美，警方既然动手查了，就不会给他侥幸逃脱的机会。他们正在联合网络技术部门，通过定位网际互联协议地址、查找银行转账记录等办法固定证据，证据固定得越多，查出其贩卖所得的金额越多，陈见影的量刑就越重。

但还是那句话，调查需要时间，需要人力，这些都不是短时间内能结束的。

在陈见影之外，还有上午养老院的命案。

这个案子暂时由谭鸣九跟进，警察局如今人手捉襟见肘，也只能每个人再加加压了。

上午的时候，养老院在场的老人笔录做好了，到了中午，三位老人的家属陆续传讯到警察局，光直系亲属就十几个，阵仗颇大，问完了也不肯走，就滞留在走廊里对彼此怒目圆睁。

要不是谭鸣九的光头在必要时候很有威慑力，也许这三家人都要打起来了。

外头的声音隐约传进来。

办公室内，霍染因也没闲着，正在翻看叶文慧案子的报告，他们中午都没来得及吃东西，现在他从抽屉里翻出一包饼干，抛给纪询一半："吃点垫垫。"

纪询接过，打眼一瞧，饼干就算了，还是饼干里最难吃的压缩饼干。

"霍队长，你知道为什么袁越不吃泡面吗？"

"我不知道袁队吃什么不吃什么。"霍染因淡淡地说。

"因为我和他熬夜办案的时候,吃泡面吃吐了。压缩饼干也一样。"纪询晃晃手中的饼干,抛回给霍染因,"好歹现在有点空闲了,你就不能出门点两个菜吃口饭吗?再不济,来点面食粥点也可以。"

"你去吧。"霍染因说。

"唉。"纪询又叹了口气,跌回行军床上。

霍染因办公室里好歹有张午休熬夜用的行军床,现在这张床归他了,他躺在属于霍染因的床上,看着天花板,那白色的墙壁,如同蛋糕上的奶油,黑色的痕迹,则是蛋糕上的巧克力花纹。

"这还是个奶油巧克力蛋糕。"纪询喃喃自语。

霍染因听见了,看档案的同时看了纪询一眼,只好说:"那你去?面食粥点、小炒饭菜,出了门走一条街,都有。"

"腿断了。"纪询说,"饿断的。"

霍然因无语。

"你自己也是三餐不规范得紧,我就说,按照你工作的拼命程度,你也不可能太稳定。"纪询忽然纳闷,"所以你上午究竟是以什么样的自信和立场,指责我不吃早饭的?"

"我没有指责。"

"管。"纪询用更精准的动词。

霍染因不说话,要说管,他确实管了。他换个话题:"袁队不吃泡面和压缩饼干,他平常加班的时候吃什么?"

"夏幼晴有空会给他做便当让他带来。"纪询不无遗憾,"一般情况下都会多做一点,袁越会分我一半。夏幼晴手艺挺好的,我现在还惦念她煮的粥。我不喜欢喝稠粥,恰好,她煮的粥颗粒分明,米粒还有嚼劲,盖子旋开,满室生香。"

"确实令人羡慕。"霍染因说,若有所思地看着纪询,片刻后目光在笔的尖锐处转了一圈遗憾收回。

纪询没看见这道目光,他和霍染因聊天的时候,手也没闲着,随意在手机屏幕上划拉,这时一条语音消息突然弹了出来,纪询一个没留神,按到了。

他的小说,《毒果》系列编辑的声音传出来:"纪老师好,请问老师的新文进展到哪里了?年前可以交稿吗?"

办公室安静片刻。

纪询假装冷静,语音回复:"快过年了,管什么小说?好好回家过年是正经的。"

霍染因嗤笑一声。

"笑什么笑！"纪询说，"要不是你老压榨我的时间和精力，我至于一个字都没有动吗？"

"原来你一个字都没有动。那刑一善岂不是被绑着重物沉海沉了三个月，按照现实，尸体都要腐烂了吧。"霍染因一边飞快地签字，一边随口说。

"这个情节封面剧透过吗？"

纪询搜索出来了，说："嗯，封面没有剧透过。"

"以你的性格，一定会亲自去看，而不是从别人不精准的剧透描述看。"纪询饶有兴趣地猜测。

霍染因已经接连沉默好几下了。

他感觉自己隐藏起来的小秘密摇摇欲坠，岌岌可危。

他盯着面前的文件，不动声色地把它们叠高，再挪挪位置遮住自己的脸。

"所以你真看过我的书啊？什么时候看的？不会很早以前就偷偷地看完了吧？"纪询捏着下巴，要笑不笑，"霍队你这么有钱……实话告诉我，那个'刑一善基金会'的组织是不是你建立的？"

"什么刑一善基金会？"这个问题总算能够回答，霍染因喘了口气，开腔问。

"哦，看来不是你。"纪询遗憾说，"一个很喜欢刑一善的后援会组织。幕后老板是个大款，喜欢到都创立了个基金会，实打实地投钱进去经营运转做慈善，还三不五时地出钱替我办各种书友会、签售会。可惜我和这位大老板缘悭一面。"

纪询并不是真的可惜。

他轻描淡写地说完以后，继续调笑霍染因："霍队长，你对我这人那么有兴趣，老觉得我是个大坏蛋。你看我那些从头瞎扯到尾的书，是想通过我写的书窥探我的精神世界吗？那霍队长你看了几遍，平时有没有做阅读笔记？来来，给我看一眼，我来看看你做得对不对，本书作者亲自给你解构最真实的阅读理解答案。"

霍染因工作不下去了。

他收拾东西，起身，再拿了件收在柜子里的外套，路过行军床时将外套丢下，稳稳盖在纪询脸上："好好睡你的觉。"

接着，霍染因抱着剩下的东西出了办公室。

门外，大家也都还在紧锣密鼓地工作，文漾漾正在点下午茶外卖，她打算买点甜食，给练盼盼一家送去，心情糟糕的时候吃点甜食，会缓和很多。

她顺便问其他人："有要的吗？一起买了。"

霍染因心头一动，说道："奶油巧克力蛋糕。"

文漾漾清脆应声："好的，霍队。"

文漾漾点外卖的时候，谭鸣九也在说话。

他的工作位置靠窗户，窗户是飘窗，他像游魂一样在飘窗上瘫着，冲办公室里其他人比了个"三"。

"整整三个小时，这三家人，没有一秒钟是停下来的。前两个小时，是他们对骂，后一个小时，是他们集中火力冲警方。"

谭鸣九已经半死不活。

"我好话说尽保证破案也不行，他们都打算在警察局里住下来……等十分钟，十分钟后我再回去，继续安抚他们。"

他才说完，就看见霍染因在自己的位置上坐下，开始翻阅卷宗。

谭鸣九垂死病中惊坐起。心想，居然跑到我的位置上来工作，这是什么样的恐怖明示，霍队你至于连十分钟的休息都不给我吗！

纪询在霍染因的办公室休息了差不多半个小时。

然后梦境开始重叠出现，他赶在自己被噩梦淹没之前睁开眼睛，扯下霍染因的外套，晃荡着走出办公室。

办公室的门正对着外头的茶水区。

茶水区放着个外卖袋子，袋子上写着他的名字，字迹娟秀，末尾还带个小笑脸，显而易见，是文漾漾备注的，女性在细节方面总有些可爱的小心思。

但他相信这袋外卖不是文漾漾给他点的。

谁让他只在霍染因面前嚷了一声"奶油巧克力蛋糕"呢？

他拆开外卖袋，拿出蛋糕，吃了一口。

味道不错。

纪询继续向前晃荡。

下午的时间，警察局里人来人往，纪询拿着小蛋糕在里头逛了一圈，逛到荣誉墙的时候一度想要兑现承诺，把自己的表彰撕下来——没成功。

那些表彰奖状全在带锁的玻璃柜子里，神气活现，张牙舞爪。

纪询轻啧一声，继续往前走，最后在警队的训练室里找到了霍染因。

工作时间，训练室里就霍染因一个人。

霍染因正在室内引体架上做引体向上。

53

纪询问道："练盼盼那里情况怎么样？"

"不差。文漾漾十分钟前去了一趟，他们都冷静下来了。"

"陈见影那里呢？"纪询又问，"他说了和练盼盼怎么认识的吗？"

"拍证件照认识的，说给练盼盼修图，就成功加到了练盼盼的微信。"霍染因说。

这种事情，第一步是最难的。等到有了联系方式，有太多手段可以使出，潜移默化，直接欺骗，总会将人诓入瓮中。

纪询将手上最后一块蛋糕吃完。他若有所思道："我觉得练盼盼会给我们一些意想不到的答案。"

等到晚饭时间刚过，文漾漾前来告诉霍染因，练盼盼一家已经彻底冷静下来，询问可以开始了。

霍染因带着文漾漾走入询问室，纪询则在外头听这场询问。

半个下午的冷静对于练盼盼至关重要，重新来到询问室的练盼盼比之前配合了不少，至少警方问什么，她就答什么。

问完简单的姓名等基本信息之后，霍染因问："你和陈见影是怎么认识的？"

"拍证件照认识的。"练盼盼回答，"补习班有一次要交照片，他过来给我们拍照，就是那次认识的。"

纪询心头一动。光听陈见影的描述，他以为两人是在照相馆认识的，但按照练盼盼的供词，他们明显是在补习班中认识的。

这种出入是巧合，还是陈见影有意为之？

接下去还有一些问题，无非是为什么要和陈见影在一起，从什么时候开始拍摄大尺度视频、照片等。练盼盼的回答也没有什么出奇之处。

她说自己很早就厌烦母亲叮梢似的管教，一直想找机会做点不一样的事情。

后来补习班管得松，她在补习班里认识了几个玩角色扮演的女生，她渐渐也开始玩了起来，但是玩这个需要的花费很多，而家里总是不愿意给她钱，她就开始借网贷。

借了网贷，没有按时还钱，催债公司开始频繁打她电话，她很烦躁，陈见

294

影就是在那时候一直找她聊天，还借给她钱的。

一来二去，就走到了现在这一步。

"陈见影认识的其他年轻女孩子，是你介绍给他的吗？"霍染因再度询问。

练盼盼很明显地摇摆了一下，显而易见，在下午的时候，练达章就这类的问题跟她做了很多的交代。

但她依然是她，有太强的自我和自主意识。

她没有按照练达章的叮嘱做事，很快回答："反正这些事情你们稍微查一查就知道……我给陈见影介绍了好几个人，都是我的同校同学，她们因为各种各样的理由缺钱，听说我这里有能来钱的事就来做了。"

"都是为了吃喝玩乐？"霍染因问。

"绝大多数是啊，去拍个照片，也不用露脸，不用露身体，摆个姿势一下午就能换台新手机，要么就是好几条漂亮裙子，再就是一整套的化妆品。可能有一两个是家里穷，想治病没钱？"

练盼盼的语气依然轻松，也许这些事情在她看来，就是这么稀松平常，十五岁以为叛逆成功的她没想过自己的私照到处传播，也没想过同学们一开始拍得正常，次数多了就会出格。

"反正是这样说过，谁知道真假呢，我也不在意。我说了，她们愿意的就来，不愿意也无所谓。一个学校这么多人，总有愿意的。然后有些玩得好的，我就让她们去福兴教育，那里没有学校这么严格，大家上补习班的时候可以偷偷跑掉，老师也不会和家长说。"

福兴教育管得松。练盼盼第二次提到了。

对于这样的叛逆少女而言，究竟有多轻松，才会让她下意识地反复提及"管得松"？

外头的纪询想着。

他估量着时间差不多了，果然，询问室里，霍染因以寻常的语气问出最关键的问题——也是他们跟踪练盼盼的最初理由："你下毒毒你爸爸的硝酸银从哪里来的？"

练盼盼脸上闪出迷惑。

这道迷惑真实而清晰，她下意识问："什么硝酸银？我没下毒啊。"

纪询背脊一松，靠倒在椅背上。

练盼盼说的是真话，下毒的不是她，今天凌晨他们在酒店里偷听到的似是而非的对话，只是叛逆期的女孩对于不满现状的抱怨。

找错方向了。

拼命寻找真相的他们像在白色的沙堆里寻找白色的贝壳，铆足了劲儿却只抓起一把零散细沙。

询问室内的霍染因眉峰压得很低，他同样意识到了此刻的问题，在沉默之后，他翻出辛永初的照片，递到练盼盼面前："认识这个人吗？"

这不过是一次希望破灭之后的流程，但练盼盼低头看了照片两眼，忽然说："认识，我在家里看见过他。"

峰回路转！

错愕之下，纪询精神一振，与练盼盼面对面的霍染因也一样。

练盼盼更详细地叙述："大概是半个月前吧，反正是寒假开始的时候……我记不清楚具体时间，就记得有一次我逃了补习班跑回家里拿东西，看见的他。因为我家装了电子猫眼，所以我从来不从正门走，一般都给自己留个窗户。当天我回到家里，正拿东西，突然听见声音，吓得躲进了衣柜里，然后就看见他从我留的没锁的窗户外爬进来。"

"那时候你爸妈在家吗？"

"都不在。"练盼盼说，"那时候是下午，我以为是小偷，没管他，也没把他来过的事情告诉我爸妈——不然不好解释为什么我会知道这个。但是他好像也没偷什么东西，家里东西都在，后来我就忘了这件事了。"

"咔嚓"一声，门被推开了。

纪询回头，看见眼镜刑警慌里慌张，匆匆跑来，似乎还想要一路跑进询问室。

他叩叩桌面："你霍队在里头问重要情报。有什么十万火急的事情，也等他出来再说吧？"

眼镜刑警结结巴巴："可……可是，又——"

纪询心头一沉。

"又什么？"

"我们市又出了一起投毒案，一个十四岁脑瘫孩子在家中被奶糖毒死了！"

当霍染因接到消息，从询问室里匆匆出来的时候，纪询正拿着一份档案，快速翻阅。

"接到消息了？"

"比你早五分钟。"

案子一个接连一个，两人的对话速度都显得快上三分。

霍染因朝纪询手中的档案看了一眼，皱皱眉："练达章中毒的时候他众多同事的笔录？看这个干什么？"

"突然想到点事情，想要求证一下。"纪询嘴上说着，手上也没停。他翻得飞快，练达章所在的律所是个大律所，因为是第一起中毒案件，警方调查练达章中毒事件时是务求完备，对出现在练达章身旁的几乎每一个人都有询问记录。

人数实在太多，一些不重要的，没什么价值的，看上去全部是好话的，纪询都一掠而过，只有在似乎和练达章关系不太和睦的字句上才会稍作停留。

"你要找什么？"霍染因问，"我找人帮你一起找。"

"不太确定，可能是些争执、谩骂之类的事情，要等具体看见了才知道。"纪询回答得含糊不清，"你不用管我，所有的警察都在外边奔波了吧？你马上带人去案发现场就可以了。"

他们也没有更多的交流机会了，只来得及说这一句话，接下去霍染因就立刻被人包围了。

这已经是一天之内发生的第二起关于硝酸银奶糖的投毒案，就不说市局震怒，上头的压力和舆论沸腾了，仅仅是案子本身，已经如同巨石一样悬在每一个人心头。

不独是霍染因和纪询连轴转，几乎所有办案人员，都在压榨自己的时间和精力，极尽所能地调查案件的每一块碎片。

谭鸣九刚刚将养老院案子办到一个阶段，确认了李姓老人的儿子有重大作案嫌疑，疑似和叶文慧合谋毒害老人，正准备突审。他从上午7点到晚上7点都没喘匀一口气，文漾漾已经拉着谭鸣九在议论辛永初的案子。

练盼盼提的线索给警方以全新的思路。

"练盼盼他们租的房子在一楼，每次练盼盼出门都没有将窗户锁死，也就意味着辛永初能够很轻易地反复利用她打开的窗户进入房间，将藏毒的奶糖放入练达章家里的糖果盘中。"

"同样也就可以很轻易地利用练盼盼房间里的打印机，打印匿名信件。"

"只要再结合上某些练达章吃糖果的规律，完全可以实现远程操控练达章中毒……"

纪询对这两人的分析充耳不闻，他继续快速地翻阅卷宗。

很多是同事们看不惯练达章的处事方式，比如："他这人功利性很强，要买房了就去和房产经纪套近乎，要帮人打官司；女儿要上辅导班，就去和教育机构老板套近乎，说随时能帮忙。无利不起早的典型。"

　　有些是八卦他夫妻生活的，比如："他自己偷偷在外面投资买了一套商铺，名字只写了他一个人的，也不告诉他老婆，估计防备着离婚时财产被分了。"

　　还有些是他最近工作的习惯，比如："他晋升高级合伙人了，以前那种拼命扑工作、半点不顾家的努力形象也没了，到点下班回家，可会给自己放假然后压榨下面的员工了。"

　　直到一行字突然闯入他的视线，看见的刹那，他就意识到，这是他要找的东西了！

　　这份笔录来自练达章一位叫丰奇思的同事。

　　他不止是练达章的同事，还是练达章的校友，只是比练达章大一届。

　　这次他们共同竞争中齐律所高级合伙人的位置，这位年长一岁的前辈惜败于练达章手中，在口供里，他酸溜溜说了这么一句："练达章从学生时代开始就是个白眼狼了，当年大三，他翅膀还没硬就辜负过对他有栽培之恩的院长，现在，他当了高级合伙人，早晚也会辜负中齐律所。"

　　当时警方考虑到两人之间显而易见的矛盾，还在丰奇思身上投下了一批警力、物力，但最后调查显示丰奇思并不存在投毒的时间和空间。这一句证言，也就被一起封入浩瀚如海的卷宗之内。直至纪询再将它翻出来。

　　纪询合上档案，转身朝外。

　　他走了两步，手臂被人扯住。

　　霍染因抓住纪询。

　　围拢在霍染因身旁的人群如同江水，他们的话语则是一刻不停的汹涌潮汐；将人没顶。霍染因就在这水浪中伸出手臂，那是最坚实的锚点，连接着自己与纪询。

　　纪询对上霍染因看过来的眼睛。

　　这一刻有无数的事情等他决断，等他批示，等他带人行动。

　　他依然关注着纪询。

　　两个人手掌只碰触了一下，很快松开。

　　"随时联络。"霍染因说，"快捷键1。"

　　纪询哑然失笑："好好，放心，随时联络，有线索了一定第一时间和你联络，我的大队长。"

54

宁市保健医院死亡证明。

病人：钱冬石
身份证编号：XXXX0219660728XXXX
常住地址：宁市天溪小区 2#701
死亡原因：肝癌晚期，救治无效。
死亡日期：1996 年 10 月 27 日
医生签字：郑国方
签字时间：1996 年 10 月 27 日

这份来自二十年前的死亡证明的复印件，正拿在袁越手上。

案发现场提取的 DNA 比对结果出来了，另一位杀害汤志学的重大嫌疑人，就是早在二十年前就因肝癌而死亡的钱冬石！

"差不多可以结案了吧。"胡芜转动转椅，她从烟盒里掏出一根细长的香烟，娴熟地拿烟嘴在烟盒上敲击两下，问袁越，"介意吗？"

"没关系，你随意。"袁越依然低头看卷宗，"但案子还不能结，还有疑点。"

"这几天太累了，得抽根烟提提神。"胡芜说着，擦起打火机点燃烟头，深深吸上一口，继续说，"赵元良袋子里的'幸运钱'有汤志学的唾沫斑；从案发现场生物物证提取出的 DNA，又与钱冬石的一致；就算正经办案，证据收集到这一步，也能提请公诉机关公诉了，怎么不能结了？"

"我们现在就在正经办案。"袁越纠正道。

"是啊。办一个犯罪嫌疑人全部死亡的案子，一个法院不会审的案子，一个定不了罪的案子。"胡芜将吸入肺里的烟雾再丝丝缕缕吐出来，浓烟在她面上离合，她精致美丽的面孔藏在其中，若隐若现，上面有一缕讽刺，"人死百事消，说的就是这个吧。也不知道辛永初听到这个答案，满意不满意。"

刑事犯罪中，如果犯罪嫌疑人死亡，其所犯罪责即被免于追究。警方不再查，法院不再审，受害人——当然也就得不到任何东西，无论是歉意还是赔偿。

"袁队。"胡芫说,"我知道你提的疑点,杀人凶手是这两个人毫无疑问。但我们还没弄清楚他们当年是怎么顺利得到不在场证明,诓过办案人员的。"

"没错,这一块缺失我们始终没有补上。"

"有意义吗?"胡芫说。

袁越抬起眼。

"我们查出真相了,该做的已经做完了,再把所有边边角角都查明,除了浪费时间和金钱以外,得不到更多的东西了。知道袁队你较真。"胡芫揶揄道,"但较真的同时也变通一下吧,你就算将它查得再清楚明白,局里也不会给你评优秀,法院也不会为你开庭审。还不如赶紧结束,回到宁市,把人手调回到更需要的地方,比如现在正闹得沸沸扬扬的奶糖投毒案。"

"投毒案有霍队负责,我相信他能处理好一切。"袁越笑笑,并不生气。

胡芫说的其实挺有道理的,但每个人都有自己的思考方向、办案方式。

他只是再度纠正胡芫的一个小小错误:"我们现在还没有查出真相。我们仅仅查出了结果。只有一个案子的全貌一丝不漏,尽数弄清,才叫查出真相。查出真相是我的责任,是我必然要给受害者的交代。我不能含含糊糊,交代不清。"

他总是如此温和,如此稳重。

"我是一个很平庸的人,做不了太多,只能一件件做好眼前的事。"

纪询自警察局离开之后,联络了丰奇思。

但丰奇思对于配合警方兴致缺缺,推三阻四,说自己没有时间,直到听纪询挑明来意,说是想知道练达章大学时候"白眼狼"的故事,他才突然精神起来,约了纪询在中齐律所底下的咖啡店见面。

两人见面。纪询发现丰奇思是个个子很高、很清瘦的中年人。

丰奇思拿拇指和食指捏着咖啡杯柄,余下三指翘起来,同纪询开门见山:"关于他在学校里发生的那件事,毕竟时间久远,我也记得不是很清楚了,不过还是能大体和你说说,毕竟那在当时也算是校园里轰动一时的名场面。"

他沉思几秒钟,一个陈旧泛黄的故事展现在纪询眼前。

现在的练达章,知名大律师,房子、商铺统统有,已经算是初步取得财务自由的成功人士。但是当年,刚刚考上国内知名政法大学的练达章,不过是个穷小子。

他是真穷。身上的衣服永远就那两套,天气如果不好,还得穿着湿衣服上课;去食堂里吃饭,也永远是馒头配咸菜,多点份素菜都舍不得。

但与之相对的，是他的聪明才智和刻苦学习。

也许物质的极度匮乏反而促使他将所有的精力投放在学习上，并在大学里杀出重围，揽获第一。

"也就是一个校园专业排名第一，不论你想不想，每年都会产生一个。"丰奇思喝的明明是咖啡，一张口却像啜了口浓浓的梅子汤，酸味四溢，"我当年上学，也时常拿第一，倒没有练达章运气好，被汪院长看上了。可见成绩好还不够，总要有些形式主义，才叫人印象深刻。"

汪院长是当时他们学校法学院的院长，在政法界深耕许久，知交遍天下，门生满学界，练达章被他看上，收为弟子，相当于鲤鱼跃龙门，也在学校范围内引起了不小的议论。

但这议论也是私底下的，并没有放到台面上说。

汪院长从此将练达章带在身边栽培。

练达章在汪院长家里吃饭，他身上的衣服，看的书本，手里的钢笔，都是汪院长出钱给买的。这时的练达章依然认真学习，也保持着年级第一的名次，甚至还交了个校花女朋友。

"也就一年时间，他就完成了从山村穷小子到大城市未来法学界精英的转变，汪院长对他够好了，这时候他看上去倒还是个品学兼优的学生。"丰奇思点评，"不过人是装不了一辈子的，练达章装的时间尤其短，只有一年，接着就暴露了他丑陋功利的真面目。"

相较于其他，纪询更关心丰奇思说的时间点。

"他是在大三刚开学的时候转变的？"

正酝酿着丰富感情的丰奇思乍然被打断，有些扫兴地回忆半天："……没这么早，应该是年底吧，圣诞节前后。那次汪院长组了个局。"

汪院长是法学界的大前辈，他认识的朋友，有全国知名律师，有大法官，有大检察长。他也是个喜好交流的人物，时不时就会办些读书会，联络大家的感情。

那是汪院长第一次带练达章去读书会。这一去，就去出事情来了。

"雏鸟翅膀刚刚长出毛，就想拣着高枝飞，练达章在读书会上对法官、检察官这样的人物极尽所能地谄媚，当时多少人都看见，连参加读书会的检察长要走的时候，练达章还对他点头哈腰，牵扯衣袖，人家尴尬得都扯了好几回袖子，还是没能把袖子从练达章手里扯出来。"

"他热情得啊。"丰奇思搅搅咖啡，轻蔑嗤笑，"见着主人的狗都比不上。还好梦梦及时和他分手了。"

见完了丰奇思，纪询再去户籍科。

丰奇思给出的故事只是被他自己的感情色彩充分润色过的故事。

从聊天里也能听出，丰奇思想要成为汪院长的弟子——可被练达章抢先了；丰奇思喜欢校花梦梦——又被练达章抢先了；多少年后他们再度竞争中齐律所高级合伙人——居然还是练达章赢了。

丰奇思这辈子光和练达章过不去了，练达章对于丰奇思而言，就是个"人形酸梅树"，闻一下是酸，看一眼是酸，说一嘴，还是酸。

要知道当年的真实情况，也许去找故事里的汪院长，会更好一些。

他给霍染因发消息："给我开个证明，我要去户籍科调一个人的信息。"

霍染因回道："调谁，查到什么了？"

纪询回复："汪同方，练达章在大学时所读法学院的院长。目前还在进行侦探小说中最无聊的寻找证人、收集证言阶段，但时间点对上了。更多的等验证之后再告诉你。你那边呢，到现场了吗？"

这次霍染因过了一会儿才回复。

回复的同时，也将证明拍给了纪询。

"到了。丈夫在现场，下班回家发现妻子与脑瘫孩子一起中毒，当即报警。现在孩子已经宣布死亡，妻子还在医院抢救。这位丈夫前几天正在和妻子商议离婚事项，初步考虑，是生活压力过大，导致妻子心生绝望，同孩子一起服毒自杀。"

"就算是涟漪效应，这也太频繁了。"纪询说。

涟漪效应是舆论中的一种现象，当某种不良现象在群众中广泛流传的时候，类似现象就会接二连三地出现，连绵不绝，因此称之为涟漪。

"嗯。"霍染因说，"三起硝酸银中毒事件，沪市的案子没有用奶糖为媒介，只有宁市的两起案子不约而同地使用奶糖。《第一刻》的报道没有点出只在宁市本地投毒，同样的新闻报道，为什么只有宁市的模仿案那么频繁？"

"所以你怀疑还有别的因素。"

"舆论想要将人煽动，总需要传播到所见者眼中。"霍染因的声音自电话里传来，"我打算比对他们接触的信息源，看看能不能找到雷同之处。"

"好想法。"纪询赞道，还打算和对方聊几句，然而那头突然传来巨大的嘈杂声，掩盖过了霍染因本身的声音，纪询模模糊糊听见，是医生宣布妻子也抢救无效，已经死亡，丈夫号啕大哭的声音。

这时候，他到了户籍科。

他暂时将电话挂掉，把霍染因发来的证明给户籍科民警看，民警验证没有问题后，准备帮他调取汪同方的档案记录。也是这个时候，隔壁交管局的警察过来，同样让调记录。

他们随意聊了起来。

"建安路那头，有辆大卡车开着开着，直接把一辆小轿车压扁了。"

"里头人还活着吗？"

"车子都扁了，还有人？"

"酒驾啊？"

"不是酒驾，司机说自己听奶糖投毒案的广播听入迷了，没注意路况，也就一刹那，就碾过小轿车了。查查车主的亲戚朋友，联络他们过来认尸，商量赔偿事宜。"

"你先等一下，我帮他查查车主信息。"民警对纪询说。

"好。"纪询回答。

"姓名，钱树茂；地址，建安路建安小区……他刚开车出小区就被撞了？"

"看样子是。"

"这里没记录他有亲戚朋友，只记录了他的工作单位——福兴教育。"

正在旁边有一搭没一搭听着的纪询，眉梢一扬。

"福兴教育？"

天色昏暗，房间里只有电脑屏幕的光。

蔡言坐在电脑椅上看着屏幕，他没有关掉新消息提醒，于是"嘀嘀"的声音，一刻不歇，像屋子里放了十个闹钟，每个闹钟都在他脑袋里打铃。

蔡言烦躁地抓抓头发。

舆论风向是从什么时候开始不对的？

好像是中午吧，中午养老院老人中毒死去的事件一曝出来，大家都哗然了，开始责备他的前一个视频，说他不应该做科普硝酸银的视频，不应该将如何便捷获取硝酸银告诉网民。

天地良心。想要杀人，想要违法犯罪，关硝酸银什么事情？

车子不能撞死人？菜刀不能砍死人？就算用毒药毒死人，硝酸银也不是见效最快、毒性最高的那一种！他做那期视频，是纯粹地科普，纯粹地做好事，纯粹地——蹭点热度。

谁知道一个接一个人想不开，就和硝酸银杠上了，过不去了是吧？

还有其他那么多人也做了关于硝酸银的视频，怎么没人跑去他们评论区闹？

为什么没人跑去另外那些人那里闹，蔡言其实心里清楚。

他做的硝酸银视频不突出，本来不应该会有人记得他。但他随后又做了一个视频——《实探二十二年悬案》，这个视频很突出，突出到让他直接红了，这几天来，各种商业推广视频合作都找了上来，直到今天。

枪打出头鸟。

他再度咒骂一声，犹豫片刻，他点开自己的视频，视频的弹幕已经全部变了。

原本大喊"厉害厉害"的网友们忽然之间讥诮刻薄，愤怒躁郁，好像都是他做出这期视频的错。

博主是不是有病，这种危险化学药剂能够随便科普吗？

能在购物网站买到的化学药剂不能科普吗？把脑子里的水晃晃倒干净行不行，你吃什么化学药剂你都会死！

都是吃人血馒头的主。

我认得你账号，一天前你不才大喊"警察废物，高手在民间"？一天之后查案的高手就变成吃人血馒头了？

博主去看看明超老师的法律科普视频吧，那个视频才是真正关切社会舆论、关切如何解决问题的有价值的视频。

我……我不说脏话，但大家都是蹭热度，他蹭的还是我做的"实探二十二年悬案"视频里案子的热度，所有法律问题都是基于我给出的细节分析的，怎么，还蹭出了高贵感？

蔡言几度欲吐血，一时之间怒意大涨，但骂他的弹幕和评论实在太多了。这些言论间，也夹杂着对辛永初的咒骂，好像只过了一夜，世界就来了场颠倒，原本孤狼追凶、英雄主义的辛永初变成了奶糖杀人魔，应该千刀万剐的罪犯。

他在愤怒的同时，也不由自主地怀疑：是不是我做的视频真的有点问题？可是我只是想要推进事情的进展。再说，也不是我一个人做，都来骂我干什么！现在不应该是齐心协力，要求警方抓紧破案吗？大家最开始的诉求不是很统一吗？

他心里着实憋屈，憋了半天，突然看见一行弹幕飘过。

没人觉得他后面这个视频里的线索太多了吗？好多应该都是警方内部才会有的记录吧，他是怎么拿到的？是不是有办案警察违反规定，把案子线索跟他说了？

这时私信叮咚一声响了。蔡言看了一眼，有个小号给他留言。

我知道你是谁。花田区2号楼。

蔡言看到这里时，握鼠标的手指僵硬了下。

他看着自电脑右下角再度弹出来的实时新闻:《奶糖中毒案新添受害者，母亲与脑瘫儿在反锁门窗的家中被害》。

他又看着越来越多的弹幕。

越来越多……

半晌，他从座位上站起来，打开房门，蔡恒木正在外头的沙发上看报纸，他问:"爸，你最近有没有……感觉有什么奇怪的事情?"

"什么奇怪的事情?"蔡恒木鼻梁架着老花眼镜，莫名其妙，"我能感觉到什么奇怪的事情?"

"没什么，我就是有点担心。"蔡言心烦意乱，"汤志学的案子推进到底怎么样了，不是说已经重新启动了吗?"

"不知道。"

"这是你的案子，你怎么能不知道?"

"我早就不办这个案子了，我知道个什么劲。"蔡恒木无所谓地翻阅报刊。

"我不信你一点内部消息都没有。"

"有也不告诉你。"蔡恒木道。

"爸!"蔡言喊起来，"我是你儿子，你不告诉我告诉谁?告诉袁越吗?人家袁越牛，他现在就是主办这个案子的刑警队长，不需要你再手把手地带他锻炼身体，给他讲刑侦故事!都什么年纪了，你还避着我和袁越讲悄悄话，你有这个必要吗?"

"这又关袁越什么事情?"蔡恒木不耐烦，"我看你就是平常网络上的八卦没看够，要来我这里再套点八卦去，我告诉你，没有八卦。"

"我是八卦吗?我是关心案件进展!"蔡言不管不顾地指责父亲，"要不是你当年没把案子办好，至于闹出现在这么多事情吗?这些年你但凡把吃喝玩乐、旅游浪荡的时间和金钱花在案子上，这案子早就办好了!辛永初一个普通人，都坚持追凶二十二年，你这个警察，这么多年来到底干了什么有价值的事情!"

"我干了什么不用你来评价。"蔡恒木冷硬地回答，"你一个家里蹲的，管好你自己就行了。"

"我不是家里蹲!"蔡言气疯了，"我是做视频的博主，我在赚钱过日子好吗!"

"没有正式工作，天天在家里对着电脑，不是家里蹲是什么?"蔡恒木依然老一套。

就在父子俩又要发生冲突的时候，门铃被按响了。

只响了两声，即刻消失。

蔡言想到那条私信，心头一紧，赶在父亲前面打开门。

门外没有人，只有一份隆起的、像包裹了什么东西的报纸。

报纸里头……

他蹲下来，拨开报纸，看见一只死猫，他胃里一阵翻江倒海，一股想吐的欲望冲上脑海，冲得他两眼发酸。

"又是你的快递？"蔡恒木的声音在家里响起。

"嗯。"蔡言含混说。

"别天天上网买东西了，都不是什么好货。"蔡恒木又数落。

"我知道了，快过年了，爸你最近也少出门。要出门也记得和我说。"

蔡言交代完，掩起门，带着死猫下楼，本来想丢进垃圾桶，最后没忍心，找了个灌木丛，挖坑把它埋了。

55

纪询在户籍科旁听到一半，已经对钱树茂这个人产生了浓厚的兴趣。

于是他又给霍染因发了条语音消息："临时发生了个意外，我现在还需要一个搜查令，打一个过来。"

"一个小时后派人带给你。"霍染因说，"我这个'打证机'好用吗？"

纪询被幽默到了："很好用，要是你能自己服务上门，就更好了。"

刑警队长的效率就是高，不用一小时，仅仅四十五分钟后，纪询就拿到了他需要的搜查令。搜查令当然不是霍染因带来的，霍染因还忙着，实在抽不开身，带着来的是霍染因队伍里主要负责技术工作的眼镜刑警。

都把办公室的技术工给派了出来，可见现在人手短缺到什么程度。

但这不是值得在意的地方。值得在意的是，户口簿上独身一人的钱树茂的家里，还住着另外两个人。

一位三十岁出头的女性，以及一个八岁大的孩子。

孩子被母亲赶进房间里玩耍，至于这位母亲，则神色镇定地坐在沙发上招待他们。

纪询不是警察，毫无开口的欲望，只自顾自地打量着房子，将同冯嘉美沟通的任务尽数丢给眼镜刑警。

眼镜刑警开始按照流程问:"你的名字?和钱树茂是什么关系?"

"我叫冯嘉美,和老钱是同居恋爱关系。你们突然上门来,是不是……"她面色苍白,放在膝盖上的两手轻轻交握,"我家老钱犯了什么事情?"

她是个年轻的母亲,更是个年轻的女人。

当她心怀不安的时候,楚楚动人的风情便显露出来:"对了,警官怎么称呼?"

"我叫钟小谨。"眼镜刑警说。

"一定是严谨、谨慎的'谨'。"

"是这个。"钟小谨有些不好意思起来。

屋子里装修奢华,翡翠雕刻的佛像大刺刺摆在厅堂的边桌,刚才进门时,纪询还看到了书房里的椅子。

世界上最好的椅子品牌,一把人体工学椅子要一万块钱。

同样是装修,有人花十几万,有人花几十万,这家应该花了数百万吧。

他用目光四下闲逛着,将钟小谨警官继续丢给冯嘉美女士,钟警官开始询问冯嘉美,最近钱树茂是否有异样,在生活中是否招惹了什么敌人,林林总总,都是些常规问题。

冯嘉美的回答也很常规。

她不太了解钱树茂的工作和朋友,他们的家庭里,钱树茂是不怎么将工作上的事情和她说的,她也不爱问,反正问了也听不懂。她平常就在家里带带孩子,有时候出门打打牌,做做美容。

突然之间,房门开了。

待在房间里的小男孩跑出来,直奔关着门的书房去,当他的手碰到门把手时,一直和和气气和钟小谨说话的冯嘉美回头大声呵斥:"不准进书房!耳朵聋了啊,没听见我让你好好待在房间里做作业吗?"

孩子被凶到了,一屁股坐在地上,当场号啕大哭起来:"哇,妈妈骂我——"

"不好意思,钟警官,我的孩子比较娇气,都是我平常没教好的缘故。"再转回头时,冯嘉美又变得和气温柔了。

钟小谨显然没有多少应付女人的经验,有点尴尬,又有点脸红,屁股不甚自在地在沙发上挪挪:"没有,没有,有时候孩子就是很调皮……"

纪询在这时候插话:"为什么不让进书房?家里还有一个地方要对孩子保密吗?"

冯嘉美笑笑："书房是老钱工作的地方。孩子还小，担心他把东西弄乱了。毕竟老钱脾气不太好。"

"那我们可以进去看看吗？"

"啊，要不等老钱回来……"

"冯女士。"钟小谨突然清醒，"我们有搜查令，必须搜查屋子里的每个角落。"

"当然。"冯嘉美说，"你们随意。"

纪询走进去。

书房收拾得妥妥当当，架子上的每本书都在自己的位置上，茶几和地毯也不见一点散碎的小东西，只有书房里的书桌上，放着些用过的纸笔。如果说这间屋子的主人最常停留在哪里，毫无疑问，就是书桌前。

纪询走到书桌前，拉开抽屉。

"呦。"

他吹声口哨。

抽屉里有一瓶子硝酸银、一袋奶糖以及一个针孔注射器。

一声惊呼自后传来，是冯嘉美。

跟进来的她看见了抽屉里的东西，满脸惊讶："家里怎么会有这些东西？"

"对于这点，我也很好奇。如果可以，我也希望请钱树茂先生来回答一下。"纪询说。

"我给他打电话，让他快点回来。"冯嘉美有些不安，接着她又补充，"现在网上吵得这么沸沸扬扬，他也许就是好奇……就是好奇，没别的，警官你别多想。"

"但很不幸。"纪询接上话，"在一个小时前，钱树茂先生车祸身亡。"

2月3日，晚9点47分，宁市。

袁越回到宁市。

他是来拜访一位和案子相关的重要人员——当年同为受害者，因为这起抢劫杀人事件直接破产的孙景福。

当年便有四十岁的孙景福，到今年已是六十多岁的老人。

他到访的时候，家里只有孙景福一个人，穿着中式棉袄、手戴佛珠的孙景福面白体丰，精神健硕，眼角嘴角都有深深的笑纹，看得出来，他日常爽朗爱笑。

他请袁越坐下，又去倒茶。

袁越注意到，客厅里摆着一尊妈祖神像，神像面前有一个香炉，香炉上正燃着三根香，满室的檀香味道，便自这三根袅袅冒着烟的香中溢出。

"年轻的时候不信这些，破产之后就开始求神拜佛了。"孙景福自嘲笑笑，"希望钱财如浮云，家人自平安吧。"

"令夫人开办的教育机构现在收入应该不错吧？"袁越收回目光，问道。

孙景福只是笑笑："我一个失信企业家，管不了这些了，都是我老婆去打理的。现在我就是个吃老婆软饭的男人。"

袁越说："孙先生，这次来找你，是有些事情想要再向你了解一番。"

"是哪些事情呢？"

"二十二年前的抢劫杀人案，你还记得吗？"

"这是我人生的转折点，我怎么可能不记得？"孙景福回答，但他又说，"不过毕竟过去了二十二年，我也只是自以为印象深刻，不敢打包票说每个细节都记得一般无二。"

"记忆模糊是难免的。"袁越点点头，"你还记得对方当年是什么时候冲入你家的吗？"

"大概晚上9点半。"

"为什么记得这么牢？"

"因为我戴了手表，我倒下去的时候把胳膊藏在脸下，看见了时间。"

"进来的是几个人？"

"两个人。"

"为什么这么肯定？"

"我听见了他们的交谈声。"

"你当时说他们的特征是……"

"一个有北方口音，一个头发很长，手臂上有文身。"

二十二年过去了，在说起这两个明显特征的时候，孙景福依然口齿清晰，不假思索。

"我们现在已经调查出杀死汤志学的两位重要嫌犯的身份，但他们都有晚上9点30分前后的不在场证明。"袁越缓缓说。

孙景福也很意外。

他低头思索半天，说："有没有这种可能性……当年的凶犯不是两个人，是四个人，两个人到了汤志学家，两个人到了我家，然后他们彼此串供，互相作伪证？我记得有个视频分析过，作案的人都是建筑工人，那些建筑工人本来就吃一起、睡一起的，彼此串供的可能性非常高。"

袁越低头想了片刻，似乎被说服了，他又问："所以孙先生你认为，因为与案人数比警方想象的多得多，他们可以轻易地为彼此提供庇护，转移赃款也非常方便？"

"对，我就是这么想的。"

"那，为什么要选那两个人转移赃款呢？万一携……"

孙景福似乎很疑惑地打断袁越："警官，你说的那两个人是哪两个人？我怎么不太明白你这个问法？我看了视频和你们警察的报道，好像都没提到过这点。"

袁越道了声歉，没继续这个话题，转而又问了一些关于赵元良还有别的人与汤志学的私人关系，让孙景福回忆一下是否存在除了工资以外的作案动机。

他们前前后后聊了很长时间，离开前袁越摆弄了一下身前的执法记录仪，说："孙先生，我们今晚的谈话，这些按照流程都记录在案了，希望你不要介意。"

"不会，我理解。"

"那没什么事我就先走了，谢谢孙先生时隔那么久还如此配合我们警方。"

袁越从孙景福家中出来，看见了个在远处探头探脑的熟人。

他有点错愕，叫了一声："纪询？"

"袁越？"纪询同样意外，"你什么时候回宁市的？"

"半小时前回的，来这里见个证人。"

"孙景福啊？"纪询说，"现在见完了？接下去还有事吗？"

"还有点事……"

"可持续办案需要劳逸结合，我饿了，你先和我去小吃摊上吃点烤串再说，吃烤串的时候我们正好聊聊案子。"

纪询不由分说，拖着袁越走了。

晚上10点，正是小吃摊最忙的时间，纪询将袁越按在位置上，自己拿着托盘去冰柜拣食物让老板烧烤，他离开没有多久，放在桌面上的手机就响起。

是个视频电话，来自一串很长的名字。

袁越迷惑地看了眼，扬声告诉纪询："你的视频电话。"

纪询问："谁的？"

310

袁越答:"阴阳怪气的大方小气鬼。"

纪询说:"哦——你接吧。"

袁越这才拿起手机,接通视频,视频双方看见彼此。

袁越看着霍染因一愣,阴阳怪气的大方小气鬼?

霍染因看着袁越也是一愣,纪询的手机袁越接?

56

纪询带着满满一托盘的东西回来了,夜市热闹,一串昏黄的灯泡扯出张朦胧的帐,帐子底下,几张矮脚桌子分散摆放,三五成群的好友聚在一起,有的划拳吆喝,有的小声说笑,高高低低的声音汇聚在一起,成了佐餐下酒的背景音。

不过他们没有喝酒。除满满的烤串外,摆在纪询托盘上的饮料,是两瓶汽水和一瓶矿泉水。

纪询将手机接过来,打断了袁越和霍染因无聊又沉默的面面相觑。

但他不急着和霍染因对话,而是摆弄了一下,将桌上的筷子筒当支撑,再把手机摆上去,筷子筒和手机摆上桌子的一角;他则抛弃袁越对面的位置,坐到桌子的另一角——也是手机摄像头正好对着的位置。

这样,三人呈三角形,霍染因就能同时看见他们两个。

纪询拿了两瓶汽水,一瓶给袁越,一瓶给自己,最后一瓶矿泉水呢,就拿起来晃一晃,递到霍染因面前:"知道你不轻易喝碳酸饮料,喏,特意给你拿的。"

霍染因无语。

纪询又端起托盘上的一部分烤串,同样在手机屏幕前晃一晃:"烤串可以吃吧?虽然你现在吃不到,但看看也不错。"

袁越不免笑了,接过纪询的托盘,阻止他搞怪:"干吗欺负霍队?"

之前纪询说什么做什么,霍染因都没动容,袁越这句话一出,霍染因八风不动的表情就破功了,忍不住挑了下眉。

纪询说:"这叫欺负吗?我觉得我很贴心了。"

"是、是,你很贴心。"袁越一般不和纪询争,他分着托盘上的食物,奇怪道,"你不是不吃辣吗?怎么撒这么多辣椒粉?"

"我不吃。"纪询优哉游哉,"霍队吃。"

袁越无奈地摇摇头,一根根拣起没撒上辣椒粉的烤串,放到纪询餐盘里。但老板撒辣椒粉的时候显然无比狂放,没有辣椒粉的烤串太少了,于是他找老板拿来一只干净的小刷子,将一些沾着不多辣椒粉的烤串拿起来,刷一刷,再递过去。

纪询赞道:"谢了,还是你贴心。"

霍染因始终没说话。袁越是挺贴心的,霍染因还是承认这一点的。

他没有注意到,自己正流露出不乏满意可又有点微妙的神色来。

纪询注意到了。

他都不用转脑子,就知道霍染因想到了什么。

"客气什么。"袁越回复纪询,他刷着辣椒粉,看一眼烧烤摊上"王老头"的大大标志,突然笑了,"这家烧烤店就是我们过去常来的那家吧。"

他微微侧头,半张面孔转向纪询。昏黄的灯在他脸上打下柔和的阴影。

"我原本觉得这家的味道是烧烤摊里最好的,但后来自己单独来了几次,意外地没吃出多好的味道,可能重点不是吃什么,是和谁一起吃吧。"

霍染因看着袁越,袁越看着纪询,纪询看着霍染因。

他从霍染因脸上看出了更加明显的满意,以及更加鲜明的异样。

霍染因拿着手机,摄像头把对面两个人的一举一动都清清楚楚地记录下来。出于礼貌,他知道自己应该挂断视频给他们一点自由的空间;但一阵复杂的内心抉择后,他没有挂断视频,就这样看着两人撸串聊天。

袁越虽然刷着烤串,但并没有忘记霍染因。

他的体贴在大多数时候总是一视同仁的。

"霍队,你喜欢什么样的口味?待会儿我要回警察局,带一份给你。"

"谢谢袁队。"霍染因礼貌拒绝,"不过我人不在警察局,不劳烦了。纪询知道我在哪里,让他顺便带过来吧。"

纪询没回头:"霍队,您这大忙人,我哪里知道您在哪里?"

"我相信我们心有灵犀。"霍染因的语气带着嘲讽,"要我敲证的时候能够通过电话联络我,要送我消夜的时候,想来也能通过定位联络我吧。"

呦。

纪询总算不看袁越了,他的视线又转回到霍染因身上。

低头剥蟹腿的袁越又抬起头来,他接着说:"对了纪询,你今天开车出来了吗？"

"没。怎么了？"纪询问。

"那我待会儿顺便送你到霍队那边。"袁越提议，"这样方便点。"

"好。"纪询没答应，霍染因倒是替他答应了，并说，"平常都是我去接，这次就麻烦袁队了。"

"不麻烦。这些本来都应该是我来做的，是麻烦你了。"袁越很认真地回答。

霍染因又微微抿起了嘴角，露出那种似笑非笑的满意神情。

纪询抬起手，他摸了个醋包，在屏幕前摇一摇："好啊，我待会儿坐袁越的车，把消夜给你带过去，要醋包吗？一包够吗？"

"咦，霍队吃烤串喜欢蘸醋？"这个吃法很独特，所以袁越又加入话题。

下一秒，霍染因抬手，关掉了视频。

"哎，霍队？"霍染因视频关得突兀，袁越还疑惑了一声。

纪询起身，拿回手机，一本正经道："我猜他那边信号不好。"

说罢，他又拨了个视频通话过去，给霍染因台阶下。

通话被接通，但不是视频，是语音。

霍染因语气有点冷冰冰："喂。"

袁越还问："怎么不视频了？"

霍染因说："信号不好，我们还是语音吧。"

"嗯，语音吧。"纪询慢悠悠吃烧烤，"反正谈正经事不需要视频。"

"我这里有个线索。"霍染因不理纪询，如此才能正经讲话，"养老院那个案子，有重大作案嫌疑的儿子，他的微信朋友圈转发了一个公众号文章，叫《警惕'毒奶糖'，不要因为一时大意悔恨终生》，而同样的文章晚上那起案子里的妻子也转发过。"

"听着像是朋友圈最爱转的那种题材。"纪询评价。

霍染因嗯一声："嗯，哗众取宠，虽然标题写着警惕，实际上把如何获取都写得清清楚楚，还把它和生存压力等心灵鸡汤结合，读完只会让受众更焦虑。"

纪询听到这，觉得有些熟悉，他翻了翻自己的记忆，问："不会是我们那天在跟踪练盼盼母女的徐硕果的手机上看到的那种朋友圈内容吧？这种写作笔法非常相似。"

"很不幸，你猜对了。"霍染因说，"这篇定制文章就是靠这种方式传播的，最初的源头是福兴教育的家长群，家长在老师的指示下频频转发，转发的理由当然冠冕堂皇——了解情况，提高警觉，注意安全，谨防不测。而定制文章并布置转发任务的人，经过调查……"

"叫钱树茂。"

电话那头的霍染因愣了一会儿，反问："你怎么知道？"

纪询叹了口气："因为他死了，刚刚死的，死于一起看上去非常正常的交通事故。"

一直沉默倾听的袁越此时开了口："也姓钱？我在怡安县查到的除了赵元良以外，另一个杀死汤志学的凶手，名字就是钱冬石。"

交谈到这里，通往真相的道路已清扫到最后的部分。

霍染因忍耐不住，重新发了个视频通话过来。

纪询随手接了，同时打开汽水。

汽水冒起气泡，溅出些到屏幕和他手上。

他拿着手机，在摄像头前舔舔虎口，并不怎么惊讶，只是若有所指地问袁越："钱冬石案发时年纪应该在二十五岁左右吧？"

霍染因无语，明明知道他这里无法影响对面，他还是下意识地退开了些距离，好像这样能离对方远点似的。

"对，他于1966年出生，现在如果还活着，刚满五十岁。"袁越接上。

"他死了？什么时候死的？"霍染因追问。

"嗯，钱冬石也许在二十年前死于肝癌晚期。"

"也许？"纪询笑了下，"你和你身边的人，都不太相信钱冬石的死讯？"

"太过巧合了。"袁越一板一眼说，"再加上他死了之后，也有人去他家乡看过几次，没见他家人多伤心，感觉不太对。"

"我想感觉不对是对的。"

纪询用手指比作枪，瞄准霍染因心脏，开了一枪。

"砰——靶心命中。他死了两次，这次是真的死了。检查一下DNA吧，钱树茂就是钱冬石。"

霍染因说："好好说话！"

纪询吹吹手指，挑衅地飞去一眼。

57

小小的插曲截止在袁越的一句话中。

袁越低头思忖片刻,问纪询:"你的全盘分析呢?"

这是他们过去搭档时候的习惯,袁越不是一个话多的人,所以在做最终分析的时候,袁越总会将话语权留给他,让他先行开口,其实他们搭档的时间并不太久,也不知道为什么直到现在,袁越还保留着这个习惯。

纪询不太想说,浪费口水。

反正这种长段的推理最后也没多少会出现在结案报告中,现在结案报告要求可高了,那些证据链一丝不能错,每往下推进一步,都要求有切实的证据。

他敷衍道:"没什么好分析的,我直接说结论吧,反正案子查到现在,你们应该也有想法了,大家对对答案,如果一致,那就证明我们的结论八九不离十,正好各回各家,各查各案,省点时间就是多点生命。"

"不行。"袁越的认真和严谨在什么时候都不会消失,"答案是一方面,过程是另一方面,高考中有过程比有答案能拿更多分数。你过去从来不会嫌推理、分析、总结案子的过程麻烦。"

"人是会变的,我现在嫌烦了。再说霍队又不在我们身边,他不过来听侦探秀,我心里总是空落落的。"

纪询抱怨,顺势朝屏幕掠了一眼,才发现屏幕里的霍染因正在摆弄执法仪,并将执法仪的摄像头对准屏幕,一副教授开课、学生做随堂记录的认真样子。

霍染因还在调试着执法仪,没抬头时已经回答:"我的人虽然不在你们身旁,但我的心是飞到你们身旁的。"

袁越看看纪询,又看看霍染因。

这两人什么时候这么熟,这么会开玩笑了?

霍染因摆弄完执法仪,抬头的时候正好撞见袁越古怪的神色,他终于意识到自己刚才说了什么。

"我的意思是——"他微微僵硬,顺势瞪了眼纪询,"不要废话,不要矫情,赶紧进入正题。"

纪询很无辜，他满嘴跑火车习惯了，但谁知道霍染因会突然接上来，他也是很吃惊啊。

"对对。"袁越如释重负，将忘在嘴里，似乎有点变味的烧烤嚼了嚼，草草咽下去，"赶紧开口，赶紧说完。"

这两人的视线再度集中在纪询身上。

纪询摸摸鼻子，最后吃了串被冷落在一旁的烧烤。

"剩下的打包带走吧，重要的事情我们上车说，以防万一，免得被不知道哪里来的小报编辑或者好奇心重的路人给听去，又来一次网络热搜。"

食物打包完毕，纪询坐上袁越车子的副驾驶座。

袁越驱车赶往霍染因所在的位置，纪询则将手机摆在自己正对面，这回他没让袁越入镜，就自己与霍染因，一对一，面对面。

"我随意说说，你们随意听听。都是瞎猜，别太较真。这么多起案子，可以粗略地划分为两部分，一是二十二年前的汤志学旧案，二是由辛永初杀赵元良所引发的一系列连锁反应。二十二年前的案子袁越你应该清楚了，我只说说后面的。"

纪询正式开始分析："案件的最初，我就在想一个令人困惑的问题——辛永初拿刀威胁赵元良的时候，赵元良为什么咬死不肯供出同伙？从视频中看，赵元良并不是一个很硬骨头的人。那种紧急情况下，人总是趋利避害，他不该但凡有一丝可能，就尽量稳住辛永初，试图求生吗？何况辛永初最初的杀意并不强，只是寻求一个答案。"

"我们代入一下赵元良，他是二十二年前的凶手，他知道辛永初的询问有的放矢，他怕死，他不想死。他得想个办法，既不能激发辛永初复仇的怒火，也不能给警方留下可以判刑的证据。那最佳选择，是承认一部分涉案，说个辛永初现场无法验证的谎话，把责任推卸给同伙，保证生存时长，拖到警方来到。这样，哪怕有摄像头录制，事后也可以和警方狡辩是紧急避险。

"但他没有做，他只是一味地求饶、否认。是什么让他不曾考虑过说一部分真话一部分假话这个选项呢？有两个可能，一，他天性木讷，在那种情况下脑子停止了思考，无法做出自救；二，他认为一旦说出来，结果和当场死亡没有区别，甚至会更惨。

"我这个人爱好阴谋论，所以我选了二，我猜，他一直受到来自同伙的某种威胁。

"在今天走进钱树茂——也就是钱冬石的书房前，我认为，这种威胁是钱树茂带给他的。但是那个在书房发现的硝酸银奶糖告诉我，不是，威胁他以及钱树茂的另有其人。"

纪询将脑袋枕在副驾驶座的头枕上。他仰头看着车顶棚，车子灰色的顶棚上铺着一层绒。

那层绒倒映在纪询瞳孔中，一如纠缠在这个案子中千丝万缕的线头。

"钱树茂，福兴教育机构的经理人，人过中年，无父无母，孑然一身。他有万贯家财，却不结婚，只有一个同居人，同居人为他生了孩子，是个男孩，也不给上户口。这在一个正常的想要传宗接代的中年男性身上非常奇怪。

"但若是一个二十年前就靠不知道什么手段获得假的死亡证明，摇身一变换了个身份的人，则一点都不奇怪。钱树茂在本案中做了一件事，他大肆传播'毒奶糖'文章，从这件事导致的结果可推断他的初衷。

"那一篇篇在宁市本地家长之间疯狂扩散的贩卖焦虑的文章，是为了促使更多的毒奶糖模仿案的诞生。

"现代社会，教育是没有上限的无底洞，更是制造焦虑的永动机，它与金钱、未来乃至阶层直接挂钩。定向接受并阅读这些文章的家庭里，有的经济压力极大，有的生活一片迷茫，只要在一万个家庭里，这篇文章成为其中一个家庭的'最后稻草'，就是钱树茂的胜利。更何况效果比钱树茂预想的好得多，仅仅今天，就连着发生了两起死亡案件。

"再结合钱树茂书房里自己购置的硝酸银，想必他大肆制造模仿案的根本目的，是想通过把一片叶子藏进树林的办法，把自己意图毒死的那个人，藏在许许多多的硝酸银模仿作案和辛永初本身的随机投毒案的受害者里。当然，看样子，他还没来得及实施犯罪就被车撞了。

"好，诡计有了，那么动机呢？他为什么要选在这个时候试图实施这桩犯罪呢？如果单独看，是无法猜到的，但假如和赵元良结合在一起看，我们或许可以大胆地推测——他和赵元良一样，也受到了某种威胁，为了去掉这种威胁，他需要使用诡计去谋杀一个人。

"有什么能让两个亡命二十二年的杀人犯同时感到威胁，让他们一个死也不开口，一个怕到想去杀人？赵元良和钱树茂不缺钱，而受害者家属、警方在辛永初出现前都找不到他们，不可能报复和逮捕他们。

"那么，剩下的威胁就只能来自当年案件的知情者。这个知情者不但知晓他们的作案全过程，而且一定还拿着他们杀人的某种铁证。一旦拿出来，那就是催命符，随时摧毁他们现有的一切，把他们推上绞刑台。

"这个推断，有一个佐证。我在徐硕果的手机上曾经看到一个发给全体人员的消息，根据现在所查证的，那应该就是这篇毒奶糖的文章了。也就是说，从2月2日早上，这篇文章开始流传。

"2月1日发生了三件事，一，《第一刻》发文章报道了辛永初；二，半颗白菜做视频介绍了汤志学案；三，晚上沪市警方通报了第一例模仿案。所以，钱树茂的灵感应当来自于三，而他的杀人冲动，则一定来自于一和二。

"钱树茂看到赵元良死了，也知道警方正在大力追查杀害汤志学的凶手，他开始害怕，害怕自己被警方找出来，也害怕被人推出去认罪。毕竟，杀人的是他和赵元良，那个人从头到尾没动过手。如今已经过了二十二年了，钱树茂手里肯定没有可以证明凶案和对方有关的证据。他怕法律最后只制裁自己一个人，真正的主谋反而家境富裕，儿孙满堂，寿终正寝，安享晚年。

"他想来想去，操起了老本行——杀人。用这种拙劣的诡计，以拉一群无辜的人为自己打掩护的办法，去杀人。

"可惜春夏秋冬都轮替了二十二次，钱树茂穿上了好衣服，住上了大房子，却还是像当初那个没什么文化、只会听命行事的鲁莽又愚蠢的建筑工人。他始终没能在这场较量里胜过那个把他和赵元良耍得团团转，利用他们杀人还能反过来威胁他们的人，那个策划了一切的——孙景福。"

58

孙景福，当然是他，只能是他。

二十二年前的汤志学案里，那两个拥有显著特征的"凶手"只出现在他的证言和后来另一个证人的口中，所起到的效果都是相同的，引导警方的破案方向往"凶手"特征上引。

人贩子拐卖妇女儿童都有一个相对的共识，不挑那些有显著外貌特征的人下手，两个犯下如此大案的凶手为什么毫无伪装？他们既不杀死孙景福，也不动手抢钱，就好像只是为了让孙景福看到自己的奇装异服而特意绕了半个多小时的路似的。

解释不通的逻辑，换个角度看就非常合理。

把孙景福从受害者的位置换成凶手的同谋，一切逻辑就对了。

赵元良、钱树茂二人当晚杀死汤志学以后，根本没去过孙景福家，自然就没有沿路的目击者，他们在工地，后半程都有工友作证，自然而然地在晚上9点30分这个孙景福编造的"第二案发时间点"拥有了合理的不在场证明。

二十二年前的孙景福之所以能骗过警察，成为一开始"并未被外貌特征迷惑"的怡安县警察调查的盲点，靠的是他四处求爷爷告奶奶借钱的惨，和后续破产的倒霉。

是啊，全怡安县的人都知道他在喊缺钱了，这样的人怎么会是凶手呢？

开车的袁越和视频那端的霍染因都没有对这个答案有什么意外，事实上当DNA检测出赵元良和钱树茂是凶手，孙景福就已经呼之欲出了。

工地的人没说谎，说谎的就只能是孙景福。

袁越只是苦恼一件事："我今天去试探过孙景福，他很谨慎。且做了很多准备，回答得滴水不漏。"

他大略概括了一下今晚他和孙景福的对话，接着说道："所以，我们虽然知道他有重大嫌疑，可时隔二十二年，缺乏有力的证据去逮捕他，现在赵元良、钱树茂都死了，连人证都没了。当年那个在大巴附近看到长头发样貌的证人，我们已经派人前去询问调取新证言，但哪怕最后证实他收钱说谎，也无法把证据链完善到指控孙景福杀人。"

"意料之中。孙景福不简单，他谨慎不奇怪，不谨慎才奇怪。"纪询说，"你去查过当年在建的那栋烂尾楼吗？"

"你的意思是……"袁越若有所思。

"我去过那里，约孔水起见面那次。我等他的时候用篮球踢墙做实验，那时候我就发现，墙体似乎特别薄，隔音效果不是很好。"纪询冲霍染因扬了扬头，"霍队来找我那会儿也有感觉吧。"

"是的，你们的交谈我隔了很远都听得很清楚。"

"啊——原来你躲在那里偷听了那么久？我还以为是你掐点刚好到呢。"

"我能猜到你顺道去查烂尾楼已经不错了，纪询，我是警察，不是魔法师。"

"喊——"

旁边的袁越很自然地过滤了插科打诨，他沉思着，应道："不无可能，那是一栋教学楼，如果施工过程出现偷工减料或者贪污一类的情况，汤志学作为会计，有极大的概率在账本上发现端倪。而他一向有接济穷苦学生的习惯，最看不惯这种影响孩子上学的事。"

袁越说话比较保守，纪询就很放肆了："是啊是啊，他搞不好准备了什么材料证据，搞个举报什么的，这种政府项目，万一涉及点相互勾连，一起把孙景福和别的什么人带走，那就大发了，孙景福的杀人动机可太足了。"

"纪询，没有证据不要发散思维。"霍染因警告他。

纪询双手合十冲屏幕拜了拜："我错了，听霍老师的。"

袁越又说："那栋楼后来就一直停工，没人接盘就没人知道楼有没有问题。如果孙景福一开始就做了财务上的手脚，倒也刚好能借这件事脱身，反正不管多少钱的窟窿，推到工资和后续资金链断裂上就行。"

"杀人定不了罪，但烂尾的教学楼一直在那里，贪污这个名头努力查查，起码能查出个子丑寅卯。"纪询说。

话到此处，接下去的侦查方向已经很明显。

袁越一脚刹车，将车停下。

目的地到了。

纪询刚带着消夜走下车，就听车中的袁越说："我现在回怡安县调查一高烂尾楼，同时布控孙景福，谨防他畏罪潜逃。谢了，纪询，等案子结束去你家给你做饭。"

说完，他也不等纪询回答，又一脚油门，车子带着阵冷风呼啸而走。

纪询手拎消夜，在街道旁孤零零站了一会儿，听见霍染因的声音。

对方的声音同时自两处传来。

现实中和他的手机里。

纪询这才发现，他们的视频电话还没挂掉。

"袁队走了？"

"嗯哼。"纪询提起手里的烤串，同时关了视频，"喏，你的消夜。"

"真替我带了？"霍染因难得笑了下，不明显，像夜空里一明而灭的流星。他接过纪询手中的消夜，带着纪询走在路边。

虽然没了袁越，但他们的话题不变，依然围绕着案子打转。

"谭鸣九刚刚传来一个新消息。"

"关于福兴教育的？"纪询说。

"更准确地说，是关于陈见影的。"霍染因说，"技侦那块发现陈见影曾有过多次数额巨大的比特币交易。"

"唔，是单纯的炒币，还是有人干了违法犯罪的勾当，用这种方式隐藏资金交易的痕迹？"

"应该是后者。"霍染因说，"因为提现的频率很固定，我们对比过近几年的走势曲线，哪怕比特币价格进入低谷，陈见影也会提现。"

"所以你认为陈见影后面还有一伙人。练盼盼和她同学的事可能不是孤例，从诱骗她喜欢角色扮演到网贷到拍摄色情照片，一系列的过程都是一条成熟的产业链，陈见影把这些照片和视频打包上传给固定的上家，上家定时为他打钱。"纪询没有丝毫停顿地说出最后的结论，"而这个上家是福兴教育。"

霍染因补充道："练盼盼的经历很典型。那个补习班，徐硕果这种家长想举报都得靠跟踪学生的方式，说明平常管理很严格，不会随便放一个不知底细的摄影师进来，换言之，陈见影和这个教育机构的人是有联系的。

"教育机构里的孩子，年龄不大，大多心智还未成熟，平常又被家长占用了太多课余时间。福兴教育的人就在这些人里挑选，派女孩子和她们说话，聊她们感兴趣的话题，再让陈见影这样的人和她们建立联系。管理严格的补习班摇身一变，成了非常好逃课的补习班，她们有足够的时间去为兴趣消费，最后一步步走入深渊。而当她们成为产业链的一部分，又会不知不觉地去影响自己的同学，把更多人带进来。"

纪询两手插兜里，讽刺道："教育来钱是快，但不如卖小姑娘的隐私来钱快。不愧是杀人越货的孙景福，像干得出这种事的人。不过以他的个性，搞不好脏事又让如同钱树茂这样的出头鸟干了，自己隐藏在背后一问三不知。袁越不是说了吗，他对自己老婆的教育机构，不沾手。"

"你不觉得，加上这件事，你刚才的推理，就出现了一点小瑕疵吗？"霍染因说。

"哈，不可能。"纪询想也没想就反驳道。

霍染因平心静气道："钱树茂是福兴教育的经理，这么多年以来，一直和孙景福同流合污，做这种肮脏勾当，他有大把机会握住孙景福的把柄。既然两人手里都捏有彼此的罪证，他们的关系应该是一种危险的平衡。孙景福为什么能吃定钱树茂，钱树茂又为什么一定要在这时候杀人？纪询，我同意钱树茂藏叶于林的诡计，但恐怕，我们还不够了解他的动机。"

纪询看了霍染因一眼，这回他没再反驳，开始重新思考。

霍染因没等纪询再开口，一抬手，拦了辆出租车。

车子停下，霍染因打开后车门，请纪询上车。

纪询的思路被打断了，问："霍队你什么意思？"

"案子进行到这里，你可以功成身退了。"

"你——"

纪询的嘴被霍染因捂住。

霍染因说:"文明。"

纪询眼皮一垂,视线落在捂在脸上的手掌上。他抬起手,并不着急把霍染因的手扯下来,只稍稍拉开了点,给自己留下说话的余地。

"不喜欢刚才那个成语?那换个。"

纪询呼出一团气。

"你过河拆桥。"

霍染因松松手。

"你不是一直不愿参与办案吗?"霍染因集中精神,"现在放你回家睡觉,让你养好精神专心写作,争取早日交稿,不该正合你意?"

"不想参加和不能参加是两个概念。"纪询纠正。

"但以结果论,两者一致。"霍染因说。

"喂,过分了。"

过分的不是你吗?霍染因想。

"先压榨我的聪明才智,再在关键时刻踢我出局,最后还试图催我交稿?"

纪询倾身,两人的身高乍看并不分明,真凑近了,他还是比霍染因高出一些。

"霍队是想从生活到工作对我进行全方位的渗透和控制吗?感觉,好危险啊——"

出租车"嘀"了一声。

路旁的这两人实在太拖沓,司机都等不下去了。

霍染因不再多说,他将纪询按进车子里。

"睡个好觉。"他说完,关上车门,目送车子远去。

但车子只远去了一条路,拐过个弯,又风驰电掣开到马路对面。

纪询从车上跳下来。

他跑过马路,抓住还站在原地的霍染因的肩膀,他语速飞快,在这一瞬间里似乎被点燃了生命的热情,说出的每个字,都如一道跳跃的火焰:"你说得没错,我说得也没错。把它们结合一下,就是——"

"钱树茂为孙景福当牛做马多年,手里确实有孙景福的罪证,但他迟迟不敢拿出来,是因为他始终忌惮孙景福的力量,他之所以选择现在动手,是因为他被逼无奈,他知道孙景福要将他推出去顶罪,所以他才出此下策,意图自救——而这一'力量',恐怕不止我们以为的福兴教育。"

"我有预感。"纪询说,"孙景福这条线再挖挖,还有不少惊喜。你们在布控和抓捕上要额外注意。"

322

霍染因的视线在纪询脸上停留许久。

这时候的纪询总有不一样的光，是他所寻找许久的光。

霍染因说："说得通，但目前没有足够……"

"证据！证据！证据！"纪询不耐烦地嘲笑，"证据是你们警察的事，我说点预感犯法吗？可是看你们马上就要去抓人了，提前提醒，以免——"

"以免犯和你一样的错误，被罪犯挖坑活埋？"霍染因同样嘲笑。

纪询惊叹："你的心眼真够小啊。"

"放心吧。"霍染因漫不经心，"布控抓捕工作不是我一个人负责，也不是我一个人去，这些作战计划都会经过反复推敲……"

他再看一眼纪询。

"不过我会将你的意见整理记录，继续调查，深挖孙景福。现在，可以回去好好睡觉了吗？"

夜深了，家人都睡了。

没有开灯的客厅里，孙景福捻着三根点燃的香，香头一团暗红的火，在黑暗里如人的呼吸般明灭。

他持香对妈祖神像拜了三拜，将香插入香炉。

而后他打开神像，从神像中取出样东西。

云层散开了，月在天空中露出猫眼般的森森凶光，那凶光闯入窗户，照亮他苍老的手和他手上森寒冰冷的铁块。

一把枪。

他握着这把枪，发出一声呼噜似的叹息，像是食肉猛兽打了个响鼻。

59

天又亮了。

一大早，孙景福就从家里出来，这时太阳还没完全钻出云层，冷空气正在天地间浮动，小区里早起的人们都缩肩驼背，步履匆匆，好像这样就能将寒意甩在身后。

孙景福和其余人不太一样。

他带着老年人的悠闲，步履慢悠悠的，这里走走，那里停停，看看树，看看水，就在盯梢他的人以为他是下来散步的时候，孙景福忽然上了辆出租车，走了。

出租车司机问："去哪里？"

孙景福望着后视镜里几乎和自己这辆车同时起步的一辆灰色轿车，眯起眼睛："嗯……我想想，去高铁站吧。"

司机多问一句："几点的车，赶吗？"

孙景福笑一笑："不一定，看情况。"

半个小时后，高铁站到了，孙景福走下车子，进入里头逛了一圈。

都不用买票，他就看见高铁站的警察隐隐约约向他围拢过来。

他当机立断，转身离开高铁站，继续招辆出租车，上车后说："载我去律师事务所。"

司机问："哪一家事务所？"

"随便。"孙景福说，"中齐吧，中齐律师事务所。"

关于孙景福的种种消息，很快自一线盯梢人员传入警察局，随同附上的还有盯梢人员的判断："我怀疑孙景福极端狡猾，他去高铁站就是为了试探警方是否在盯梢他，会不会阻止他离开宁市，现在他已经知道警方把他列为重要犯罪嫌疑人了，刚刚进了中齐律师事务所。"

"中齐。"霍染因说，"练达章的律所？"

谭鸣九就在旁边，听见了霍染因说的话，立刻接上："没错，练达章就在这家律所工作，他升任高级合伙人的那天就是他中毒的日子！"

"孙景福去律所干什么？"霍染因又说。

"那还用说，孙景福这种老奸巨猾的家伙，已经嗅到事情不妙的气息了，肯定拿着一大笔钱，要去请最优秀的律师来给自己辩护。"谭鸣九不屑道。

谭鸣九说得有道理。

但谁都能想到的选择，是孙景福的选择吗？

纪询昨天晚上最后提醒的话在霍染因脑海里一闪而逝，但是很快，霍染因打起精神，来到询问室外——这里已经坐了个女人。

冯嘉美，钱树茂的妻子。

之前文漾漾已经对其进行过简单的询问了。

霍染因问："情况怎么样？"

"不怎么样。"文漾漾愁道，"有顾虑，知道钱树茂的钱是'脏'钱，所以不愿意开口，怕说得多了，警察拿到证据，钱树茂的钱被收缴。"

"孩子的爹死得不明不白也无所谓？"谭鸣九感慨，"光惦记着钱了？"

"换句话说，人没了，总得有点钱吧。"文漾漾在旁补充。

霍染因没理旁边的人，直接推门进去。

冯嘉美独自在询问室里，正坐立不安，一见有人进来，快速说："不好意思，我真的什么都不知道，你们刚才要问的也问了吧？没事就放我回家吧，我孩子一个人在家没人照料，我得回去带孩子！"

"我看了冯女士的消费清单。"霍染因开门见山，"你似乎一般喜欢在晚饭后带孩子出门散步，同时去商场购物。从这点来看，冯女士，你的运气很好。"

冯嘉美防备地看着他。

"钱树茂死在晚饭时间，如果当天晚上，他再迟一点出门，而冯女士你为图方便，带着孩子坐上了他的车子……"

霍染因在冯嘉美越来越苍白的脸色中，点到即止。

"钱树茂涉及很多复杂的事情，他不和你结婚，不给孩子上户口，多少有保护你们的用意。但看结果就知道，他错了，他连自己都保护不了。除了警方，你觉得现在还有谁能保护你们？警方已经锁定了藏在背后的人，但目前没有足够的证据抓捕他。我们很希望得到你的配合，也只有抓住了这个人，你和孩子才真正安全，也才有人对钱树茂的死亡付出代价。"

足足一分钟的沉默。

冯嘉美抵抗的意志就像火中的蜡烛，火光在摇曳，她的意志也在动摇："我不知道你们说的证据到底是什么……"

"钱树茂最近的异样行为。"霍染因说，"任何异样行为都可以。"

火将蜡烛融化了。

冯嘉美也开口："最近确实有个很异样的事情，有天晚上，老钱回家……也是在这件事后，老钱才买了硝酸银和奶糖……"

伴着女人的叙述，一幅藏起来的画面终于展现——

那个黑黢黢的夜里，房子的门突然被撞开，钱树茂提着东西进入家门，他一撒手，那东西被重重地扔在地面，他没有注意到她，他盯着地上的东西，面目扭曲到狰狞，骂道："老东西，又骗我！"

又是一天的中午。

纪询被更迭不休的梦境折腾到了大中午，他抱着被子，盯着窗外通红的太阳打了个漫长的哈欠，他慢吞吞地走下床，路过客厅的时候把电视打开，又去厨房倒牛奶。

等他端着牛奶出来，有一口没一口喝着的时候，电话也拨出去了。

他问霍染因："情况如何？"

霍染因回道："按部就班进行中。"

"具体进行到了哪里？有什么新的线索吗？"纪询又打了个哈欠。

"有。"霍染因说。

"哦？是什么？"纪询可算精神了点。

"保密。警察局规定，见谅吧。等案子结束时告诉你。"

霍染因说得淡淡的，但纪询觉得自己从这话里听出了不少笑意，于是他也笑着说："真不告诉我？那我去问袁越了。"

"袁队也不会告诉你的。"霍染因冷静道。

"可我了解袁越。"纪询说，"我能从他的话里猜出来。"

几秒钟安静。

霍染因说："何不来猜猜我？"

60

纪询既没有猜霍染因，也没有猜袁越。

他给霍染因打电话不过是因为刚刚起床实在太困，随便找个人聊聊天，等困劲过了，霍染因也就可以去忙他自己的事情了。

他挂了电话，翻出电脑，看着空白的文档一阵脑袋疼。

还好他不是网络连载作者，不需要每天打卡更新，不然这"天窗"开了一百个，作者的骨灰都该被扬了。

纪询嘀咕两声，翻了翻聊天栏，翻到了《毒果》编辑，可能是上回给对方的回复过于冷酷，导致对方"作者拖稿"的雷达立时竖起，后来再发来的消息，变得小心翼翼许多。

"纪老师，如果年前不能完工，那么年后可以吗？"

"编辑部收了稿还要上交出版社，由出版社审批通过，下发出版书号后才能下印上市。"

"下印可以让工厂加班加点，但审批至少得三个月，这一来一回，七八月能上市是最好的了……"

纪询算了算时间。

没两天就过年了，无论如何，犯罪分子也该打烊回家，安分过年了。

他应该也能把这本书给写完了吧？

纪询打字："应该没有……"

"妈祖娘娘生于宋建隆元年……"电视里播着的纪录片，是纪询最近写稿看的一些民间风俗资料，今天的这集内容是妈祖娘娘的文化介绍。

很巧，袁越说孙景福家拜的就是妈祖娘娘。

"妈祖娘娘盛行于我国东南沿海一带，其中……"

纪询有一搭没一搭地想着，孙景福一直生活在宁市附近，祖籍也不是东南沿海一带，宁市近代以来都不怎么拜妈祖，他也不是船员……多少有些奇怪。

"湄市妈祖祖庙，有一块宋徽宗御书摹勒的庙额。盖因宋宣和五年，路允迪出使途中遇险，幸得妈祖救助，方能安全归来。消息回朝，徽宗大悦，遂赐予'顺济'二字，殿内……"

纪询抬起眼。

"舟航顺济，风定波平。"他念出曾经在唐景龙的保险箱里看见的八个字。

孟负山曾说："注意，唐景龙没有你想得那么简单。"

孟负山、唐景龙、孙景福。

妈祖娘娘？

纪询看着电视停了许久，他和《毒果》编辑的聊天框里，那条"应该没有"的半截消息，也孤零零地躺了许久。

《毒果》编辑一头雾水。

"老师你为什么不说下去？是'应该没有问题'，还是'应该没有可能'？"

两者差很多的。编辑抓心挠肝！

撬开了冯嘉美的口，情况就有了阶段性的突破，越来越多的证据浮出水面，警察局上层再度开了研讨会，同时连通了正在怡安县的袁越，得到了袁越那头也拿到证据正在往宁市赶的消息后，当即拍板，决定实施逮捕行动，行动由刑侦二支队长霍染因带队负责。

上头做了决定，实际操作还有些顾虑。

因为自上午去了中齐律师事务所后，孙景福就带着一位名叫林芸的年轻女律师进入了房子喝茶聊天，他们坐在客厅，客厅有个落地窗，盯梢的队员藏在对面楼宇差不多高的楼层，眼睛一动不敢动，暴露在风中的脸都要被吹僵了。

除此以外，孙景福家中还有一个住家保姆。

保姆姓陈，五十岁，女性，一直在孙景福家中干活，如今也有五六年了。

"等律师出来再行动。"霍染因说。

这一等就等了两个小时,谭鸣九趴在底下车厢里,两手扒着窗,脑袋露出一点点,盯着孙景福楼宇处的大门前进进出出的人,就怕孙景福藏在其中,蒙混过关。

但显然,他们都想多了。

一整个下午,孙景福都没有挪窝的意思,他带回家的女律师也没有。

谭鸣九复述着楼上盯梢人员的情报:"足足十五分钟没有交谈了,一个老头,一个年轻女律师,十五分钟没交谈,但年轻女律师却不走,这代表着什么?"

没人接话,一个个警察都等行动等得精神疲乏。

谭鸣九在寂寞中想念纪询,他的思念似乎成形了,纪询的身影在前方的景观树丛中一闪而过。

"纪……纪询?"

"你说谁?"霍染因转头。

谭鸣九连忙揉揉眼睛,再朝前方看去,可前方除了婆娑树影之外,再看不见半点熟悉的身影,他迟疑道:"没,我没说谁,我是说,里头那位年轻女律师迟迟不出来,是在等着我们上门吧,要不我们就直接上门了?抓个六旬老汉而已,又不是和毒贩火拼,还要挑时间吗?他就算再老奸巨猾,在如山铁证面前,别说请一个律师等着,哪怕请一打律师过来,他也得俯首认罪。"

其余的警察也看着霍染因。

霍染因沉吟片刻,缓缓点头:"他们既然在等我们,我们就直接上门……"

得了命令,刚才还精神萎靡的众人立刻原地复活,纷纷自座位上一蹦而起,抢开车门,跟在霍染因身后,快步来到孙景福的家门口。

霍染因敲门。

他敲了三下,门打开,住家保姆看见了警察,也显得毫不意外,非常客气地说:"几位警官来了,孙先生和林律师在客厅里等很久了。"

说着,她将他们引入客厅,安排他们坐在孙景福对面。

客厅里,孙景福和林芸坐在一起。

林芸是一位年轻的女律师,长发,裙装,高跟鞋,身材纤瘦单薄,但脸上飞扬着自信——早已准备妥当,正跃跃欲试想为当事人同警方辩论的自信。

但霍染因心头还有一缕淡淡的疑惑。

孙景福就算去找律师辩护……为什么要找这样的年轻女律师?

"喝茶吗?"孙景福说,"还是喝水?"

"都不用。"霍染因开口,"麻烦孙先生和我们去局里一趟吧,有些事情要孙先生配合。"

"不着急。"孙景福笑道,"看在我是个老头子,又等了你们整整一下午的分上,我们聊两句吧,难不成你们四位警官围在这里,还担心我长出一对翅膀飞起来跑掉?"

"警官贵姓?"林芸同时开口,"警察依法办案,不知道我的当事人触犯了什么法律,要被带到警察局里?"

"警方有传唤任何公民的权力。"

"有,但需要告知事由。"林芸咄咄逼人。

"特殊情况也可以不告知。"霍染因说。

"我的当事人也有特殊情况。"林芸拿出早已准备好的医院病历,这厚厚的一沓就是她的武器,"孙先生患有严重心血管疾病,不能激动与劳累,如果警方毫无缘由地将他带走,恐怕不太说得过去。"

两人说了个回合,刚刚关上的门再度被敲响,保姆开门,站在门外的是袁越。

袁越从怡安县赶了过来。

他对霍染因等人匆匆点头,对孙景福说:"孙先生,相关部门的质检报告证明你二十二年前主持的怡安县一高教学楼项目工程严重不合国家标准,我们需要你回警察局同我们解释一下。"

一直坐着的孙景福这时才开口说话。

他像个老好人一样,见谁都笑眯眯的,对着这么多警察也丝毫没有慌乱之意。

但他当然不是个老好人。

他戴起老花镜,翻开手旁的一个记录本,拿手指沾点口水,翻开:"原来是这样吗?等我找找当时的材料采购负责人,唉,二十二年过去了,也不知道他现在还活着没有,又跑到哪里去了,不过我可以给你们他当时留着的电话号码。我想警方找他问问,可能比找我问能得到更多的答案……毕竟材料采购是他一手负责的。"

林芸斯文接话:"更重要的是,这个工程也没有执行到最后,早在二十二年前,孙先生就因为该工程资金链断裂,破产清算了。这个事情,我想早在当时便该结束,警方有什么理由在现在重新提及?"

"那么福兴教育涉嫌贩卖传播色情照片与视频的事情呢?"霍染因接上话。

孙景福翻动本子的手顿了顿。

他眯着眼，看向霍染因："哦……哦，是钱树茂吗？那家伙果然留着点东西。你们从他那里翻到了什么证据？不会是录音吧？我记得偷偷录音是没有法律效力的，对吧，小林？"

他问身旁的女律师。

林芸这时有点诧异，她知道烂尾楼的事情，他们之前说的也是烂尾楼的事情，但福兴教育贩卖传播色情视频与照片是怎么回事？孙景福并没有同她沟通过。

但是律师和当事人是站在一起的，她附和了孙景福的话："偷偷录音不具备任何法律效力。"

"谁说警方手头的证据只有录音？"霍染因反问，"孙景福先生，你就没有想过，这二十二年来，当初没有文化的农民工也在努力进步，他学会了记账……并且像最初的汤志学一样，将你桩桩件件的漏洞，都记在了账簿上吗？"

霍染因透露了太多情况，林芸一阵错愕。

律师沉默了，孙景福没有沉默。

孙景福问林芸："传播色情会判多少年？"

林芸一时没反应过来："这……"

"说吧，没事。"

"有三档惩罚，情节轻微的三年以下；普通的三到十年；情节特别严重的，十年以上或无期徒刑。"

孙景福点点头："我知道了，小林律师，麻烦你过来，我要跟你说些悄悄话……"

老人冲女律师招招手。

他招的是左手，至于他的右手，一直揣在他那件外套深深的口袋里，现在，他的右手正缓慢抽出。

霍染因不经意瞥见这处，脸色骤变，喝道："动手！"

但林芸就坐在孙景福的旁边，她倾身一凑，已经凑近孙景福，等待她的不是孙景福的悄声传密，而是一把黑洞洞的枪口。

枪口抵在林芸的太阳穴上。

这刹那的变化如同火药的导火索被点燃，一阵火星四溅的刺刺声后，无声但巨大的爆炸响在众人脑海，身体的本能战胜理智的速度，只听刷的一声，霍染因、袁越以及所有警察，都将别在腰上的手枪抽出，枪口直直对准孙景福。

两方对峙，面对来自前方的枪口，孙景福一点不着急，他的嘴角向两旁扯开，和气的笑意变得阴森可怖："说了别着急。着急的话，她的脑袋就没了。"

"孙景福！"谭鸣九嘴皮子最利索，疾声大喝，"贩卖传播色情照片和视频和杀人是不一样的，你不要错上加错！"

"对你们也许不一样吧，但对一个老人而言，十年和死刑有什么区别？我杀了她，黄泉路上还有个年轻小姑娘陪伴。"

他的枪抵上女律师的太阳穴，女律师吓傻了，面孔几乎僵硬成一块木板，而这块木板正在剧烈地抽搐着，她的眼睛像失控了的水龙头，泪水一大股一大股自其中淌出来："救……救……救我……"

警察们确实有压倒性的优势——但是没有用，孙景福手里有人质。

这就是盔甲之下的软肉，钢铁之中的心脏，他们的命脉被掐在对方手里，他们必须保护每一个无辜的民众。

"退后。"孙景福命令警察，"退到门外去，我数三声，如果你们还不退后——"

霍染因和袁越带着其余人慢慢退后，一路到达门口位置。

而后袁越一闪身，闪入墙后，立刻将现场情况向总部报告，报告完毕，他突然感觉楼梯处有动静，立刻抬起枪口向楼梯里指去。

而后他看见一个探出的脑袋，纪询的脑袋。

纪询偷偷摸摸，向他招手。

同时，霍染因正在和孙景福交谈："不要激动，你想要什么，我们都可以谈。"

孙景福忽然温情脉脉："当然，当然，警方怎么可能看着无辜的人枉送性命，看看这个年轻小姑娘，才二十岁出头，名校毕业，刚刚踏上社会，前程一片大好，家里还有对她倾注了半生心血的年迈父母……怎么也不值得给我这个半只脚踏进棺材里的糟老头陪葬，对吧？"

他冲林芸说："所以不要轻举妄动，不要想着逃脱我的控制冲到警方那里去，想想爸妈，你不舍得离开这个世界，也不舍得离开他们，对吧？"

林芸哽咽着疯狂点头。

"好，那么小陈。"孙景福叫保姆，"把窗帘拉上。我可不想被狙击手爆头。"

屋子里的保姆此时也被种种情况惊呆了，瑟缩在角落不敢动弹。

孙景福的手剧烈地挥了一下，喝道："快！"

生命威胁之下，保姆连滚带爬地站起来，将厚重的窗帘重重拉上，室内的光线变暗了，好像一对巨大的蝙蝠翅膀张开，遮蔽日光。

孙景福同时带着林芸转移方向，他家住在三十楼，他置身客厅，正面对着霍染因，能够看见玄关及其余所有的房间，而背后拉起的窗帘也消除了来自狙击手的危险。

他命令:"给我准备一辆车,不准跟着,等我离开了宁市,自然会把她放了。"

"前面的我们可以答应,但我们不能让人质跟着你走,否则你在我们视线之外伤害人质怎么办?"霍染因说。

"你如果不答应,我现在就把她毙了!"

"我和她交换。"霍染因又说,"我跟着你走。你手里有枪,我不带任何装备。"

孙景福仿佛听到了一个大笑话,哈哈大笑起来:"队长,你是一个好队长,而我是一个老人,还是一个坏人。你说又老又坏的男人,是会选择年轻的小姑娘,还是选择你这样身强力壮、受过专业训练的刑警队长?你想过来和她换是吧……好吧,好吧,其实也可以,你给自己一枪吧。"

"手臂,右手臂的肩膀。"

"你给自己一枪,再过来,交换她。"

61

"你怎么在这里?"眼见是纪询,袁越没有忍住,两步蹿上楼梯,问了句废话。

"找到了点意外的线索,所以过来晃晃,里头出事了?"纪询朝孙景福的家里探探脖子。

"孙景福有枪,有人质。"袁越言简意赅。

"唔……"

说实话,纪询不太意外。

能让警方荷枪实弹地从房间里倒退着出来,就那么几种可能,其中犯罪嫌疑人有枪算是最普遍的情况。他正思忖着,突然发现袁越脸色猛地一沉。

"里头又发生了什么?"纪询问,"人质受伤了?"

"没有。孙景福要车逃跑,霍队提出由他交换人质,孙景福让霍队在手臂上开一枪才同意。"

袁越三言两语将现场情况说明,目前事态紧急,他也不顾纪询是个编外人员,还和往昔一样,将纪询当成自己的同伴,快速沟通现有情报。

"总指挥否定了孙景福的要求,让霍队继续拖延时间,狙击手和谈判专家,还有医院的救护车,都将在五分钟内到达现场待命。"

霍染因与袁越是抓捕现场的处理人。

但自孙景福有枪且挟持了人质一事传回局内,周局就迅速接过指挥任务,正通过警方内部通信安排现场任务。

他一边布置一边跳脚骂娘,声音大得站在袁越旁边的纪询都能听见。

纪询一笑:"周局还是和过去一样,平常像个不见缝隙的瓷实水壶,一到关键时刻,暴脾气百分百冲破壶盖,原形毕露。"

不怕犯罪嫌疑人提出条件。对方不动,他就如同缩在龟壳里的乌龟,无处下嘴;只要他一动,脑袋、尾巴、四肢,总有一处会从壳子里露出来。这就是机会。

纪询走了两步,来到楼梯平台。

这个建筑是两梯两户的户型,楼道旁边紧邻着的玻璃,就是孙景福家的餐厅。

孙景福家里是南北通透的格局,客厅和餐厅处于同一个长方形空间,由进门的过道分隔成两块。过道与玄关平行,往里走,分布着卧室、书房等。

孙景福坐在背对落地窗的沙发上,视野囊括了正常进入客厅的所有行进动线。

落地窗和客厅有一个类似小阳台的空间,因为窗户被拉上了,狙击手也暂时无法直接定位。

虽然可以靠霍染因胸前的执法记录仪的视频影像,做一个位置评估,但那样误差很大,容易伤到人质。

身旁又传来细语。是袁越在和周局说话。文漾漾要求由自己上场交换人质,周局不同意,还下了格杀的命令,房子里狙不到,就等孙景福下楼上车的时候狙。

但袁越说:"周局,汤志学的案子只剩下这个主谋了,如果他再死了,这个案子就真的什么也不剩了。汤志学的母亲八十岁高龄,这么多年始终守在那个破屋子里头,就等着警察把人抓住,法院把人宣判,给儿子一个交代。为了这件事,她连死都不敢死……"

一个模模糊糊的想法在纪询脑海成形。

"我有个主意。"纪询开口,他说话的时候正是警车声和救护车声一同响起的时候,响亮的声音从楼宇下传来,正和周局对话的袁越也被他吸引。

"我们可以来变个魔术。不过这是个有点危险的魔术……"

他站在此处,看着楼下。三十层的高度,往来的每一束风都是凌厉的,他在凌厉的风中朝下看去,人如同蚂蚁,车如同玩具。

"对了。"他问袁越,"之前搭档的时候没机会经历,所以也不知道——你恐高吗?"

来自周局的指挥一阶段一阶段自耳麦传入霍染因耳中。

霍染因始终不动声色。

然而这份沉默本身也预兆着一种选择,孙景福仿佛赞赏地笑了:"你们的领导否决了我的提议,但你想要答应我的提议,对吗?现在的年轻人,真是了不起,你是笃定哪怕在伤了一只手的情况下,也能够制服持枪的我。"

"你想多了。"霍染因平静说,"再训练有素的人也不能抗衡枪械,我想要交换只是因为职责所在。"

"说得很动听,但我不相信你。我要的车呢?"孙景福忽而转移话题,而且声音趋于严厉,他也听见了楼下的警车和救护车的声音。

"马上就到。"

"马上是什么时候?"

"二十分钟后。"

"我看警方是不想要人质的命了!"孙景福的枪头用力顶在林芸的脸上,林芸像是被鞭子重重鞭打一下,浑身都不受控制地哆嗦着。她的眼眶一直是湿的,但除了最初的不受控制的哭泣以外,她一直努力忍着眼泪。

泪水在这时候是负担,她极力坚强。

"不要激动!"霍染因立时说。

这时孙景福又露出微笑。他反复无常,一时疯狂,一时又似冷静,也许这种来回摇摆,也是迷惑警方的手段之一。

"我没有激动。但我只给你们十分钟,十分钟后,我要的车子不到,我就拉她一起陪葬。"

霍染因低声通知总部周局,很快得到反馈。

他说:"好,我们答应你,十分钟后,车子会到。"

谈判专家也在这条线路里,他还没赶到现场,只能遥控指挥,让霍染因拉着孙景福说更多的话,不要留给孙景福思考且重新提出要求的时间。同时,线路里还有其他杂音,好像是总局正在争议一个救援方案。

霍染因不去关注,集中精神,思考当下。

现在唯一还在房屋中和孙景福面对面的警察就是他,其他的警察都在孙景福最初的呵斥下退到了房间外头。

这意味着,如果他卸下装备,是件很危险的事情。

危险并没有阻止霍染因。

他在孙景福的注目中收起枪。随后他摊开双手,两手空空。

"我们来聊聊吧。孙先生,我们除了在钱树茂家中搜出了账簿外,还搜出了一把铁锤。这把铁锤的大小与汤志学脑后的伤口相吻合。但经过鉴定,铁锤上并没有汤志学的血液残留。这是一把假凶器,钱树茂也发现了,所以他生气地说'老东西,又骗我'。"

霍染因看着孙景福的脸。

他手里没了武器,整个人却反而比有武器的时候更加尖锐,更具压迫感。

"老东西想必指你,孙先生。孙先生这么多年一直收藏着他和赵元良当初杀死汤志学的凶器,并用这个威胁他们。好手段,一般雇凶杀人,多半是被雇佣者暗中搜集证据来敲诈勒索雇凶者,而你反其道而行。"

此时此刻,霍染因本身就是一把枪。他的目光所及,就是枪口准星所在。

"以孙先生的处事风格,我想一定是事先考虑到这种被威胁的可能,所以做好了计划,用了某种手段让赵元良和钱树茂心甘情愿——或者不得不交出罪证。而这手段,多半是钱。"

"哈。"孙景福说,"这是审讯吗?"

"没有警察会在这种情况下审讯别人。"霍染因说,"我只是说出自己的猜测,想验证这个真相。"

"真相比你的命还重要?"

"警察的职责所在。事情发展至此,你身上的罪责也不差我现在说的这些。"霍染因额外看了孙景福的枪口一眼,"法律判得再重,一个人也只有一条命,对吧?"

"真大胆。"孙景福面露赞赏,"年轻人,天不怕地不怕,不怕自己打自己,也不怕我打你……好,我就听你说。"

霍染因在组织语言之前停顿片刻。

这不是他的风格,如果可以,他会希望用强力的证据证明这一切,而不是推理,猜测,再得出没有足够佐证的结论。

这些都是猜想。

如果纪询在这里,或许会更加如鱼得水,把猜想说得头头是道吧。

他稍微回忆起纪询侃侃而谈、推演这整个案件的模样,依循着纪询得出的结论,开口说话:"你是老板,汤志学是会计,只有你和汤志学才知道工资会发多少，赵元良和钱树茂是不知道的。或许，你事先承诺给他们的数额是一笔巨款，但赵、钱二人从汤志学家里搜罗来的钱少于心理预期值，他们人都杀了，不甘心只拿到这点钱，所以没有选择立刻远走高飞，而是不得不留下来和你再见面，拿到剩下的钱，而你就用这笔钱与他们交换了凶器。"

孙景福有些得意地笑了，每个老人都有太强的表达欲，尤其是谈起他年轻时颇为得意的部分，他就忍不住炫耀这功劳簿上的旧照片，炫耀他的丰功伟绩。

他忍不住出声含糊地纠正："说不定钱数是对的，但那人悄悄和会计见面，把钱提前都拿走了。"

霍染因似乎聊上瘾了，很配合地也使用了含糊的人称代词指代："那人为什么不怕赵元良和钱树茂一不做二不休，把他也杀了？"

孙景福更得意了："两个泥腿子，怎么会知道钱藏在哪里，冒着吃枪子的风险杀了人，拿不到一分钱，岂不是太惨了？"

汤志学的案子已经没有任何疑点，霍染因又说起钱树茂的铁锤："不过泥腿子钱树茂二十二年了还对杀人的铁锤记得非常清楚，甚至知道一些秘密特征，所以聪明的老板没有用假铁锤骗过他。"

孙景福的脸色沉了下去。他的手抖了抖，枪托撞在林芸的肩膀上。

但这回林芸没有动，她跟着听得呆了，可能恐惧到了极致，就是麻木吧。

"钱树茂是2月1日晚上从你手中拿回铁锤的，你为什么忽然在那天同意把铁锤交还给他，这件事我想了很久。我反复看了2月1日的所有报道，并试图把自己代入钱树茂，都没有想明白，直到刚才你的那番话，让我意识到我作为警察，很难注意到的一个细节。

"你非常自负，又看不起赵元良、钱树茂两个人。他们在你心里，只是两个杀人的工具，工具没有必要知道你的计划，警方对你的问讯是不会对外界披露的，他们也许根本就不知道你为他们做过不在场证明这件事。

"你只需要对他们说，'9点把汤志学杀了，杀完以后好好待在工地，警方那边我会打点好，保证你们不会出事'，同样可以起到合谋的效果。

"只有在这个前提下，才能解释为什么钱树茂2月1号要来找你，并能从你手里讨到假凶器。因为那天，他看了半颗白菜的视频，他忽然发现——你，孙景福，二十二年前这个凶手9点30分出现在你家，而他和赵元良都有9点30分的不在场证明。你做了一个伪证，这个伪证的出现，意味着在钱树茂眼里，本来和汤志学案撇得干干净净的你，忽然间有了联系。"

正如当日霍染因见到泄露了大量警方调查细节的视频时候曾断言的。视频发出，打草惊蛇。毒蛇确实被惊起了，露出尖牙，吐出蛇信子，可惜他的敌人也是条毒蛇,是条比他更为聪明的毒蛇。他们凶残的博弈却牵连了无辜的人们。

导致那些已经活得无比艰难的人,死于绝望。

"这之后你们究竟交谈了些什么,我想孙先生可以和我具体聊聊,就没必要让我过多猜测了,不外乎是一些安抚的话吧。但是最终,发现讨来的是假凶器的钱树茂意识到,你终究还是想把他当替死鬼。于是他起了杀心,他买了硝酸银,制作了公众号软文,想要杀你。"

"队长,你确实聪明,是个扎扎实实的文化人,在只剩下这么点线索的情况下,还能把事情推理到这个地步。"但孙景福又露出了微笑,带着不屑的微笑,"泥腿子。我说了,泥腿子。你觉得区区的泥腿子,能够想出你说的那些事吗?公鸡吃了仙丹那还是公鸡,癞蛤蟆以为骗个吻就能成王子了?"

"你的意思是——"霍染因看着孙景福极度轻蔑的样子,回顾自己的推理,他有了全新的猜测,如果说……

"所有的事情,制作公众号软文,制造更多的模仿案,都是我告诉钱树茂的。"

之前一直对自己的犯罪含含糊糊的孙景福,在这时候开诚布公。

但他当然不是良心发现了要自首,他是在炫耀。

越自负的人,越无法容忍自己的功劳被他人侵占,哪怕这所谓的"功劳"其实是罪证。

当霍染因说出了他多年来的精彩计谋后,他终于忍不住要面对"懂得自己"的人,展露聪明。

"他想杀我,他想杀我的心,从他那双眼里赤裸裸地展示出来,他看着我的每一眼,都告诉我,他想要吃我。于是我给他指条路:利用家长传播焦虑,引发混乱。啊……那时候沪市的案子其实还没发生呢,他是下午来找我的,但媒体报道了会发生什么,这种人类的劣根性还需要例子摆出来才能想到吗?

"我哄他,我和他是一条船上的人,警察会被这些模仿案弄得疲于奔命,模仿案越多,警察就越忙,也越想不到我们,藏叶于林嘛。他完全听信了,又自以为是地觉得这个好办法能另作他用。唉,你没有在现场,没看到他那副蠢样子。他恨不得拿出笔来把我说的每一点记录下来,然后依葫芦画瓢,把我给杀了——实在太可笑了。"

孙景福真的笑出了声。

"我二十年前就玩过的花样,他二十年后,从我这里听完了又拿到我跟前来丢人现眼,那祖上八辈子传下来的笨味儿,再多的钱,也洗不掉。他不死,谁死?"

"而这也成就了你真正的'藏叶于林'计划,在所有警力都聚焦在投毒案的时候,用一种最简单的办法,一个看似没有任何疑点的车祸,将隐患扼杀。"

"是啊,本该是这样的。"

孙景福感慨道,他看着霍染因阴沉的脸,又微微一笑:"可惜碰上了你这么个聪明的刑警队长,刚才我没问,你也没说,现在我想再了解一下,你贵姓?"

"他姓纪。"

屋外头忽然插进一道声音。

纪询大步流星走了进来,他站在霍染因旁边,先对霍染因面露赞扬:"这种行云流水的推理方式有我的真传了,纪染因警官。"

接着不等霍染因说话,他又转向孙景福,伸出手:"自我介绍,我姓霍,霍询,是宁市公安局特别行动组组长,这位纪警官的顶头上司。你所提出的要求,我能做主。"

62

"十分钟到了,车子到了吗?"毫无疑问,孙景福真正关心的还是自己的出路。他瞥一眼纪询伸出来的手,面露哂笑:"警官,这不是酒会上的商业谈判,我不会和你握手,让你缴我的械的。"

"车子已经在楼下等着了。"

纪询神色自若地收回胳膊,今天他穿了一件黑色的宽大羽绒衣,收起平日里总是没精打采的怠懒模样,罕见地挺直背脊,微抬下巴,诙谐暗含讥讽,疏朗蕴满锋利,于是一转眼,他真成了地地道道的行动组组长。

"不过我们不会让你带着人质离开。"

"那大家就一拍两散!"

孙景福面露凶狠狰狞,但紧跟着,纪询说出的下一句话,又打断了他的情绪。

"但我们可以答应你的最初的条件,先开枪自伤一臂,再和你交换人质。"

孙景福霎时愕然。

纪询没有给孙景福思考的时间,他说完话后,余光迅速扫遍周遭的布置,往右后方退了小半步,随后向霍染因伸手要枪。

但霍染因的速度比他快。

刑警队长抢先一步，抽出腰间枪套里的手枪，牢牢握在掌心。

纪询不以为意，收回手："行，队长枪法准，让你来，要让我自己来，我会怕的，确实有点难以下手。"

他说话带笑，还环顾四周，颇有些古代关羽刮骨疗伤而面不改色的英雄气概。

自然而然，最后，这道视线落在霍染因身上。

霍染因神色莫测，如浪潮一样汹涌的想法掩盖在他坚硬的外壳下，只有那只不自觉摩擦扳机的手指，多少泄露出他内心的犹疑与惊愕。

纪询抬起左手，手指指向右臂。

"这里。"他稳稳告诉霍染因。

这空隙里，孙景福从愕然中醒过神来了，他脸上流露出看好戏的神色，甚至出言煽风点火："我讲究诚信。只要你愿意照胳膊上开一枪，我就愿意交换人质。不过我想，这恐怕太难为队长了吧……"

霍染因的手臂抬起来了，枪口直指纪询肩膀。

孙景福看戏的神色更浓，看似劝说，实则激将："队长真的能枪击自己的同伴，自己的上级？万一这一枪没有打好，打中了骨头和经脉，让这位组长的手臂再也没有办法用力，那该留下多么重的心理阴影啊。"

"这你就错了。"纪询说。

"哦？"孙景福问，"我哪里错了？"

纪询微微侧头，他看向孙景福，嘴角牵起一缕饱含深意的轻蔑的微笑。

"罪犯不要自以为是地去揣摩警察。"

他再度转向霍染因，朝其递去眼神，他们没有彼此直白地沟通过，耳机里也没有明确的指示，所有的希冀都在这一眼之间。

准备。

他无声说。

你可以。

我敢让枪握在你手中，我敢让手臂暴露在你的枪口下。你呢？

大概有一阵过电似的战栗掠过霍染因的心脏。

他的手轻微地抖了下，是肉眼看不见，谁都没发现的颤抖。

但这颤抖烙印在他的心口上。他难以形容这是恐惧，是激动，还是别的无法表达的情绪。

霍染因猛地闭眼，然后又迅速睁开，身体上的颤抖没有了，但并不消失，而是进入了心底。

他的心在摇动，跟着纪询的目光摇动，摇动出恐惧，摇动出微怒，还摇动出薄刃出鞘即将嗜血的兴奋。

他将这所有难以形容的复杂情绪凝入目光，刺向纪询。

纪询也看着他，似乎还看向别处，看向他们身后的窗帘。孙景福的窗帘是暗色的，遮挡了外界视野，但阳光之下，有一处比其他地方更暗一分。

纪询命令："听我口令，三、二、一——"

砰的一声

枪响，巨响。

火光如烟花绽放在漆黑枪口，而后硝烟满溢，子弹穿过纪询的肩膀，射中他身后的橱柜玻璃，以子弹为圆心，环状的裂纹割碎玻璃，霎时溅射起的碎片成千上万，大大小小，先倒映天光，再倒映血光。

"啊——"

纪询发出一声痛苦的喘息，捂着手臂，倒在地上。

鲜血从他的指缝中汩汩流下。

霍染因健步上前，扶住将要倒下的纪询，他的手指稳稳掐着纪询的手臂动脉，阻止血液迅速流失。

他的枪口低抬着，指向孙景福，无声威胁，目光却集中在纪询的脸上。

"没事吧？"

当然有事。

是个人都能从纪询控制不住颤抖抽搐的身体中看出来纪询现在正经历的痛苦。

血液从他捂着肩的指缝中流出，涂满纪询的手掌，又落到白瓷砖上，先是红梅似的斑斑血点，而后血液越来越多，红梅立时被打湿淹没。

"嘶，嘶——没、没事——帮我简单包扎，止血，先交换人质——"

纪询喘着粗气，断断续续地说话，他极力压制着面孔的扭曲，还试图小幅度动动手臂。

原本忍着泪的林芸一下子泪崩了，她居然不顾危险，用力挣扎起来："不要，不要交换！"

"闭嘴，不准动，再动我现在就崩了你！"孙景福大声呵斥。他又扭脸，冲纪询发出得意的大喊，"警察居然真的这么蠢，先给自己来上一枪？我告诉你，我反悔了！"

"孙先生，出尔反尔在谈判上……可是大忌。"纪询忍痛说。

"是警察太蠢，居然连这种事情都相信。"孙景福冷冷道。

"愚蠢的是我吗？是孙先生你吧。"纪询脸色还是惨白，但他靠着霍染因，慢慢把蜷缩起来的身体拉直。

从开枪到现在，霍染因的目光绝大多数时候都停留在纪询身上。

他神色冷峻，偶尔朝孙景福处一瞥，也很快收回来，继续关注着纪询。

孙景福也同样，注意力都集中在纪询身上。

纪询叹了口气。

"猜到警方会上门，猜到下楼会有狙击手，猜到哪怕有车能逃出去也不过十死无生。之所以还在这里垂死挣扎，你啊——根本就是走投无路了又没胆量往自己脑门上开一枪，于是想让警方帮你自杀吧。我猜得对不对？啊不对也没关系嘛，我就是爱乱猜。"

孙景福脸色铁青。

"我猜啊。"纪询又喘了一口气，"你一个二十年前能帮人伪造死亡证明，把钱树茂、赵元良轻轻松松威胁的人，现在用这种三流电影小说的桥段试图求生，本质原因就是——你被抛弃了吧？被你后面的大人物毫不留情地，像用过的纸巾那样随手抛弃了吧？啊……好可怜哦，算无遗策的孙先生提前联系老大们，想抢在警察只是布控的时候跑路，没想到那些人根本理都不理孙先生呢……"

"你闭嘴！"

孙景福暴跳如雷，手里始终指向林芸的枪口，第一次挪开，朝向纪询。

就是这个时候！

孙景福身后的窗帘猛然扬起，藏在其中的袁越迅速跃出。

他无声、迅捷，将时间与机会拿捏得一分不错。越专注于一件事情之际，偶尔的，脑海反而越能丛生杂乱念头，这些念头像降了调的音符，环绕着他却并不影响他。

飞扬的窗帘使夕阳的光闯入，其中一缕光闪入他眼中，牵他入儿时。

夕阳，窗台，倏忽自窗台上跳进来的人。

如魔术般的一幕。

嗒、嗒、嗒。

时间又归于原位。

袁越曾见过魔术师。现在他也成了魔术师。

他冲过阳台，自后扑上孙景福。

他接触上孙景福的一瞬间，孙景福的手指已经动了。

但袁越的动作更快，他的手臂长伸向前，托在孙景福的手肘上。

砰的一声。

枪再度响了。

但枪口已然向上，子弹胡乱地打在天花板上，在上边留下个弹孔。

而这是孙景福最后的挣扎，紧接着，他就被袁越按倒在地，束缚双手，戴上手铐，只来得及发出一声垂死挣扎般的怒吼。

炸弹停摆，危险解除，纪询长长舒了口气，倚着霍染因的肩膀，冲袁越比画个拇指："经久不见，默契依然，兄弟你行。"

袁越抬头一笑："理所应当。"

他们隔空对了下胜利的拳头，两只血糊糊的拳头。

纪询看见了袁越手背上的口子。他挑下眉："冲进来的时候被窗玻璃割伤了？恭喜你再添一枚英雄勋章。爬窗的时候怕吗？"

"多少有点吧。"袁越承认，"我第一次发现我其实恐高。你呢，你的肩膀没事吧？"

这事就不用纪询开口说了。

孙景福被袁越按在地上之际，他的黑色外套就被人粗暴地拉扯，动手之人，就是站在旁边的霍染因。

纪询没有阻止，还配合着霍染因，拉下拉链，抬抬手臂，于是他完好的肩膀和绑在肩膀上正静静流血的血袋，都暴露在空气之中。

再看纪询，他脸上哪还有半点苍白和痛楚。

他眨眨眼："还满意你看见的吗？如果满意……"

纪询抬起手臂。苍白是没有的，但痛楚还有一丁点。

"好弟弟，别掐我胳膊了，你掐得太紧了，我血液都要通行不畅了。"

纪询一路调侃完袁越调侃霍染因，地上的孙景福自冲击中缓过来了，开始挣扎说话："你，你……"

此刻屋外的警察也拥了进来，带着林芸与保姆转移到安全地方，收缴枪械，控制着孙景福向外走去。

但孙景福还不甘心，他的目光死死盯住纪询，事已至此，他也明白了刚才短短博弈间的种种轨迹。

"你在让旁边人开枪的时候，就有人摸上来了对吧，你特意让子弹射中玻璃，就是为了让玻璃破碎声，掩盖另一声玻璃破碎声，藏叶于林，藏叶于林……"

孙景福有理由失控。

他从过去到现在的所有诡计，都围绕这个核心。

他本该完全掌握了这个诡计，他该用这个诡计玩弄所有人，但他居然在最后被这个诡计玩弄了！

"声东击西，指这打那嘛。"纪询慢悠悠地说，"洋气点的魔术师叫法是Misdirection（误导）。再加上我身旁的这位霍警官——哦，我刚才骗你的，他姓霍，霍染因。我们继续，霍警官虽然早早发现了藏在窗帘后的人，但视线始终克制着不往那处去，于是你也随同霍警官一起看向我，一个倒在血泊里的可怜人。"

"效果很好。"纪询问孙景福，"魔术解开了，你还有什么想说的吗？"

"你不得好死。"孙景福恶毒诅咒。

"知道了，退下吧。"纪询颔首，表示极大的宽容和理解，罪犯穷途末路，无能狂怒，大多如此，没有新意。

接着他一转头，看见微微眯眼的霍染因。

嗯……

纪询决定先走。

没走成，他被霍染因抓住了胳膊，或者说，霍染因就没放开过他的胳膊。

霍染因问："这个救援计划为什么不在内线通知？"

正要上前的袁越低咳了一声。

纪询撇嘴："因为没过审啊。周老头不同意，说太冒险，在内线里疯狂骂我异想天开，不准插手警察事务，赶紧滚蛋到安全的地方去，等着已经埋伏好的狙击手大哥建功立业。不过，将在外，军令有所不受，对吧？"

"我们得活着把他送上法庭。"袁越说。

这是许多人一路付出许多代价也要坚持下来的理由，他们所期盼的，也不过是一个公正的结果。

"这次麻烦霍队了。"袁越面露歉意，"我们都相信你，所以才在没能和你沟通的情况下，直接演上这一出。"

霍染因的眼神掠过袁越。

偏偏这时候，纪询凑过来。

"霍队长，枪法很准啊。"他解开了绑在胳膊上的血袋，也拿下挡在肩膀处的手机，同时还自嘴里吐出两团塞着腮帮的纸团，然后顺便也夸了自己一句，"嗯，也有我胳膊瘦的功劳。"

还有一些细节操作刚才没在孙景福面前说，他进来的时候穿着过于宽大的黑色外套，在让霍染因开枪的时候，已经将手臂缩在腋下，喊完三声即刻回缩，于是看似贯穿他肩膀中央的子弹，实则只射破他肩膀外的血袋。

当然，为了让自己看起来胖点，套着的外套不会显得太宽松不合身，他还特意在腮帮处垫了两个纸团，脸胖了，就会下意识联想到身材也是胖的。

霍染因的目光落在纪询挡在胸前的手机上，讽刺道："你嘴里说着准，心里恐怕不这么想。"

"信任归信任，保护归保护。"纪询说，"我这不是吸取上回活埋的教训，为避免再挨一巴掌，坚决不立危墙之下，且把开枪这种危险事交给您了吗？"

霍染因冷笑一声。纪询不说还好，直接走了也好，但这人偏偏停下，过来一直同他说话。他心中腾地冒起一丛火，他压抑着，但越压抑，火越吞吐着舌，蠢蠢欲动。

纪询将霍染因危险的脸色看得清清楚楚。

一番交谈，其余人都走了，就剩他们还磨蹭在空荡荡的房间里。

纪询开始肆无忌惮。

"真生气了？那我回头带你去见个人，怎么样？这人和案子有关，我连袁越都没告诉，就告诉你。"纪询和霍染因说。

一股泉水突然降落，浇灭霍染因的心火。

他看见近在咫尺的嬉皮笑脸的男人，轻轻磨磨牙："谁？"

63

夕阳的光就像燃烧在天空上的火，火焰的光自破碎的窗户射入，照耀出纪询与霍染因的影子，两个人的影子像两柄剑。

"不生气啦？"纪询没有正面回答霍染因，只继续调笑，"霍队，你真好哄。这么好哄，是会被人骗的。"

"纪询。"霍染因压低嗓子，面露警告，"工作重要。"

霍染因在工作的时候，总能将自己的神态表情拿捏到位，正经严肃，冷静犀利，所有专业人士应当具有的素质他都有，他甚至比他们更加专业。

但是现在，夕阳金色的焰火正穿过破碎的窗户，在室内随意涂饰。

他洁白的脸颊附着一层丹朱，一点点金色的微芒栖息在他眼睫毛上。

夕阳是朦胧的，霍染因也是朦胧的。

对方躲在微红的、灿金的光线之后，光线伴随着风、伴随着人的呼吸起起伏伏,那种专业的冷然,和其眉眼自带的英武,都藏在这呼吸起伏之中,一闪而现,又一闪而没。

他变得神秘。

纪询的遐想被手机铃声打断了。

纪询回过神来,他接起手机:"喂——"

"兔崽子!"熟悉的咆哮从电话中传来,是周局,"我说过不准冒险!不准冒险!你都当耳边风吹过去就算?你给我滚回警察局来,你扰乱公务,我要判你治安拘留十五天!"

"周局,孙景福都抓住了,你还没气完?"纪询的调侃是不分人的,"本来只是个水壶,现在给你搭节车厢,你都能当火车头了?"

纪询并不害怕。这个局长,对自己人刀子嘴豆腐心,也就嘴上凶点而已,不是认真拿人的。否则,就不是打电话给他,而该打电话给和他在一起的霍染因了。

他对着电话敷衍两句,告诉周局下次警察局请自己,自己都不会再干这种又危险又没报酬,还要被人嫌弃的事情后,挂了电话。

他才转向霍染因,霍染因直接说:"楼下还有人等着,我先走了。等事情办完去找你。"

"好的,行的,等您大驾。"

霍染因先走一步。

夕阳还在天边,光也在,但似乎失去了魔力,回归了它日复一日的平庸。

纪询耸耸肩膀,也走了。

孙景福刚刚被抓,辛永初也还要询问,其后还有结案报告,证据封存,找检方公诉,以及发布警情公告,安抚群众等事宜,一时半刻也是忙不完的。

纪询这么一琢磨,觉得霍染因也不会很快来找自己。

多半是明天下班,或者干脆到大年三十晚上再说。

于是他也不着急,在回家的路上吃了顿饭,而后徒步半小时回家,权当饭后消食。到了家里,先玩两把游戏,最后坐到电脑前,再认认真真地写到深夜十二点,最后关机睡觉。

照例是个不怎么安稳的夜晚。

也不知道为什么,这一晚上纪询醒来了三次,前两次都是睡着睡着就惊醒了,第三次则是听到了敲门声。

他睁开眼睛的时候还怀疑自己是在梦里。

梦总是这样的，先像小偷一样悄悄潜入他的睡眠，然后摇身一变，成为强盗，打砸抢烧，你一开始还想向它抗争，但是日复一日年复一年，你还是熟悉了，疲倦了，认输了。

光线晦暗。

窗帘遮着窗户，留一道位于中央的缝隙。

外界的光线自这道缝隙里进入，像一只巨大的窥探的利眼。

纪询在床上躺了一会儿，分清了现实和虚幻，他从床上爬起来，跌跌撞撞跑去洗手间，拿水狠狠抹了把脸，漱漱口，再赶去开门。

门打开，外头站了个人。

至于站的是谁？纪询没有看清。

他好像有点低血糖，脑神经突突地跳，眼前则蒙了块黑纱，视线聚焦在哪里，哪里就有块黑斑挡着。

但就算眼睛看不见，他觉得自己也能猜到来人，他倚着门框，带着浓重的困倦的鼻音说："霍队，阴间是不是很美好？"

"怎么说？"

"我看你一步跨入就再舍不得出来了，凌晨6点就来敲我的门？"

"是清晨6点。我在警察局看到有人出门晨练才开车过来的。"霍染因纠正，"袁队更狠，连夜突审孙景福，拿到真正的凶器后，他4点半就跳上去怡安县的车，现在估计也在敲别人家的门。"

其实纪询压根没有明白霍染因在说什么。

他还困着，脑袋里有辆拖拉机，来来回回，轰隆轰隆。

纪询想说话，但张不开嘴。

拖拉机的声音越来越大，他脑袋疼，靠着门框就想睡下去，虽然睡下去也不会有什么好结果，但人生本来就是个受折磨的过程。

霍染因一阵无语。

"纪询。"

他叫他的名字。

这声纪询倒是听清楚了，名字对人而言有条件反射般的刺激。

纪询勉强撑起打架的眼皮，朝霍染因再看一眼。

"干吗？你叫我我也不会现在和你去工作的……嗯，等我睡醒，睡醒再说。"

"你又知道我来找你是为了工作？"霍染因反问。

64

嘀嘀嘀、嘀嘀嘀、嘀嘀嘀。

清晨,一阵扰人的铃声把刚刚睡下的蔡言惊醒。

他睁开仿佛被胶水粘住的眼皮,扫一眼时间,再侧耳辨认,突然像离了水的鱼,在床上重重一弹,弹起来了!

他三两步跑出室内,正好看见他爹站在大门口的位置,琢磨着他新安装的电子猫眼,还回头问他:"这东西大早晨就开始叫?怎么关上,是不是坏了?"

"你不懂,快让开,别碍事。"蔡言急迫地把他爹推开了。

清晨6点就在门外长久停留,导致电子猫眼拉响警报,除了上回丢死猫的人外,还会有谁!

好家伙,上回没准备,让你得逞了,你倒来劲,居然敢来第二次,没完没了了是吧?

这次我就做个短视频,让你出名!

他迅速将放置在角落的手提摄像机拿出来,握在手中,再向前一扑,将门打开!

"我看你还敢往我门口丢死猫——"

摄像头怼到了穿制服的警察脸上。

蔡言一脸蒙。

警察看了眼摄像头:"不用这样,现在我们执法都带着执法仪,你有需要,我可以全程打开。"

蔡言无语道:"呃……不需要。"

警察很和气道:"没事,开着吧,免得回头有事说不清。死猫是什么情况?怎么不报警?"

"没什么情况,就是……邻里纠纷。"蔡言迅速找到借口,"一点小事,警察忙,我自己能解决,不麻烦你们。"

但蔡恒木在背后插话了。他爹总是在不恰当的时间说不恰当的话。

"我就说你最近怎么奇奇怪怪的,还让我少出门注意安全。原来是有人来我们家门口丢死猫?"蔡恒木说,"你们别听他瞎说,我家邻里关系好得很,没人会跑来丢死猫。肯定是他当什么博主，在网上得罪人了，别人才拿死猫来吓唬他。"

"哦？老蔡，你儿子的网名是什么？"警察问。

蔡言想要捂住蔡恒木的嘴，但是蔡恒木的嘴永远那么快，永远不经过大脑，不论他强调多少遍不要随便把他的网络名说出去都没有用……

"他的网名倒是好记，叫'半颗白菜'。"

蔡言感觉经历了一场尴尬的"社会性死亡"。

警察们看向他，和气的表情严肃了些："在网上解析汤志学案子的就是你？"

"是我。"蔡言板着脸回道。

"你的视频泄露了太多不该泄露的内容，造成了很不好的影响，按照规定，我们要对你进行批评教育。"

蔡言准备了一箩筐反驳的话。

但是警察们话锋一转，脸上的严肃又如夏日里的冰激凌般，冰和水都在太阳下融化了，只余下甜蜜的糖渍挂在他们和气的笑脸上。

他们的视线轻飘飘掠过了他，投向他的身后。

他听见这些警察说："不过今天我们过来不是为了这件事的，这事之后有人找你说。老蔡，大清早上门，是给你送个特大好消息的，多亏了你，汤志学的案子破了！"

汤志学的案子告破了！

蔡言精神陡然振作，但一瞬的振作又带出了更多的怪异。

为什么要对蔡恒木说"多亏了你"？

这老头这几天里难道干了什么惊天动地的大事？难道不是一如往常地喝茶、看报、遛弯？

警察是不是找错了人，就算要感谢，也应该感谢他……才对吧？

蔡言呆呆地转头，看见蔡恒木脸上堆满了虚假的客套："做了点微不足道的小事，能破案都是你们的功劳，打个电话通知我就好了，哪用特地上门，怪隆重的……进来，快进来，都坐，我给你们泡杯茶。"

因为接下去还有不少事情要交代，警察们倒也不客气，进了门。

蔡恒木烧了水，又给大家倒了茶。

蔡言看着挪到自己面前的茶杯，澄黄的茶汤映着他的脸。

他听见警察说："这陈年老案终于破了，你又在这里头居功至伟，局长的意思是，就由我们和你一起去汤志学妈妈那里慰问，将这个好消息告诉老太太，再给你颁发奖状，一起拍张合照。"

"破案是警察的功劳,我上门干什么?我不去。"

他爹倒说了句有自知之明的话。

"这是局里的决定。该是你的,不许推脱。"

他爹沉默了半天,哼哼唧唧地说:"我想想,我想想,我先上个厕所,你们继续喝茶。"

喝个屁!蔡言忍不住了,他猛地抬头,挥掉脑海中那张泛黄的脸面,不忿又不解地问警察:"我爸他到底干了什么,你们要特意上门谢他?"

警察们对视一眼:"你做的视频里的东西,是从老蔡那里知道的吧?"

蔡言心虚两秒:"有一部分是,还有一部分我实地去看过,我自己归纳总结的。"

警察们叹道:"这些旧案细节本就至关重要……"

客厅里的声音陆陆续续传进来。蔡恒木鬼鬼祟祟,从厕所又绕到阳台。

"去慰问"、"颁奖状"这些关键词,全像是会咬人的蛇,一从警察们口中传出来,就把原本老神在在的蔡恒木给咬到了阳台上。

他在阳台上转了一圈,习惯成自然地看向隔壁阳台。

他抬腿,想要跨上阳台的围栏,但老了,跨不上去,只得搬来凳子,踩着站上去,站上去了想要跳,看看六楼的层高,觉得危险,又去扯挂在架子上的床单绑在身上。

绑着系着,简单的防护措施还没搞完,隔壁的阳台探出张熟悉的脸。

袁越胳膊撑着阳台,冲他露出无奈的笑脸:"蔡叔,老胳膊老腿了,咱别干危险的事情,不跳窗了。反正跳了也逃不掉。"

最后蔡恒木还是去了,一个人慢吞吞地骑着他的小破电动车。

本来要跟去的其他警察,被他以难为情、尴尬等理由劝走了。

警察们一合计,也行,早上先让蔡恒木去通知,等到下午,他们再正式登门拜访,了结案子,顺便拍拍宣传照片。

呆在一旁、听了全场的蔡言咬牙要跟上,走了几步又退回来去拉袁越的衣服,他语速飞快,连声追问:"袁哥,我爸到底做了什么,为什么你们说这案子是他破的?明明是你一直在跑案子的事!"

袁越道:"现在案子结了,不保密了,蔡叔待会儿会跟你说……"

"我不要听他说。"蔡言打断袁越,"我要听你说。他惯会夸大事实,谁知道他说的哪句是真的哪句是假的。还有,说案子破了,这案子到底是怎么破的?"

袁越短暂地沉默了一会儿。

他脸上的愉悦收敛了些，先朝前边看了眼，又转向蔡言，轻声但认真地说道："这个案子发生在1994年。"

"然后呢？"蔡言不明白为什么要强调这一点。

"1994年，很多刑侦技术都不完善，现在习以为常的DNA检验，哪怕是当时的美国，也是刚刚兴起，不流行且不成熟，遑论国内。所以没有人想到，要在案发现场搜寻提取残留生物物证，检查DNA。蔡叔是个很喜欢看侦探小说和国外案件资信的人。他在大概一两年后，了解到了国外有DNA技术，可以通过这一技术确认罪犯。"

"你想说……"蔡言模模糊糊猜到了接下去的话。

但不可能，这怎么可能？这个死老头不是个只会吹牛说大话、永远敏于言而讷于行的家伙吗？

"蔡叔在随后的多年，每年都根据当时对嫌疑人的询问记录的个人信息，天南海北地去找人。找到了人，就寻机收集头发，收集唾液，比如喝过的酒瓶，抽过的烟；当我们重启这个案子的时候，我在当年案发现场的桌子角落，发现了犯罪嫌疑人留下的生物物证。经过和蔡叔多年来收集的嫌疑人DNA进行比对，终于确认了案件中的另外一个凶手的身份。"

袁越交给胡芫的DNA，就是由此取得，但以这种方式取得的DNA，是不能作为法庭证据的。后来袁越又派人去钱树茂老家通过正规流程取得了钱树茂父母的DNA，完成了这个证据链。

除此以外，蔡恒木每隔几年都会定期走访那些他心中觉得嫌疑度高的犯罪嫌疑人的老家，悄悄观察那些犯罪嫌疑人的父母，探查着蛛丝马迹。

事情很烦琐，也很简单。二十二年的时光，二十二年的精力，都凝练在这短短几句话中。

"这不可能！"蔡言反驳，"我知道他，他只是去旅游，每回他去旅游，还会带翡翠啊、玉啊、石头啊什么乱七八糟的，一看就是景点用来骗人的玩意儿。"

"旁证不会凭空出现。"袁越失笑，"但可能……找证据的时候顺便旅游，顺便被骗。"

"就算他确实在旅游的中途做了这些事情，就算——就算——"蔡言情绪莫名激动，"就算他努力收集了这么多年，案子也不是他破的，案子是你们破的，如果没有你们，以他这种笨拙的搜集证据的方式，他永远也破不了这个案子！"

"他就是一个臭老头，他就是一个普通人！"

袁越脸上的笑意收敛了。

但他没有反驳，他甚至轻轻嗯了一声。

这一声是针对蔡言最后一句话——蔡恒木是一个普通人。

来自袁越的答案没有让蔡言满意。

他丢下袁越，开着自己的车追上去。

这一路他的脑袋里转了无数的念头，无数的念头在他脑海中像沸水一样翻滚蒸腾，他最开始不相信，无论如何都不相信，但是袁越不会说谎，警察不会说谎，这件事就是真的，他一直看不起的父亲在他不知道的时候，做了很多事情！

他是聪明人。

聪明人很难在铁证面前自己骗自己。

于是最后他艰难地很不情愿地承认了：也许他爹没有他想得那么糟糕，至少他爹还算是在努力弥补着自己过去的错误，至少他爹确实为破获这个案子，立下了汗马功劳。

二十二年。

很长，确实很长。

走南闯北，确实不容易。

到了现在，案子终于破了，他爹二十二年里的坚持和努力没有白费。

现在这个老头终于……终于变成了一个英雄——他小时候期望看见的英雄父亲。

英雄父亲迟到了二十二年，但还是回来了。

车子一路来到了芦苇丛，不知道怎么的，明明他开着四轮轿车——大几十万的车子，但跑起来似乎没有他爹那个二轮小电动车快，他爹只比他先走了五分钟吧，这一路他愣是没追上那该进返修场的"小电驴"，直到来到了老房子和芦苇丛前，才看见早已熄火停住的电动车。

才早上6点。太阳躲在云后头，影影绰绰。

芦苇丛掩映着的老房子，同样影影绰绰。

他快步穿过芦苇丛，赶到老屋子前，他看见他的父亲了，也看见汤志学的母亲王彩霞了！他听见他父亲带着扭捏之色，对大早上没完全醒来，还睡眼惺忪的老太太说："王老姐姐，这次来找你，是要告诉你，你儿子的案子，破了……"

这是英雄的画面。

他发现自己手上还提着摄像机,他抬起摄像机,想要找个角度。但没有高光,天色还早,光还藏在云层后,更没有什么鸟语花香,欢呼雀跃。

这个平常的早晨,一个平常的老太太听见消息,愣了一下,随后掏出手帕,抹了抹眼。

她的手帕如此普通,她的身影如此寻常,就连她的苍老也平平无奇,这一幕从任何角度看都是这么平常,平常到远没有兴奋感,远没有激动感,远没有英雄性。

他刚刚承认,自己的爸爸也许是个英雄,他就看见,他的爸爸似乎还是那个爸爸。

他忽然想到了袁越看过来的一眼,袁越的轻轻一声"嗯"。

他蓦地蹲下,藏在芦苇丛中,狠狠揪自己的头发。

"我也可以!"

他想这样说,但他知道自己不可以。

他愿意承认自己的爸爸是英雄,被英雄比下去不丢脸,但他爸爸就是个普通人。

会犯错,案子还要靠别的人一起破。

会犯蠢,跑去查案都要顺便被骗,在景点购物。

这个普通人一遍遍做着普通的事,然后,不普通的事被普通地完成了。

"醒了?"霍染因说。

"不敢醒,不敢醒。"

"嗯?"

"不敢不醒,不敢不醒。"纪询自我纠正,他吐了口气,收回抵在门框上的手,让霍染因进来,"霍队叫人起床的方式真是独特。"

"你的反应让人有些失望。"霍染因道。

"这是要工作吗?"纪询八风不动,"看在霍队为了工作不惜一大早过来的分上,我就告诉你昨天我和你说的那个人到底是谁——"

"纪询。"霍染因打断他,"我不需要你告诉我那人是谁,我自己也能猜到。"

"哦——"纪询有点不爽霍染因的自信。

他暗地里哼一声,转移话题:"你刚才说袁越去了怡安县?应该不仅仅是给背后为他出谋划策的那家伙报喜吧,他是不是打算把那位接过来,和辛永初接触下?"

辛永初始终以为只有自己在为汤志学的案子奔波忙碌,他心里相信警察,但又有对警察的怨恨。

这是一种走投无路之下的怨恨。

所以他才会选择奶糖投毒,一方面逼迫警方,一方面也不乏报复之心。

让袁越背后的这个人过来,有助于解开辛永初的心结,也算是给个稍好的答案。

"这由袁队处理,我不好奇他想要怎么样处理。"霍染因神色冷淡,"纪询,现在不在工作时间。"

"是吗?我还以为霍队不论白天黑夜都想要工作,我也只是在满足你……"

65

霍染因经过纪询,脚步轻快地走向沙发。

两人在屋子里休息了会儿。

就算他们不休息,别人也需要休息,公司上班,那也是上午9点才开始。等到差不多的时间,纪询和霍染因上了车,他坐驾驶座,把车子开到中齐律师事务所。

"霍队长,你知道计算机上的随机数往往都只是伪随机吗?只有物理层面的随机才是真正的随机。"

霍染因并不意外地看着对面中齐律师事务所的牌子,他知道纪询为什么在这时有此感慨:"知道。大部分的伪随机都是统计学概念的随机,是通过一定的计算方式产生的。"

"你大致知道计算方式,就能预估一个大概的结果,它总是出现在一定的区间内。就像孩子的性格成因,生命里每个在他身上留下印记的人,都是这个性格计算方式的一部分,当你知道他遇到哪些人,就能猜到他可能会变成什么样。不过大部分人并没有意识到自己给别人留下的到底是什么,所以看上去,孩子长成什么样,全靠老天爷赏脸。"

纪询幽默地小小地讽刺了一下。

他们下车,经过大楼面前的喷泉景观,进入律师事务所。

虽然今天已经是大年二十九了,但中齐律所的所有律师都正常上班,现在的社会,明明物资越来越充沛,享受越来越丰富,但人们也越来越努力工作,可能正是因为想要的太多,所以始终没有办法停下。

他们在办公室内见到了练达章。

他是律所的高级合伙人，有独立的办公室，办公室在大楼高层，从玻璃窗望出去，能够俯瞰半个宁市，办公室里还有一整面观赏鱼墙，里头游弋着许许多多叫不出品种的漂亮鱼类。

练达章似乎已经从奶糖中毒的阴影中摆脱出来了，面色很好，招呼他们一起喝茶，还将办公桌上的果盘拿到茶几上，果盘里除了水果外，还有各种各样的糖果。

纪询拣起一颗水果糖扔到嘴里："吃颗糖，练先生不介意吧？你要不要也来一颗？"

练达章礼貌地摇头拒绝，主动开口问："两位警官来找我，是我女儿的事有什么新进展吗？"

坐在一旁向来对糖果不感兴趣的霍染因这次没有阻止纪询，反而也拿了一颗在手中掂量，他调出手机相册放在茶几上，那是昨晚警方连夜发布的汤志学案逮捕公告，然后说："练先生，这则公告你想必看过了。本案已破，也告知了辛永初。他对我们说公告发布了，投毒案就会停止，我们问他为什么，你觉得他说了什么？"

练达章收起了脸上那职业性的浅笑，他嘴唇嚅动了几下，却只发出喉咙里含糊的咕噜声。

宽敞的办公室里许久都只弥漫着寂静，直到外头他的助理律师路过玻璃墙，他才突然被惊醒。他站起来，放下百叶窗，隔绝里外，又坐回原座。

"其实我不喜欢这种装修，百叶窗像监狱里密集的栏杆。"他说了个自己都觉得有点苦涩的笑话后，有些僵硬地问，"你们是怎么知道的？"

"弄清楚孙景福玩的那出受害者就是凶手的把戏，练先生和辛永初的这个诡计，就连推理都不用推理了。"纪询彬彬有礼地讽刺着，"唔，不过我其实是先想明白你的，才被启发想到孙景福的。

"那天排除了你女儿的嫌疑，剩下的当然……算了，还是从头说起吧。我们拿到孔水起手里的信以后，辛永初和他不管多少个的同伙所做的事就被圈出来了。他们得认识孔水起、得用你家那个牌子的打印机墨水，上头还沾了女孩子的香水。

"练盼盼看到过辛永初进过你家，这也意味着你中毒是随机的这件事被排除了，早在那时，辛永初和同伙就选定了你或你身边的人是受害者。

"辛永初或许可以采用某种我们不知道的手段让你中毒，但他不该用你家的打印机。因为打印机随处可见，在路边打印，警方也很难查到，太多了，他

354

不必破解你家电脑开机的密码去做这么简单的一件事。

"那么,就只有辛永初的同伙去打印信件了。而这个同伙正是因为生活在你家里,觉得方便才顺手用了那台打印机。排除了你女儿,你比你妻子更符合凶手的条件。毕竟,只有自己服毒,才能如此自信地保证吃糖中毒的随机事件,在限定时间内,必然发生。"

纪询最后总结:"练先生特地挑了医院正对门的一楼酒店自助餐厅,又是大庭广众的,为的就是及时就医吧?您考虑得还挺周到。"

练达章又是一阵苦笑,他问:"为什么你会觉得我有作案动机?那天上门,你们明明都查到我和辛永初儿时有矛盾了。"

"这一点确实很具有迷惑性,非常能误导警方认为你和辛永初有宿怨,推理出辛永初对你定点投毒等……你看起来也想到了这层,那天我们上门问时,你的演技不错。

"但我后来又在口供里翻到一则旧故事,你大三时得罪过提拔过你的恩师。你现在四十二岁,大三时二十岁,刚好是 1994 年。

"你和辛永初关系如何其实不重要。因为投毒的动机不是为了报复,而是为了向汤志学报恩。你小时候成绩很好,家中却很贫困,当时有好心人为你垫付了学费才得以继续上学。那个好心人在你母亲邻居口中是学校的老师,但实际上——是好心的汤志学为你付了学费。

"我不知道是汤志学听说了你家的难题主动帮了你,还是你听说了他一贯资助学生的习惯上门去求,但这是属于你和汤志学的小秘密,孩子总是像父母的,你和你母亲的性格里有相同的缺点——好面子,磨不开。于是你从来没说出这件事,汤志学也没有,所以连汤志学母亲都不知情。

"汤志学被杀,怡安县的警方着力侦办此案一个月后,渐渐地把它搁置了,起码表面上是这样的。你心急如焚,想要做点什么,可一个大三的学生能做什么?于是在你恩师举办的法律界人士云集的晚会上,你去哀求那些检察官和法官,希望他们能动用他们的人脉,不要放弃这个案子……

"可是你被你恩师狠狠训斥了,那些哀求想来也没有起到什么作用,失望至极的你会产生什么想法呢?唔,也许是每个法学生都会有的对于法律和正义的迷思,你心中定义的正义雕塑轰然坍塌,从此世间少了一个理想主义者,多了一个现实的利益至上者,当个赚钱的律师多好啊——抱歉,写小说的习惯,过度揣摩,别介意。"

"那你的小说一定写得很好看。"

练达章低下头,盯着桌子的一角,盯着自己的双手。

"我这种人怎么配提正义？我是个胆小鬼，很久以前辛永初就那么骂我。他没有骂错。有时候最了解你的不是你自己，而是你的敌人。当然，人长大了才会发现，小时候以为天塌了的矛盾其实那么不值一提……当时的检察官人很好，在我的哀求之后，确实过问了这个案子。可惜没有结果。恩师对我也没说很过分的话，只是评价我好高骛远，不够脚踏实地。是我自己无颜面对。"

他叹了浅浅、长长的一口气。

"我问汤叔要学费时，跟他说我会考上国内最好的大学，但我没做到。我保证过拿了奖学金就还钱给他，结果奖学金刚够生活费。我说我要报答他，结果他死了。

"我说的全是可笑的空话。我穷尽所能，哪怕别人都说我飞上枝头变凤凰，但我依然还是那个一穷二白、一无是处的穷小子。我其实什么都做不了。"

他抬起头，目光晦涩，看向纪询。

"后来我毕业了，我成为了一个律师，我去做那些……我能够做到的事情，我仿佛成功了，有了体面的工作，良好的家庭。直到二十二年后，辛永初来找我。他说，他找到了当年的凶手之一。

"我才突然惊觉，现在的我甚至不如当年的我。当年我还想着去考好大学，但在那次之后，我一直的成功，我所谓的'能够做到的事情'，都不过是一直在重复我早已学会的东西。重复着自己已然拥有的，当然不会失败。

"辛永初和我不一样。他是英雄……警官，我没有他的毅力，没有他的执着。他出现的时候，我才发现我的二十二年只是自己讲给自己的一个谎言。不是我帮不上忙……或许我……我根本还是……觉得麻烦……觉得恐惧……害怕失败……下意识地逃避报答汤叔罢了。

"我想，错误需要纠正，我该走出对失败的恐惧。我同情辛永初，我也该报答汤叔。"

"所以你选择成为辛永初的同伙？"纪询道。

办公室内安静良久。

金鱼在鱼缸里摇摆尾巴。

练达章脸上浮出一抹嘲讽的苦笑，这笑容针对自己。

"辛永初怕伤害无辜的人，但是又怕警方不重视旧案，所以最后想出了这个办法，由我来吞毒药。这样既可以吓唬警方，又能保证不会出别的事。不过老实说，我在医院对面吞毒药都担心抢救不及时，我……也只能做那么多了。他真的不想伤害别人。"

始终保持缄默的霍染因，低头看了眼手机，询问室里辛永初的口供也拿到了。袁越把蔡恒木带入询问室，终于撬开辛永初的口。两者口供基本一致，辛永初只多补充说明，是自己对练达章百般哀求，才让练达章勉强同意服毒的。

他按灭屏幕，冷冷道："他不想伤害别人，但他的行为依然间接地造成了不止一位无辜者的死亡。"

"不，他是好人。"练达章喃喃自语，"他是好人，他是走投无路，他不该承担这么多，我也有错……"

练达章抬起头。这次他的眼神没有闪烁，没有回避纪询和霍染因的视线。

他像上次挡在女儿面前那样，仿佛身旁站着辛永初，要和其共同承担般伸出双手。

"我知道我妨碍了司法，请将我行政拘留吧。"

66

既然练达章全部承认，接下去就是去警察局做个正式的笔录。

练达章一概听从，只是说："没有问题，请给我一点时间，我收拾下东西，再把工作交代一下。"

两人出了办公室，来到电梯前等着，把空间留给练达章。

纪询倚墙站着，来来回回抛一枚不知从哪来的硬币，一脸茫然。

"被掏空了？"霍染因瞥他一眼，说道。

"多少有点。"纪询含混应了声，推理的时候是精彩绝伦的，叙述的时候也要打起精神，逻辑缜密，但等所有事情都做完了，好像就可以高床软枕了。

他感觉背后的墙在晃。

没晃两下，霍染因的手伸过来，抵住他的肩膀，他才发现，晃的不是墙，是自己。

"可以靠着我……"霍染因起了个头。

对方真难得在工作时表现出这副模样。

纪询硬生生转移话题："你觉得这个结局怎么样？"

"没什么结局不结局的。"霍染因收敛表情，淡淡说，"纪询，好也无所谓，坏也无所谓，这是现实，如此而已。"

"霍队长，你真无趣。"

"有趣的我们可以留在明天做。"霍染因平平静静。

纪询暗哼了声。练达章半天没有出来，他等得快睡着了，干脆从兜里摸出个硬币来回玩着提神，玩着玩着，他屈指一弹，将手里的硬币弹起来咬住。

旁边的霍染因眉心叠起，简直想要直接把他唇间的硬币给扯掉。

纪询这时又来劲了，漫不经心冲人一笑，挑衅般咬咬硬币。

这时，电梯叮一声停在他们所在的楼层，隐约的交谈声自电梯厢中传来，有人要出来了。

两人俱是一顿。

纪询将硬币丢回掌心，无所事事地看着前方电梯，很快，电梯门打开，两个穿职业西装的年轻女性从中走出来，左边是高个子的短头发女性，右边是矮个子的长头发女性。

长发女性手里捧着束干花，面上苦恼："不小心买错了，想买鲜花的。"

"干花比鲜花放得更久。鲜花打理还麻烦。"

"但鲜花漂亮，还能闻到花香。"

"你喷点香水也香了。"短发女性哄道，"我刚买了瓶新的花香味香水，多喷几下，保管比鲜花还香。"

纪询的太阳穴忽地像被一记重拳击中，他的大脑狠狠振荡了一下！

"怎么了？"

霍染因诧异的声音响起来，纪询这才发现自己用力抓住了霍染因的手。

"我想到了一件事。"纪询说，"你还记得孔水起收到的那封信，香味有多浓吗？"

霍染因蹙蹙眉："考虑到这封信已经寄出很久，残留在上面的味道确实比较明显，但也要考虑孔水起将其存放在塑封袋中……"

有"比较明显"就够了！

纪询没有听完霍染因的话，直接将人拖到练达章办公室。

办公室的玻璃墙依然一尘不染，玻璃墙后，练达章背对着他，面向自己那张大得出奇的办公桌，正擦拭一个摆放在桌上的天平。

他进门的响动惊动了练达章，练达章转头歉然道："等久了？不好意思，我马上就好。"

"信上的香水是你故意喷的。那封信从寄出到警方手里，过了差不多两天，香水味还有残留，所以它不是不小心沾上的。"

纪询望着这张端正斯文的脸，慢慢说："练达章，你刚才说的那番谎话实在精彩，所有人都被你骗了过去。"

"不，不对，你说的大部分都是真话，只不过把它们都小小地加工了一下，你不愧于你的学历，你的工作，你真是深谙此道。你说得没错，辛永初不该承受这么多，因为你——才是本案主谋！"

手中的天平被练达章放下了。

他饶有兴致地看着纪询，没有说话，只做了个让纪询继续的手势。

纪询的眼中、脑里飞速地掠过一系列不同人提供的证词，最后定格在他和霍染因在酒店隔壁窃听到的一句话——练盼盼抱怨"更麻烦了，还等了一轮他开门偷偷查岗"。

纪询精神重新集中了，各种证据，各种逻辑，在他的大脑中打散又组合，他说出了一段截然不同的推理——或者说，更进一步的推理。

"辛永初找上你时，你并不想参与这桩复仇。或许辛永初最初的计划就是像他在杀人视频里干的那样，找到赵元良，威逼他供出同伙。而这种行为在你看来极为可笑，且很难得到有用的结果，所以你并没有立刻答应他。

"但你是一个圆滑的人，你也并没有立刻拒绝他。一方面，你担心走到这一步的辛永初狗急跳墙；另一方面，你曾受过汤志学的雪中送炭，立时拒绝，总显得你忘恩负义。

"你们有过多次联系，其中一回，恰好被下午回家的练盼盼撞见。那天，练盼盼躲着跳窗进来的辛永初，而你，躲着突然回家的练盼盼。

"你很吃惊，女儿为什么会在你不知情的情况下逃课，你悄悄地跟上她，你看到她上了陌生男人的车，晚上还偷偷溜出去，凌晨才回家。

"这也是为什么从前不怎么管女儿的你，最近晚上都要去练盼盼房间门口转一转，你早就发现了她晚上的小秘密，这也就能解释当初在警察局里，在你妻子彻底崩溃的情况下，你却显得如此镇定，完美地表现出了一个最能理解孩子的最伟岸的父亲形象。

"但是当时，刚刚知道这件事的你，勃然大怒，而又困惑：练盼盼几乎被你妻子二十四小时监控着，不是在家就是在学校，怎么有时间做出这种事？十五岁的小姑娘怎么经得起你这个专业律师的调查，很快，你发现她玩角色扮演，她花很多钱，发现了她和陈见影的神秘关系，她身边的小姐妹，以及那个罪恶的源头——福兴教育。"

"练达章，你认识孙景福。"纪询继续说，"你同事有个证言，提到你这人利益至上，女儿读补习班就会去讨好补习班老板。"

"我不知道你是什么时候对孙景福有了疑心，你和辛永初其实很像，他因为赵元良过去贫穷现在发达而怀疑他，你当然也有理由怀疑孙景福，尤其是孙景福身边那个钱树茂，他原名是钱冬石，却不知为何改了名。

"你是一个胆小的人,你有所发现,但不敢深入,也不想深入,你只是把怀疑藏在心里。直到你发现你的宝贝女儿在福兴教育误入歧途,这不但勾出你心底复仇的火焰,还勾出了对这桩陈年旧案的疑虑。

"就在这时,你的脑海里忽然闪过了一个天才般的灵感。就像我之前说的,只要想明白'受害者即凶手'的盲点,你和孙景福的案子,不需要推理就可以从一推到二。

"所以,不管是你从孙景福的手法里得到的启迪,还是你设计出了自己服毒的诡计后倒推出凶手是孙景福,那一刻,你已经确认了孙景福就是二十二年前杀害汤志学的凶手。

"可你并没有告诉辛永初。

"因为你要复仇,你完全利用了他。

"你——要通过他的这桩复仇事件,把警方引出来,调查到你女儿身上,再把孙景福送上绞刑架!

"1月15日,那时寒假刚开始不久,也就是练盼盼证词里她寒假刚开始撞见辛永初的那一日后,你想出了复仇计划,并告知了辛永初,让他购买硝酸银。

"你应该会这么告诉他,作为一个律师,你太了解警察了,普通的手段无法让警方重新重视一起二十二年前的旧案。

"辛永初信了。至于之后如何给媒体寄信,如何措辞,就更是你一手谋划的了。毕竟,辛永初这种二十二年来都在颠沛流离的人又怎么会像你一样了解媒体、了解网络、了解如何炒作话题、了解如何逼警方上梁山呢?

"你在寄往孔水起的信上特意喷上了练盼盼的香水,你知道警方一定会调查受害者身边的社交关系,一旦查到你和辛永初有宿怨,那就极可能是定点投毒。

"而定点投毒总是能联想到辛永初和你身边的人合谋。那么,这个香水和打印机的墨水都能明确指向你的女儿,让她成为犯罪嫌疑人。

"你的计划非常顺利,我和身边的霍警官一步一步按照你预设好的步骤查到了陈见影,查到了福兴教育,查到了孙景福。

"法律审判了孙景福,恶念杀死了钱树茂,辛永初报复了赵元良,陈见影进了监狱,你的女儿在警察局里得知自己的叛逆是别人的赚钱工具而失声痛哭。

"这时候,你站了出来,成了你女儿身前的一堵墙。

"多好,你多聪明。你根本不像那些普通的父母,一旦知道女儿误入歧途就天塌地陷般在家里大吵大闹甚至打孩子。你是个聪明人,你看不上这种简单粗暴的方式。你知道自己这样做,只会激发女儿更多的逆反,哪怕她一时屈服,也不过是表面屈服。

"所以你选择了精美绝伦的报复手法来亡羊补牢。你根本不需要和女儿发生什么激烈的冲突，警察帮你干了戳破事件真相的恶人的事。你只要在所有都结束的时候站出来。你女儿会爱你，开始崇拜你。你是父亲，你是山岳，你是英雄。"

说到这里，纪询换了口气，又冷冷道："还有辛永初，就像你说的，他不想伤害人，他觉得你自愿服毒他都心有愧疚。所以你知道，你百分百确定，他在监狱里最后供出一切的口供里，你一定是那个小小的不起眼的自我牺牲的同伴，一个你刚才表演得栩栩如生的，一生仅有一次勇气的卑微者。多么漂亮的完美犯罪，利用了所有人还能全身而退！"

这漫长的陈诉像是对他的评判。

练达章在纪询的话中，坐入座位。当自己做的事情一件件被他人说出的时候，思绪很难不随之起伏激荡，最初闪现在他脑海中的，是他的女儿。

他的女儿。

十五岁的女儿。

他跟进了酒店，酒店薄薄的墙什么也挡不住，他听见那不堪入耳的、肮脏的、丑陋的对话，他的身体在晃，牙齿在晃，连脑浆都在晃。

他的大脑一片空白，像是有人掀开了他的天灵盖，将刚刚烧好的滚水倒进去，他白花花的脑浆就在里头炸开。

就是这一刻，他下定决心。

"纪警官。"练达章说了三个字，自己笑笑，目光在纪询与霍染因身上依次转过，"抱歉，我说错了，纪老师，你虽然不是警官，有时候却比警官做了更多的事情。在警察局里，有一句话我发自肺腑。"

"我确实对不起盼盼。"练达章说，"这是我的罪，也是我的责任。"

他见过孙景福。

去年，他和贝佳提着水果去福兴教育的老板家做客，火龙果下面压着张银行卡。他还觉得贝佳挺好笑，花钱上学给学校老师逢年过节送礼也就算了，读个补习班还要走后门。

贝佳说还好孙太太工作上恰好和她有来往，这是天大的面子。

他们进了屋子，他看见孙景福、钱树茂也在，他认出他们了。

但孙景福已经忘了他，如今一脸和善、满身香火气的老人只是说"你长得有点眼熟"，还拉着介绍了钱树茂。他在妻子的眼神催促下打个哈哈，将水果递过去，拜托对方多多照顾自己的女儿。

那天他们相谈甚欢，孙景福保证会好好照料盼盼，临到他们相携离开了，孙景福还追出来，责怪地把银行卡还给他们。

到了晚上睡觉的时候，贝佳还跟他念叨："省了不少钱，是托了你这张好脸的福。"

他觉得可笑。

可笑又怎么样呢？如同贝佳所说，现实一些，他功成名就，有老婆有孩子，事情都过去那么久了——那就让它彻底过去吧。死人不要再打扰活人的生活了。

只是后来的发展更为可笑。

罪恶不会因为他闭眼不看，掩耳不听就消失。

他曾经有机会坚持替汤志学伸冤，抓获这个罪犯，他放弃了，在汤志学家属找来的时候，他确实为此痛苦，为此羞愧，但没有那么多花言巧语，他自己的生活比报恩更重要，所以他放弃了。

于是在他功成名就，妻女齐全的时候，报应来了。

他的女儿，因为孙景福的福兴教育，一脚踏入深渊之中。

兜兜转转，他的闭眼掩耳，终于报应到了女儿身上。

是他把女儿带到这个世界上，现在他有责任去纠正这个错误。

"法庭上只讲证据，不讲推理。"练达章长叹一声，"所以对不起啊纪老师，您说的全都只是推理。"

"法官只会看到，辛永初的视频证明他杀人是临时起意，激情犯罪，我没有办法像纪老师您推理中的那样构成共同犯罪，也就谈不上主谋，我只对我自己的生命权构成了威胁。虽然这话听上去很像狡辩，但即使我不说，到了法庭上我的律师也会这么替我说。"

纪询几乎切齿："连摄像这个主意也是你出的？"

"法律是由人制定的。"练达章答非所问，"既然如此，它注定被人所利用。我的老师当年告诉我说，我的弱小是因为我根本不懂法律。我非常地佩服警察，也很佩服那些坚持不懈追索真相的人；但是不可否认，执行正义是需要成本的，不然为什么碰到大案要案你们总是需要成立专案组呢？不是所有蒙冤的人都能碰到你和霍警官这样聪明的警察——当年的汤志学，就没能碰到。"

"所以你选择用你的方式，转嫁成本，窃取正义。"纪询冷笑，"世事洞明皆学问，人情练达即文章，练律师，你给我上了一课。"

"每个人都在给别人上课，辛永初也在给我上课。他当年打我，是因为看不上我的懦弱，他打完我后告诉我，被人欺负要记得还手。我和辛永初不是敌人，我们是朋友，只是朋友未必有着同样的目标。"

这是练达章的最后一句话。

而后他竖起食指封嘴。

他坐在宽大的老板椅上，背后是落地窗，落地窗下是辉煌的城市，车水马龙。

他面前是巨大的办公桌，天平放置在他的正前方。

他在天平之下，再次冲霍染因伸出双手，彬彬有礼："来吧，把我行政拘留吧，你们应该也只能把我行政拘留了。"

67

他们将练达章带回了警察局。

这一路上，纪询始终兴致不高，来到警察局门口的时候，他从霍染因的车子上下来，对背后追来的让他回家休息的声音随意哼了哼，来到旁边的公园椅坐下。

他的背后是警察局的外墙，上边有一行红色大字。

忠诚正义，秉公执法。

如今的警察局都爱贴贴标语搞搞宣传，口号喊了出来，就像有个目标杆在前方，有条警鞭横在头上，无论如何，都更加警惕。

纪询坐下来，本来是想要打车回家的。但他转着手机，有些走神，一不小心就陷入了自己的思绪中，直到霍染因的声音再度响起，叫醒了他。

"纪询？"

"唔，你怎么出来了？"纪询说着，觉得周围有点不对劲，光线比之前暗淡了很多，他抬头看天，再对上霍染因审视的目光，"是乌云吗？"

"是天黑了。"

霍染因回答。天暗了，但城市里的灯亮了，一条又一条光带点缀着夜晚的城市，让黑夜也和白天一样明亮。

"一不小心。"纪询说，"其实我在构思小说的情节。"

"构思了——"霍染因低头看表，"足足八个小时？"

"写作是个需要沉浸的东西，只是今天我沉浸得有点久——"

"你觉得自己被练达章打败了？"霍染因直接挑破。

"说实话我没有这么觉得。"纪询否认。

霍染因微微勾了下嘴唇，挑出道嘲讽的笑意。

"练达章确实有可能躲过法律的制裁，但他没有躲过侦探的双眼。"纪询继续否认，"我的推理虽然一开始出了小小的纰漏，但最后，它依然完美无缺。作为侦探，我没有一丝失败之处。"

"换个视角看自己吧。"霍染因淡淡道，"你想做的又不是侦探。"

"关于这点我们之前已经辩论过了。"

"嗯，而这只证明你又自我欺骗了几天。"霍染因回答。

这下换纪询笑了，嘲讽的笑容从霍染因脸上传递到纪询脸上。

"所以你想说，不是警察的我操着警察的心，担忧法律不能审判练达章；而作为警察的你，对于这个案子、这个人却没有任何感觉，对吗？"

"我确实没有你这样的愤怒，但不是冷漠。"霍染因紧接着续上，"因为案子远没有结束。警察还能继续搜集证据，其后还有检察院，检察院之后还有法院。还有那么多人和你在一起，为了这件事努力。纪询，在这个案子中，练达章确实有可能因为证据不足而被无罪释放，但他不会这么轻轻松松就逃过。每一轮的调查，每一次的询问，每一回的上庭，都是对他的一次严厉拷问。法律上的，道德上的，精神上的。

"执行正义是有成本，犯罪同样也有成本。当想要犯罪的人意识到犯罪的成本越来越高的时候，他就会恐惧犯罪。你的推理，我的调查，我们的这些努力，都是要让罪犯永远记得，无论过去多久，无论用什么方式，他的背后总有一双眼睛盯着，他的罪恶无所遁形。一个人放弃了有另一个人，一代人放弃了有另一代人。那双眼睛属于警察这个集体。"

纪询绷紧的脖颈松了松。

"说得像是你是我的接棒人一样。"他嘴角还带着嘲讽，但嘲讽里多了一点亲切，"警察弟弟，你要做我的退路吗？"

"有何不可？"

马路上车辆的一道鸣笛几乎踩着霍染因的话尾响起，突如其来的声音如同箭一样，穿透纪询的心。他看向霍染因，霍染因的脸上染了色彩，路灯的光，大楼的光，汇聚成瑰丽的透亮的蝶翼，栖息在他脸上。

如果这是种追求，纪询想，他被打动了。

但这不是追求，这只是一种理念，一种向往，一种也许不应该对现在的他说的话。他很怀疑，这不过是霍染因的工作狂属性在发作。

纪询说："警察弟弟。"

霍染因似乎已经被他叫警察弟弟叫得麻木了，已经懒得纠正了，只给他一个疑问的眼神。

"如果我过去不是警察，你会对我说这些话吗？"

"当然不会。"霍染因理所当然。

"够冷酷！"纪询赞叹，"所以你只是喜欢我身上曾经穿着的那层警服，对吧？"

霍染因似乎想说点什么，但他最后什么都没说，只道："好了，上车，我送你回家。"

他们上了车。

冬夜还是冷的，发呆的时候没有感觉，坐进了有暖气的车，感官立时就苏醒了，纪询打了个喷嚏。

"需要感冒药吗？"霍染因边启动车子边问。

"谢了，我想不需要。"纪询说，顺便拿出手机，他一看，才发现袁越给他发了好几条消息。他边打开手机，边问霍染因，"你过年不离开宁市的话，你父母会过来找你吗？"

"他们恐怕来不了。"

"怎么，他们一起过二人世界？"

"去世很多年了。"

"抱歉。"纪询说，但其实他并不太意外。

"没关系。"霍染因淡淡道，"我对他们没什么印象。"

"那明天你怎么吃？大年夜点外卖？"

"也许。"

"够凄凉。你可以到我这里来。"纪询提议，他正在朋友圈里看消息，看见袁越妈妈的游轮照，这位时髦的阿姨今年要在年关的时候去欧洲游轮游玩，这也就意味着……

"袁越今年也不回家吃饭，他正好欠我一顿饭，我们三个人一起吃，也算当代无家可归年轻男人抱团取暖之旅。"

霍染因都没来得及拒绝，纪询已经打开了袁越的聊天框，发语音："今年大年夜你一个人，对吧？"

开车的霍染因竖起耳朵，并时刻准备打断。

"是一个人。"袁越说，"我打算在医院过。"

"那正好我们一起吃晚饭，你煮菜，我吃饭，还有霍染因洗碗……啊？"纪询总算是听清楚了袁越的话，"为什么？"

袁越发来一张照片，照片上是他被包得猪蹄一般的一只手。

纪询将照片看了又看，终于记起来了，之前他们去抓捕孙景福，袁越从窗户跳入，手背被窗玻璃割了个口子，但如果他没有记错——

"那不是一道小口子吗？"纪询翻着脑海里的画面，他不太相信自己的记忆出错，"你伤口感染，破伤风了？"

"嗯。"袁越说，"确实是一道小口子。"

"那么？"

"我最近老觉得晴晴在我身旁。"

"所以……"

霍染因收回耳朵了，他若无其事地继续开车。

"纪询，她删了我，但可能没有删你，你帮我把照片发朋友圈，写得可怜一点，最重要的是写明白我住在哪个医院，也许她会过来……"

纪询无语。

"这个计划是不是有点太粗糙了？"袁越心怀忐忑，"不过我已经做好了失败的准备。"

纪询没说话。

"我可以多'受伤'几次，也许量变能够达成质变。"

纪询依旧无语。

"你觉得一点可能性都没有吗？"

"倒也不是。"纪询终于说话了，"我只是有点意外，枯树开花你开窍，不容易。"

"蔡叔给的建议，我也不知道靠不靠谱。"袁越窘迫道。

"我可以帮你这个忙，不过你年夜饭欠着我了，回头要替我煮三顿补偿才行。"纪询又讨价还价。

"行行行。"袁越叠声，"什么都行，都听你的，你说什么是什么。"

纪询这才满意地收了图，打开了美图软件，帮袁越把图修了修，再传到朋友圈中，大概也就十分钟吧，另一位当事人看到了，她来找纪询了。

"袁越手受伤了？"

"受伤了。"

"伤口深吧？"

"不深。"

夏幼晴暂时没回复，纪询也不在意，对于袁越的感情，他奉行"三自政策"，老婆自己追，风险自己扛，结果自己担。他最多旁敲侧击一下，绝不主动站在袁越这里替他说谎。

不过有时候，不说谎比说谎效果还好。

这可能是因为相较于话语，人们更愿意相信自己眼睛看见的。

"不深为什么包这么多层？"

"因为庸医。"

"纱布看着有点脏。"

"外头脏也脏不到伤口上。"

许久，夏幼晴又问道。

"袁越住哪个医院？"

不等纪询回答，她又发来语音补充说："我想去看看他，但不想让他看见我，你帮我想个办法，怎么把袁越的眼睛弄瞎了？"

纪询无语。

你也是个狠人。

他替袁越说了句话："还需要弄吗？他本来就挺瞎的。"

夏幼晴被他说服了。

等纪询好不容易和这两个人聊完，他的住所也到了，他看着车窗外自己家黑漆漆的窗户，感慨一声："好了，大家各回各家，一起度过一个凄凉的点外卖的年三十吧。"

说着，他按了安全开关，准备下车，霍染因的手先一步拉住他的手臂。

车内的灯熄了，黑暗里，他看向霍染因。车窗的挡风玻璃外，大楼里的一个个小窗户里亮着一盏盏的灯，灯是模糊的，闪烁着，朦胧着，在车窗外簇成一道微亮的帘笼。

霍染因的脸在这道帘笼之前，他的面孔藏在光下的阴影里。

"明天晚上来我家。"

"去你家干吗？"纪询调笑，"难道你不是开玩笑，是真打算和我一起过年？"

"晚上来我家吃饭，饺子，可以吗？"

纪询意外地挑挑眉："你特意提出饺子，是因为你只会做饺子吗？"

霍染因的手一用力，安全带弹开。

纪询被他请下车，银灰色的车子呼啸而去。

纪询摸摸鼻子。

饺子就饺子。我又没说不可以，被说中了心事也不必恼羞成怒，驱车逃跑吧？

他再度掏出手机，给霍染因发了个"可以"。

明天见，吃饺子。

68

纪询是在第二天下午时准备去霍染因家的。

年三十的下午,路上已经没有多少人了,绝大多数的店铺都关了门,只剩下些许礼品商店还开着门,赚年前的最后一茬钱。城市一下子空旷安静了许多,好像伴着暮色,马上就要进入昏昏欲睡的阶段。

这时候上门,总该带点礼物。

纪询走入一家礼品店,当头的一个货架就摆着各种各样的酒。

他随手拿起瓶粉红色的香槟,正想结账,忽又产生了些迟疑。

他犹豫得太久了,老板忍不住催促:"要买吗?我要打烊了,老婆在家里催了!"

瓜田李下,谨慎为上。

"买。"纪询回过神,放下酒,随手拿了包茶叶,"这个。"

他掏出手机准备付钱,手机叮一声,霍染因正好发来消息。

"到哪里了?"

纪询无语。

纪询拎着茶叶,敲响了霍染因家的门。

"你来了?"霍染因开了门,装束和平常一样,如果不是急着来开门,导致指缝间残留着一丁点面粉的痕迹,很难猜到他刚刚正在厨房忙活。

纪询举起茶叶:"新年快乐。"

"还差七个小时才过年。"霍染因严谨纠正,他接过茶叶,面露迷惑,"为什么带茶叶?"

"本来想带酒的。"纪询一不小心说漏了,但这无所谓,他若无其事道,"不过没买到合意的,就带茶叶了,晚上吃完饺子再品茶,也是件人间乐事。"

"不用担心,我家里有酒吧,想喝什么都可以调。"霍染因将茶叶收起来。

"呃,这倒不必——"

纪询说着,进了门,发现对于独自居住的人而言,霍染因的家大得可怕,三室两厅两卫,看上去足有一百四十平方米,而且装修豪华,别的不说,看霍染因刚才提到的酒吧那塞得满满的酒柜,就可见一斑。

但这个屋子给人的最鲜明的印象,不是它的豪华。他环顾了一圈,其实就是大略扫了一眼，这也已经足够了，他看见阳台上一件晾着的衣服都没有，玻璃柜子里都是空的，茶几上同样什么也没有，沙发——沙发表面还蒙着层塑料膜，真可怕，不会是全新的吧？

他转回头，再看向霍染因。

霍染因是独立的，屋子也是独立的，他或许会在这个奢华空旷的房子里休息，但永远不会在这里驻足。他和屋子，对彼此都绝情得很。

"我有个问题。"纪询说。

"什么？"

"我们差不多是上个月月中见面的，到现在算是二十来天吧，你有回家睡足一周吗？"

霍染因迟疑了下。

"那就是没有。"纪询啧啧有声，"租房子的钱就不说了，明明身处资产阶级的天堂，你却愿意抛弃按摩浴缸，放弃快乐酒吧，遗忘两米大床，割舍望月露台，为了人民群众不怕苦不怕累，爬得了山挖得了土，开得了枪救得了人，就凭着这种金钱至下、正义至上的觉悟，警察局实在应该给你多颁发几个勋章。"

"你再贫下去，晚上不看春晚光看你了。"霍染因没好气地说，"饺子还没包多少，进来一起吧。"

"你厨房里有刀吧？"纪询问。

"当然。"

"刀和我，你只能选一个。"纪询坦然自若，"有我没它，有它没我。"

霍染因家里的厨房是开放式厨房，中间有个岛台。

纪询正坐在客厅的沙发上，从他所在的位置，他能很轻易地看见背对着他的霍染因双手撑了撑桌子，光用背影就写出两个"无语"来。

接着霍染因开始收拾桌面，厨房里所有刀具，包括尖锐物品，都被他统一收拾起来，放到了吊顶柜子里去。

"好了。"收拾完了，他回头，"东西都没了，您可以移驾了。"

纪询移驾至厨房。

其实厨房里的东西都准备得差不多了，馅料调好，面皮擀好，剩下的就是把饺子包起来，托盘上确实也有一整盘包好的饺子，一个个规规整整，跟从模子里刻出来的一样。

纪询觉得它们太缺乏灵性了。动手之前，他先找工具："有一次性手套和围裙吗？"

霍染因说:"水池旁料理台下第二层抽屉里。"

纪询很快找出相应的东西,和袁越买菜送围裙差不多,霍染因的围裙也是买烹饪厨具赠送的,这种细小的厨房用品,似乎永远不会出现在男人的购物清单之中。纪询看着深蓝色无花纹的围裙,惯例评价两句:"虽然袁越的粉红色围裙太过出挑让人眼疼,但你这种围裙,又寡淡得像是水管工人的工作服……"

他翻出了两条围裙,回到霍染因身旁的时候说:"你不系上一条?"

"我不需要。"霍染因说。

他看上去确实不怎么需要,包饺子总需要面粉,而面粉这种东西,稍不注意就会洒得到处都是。但霍染因的手掌仿佛带有魔力,再细致的粉末,到了他掌心都规规矩矩,只在他掌心停留,他依然一身干爽。

"都拿出来了,还是围上吧。"纪询提议,他已经抖开了围裙,拿在霍染因身前了。

霍染因瞥了一眼自己包饺子的双手,最后勉强同意了。

之后他们继续包饺子,但纪询包的饺子太灵性了,只包完一个,就被霍染因赶出厨房,好在原本就不差多少,没过一会儿,饺子下了锅。

三次水沸后,纪询先尝一口,热腾腾的饺子带着汁水入口,他赞叹一声:"看不出来你还挺有做饭的天赋。"

接着他发现了沸水里沉浮的一锅饺子中最胖的那一个——他包的。

他将这仅存的珍贵的饺子捞出来,放在霍染因面前晃一晃:"我包的,敢吃吗?"

霍染因瞧他一眼,倾身,张口咬住,吃下去。

饺子有点烫,在他嘴里从左腮到了右腮,霍染因轻轻呼着气,挑眼看纪询:"你包的饺子,我调的馅,有什么不敢吃的?"

接着饺子起锅,霍染因将饺子端上了桌,又去吧台:"想喝什么酒?"

"我就不用了。"纪询的意志还是很坚定的。

霍染因并不劝,很随意地答应了,就开始鼓捣他的吧台。

他将各个种类的酒自酒柜中拿出,又取出一整套调酒工具。

调酒工具比沙发好点,看得出至少用过一两次,也许在某些身心疲惫的夜晚,也或许是某些相对悠闲的夜晚,霍染因回到了家里,没有直接洗澡睡觉,而是在酒吧里随着心情调了一杯酒,最后拿到露台,望着月亮,抑或城市,慢慢喝到微醺。

这个时候,霍染因在想什么?或者什么也没想?

霍染因动作很快，只看见各种酒具在霍染因手中像是穿花蝴蝶一样来回捣腾，仅仅几分钟后，鸡尾酒调好了。

霍染因选择的酒，让纪询有些意外。

那是杯龙舌兰日出，这是他们初见的时候，纪询给他点的酒。

霍染因还给纪询倒了一杯矿泉水。

纪询看着无滋无味的矿泉水，在短暂沉默后来到了吧台，在霍染因的视线中，拆开带来的茶叶，给自己泡了杯奶茶。

霍染因倚在旁边，看了半天，最后似笑非笑："奶茶比酒好喝？"

纪询严谨道："人类需要糖分。"

他端起杯子，正要喝一口，另一只杯子伸过来了，霍染因端着鸡尾酒杯，和他轻轻一碰。

轻轻的玻璃响后，霍染因抿一口酒。

他的背后是星夜，是广阔的深蓝色天空，也是城市，是深蓝里次第亮起的灯火。

两人之间，只隔着一个吧台。

霍染因哼笑一声，他嘴角还保持着微微嘲讽的笑意，没事的时候听纪询瞎侃还算有趣。桌子上，饺子的热气还在蒸腾，隐隐约约的新闻联播的声音顺着风，从敞开的窗户中溜进来。

霍染因伸手按下开关。灯一闪，亮堂堂的光落了满室。

"吃饭吧。"他说，率先吃了几口饺子。

纪询神色自若，也跟着坐下，和霍染因一共进晚餐。

但这时候，霍染因放在桌上的手机突然响了。

霍染因顿足片刻，前去接起电话。

"喂？"

他说了声，而后，神色变得严肃且冰冷。

他挂了电话，穿起外套。

"辛永初那边出了点事。"

纪询赶在霍染因拿车钥匙之前上前："喝了酒别开车，我送你去吧。"

"不用了，一点小事。我去看一眼就回来，打车去打车回来就行。"霍染因说。

"年三十打车？"纪询嘲笑，"还有，你是在鄙视我的智商吗？真要是小事，能在年三十打电话给你，能让你一刻不耽搁就出门？"

他说完了，得出结论："辛永初死了？"

"啊,看来我猜中了。你不直说是怕我触景生情吗?"

"都知道了还非要说出来。"霍染因说。

"因为我没什么景好触,也没什么情好生。"纪询淡淡说,"走吧。"

霍染因的手在门把上停留片刻。

随后,他们一起去了。

69

辛永初自杀了,用罐装可乐上头的易拉环割喉而死。

可乐是他中午找狱警要的,说想喝,红色的罐头也喜庆,能沾点年味。因为辛永初一直很安分,平常不是静坐冥思就是看书写字,看守他的狱警就没多想,毕竟到了年三十,一瓶可乐而已。

辛永初要了可乐,背对着摄像头把易拉环在瓷砖缝里磨尖,藏在掌心里。年三十里,狱警比平常还多了两个,他们拿着拷贝进来的去年春晚的视频在电视上放,犯人们吃完晚饭,也大多凑在小间的屏幕前跟着看。电视就一个频道,狱警看什么,犯人就看什么。

辛永初看到电视开始播放以后,就拿着那易拉环走到洗漱池的半挡板边上,用力割断了自己的气管,也不知他是怎么做的,愣是没发出痛呼,等狱友发现,人已经断了气,抢救不了了。

看守所里头自杀自残的事不少,但一般都是吞牙刷、吞异物、割腕之类的,几年前有过一个用牙刷插气管的死亡案例,此后看守所的牙刷也都特意换成柔软圆头弄不死人的。

辛永初这个死法是头一回,易拉环那么小,足以想象,要以多坚决的意志,才能在这种绵长折磨的痛苦中一声不吭。

纪询和霍染因赶到现场时,尸体已经装进裹尸袋运到了一旁,因为自杀的情形比较清晰,现场拍了照留档后就没有保留,几个狱警在那边清理血迹。

血很多。辛永初可能是割到了大动脉,挡板和地上全是,一桶又一桶的血水运出来,从两人身旁运过,霍染因看见的时候往纪询旁边站了站,好像要隔开纪询与血水。

纪询觉得这一刻霍染因可能记错了自己的创伤后遗症。

他是恐惧尖锐,不是恐惧血液。

霍染因找到了当班狱警,问道:"遗书呢?"

之所以在年三十还给霍染因打电话,是因为辛永初还留了一封遗书,放在他枕头底下,叠得四四方方,很好找。

霍染因将其展开。

遗书不长,只有三行。纪询站在旁边,跟着看见了。

硝酸银造成了那么多困扰,对不起。

要是早点认识蔡警官就好了。

只能这样赎罪了。

看完遗书,纪询又往裹尸袋看了一眼。

黄色的袋子,装着个还是人形的物体,但他的精神已经随着血液自躯体中消散了,自世界里消散了。辛永初死了。

霍染因收起信件,走到裹尸袋前,拉开袋子做最后的确认。

他就是这样的人,有再完备的档案也不能放心,一定要亲自看上一眼。

他看见了辛永初割得血肉模糊的脖颈。

他回头望了纪询一眼。

纪询错开霍染因的目光。下一瞬,他听见拉链拉上的声音,霍染因将裹尸袋重新拉起,对他说:"好了,我们回去吧。"

辛永初只有一个早就不联系的母亲,出于人道,他的尸体会被运回原籍,然后在司法部门的帮助下火化,至于他母亲愿不愿意为他下葬,那就不是警方能做主的事了。

当然这些大部分是看守所处理的,不关霍染因的事,他只需要对辛永初案负责。

他们要回去的时候,狱警处传来骚乱,其中一个收拾血迹的狱警突然将拖把一摔,蹲在地上埋下头,断断续续的声音夹杂在哭腔里:"这是什么个事啊!我不想脱警服!"

他是将可乐递给辛永初的那个狱警,也是辛永初的管教狱警。

近些年管得严,对于犯人在狱中出事严防死守,如果碰到有犯人自杀,分配到的管教狱警少说要挨个记大过,严重点,那身警服都不能再穿。

这是年三十,电视里还放着去年的春晚,春晚上的小品变着法子逗全国观众快乐,看所守里的犯人被逗笑了,只是笑声含着,他们拿好奇的兴味的眼神看围在一起的狱警,狱警们也围着他们蹲下的同伴。

他们低声安慰着同伴，但他们都是当班狱警，多多少少都得挨处分。

这些苍白的安慰的言辞，越说到后边，越沉默。最后，在一片电视的欢笑声中，蹲着的狱警站起来，和其余狱警一起继续收拾现场。

纪询和霍染因走出来，再度上了车。

街面上已经彻底没人了，两条宽敞的柏油马路冷森森的，在明亮路灯的照耀下，通向一团漆黑的路。

这两年来，城市的春节都不让放鞭炮了，年味越发没有，只有钢筋水泥的大楼上，一盏盏亮堂的灯下的寂静无声。

"意外吗？"霍染因说。

纪询静了几秒，才意识到霍染因在说辛永初的事情。

"死得很痛苦。"纪询语气很冷淡，答非所问。

霍染因把车内空调调高了些，又放起舒缓的车载音乐，他闭上眼，似乎也被这凄冷的街景弄得兴致萧索，他说："他终究还是逃不过自己内心的道德法庭。蔡恒木的存在让他的行为逻辑显得如此可笑，于是本就强烈的道德感摧毁了他因为杀人而摇摇欲坠的内心世界。"

纪询有些尖锐地讽刺道："当他自杀时想不到会有狱警因他而丢掉工作，如果知道，想必他又不会选择这样死了。道德感又如何呢？事后情绪性的道德感无法挽回任何东西。"

霍染因在从窗外映入的冷色里倏然眯眼，他没有转身，只是静静地通过那面后视镜观察着纪询，他嘴上说着与眸中的探究毫不相关的话："这种道德感会出现在练达章身上吗？"

道德审判了辛永初，道德会将练达章一同审判吗？

这个问题其实没什么太大意义。

但纪询似乎陷入了自己的某种思绪，因而也变得沉默，他无意识地把一只手探到霍染因插车钥匙的地方，在那里摸了摸，什么也没摸到后又惊醒般收回手，将双手都搭到方向盘上，双目直视道路前方。

霍染因没有错过一丝细节，车载音响里的乐曲播了一首又一首，窗外的路灯在挡风玻璃上投下怪诞的光圈。

他在摸钥匙扣。

是纪语。

他勾了勾嘴角。

接下去的一路上，没有人再开口，等回到霍染因的房子，桌子上的饺子已经彻底冷了，冷了的饺子凝出一层令人倒尽胃口的湿答答的油光。

桌上橙红色的酒，倒是突然有了十足的吸引力。

纪询端起半杯残酒，一饮而尽。

他喝得急，酒劲冲头，让他眯了眯眼。

霍染因把桌上的饺子倒了，盘子放进洗碗机里，再回到客厅的时候，纪询已经走到酒吧后边，动手给自己调酒了。

"纪询，你再喝就醉了。"霍染因语气平平道。

纪询拿在手中的都是度数高的酒，度数高的酒本来就容易醉，还混着喝，只会醉上加醉。

"确实。"纪询语气轻佻，"开不了车了，只能在你这里借住一晚上，我看你的沙发还没有用过，就借我睡睡吧？"

"随意，你想留下来我也不能赶你走。"霍染因并不反对，他丢下一句话，去卧室里拿了睡衣，而后又进浴室。

纪询的酒调好了，可这时候他忽然又觉得没有意思，索性放下了酒，来到沙发前。

沙发上的塑料膜还在，正在灯光下泛着冷然的光。

纪询随意撕了塑料膜两下，懒得动了，刚才急匆匆喝下去的半杯龙舌兰日出，开始在他身体里作祟，吞噬他的力量和精神，又用这些作为燃烧的养料，蒸腾他的血肉和骨髓。

他感觉到倦意、热意。

他闭上眼睛。

当花花绿绿的视野关合的时候，听觉就开始发挥作用。他听见浴室里传来的水声，水声哗啦哗啦的，霍染因正在其中，冲着个节奏很快的澡。

真是个无趣的男人，纪询想。都年三十了，也不愿意在浴缸里泡一会儿吗？

他的思绪又散漫开来，从霍染因身上转开，转到周遭。他还听见春晚上熟悉的主持人的声音，今年的春晚也开始了。

还有风声，还有偶尔的汽车鸣笛声。

吃完了代表团圆的年夜饭，好像人们又要在团圆的日子里分开了。

倏地，鼻端传来一道冷冽的味道，有点像薄荷，也有点像海洋。

等到潮湿的感觉再触及皮肤，闭着眼睛的纪询才惊觉，是霍染因从浴室里出来了。但他没有睁眼，倦怠笼罩着他，他想这样闭眼睛到天荒地老——或者至少到太阳再出来为止。

"醉了？"

霍染因的声音就响在纪询的耳旁。

纪询含混地应了一声，一般这种时候，前来打扰的人总该有自知之明地走开，但霍染因没有，不止没有，纪询还感觉到霍染因坐在了身边。

等纪询错愕地睁开眼睛，他对上了霍染因的瞳孔，灯光下，霍染因有一张苍白透亮的面容，现在，这张面孔对着他。

对方发梢蕴着的水滴滴到他手背。

"有这么意外吗？"霍染因将车上的话重复，而后他嘴角微微带笑，"辛永初的死，对你没有这么意外。但你从看守所出来以后，心情始终不好，是因为辛永初的死让你联想到了另外的人。"

"你的妹妹也是年三十死的。"

他看着霍染因。

霍染因脸上的笑容像一团雾，这团雾伴着他的话语，一路潜到纪询心中。

纪询吐了口气，他没什么被戳中痛处的反应，反而一下向前，凑近霍染因，眼神一错不错，像是要用自己不避退的目光证明自己说的话："我去之前就说过，没有什么景好触，没什么情好生。霍染因，你也把我想得太像玻璃娃娃了吧！"

"当然不是因为你全家的惨案。所有人都知道这是你心中的伤，这是你心中的痛。但是纪询——纪询，他们不明白，你心中真正的痛不是这个。"

他的声音放得很低很低，像在诉说一个属于夜晚的秘密。

"是因为你……用刀刺中你妹妹。"

雾散开了。

话语是最残酷的利剑。

它搅烂了纪询的心。

70

房间里安安静静的，纪询能够感觉到，霍染因在等待他开口。

我该说什么？纪询也自问。

心脏破碎了又被黏合，黏了一手的血，他看见了红色的光——红色的血。他闭眼，血没有了，黑暗涌上来，电视机花屏后的斑斓噪点也出现在黑暗中。

很快，噪点里的其他颜色都被红点吞噬了。

红色越来越亮，越来越大，他在浸满血液的黑暗里，听着自己的呼吸与心跳，感觉到宛如当年的，陪伴在最亲密的亲人身旁，却再听不到他们声音看不见他们行动的，如坠入深渊的窒息的寒冷。

这样的寒冷中，他感觉自己的呼吸和心跳，也跟着停止了。

他能够感觉到对方的目光，对方的目光先落在他身上，带着透视皮囊的压迫；而后是指尖，霍染因的指尖像是一把锋利的手术刀，切开他的皮肤，深入他的肌肤，在他身上留下一道又一道伤痕。

他在战栗似的痛楚中蓦地睁眼，一把抓住这只手！

"三十晚上你很想见血？"他问霍染因。

霍染因却笑了，浅浅的笑容像水一样在他脸上荡开。他丝毫不在意纪询的威胁，反而凑过来，吐字清晰："不，纪询，你没有那么生气，不要故意做出这副模样。我们的立场是一致的。"

"立场？"纪询失笑，"我们有什么共同的立场，你伤害我的立场吗？"

他的笑容也带上血腥的味道，他的手抚上霍染因的脖颈，对方修长的脖颈在他手指的压迫下快速泛红，霍染因的胸膛快速起伏两下，忍不住抬起脑袋，以获得更多氧气。

夜晚中，霍染因薄唇微微张着，脸颊泛上鲜艳的红色，眼底也泛出了泪光。但他的目光依然下垂，凝在纪询脸上。

眼珠黑沉沉的，像一口幽深古井，井的水面，映着纪询的影子。

"重现真相的立场。纪询，辛永初被道德审判了，你呢？你被道德审判了吗？你一夜一夜地睡不着觉，你反反复复做着噩梦，你心里明明有着比警察还强烈的对正义的追求，却坚持将自己同警察切割……纪询，你比我更清楚，道德对你做了什么审判。"

"始终被道德审判的你，是不会因为我说的话、我做的推理而生气。你只会发自内心地松了一口气，这个真相终于被人发现了。"霍染因慢慢地，一个字一个字地敲在纪询心口，"我说得对吗？"

"继续说。"

纪询迎上霍染因的眼睛，他在对方眼睛里看见自己的倒影。

霍染因一段段话像一根根尖锥，之前游弋在身体上的痛楚冲到了脑海中，撞得他的后脑勺一阵发麻，一阵发痛，但是麻过痛过，他真的听到——听见自己轻松的呼吸声。

霍染因的话刺中了他的心，也刺中了他身上沉重的密不透风的罩子。

罩子崩出了口子，他趴在裂口的边沿贪婪地呼吸新鲜空气。

倒影对他微笑。

他也微笑。

愤怒和寒意从他身上如浪潮一样退去了。

"说得好，有奖励；说得不好……"他的手向下滑着，滑到霍染因脖颈的底端。

他将双手合拢。

"说得不好，也有奖励——我想这对你而言，应该同样是奖励。"

男人心中的野兽睡醒了，露出獠牙。他成功地打碎了对方坚硬的外壳，他看见了鲜血淋漓的但真实的人。

这是我想见到的纪询吗？霍染因问自己。

是的，这是我想见到的纪询。他瞬间回答。他和过去不一样，但他是纪询。

他现在正在和真实的纪询对话，而不是一个虚伪的粉饰出来的躯壳。

"现场的血液溅射痕迹遭到破坏。"

霍染因开了口，因为喉咙的压迫，声音有些断断续续，那份看过无数次的档案出现在脑海，他的声音轻缓平静。

"你的口供里说，你看到妹妹自杀，大脑一片空白，只能无意识地上前抱住她倒下的身躯，这个过程中手机不小心掉在地上。你一边摁住妹妹的伤口，一边寻找手机导致地面出现了衣服拖拽的痕迹，之后你就一直抱着她等救护车的到来。

"很合理，完美地用大片的血液遮掩了你和她衣物上因为你出刀而出现的溅射。一个像你这么优秀的刑警，是不会让别人看出破绽的。

"但是纪询，正因为你如此优秀，你的潜意识更不可能做出破坏现场的事。唯一的可能的答案，就是你在说谎……"

番外
大学

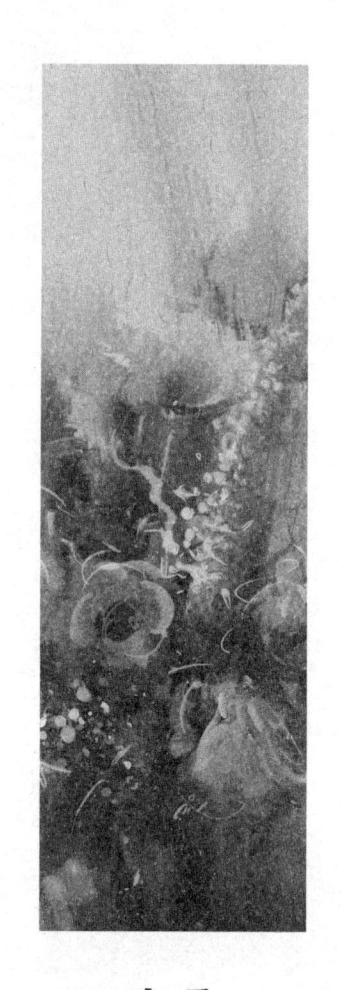

终于，高考结束。

我拿着录取通知书，走进大学校门。我顺利找到寝室，收拾行李，铺叠被褥。

9月的天气还热，炎炎的阳光照过阳台，一路照到我所在的床铺上，在刚刚拿出的被褥上洒下些圆形的光斑。

还有阵阵的风，将校园里嘈杂的声音送入寝室的同时，也送来了潜藏风中的桂花香气。

当我套上被子将其规规整整地叠好在床头，又从床铺下来，坐在椅子上时，一种后知后觉的轻松感袭击了我。

离开了高中，离开了家，离开了出生与生活的城市。

我来到了这里，他的大学。

这会是个全新的开始吗？

"帅哥！"

寝室门口传来的一声呼唤惊醒了我。

我转头看去，看见三个年轻人勾肩搭背地走进来，不出意外的话，他们应该就是这个四人寝室剩下的三个人。那句"帅哥"，是走在中间的人脱口说出来的。

"你们好。"

我平静地回应，伸出手。

他们笑了，也伸出手，和我握握。

随后，自然而然，寝室内的聊天开始了，到了新的地方，人总会主动或被动地了解自己身处的环境。

我没有过多的抗拒，也没有太过热情，只在他们问到我的时候如实回答。

"霍染因。

"琴市人。

"高考671分。"

寝室里的其余人抽了一口气，开始七嘴八舌。

"分数这么高啊！"

"可以去更好的学校吧，怎么来这里了？"

"还能因为什么，肯定是想当警察啊！"

于是他们的话题一变，又开始聊起来自己为什么考这里，为什么想当警察。

我漫不经心地听着，一个是因为父母是警察，于是就很自然地走上了这条道路；另外一个是出于就业顺利考量的；还有一个天生就有警察梦。

轮到我了。

他们三个集体看着我，询问道："你呢？你是因为什么？"

坦白说，我只有一个理由，就是纪询。

但这个理由或许不应该说出来，对素不相识的舍友，随便搪塞一个原因就行了吧。

要找什么理由呢？

"因为……一个人。"

"一个人？"他们齐声询问，"是对你很重要的人吧？是谁？"

我一时失语。

怎么脱口说出了真相呢？总不能是这里还不利于说谎了吧？

也许是因为，都已经到了大学之中，我从内心里认为，已经没有说谎的必要了吧？

没错，我就是追随纪询来到这里的。

大学里，新生入学后的第一件事是军训。

新生军训会由高年级的学生担任教官，参与对低年级的训练。

得知这个消息的最初，我有点窒息，眼前甚至不可避免地出现了那样的画面——

纪询作为教官出现在我们的班级，他拿着点名册挨个点名认人。他看见了我，然后眉弓一动，眉毛戏谑似的挑了起来："呦，小朋友，来了哥哥的学校，怎么不来找哥哥？"

虽说是全新的生活，但这未免也新得过于别出心裁了吧。

这一整天的时间，我看什么都有点恍惚，仿佛身边的一切，树上的鸟儿，湖里的游鱼，寝室的舍友，路上的同学，脸上都带着纪询那点特立独行的坏笑。

直到将将入睡的时候，我才冷静下来。

情况没有这么糟。

纪询只有一个人，而新生有这么多。

别说他未必参加军训来当教官，就算他参加军训当了教官，也不一定能当我的教官。

就算他真的当了我的教官，我也不会让他把这句想想就头皮发麻的话说出来。追来这里，就是为了赶上他。结果还什么都没做，就让他再炫耀一番？不可能。

但出于对未来最不幸遭遇的担忧，我特意打听了军训的"高年级教官"到底是几年级，舍友们看我急于收集军训情报，会错了意，纷纷跑来安慰我。

"不要担心，我已经打听过了，军训没有我们想象得那么难，大家都能跟上的。"

"对，就是走正步，排队列。虽然也学军体拳、格斗、擒拿，但绝大多数学生之前都没有学过，大家都是同个起跑线。"

"说起这个，其实我打听到，有新生私下找大二、大三的学长帮忙训练了，你们说，我们要不要也找找学长？"

话题又滑向了危险的方向。

我不得不出声，告诉他们，我想知道的只是到底大几的学长会成为我们的新生教官。

这事倒是不难打听，很快我就知道，大三、大四的学长都有可能成为我们的教官，一般来讲，大三的多，大四的少。

等到军训正式开始，心里的石头也终于落地，我们的教官是位大三的学长。

整个新生军训中，只有三位大四学长参加。

这三个人都不是纪询。

我松了口气。

然而这口气松得太早了，等到中午休息的时候，我眼角余光瞥到了熟悉的身影，我还以为自己看错了，但是对于那道影子，我怎么可能看错。

纪询确实来到操场了！

我将帽檐压下，藏在人群之中。纪询毕竟没有透视眼，不可能在一众穿着一模一样制服、戴着同样帽子的新生中看见我。

纪询目标明确地往前走去，他来这里，是因为他的朋友来当教官，他过来玩，他的朋友是——

我暗中观察。

看见纪询一个方阵一个方阵地走过，每个方阵都有他认识的人，每个方阵的人见到他都迎上去，在休息的时间里，他们直接凑在一起，说说笑笑。

每个方阵的教官,都是他的朋友!

该说什么呢?

不愧是他。

有纪询的地方,不缺热闹。

他们聊了会儿天,花样就来了,先是教官们扯着嗓子开始唱歌,接着又是教官两两对练,军体拳、散打、擒拿格斗,各种花样层出不穷。

新生们无疑被惊艳到了,叫好声一声高过一声,简直要把操场的天空给掀开。我的教官本来似乎和纪询不认识或者不熟悉,纪询虽然走过了很多方阵,但没有往我这里走。

我并不在意。这样才好,不会被他看见,避免噩梦成真。

但如同部分昆虫具有趋光性,部分人类也具有"趋热闹性"。周围的新生和教官见纪询没有过来,居然过去了。

热闹的人群又增加了。

这天晚上,军训结束了很久,还有许多新生留在操场上没有散去,他们好像有说不完的话,闹不完的快乐。

我是宿舍四人中第一个回到宿舍的。

等我洗好了澡再回寝室,敞开的窗户里,还不时传来一阵阵的笑声,这些嘈杂的声音中,我似乎听见了属于纪询的那道声线。而我宿舍里的其他舍友,也终于结伴归来,嘴里还在说纪询。

"怎么还在说他,他有那么好吗?"我随口说了句。

"是个很开朗健谈的学长。"舍友们挺疑惑,"你不喜欢他吗?"

我一时失语。

这不是喜不喜欢的问题,这是男人的胜负心问题。

练了一天,舍友们急着去洗澡,没对我追根究底。

这个问题就这样揭过去了。当天晚上,我辗转反侧,半天没有睡着,等到睡着了,也不意外地做了梦,梦中纪询千方百计在抓我,而我千方百计在逃跑。

醒来之后,我看着泛白的天空,感觉自己在梦中跑了一万米。

真够累的。

此后的几天,我都很担心再在训练场上见到纪询。但一直到新生军训结束,纪询都没有再次出现。

梦和现实果然是相反的。

无论如何,军训顺顺利利地结束了。这一个月的时间里,我也已经熟悉了校园，知道了学校食堂的分布、图书馆的方向、教学楼的位置、兴趣社的教室，以及大四的宿舍。

校园就这么大。

我想规避遇见纪询的可能性。

没错，虽然我是为了纪询来到这里的，但我不想在这里见到纪询。

或者说，不想这样简单地见到纪询。

但我要怎么"复杂"地见到纪询呢？我也没有确切的想法。总要等到自己更强大的时候吧，不说比他强多少，起码不比他矮三分。

然而三年时间所带来的差距，有时就像一道堑，总想迈过，总是迈不过。每每审视着自己相悖的想法与行为，我时常觉得自己矛盾可笑，但是人本来就是矛盾的集合体。想来，我也不是例外的那一个。

我规避了大四的宿舍、纪询参与的兴趣社——他参与的居然是音乐社！真令人诧异，还以为像他那样的人，要么参加运动类的社团，要么参加动脑类的社团。

但毕竟在同一个校园里，有些地方无法完全规避。

比如学校的食堂和图书馆。

进入这两个地方的时候，我也给自己做了心理建设：虽然想要规避，但是避无可避，也是没有办法的。再说，同是这里的学生，难道他能来，我就不能来？

当然，我确实抱有一点侥幸心态。

就算纪询在里头，人这么多，纪询也不一定能见到我。

不过，为了减少遇见纪询的频率，除了早早去图书馆占座之外，我还频率基本平均地前往学校的四个食堂中，并暗下决心，一旦在某个食堂碰见纪询，就把这个食堂从吃饭名单中删除。

我的运气挺好。我的运气似乎一直还行——也有可能，在和纪询相关的事情上，我的运气都很不错。

我去图书馆和食堂小半个月了，竟然一次都没有碰见纪询。

令人意外。

这天天气特别热，等我从食堂回到宿舍，宿舍里的其余三个舍友都在吃外卖，宿舍没有空调，大家吃得满身热汗，一边拿手扇风，一边看着我说："从食堂回来？"

"嗯。"

"你是不是太健康了，一次都不吃外卖的吗？这天气我是真的出不了门，只能靠外卖苟活了。"

我忽然想到一种可能。

天天去食堂却一次都没有碰见纪询的原因，该不会是，纪询天天窝宿舍里，点不健康的外卖吃吧？

我受到了……受到了一点冲击。

不过，仔细想想，这确实是纪询的做事风格。

此后，我虽然没看见纪询，倒是听了不少关于纪询的消息。

这些消息零零散散，有些还互相矛盾，需要辩证思考，判断真伪。

我一向不认为我的记忆力值得称道，便想着把这些消息全部写下来，也好归纳存档。但当我真的摊开挑好的本子在上面写字的时候，我突感怪异。

我这样做是否涉嫌非法盯梢，非法收集他人隐私？

于是，我又把写了字的书页撕下来，放在不锈钢盆里，拿火烧成灰烬。

"罪证"还是尽量不要落纸成书吧。

不久之后，新生们选择社团加入的时限到了。没有太多犹豫，我选择了拳击社。

这个大学有个回字形的办公楼，兴趣社多被安置在这里。

拳击社在南面三楼，音乐社在北面二楼，也就是说，只要我站在拳击社的窗户前，正好可以居高临下，看见音乐社窗户内的情况。

当然，我在拳击社的时候也并没有见到纪询。

这个大学的实习周期长，纪询已经大四了，大约去实习了，军训之后的整个大一上半学年，我都没有在校园内见到纪询。

大一下半年的时候，这个大学要举办个活动，会给新生中最适合的人拍些照片，做成海报架，对外宣传。

学生都将这一宣传戏称为校草选拔，今年选拔要进行的时候，舍友们问我："霍染因，你要不要去参加这个活动？你去的话，你这个校草就有官方认证了。"

高中的时候，我从来不觉得自己长得好。

但是上了大学，剪去了遮住眼睛的头发，我的脸意外地受欢迎，在校园里被女生直接堵住，问要不要谈恋爱，也不是什么稀奇事。

第一次碰到的时候，还有些新鲜与意外。

次数多了，也就和日常一样了。

我全都婉拒。要学习的课程太多了，没有更多精力放在其余的事情上。

"霍染因应该不会去吧。"舍友们又说,"他一向不在意这些,也懒得浪费时间。"

我没有回答,只是抽个时间,去确定三年前的校草是谁。

如我猜测,三年前的校草,是纪询。

我报名参加了这次活动。

活动的女老师对我的容貌啧啧称赞,又综合参考了平时成绩之后,我几乎没费什么劲,就打败了其他选手。

拍摄宣传照的过程有点别扭,但基本上没什么波折,我的海报架很顺利地做出来,对外展示几天之后要被收入仓库。据我所知,仓库里放着历年来的海报架。

我找那位女老师拿到了仓库的钥匙,推门进去。这里不常打开,进入的时候能嗅到很浓的灰尘味。

我站在门口巡视了一圈,在靠里边的位置,找到了纪询的海报架。

那个海报架被放在一些课桌之后,半遮着,根本看不清楚,我上前,把它从里头解救出来,放在靠窗户的位置,那个位置正好是放我的海报架的位置。

这也不奇怪。

杂物间的东西,总是时间近的靠门靠窗,时间远的往内堆积。

搬动海报架的时候,灰尘纷纷扬扬,我挥开细碎的尘埃,看着出现在阳光下的纪询的海报架,和脑海中最初见到的坐在墙上的纪询做对比。

比当时正经很多。

没有真人帅……嗯,我的意思是,这种照片都会经过一些后期修图,反而失去了一些天然感。

总之,我看着纪询旁边的我的海报架,心情舒服不少。

当时,他在墙上我在墙下。

现在,我紧赶慢赶,算是赶到了同所大学中,我看着两个海报架想,也算是"平起平坐"了。

我再次确信纪询置身学校,是大一下学期的期末。

这时候,大四的学生都从实习单位回来,准备毕业联考以及毕业了。

等到正式的毕业典礼那一天,学校里随处可见穿着学士袍、戴着学士帽的毕业生,毕业典礼台早已搭好,就在湖的南岸,而我待在北岸的凉亭里,隔着湖面,远望过去。

热闹的声音,飞渡湖面,传入我的耳朵。

今天阳光金灿灿,还有风,湖边的柳树垂下枝条在水面荡出一圈圈的涟漪,吸引湖中的锦鲤过来抬头换气。

这样的光景里,我突然想到纪询从墙上跳下来时的笑脸。

光像纱一样从他身上抽走。

于是,我终于看清了那张从天而降的笑脸。

我向湖对岸看去。

今天的纪询,也有和当日同样的笑脸吗?

从早晨一直到傍晚。湖里的太阳已换成了月亮,水面粼粼的光,终究消散,一如人去台空的典礼台。

我没有看见纪询。

也许纪询没有来拍照,也许我没有隔着湖认出穿学士服的纪询。

无论原因究竟是什么,其结果是统一的:我没有看见纪询。

其后,我又在凉亭里发了会儿呆,等再回神,天上不见了星也不见了月,前方的水面彻底黑凝如墨,这种不透气的墨色直往前递延,将湖对面的典礼台也一口吞下,合成个怪诞的模样。

我从凉亭里出来,往寝室走去。

就在这样的黑暗之中,一个念头逐渐从我脑海中生出——这是我最后在学校见到纪询的机会。

这个机会错过了。

这几年里,支撑着我努力学习的对纪询的不忿,头一次从我心里淡去。

我有些低落。

这几年里,我在进步,他也在进步。

我一直追赶。这追赶总在仿佛变近的时候被再度拉远。

我一路从湖边走回宿舍,到了宿舍,人自然就多了,到处都是嘈杂的声音,此后我可以随意地在校园内行走,不用再担心会冷不丁碰见纪询了。

按理来说,我应该轻松很多。但是人——

算了,没必要重复分析自己的内心。

要不还是给纪询打个电话吧?

这个念头突然闪进我的脑海。

我很犹豫,我不想简单地见到纪询,自然也不想简单地打电话给纪询。

而且,我打电话给纪询要说什么呢?

叙旧?

说说我高中时候的事情?

示威？

告诉对方我一定会追赶上他的？

叙旧没有必要，示威显得可笑。说到底，我只是对"计划了会在毕业典礼上看到纪询，最后却没有看见"这件事耿耿于怀，我讨厌计划外的事情。

终于，在上楼梯时，我想出了个补救的办法。

我打算给纪询打个电话。纪询才刚刚回到家乡，肯定还用首都的号码，见到首都的陌生来电，也不会过于警惕。

等纪询接通了，我不出声。

这样，我能"见"到纪询，而纪询不会知道是我。

于是，走到宿舍门前时，我没有进去，而是待在走廊，拨出电话。

"嘟——嘟——"

走廊里人来人往，到处都是声音，但我专注地听着手机的听筒，那些等待的电子音，一声声都像是雷一样。

漫长的等待音中，我的心情从紧张逐渐变成焦躁。

但最不好的结果还是发生了。

电话并没有被接通，当抱歉的电子女音从听筒中传来，我手腕一松，让手机从耳旁离开，背后喧闹的声音忽然变大。

我转身回宿舍。

也许是天意吧。

后来我上大学，纪询待在宁市。但我依然能够断断续续听见他的消息。

毕竟他是宁市那边屡破大案要案，还有精力顾及陈年旧案的新锐警察。每回听到他的消息，要么是他又破了什么案子，要么是他又获得了什么表彰。

我意识到我的描述有些酸溜溜。

这出于我对纪询的羡慕和嫉妒。

我想要打破他的光环——或者至少，拥有他的光环，因而追逐来此。

大二结束，便是大三。

我之前说过，这所大学的实习周期很长，有一些系，大三暑假就能开始实习。为了谋求更好的实习，我几乎使出浑身解数去应对学校的种种考试和实操。

终于到了要实习的时间。

经过校内的一些考试之后，老师问我想去哪里。

我的脑海中先闪过宁市，接着闪过首都。

但我最终摇了摇头……追上纪询的路，需要好好设计，我并没有完全想好。

老师似乎看透了我的心，他说："霍染因，你是一个上进的人，我这里有个危险的任务，你想不想了解一下？"

这个危险的任务是去边境做卧底，配合警方，捣毁贩毒组织。

当知道这个任务的具体情况后，我意识到，这是一个绝好的机会。

确实，它非常危险。

但想要走得比别人快，怎么可能不付出一些东西呢？

这个世界并不公平。这个世界还有公平。

我在第二天答应了老师——之所以是第二天，无非是让对方觉得我切实认真考虑过了，免得中途再出什么"你多考虑不要冲动"之类的波澜。

老师这里通过了，但真正的审批过程还是有一些曲折的。

上边的人认为我样貌太好，太过惹眼，会增加卧底失败的可能性。我写了份报告，再三表达我的决心。可能是我在校期间的亮眼成绩实在让他们无法割舍，最终，还是由我接受了这个任务。

走出那间暗室的时候。

我看见外头的天空，太阳刚刚从云层里飘出来，沐浴于阳光之下，我往前的脚步越来越轻松，心也随之越来越雀跃。

编后记

本书版权由北京晋江原创网络科技有限公司授权，由北京宏泰恒信文化传播有限公司出品。

在此真挚地感谢在《谎言之诚》出版过程中参与策划、创作的贡献者。北京宏泰恒信文化传播有限公司参加本书选题策划、封面设计、绘制插图的工作人员有：连慧、李艳、有点态度设计工作室·蜀黍、蕙婼、某店著名鸡翅包饭、天凉Chiupz、reiko01、Tithi Luadthong。

2023 年 2 月